누구를 위한 검사檢事인가

일러두기

- 이 책은 조선일보 인터넷 신문에서 2013년 11월 6일부터 2014년 7월 21일까지 매주 월요일 연재되었던 '서영제의 노무현 시절 수사 비화'를 편찬한 것이다.
- 수록된 사진은 조선일보로부터 제공받은 것이다.
- 이 외 출처는 그 사진에 표기하였다.

누구를 위한 검사檢事인가

1판 1쇄 펴낸날 2015년 12월 10일

지은이 서영제

펴낸이 서채윤
펴낸곳 채륜
책만듦이 오세진
책꾸밈이 이한희

등록 2007년 6월 25일(제2009-11호)
주소 서울시 광진구 천호대로 798 현대 그린빌 201호
대표전화 02-465-4650 | **팩스** 02-6080-0707
E-mail book@chaeryun.com
Homepage www.chaeryun.com

책값은 뒤표지에 있습니다.
ISBN 979-11-85401-10-2 03810

이 도서의 국립중앙도서관 출판예정도서목록(CIP)은 서지정보유통지원시스템 홈페이지(http://seoji.nl.go.kr)와 국가자료공동목록시스템(http://www.nl.go.kr/kolisnet)에서 이용하실 수 있습니다. (CIP제어번호 : CIP2015032187)

누구를 위한 검사檢事인가

서영제

채륜서

왜 처절하게 이 책을 써야 했나?

시인 기형도가 〈빈집〉에서 노래한 사랑만큼이나 강한 애정을 아낌없이 검찰에 투여하고 아쉬움을 남긴 채 검찰을 떠난 지 벌써 10년째 되어간다. 그러나 그렇게도 사랑했던 검찰에서 나는 결국 무엇이었던가를 다시금 생각하게 된다.

"과연 나는 국민의 공복公僕으로서 국민만을 섬긴 진정한 검사였는가?"

"살아있는 권력을 수사하고 서민들의 아픔을 시원하게 해결해 준 공익의 대표자였는가?"

"권력에 두려움을 느끼고 권력의 유혹에 빠지고 서민들의 피눈물을 애써 피하면서 침을 뱉듯이 모든 짐을 벗어 던진 껍데기 검사가 아니었던가?"

그러나 여러 각도의 프리즘을 통하여 비추어보아도 나는 28년에 가까운 검사생활을 하면서 내가 만든 동굴에서 내가 만든 'CO-COON(자기만의 소우주)' 속에 함몰되어 나의 일방적인 정당화 속에 국민을 외면한 채 나의 욕망만을 충족시키며 자위를 즐기던 한낱 껍데기 검사였음을 새삼 느끼게 되었다.

시 〈껍데기는 가라〉 속 신동엽 시인의 폐부를 찌르는 외침이 나의 검사생활을 너무 부끄럽게 만들었다. 알맹이가 되지 못하고 껍데기로 살아온 28년 검사생활을 이미 10년 전에 청산하고 떠난 것이 얼마나 다행스러운 일인지 모르겠다. 그래서 그동안 더 이상의 껍데기 삶은 벗어 던지고 조금이나마 알맹이를 찾아야 한다고 다짐하면서 살아왔다. 국민을 위하여 또 다른 봉사를 해보겠다고 공직을 탐하는 일도 아예 지워버리고 10년을 보냈다. 국민의 종으로 국민만을 위하여 나 자신을 희생할 만한 용기도 없고 기껏해야 또 다른 껍데기 공복으로 남을 것이 자명하기 때문이다. 또한 남을 돕는 사회봉사를 하면서 의미 있는 여생을 보내는 것도 상상해보았지만 그럴만한 능력도 의지도 바탕도 없어 잘못하면 또 하나의 껍데기로 전락 할 것이 뻔했다. 남을 위해 자기를 희생하는 것은 인류 최후의 숭고한, 불멸의 양심의 발로이기 때문이다.

이제는 국민 앞에 다시는 부끄러운 일을 하지 않기 위해 나에 관한 일 이외에는 더 이상 감히 다른 일에 기웃거려서는 안 된다고 생각한다. 언젠가 소리 없이 찾아올 만물의 창조주로서의 자연(Mother Nature)의 소환장만을 기다리면서 인생을 마무리 하는 마당에 더 이상의 광대놀이는 접어두고 그동안 돌보지 못해 황폐해진 나의 육체, 나의 영혼만을 소박하게 달래고자 한다.

그러나 최근, 왜 내가 이러한 '껍데기 검사'가 되었는지 원인을 규명하지 못하고 그에 대한 반성이 없다면 이야말로 남은 인생을 알맹이가 되지 못하고 영원히 껍데기로 살겠다는 뻔뻔함이 아니겠는가라고 불현듯 단상이 떠올랐다. 새벽잠을 깨우는 알람 소리처럼 나의 가슴을 흔들어 놓았다. 나의 검찰생활이 영겁의 망각 속으로 빠져드는 영원한 과거 속으로 들어서게 해서는 안 된다는 알람음이었다. 그래서 새벽잠에서 깨어나 명경지수와 같은 심정으로 나의 검찰생활에 대한 반성문을 쓰고자 한 것이다.

혹시나 이러한 껍데기 같은 나의 검사생활에 대한 반성문이 후배들에게 다시는 나와 같은 껍데기 검사가 되어서는 안 된다는 반면교사라도 될 수 있다면 그나마도 황량해진 나의 가슴에 다소의 위안이 될 것 같다는 생각도 들었다. 반면에 만에 하나라도 판사가 판례를 참고하듯이 후배 검사들이 검찰수사를 하면서 내가 한 수사사례를 참고하게 된다면 이 또한 타산지석이 될 수도 있다는 주제넘은 환상도 해보았다. 그래서 이 부끄러운 이야기를 써 내려갈 용기가 생긴 것이다.

전 캐나다 자유당 당수인 마이클 이그나티에프(Michael Ignatieff)는 "역사는 각본이 없다. 역사는 반드시 자유민주주의라는 어느 특정한 방향으로 진군하는 것만은 아니다.(History has no libretto. It is not marching toward any particular destination, including liberal democracy)"라고 설파했다.

우리나라도 지금까지 어렵게 어렵게 자유민주주의를 쟁취하였지만 앞으로 이러한 자유민주주의로만 진군하게 될 것이라고 낙관해서는 안 된다. 그동안 선후배 검사들이 우리의 시장경제와 자유민주주의의 기초가 되는 법치주의를 쟁취하기 위하여 수많은 피와 땀을 흘려왔던 것도 사실이다.

살아있는 권력에 대하여 정의의 칼을 휘두르면서 처절한 전투를 한 후 지쳐 쓰러진 검사도, 중무장한 사회적 거악으로부터 참혹하게 당하고 있는 서민들을 구하기 위하여 평등의 방패역할을 하다가 사라져간 검사도, '사람'이 아닌 '사건'을 수사할 뿐, 법 위에 어느 누구도 존재할 수 없다는 신념에 가득 찬 검사도, 그들 모두가 우리나라의 법치주의가 뿌리 내릴 수 있도록 초석이 되었음을 잊어서는 안 된다.

나는 보잘것없는 검사였지만 일부 선후배 검사들이 흘린 피와 땀을 현장에서 생생히 목격하였고 뼛속 깊이 체험하였다. 이러한 소중한 경험을 후세에 증언하는 것이 나의 또 하나의 사명이라고 생각했다. 후배 검사들이 이를 롤모델로 삼아 따라 준다면 우리나라의 법치주의는 더욱 힘차게 진군할 것이고 더불어 나의 껍데기 검사생활도 헛되지 않고 새로운 검사생활로 부활할 수 있을 것이라고 생각한다.

무엇보다도 나는 아무 의미 없이 정의의 칼이라는 미명하에 쇠붙이만을 휘두른 껍데기 검사로서 조용히 사라져야 하겠지만 어쨌든 과거 조선시대의 사관들이 아무리 사소한 역사라도 놓치지 않으려고 꼼꼼하게 사초史草를 써 내려간 정신을 이어받아 나도 무언가를 남기고 싶었다.

끝으로 이 글로 인해 혹시 마음 상하는 분이 계시다면 백배 사죄 올린다. 역사의 한 페이지를 써 내려간다는 엄숙함이 나의 가슴을 짓누르고 있어 어쩔 수 없이 펜을 들은 것이니 널리 용서해주시기 바란다.

2015년 12월

Lee International 법률사무소에서

변호사 서 영 제

어느 취재 기자의 주옥같은 추천사

한 편의 살아있는 검찰 역사를 보며

결국은 여름휴가를 이 책과 함께 했다. 몰아서 읽자는 생각에서였다. 결과는 아주 만족스러웠다.

개인적으로 서영제 전 검사장을 처음 만난 것은 1995년 무렵이다. 서울지검 강력부장일 때다. 당시 서 부장은 전임 부장들과는 비교할 수 없을 정도로 많은 사건을 수사했고, 거의 그때마다 보도 자료를 미리 보는 특권(?)을 누렸었다. 몇 차례 강력부의 자료를 보다가 "미리 보여주시면 보완할 부분을 조언해 드리겠다."고 제안했고, 필자의 역할이 도움이 됐는지 그 뒤부터는 거의 모든 자료를 발표 전에 검토하고 조언해주는 역할을 했다. 그러면서도 나는 단 한 번도 약속을 깨고 미리 신문에 쓰는 배신을 하지 않았다. 검찰청 출입기자와 취재원으로 만났지만 통상의 기자와 취재원 관계보다 밀접한 관계로 발전한 것이다. 그런 그가 이번에는 자신의 역작을 가장 먼저 볼 수 있는 특권을 또 주었다. 감사드린다.

우선 이 책은 재미가 있다. 서영제 검사장은 서울중앙지검장 시절을 비롯해 초년병 검사시절부터 마지막 대구고검장까지 겪은 다양한 경험들을 가감 없이 기록했다. 박정희 시절 검사로 임관해 전두환, 노태우, 김영삼, 김대중, 노무현 정부까지 28년간의 검사 생활이 일목요연하게 정리돼 있다. 그 과정을 기록하면서 일부는 이니셜이나 직책만 어렴풋하게 썼지만 그 시절 그 장면들을 아는 많은 사람들은 그 대목에서 누구를 말하는지 음미하면서 볼 수 있다. 곳곳에서 김도언, 김태정, 박순용, 신승남, 이명재, 김각영, 송광수, 김종빈, 정상명 검찰총장 등은 이니셜로 흐릿하게 썼다. 그러나 그 대목마다 지칭하는 검찰 수뇌부 또는 검찰총장이 누구인지를 떠올리면서 읽으면 그 옛날의 역사적인 장면들이 생생하게 살아서 다가온다.

그동안 알려지지 않던 비화도 많다. 그가 담담하게 쓴 비화들은 사초가 되어 하나의 검찰 역사를 만들고 있다. 1993년 5월부터 검찰청에 출입했던 기자로서 그가 쓴 글은 진실에 근접한 사실들이라는 것을 보증하고 싶다. 그만큼 기록적인 가치가 크다는 얘기다.

강금실 전 법무장관과의 첫 만남과 서울중앙지검장으로의 발탁, 노무현 전 대통령이 서영제 검사 사무실로 찾아와 밀담을 나눈 얘기, 몇몇 검찰총장과의 불화나 은근한 압력, 권위주의 시절의 검찰과 안기부(현 국가정보원), 보안사와의 관계를 단적으로 보여주는 에피소드들도 흥미진진하다. 사건 관계인들이 돈 봉투를 가져왔었는데 거절했다는 일화들은 직접 경험했던 그가 이 책에서 털어놓지 않았다면 누구도 알 수 없는 비화들이다.

기라성 같은 검사들의 숨은 이야기들도 쏠쏠한 재미를 준다. 그와 사시 동기(16회)인 김성호 전 국정원장과 박주선 의원을 비롯해, 박상천, 김기춘, 정성진, 송종의, 정해창, 허형구, 김경한 등 검찰을 주름잡던 선배 검사들의 얘기가 실명으로 등장한다. 조승식, 신상규, 김홍일, 채동욱, 남기춘, 조영곤, 박충근, 안휘권, 조은석, 여환섭, 강찬우, 김영진, 이준명, 신현수, 신은철, 이형진, 송세민, 박민호, 김진숙 등 그를 기준으로 볼 때 후배인 쟁쟁한 검사들 얘기도 등장한다. 검사뿐만 아니라 이민영, 기원섭, 이경현, 구자영 씨를 비롯해 진국장으로 불리는 진인자 씨 얘기도 나온다. 날고뛰는 검사들 사이에서 이들이 대형 사건들의 장막 뒤에서 얼마나 큰 조연 역할을 해냈는지 그 시절 검찰청을 출입했던 민완 기자들은 다 안다.

특히 이 책은 교훈적이다. 검사의 올바른 자세와 바람직한 처신, 검사의 용기와 아량 등은 검사교육시간에 활용할만한 대목이 많다.

우선 검사로서의 반듯한 처신이 후배들에게 귀감이 될 것이다. 그의 성격을 스스로 좌충우돌, 돈키호테, 결벽증, 모난 성격, 독불장군, 수도승, 똥고집, 철딱서니 없이 등으로 묘사했는데 나는 이런 묘사가 그의 실제 성격과 매우 닮았다고 공감한다. 이런 독특한 성격 때문에 그는 쉽게 사귈 수는 없지만 한번 마음을 열면 평생 친구가 될 수 있는 사람이다. 자기가 옳다고 믿는 일은 절대 타협하지 않고 자신의 믿음을 관철시키는 스타일이다. 그러니 윗분이나 부하들에겐 얼마나 피곤한 검사였겠는가. 그러나 다른 한편으로는 "사람을 수사하는 것이 아니라 사건을 수사하는 것"이라는 강력한 소신 덕분에 청와대나 검찰 수뇌부의 회유와 압력에도 굽히지 않고 정대철, 한화갑, 노건평, 송두율 등을 원칙대로 처리할 수 있었다고 본다.

책을 보면서 기록의 힘은 참으로 대단하다는 사실을 실감했다. 이 책은 과거 일부 검사들이 정치적인 목적(예를 들면 국회의원 출마용)으로 쓴 책들과는 차원이 다르다. 검사장(고검장) 출신이 쓴 본격적인 첫 기록물이기도 하다. 개인적인 얘기와 그 당시의 검찰 역사의 기록물이라는 측면에서 그렇다. 처음부터 끝까지 객관성을 유지한 채 차분하게 썼다.

28년 검찰 경험을 바탕으로 다양한 검찰 개혁과 사법 개혁 아이디어를 제시하고 있다. 기소유예제도의 폐지, 기소배심제 도입, 플리바게닝 도입, 과학수사의 활용 등 아이디어들은 검찰과 법무부, 대법원에서 깊이 검토해서 실행해 볼 만하다. 검찰과 국민을 위한 충정衷情이 이 아이디어들에 녹아 있다.

가능하다면 모든 검사들과 판사들, 변호사들이 이 책을 꼭 읽어보기를 권하고 싶다. 또한 육중한 검찰청이나 법원 건물 속에서 어떤 일들이 일어나는지 궁금한 일반인들도 법조계의 메커니즘과 트렌드를 이해하고자 한다면 꼭 읽어보시길 권한다. 그러면 '아아 거기도 사람 사는 곳이고 모든 것을 사람이 움직이는구나'라고 느끼게 될 것이다. 그 누구든 이 책을 보면서 나라면 그 상황에서 어떻게 처신했을까를 생각하면서 타산지석이나 반면교사로 삼길 바란다. 앞으로 더 많은 검사와 판사들이 재직 당시의 일들을 기록해 후배들에게 교훈도 주고 우리 법조계 발전에도 기여하기를 기대한다.

2015년 12월

전 조선일보 사회부 차장

이항수

책에 들어가기 앞서

▷독자의 이해를 돕기 위해 조선일보 인터넷 신문에 연재되었을 당시 내용을 요약·정리한 제목을 참조한다.

2003년 2월 새벽, 욕실에서 받은 강금실 장관의 전화
사표 쓰려던 차에 예기치 못한 일이
"저 강금실이에요", "어이쿠, 죄송합니다"

저녁9시 호텔서 만난 강금실 장관의 첫마디
"법무장관 어떻게 해야 하나요?"
"나는 차선책으로 서울지검장에 임명"
"검찰의 그릇된 관행 중 가장 잘못된 것은 인사문제"

서울지검장 임명 후 만난 노무현 대통령의 첫마디 "사시 몇 회세요?"
"노무현 대통령은 나에 대한 관심이 없었다"
노 대통령, 청와대 오찬서 "나보다 선배시군요, 이 자리에 앉으셔야겠네요"
서울지검장은 하늘이 준 기회, "검찰 위상 바로잡고 싶었다"
"기업인 기소할 때는 모든 조건 고려해야" …논란 불렀던 취임사
"수사는 리듬이다"

여당 대표 수사하자 나온 청와대의 경고성 발언
"검찰 간덩이가 부은 모양"
"그러나 수사팀 기개도 녹록치 않았다"
"'서초동의 봄'이 왔다"

강금실 장관 경질된 뒤 "나도 이유를 잘 모르겠다"
"강금실은 적어도 검찰 수사 독립 위해 애썼다"

국보법 폐지, 감찰권 이관 놓고 검찰과 갈등
보신탕집 회동…송광수 총장과의 팔짱
피아노 연주회 가자며 옷소매 끌고, 고전음악 CD도 보내…소탈한 성격
"노 대통령이 조찬 하자고 해 청와대에 갔더니 그만두라고 했다"

정대철 민주당 대표의 반발…공개소환장으로 압박하다
범죄 혐의 보고 받자마자 수사 착수 지시
"사건을 수사한 것이지 사람을 수사한 것이 아니다"
검찰 내부의 견제…"너희들이 검사장을 말려야지 그러면 되겠어"
직접 구술한 공개소환장으로 압박하다

"정대철 대표에 구속영장 청구 못하면 사표쓴다"
여러 경로 통해 네 차례에 걸쳐 들어온 영장 청구 연기 요청
서울지검장 자리를 건 사전영장 청구
여환섭 검사 핵심 역할… "나는 외로운 늑대이고자 했다"

"현직 대통령 친형의 비리 정보 보고하는 특수부장의 목소리가 떨렸다"
대우건설 경리부장 안방 장롱 밑에서 노건평 씨 비리 혐의의 단초를 찾다
"이 사람, 저 사람 다 아는데 덮어서 될 일이 아니다"
사건의 '빗장'을 찾다
노무현 대통령 기자회견…남상국 사장의 투신

전직 검찰총장에게 걸려온 전화… "남상국 사장이 자살할 것 같아"
한 달 뒤 노무현 대통령의 공개 비난, 남 사장 투신
기소된 뒤 법정에서 법관 출입문 이용해 물의 빚은 노건평 씨
"사건 대충 묻었으면 출세가도의 기회가 됐을 수도…하지만 '정치 댄스'는 할 수 없었다"

김운용 IOC 부위원장 수사하자 사마란치 위원장이 보낸 항의서한엔…
"고문 수사하고 있다" …김운용 씨는 바로 병원에 입원
병원에 입원했지만, 담당의사는 "수사 받을 수 있다"
"고문수사는 말도 안되는 얘기" "비화(秘話) 더 있으나 그의 체면 봐서 못 밝혀"
들것에 실려온 조폭 두목 벌떡 일으킨 사연

신상규 서울지검 3차장, 법무부 간부와 원색적인 욕설 주고받은 사연
안상영 부산시장 자살 사건에 대한 정치권의 공세
우병우 검사 잘못 없었는데도 법무부 부당한 징계 결정
신상규 3차장 "정치적 타협해선 안된다"며 법무부 고위 간부와 원색적인 욕설 주고받아
저승사자 같았던 신상규 검사, 그러나 검사장 승진에서 한차례 탈락

"노무현 정권 초기, 내가 기억하는 출중했던 검사는
신상규 서울지검 3차장, 채동욱 특수2부장, 남기춘 대검 중수1과장"
투철한 사명감 있었던 채동욱… "혼외자 의혹 불거졌을 때 검찰총장에서 바로 사퇴했어야"
천재이면서도 겸손하고 부드러웠던 채동욱 검사
노무현 정권 초기 여당 대표이던 정대철 씨 구속
청천벽력 같았던 채동욱 혼외자 의혹에 대한 단상
살아있는 권력 수사한 남기춘 검사… "정권 입장에선 '목구멍의 가시'같았을 것"
자기관리에 철저했던 신상규 3차장

한번 만나자는 청와대 고위간부에게
"노무현 대통령 재가를 받아오라"고 했더니…
언론 브리핑 금지령
선배에게 돌려보낸 결혼식 축의금
폭탄주가 고역이었다

2004년 서울지검을 중앙지검으로 사실상 격하…
"검찰 조직 견제하기 위한 것"
"검찰 조직 위해 바람직한 결정 아니었다. 지금도 상당한 유감"
"서울지검을 중앙지검으로 격하한 것은 지금도 유감"
검찰 독자 수사보다는 합동 수사가 바람직
전직 검찰총장 "원칙대로 했더니 서울지검장도 별 것 아니더라"

삼성물산 면접시험 때 故이병철 삼성 회장이
내게 툭 던진 말 "자네는 군대 가야지"
삼성물산 면접서 떨어지고, 검사의 길로…
〈초임검사 시절〉
방황하던 대학시절 찾아간 역술가 백운학 씨 "장차 올라갈 수 있는 데까지 올라갈 운세"
내 생각이나 의지와 관계없이 이뤄진 일들 적지 않아
삼성물산 필기시험 우등으로 붙고도 면접에서 떨어진 사연

초임검사 때 사건처리 놓고 차장검사와 충돌,
그가 "자네가 검찰서 출세하면 내 손에 장을 지지겠다"고 했지만…
하지만 그 고집 꺾지 않아 나중에 서울지검장 올랐다
권위적이었던 검찰 분위기
검사 시보 때 서울지검장과 점심 자리, 소감 얘기하라 해서 질문했는데… 지검장 다음날 간부회의서 "시보 교육 잘 시켜라"혼내
직속 차장검사와 지하철 공사 사건 처리 놓고 충돌
"자네는 똥고집이어서 검찰에서 결코 출세하지 못할 것"

부당한 결정에 도장 찍기를 끝내 거부했던 서정신 부장검사의 기개
"그게 어디 검사들이냐"며 한동안 참모회의 참석하지 않은 서정신 부장검사
초임검사였던 내가 서울지검장 방에서 서류 내팽개치고 나온 사연

대검 검사장과 친분 있는 사람 구속하려했더니…
검사장, 욕설 퍼붓고는 "야, 네가 총장 다 해먹어라"

나중에 법무부장관까지 오른 인물…그와의 악연 이어져

여배우 출신 며느리가 시어머니 위증 혐의로 고소한 사건 시어머니, 아들 외도 사실 알고도 법정에서 딱 잡아떼

시어머니 위증 혐의 확인해 구속영장 청구하려 했으나 그와 친분 있던 대검 검사장, 욕 퍼부으며 사건개입

자기 집무실로 불러 호통 치기도… 검찰을 지저분하게 만들었던 수치스런 얘기

사기사건 수사 도중 걸려온 보안사 지구대장의 전화,
다짜고짜 관등성명부터 대라고 하더니…

김 모 변호사, "청와대 사정수석에 부탁해 땅 찾아주겠다"며 피의자에 접근 사정수석은 내용 모른 채 사건에 연루

보안사 지구대장에 전화 걸어 "사건 보안사로 넘겨라"

내가 버티자, "사건 단단히 처리하라"며 보안대 수사자료 넘겨

변호사 도피, 사건처리 늦어져 청와대 비서관, 나를 청와대로 불러 "왜 못 잡아들이느냐"

자진출두한 변호사 구속, 다음날 변호사 老母 목숨 끊어 하루빨리 머릿속에서 지워버리고 싶었던 사건

자매 2명이 검찰청에 찾아와 나체로 누워버린 사연

세 자매 한꺼번에 구속하자 교도소에서 "서 검사 죽여 달라"며 물 떠 놓고 기도

동경제대 나온 엘리트에 대해 구속영장 여섯 번 청구해 발부받은 사연

검사 부인과 내연관계 맺었다가 고소된 야당의원 앞에서
"불륜이 아니라 러브스토리"라 했더니…

묵비권 행사하던 야당 의원 앞에서 내 연애 경험담까지 얘기했더니 "러브스토리를 기억하십니까?" 말문 열어

교도소에서 석방되던 날 나를 찾아온 협회 회장 묵직한 그의 가방에서 나온 건…

서울지검 특수부장 서류금고를 망치로 부수고 내사 기록 꺼낸 사연

신군부 시절 검찰청에 돌았던 '살생부'

권총 차고 나타난 보안사 중령, "사건 기록 오후 3시까지 내놔라"

사건 기록 보관된 특수부장 서류 금고를 망치로 부숴 검찰이 군부 권력 눈치를 살펴야 했던 시절의 숨겨진 비화

밀수사건 피의자 형이 집으로 보낸 가방에서 쏟아진 현금 다발

국회의원 청탁 거절했더니…

뻗쳐온 유혹의 손길…피의자 형이 집을 돈가방 보내

복도에서 상해버린 통닭

군부정권 실세 보좌관 구속한 뒤 유학 갔다 당했던 좌천성 인사

"검찰 조직이 이렇게 치사하게 되갚음 할 줄 몰랐다"

억울함 호소하던 하얀 소복 차림의 할머니

실세 보좌관 구속한 뒤 걸려온 법무부 국장과 장관의 전화 "풀어줄 수 없겠느냐"는 부탁 모두 거절

법무부, 미국 유학 중인 나 혼자만을 대상으로 좌천성 인사 발표

'유배처'였던 법무연수원에서도 스스로를 엄격하게 관리했던 김기춘 법무연수원장(전 청와대 비서실장)

완벽주의자였던 박상천 순천지정창(전 법무부장관) 보고서 쓰느라 며칠 밤새우고, 검사들도 엄하게 질책

김기춘 법무연수원장의 만만한 대화 상대가 되다 "내 검사 생활의 새로운 전기가 마련된 계기"

낮잠 안자고, 신문 보고 커피 마시는 시간도 일정했던 김기춘 원장…칸트처럼 시간 관리 스스로의 규율에 엄격…원장실 방문인사에 대한 영접 룰까지 정해

밤늦게 걸려온 김기춘 법무연수원장의 전화…
"오늘 대통령으로부터 검찰총장 임명 통보 받았네"

검찰총장 하마평에서 제외돼 있던 김기춘 법무연수원장 그에게 총장이 될 이유 다섯 가지 말했더니…
변두리 맴돌다 권토중래한 김기춘 원장
"취임사를 자네가 정리해줬으면 좋겠네"
당시로선 돌발적이었던 김기춘 신임 검찰총장의 취임사

김기춘, 나를 서산지청장 보내려다 안되자
"검찰총장도 별로 힘이 없는 것 같네"

총장 취임식 직후 내게 전화 걸어 "어디로 가고 싶은가?"
서산지청장 가려했으나, 검찰국장 "당신 차례가 아니네"
김기춘 총장의 위로 전화 "다음 기회를 엿보세"

법원 지원장이 다이아몬드 선물 받았다는 소문 퍼져 수사했더니…

상습 사기범, 구속된 지방 토호 풀려나게 해주겠다며 돈 받은 뒤 '다이아몬드 로비'시도 지원장이 물리치자 다이아몬드 받았다는 소문 퍼뜨려
피해 크다고 해서 폭력조직 두목 구속시켰더니 "면회시켜 달라"고 요구했던 지역 유지들

김기춘, '초원복국집 사건'으로 난처한 상황일 때 찾아갔더니…

김기춘 총장, 나를 대검 공안연구관으로 발탁…내 검찰 인생의 전환점
김기춘, 부산 초원복국집 사건으로 기소됐을 때 찾아갔더니 "이렇게 되니까 찾아오는 사람도 없는데, 자네가 유일하다"

"왜 시키는 대로 하지 않느냐"
전대협 처리 놓고 갈등 빚다 질책 들은 사연

정구영 검찰총장이 강조했던 '폭탄과도 같은 화염병' 표현을 훈시문에서 뺐다가…
전대협 처리 놓고 갈등…대검 공안부에서 기피 대상이 되다

부산지검 공안부 직원들이 내게 건네준 평가서엔…똑똑한 체하고 건방지다는 지적에, 그래선 호감을 사지 못한다는 충고까지

감청(監聽)으로 수사한 국내 첫 사건…
옥외전광판 비리로 전직 노동부장관 구속
나의 전성시대였던 서부지청 특수부장 시절
어느 모임에서 "옥외 전광판 사업 문제 있다"는 얘기 듣고 수사지시
뇌물 공여 등의 혐의로 전 노동부장관 구속
감청 수사를 국내 최초로 활용

"어느 중국집 가야 하나?" 청와대 비서관으로 하여금
"대통령이 먹어도 되느냐" 전화 걸 게 만든 '가짜 샥스핀 수사'
호텔 샥스핀 요리에서 났던 이상한 냄새로 시작된 '가짜 샥스핀 수사'
신문에 잇따라 등장했던 산삼 광고가 단초가 됐던 '가짜 산삼 수사'
'현대판 고려장' 북한산 기도원 사건

검사직 걸고 마약조직에 재투입한 '역정보원'…
영화처럼 적발한 '한중일 마약조직'
도쿄경시청에서 보내온 한 장의 사진
한·중·일 마약밀매 조직원 50여명 검거
마약 조직에 있던 고학력자 역정보원(undercover)으로 활용 검사직 걸고 도박과도 같은 작전 수행
'화이트 트라이앵글(white triangle)'로 명명해 유엔 마약국에 보고

피부연고제에 숨긴 필로폰, 구치소 수감자에게까지 흘러들어…
마약에 찌들었던 한국사회
국내 필로폰 밀조 계보의 원조가 차린 제조공장 덮쳤더니 시가 1000억 원 상당의 필로폰이…
조영곤 검사(전 서울중앙지검장) 사건 현장에 며칠씩 잠복하기도

구치소까지 파고든 필로폰

양은이파 두목 조양은 다시 구속했더니, 현직 판·검사가 전화 걸어 "왜 죄를 뒤집어씌우느냐"며 항의

청송감호소에서 조직 재건 시도했던 김태촌 미국 마피아 흉내 내 폭력두목 정계에 진출시키기도

양은이파 두목 조양은의 출소…그를 다시 구속한 남기춘 검사

조양은 집 압수수색했더니 정치인 등 유명인사들의 격려편지와 위로엽서 수두룩

현금다발 들고 밤늦게 집으로 찾아온 국회의원, 사건 선처 부탁 거절하자 "얼마나 출세하는지 두고 보자"

유력인사들과 유착돼 있던 조폭들

한국동양란협회 서울연합회장이던 조폭 수사하자 요로에서 선처 청탁 검찰 고위간부 "동양란 보급에 공헌한 분인데…"

광주 지역 건설사주의 폭행사건 수사 때도 곳곳에서 선처 청탁

현금다발 든 쇼핑백 들고 밤늦게 집으로 찾아온 국회의원

'충무로의 대부' 주변에서 나온 정치적으로 민감한 사건 발견했는데도 유야무야 된 사연

"1989년 씨네하우스 방화사건의 배후가 있다"며 7년 뒤 나를 찾은 제보자

방화사건 공소시효 임박한 상황에서 '충무로의 대부'로 불리던 영화업자 구속

정치적으로 민감한 사건수사를 달갑지 않게 판단했던 검찰 수뇌부 "특수부로 넘겨라" 결국 사건은 유야무야

베일에 가려진 사건…"지금도 생각하면 가슴이 답답"

조폭과 청와대 경호실 직원의 모략에 걸려든 검사… 그의 무고함 밝혀낸 남기춘 검사

꿋꿋한 검사 남기춘…"검찰 후배이지만 마음속으로 존경"

조영곤, 조은석 검사…쟁쟁했던 서울지검 강력부 멤버들

"남 검사님이 원하면 목숨이라도 바쳐야 한다"고 했던 한 검찰 직원
"검사가 상가 찾아주고 30% 지분 받기로 했다"는 근거 없는 소문 유포 검찰 고위층도 청부 수사 가능성 제기
꿋꿋하게 그 모략의 배후를 밝힌 남기춘 검사

술자리에서 전북지사 비서관을 맥주병으로 내리친 어느 검사
당시 김태정 검찰총장 "오늘 당장 영장 청구해!"
"너그러이 용서해달라" 전북지사 만나 사정

경찰의 수사권 독립 움직임에 찬물을 끼얹은 보고서 한통
신설된 대검 범죄정보기획관실의 초대 기획관이 되다
"경찰은 정치 중립을 지켜야 한다"는 경찰청장 발언의 문제를 지적하는 보고서 작성… 거의 재가 받을 단계이던 수사권 독립 보류돼
권력 실세 비리정보 가감 없이 보고…6개월 만에 교체돼

구권화폐 사기사건에 연루된 사채시장의 '큰손' 장영자 씨…
그를 잡기 위해 벌인 8시간 동안의 차량 추격전
정치자금으로 숨겨놓은 구권화폐를 싼값에 교환해 준다는 풍문 돌아
사채시장의 '큰손' 장영자 씨 연루 사실 드러나
장 씨가 김대중 대통령과 가깝다는 소문도 거짓으로 드러나…소환에 불응한 장 씨…외제차로 도주하는 그를 국산차로 쫓다가 놓칠 뻔하기도
기자들과의 실랑이 끝에 찢어진 구속영장

김대중 정부 때 실세이던 염동연 씨 구속하려하자 나를
찾아온 노무현 대통령 "같은 민주당원이어서…"
기자들에게 검사실 출입금지 조치…그리고 맞았던 집중포화
김강욱 검사, 여권실세이던 염동연 씨 금품수수 혐의 포착…검찰 고위층의 수사 중단 압력 "정권 초기인데…"
당시 나를 찾아온 노무현 대통령 "같은 민주당원이어서 그냥 찾아온 것이니 신

경 쓰지 말라"

주위에서 인사 청탁하라며 성화였지만…우여곡절 끝에 검사장 승진

북한 마약 추적했으나 성과 미약…검찰총장이 받은 24kg짜리 광어선물
북한 마약 사건은 북한과의 미묘한 관계로 공개 발표 못해
검찰총장의 안타까운 사퇴

지방언론 비리 수사했다가 언론탄압 장본인으로 몰려…
검찰총장 전화 걸어 "잠시 휴가 좀 다녀오지"
줄줄이 올라온 지역 언론 비리보고…지방 언론사 사주 구속했다가 언론탄압 장본인으로 몰려
걱정하던 검찰총장에게 "내가 모두 책임지겠다"

청주지검장 시절 지역 공관장 행사에 안 나갔더니…"검찰이 점령군이냐"
이원종 전 충북지사에 사과한 사연
검사장은 감시자…바깥사람들과는 접촉 자제해야

서울지검장 지낸 뒤 이어진 검찰총장 인사…
"나는 들러리에 지나지 않았다"
서울지검장 지낸 뒤 나의 행로는 수치스러울 정도
서울지검장 마친 뒤 대전고검장으로 발령…즉각 사표 내려했으나 여러 곳에서 만류
다시 대구고검장으로 발령…한동안 출근 안 해

검찰총장 안 된 내게 정성진 전 법무장관이 건넨 위로
"아마 2년 동안은 마음에 남을 걸세"
퇴임사 쓰는데 흘러내린 눈물, "무엇을 위해 살아왔나…"
"검사 생활 마친 지금 남은 것은 15년 입은 누더기 점퍼"

노무현 대통령이 전국 강력부장 초청행사 때 내게 살짝 했던 말
"조폭도 조폭이지만 정치인 수사 좀 해달라"
노 대통령, "나부터 소환해 조사한 다음 모든 정치인들을 수사해야 한다"

박지원의 남다른 친화력…첫 인사 때 "대한민국에서
서영제 검사장 모르는 사람 어디 있겠냐"
통일문제에 해박했던 김대중 대통령
"정치적 박해 받으면서 공안 검찰 미워했으나 대통령 되고 증오감 떨쳤다"
김영삼 대통령, 오찬 도중 연세대 시위 소식 듣고 "빨리 가서 모조리 잡아들여"
꼼꼼했던 이명박 대통령 특검법 수용 여부 결정 위해 일요일 점심에 전문가 초청
해 의견 들어

"신뢰 얻으려면 검찰 스스로 철저히 고립돼야 한다"
'마당발'검사는 의지와 무관하게 비리에 연루될 소지 커
정의는 겉모습에서부터 모양 갖춰야만 상대에게 신뢰를 줄 수 있어

"검찰이 살아있는 권력에 대한 수사 회피하면
스스로 사형선고 내리는 것"

검찰 근본 문제는 우월적인 특권의식…
"기소유예 폐지하고 '기소 배심' 도입해야"

"검찰, 불신에서 벗어나려면 정치권력으로부터 독립해야"
사실을 사실대로 밝히려는 검사가 불이익 받기도…이런 일 쌓이면서 검찰 스스로 몸조심하고 위축돼
"검찰은 시위 진압에서부터 손을 떼야 한다"

"노무현 대통령에 충성 다하자!"는 회식 자리의 건배사를 내가 거부한 이유
혹독한 비판, 과분한 칭찬 해주신 모든 독자들께 감사
"조선시대 사관이 史草쓰는 심정으로 사실에 충실하려고 노력"
"검찰은 국정철학이나 국민 뜻에 맞춘 수사해선 안 돼…수사 왜곡될 수 있기 때문"
"법대로 파헤치고 법조항에 그대로 적용하는 수사해야"
"검사는 대통령이 아니라 국민에게, 국가에 충성을 맹세해야"

차례

1장

예상치 못한
서울지검장으로 파격적인 발탁

옷을 벗을 때라 생각했는데

필자가 서울지검장으로 발령을 받은 것은 노무현 대통령의 취임 직후인 2003년 3월이었다. 청주지검장(초임 지검장 자리)에서 검찰 최대의 핵심 요직인 서울지검장으로 발탁됐다는 것은 지극히 예외적인 경우였다. 나로서는 도저히 상상하지 못했던 일이었으며, 검찰 내부에서도 아무도 예상할 수 없는 획기적인 인사였다. 검찰 생리를 웬만큼 아는 사람일수록 도저히 납득하기 어려운 인사였다. '검찰의 꽃'으로 불리는 자리가 바로 '서울지검장'이었으며 더구나 노무현 정권의 출발점이기 때문이다.

노 정권 출범 직전까지만 해도 이제는 사표를 쓰고 미련 없이 물러나야겠다고 마음을 먹고 있었다. 2002년 12월 실시된 제16대 대선에서 민주당의 노무현 후보가 당선됨으로써 검사로서의 나의 활동도 이제 완전히 종지부를 찍을 때가 되었다고 판단한 것이다. 다른 정치적 판단을 떠나서도 당선자가 사법시험으로 우리 기수의 후배였으므로, 선배 기수들의 입지가 그만큼 좁혀질 것으로 예상되었기 때문이다(나는 사법시험 16회였고, 노무현 대통령은 그보다 한 기수 아래인 17회였다). 그분이 사법연수원을 마치고 잠깐 판사로 재직했으므로 검찰과는 서로 깊은 관련이 없다고 생각할 수도 있었겠지만, 법조계 내부적으로는 그게 아니었다.

하물며 후배가 검찰총장에 임명될 경우 선배 기수들이 모두 옷을 벗고 물러나는 관행이 불문율처럼 된 검찰로서는 더욱 예민한 문제였다(상명하복에 따라 일사불란하게 움직여야 하는 검찰에서는 서열이 무엇보다 중요했다). 따라서 설사 검찰 조직의 어느 한 귀퉁이에 자리를 지키고 남아 있게 된다 하더라도 어차피 한시적일 것이라는 게 그때의 내 생각이었다.

서울지검장 시절의 서영제 변호사(조선일보 제공)

정치적으로도 내가 설 땅은 그리 넓지가 않았다

정권 교체기마다 검찰 수뇌부의 진용이 새로 개편되기 마련인데, 당시 노무현 대통령의 정치·지역적 연고를 따진다면 참여정부에서는 PK(부산·경남) 출신들이 중용될 것으로 거론되고 있었다. 청와대 비서실장이나 민정수석, 국가정보원장과 마찬가지로 검찰총장과 서울지검장도 대통령과 하나의 '운명 공동체'를 구성하고 있었으며, 따라서 그러한 연고에 따라 후속 인사가 이뤄지게 될 것이고, 거기에 들지 못한 사람들은 기수에 따라 저절로 물갈이되는 게 그간의 관행이라 할 수 있었다(물론 자격이나 소양이 부족한 사람들을 단순히 지역적 연고나 정치적 충성도로만 따져 검찰 요직에 앉혔다는 얘기는 아니다. 모두 어려운 사법시험을 거쳤고, 나름대로 조직 내에서 실력을 인정받으며 올라온 사람들이었던 것만은 분명하다).

하지만 그간의 사정으로 미뤄본다면 그렇게 자격을 갖춘 사람들이 많은 가운데서도 결국 마지막까지 빛을 본 사람들은 대체로 어떤 식으로든 집권층과 관련이 있었다는 것을 강조하고자 하는 말일 뿐이다. 이런 상황에서 정권 교체가 되었으니 내가 미련 없이 검찰을 떠나야겠다고 생각한 것도 당연했다. 마음속으로 아쉬움이 전혀 없지는 않았지만, 검사장으로 승진해 법무연수원 기획부장과 대검 마약부장을 거쳐 청주지검장으로까지 발령(2002년 2월)받았던 것만으로도 위안을 받을 만한 일이었다.

더구나 나의 검사장 활동에는 또 다른 문제가 있었다. 노무현 대통령이 진보 성향의 시민단체들과 친밀한 관계를 유지하고 있었다는 사실이 그러했다(그때의 대선에서 시민단체들로부터 상당한 지지를 받았던 것이 그 증거다). 그런데 나는 청주지검장을 맡고 있던 몇 달 사이에 수사과정에서 시민단체들과 상당한 마찰을 빚어야 했다. 지역의 언론사 사주들을 구속 수사하게 되었는데, 시민단체들이 이를 언론탄압이라고까지 반발하며 노골적으로 항의했던 것이다(물론 노무현 대통령을 지원했던 시민단체와 청주 지역 시민단체들의 입장이 반드시 일치하지는 않았겠으나, 어느 한쪽에서 기피 대상이 된다면 다른 쪽에서도 상처를 받을 수밖에는 없었다). 그런 점도 나에게는 정치적으로 적잖은 부담으로 작용하고 있었다.

여러 가지 상황을 검토해 볼 때 결국 대통령의 취임과 그 뒤에 이어질 검찰 후속 인사를 기해 그만두면 되겠지 하는 생각에 이른 것이었다. 그렇게 마음먹으니 아쉽기도 했지만 다른 한편으로는 홀가분하기도 했다. 나름대로 검사장까지 올랐으니 더 미련을 가질 필요도 없었다. 이제는 사표를 쓸 일만 남아 있었다.

강금실 장관과의 만남／

새벽에 걸려온 전화

강금실 법무장관으로부터 예기치 못했던 전화를 받은 것은 2003년 2월, 노무현 대통령의 참여정부 출범 직후였다. 새 정부 출범과 함께 파격적으로 법무장관에 발탁된 주인공이 바로 강 장관이었다. 판사 출신으로 법무장관에 임명됐다는 자체도 흔치 않은 인사이지만, 여성으로서 법무장관 발탁은 처음이었다. 그러니 언론에서 가히 신데렐라라 부를 만했다. 김각영 검찰총장보다 훨씬 후배일뿐더러 강 장관의 기수들이 지방검찰청 부장검사급에 지나지 않았다는 점에서도 서열을 무시한 인사였다(사법시험 23회). 아니, 단순히 무시한 정도를 넘어 서열 파괴나 다름없었다. 법무장관은 검찰총장에 대해 수사 지휘권을 발동할 수 있는 권한을 지닌다는 점에서 검찰 조직으로서는 형식상으로 최고의 상급자였다.

그러므로 내가 강 장관이 누구인지, 어떤 사람인지 잘 알지를 못한 것은 당연했다. 사법시험 기수로 따져도 7년이나 후배인데다 판사로 일했기 때문에 평소 부딪칠 일이 없었다(더욱이 나로서는 조만간 그만둔다는 생각을 하고 있었기에 뜻밖의 인물이 새 법무장관에 임명됐다는 보도가 나왔을 때도 건성으로 신문을 넘겼던 것 같다. 누가 장관으로 오든지 간에 나하고는 어차피 상관이 없는 일이었다). 그런데 전혀 예상하지 못하던 상황에서 강 장관이 청주지검장 관사로 전화를 걸어온 것이었다. 그것도 새벽 여섯 시쯤이었을까. 당연히 비서를 거치지 않고 자신이 직접 다이얼을 돌렸을 것이 틀림없다. 하지만 공교롭게도 내가 반신욕을 즐기던 시간이었다. 그 무렵, 하루 일과를 시작하기에 앞서 습관처럼 굳어진 나름대로 건강유지 방식이기도 했다.

전화벨이 서너 번 울렸을 때만 해도 나는 욕조에서 나올 생각이 없었다. 새벽 일찍 걸려오는 전화는 대체로 민원을 부탁하는 경우라는 것을 경험적으로 알고 있었기 때문이다. 혹시 전화가 끊어지더라도 내가 샤워를 끝내게 될 즈음에는 다시 걸려올 것이었다. 그때 전화를 받는다고 해도 크게 달라질 것은 없지 않은가. 하지만 전화벨은 계속 울려댔다. 다그치듯이 계속 울리는 것으로 미루어 적어도 보통의 민원 전화는 아니었다. 직감적인 느낌이 그러해서 서둘러 욕조에서 나왔다. 혹시 검찰청이나 지청에 급한 일이라도 생겨서 당직실의 담당 검사가 보고하려는 건지도 모른다는 생각이 들었다. 수화기를 집어 들었으나 예상과는 달리 여자의 목소리가 들려왔다.

저 법무부 장관입니다

"저 강금실이에요."

며칠 전 임명된 법무장관이었다. 그러나 이름을 듣고도 그 이름의 장본인이 법무장관일 것이라고는 전혀 생각이 미치지 못했다. 기껏 먼 친척집 식구이거나, 아니면 검찰청 직원들과 자주 들르는 근처의 음식점 또는 카페의 종업원이겠거니 하는 정도였다. 그래서 내가 알 만한 여자들의 얼굴과 이름을 떠올리며 되물을 수밖에 없었다.

"실례지만 누구신데요?"

"저, 법무부 장관입니다."

이름 세 글자만으로도 충분할 것으로 생각했을 터인데, 하급자에게 전화를 걸면서 구태여 자신의 직위까지 밝혀야 했던 강 장관의 목소리가 약간은 머뭇거리는 듯했다. 기분이 썩 유쾌하지는 않았을 것이다. 나로서도 그때서야 본의 아니게 결례를 저질렀음을 깨달았으나 이미 엎질러진 물이었다.

"어이쿠, 죄송합니다."

"제가 오늘 지검장님을 만나러 내려가려고 하는데 언제 시간이 되시는지 알아보려고 전화를 드렸습니다."

강 장관은 죄송하다는 나의 변명치레에는 이렇다 저렇다 대꾸도 없이 곧바로 본론을 꺼냈다. 나를 만나러 직접 청주로 내려오겠다는 것이었다. 개인적으로 전혀 알지도 못하고, 만난 적도 없는데 도대체 왜 나를 만나러 오겠다는 것일까. 특별히 행사가 있는 것도 아닐 터인데? 영문이 궁금했으나 그것을 물어볼 수 있는 처지는 아니었다. 어쨌거나, 직속 장관으로 하여금 나를 만나러 일부러 멀리 지방으로 내려오도록 할 수는 없는 일이었다. 아무리 바빠도 내가 서울로 올라가는 게 하급자로서 당연한 예의였다(더욱이 청주지검은 관할이 좁은 탓에 다른 지역에 비해 오히려 한가한 편이었다. 산하에 영동지청과 제천 지청, 그리고 충주지청 등 3개의 지청이 설치되어 있었으나, 그때로는 시급을 다툴 만한 사건도 없었다. 장관이 이른 새벽부터 전화를 걸어왔지만 제대로 알아보지 못했다는 사실만으로도 이미 결례는 충분했다).

"청주로 내려오시겠다니요. 그러지 마시고 내가 서울로 올라갈 테니 편리한 시간과 장소를 말씀해주시지요."

결국 이렇게 해서 약속이 잡혔다. 바로 그날 저녁, 강남의 인터컨티넨탈 호텔 로비에 있는 커피숍에서 만나기로 했다. 시간은 저녁 9시. 좀 늦은 시간이기는 했지만, 내가 청주에서 업무를 끝내고 서울로 출발하는 시간을 염두에 넣고 잡은 시간이었다.

뜻밖의 서울지검장 발령 /

장관님이 저쪽에서 기다리신다

그날, 나는 약속 시간에 맞추어 호텔에 도착했다. 정확히 약속 시간보다는 10분 정도 앞선 시간이었다. 적어도 강 장관보다는 먼저 도착해 있어야 할 것이었다. 그것이 하급자의 마땅한 도리였다. 그러나 만나기로 약속한 로비의 커피숍이 너무 넓었다. 더구나 아직은 강 장관의 얼굴도 제대로 모를 때였다. 이쪽 로비에 서서 기다리다가는 저쪽으로 옮겨 두리번거린 것은 그런 때문이었다. 나 자신이 상대방의 눈에 잘 뜨이도록 현관문 옆에 서 있기도 했다. 호텔에 들어오는 손님마다 혹시 다른 사람을 찾는 눈치는 아닌지 살피면서 말이다.

그렇게 어정쩡한 모습으로 15분 남짓 기다리던 참이었을까.

호텔 웨이터가 슬며시 다가오더니 "혹시 검사장님이 아니시냐?"

2004년 당시 법무부 청사에서 송광수 검찰총장의 중수부 폐지 반대 발언에 대한 입장을 발표하는 강금실 법무부 장관(조선일보 제공)

면서 "장관님이 저쪽에서 기다리신다."고 전갈을 넣었다. 강 장관이 커피숍에 앉아 멀찌감치 지켜보다가 내가 약속의 당사자일 것으로 간주하고 웨이터를 시켜 연락을 취한 것이었다. 아마 내 얼굴이 생소하기는 마찬가지 입장이었겠지만, 엉거주춤한 태도로 미루어 그런 생각이 들었을 것이리라. 자리에 앉아 서로 간단한 인사가 끝나자마자 강 장관은 곧바로 본론으로 들어갔다. 한마디로, "법무장관 직책을 어떻게 수행해야 할 것인지 조언을 부탁한다."는 게 그 요지였다. 자신은 잠깐 판사를 하다가 변호사로 들어섰기 때문에 검찰 쪽은 잘 모른다고도 했다. 그러나 그 정도의 얘기를 들으려고 나를 서울로 불러올렸을까. '굳이 내가 아니라도 주변에 조언을 구할 만한 인물들이 적지 않을 터인데'라는 생각에 나는 판단이 잘 서지 않았다. 스스로 머릿속이 복잡해지는 것을 느끼면서도 나는 내색하지 않고 평소의 생각을 끄집어냈다.

하지만 나는 전제부터 앞세웠다. "그동안 장관을 지내신 분들이 모두 훌륭한 인품을 지니셨지만 결국 이런저런 사유로 실패한 경우가 많았다."고 운을 떼고는 "사심을 버리시겠다면 몇 가지 말씀을 드릴 테고, 아니면 말씀드릴 필요도 없다."며 조심스럽게 그의 반응을 살폈다. 사실, 지난날 법무장관 한 사람의 그릇된 판단과 처신으로 인해 검찰 전체가 억울하게 도매금으로 손가락질을 받아야 했던 경우가 적지 않았다. 따라서 그가 장관으로 해야 할 역할만 똑바로 수행한다 해도 검찰 조직으로는 상당히 부담을 덜게 되는 것이었다.

강 장관도 그런 점을 모를 리 없었다. 애초부터 검찰 개혁이라는 막중한 임무를 띠고 법무장관에 발탁됐으며, 그러기 위해서는 장관의 의지와 처신이 무엇보다 중요하다는 것을 깨닫고 있었을 것이다. 그 자신이 민변(민주사회를 위한 변호사 모임)에서 부회장까지 지낼 정도로 개혁성향이 강한 변호사가 아니었던가. 그도 내 얘기에 동의하는 표정이었다. 나는 강 장관이 고개를 끄덕이는 모습을 보고는 평소 느끼고 있던 바를 솔직히 꺼내놓기 시작했다.

검찰 조직에서부터 인사, 수사 분야에 이르기까지 얘기가 이어졌다. 대략 30분 정도였을까. 그리 길지 않은 시간이었건만, 내 얘기는 중구난방이면서도 다소 직설적이었던 것 같다. 검찰 조직에 대한 나 자신의 경험적 진단이나 다름없었다. 개인적인 불만도 은연 중 노출되었을 것이다. 강 장관은 얘기를 들으면서 간간이 고개를 끄덕이기도 하고 어느 부분에 이르러서는 꼼꼼히 되묻기도 했다. 하지만 그날의 만남은 그냥 그것뿐이었다.

그렇게 커피를 한 잔 마시며 검찰 조직과 관련해 이런저런 얘기를 나누고는 나는 다시 밤길을 더듬어 청주로 내려갔다. 청주로 내려가면서도 강 장관이 나를 만나려 했던 의중이 정말로 무엇이었는지 궁금했지만, 넘겨짚기가 그리 쉽지 않았다. 거의 일방적으로 내 소견만 들었을 뿐이지 본인의 언급은 거의 없었기 때문이다.

이런 엉터리 기사가 다 있느냐

그런데 그로부터 일주일쯤 지났을까. 어느 인터넷 신문에 내가 서울지검장으로 내정됐다는 기사가 보도되었다. 나는 제목만 훑어보고는 "이런 엉터리 기사가 다 있느냐."라고 생각했다.

그때로써는 도저히 상상할 수 없는 일이었다. 따라서 완전한 오보라고 간주했다. 혹시 강금실 장관과 만난 얘기가 새어나갔고, 그것이 와전되어 그런 식으로 확대됐을 가능성도 없지 않다고 생각했다. 초임 지검장 자리인 청주지검장에서 서울지검장으로 직행한 전례가 전혀 없었을 뿐더러 당시 내 앞에도 서열이 앞선 분들이 거의 20여 명이나 있었다. 별로 내세울 것 없었던 내가 상급자들을 제치고 '검찰의 꽃'이라는 서울지검장으로 발탁된다는 것은 꿈에서조차 어려운 일이었다. 검찰 조직에서는 서열이 인사의 가장 중요한 요건이었기 때문이다.

더구나 서울지검장으로 낙점을 받으려면 대통령의 개인적인 신임이 있거나 그 신임을 받을만한 조건이 절대적으로 필요했다. 역대 대통령치고 자기와 아무런 관계도 없는 사람을 서울지검장에 앉힌 전례가 없었다. 그만큼 사회기강 측면에서는 물론 정치적으로도 중요한 자리였다. 검찰총장을 제외한다면, 법무부 검찰국장과 대검 중수부장 및 공안부장보다도 훨씬 더 중요한 자리로 여겨지고 있었다. 군대의 직제로 비교한다면 최전방을 책임진 야전 사령관이나 다름없었다.

그러나 나는 노무현 대통령 본인은 물론 그의 최측근이라는 문재인 민정수석과도 일면식이 없었다. 문희상 청와대 비서실장과도 마찬가지였다. 다만 앞서 얘기한 대로 그보다 며칠 전 강금실 장관과 처음 만나 30분 남짓 얘기를 주고받았을 뿐이다. 그나마 인사에 대해서는 아무런 언질도 받지 못했던 터다. 그러나 다음날에도 비슷한 보도가 이어졌다. 서울지검장으로 유력하게 거론된다는 단순한 하마평 차원이 아니었다. 인사 내용이 확정되어 발표만 기다리고 있다는 식이었다. 이제는 반신반의하면서도 내가 감지하지 못하는 사이에 스스로 어떤 거대한 기류에 휩싸여 있게 되었음을 느낄 수밖에 없었다. 강금실 장관이 나를 만나자고 했던 이유를 어렴풋이나마 짐작할 수 있을 것 같기도 했다.

그렇게 본다면, 내가 서울지검장에 내정되었다고 첫 기사를 내보냈던 그 인터넷 신문이 특종을 건진 셈이었다. 기존의 신문·방송 언론 매체에 거부감을 느끼고 있던 노무현 대통령이 인터넷 매체를 활용하기 시작한 사례다. 공공조직보다는 시민단체와 가깝게 지내려던 성향에서도 참여정부의 정책 방향이 부분적이나마 드러나고 있었다.

정식으로 인사발령이 통보된 것은 그보다 이틀 뒤인 3월 13일의 일이다. 유창종 검사장에 이은 제46대 서울지검장이었다. 사표를 쓰리라 마음먹었는데 얼떨결에 요직의 반열에 올라서게 되었던 것이다. 여기저기서 요란하게 걸려오는 축하 전화를 받으면서야 서울지검장에 임명됐다는 사실이 꿈이 아니라 현실임을 비로소 실감할 수 있었다.

그때 내가 과연 어떤 과정을 거쳐 서울지검장에 임명되었는지는 지금도 확실히 모른다. 몇몇 검찰청 출입기자들이 관심을 두고 캐물어 왔으나 해줄 말이 진짜로 없었다. 나 자신도 궁금한 나머지 언젠가 강금실 장관에게 슬쩍 질문을 던진 적이 있었다. 하지만 그도 그냥 빙그레 웃기만 하고 넘어가고 말았다. 항간에서는 노무현 대통령의 측근이던 이광재 씨나 안희정 씨가 뒤에서 힘을 써주었을 것이라는 얘기도 있었던 모양이지만, 역시 근거가 없는 얘기였다. 그들과 한 번이라도 만나거나 인사를 나눈 사이가 아니었다.

어쨌든, 우리 사법시험 동기들 가운데서 서울지검장 자리를 거친 것은 나 혼자뿐이다. 동기들 중에서는 그 뒤에 법무장관이나 법무차관을 지내기도 하고 정계로 진출해 국회의원을 지낸 분도 계시지만 나로서는 유일하게 서울지검장을 지냈다는 것이 지금도 무한한 긍지로 남아 있다.

화두로 던져진 '검찰 개혁' ／

지금의 검찰 지휘부를 믿지 못하겠다

내가 서울지검장에 임명되기에 앞서 대구고검장이던 송광수 선배님이 검찰총장으로 내정되어 있었다. 전임자인 김각영 선배님이 노무현 대통령의 공개적인 불신임 표명으로 취임 4개월 만에 전격 퇴진함에 따라 그 후임 인사가 불과 며칠 전에 발표되었던 것이다. 새 정부 출범에도 불구하고 당분간 김 총장 체제가 그대로 유지될 것으로 여겨졌던 검찰로서 갑자기 전환기를 맞고 있었다.

당시 노무현 대통령은 텔레비전 중계로 진행된 '평검사와의 대화'를 통해 "나는 지금의 검찰 지휘부를 믿지 못 하겠다."며 노골적으로 불신임 의사를 내비쳤고, 김 총장님은 이러한 언급이 나오게 되자 그날 저녁으로 사의를 표명하고 물러났다. 이러한 불신임 표명에서 드러났듯이 검찰 조직에 대한 노무현 대통령의 관심은 개혁에 초점이 맞추어져 있었다. 각계의 예상을 뒤엎고 경력이 짧은 재야의 강금실 변호사를 법무장관으로 내세운 것도 그런 때문이었을 것이다.

따지고 보면, 자신과 거의 일면식이 없는 나를 서울지검장 자리에 앉힌 것도 기존의 연결고리를 모두 끊어내고 새로운 차원에서 검찰 조직을 추스르겠다는 의지의 표명이라 여겨진다. 거기에 모종의 정치

고(故) 노무현 전 대통령이 2003년 3월 9일 평검사와의 대화에서 인사를 통한 검찰 개혁의 필요성을 설명하고 있다.(조선일보 제공)

적 복선이 깔려 있었는지는 내가 잘 알 수 없었지만, 그 여부를 떠나서도 검찰에 새로운 바람을 불어넣어야 할 필요성은 충분했다. 적어도 과거의 그릇된 관행에서 벗어나야 한다는 점에 있어서는 내 생각도 크게 다르지 않았다.

그릇된 관행 중에서도 가장 잘못된 것이 바로 인사 문제다. 이를테면, 사건을 정치적으로 처리한 공로를 인정받아 승진하거나 출세 보직으로 자리를 옮겨간 경우가 적지 않았다. 사건을 집권층의 입맛에 들도록 해결한 공로라고나 해야 할까. 그것이 바로 '정치적 감각'이라는 것이었다. 하지만 돌려 말해서 '정치적 감각'이었지, 그로 인해 결국 검찰의 권위가 땅바닥에 떨어지고 국민들에게 신뢰를 잃기 마련이었다는 점에서 잘못된 관행이며, 인사였다. 검찰이 청와대의 눈치를 살핀다고 해서 '정치검찰'이라고 비난을 받는 것도 그런 때문이었다. 한편으로는 소신이 없는 태도에서 빚어진 결과였다. 소신이 있다면 아무리 바깥에서 압력이 들어온다고 해도 당연히 뿌리치고 오히려 상대방을 설득해야 올바른 태도일 것이다. 따라서 정치권의 압력에 굴복해 수사를 제대로 하지 못했다는 얘기는 있을 수 없고, 또 있어서도 안 되는 일이다. 그것이 사회정의를 지켜내야 하는 검찰의 본분이다.

황야에서 부르짖는 늑대의 근성

내가 서울지검장에 임명되고 나서 가장 보여주고 싶었던 것도 정치적으로 흔들리지 않는 검찰의 의연한 모습이었다. 안방에서 귀여움을 받는 애완견이 아니라 황야에서 부르짖는 늑대의 근성을 되찾아야 한다고 생각했다. 나로서는 누구에게도 인사에 빚진 것이 없었기 때문에 주변의 눈치를 살피지 않고 철저한 수사로 객관적인 사실 규명에 최선을 다하리라 다짐하던 터였다. 그야말로 서울지검장이 내 검찰 경력에서 마지막 보직이라는 결연한 마음가짐을 가졌다.

서울지검장 자리까지 올라서가 아니었다. 나의 평소 지론이 그러했다. 사회적으로 민감한 사건이 터질 때마다 정치적인 잣대로 이리 주무르고 저리 주무른다며 검찰 수사팀을 비난하는 언론 보도를 접하면서 모멸감을 느껴야 했다. 마음속으로는 그동안 20년이 넘도록 수사를 하면서 소신을 꺾어본 적이 없다고 자부하던 터였다. 그런 점에서, 검찰 개혁만큼은 노무현 대통령의 정치적 노선과는 관계없이 절대적인 찬성의 입장이었다.

내가 어떤 연유로 서울지검장에 발탁되었는지 모른다고 했지만, 노무현 대통령은 나름대로는 여러 가지로 따져보았을 것이다. 내가 노무현 대통령 쪽에서 바라볼 때 정치적 동조자가 아님이 분명했는데도 어떻게 집권층의 눈에 띄게 됐는지는 나로서도 의문점을 가지면서, 내가 내린 결론은 이러했다.

"처음부터 적극적인 입장에서 선택됐다기보다 다른 사람들을 차례

차례 제외하다 보니 내가 마지막까지 남은 게 아니었나."하는 것이다.

일단은 대선에서 노무현 대통령의 경쟁 후보였던 이회창 씨와의 지연·학연을 따져 우선적으로 보직 명단에서 제외했을 것임은 쉽게 짐작이 가고도 남는다. 그리고 검찰 조직을 개혁하겠다고 판단한 이상 그때까지 비교적 잘 나가던 다른 간부들도 경계의 눈길에서 벗어날 수는 없었을 것이다.

그 과정에서 노무현 대통령과 사법시험 17회 동기들 가운데 선두를 달리고 있던 정상명, 안대희, 이종백 씨 가운데 한 명을 발탁하는 방법도 강구됐겠지만, 선배들 기수와의 관계를 감안하면 너무 빠르다는 판단이 들었을 법도 하다. 결국 그런 와중에서 내가 차선책으로 서울지검장에 임명되었던 게 아닌가 여겨지는 것이다. 그때 법무부 기획관리실장이던 정상명 씨는 법무차관으로, 안대희 씨는 중수부장으로, 이종백 씨는 인천지검장으로 각각 낙착되는 선에서 인사가 마무리되었다.

나보다 선배이시군요

실제로, 당시 노무현 대통령은 나의 개인 정보에 대해서는 거의 관심이 없었던 것 같다. 다음과 같은 사례가 그것을 말해 준다. 송광수 씨가 국회의 인사청문회를 거쳐 정식으로 검찰총장에 임명된 직후에 열린 청와대 오찬에서 있었던 일이다. 대통령과 전국 검사장들과의 상견례를 겸한 자리였다. 노무현 대통령과 강금실 장관, 송 검찰총장과 함께 나도 헤드 테이블에 앉았는데, 그 자리가 노무현 대통령과 사실상 처음 대면한 기회였다.

사실상 처음 대면했다고 말하는 것은 그전에 지극히 형식적인 만남이 한 차례 있었기 때문이다. 내가 서울지검 서부지청장으로 근무

2004년 1월 당시 고(故) 노무현 전 대통령이 청와대 신년인사회에 참석한 송광수 전 검찰총장과 악수하고 있다.(조선일보 제공)

하던 1999년 당시 김대중 정권하에서 연청 사무총장을 맡고 있던 염동연 씨가 구속되었는데, 그때 국민회의 부총재였던 노무현 대통령이 지청장실로 찾아왔던 것이다. 그렇다고 사건을 잘 봐달라고 부탁하러 온 것은 아니었다. "소속 정당의 보직자로서 관심 표명이라도 해야 되겠다는 의무감에서 찾아온 것이니 아무런 부담을 갖지 말라."며 정치인으로서의 위압감은 전혀 드러내지 않았다. 인상도 소탈한 편이었다. 그러나 그때의 대면 사실을 노무현 대통령이 기억하고 있었는지는 확실하지가 않다.

중요한 것은, 처음 또는 두 번째로 서로 대면했다는 것이 아니다. 그보다는 그 자리에서 노무현 대통령이 나에게 불쑥 꺼낸 얘기가 지금도 기억에 남아 있다. 첫 번째로 물어본 것이 "검사장께서는 사법시험이 몇 회이시냐."라는 질문이었다. 동석했던 송 총장이 13회라는 사실을 알고 있었을 것이므로 아마 나와의 관계에서 법조계 선후배 여부가 궁금했던 모양이다. 내가 16회라고 대답하자 "아, 나보다 선배이시군요."라면서 "이 자리에 앉으셔야겠네요."라며 자기 자리를 권하는 듯한 웃음 섞인 제스처를 보여주기도 했다. 물론, 내가 사법시험 몇 회인지를 정말로 몰라서 그렇게 물어보았을 거라고 여겨지지는 않는다. 하지만 나에 대한 개인 정보가 기억에서 왔다 갔다 하는 수준에서 크게 벗어나지는 않았을 거라는 게 지금까지의 내 생각이다. 다시 말해서, 유능한 사람들을 이런저런 이유로 제외하다 보니 대안이 없었던 탓에 나에 대해 잘 모르면서도 덜컥 서울지검장 자리를 맡긴 것이 아니었나 하는 얘기다.

노무현 전 대통령과 서영제 전 서울지검장

검찰의 위상을 바로잡고 싶었다

그렇다고 검찰 개혁에 대한 나의 의지가 위축되거나 손상될 수는 없었다. 나는 진정으로 잘못된 검찰의 위상을 바로잡고 싶었다. 초임 검사 때부터 어느 직책에 있든 항상 마지막이라는 심정으로 그 직책에 부여된 모든 권한과 직무를 극대화하면서 열심히 일해 왔다고 자부하던 입장이었다. 물론 처음 검사를 지망했을 때만 해도 고위직까지 올라갈 수 있으리라는 자신감이 없었던 게 사실이다. 그런데 운명인지 정치논리였는지 모르지만 내가 어느 순간에 서울지검장에 오르게 됨으로써 드디어 나에게 기회가 주어진 것이었다.

한편으로 당황스럽고 믿어지지도 않았다. 세간에서 얘기하듯 인맥이나 지맥, 학맥, 혈맥에 이르기까지 어디 한 군데 줄을 댈 형편이 아니기도 했지만 애초부터 그런 점에는 별로 관심이 없었다. 정치인 등 소위 실세에 접근하기 위해 시도해 본 일도 없었다. 본래 성격적으로 그런 시도 자체를 경멸해 왔고 차라리 그럴 바에는 변호사를 개업하여 다른 뜻을 이루는 것이 낫다고 생각해 오던 터였다. 그야말로 '독립적인(stand-alone)' 자세로 혼자 밀어붙이며 살아왔다. 하지만 마침내 내가 바라던 뜻을 이룰 수 있게 되었다는 생각에 이르자 스스로 흥분을 감출 수가 없었다.

서울지검장에 임명됐을 당시의 서영제 전 검사장(조선일보 제공)

서울지검장에 오른 것은 하늘이 내려준 기회이고, 다시는 이와 같은 자리가 나에게 찾아오지 않으리라는 것은 너무도 명백했다. 이제는 이 자리가 마지막이고 따라서 서울지검의 모든 수사력을 최대화시켜 부정부패와 같은 거악을 철저히 수사해보겠다는 열망이 가득 차올랐다.

검사는 악과 싸울 때 그 존재의미가 있다

서울지검장은 검찰 최고지휘 직책의 하나로서 정치권과 관계를 잘 조정하고 검찰이 시끄럽지 않도록 잘 다독이는 것이 그 주요 임무라고 말하는 이도 있지만 나는 반대로 어떻게 하면 정치적 부패나 사회악 등 거악을 수사하여 그러한 악들을 사회로부터 제거하느냐가 우선이었다. 나머지 정치적 영향이나 검찰 내부의 일사불란한 화합, 단결 등은 오히려 부차적인 문제였다. 검사는 범죄수사, 그중에서도 가장 고질적인 정치적, 사회적인 악과 싸울 때 그 존재 의미가 있는 것이기 때문이다.

내가 인맥이나 혈맥, 학맥, 지맥에 관심을 두지 않았던 것은 다른 이유가 있었다. 첫째는 엄청난 체력과 부지런함이 있어야 하고 더욱이 타고난 부드러움을 갖춰야 그러한 각종 연결고리를 유지할 수 있으나 나는 체력이 약하고 그렇게 부지런하지도, 세심하지도 못했다. 더욱이 성격적으로도 강하고 모난 편이다. 둘째로, 검사는 대인접촉을 피해야 한다는 생각 때문이었다. 다른 사람의 죄를 다루고 심판하는 자는 사심 없이 명경지수와 같은 마음을 유지해야 하고 수도승처럼 격리된 생활을 해야 한다고 믿었다.

성경에는 남의 흠을 인간이 판단할 수 없고 하느님만이 할 수 있다고 쓰여 있는데 남의 잘못을 캐내고 단죄하는 일이야말로 인간의 영역이 아니라 신의 영역이 아니겠는가. 그러나 누군가는 이 일을 해야 법치주의와 민주주의가 유지될 수 있기 때문에 이 임무를 맡은 검사는 온갖 개인적인 인간관계로부터 가급적 초월하여 사심 없이 일해야 한다고 생각했다.

물론 나도 검사가 아니었다면 달라질 수 있었을 것이다. 평소 인간 처세술에 대한 얘기를 적잖이 듣기도 했다. 과거 내무부 차관을 거쳐 장관까지 지내신 어떤 분은 차관 시절에 자기한테 들어오는 명절 선물을 내용물을 뜯지 않고 그대로 포장한 채 모시던 장관의 명함을 붙여 장관의 지인들에게 돌렸다고 한다. 장관이 이런 얘기를 전해 듣고 얼마나 감격했겠는가는 능히 짐작이 간다.

국책은행장을 지낸 어떤 분은 5공실세인 J씨가 형을 살고 구치소에서 출감하던 날 그의 집에 축하 화분을 보냈다고 한다. 두 사람은 전혀 모르는 사이었다고 하는데, J씨가 안면도 없는 사람으로부터 꽃을 받았으니 얼마나 감격했겠는가? 또 어느 국회의원은 이른 아침부터 잘 모르는 초상집을 찾아가 밤늦게까지 문상객들에게 술을 권하고 대화를 유도하여 친분관계를 만들었다고 한다.

이런 얘기는 미국에서도 마찬가지다. 대통령 출마를 했던 앨 고어(Al Gore) 부통령은 자기 고향에 내려갈 때마다 무조건 시간을 내어 수많은 지역 사람들에게 일일이 전화를 걸어 안부를 전했다고 한다. 최근 공화당 대통령 후보였던 롬니(Romney) 전 주지사는 오래전부터 50개 주 지방선거의 출마자를 방문하여 지원함으로써 결국 그들의 지지로 대통령 후보가 되었다고 한다. 오바마(Obama) 대통령 역시 평소 사람을 소개받게 되면 한 시간이고 두 시간이고 열심히 상대방의 이야기를 경청하는 방법으로 자신의 인맥 형성에 성공했다는 얘기가 전해진다.

이처럼 인생의 승리자가 되고 남보다 앞서기 위해서는 기왕에 친분이 있는 유력인사들과 계속 관계를 유지하는 것은 물론 동창 모임에 자주 참석하여 학맥을 철저히 관리해야 하고 고향의 유력인사들과도 친교관계를 넓혀가야 한다. 나도 인생에서 독불장군은 없다는 것을 잘 알고 있다. 하지만 검사라는 직업은 다르다. 사사로운 인간관계로부터 파생되는 유혹을 조금이라도 줄여 엄정한 수사를 하려면 그러한 친분관계를 되도록 멀리할 수밖에 없다는 것이 나의 검사철학이다.

검사를 하면서 이러한 맥도 유지하려고 할 때 스캔들이 생기는 법이다. 따라서 둘 중에 하나는 포기해야 한다. 검사 고위직을 지낸 사람이 한순간에 정치인이 되고 대기업가가 되기도 하지만, 수도승이어야 하는 검사가 정치인으로 변신할 때는 엄청난 초인적인 능력이 있었거나 아니면 검사생활을 하면서 인맥관리에 많은 신경을 썼다고 밖에 볼 수 없는 것이 나의 결론이다.

논란을 불렀던 취임사／

기업인을 기소 할 때는 나라 경제도 고려 할 수밖에

내가 서울지검장 취임사에서 일성으로 강조한 것도 바로 검찰 개혁이었다. 검찰 개혁은 당시 상황에서 거스를 수 없는 대세이자 시대적 소명이었다.

나는 그 구체적인 방안으로 “국민의 의사를 존중하고 국민이 검찰권 행사에 직접 참여하고 공감하는 검찰로 나아가야 할 것”이라고 밝히기도 했다. 단순히 참여정부의 정치적 코드에 맞추자는 것이 아

2003년 3월 13일 열린 서영제 서울지검장 취임식(조선일보 제공)

니라 국민이 납득하지 못하고 공감하지 못하는 수사는 잘못된 수사라는 점을 강조하고자 한 것이었다.

그동안 검찰이 지탄을 받았던 가장 큰 이유는 수사 결과가 국민을 납득시키지 못했고, 공감을 얻지 못한 데 있었다는 게 내 생각이다. 법 집행이 국민감정과 괴리현상을 빚었던 경우가 적지 않았다는 얘기다. 따라서 검찰의 입장만을 내세우기보다는 국민의 소리에 귀를 기울이고 국민의 견해를 받아들임으로써 검찰권 행사의 공정성과 신뢰성을 검증받는 절차가 필요했다. 그것이 바로 '열린 검찰'이며, '참여 검찰'의 진정한 모습일 것이었다.

다른 한편으로는 검찰의 본래 기능인 수사 파트를 활성화시키겠다고 다짐하고 있었다. 사기범과 협잡꾼들을 잡아들이고 뒷골목의 조직폭력배를 모조리 소탕할 것이었다. 정치권력을 등에 업고 마치 제 세상처럼 날뛰는 악덕 모리배들도 뿌리를 뽑아야 했다. 가끔 미세한 정치 바람에도 주변의 눈치를 살피며 잡풀처럼 누워버리는 검찰 조직에 늑대의 근성을 되살리리라는 생각이었다.

거기까지는 문제가 없었다. 그다음이 문제였다. 재벌기업 수사 방침에 대한 취임사의 내용이 언론의 표적이 되고 말았다. "적어도 검찰이 기업인을 기소를 할 때는 나라 경제 등 모든 조건을 고려해야 한다."고 언급한 부분이 집중적인 공세에 부딪치게 됐던 것이다. 당시 도마에 올랐던 여러 재벌들의 비리 수사를 은근슬쩍 얼버무리겠다는 의도를 드러낸 것이 아니냐는 따가운 눈총을 받아야 했다.

그때만 해도 SK글로벌 분식회계 사건과 관련하여 최태원 회장이 전격 구속된 상태였고, 한화와 두산중공업 등 다른 재벌기업에 대해서도 시민단체들을 중심으로 비리 의혹이 계속 제기되던 터였다. 그 초점도 재벌 총수와 그 일가족의 비리에 직접 맞추어져 있었다. 그 가운데서도 삼성그룹의 에버랜드 사모전환사채(CB) 발행을 통한 편법상속 의혹에 대한 수사 방향이 주목되던 시점이었다. 거기에 지난 1997년의 대선을 앞두고 당시 집권 여당인 신한국당이 당시 국세청 차장을 통해 무려 100억 원 규모의 선거자금을 불법 모금했던 이른바 세풍사건과 관련해서도 해당 기업들을 대상으로 다시 수사가 재개될 참이었다. 사건의 핵심인물인 그 국세청 차장이 그동안 미국에 도피해 있다가 신병이 확보되어 바로 며칠 뒤에는 우리 측에 송환되도록 절차가 진행되고 있었던 것이다. 거기에 관련된 대기업들만 해도 20개 회사가 넘고 있었다.

이런 상황에서 나의 취임사 내용이 재벌들을 봐주겠다는 식으로 받아들여질 수밖에 없었고, 결과적으로 비난이 쏟아져 들어왔던 것이다. 그중에서도 참여연대의 문제 제기는 끈질겼다. 당시 시민운동을 주도하던 단체가 바로 참여연대였다. 참여연대는 그 다음날 발표한 논평에서 "법과 원칙에 입각해 수사를 지휘해야 할 검찰 수뇌부가 상황논리에 휘말려 자의적으로 수사를 유보한다고 밝힌 데 대해

분노하지 않을 수 없다."며 직설적으로 공격해 들어왔다.

검찰 내부에서도 나의 의중을 놓고 반신반의하는 분위기였음은 물론이었다. 취임 초기부터 너무 바깥의 눈치를 보는 게 아니냐는 의견들이 제기되기도 했다. 이 문제는 그 뒤 국회에서도 추궁의 대상이 되었다. 조순형 의원을 비롯한 몇 분으로부터 "재벌 수사를 왜 안 하겠다는 것이냐."라며 혼쭐이 떨어졌던 것이다. 내 느낌으로도 이러한 반발을 예상하지 못했던 것이 아니다. 더구나 내가 서울지검장으로 발령 나기 직전에 열렸던 노무현 대통령의 '평검사와의 대화'에서 SK 수사에 있어 여권 고위 관계자들의 외압이 있었다는 발언이 터져 나온 것도 한몫을 거들었다. 수사에 관여하던 어느 검사가 공개적으로 이 얘기를 꺼냈고, 결국 언론에 의해 사실관계가 그대로 확인되기도 했다. 재벌 수사에서 주변 상황을 감안하겠다고 언급한 나의 취임사 내용이 같은 연장선 위에서 맞추어진 것이 아니냐는 눈총을 살 만도 했다.

그러나 당시 나의 발언은 어디까지나 원칙적인 입장을 강조한 것이었다. 강함 속에서 부드러움을 찾고, 부드러움 속에서 강함을 추구하려는 외유내강의 자세를 내세우고 싶었다. 특히 기업수사는 어떻게 수사하느냐에 따라 선량한 기업이 망할 수도 있고, 악덕기업이 빠져나갈 소지도 있는 것이다. 따라서 가급적 언론에 노출시키지 않으면서 범죄의 환부만 예리하게 도려내야 할 필요가 있었다. '외과적 수사(surgical investigation)'란 바로 그것을 두고 하는 말이다. 마치 수술실의 집도 의사처럼 검사들도 수사의 칼날을 효과적으로 시용하는 방법을 배워야 한다는 뜻이다. 정작 범죄 혐의가 없는 상황에서도 심증만 갖고 수사의 팡파르를 요란하게 울리게 된다면 해당 기업만 공연히 피해를 입을 수밖에 없기 때문이다.

수사는 리듬이다

그때 기자들로부터 질문을 받고 내가 "수사는 리듬이다."라고 답변한 것도 그런 뜻이었다. 무턱대고 파고드는 것이 아니라 궁극적으로 경제거악을 잡아내기 위해서는 전략적으로 수사의 강약을 조절할 필요가 있다는 얘기다. 또한 단순히 기업 활동에 사소한 범죄 혐의라도 있느냐 없느냐 하는 단세포적인 사고에 매달리기보다 국가의 균형발전에 기여할 수 있는 제반 사항을 검토한 뒤에 검찰권을 행사하는 게 옳다고 생각했다. 특히 국제적으로도 돌아가는 제반 여건이 급류에 휘말리기 직전이었다. 무엇보다 미국이 9·11 테러에 대한 보복조치의 일환으로 사담 후세인을 몰아내기 위한 이라크 공격이 임박해 있었다. 따라서 세계 각국이 긴장해 있었던 중이다. 우리 내부적으로도 경제적인 충격을 감안하지 않을 수 없었다.

가뜩이나 SK그룹에 대한 수사로 최태원 회장을 구속한 것이 경기침체의 한 원인으로 작용했다는 여론이 제기되고 있었을 정도다. 당시 인터내셔널 헤럴드 트리뷴은 SK그룹에 대한 수사로 인해 180억 달러에 이르는 외국 자본이 한국에서 빠져나갔다고 보도하기도 했다.

"국가를 망하게 하는 기소는 할 수 없고, 국민이 박수치지 않는 수사는 하지 않겠다."고 언급한 데도 그런 사정이 감안되었다.

이에 대한 당시 조선일보의 2003년 3월 13일자 보도를 소개한다.

> [서영제 지검장의 균형감각]
>
> 서영제 신임 서울지검장은 13일 「경제사건 등은 종합적으로 고려해 판단해야 한다」며 재벌그룹 비리 의혹에 대한 수사를 사실상 유보할 뜻임을 시사했다고 한다. 서 검사장은

이날 오후 출입기자 간담회를 갖고「혐의가 있다고 무조건 기소하는 것은 정의에 맞지 않다」며「형법 51조에 규정에도 검사의 기소편의주의는 사건에 따르는 여러 가지 상황과 조건을 참작토록 돼 있다」고 말했다는 것이다. 서 검사장은「수사 시 국가의 균형 발전적 측면을 도외시할 수 없다. 검찰이 국가를 망하게 하는 기소를 할 수 없고 국민이 박수치지 않는 수사도 하지 않겠다」고 말해 사실상 재벌수사 확대의 뜻이 없음을 내비쳤다. 정말 오랜만에 들어보는 사정기관장의 시원하고 균형 있는 발언이다. 검찰 수뇌부의 한 사람인 서울지검장이라면 이 정도의 균형감각은 갖추고 있어야 한다고 본다. 국가기관의 일원인 검찰이라면 마땅히 어떠한 것이 국익에 합당한지 깊이 생각하고 판단해야 한다. 교각하기 위해 살우 한다면 당초의 목적에서 벗어나는 결과를 가져오는 것이다.

2003년 8월, 민주당 정대철 대표의 검찰 출두를 앞두고 서울지검에 나온 당직자와 지지자들(조선일보 제공)

그렇다고 재벌 수사를 포기한 것은 결코 아니었다. 결국 최태원 회장에 대한 확대수사로 전 공정거래위원장을 구속한 데서도 알 수 있는 일이다. 당시 검사와의 대화에서 노무현 대통령도 수사팀이 재벌 수사에 대해 소신껏 수사해도 불이익을 받는 일이 없도록 하겠다는 약속을 한 바 있다. 제 역할을 수행하는 검찰에 대해 불이익을 논한다는 자체가 우스운 일이었지만, 그때의 돌아가는 상황이 그러했다. 돌이켜 생각해보면, 내가 재벌 수사와 관련해 오해를 받았던 것은 당시 돌아가던 불리한 여건 때문이었다. 그러나 나로서는 뒤늦게라도 진정성을 인정받을 수 있게 된다면 그것으로 그만이라고 생각했다.

'서초동의 봄'을 구가하다 /

굿모닝시티 쇼핑몰 사기분양 사건

우선 정치권과의 관계에서 나의 진정성은 금방 효과를 나타내기 시작했다. 오히려 집권 여당인 새천년민주당으로부터 불평이 쏟아질 정도였다. 때로는 가시 돋친 언쟁이 벌어지기도 했다. 그러나 야당인 한나라당으로부터 검찰 수사에 대한 찬사가 쏟아지기도 했으니, 서울지검장 당시 나의 수사 방침이 어떠했는지를 단적으로 보여주는 증거다.

굿모닝시티 쇼핑몰 사기분양사건과 관련하여 당시 여당의 대표였던 정대철 씨를 뇌물수수혐의로 구속한 것이 대표적인 사례다. 노무현 정부의 최대 후견인이라 자칭된 분에게 엄중한 법의 잣대를 들이댄 것이었다. 그것도 참여정부가 출범하고 불과 3개월 만에 그에 대한 수사가 전격 시작된 것이었으니, 정치권에 대한 파장이 클 수밖에 없었다.

굿모닝시티 쇼핑몰 분양사업이란 서울시 건축심의도 받지 않은 상태에서 일반인들에게 분양을 시작해 3,400억 원 이상의 분양대금을 거둬들여 물의를 빚었던 사건이다. 전체 규모가 1조 원 공사에, 피해자만 해도 무려 3,200여 명에 이르는 대형사건이었다. 그 사업주인 윤창열 씨로부터 정대철 대표에게 거액의 금품을 전달했다는 진술이 확보되었던 것이다. 특수2부의 채동욱 부장검사(대검 차장을 거쳐 잠시 서울고검장을 맡고 있다가 박근혜 정부 들어 검찰총장에 임명됨)의 소관이었다.

명색이 집권당의 대표였다. 피의자의 몇 마디 진술만을 듣고 정대철 씨의 이름을 수사 명부에 올린다는 것은 판단이 어려운 일이었다. 윤창열 씨로부터 그에게 거액이 흘러 들어갔다는 단서가 드러나게 되면서 채 부장검사가 나에게 의사를 타진해 왔다. 정 대표에 대해 수사를 할 것인가, 아니면 일단 덮을 것인가를 물어 온 것이었다.

나는 즉석에서 "수사를 진행하라."며 지시를 내렸다. 원칙적으로는 법무장관과 검찰총장에게 사전 보고를 해야 하는 상황이었지만, 아직은 초기 수사단계로서 뚜렷한 증거를 확보하는 것이 먼저였기 때문이다. 채동욱 부장검사도 깜짝 놀라는 표정이었다. 수사를 직접 진행해야 하는 입장이었기에 속으로는 무척 난감했을 것이 틀림없다. 과거의 경험으로 미뤄본다면, 잘해야 본전인 장사였다.

정 대표 본인도 순순히 수사에 응할 기세가 아니었다. 돈을 받은 것은 인정하면서도 어디까지나 정치자금으로 받았다는 주장이었다. 그렇다고 강제적으로 소환할 수는 없었다. 여당 주변으로부터 가해지는 정치적인 공세도 거칠었다. 일부 언론에서는 "검찰이 천방지축으로 정치권과 맞붙으려 한다."며 칭찬인지 비난인지 모를 논조로 수사팀을 은근히 주눅 들게 만들고 있었다. 더 나아가 당시 청와대의 정무수석은 "요즘 검찰이 간덩이가 부었잖아."라며 노골적인 발언까지 서슴지 않았다. 서울지검장과 담당 수사팀에 대한 경고성 발언이었음은 물론이다. 그러나 우리 수사팀의 기개도 녹록치는 않았다. 그런 정도로 찌그러질 것이라면 애초에 수사에 손대지도 않았을 것이다. 그러한 언급이 언론에 소개되자 채동욱 부장검사가 "우리 간은 건강합니다."라며 검찰청 출입기자들에게 태연하게 답변했다는 일화가 지금껏 검찰 내에서 회자될 정도다.

이러한 정치권의 반발에도 불구하고 드디어 정대철 씨에 대한 구속이 집행되자 검찰청사 주변에는 환호의 분위기로 뒤덮였다. 검찰이 정치권의 외압에 굴복하지 않는다는 사실을 다시금 확인했기 때문이다. 바로 그것이 검찰이 추구하는 법의 정의였다. 여러 번의 고비를 겪으면서 여차하면 사표를 쓰겠다는 각오로 밀어붙인 결과이기도 했다.

"서초동의 봄이 이뤄졌다."는 유행어가 퍼진 것도 바로 그때의 일이다.

특수부를 거느린 신상규 3차장의 재기 넘치는 촌평이었다. 지난날 군사정부 시절 한때 정치적 자유가 만개했던 '서울의 봄'을 연상시키는 표현이었음은 물론이다. 심지어 어느 인터넷 신문에서는 "여당대표를 구속한 오늘이야말로 바로 검찰의 독립기념일이다."라고 표현하기도 했다.

정계 거물 수사상 판단 착오

역시 정계의 거물이었던 한화갑 씨에 대해서도 수사가 진행되었으나, 판단 착오로 확실하게 마무리를 짓지 못한 것이 아쉬움으로 남아 있다. 현직 의원이던 그는 여의도 트럼프월드 주상복합건물 사업과 관련하여 금품을 수수한 혐의를 받고 있었다. 하지만 수사 도중 일단 돌려보낸 것이 잘못이었다. 그는 곧바로 민주당사로 들어가더니 농성에 돌입했다. 결국 사전영장을 발부받고도 당원들의 저지로 끝내 집행하지를 못했다. 그러나 정치권의 핵심 인사들에 대해서도 수사를 망설이지 않겠다는 나름대로 각오만큼은 충분히 과시했던 셈이다.

그 가운데서도 노무현 대통령의 친형인 노건평 씨를 수사하여 기소한 것이 정점이었다. 남상국 대우건설 사장의 혐의와 관련하여 수사하던 중 노건평 씨가 금품을 받은 흔적이 드러났고, 따라서 노건평 씨도 검찰의 법망을 피해갈 수가 없었다. 결국 이 사건과 관련하여 조사받던 남상국 사장이 그 여파로 자살을 택하게 되었으며 이로 인해 노무현 대통령에 대한 탄핵 결정을 부추기는 결정적인 계기가 되었던 사건이기도 하다.

한 가지 안타까운 사실은 그때 서울지검에서 수사를 받다가 자살한 사람이 남상국 씨를 포함해 여러 명에 이르렀다는 사실이다. 부산시장으로 재직하던 안상영 씨와 상공부장관 출신으로 전남지사를 맡고 있던 박태영 씨도 수사 도중 스스로 목숨을 끊었다. 비슷한 무렵, 비자금 사건과 관련해 대검 중수부의 수사를 받았던 정몽헌 현대그룹 회장의 자살 사건이 겹치게 됨으로써 사회적인 파장이 적지가 않았다.

결코 무리한 수사가 아니었는데도 공교롭게 이런저런 일들이 꼬이면서 일어난 일이다. 남상국 씨의 경우만 해도 우연의 일치인지는 모르지만 "좋은 학교 나오시고 사회에서 크게 성공하신 분이 시골에 있는 별 볼일 없는 사람에게 가서 머리 조아리고 돈 주고 하는 일이 이제 없으면 좋겠다."는 노무현 대통령의 기자회견 직후 한강에 뛰어들어 자살을 감행했던 것이다.

당시 국회의원들은 서울지검장실을 방문하여 서울지검장이 강압수사를 지시하여 일련의 자살사태가 일어난 것이라고 공격을 하였다. 그러나 법을 엄정하게 집행했을 뿐 강압수사 등 불법적인 수사는 전혀 없었음을 밝혀둔다. 그렇다고 해서 검찰이 허물을 피해갈 도리는 없었다.

강금실 장관에 대한 평가／

정치적 외풍을 최대한 막아 주었다

서울지검장 시절을 회상하자니 강금실 장관에 대한 언급을 빼놓을 수 없을 것 같다. 노무현 대통령의 참여정부 당시 검찰의 행보에서 중요한 역할을 수행했던 주인공이기 때문이다(어차피 견해는 엇갈리기 마련이다. 바라보는 입장에 따라 긍정적으로 평가하는 사람과 부정적으로 평가하는 사람으로 나뉠 수밖에 없다. 특히 취임 초기에는 검찰 내부로부터 상당한 반발을 받아야 했다. 오죽하면 검찰 간부들이 강 장관에게 마지못해 고개를 숙이면서도 돌아서서는 곧바로 입술을 삐죽거린다는 얘기가 공공연히 나돌 정도였을까).

나의 강금실 장관에 대한 평가는 다소 긍정적인 경우에 속했다. 물론 그를 개인적으로 알고 난 뒤의 얘기다. 공적인 업무관계를 떠나 개인적으로도 매력이 없지 않았다. 그전에는 그를 잘 모르면서도 단순히 곁눈질로 바라보았던 것이 아닌가 생각된다. 똑똑하고 야무진

2003년 7월 검찰의 소환 통보를 받은 정대철 전 민주당 대표가 서울 여의도 당사로 출근해 고위당직자회의에서 보고를 듣고 있다.(조선일보 제공)

여자들이 손해를 보는 것이 대체로 그런 식일 터이다.

강금실 장관에게 특히 후한 점수를 주어야 할 부분은 검찰 수사에 대한 정치적 외풍을 최대한 막아 주었다는 사실이다. 새천년민주당의 정대철 대표와 노건평 씨에 대해 수사가 시작되었을 때도 별다른 요구사항이 없었다. 수사가 진행되는 과정에서는 몇 마디 언급이 전달되기는 했지만 강압적으로 밀어붙인 적은 거의 없었다. 어디까지나 원칙과 상식적인 입장에서의 의견 표명이었다.

이를테면, 정대철 씨 수사에 있어 그를 강제로 구인했다는 신문보도를 보고 "여당 대표에게 어떻게 그럴 수가 있느냐."며 질책성 전화를 걸어온 것이 기껏이었다. 물론 보도 자체가 명백한 오보였다.

사실을 설명하면 강 장관은 그대로 받아들이곤 했다. 그를 구속시킨 직후 어느 인터넷 신문에 "오늘이 검찰 독립기념일이다."는 보도가 났을 때도 "기사를 읽어 봤느냐."며 즉각 전화를 걸어왔다. 자칫 수사가 무리하게 확대되지나 않을까 경계하고자 하는 뜻이었을 것이다. 검찰 수사에 대한 그의 언급은 그냥 그런 수준이었다. 심지어 "검찰이 정권의 심장부를 겨냥하고 있다."는 말까지 나돌 정도였으나 그는 수사에 제한을 두거나 간섭하려고 들지를 않았다. 역대 법무장관들에게서는 거의 찾아볼 수 없었던 일면이다. 적어도 검찰의 정치적 독립에 있어서는 성과를 거두었던 셈이다.

그렇다고 검찰과의 관계가 원만했던 것만은 아니다. 무엇보다 검찰 개혁을 둘러싼 방법과 정도의 차이에서 마찰을 빚을 수밖에 없었다. 어차피 보수적일 수밖에 없는 검찰 조직에 진보적 시각의 칼날을 들이댔던 결과이기도 하다. 그때까지 공안·시국사범을 석방하는 조건으로 쓰도록 했던 준법서약서를 폐지시켰으며 검사동일체 원칙의 상명하복 규정을 없앴다. 한창 논의가 진행되던 대검 중수부 폐지 문제에서도 강 장관은 폐지하자는 쪽이었다. 검찰과의 날카로운 신경전을 피할 수가 없었던 상황이다.

국가보안법에 대한 인식에서도 차이는 만만치 않았다. 국법질서를 수호하고 안전을 지키기 위해 국가보안법이 만들어졌으며, 적어도 북한의 대남 적화노선이 바뀌지 않는 한 계속 유지돼야 한다는 게 검찰 내부의 대체적인 인식이었다. 그러나 강 장관은 국가보안법 대체 입법 방침을 공개적으로 거론하고 있었다. 이적단체로 간주되던 한총련(한국대학생총연합)에 대한 인식 차이도 그런 연장선 위에 놓여 있었던 것이다. 노무현 대통령부터가 "한총련을 이적단체로 간주하는 것은 시대변화에 맞지 않다."고까지 언급하던 마당이었다. 따라서 검찰로서는 마치 무장해제를 강요당하는 꼴이었다고나 할까.

강금실 전 법무부장관(조선일보 제공)

검찰의 자체적인 감찰권을 제3의 외부기관으로 옮기겠다는 문제에 이르러서는 잠복되어 있던 긴장관계가 드디어 분출하고 말았다. 강금실 장관과 송광수 검찰총장이 과천의 어느 보신탕집에서 회동한 것은 바로 그런 때문이었다. 신문에는 그 두 사람이 법무부 및 대검 간부들과 식사를 마치고 나오면서 팔짱을 낀 사진으로 처리되었지만 그렇다고 깊어졌던 앙금이 쉽사리 가라앉을 수는 없는 노릇이었다.

그러나 그보다도 흥미로운 사실은 강 장관이 그때의 저녁 식사 자리에서 폭탄주를 대여섯 잔이나 마셨다는 점이다. 나로서는 보도를 통해 알게 된 내용이지만, 여성이면서도 담판을 지어야 할 때는 남성과 똑같이 폭탄주를 돌려가며 담판에 응했던 것이다. 술 실력을 과시하려 했다기보다는 자신이 상대방의 불만을 받아들이지 못할 정도의 새침데기가 결코 아니라는 사실을 보여주고 싶었는지도 모른다.

이처럼 그는 법무장관이라는 무거운 직책을 여성다운 부드러운 성격으로 무난히 수행해냈다. 언젠가는 서울지검 간부들과 회의를 마치고 예술의전당 피아노 연주회에 가자며 옷소매를 잡아끌기도 했고, 비싸지 않으면서도 분위기 있는 저녁 자리에 초대하기도 했다. 덕분에 나도 업무를 떠나 홀가분한 기분으로 가끔 마음의 여유를 느낄 수가 있었다. 검찰 직무상 자신도 느끼지 못하는 사이에 오만해지고 건방을 떨게 되는 경우가 많은데, 그런 분위기를 바꿔보려는 노력이라고 여겨진다.

법무부의 실·국장이나 과장들과도 회의가 끝나고 시간적 여유가 있을 때면 단체로 미술 전시회나 영화를 보러 가기도 했다는 얘기가 전해지는 것을 보면 원래부터 소탈한 성격이었을 것이라 여겨진다. 심지어는 국회 일정을 마친 어느 날 혼자서 여의도 광장 주변을 산책하다가 길가의 분식집에 들어가 라면으로 점심을 해결했다는 소문도 있었는데, 그렇게 틀린 얘기는 아닐 것이다.

강 장관이 일반인들로부터 인기를 얻었던 것도 이처럼 소탈한 성격 덕분이었을 것이다. 인터넷에는 '강사모(강금실을 좋아하는 사람들의 모임)'라는 이름으로 팬클럽이 생겨나기도 했다. 심지어 그를 대통령으로 만들자는 모임도 있었을 정도라고 한다. 인기 연예인인 이효리 씨의 이름을 따서 '강효리'라고 불렸을 만큼 대중적인 인기를 누렸던 게 사실이다.

내가 대전고검장으로 재직할 당시 강 장관이 순시를 내려왔을 때도 비슷한 일을 경험한 적이 있다. 그때 대청호반의 조그마한 식당에서 점심식사를 하게 되었다. 그런데 주변 관광객들이 강 장관을 알아보고 한꺼번에 몰려들어 사인을 요청하는 것이었다. 강 장관의 인기를 실감하는 순간이었다. "빨리 대통령 출마를 하셔야겠어요."라고 농담을 건넨 기억이 새롭다.

법무부 장관의 임기／

강비어천가

강금실 장관과 관련하여 한 가지 기억되는 것은 법무부 청사에서 열렸던 2003년의 송년회 분위기다. 참석자들이 둥그렇게 둘러서서 칵테일을 한 잔씩 들고는 서로 새해의 건강과 원활한 부처 업무를 기원하는 자리였다. 직원들을 나란히 세워놓은 채 연설하듯이 송년사를 읽고, 돌아가며 악수를 나누고 하는 예년의 송년회와는 달랐다. 역시 강 장관의 개인적인 취향이 작용했을 것이라 여겨진다.

그렇게 송년회가 진행되는 도중에 홍석조 검찰국장이 나에게 건배사를 부탁했다. 마침 강금실 장관의 치사가 끝난 다음이었다. 그 치사를 받아서 내가 “법무부가 넘치지도 모자라지도 않게 순리에 따라 수사에 전념할 수 있도록 직간접적으로 지원한 결과 검찰이 전례 없는 활력을 얻었다.”는 취지로 이야기했던 것으로 기억된다.

그런데 뜻밖에도 그 다음날 ‘강비어천가’라는 제목으로 신문에 큼지막하게 실렸다(조선왕조의 창업을 찬양한 ‘용비어천가’에서 패러디를 했듯이 강 장관에 대한 찬사가 지나쳤다는 뜻일 것이다). 아마 송년회 현장에 어느 출입기자가 있었던 모양이다.

그 건배사의 내용을 떠나서도 보수성향의 언론들이 이미 노무현 정부에 대해 대립각을 세우고 있을 무렵이었다. 나에 대한 비난도, 강 장관에 대한 비난도 결국 노리는 방향은 노무현 대통령을 향하기 마련이었다. ‘강비어천가’ 보도도 그런 배경이 아니었나 싶다. 그런 분위기는 야권에서도 거의 마찬가지였다. 심지어 강 장관의 옷차림이나 머리 스타일조차 의원들의 시빗거리가 되었을 정도였으니 말이다.

어쨌거나, 그때의 송년회 보도로 인해 내가 강 장관과 특별히 가

2003년 10월 국회 법사위 국감장에서 강금실 전 법무부 장관이 의원들의 질책이 이어지자 곤혹스런 표정을 짓고 있다.(조선일보 제공)

까운 관계로 소문이 나게 되었다. 비슷한 경우는 그 뒤에도 또 있었다. 언젠가 강 장관이 서울지검에 순시를 왔다가 포도주를 따르며 건배를 한 적이 있었는데, 그때도 내가 강 장관에게 포도주를 따르는 장면이 신문에 큼직하게 실렸던 것이다.

실제로 강 장관은 나와의 개인적인 관계에 있어 상당히 도와주려 애썼다. 운동권 출신이므로 재야 방식의 투쟁에만 관심이 있을 것이라는 생각과는 많이 달랐다. 판단이 바르고 합리적이었다. 서울지검 수사에 딴지를 거는 법이 거의 없었다. 노무현 대통령의 의중을 거스르는 것이겠거니 하며 조마조마하는 마음으로 수사를 진행하는 경우에도 별다른 지침이 내려지지 않았다. 변호사 출신으로서의 개인적인 민원은 더 말할 것도 없었다.

검찰은 부드러우면서도 강하고 강하면서도 부드러워야 한다

내가 이듬해 5월 서울지검장을 떠나 대전고검장으로 갈 때도 강 장관은 "서 검사장께서 중심을 잡고 이끌어 주셔서 검찰 조직이 안정을 유지할 수 있었다."며 오히려 나에게 고마운 마음을 표시했다. 내가 역할을 잘했다기보다 자신의 뜻을 이해해주려고 애썼던 사실을 느끼고 있었을 것이다.

그러면서도 그는 인사 문제와 관련하여 미안한 기색을 감추지 못했다. 내 휘하의 박만 1차장과 신상규 3차장이 검사장 승진에서 끝내 탈락되고만 데 대한 동조의 아쉬움이었다. 하지만 그것이 어찌 그의 잘못이었을까. 그런데도 그는 마치 마음의 빚을 지기라도 했다는 듯이 "다음 기회를 보자."며 오히려 나를 위안시키려 했다.

나는 개인적으로 강 장관을 잘 알지 못한다. 법무부 장관으로 임명되기 전에는 대면한 적이 전혀 없었고, 그가 무엇을 했는지 무슨 정치 성향을 가졌는지 전혀 몰랐다. 다만 법무부 장관과 서울지검장이라는 공식관계로만 접촉이 있었을 뿐이다. 따라서 강 장관의 전체를 평가할 수는 없고 공적인 측면의 프리즘을 통해 바라볼 수밖에 없다.

그런 점에서만 본다면 그는 나와 검찰에 대한 철학이 거의 동일하다고 느꼈다. 즉, "검찰은 부드러우면서도 강하고 강하면서도 부드러워야 한다."는 철학 말이다.

한번은 서울지검장실에 한 묶음의 고전음악 CD가 배달되었다. 강 장관이 보낸 것이었다. 교도소가 범죄인을 수감하는 곳이긴 하지만 너무도 삭막하여 인간 냄새가 나지 않으므로 심성재활 교육의 장이 아니라 무서운 응보의 장으로 전락했음을 절감했다고 한다. 그래서 수감 중 클래식 음악을 듣는다면 인간의 영혼을 일깨워 주지 않겠는가 하고 교도소에 보낸 것이라고 했다. 교도소도 강하지만 부드러워야 한다는 소신의 반영이었던 것 같다. 영화 〈쇼생크 탈출〉에서 〈모차르트의 마술피리〉가 울려 퍼지는 교도소의 장면이 떠올랐다.

그렇게 대전으로 내려가 있던 어느 날 그가 장관직에서 경질될 것이라는 소식이 갑자기 텔레비전의 뉴스 자막으로 뜨게 되었다. 그로서 장관 직책을 1년 6개월쯤 수행하고 있던 2004년 7월의 일이다. 즉각 강 장관에게 전화를 걸어 영문을 물었더니 "노무현 대통령께서 조찬을 하자고 해서 청와대에 들어갔더니 그만두라고 했다."면서 자기도 구체적인 배경을 잘 모르겠다는 답변이었다.

강금실 씨는 그렇게 해서 짧은 기간 법무장관의 역할을 수행하고는 또다시 변호사로 돌아갔다. 그 뒤에 서울시장 출마 움직임도 있고 했으나 찾아보지 못했을 뿐더러 별도로 연락을 취하지도 못했다. 나에게 생각나는 대로 찾아다니고, 전화를 걸고 하는 숫기가 없음을 탓할 뿐이다.

강금실 장관은 서민 혁명정부라고 자처하던 노무현 정부의 아이콘이라고 할 수 있다. 첫 여성 법무장관이고 당시 검사장들보다 젊었을 뿐만 아니라 검사로서의 경력이 전혀 없는 판사출신이어서 어느 모로 보나 파격 그 자체였다. 기존의 검찰을 변혁시키려면 이러한 파격적인 면이 요구되었다고 보는 것이다. 그래서 그는 많은 시도를 했던 것 같다. 우선 검찰 수사의 독립을 위하여 부단한 노력을 하였다. 정대철 씨 사건으로부터 송두율, 노건평, 한화갑 씨 사건에 이르기까지 모두 노무현 정부의 색깔에 반하는 방향으로 처리되었으나, 강 장관은 노무현 정부의 코드에 맞추려 하지 않고 검찰의 수사 독립성을 확보하려는 노력을 보여주었다.

검찰 전체 수사에 대하여는 잘 모르겠지만 적어도 서울지검 수사에 관한 한 그러한 노력이 있었다는 것은 충분히 감지할 수 있었다. 어찌 보면 너무 노골적이고 순진하게 정치 색깔을 퇴색시키면서까지 검찰 독립을 실현하고자 했던 것이 아닌가 생각된다. 일부 검사들이 강 장관에 대하여 부정적 생각을 하고 있었던 것도 부인할 수는 없다. 그러나 서울지검 수사에 관한 한 솔직히 이 점은 인정해야 한다고 생각된다.

서울지검장을 떠난 후에도 지금까지 한 번도 찾아뵌 일도 없고 전화 한 번 드린 일이 없다. 그래서 그분에 대한 평가가 다소 편협한 것이 될지도 모르지만 어쨌든 서울지검 수사에 관한 한 검찰 수사의 독립유지에 많은 관심과 노력을 보인 것만은 사실이다. 아마도 이런 점 때문에 장관직에서 전격적으로, 그것도 조기에 강판당한 것이 아닌가 추측해 본다. 나도 강 장관의 조기 강판에 한몫을 한 것 같아 무척 미안하고 죄송한 마음 금치 못함을 밝혀둔다.

강금실 장관의 경우가 아니라도 우리는 법무장관의 재임기간이 너무 짧은 편이다. 정치적인 변수가 너무 많은 탓이다. 근년에 들어 법무장관을 지낸 분들 가운데서도 임기를 1년도 채우지 못하고 물러난 분들이 적지 않다. 그래서는 법무행정이 일관성을 지켜나가기 어렵다. 특히 강금실 장관의 경우에는 여자라는 점에서 논란이 적지 않았다. 결점이 있거나 능력이 모자란다면 모를까, 여성이라거나 나이가 적다는 이유만으로 반대했던 기류가 있었다면 분명히 잘못된 것이다.

미국의 사례를 들자면, 특별한 변수가 없다면 법무장관이 대체로 대통령과 임기를 같이하는 것이 상식으로 통할 정도다. 물론 미국의 경우 일반적으로 법무장관이라고 부르기는 하지만, 검찰총장이 장관직을 겸임하는 것이므로 검찰총장(attorney general)이라고 부르는 게 맞다. 어쨌거나, 미국의 연방 검찰총장은 상원의 동의를 얻어 임명되며 별다른 일이 없는 한 대통령과 함께 임기를 마치는 게 그동안의 관행이다.

미국의 역대 검찰총장 가운데서도 클린턴 대통령 당시의 재닛 리노가 대표적인 사례로 꼽힌다. 클린턴이 재선된 기간까지 통틀어 무려 8년 동안이나 직책을 수행했다. 그녀 역시 미국에서 첫 번째 여성 검찰총장이었다. 그녀가 검찰총장에 지명될 당시의 나이가 마흔에 지나지 않았다는 사실도 주목할 만하다.

레이건 대통령의 최측근으로 백악관 보좌관을 지낸 에드윈 미즈도 레이건이 재선에 성공하자 검찰총장에 임명되어 대통령과 임기를 같이 했다. 지금의 오바마 행정부 들어서도 에릭 홀더가 검찰총장에 임명되어 오바마가 재선된 후 계속 임무를 수행하였고 2014년 9월, 사의를 표명하였다. 그렇게 본다면, 조지 W. 부시 대통령의 2기 행정부에서 검찰총장을 맡았던 알베르토 곤잘레스가 도중에 사임하고 연방판사이던 마이클 뮤케이시가 자리를 물려받은 경우가 오히려 예외적인 사례에 속한다 할 것이다.

미국처럼 검찰총장이 대통령과 임기를 같이하기까지는 어렵다 하더라도 취임하고 불과 몇 달 만에 이임사를 하고 물러나도록 하는 경우는 없어야 한다. 법무행정이 장관의 개인적인 생각과 취향에 따라 흔들리게 되고 따라서 일관성을 잃게 된다면 나라 전체를 위해서도 결코 바람직하지 않다. 우리가 바로 그런 경우에 해당한다는 것은 별로 유쾌한 일은 아니다.

그것은 비단 법무부장관에만 해당되지 않는다. 검찰총장의 경우도 마찬가지다. 검찰권의 행사가 정치적인 굴곡에 따라 흔들렸다는 하나의 증거다. 이를 방지한다는 뜻에서 노태우 대통령 당시인 1988년부터 임기를 정해 놓았으나, 그 임기를 채운 경우도 그렇게 많지가 않은 실정이다. 현 검찰청 법에 따르면 검찰총장은 임기가 2년이며, 중임할 수 없도록 되어 있다.

잡지사와의 인터뷰

다음은 내가 서울지검장으로 부임한 후 얼마 안 되어 신동아 월간잡지와 인터뷰한 내용이다. 내가 파격적으로 서울지검장으로 발탁된 데다가 취임사에 대한 언론의 부정적 평가가 있어 이에 대한 해명 차원에서 인터뷰에 응했던 것이다. 앞으로 서울지검장 시절 처리한 구체적 사건에 대한 설명을 하기 전에 이 기사를 소개하는 것이 나의 진실성과 정직성을 판단할 수 있는 좋은 지표가 될 것 같아 중요한 부분만 발췌해 소개한다.

'양은이파 두목 조양은 씨를 구속하고 대검 초대 마약부장을 맡는 등 강력 통이다. 미국 특검제를 연구해 박사학위를 갖고

단·독·인·터·뷰

서영제 서울지검장

"SK수사, 국익 위한 건지 아닌지 판단 어려워"

●3권분립 위반한 한정 특검제 반대

●대통령의 인사권 행사, 무조건 승복해야

●평검사들의 인사권 이양 요구는 불법

●검찰인사위원회 외부인사 참여엔 일장일단

있다. 활달한 성품이나 처신이 비교적 가볍다는 평도 있다.'

'인간관계가 원만하면서도 시시비비가 분명한 스타일.'

'할 말을 하는 깐깐한 성품이지만 업무 스타일은 무색무취하다는 평.'

'구권화폐 사기사건으로 장영자 씨를 구속한 강력 수사통. 두뇌회전이 빠르다는 평이다.'

이른바 '검찰 개혁 인사'에서 가장 눈길을 끈 사람 중 한 명인 서영제(53) 서울지검장에 대한 몇몇 일간지 프로필 기사다. 법조계 관련 인터넷 사이트 중 가장 영향력이 큰 '오세오닷컴' 인물평에는 '정치색이 없고 오로지 수사에만 전념해온 수사통' '강직한 성격에 수사검사들의 의견을 상당 부분 수용하면서 수사를 독려하는 편이며 외부인사와는 거의 만나지 않는 등 스스로의 관리에 철저함'이라고 적혀 있다.

현재 서울지검은 SK수사의 파장과 더불어 세풍, 한나라당 이회창 전 총재의 20만 달러 수수설, 국정원 도청의혹 등 대형사건 수사로 세간의 이목을 집중시키고 있다. 하나같이 정치색 짙은 이 사건들에 대한 서울지검의 수사 결과는 노무현 정부 검찰의 '색깔'을 가늠하는 잣대가 될 것으로 보인다.

〈내가 무슨 서울지검장이냐〉

4월 8일 오후 취임 한 달째를 맞은 서영제 서울지검장을 만나 서울지검에서 진행되는 수사와 검찰 개혁, 인사 파동을 화제 삼아 2시간 동안 얘기를 나눴다. 그는 서울지검장에 취임한 후 분란에 휩싸였던 조직을 조용히 안정시키고 있다는 평을 듣고 있다. 검찰 일부에서는 그를 역대 서울지검장 중 가장 정치색이 없는 검사로 꼽는다. 반면 그가 충남 출신이라는 점을 들어 '지역 안배 케이스'라고 깎아내리는 평도 있다.

분명한 것은 서울지검 서부지청 특수부장, 서울지검 강력부장, 대검 범죄정보기획관, 대검 마약부장 등의 경력이 말해주듯 그가 수사통이라는 점이다. 특별한 '정치적 연줄'도 없는 것으로 알려져 있다. 예상을 뛰어넘어 그가 '검찰의 꽃'이라는 서울지검장에 오르게 된 데에는 바로 이 점이 크게 작용했다는 분석이 유력하다.

서 지검장은 자신이 서울지검장에 임명되리라고는 전혀 생각지 못했으며 사전에 아무런 통보도 받지 못했다고 한다.

"전혀 몰랐어요. 청주지검장으로 있으면서 서울에 잘 올라오지도 않았기 때문에 인사와 관련해선 아무것도 몰랐지요. 그런데 인사 발표 며칠 전 부속실 계장이 모 인터넷 신문에 내가 서울지검장에 내정됐다는 기사가 실렸다고 알려줬어요. 깜짝 놀랐어요. 내가 무슨 서울지검장이냐. 이게 도대체 뭔 일인가 하고 지켜보고 있었죠. 인사 발표된 날 YTN 보도를 보고 확정된 줄 알았어요."

어느 조직이나 인사는 비밀리에 이뤄진다. 그래야 인사권자의 권위가 서기 때문일까. 검찰도 예외가 아닌 모양이다.

"지금까지 인사 때 단 한 번도 사전에 통보받은 적이 없다"는 그는 "인사철만 되면 사실 기분이 나쁘다"고 했다.

"어디로 날아갈지 모르기 때문"이란다.

"정말 예상치 못했습니다. 서열로 봐서도 아직 아니잖습니까. 청주지검장 지내고 잘되면 인천이나 대구 또는 광주(지검장)로 가고 잘못되면 대전 정도 가는 게 관례입니다. 아니면 대검 공안부장이나 중수부장으로 가는 거지요. 서울지검장은 생각도 못했지."

〈강 장관은 사심 없고 추진력 갖춰〉

–강금실 장관과는 안면이 없었나요?

"전혀. 그분이 판사를 했고 더욱이 (사시)기수도 워낙 차이가 나니까…."

–얘기도 못 들어봤습니까.

"못 들어본 것 같아요. 언론에서 장관 후보로 거론된 뒤에야 들어봤지요."

–강 장관이 후보로 처음 거론될 때만 해도 다들 반신반의하지 않았습니까.

"나는 그렇게 생각지 않았어요. 신정부가 출범했기 때문에 뭔가 파격적인 검찰 개혁 조치가 있지 않을까 예상했어요. 통상적인 인사는 안 할 것이다, 짐작했습니다. 나도 보따리 싸야 하는 것 아니냐는 생각까지 했지요."

엘리트 의식이 무척 강한 검찰은 위계질서가 군대 못지않은,

배타적이고 보수적인 집단이다. 판사 출신에 사시 기수도 한참 후배인 여성 법무장관을 상전으로 모셔야 하는 검찰 간부들의 마음이 편치는 않으리라. 이 문제를 거론하자 서 지검장은 고개를 흔들었다.

"장관 내정 사실이 알려진 후 청주지검 조회 때 전 직원에게 이런 얘기를 했습니다. 첫째, 변화의 물결을 받아들여야 한다고. 불교의 기본 원리는 무상, 즉 모든 것은 변한다는 것입니다. 흔히 "나"라는 존재는 변하지 않는다고 생각하기에 변화를 느끼지 못할 뿐더러 변화를 거부하게 됩니다. 집착과 소유욕은 그래서 생깁니다. 하지만 나라는 실체를 부인하면 그런 것이 없어지고, 모든 것이 변한다는 점을 인식하면 행복해집니다. 마찬가지로 검찰도 시대상황에 따라 변할 수밖에 없다는 사실을 인정하면 저항하거나 반감을 품을 이유가 없죠.

둘째로 미국 클린턴 대통령 시절 검찰총장을 지낸 재닛 리노를 예로 들었습니다. 미국엔 법무장관이 따로 없고 검찰총장이 장관 노릇까지 합니다. 흔히 법무장관이라고 하는데 그것은 잘못된 번역입니다. 미국의 검찰총장은 상원의 동의를 얻어야 하며 임기는 대통령과 같은 4년입니다. 클린턴은 그 막강한 권한을 가진 자리에 여성을 임명했습니다. 당시 재닛 리노는 마흔 살밖에 되지 않았어요. 클린턴이 재선됨에 따라 리노는 총 8년 동안 검찰총장을 지냈습니다.

우리나라라고 못할 게 없죠. 결점이나 능력 부족을 문제 삼아 반대한다면 또 모르겠습니다. 하지만 여성이라는 이유로, 나이가 적다는 이유로, 후배라는 이유로 거부한다는 것은 변화의 물결을 수용하지 못하는 불행의 시작이라고 말했습니다."

그는 강 장관에 대한 인상을 묻자 이렇게 평했다.

“인사파동을 수습하는 걸 보며 참 대단한 분이라고 느꼈습니다. 초지일관 과감하게 일을 추진하는 걸 보고 놀랐습니다. 사심이 없고 강한 추진력을 갖추고 있기에 가능하지 않나 싶습니다.”

−SK수사 때 여권과 금감원 고위관계자 등이 직·간접적으로 수사팀에 우려의 메시지를 전달한 사실이 드러났습니다. 간섭이나 압력으로 비쳐질 만하지요. ‘세풍’ 수사와 관련해 한나라당에서 무슨 얘기는 없었습니까.

“없었어요. 부임한 후 수사와 관련해 외부로부터 전화 받은 적이 없습니다. 나는 이제껏 검사 생활하면서 외부로부터 청탁전화나 정치적 압력을 받아본 적이 없어요. 도대체 왜 외압이라는 말이 나오는지 모르겠어요. 나는 원래 아는 정치인도 고위층도 없습니다. 대인기피증이라 할 정도로 바깥출입을 안 합니다. 그래서인지 전화 같은 게 일절 없습니다.”

〈경제사정 고려해 수사해야〉

3월 13일 부임한 서 지검장은 취임사에서 ‘경제발전과 국제경쟁력 강화에 도움이 되는 검찰권 행사’를 언급하는 한편 기자간담회에서 “국가를 망하게 하는 기소는 할 수 없다”고 말함으로써 ‘재벌수사 유보’ 논쟁을 일으켰다. 노 대통령과 여권 일각에서 SK수사를 못마땅해 했던 사실을 감안하면 ‘오해’를 살 만한 발언이었다. 언론은 이를 ‘재벌수사 유보’로 해석했고 참여연대를 비롯한 시민단체들은 크게 반발했다.

이에 대해 묻자 서 지검장은 사실 내가 꼭 하고 싶었던 얘기라며 탁자에 취임사를 펼쳐놓고는 길게 설명했다.

"그 문제는 내가 인터뷰에 응한 이유이기도 해요. 취임사를 읽어보면 알겠지만 그런 뜻이 아니에요. 저는 원칙을 얘기했을 뿐입니다. 검사가 수사하고 기소할 때는 가능한 모든 사항을 고려해야 한다는. 국익이라든가 국가경제의 균형발전이라든가 서민의 고충이라든가 이 모든 걸 고려해야 합니다. 형법에 규정된 '양형의 조건'에 따르면 형을 결정할 때는 범행동기 등 여러 사항을 고려해야 합니다. 그것을 수사할 때도 원용하도록 법에 규정돼 있습니다. 1원짜리라도 죄가 되면 무조건 기소하는 단세포적 사고방식은 법정신에 맞지 않아요. 예컨대 어떤 사람이 10억 사기를 쳤다고 합시다. 그런데 구속하려 보니까 언제 죽을지 모르는 말기 암 환자란 말입니다. 주변 정황을 일절 생각지 않는다면 무조건 구속해야겠지요. 10억이니까. 그러나 내일 죽을 사람을 구속할 필요는 없지 않습니까?"

"국가도 마찬가지거든요. '국가를 망하게 하는 기소는 할 수 없다'고 말한 것은, 예컨대 외환위기 등으로 경제가 아주 안 좋은 상태에서 대기업 관련 수사를 잘못하면 나라가 망할 수도 있다는 거죠. 그런 수사는 주변 상황을 봐서 속도를 조절할 필요가 있다는 겁니다. 국민의 공감대를 얻는 수사와 기소를 하기 위해선 시대상황과 경제사정을 감안하지 않을 수 없습니다."

"SK수사가 국민의 공감대를 얻었느냐 못 얻었느냐를 따지자는 게 아닙니다. 형사9부(SK수사팀)가 재벌기업의 분식회계를 적발한 것은 대단한 개가입니다. 분식회계를 적발했기 때문에 앞으로 다른 재벌기업들이 분식회계를 하지 않는다면, 국익을 위한 수사로 볼 수 있을 겁니다. 그렇지 않고 지금 경제가 어렵고 제2의 외환위기가 온다고 하는데 재벌수사를 해 그 기업이 망하고 외국자본이 다 빠져나간다면, 그건 국익을 해치는 수사가 되는 거지요."

〈재벌수사 유보라고 말한 적 없다〉

–오비이락이라고, 노 대통령이 인수위 시절 자기도 모르게 검찰이 전격적으로 SK수사를 벌인 데 대해 불쾌함을 드러내고 여권 일부에서도 수사에 우려를 나타내지 않았습니까. 그걸 의식한 발언은 아닌지….

"전혀 그렇지 않습니다. 기자들이 그렇게 쓴 거지, 나는 재벌수사 유보라는 말을 한 적이 없어요."

–SK수사를 어떻게 평가하십니까.

"나는 지금도 그 수사가 국익을 위한 것인지 그렇지 않은 것인지 판단하지 못하겠어요. 미래지향적으로 보면 잘한 수사이고 단기적으로 보면 경제에 나쁜 영향을 줬기 때문에…. '헤럴드 트리뷴'지에 보니 SK사태로 외국 자본 180억 달러가 빠져나갔다고 합니다."

–검찰 출신인 홍준표 의원은 검찰의 사명은 오로지 수사이고 수사유보란 있을 수 없다고 주장하던데요.

"그건 수사만능주의지, 죄가 되면 무조건 수사하고 기소하는 줄 아는데 그렇지 않다니까요. 그건 단세포적인 사고방식이에요. 수사를 위한 수사, 기소를 위한 기소지. 법에도 어긋나요."

서 지검장은 답답하다는 표정을 지으며 법전을 펼쳤다.

"여기 봐요. 형법 51조 '양형의 조건'. 형을 정함에 있어서는 다음 사항을 참작해야 한다. ①법인의 연령, 성행性行, 지능과 환경 ②피해자에 대한 관계 ③범행 동기, 수단, 결과 ④범행 후 정황. 이 조항을 수사할 때도 원용하게 돼 있어요."

이어 형사소송법 247조를 읽어 내려갔다. '검사는 형법 51조의 사항을 참작해 공소를 제기하지 않을 수 있다.'

–경제사건 수사도 여기에 해당됩니까.

"모든 걸 고려해야 하니까. '범행 후 정황'이 바로 경제 상황 아닙니까."

언론이 서 지검장의 발언을 '재벌수사 유보'로 해석해 보도하자 참여연대는 서울지검에 항의서한을 보냈다. 이에 서울지검은 참여연대에 답변서를 보내 진의가 왜곡됐다고 해명했다. 이를 두고 일부 언론은 사설을 통해 '검찰도 시민단체 눈치를 보느냐'고 비판했다. 그 사설을 못 봤다는 서 지검장은 "내가 무슨 눈치를 본다는 겁니까?" 라고 되물었다.

–해명서 보냈다고….

"아, 그럼 해명해야지. 왜 해명을 안 해. 잘못 알고 있으면 적극적으로 해명해야지요. 참여연대가 항의서에 그렇게 썼더라고. 기사에 따르면 서울지검장이 재벌수사를 유보한다는데 무슨 근거로 유보하느냐, 근거를 밝히라고. 그래서 '그런 사실 없다. 원칙론만 얘기한 거다'고 답변을 보냈어요. 그랬더니 '그렇다면 안도 한다'고 답이 왔더라고. 뭐가 잘못됐어요?"

"재벌수사를 하겠다, 안 하겠다 를 말한 것이 아닙니다. 국가경제와 국익과 서민들의 삶을 고려해 수사를 하겠다는 겁니다. 재벌수사는 '케이스 바이 케이스'입니다. 그때그때 상황을 봐서 할 것입니다."

–취임사에서 논란이 된 표현은 또 있다. 바로 "참여검찰"이다.

'참여정부'와 딱 맞아떨어지는 표현이 아닌가. 새 정부를 의식한 표현이 아니냐고 의심받을 만했다.

"그 문제는 저도 해명하고 싶었습니다. 취임사를 보면 '참여검찰'에 앞서 '열린 검찰'이라는 표현이 나와요. '어떠한 형태로든지 국민을 검찰권 행사에 직접 참여케 해 공정성과 신뢰성을 검증받는 열린 검찰로 나아가야 할 것'이라고 말했습니다. 미국이나 영국 등에서는 재판 때 일반 국민이 유·무죄를 결정하는 배심제가 운용되고 있습니다. 수사하고 기소할 때도 그랜드 쥬리(grand jury 수사기소배심)라고 민간인들이 관여합니다. 그런데 우리나라는 법에 배심제가 없으니 그와 비슷한 국민참여 제도를 만들자는 겁니다.

예컨대 항소심 재판이나 항고심사위원회에 민간인을 참여시키거나 국민적 의혹을 받는 주요 사건 수사 과정을 민간인이 감시할 수 있는 수사 참관인 제도를 생각해볼 수 있어요. 그게 '열린 검찰'이고 '참여검찰'이라는 거지. 참여정부와 코드가 맞는다는 뜻이 아니라. 아첨하는 게 아니라니까요."

〈대통령 인사권 행사 존중해야〉

서 지검장은 검찰 내 특검 반대파로 유명하다. 미국 특검제를 연구해 책을 펴낼 정도로 이 분야에 전문가인 그는 특검 위헌론을 쟁점화하는 데 앞장서기도 했다.

-특검제 반대의 핵심 논리는 무엇인가요.

"반대라기보다는 하려면 미국식으로 하자는 게 제 소신입니다. 미국에서는 대통령 측근이나 고위층 범죄의 경우 검찰총장이 90일 동안 내사를 벌인 후 특검제 도입 여부를 결정합니다. 내사 결과 검찰이 수사할 경우 신뢰성을 확보할 수 없다는 결론이 내려지면 검찰총장이 연방항소법원에 특별검사 임명을 제청합니다. 수사권을 박탈당하는 것이 아니라 스스로 양도하는 것이기에 삼권 분립에 위반되지 않지요. 그나마 그것도 문제가 있다며 1999년 6월에 폐기하고 검찰총장 임의로 특별검사를 임명할 수 있는 임의적 특별검사 규정을 만들어 시행하고 있습니다. 그런데 우리나라에서는 검찰총장이나 법무장관이 그런 권한을 갖고 있지 않지요. 헌법상 수사권은 행정부에서 갖고 있는데 입법부인 국회에서 발의해 특검제를 도입하기 때문에 삼권 분립에 어긋나고 위헌이라는 겁니다.

〈충청도에 태어난 게 행운이네〉

자신의 서울지검장 임명을 '지역안배' 차원으로 보는 시각도 있다는 기자의 지적에 허허 웃기만 했다.

–지역 불균형 문제가 심각해요. 3월 13일 발표된 검사장급 이상 검찰간부 인사를 보면 전체 승진 자 13명 중 6명이 영남 출신입니다. 반면 좌천된 10명 중 5명이 호남 출신이에요.

"충청도에 태어난 게 행운이네, 하여튼 그건 모르겠어요. 나는 내가 어떻게 여기 왔는지 지금도 모르니까. 아는 정치인도 없고 대인기피증 같은 게 있어 사람 만나는 걸 아주 싫어합니다. 모임 나가는 것도 꺼리고. 퇴근하면 집에 돌아가 책을 읽거나 음악을 듣는 게 취미입니다."

〈내 멱살을 잡아라〉

검찰 인사파동의 또 다른 주인공은 바로 대통령과 TV토론을 벌였던 평검사들이다. 판사 출신의 강금실 변호사가 법무장관에 임명된 데 이어 이른바 서열파괴 인사소식이 전해지자 서울지검의 평검사들은 회의를 소집해 검찰 인사제청권을 검찰총장에게 넘길 것을 요구하는 강경한 성명을 발표했다.

그들은 이를 계기로 평검사회의 상설화까지 계획했으나 TV토론 후 여론이 그다지 우호적이지 않자 뒤로 물러섰다. 서 지검장은 취임 직후 기자간담회에서

"검사들이 몰려다니며 밖에 대고 목소리를 높이는 것은 바람직하지 않다"며

평검사회의에 대해 부정적인 시각을 드러냈다.

–평검사회의를 반대하신다고 들었습니다. 평검사회의가 열린 것은 평소 검찰 상층부와 평검사들 사이에 의사소통이 제대로 이뤄지지 않은 데도 원인이 있지 않을까요.

"이해는 가요. 윗사람한테 건의하면 받아들여져야 하는데 언로가 부실하니 평검사들이 그런 방식을 취할 수밖에 없지 않았나 하고. 그렇긴 해도 평검사들이 의견을 취합해 언론에 전달하는 것은 반대합니다. 밖에 얘기하기 전에 우선 검찰 내부에서 해결하려는 노력이 필요합니다. 그러기 위해선 평소 검찰 간부들과 평검사들 사이에 대화가 활발해야 합니다. 저는 서부지청장과 청주지검장을 지낼 때 점심은 꼭 구내식당에서 검사들과 함께하며 많은 대화를 나눴습니다. 여기(서울지검) 와서도 검사들과 직접 대화해야겠다고 생각해 점심은 구내식당에서 검사들 또는 검찰 직원들과 같이하고 있습니다. 단 한 번도 밖에서 식사한 적이 없었어요. 서울지검 소속 검사가 176명인데 거의 한 번씩 돌아가며 함께 식사했습니다. 앞으로도 계속 하

려고 합니다. 검사들에게 이렇게 말했습니다. 인사에 대한 불만이나 제도개혁 건의는 검사장인 나한테 하라, 검사장실 문을 발로 차고 들어와 얘기하라. 옳은 얘기를 듣고도 내가 반영하지 않으면 내 멱살을 잡아라, 그래도 안 되면 밖에 얘기하라. 지금은 아주 분위기가 좋습니다."

〈강한 검찰 같지만 욕먹는 검찰〉

서 지검장에 따르면 평검사들은 TV토론을 다룬 언론보도에 불만인 모양이다. 자신들의 진의를 왜곡하고 과장했다는 것이다. 하지만 토론 자체에 대해선 대체로 만족해하는 분위기라고 한다. 할 말을 다 했고 대통령이 직접 검사들의 얘기를 들어준 데에 큰 의미를 부여하고 있다는 것.

–검찰의 자기반성이 아쉽습니다. 좌천된 고위간부들의 항변도 그랬지만 평검사들도 TV토론에서 검찰이 오늘날 국민으로부터 불신을 받게 된 것을 정치권 탓으로 돌리더군요. '검사스럽다'는 말에는 검찰에 대한 불신과 원성이 담겨 있는 듯싶습니다.

"내가 취임사에서 언급한 '무소신의 검찰'이 바로 그거지요."

–'무소신의 검찰'이라면?

"정치검찰이죠. 그래서 검찰이 비난받아온 것 아닙니까. 외부에서 압력이 들어온다고 그대로 받아들이면 안 되죠. 압력을 넣은 사람을 설득해야죠. 그래야 정치검찰 소리를 듣지 않습니다. 정치권 압력에 굴복해 수사를 제대로 하지 못했다는 건 있을 수 없는 일이고 있어서도 안 됩니다."

그는 또 '부드러운 검찰'을 강조했다.

"청주지검장 시절 모 대학총장을 구속한 일이 있었습니다. 조사하기 전 담당부장에게 체포할 때 예의를 갖춰 데리고 와라, 방에서 차를 대접하라, 직접 검사에게 안내하라, 얘기를 다 들어주라, 시간이 되면 돌려보내라고 지시했습니다. 그런데 검사들은 조사할 때 반말지거리에 욕하고 소리 지르고 다음날 다시 불러 조사해도 되는데 안 돌려보내고 붙잡아 둡니다. 겉으론 강한 검찰로 보이지만 실은 욕먹는 검찰일 뿐이죠. 이런 나쁜 관행을 고쳐야 '부드러운 검찰'로 거듭날 것입니다."

〈자백 의존한 수사 지양해야〉

4월 6일 KBS '일요스페셜'은 서울지검 강력부를 다뤘는데 국내 조직폭력 수사의 베테랑으로 꼽히는 검사들이 상당수 출연해 화제가 됐다. 조승식(사시19회) 서울고검 형사부장, 김홍일(사시25회) 서울지검 강력부장, 남기춘(사시25회) 대검 중수1과장, 박충근(사시27회) 부산지검 강력부장, 안희권(사시28회) 울산지검 특수부장이 그들이다. 이 중 조폭수사의 원조로 꼽히는 조승식 부장을 제외하고는 모두 서 지검장이 서울지검 강력부장을 할 때 밑에 근무했던 검사들이다. 서 지검장은 "이번엔 강력부 출신 검사들의 인사가 대체로 잘 된 것 같다"고 흡족해했다.

–지난해 서울지검 강력부에서 발생한 피의자 구타사망사건 이후 강력부가 많이 위축됐지요. 하루아침에 인권의 사각지대로 낙인찍히고 사람이나 잡는 무식한 부서로 인식됐는데요. 이런 이미지를 개선하고 강력수사를 지원할 방안이 있습니까.

"검사는 자백을 받으려 하면 안 됩니다. 증거를 수집해야지. 계좌추적이나 감청 등 과학 수사로 승부를 내야 합니다. 피의자 구타사망사건도 무리하게 자백을 받으려다 생긴 사고입니다. 그런 수사는 앞으로 지양해야 합니다. 또 효율적 수사를 위해서는 유관기관과의 공조가 중요합니다. 조직폭력 수법이 더욱 교묘해지고 다양해지는 추세이므로 검찰 힘만으로 안 됩니다. 국세청이나 경찰 등 타 기관과 합동수사본부를 만들어 공조 수사해야 합니다."

–초대 대검 마약부장도 지내셨는데요. 마약검사들은 수사 장비와 시설미비, 수사비 부족을 호소하고 있습니다.

"수사를 많이 하면 예산도 많이 딸 수 있어요. 그래도 예전보다는 많이 좋아졌고 다른 부서에 비하면 지원이 괜찮은 편입니다. 마약수사도 관세청 경찰 등 유관기관과의 공조가 필수입니다. 미국 마약청처럼 우리도 전문요원을 양성해야 합니다."

–그밖에 서울지검장으로서 포부나 목표가 있다면요?

"검사의 존재가치는 수사입니다. 수사를 더욱 활발히 해 범죄를 많이 없애는 것이 첫째 목표입니다. 검사들이 일선에서 수사에만 전념할 수 있도록 격려하고 지원할 계획입니다. 둘째로 청주지검장 시절 시도해 좋은 반응을 얻었던 것인데, 사무직의 승진제도를 개선할 생각입니다. 검찰 간부들과 하급직원들이 참여하는 승진심사위원단에서 무기명 비밀투표로 승진심사를 하는 겁니다. 이미 50명의 사무직 직원들에 대해 이런 방식으로 인사를 했습니다. 성과급을 지급할 때도 이 방식을 적용하려고 합니다."

〈베르디에서 바그너로〉

서 지검장은 오페라 애호가다. 3월 28일 오후 7시 30분 서울 서초동에 있는 '예술의 전당'에서 '춘희'라는 이름으로 널리 알려진 베르디의 대표작 '라 트라비아타' 공연이 있었다. 이날 그는 2층 VIP석에서 일행도 없이 홀로 이 공연을 관람했다.

VIP석엔 이상수 민주당 총무를 비롯해 여야 국회의원 10여 명의 모습이 보였다. 서 지검장은 이들과 인사를 나누긴 했지만 어울리지는 않았다. 총 3막으로 구성된 이 오페라의 공연시간은 3시간. 막간 쉬는 시간에 정치인들은 따로 마련된 휴게실에서 음료를 들며 얘기를 나눴다. 하지만 서 지검장은 그 근처에는 얼씬도 하지 않고 공연장 입구에 있는 기다란 의자에 일반인들과 함께 앉아 있었다는 게 목격자의 전언이다.

–오페라 좋아하십니까.

"굉장히 좋아해요. 60편의 오페라 CD가 담긴 스크립트를 사서 한 편에 7~8번씩 들었어요. 라디오에서 오페라가 나오면 무슨 곡인지 알 정도예요. 돈이 없어 공연은 자주 못 보지만."

–그날 공연은 어땠습니까.

"그리스 여자가 주인공 비올레타로 나오고, 일본 사람이 비올레타의 남편인 알프레도 역을 맡았는데 상당히 잘하더군요. '라 트라비아타'는 마지막 3악장이 압권입니다. 3악장은 소품도 없고 다른 배우도 등장하지 않고 순전히 주인공의 연기와 목소리만으로 이뤄지거든요. 그런데 일품이었어요."

그는 전에는 베르디나 푸치니 등 대중적인 작품을 좋아했는데 오페라의 깊이를 알게 되면서 '니벨룽겐의 반지' '탄호이저' 등 바그너에 빠졌다고 말했다. 또 다른 취미는 독서인데, 종종 영어 원서를 읽는다고 한다. 최근 감명 깊게 읽은 책은 'Eyewitness To Power'라고. 사람 사귀길 꺼리고 홀로 오페라를 즐기는 이 독특한 취향의 수사통 검사장이 '검찰 개혁'의 소신을 구현할지, '말잔치'로 끝낼지 궁금하다.

2장

정권교체기의 파란만장한 서울지검장 시절

황야를 향해 울부짖는 외로운 늑대

검사란, 굳이 비유하자면, 황야를 향해 울부짖는 외로운 늑대라 할 것이다. 누구에게도 길들여지지 않고 먹잇감에 주저 없이 발톱을 들이댈 수 있는 용기와 강인한 정신이 요구된다는 얘기다. 늑대가 남의 눈치나 살피며 먹잇감 주변을 맴돌기만 하면서 스스로 위축된다면 그것은 이미 늑대라고 할 수 없다. 늑대는 이빨과 발톱을 쓰는 방법을 본능적으로 터득하고 있다. 누가 이래라저래라 지시를 내려서 발톱을 휘두르고 물어뜯는 게 아니다. 검사들에게 있어서도 마찬가지다. 일단 수사에 착수하면 최대한의 자율권과 재량권을 행사하며 마음껏 사건을 요리할 수 있어야만 한다. 물론, 법적 절차를 따르고 법적 권한이 보장된 범위 안에서다.

야생의 늑대 기질을 지녀야 하는 검사들이 일일이 결재를 받으며 수사를 진행하는 모습 자체가 그렇게 좋아 보이지 않는다는 얘기다. 물론, 수사하는 과정에서 방향이 틀어지고 개인적인 판단이 어긋날 소지도 없지는 않다. 윗선에서의 감독과 지시는 이런 경우에 필요할 뿐이다. 잘못된 방향이 제대로 갈 수 있도록 지시하라는 것이지, 수사를 하느냐 마느냐의 문제로 일일이 재가를 받을 필요는 없을 것이다.

그러나 그동안 언론을 통해 바깥에 비쳐진 모습은 그게 아니었다. 민감한 정치적 사건에 맞닥뜨려서는 웬만하면, "일단 덮고 보자."는 지시가 떨어지기 마련이라는 것이다. 담당 검사의 수사 의지는 무시될 수밖에 없었던 사례가 없지 않았다. 검찰 내부에서도 윗선으로 보고가 올라갈수록 수사 범위가 좁혀지고 때로는 수사 계획서가 여기저기 떠돌아다니다가 서랍 속 깊이 처박히게 되는 경우를 적잖이 목격했다는 것이 검찰 선배들의 자탄어린 푸념이었다. '정치검찰'이라는 비난이 끊이지 않는 것도 그런 사례 때문이었다고 본다.

정공법을 택했던 정대철 대표 사건

참여정부 당시 집권 여당이던 새천년민주당의 정대철 대표에 대한 뇌물수수 혐의가 포착되었을 때 처음 부닥쳤던 문제도 바로 그것이다. 강금실 법무장관이나 송광수 검찰총장에게 먼저 보고를 하느냐, 아니면 먼저 수사에 착수하느냐 하는 선택의 기로에 놓이게 되었던 것이다. 윗선에 먼저 보고를 한다면 어떤 식으로든 외압이 들어올 가능성이 적지 않았다. 서울지검장에 임명된 직후인 2003년 4월께부터 굿모닝시티 쇼핑몰 분양사기사건을 수사하던 과정에서 불거져 나온 사건이었다. 문제의 분양 현장이 동대문운동장 근처에 위치해 있었는데, 그 부지에 포함된 파출소가 다른 장소로 옮겨지게 되도록 로비가 이뤄지는 과정에서 정대철 씨에게 거액이 전달된 혐의가 포착되었다고 수사팀으로부터 보고가 있었다.

나는 정공법을 택하기로 결정했다. 채동욱 부장검사로부터 보고를 받는 자리에서 즉각 수사팀을 가동하도록 지시를 내렸다. 채 부장도 움칫 놀라는 기색 이었다. 그는 당시 내가 망설임 없이 수사지시를 내린 데 대해 너무 놀랐다고 한참 뒤에야 비로소 털어놓았다. 이렇게 수사가 시작되자 수사팀 검사들은 내심 긴장하면서도 한편으로는 뿌듯한 자부심을 느꼈을 것이다. 권력의 눈치를 살피지 않고 수사를 한다는 것은 검찰로서는 영원한 숙제이기 때문이다. 현실에서는 쉽사리 이루어지기 어려운 무용담이기도 했다. 내 개인적인 자랑으로 들릴지는 모르지만 그만큼 의지가 강한 별종이었기 때문에 가능한 일이었다. 스스로 검찰의 돈키호테를 자청했던 것이다.

일선 검사가 특정사건을 수사할 때 상급자인 부장, 차장, 검사장은 어떻게 지휘를 해야 하는가가 항상 문제가 되곤 한다. 상사의 일선 검사의 수사에 대한 지휘는 적극적 지휘, 소극적 지휘로 대별할

2003년 8월, 당시 민주당 정대철 대표가 굿모닝시티사건을 조사받기 위해 서울지검에 출두하고 있다.(조선일보 제공)

수 있다. 검사가 실질적인 수사성과를 거두지 못할 경우 상사는 수사를 독려하고 수사의 노하우를 제시함으로써 효율적인 수사를 할 수 있도록 지휘하는 것이 적극적 지휘이다. 소극적 지휘는 수사검사가 청탁을 받고 잘못된 수사를 하거나 고문, 폭행 등 불법수사를 하는 경우는 이에 대해 즉각 제동을 걸고 시정해야 하는 것이다. 따라서 검사가 적법한 수사를 한다면 상사는 이를 제지할 수 없다. 정치적 사건이든 경제적 사건이든 아무리 그 사건이 정치·사회에 영향을 주더라도 그 수사는 제지되어야 하는 것이 아니고 오히려 그 수사를 적극적으로 도와주어야 한다. 검사장도 대검에 수사 허가를 받을 필요는 없고 다만 수사 통보를 하는 것으로 족하다고 본다.

범죄가 발견되면 즉시 수사해야 하고 이를 수사하지 않으면 검사의 직무유기가 된다. 형사소송법 195조는 "검사는 범죄의 혐의가 있다고 사료되는 때에는 범인, 범죄사실과 증거를 수사하여야 한다."라고 수사가 의무임을 천명하고 있기 때문이다. 그러므로 부장이나 차장이나 검사장은 검사로 하여금 범죄수사를 착수하지 못하게 하거나 시작된 수사를 중단시키는 명령을 할 수는 없다. 오히려 범죄수사를 더욱 철저히 하도록 독려하고 지원해야 할 것이다. 다만 수사상 전략차원에서 피의자를 언제 소환할 것인가, 피의자를 불구속 수사할 것인가 구속 수사할 것인가, 압수수색은 언제 어떠한 방법으로 할 것인가, 외부기관과의 수사협조는 어떻게 할 것인가 등 수사방법상의 문제는 수사역량을 극대화 한다는 목적 하에 철저하게 지휘해야 한다. 이것이 상사의 적극적 수사지휘이다. 그리고 검사가 고문 등 불법수사를 하거나 적법절차를 무시한 수사를 하거나 수사미숙으로 수사를 그르칠 경우는 이를 반드시 즉시 시정해야 되고 더 나아가 다른 검사로 하여금 수사하게 할 수 있다(검사동일체 원칙). 이것이 상사의 소극적 수사지휘이다. 그러나 그 사건을 재 배당받아 수사하는 검사도 그 사건 수사를 즉시 종결하거나 조기에 수사를 매듭지어서는 안되고 더욱 철저하게 수사를 해야 한다. 수사를 저지할 목적으로 사건을 재배당해서는 안된다는 것이다. 요컨대 상사는 검사의 수사가 효율적으로 철저하게 수사될 수 있도록 지휘권을 행사해야지 수사의 포기나 조기종결을 시키기 위하여 지휘권을 행사할 수 없고 이 경우는 상사의 직무유기에 해당하는 것이다.

일본의 도쿄지검 특수부가 다나까 가구에이田中角榮 전 수상을 구속수감한 것도 지검 특수부 검사가 우연히 미국 잡지 기사를 읽고 수사에 착수한 결과였다. 록히드사가 다나까 전 수상에게 200만 달러의 뇌물을 주었다는 사실이 폭로되었고 그에 따라 미국 의회에서 청문회가 열렸던 것이다. 그 특수부 검사의 상사인 특수부장과 도쿄지검장은 다나까 전 수상 수사에 대하여 제동을 걸기보다 적극적으로 수사 독려를 했던 것이다.

사건을 수사 한 것이지 사람을 수사한 것이 아니다

서울지검장으로서 수사팀의 정대철 씨 수사 내용을 보고 받고 할 수 있었던 일은 그 수사를 적극적으로 도와주고 지원해주는 것뿐이었다. 검찰 지휘자는 검사의 수사에 날개를 달아 주는 것이지 그 발목을 잡아서는 안 된다는 것이 수사에 대한 나의 확고한 소신이었다. 내 개인적으로 정대철 의원님이 우리나라의 민주화투쟁에 큰 공헌을 했다는 점에서 존경하고 있지만 '사건'을 수사하는 것이지 '사람'을 수사하는 것이 아님을 명백히 할 수밖에 없었다. 그것은 초임검사 시절부터의 소신이었다.

수사가 확대되면서 당시 국무총리실의 비서실장과 대한주택공사

사장도 혐의가 드러나 곧바로 구속 조치되기에 이르렀다(그 당시 국무총리는 노무현 대통령이 집권하면서 첫 총리로 지명되신 고건 씨였다. 고건 총리님에게는 정말로 미안한 감정을 감출 수 없었다. 내가 서울 서부지청장 시절 그분이 서울시장으로 계실 때 그 부하 직원을 구속한 바 있기 때문이다. 또한 내가 서울지검 강력부장을 할 때 국무총리를 하시면서 테니스 모임에 초청해 주신 분이어서 더욱 송구스러웠다. 그러나 엄격한 법집행을 위해선 나의 사적인 감정을 억누를 수밖에 없었다. 그러나 지금이라도 개인적으로는 용서를 빌고 싶다).

이렇게 되자 검찰 내부에서도 은근히 견제하는 듯한 분위기가 엿보이기 시작했다. 노무현 정권이 출범한 지 서너 달밖에 지나지 않은 시점이어서 정치권의 반응이 심상치 않았던 까닭이다. 그렇다고 누구라도 서울지검장인 나에게 직접 불만을 털어놓을 입장은 아니었다. 내가 틀린 일을 한 것은 아니기 때문이었다.

그 대신 여러 경로를 통해 내 밑의 차장검사나 부장들에게 "너희들이 검사장을 말려야지 그러면 되겠느냐."며 질책을 늘어놓았던 모양이다. 그 뒤 수사가 본격 진행되면서 내 귀에까지 슬며시 들려온 얘기다. 그때 정대철 씨에 대한 구속이 집행되고 나서 신상규 3차장이 "'서울의 봄'이 아니라 '서초동의 봄'이 왔다."고 표현한 것도 지나친 과장은 아니었다. 그만큼 어려움을 무릅쓰고 진행된 수사였다.

정대철 씨를 소환하다

처음부터 수사는 쉽지가 않았다. 당시 7월 16일자 조선일보는 「검찰, 정 대표 수사는 검찰 아닌 법法이 한다.」는 제하에 다음과 같이 보도했다.

검찰이 두 번째 소환에 불응한 민주당 정대철 대표에게 곧바로 체포영장을 청구하지 않고 16일 또 한 차례 소환장을 보냈다. 이에 대해 신상규 서울지검 3차장은 브리핑에서
"출석 요구서를 마지막으로 보냈다"며
"소환장을 다시 보낸 이유는(소환 일정을 촉박하게 잡았던 것이) 야박한 것 같기도 하고, 내일이 제헌절이라 각 당 대표들의 참배행사 일정도 고려했다"고 말했다.
표적 수사 등 정치적 논란거리로 번질 조짐을 보이고 있는 만큼 한 차례 더 '명분 쌓기'를 하겠다는 것으로 보인다. 검찰과 정 대표 측이 '힘겨루기'를 하고 있는 것으로 볼 수 있는 상황이다. 하지만 「끝까지 법과 원칙대로 하겠다.」는 검찰의 강경 입장은 변함이 없다. 서영제 서울지검장은 이날 기자단과 가진 오찬에서
"이번 수사를 하는 것은 검찰이 아니라 '법'이다"며
"모든 국민에게 공평하게 적용되는 형사소송법에 따라 처리하겠다"고
정면 돌파 의지를 거듭 밝혔다. 서 지검장은
"검찰은 특정한 사람을 수사하는 것이 아니라 범죄, 즉 굿모닝시티의 분양 비리사건을 수사하고 있다"며
"법을 집행하는 것에 불과한 검찰을 의인화·인격화해서 공격하지 말라"고 말했다.
검찰은 정 대표의 혐의에 대해 상당 부분 수사가 돼 있기 때문에 체포영장이든 사전구속영장이든 언제든지 청구할 수 있다는 분위기이다. 따라서 정 대표가 이번에도 출석하지 않을 경우 검찰은 곧바로 체포영장 등의 청구로 갈 것으

로 보인다. 서울지검의 한 검사는
"지금 검찰은 '햄릿'이다. 죽느냐 사느냐가 문제다"라는 말로
이번 수사가 검찰의 해묵은 과제인 정치적 중립이 가능할
지를 판가름할 시험대라고 말했다. 수사팀인 서울지검 특
수2부와 서영제 서울지검장은 물론이고, 송광수 검찰총장
도 똑같은 문제의식을 가지고 있는 것으로 보인다.
고검장 출신 한 변호사는
"예전 검찰이 큰 수사를 하면서 청와대와 교감이 없었다고
부인하지는 못하겠다." 면서
"그러나 최근 굿모닝시티 수사를 보면 정치 검찰이 많이 없
어졌다는 생각이 든다."고 말했다.
그러나 검찰이 '정치 검찰'이라는 굴레를 벗어던질 수 있을
지는 아직까지 미지수로 남아 있다. 발등의 불인 정 대표
문제를 넘어선다고 해도 '정 대표 이후'의 수사가 만만치
않을 것으로 보이기 때문이다. 현 정부 실세의 이름이 거론
되고 여야 의원 10여 명의 의혹을 받고 있는 상황이다. 「법
대로」라는 지금의 모습이 끝까지 지켜질지 주목된다.

거의 사실에 가까운 취재였다고 생각한다.

하지만 당사자인 정대철 대표가 검찰 소환에 응하지 않는 것부터가 문제였다. 자신은 법적으로 허용된 정치자금을 받아 정당 운영비에 사용했을 뿐이라며 반발하고 있었다. 그렇다고 강제 구인은 어림도 없었고, 적당한 구실을 붙여 자발적으로 출두하도록 유도하는 것이 관건이었다.

더욱이 사건이 정치적인 공방의 모습으로 변질된다면 수사의 방

2003년 6월 청와대에서 열린 사회관계장관회의에 참석하기 위해 당시 강금실(오른쪽) 전 법무장관이 송광수(가운데) 전 검찰총장, 문재인 전 청와대민정수석과 입장하고 있다.(조선일보 제공)

향이 어긋날 우려도 적지 않았다. 내가 수사팀장인 채동욱 부장에게 "정치적 공격에 정치적으로 답변하지 말라."며 주의를 주었던 것은 그런 때문이었다. 당시 청와대 정무수석이 "요즘 검찰이 간덩이가 부었잖아."며 불편한 심기를 드러냈을 때 그가 "우리 간은 건강합니다."라고 답변한 것이 그런 빌미가 될 수 있다고 판단한 것이었다.

가능하다면 사건에 대한 논쟁은 법률적인 범위 안에서 이뤄지는 것이 최선이었다. 상대방의 대꾸가 어떻든 간에 적어도 검찰의 답변은 법률적이어야 했다. 시류에 민감한 정치적인 사건조차도 '비非 정치적', 또는 '탈脫 정치적'으로 만드는 것이 수사팀의 실력이라고 나는 믿고 있다.

그래서 내가 생각해 낸 것이 공개소환장이었다. 내용을 수사팀에게 받아쓰도록 하고는 내가 직접 구술하다시피 했다. 그리고 A4 용지로 다섯 장 분량에 이르는 그 내용을 언론에 뿌렸다. 작성자 이름이 여환섭 주임검사의 이름으로 되어 있었지만 그것은 절차상의 문제였다. 검찰청 출입기자들도 무릎을 칠 만큼 내용은 구구절절했다.

> 그동안 검찰은 민주당 대표라는 중책을 맡고 계신 의원님의 입장과 사안의 중대성을 충분히 감안하여 의원님과 관련한 혐의 내용은 물론 의원님에 대한 출석요구 사실에 대해서도 철저한 대내외 보안을 유지해 왔습니다. 언론 보도에 의원님께서 윤창열 씨로부터 순수한 경선-대선 정치자금을 받았다고 하면서 마치 이 사건 수사가 정치자금에 대해 진행 중인 것처럼 비치고 있습니다. 그러나 이 사건 수사는 굿모닝시티 상가분양과 관련하여 제기된 제반 비리 의혹의 진상규명을 위한 통상적인 형사사건 수사에 불과하며 정치자금에 대한 수사와는 전혀 무관함을 알려드립니다. 만약 의원님께서 약속하신 일시에 출석하지 않으신다면 부득이 일반적인 형사사건 처리절차에 따라 처리할 수밖에 없음을 양지하여 주시기 바랍니다.

정 대표가 출두를 거부함에 따라 수사가 진척되지 않고 있으며, 그 결과 3,000여 명에 이르는 분양 피해자들이 억울함을 호소하고 있다는 이유를 들어 그를 압박했던 것이다. 전 재산을 날려버리고 허탈해하는 피해자들의 하소연을 풀어주기 위해서도 검찰 출두가 필요하다는 얘기였다. 국민이 그를 소환한다는 것이나 마찬가지인 논리였다.

검찰이 자기를 죽이려 언론을 들쑤시고 있다며 반발하던 그였지만 이러한 호소문에 가까운 소환장에 이르러서는 소환을 마냥 거부할 수만은 없었을 것이다. 당시 노무현 대통령이 다른 문제로 기자회견을 하면서 "요즘 검찰은 언론 플레이도 잘 하더라."라고 지적했던 것도 이 공개 소환장을 염두에 두었던 것이 아닌가 여겨진다. 칭찬이었는지 비아냥거림이었는지 모르겠지만 그만큼 눈길을 끌었다는 증거다. 다시 이에 대한 조선일보의 보도를 인용한다.

> 복합 쇼핑몰 굿모닝시티 분양 비리를 수사 중인 서울지검 특수 2부는 굿모닝시티 대표 윤 창렬(구속) 씨가 끌어들인 분양대금과 사채 등 총 5,000억 원의 행방과 함께 정·관계, 금융권, 경찰 등 수사기관에 대한 전 방위 로비 의혹을 벗기는 데 주력하고 있다. 윤 씨로부터 4억 원을 받은 정대철 민주당 대표를 다음 주 초 소환하는 것을 기점으로 로비의 핵심이라고 할 수 있는 정치권 로비에 대한 수사가 궤도에 오를 전망이다. 검찰은 이번 사건이 굵직한 정치권 인사의 로비 연루, 수사기관의 비호 의혹 등 '게이트'의 구색을 갖춘 상태라고 보고 있다. 일부 간부들은 "게이트 수사마다 번번이 문을 열어젖히는 데 실패, 특검을 자초해 왔다"는 여론의 비판을 이번 수사로 만회하겠다는 의지도 보이고 있다. 수사팀 관계자는 "정도正道대로 수사 하겠다"고 공언했고, 다른 관계자는 "이번 수사는 중단되거나 어떤 고비를 만나 지연되지 않고 원칙대로 진행될 것"이라고 말했다.

여당 대표에 대한 소환 방침이 보도되자 대검찰청 홈페이지의 자유 게시판에는 국민들로부터 서울지검의 수사를 격려하는 성원의 글이 이어졌다. "앞으로도 검찰이 계속 파이팅 하는 모습을 보고 싶다."고 했는가 하면, "온 국민을 대표해서 검찰청 사람들에게 감사하다는 말씀을 드린다."고도 했다.

검사들도 내부 통신망을 통해 "여당 일각에서 금번 수사를 두고 검찰이 통제되지 않고 있다는 얘기가 들리는 것을 보니 오히려 기분이 좋다. 일체의 정치적 고려 없이 법과 원칙에 따라 수사가 이뤄지고 있다는 반증이 아니겠는가?"라며 고무된 분위기를 전했다.

정대철 대표가 소환에 응한 것은 공개 소환장이 언론을 통해 보도되고도 두어 달 정도가 지난 뒤였다. 이미 출국금지 조치가 내려졌고 상가 분양 피해자들은 한밤중에 그의 집 앞에까지 몰려가 촛불시위를 벌이기도 했다. 당의 업무가 바쁘다는 핑계로 소환에 응하지를 않던 그도 이제는 달리 피해나갈 방법이 없었다.

직위가 걸렸던 사전영장

거듭된 실랑이 끝에 그가 검찰에 출두하겠다는 의사를 밝혀옴에 따라 나는 예우 차원에서 수사 검사를 보내 정중하게 모셔오도록 지시를 내렸다. 거물 정치인이 소환을 받아들이겠다는데 우격다짐으로 연행하는 모습을 보이는 것은 곤란했다.

과거 일본의 도쿄지검 특수부가 록히드 사건과 관련하여 다나까 전 수상을 체포할 때도 검사가 파견되어 최대한의 예우를 지켰다. 특히 그의 뜻에 따라 검사가 낚시하는 데까지 같이 따라갔다가 낚시를 끝낸 뒤에야 검찰로 연행했다는 얘기는 하나의 규범으로 전해지고 있다. 이에 따라 수사팀의 주영환 검사를 정대철 씨의 자택으로 직접 보냈다. 보통은 검찰 수사관이나 경찰관을 보내는 것이 관례화되어 있었지만, 그 관례의 등급을 한 단계 격상시킨 것이었다. 그가 검찰청으로 연행된 뒤에도 채동욱 부장이 직접 커피를 대접하며 예우에 소홀함이 없도록 조치했다.

그런데도 어떤 신문은 「정대철 강제 연행」이라고 크게 제목으로 뽑았다. 검사가 자택에까지 들이닥쳐 강제로 연행했다는 것이었다. 분명한 오보였다. 다른 문제에 대해선 거의 아무런 언급도 없던 강금실 법무장관도 그 기사를 보고는 참을 수가 없었던지 전화를 걸어 불만을 털어놓았다. 하지만 수사팀이 예우에 최대한 신경을 썼으며, 문제의 기사가 오히려 의도적이라는 설명을 모두 듣고는 강 장관도 별 문제로 삼지 않았었다.

그러나 문제가 깨끗이 해결된 것은 아니었다. 조사가 모두 마무리되어 가는 단계에서 사전영장을 청구하려고 준비하고 있었는데 여러 경로를 통하여 청구를 연기해달라는 요청이 들어왔다. 화급을 다투는 사건이 아니었기에 요청을 받아주다 보니 결국 세 차례나 연기가 되었다. 그리고 네 번째에도 또다시 연기 신청이 들어왔다. 사전영장 청구를 저지하려는 의도라고밖에 받아들일 수 없었다.

다음은 이에 대한 동아일보 2003년 7월 14일자 보도 내용. 「與 '정대철 수사' 압력 의혹…이상수 "소환시기 늦추겠다."」라는 제목의 기사다.

> 정대철 민주당 대표의 굿모닝시티 자금 4억2000만 원 수수 및 대선자금 문제와 관련해 여당인 민주당이 검찰 수사에 직간접적인 압력을 행사하고 있다는 의혹이 제기돼 논란이 일고 있다. 민주당은 14일 확대간부회의에서 정 대표의 검찰 수사와 관련해 이상수 사무총장이 정 대표의 소환을 당내 현안이 해결된 이후로 늦추도록 검찰과 조율하기로 의견을 모았다고 참석자들이 전했다. 이와 별도로 정

2003년 8월 정대철 전 민주당 대표가 서울지검에서 조사를 받고 귀가하고 있다. 그는 당시 굿모닝시티에서 4억2000만원을 받은 혐의를 받고 있었다.(조선일보 제공)

대표 측과 당 및 청와대의 일부 관계자들이 검찰에 대해 정 대표의 구속을 피하고 정 대표가 받은 4억2000만 원을 뇌물수수죄가 아닌 정치자금법 위반으로 처리해 주도록 부탁하고 있는 것으로 알려졌다. 검찰 수뇌부는 그러나 "정 대표의 자금 수수는 경제범죄 사건이다. 이를 정치문제화하며 검찰 수사에 압력을 넣는 것은 부당하다"고 반박했다.

이와 함께 주간경향도 2003년 7월 31일자에서 서영제 서울지검장은 「굿모닝게이트의 수사 주체는 법으로, 검찰은 법을 집행할 뿐이며 검찰이 무서워하는 것은 청지권이 아니라 굿모닝게이트의 피해자이라며 좌고우면하지 않는 검사 상을 강조했다」라고 보도했다.

그래서 일단은 네 번째 연기요청은 받아들이되 그 이후에는 방침대로 강행하겠다고 통보를 하였다. 사전영장청구가 관철되지 않는다면 서울지검장 자리를 사표 내겠다고까지 마음을 먹고는 최찬묵 총무부장을 불러 사퇴의 변을 담은 성명서를 작성하도록 했다. 하지만 다행스럽게도 사전영장은 청구되었고, 끝내 영장이 발부되어 구속수사를 하게 됨으로써 서울지검장의 자리가 보존될 수 있었다.

상급자이던 대통령과 법무장관, 검찰총장 등이 정대철 씨 수사에 대하여 부당한 수사, 즉 인권유린이나 고문수사를 하지 말라고 지시하는 것은 지휘권의 범위에 해당하여 그에 따르거나 그에 의한 책임을 져야 할 것이다. 그러나 범죄사실이 있느냐 없느냐 하는 진상조사(fact-finding)나 그러한 범죄사실에 대한 구속수사 여부나 불기소 불입건에 대한 지휘는 승복할 수 없다고 생각했다. 검사는 독립관청이므로 수사검사가 결정권자이고 수사검사의 의견에 따라야 된다고 본다(다만 검사장이나 그 상급자는 검사를 설득하거나 설복시켜 검사의 결정을 다른 방향으로 유도할 수는 있다. 그러나 검사가 상사의 설득에 응하지 않으면 수사의 부당함이나 불법성을 찾아내지 않는 한 상사는 검사 의견에 따라야 된다. 물론 검찰청 법에 의하면 검사장은 주임검사를 바꿀 수는 있다. 그런 경우에도 그 바뀐 후임검사의 범죄사실에 대한 의견을 무시할 수 없다).

서울지검장은 상사의 지시에 반하는 수사사항 결정을 할 수는 있지만 신분은 행정부 소속이므로 행정부의 최고책임자 밑에서 계속 근무할 수는 없다고 생각했다. 따라서 정대철 씨에 대하여 불기소 또는 불구속수사하라고 지시가 내려올 경우를 대비하여 나는 구속영장을 청구하고 바로 사표를 내려고 했던 것이다. 서울지검장을 오래하거나 짧게 하거나 그 기간이 문제가 아니라 어떻게 올바르게 법에 따라 직무수행을 했느냐가 나에게 더욱 중요한 일이었기 때문이다. 그런데 다행히도 정대철 씨 수사상에서 수차례에 걸친 구속영장 청구 연기요청 외에는 별다른 간섭이 없었다.

결국 이 사건으로 정대철 씨는 1심 재판에서 징역 6년에 추징금 4억 원을 선고받았다. 이 일로 그와 일부 정치권은 당시의 검찰 라인에 대해 개인적인 감정이 좋지 않겠지만 나는 개의치 않는다. 나로서는 응당 할 일을 했을 뿐이다. 정부 여당으로서도 정치적인 흠집을 입기는 했으나 검찰 수사에 간섭하지 않았다는 점에서 새로운 이정표를 세웠고, 검찰은 검찰대로 법과 원칙을 앞세워 굴곡 된 이미지를 바로잡는 계기가 되었다. 인터넷 신문이 "여당 대표를 구속하였으니 오늘이 검찰 독립기념일이다."라는 취지로 보도한 것도 그런 뜻이었을 것이다.

이 사건 수사와 관련해서는 특수2부의 채동욱 부장 외에도 여환섭 주임검사가 핵심적인 역할을 수행했다. 여 검사는 검찰에서도 자타가 인정하는 특수 수사통으로 적지 않은 권력형 비리와 재벌기업 비리 수사가 그의 손을 거쳐 갔다. 한 번 물면 여간해선 놓지를 않는 스타일로 널리 알려진 뚝심의 주인공이다. 그 뒤 정몽구 현대차그룹 회장과 김우중 전 대우그룹 회장 수사를 맡기도 했다.

어두운 곳에는 반드시 빛이 들어가야 한다

이처럼 수사 의지를 지닌 검사들의 근성을 북돋아주는 것이 검찰 지휘관으로서의 마땅한 역할이라고 본다. 늑대를 강아지나 고양이가 아니라 야생의 본능을 발휘하도록 분위기를 이끌어가는 노력이 바로 그것이다. 가장 중요한 역할은 정치권력으로부터의 외풍을 막아주는 일이다. 따라서 정치권으로부터 비난과 험담을 피할 수 없는 위치이기도 하다.

나는 어렵게 서울지검장에 임명된 뒤에도 이처럼 살얼음판을 걷고 있었다. 자칫 실수를 저지르거나 한눈을 팔다가는 어느 순간에 천 길 낭떠러지로 굴러 떨어질지도 모르는 상황이었다. 하지만 나는 그러한 위험과 스릴도 검사 본연의 자부심으로 받아들이고 있었다. 내 스스로 황야를 헤매는 외로운 늑대이고자 했다.

검사는 정치가가 아니다. 과거 권위주의 정부 시대에 검사는 국정철학에 충실해야 한다고 가르치는 선배 검사도 있었다. 공해단속을 하는 검사에게 산업발전을 저해하는 공해단속을 하지 말라고 한 일이 있었다. 산업을 키우기 위해서는 공해배출을 용인해야 한다는 것이다. 각 정권이 들어설 때마다 국정철학이 제시되고 그 국정철학에 배치되는 검찰수사는 있을 수 없다는 것이었다. 검찰총장을 대통령이 임명하는 것은 바로 그런 이유라고 했다.

검찰은 국정의 파트너로서 정권의 정책수행에 동반자가 되어야 한다는 것이다. 그러나 이러한 정치검찰론은 법치주의를 기초로 하는 민주주의 국가에서는 있을 수도 없고, 있어서는 안 된다고 본다. 과거 히틀러 정권하에서 검찰은 유태인 학살 등 히틀러 정부의 범죄행위에 눈을 감았고 일본 도조 히데키東條 英機 정부의 전쟁범죄에 대하여 일본 검찰은 눈과 귀를 막았다. 그야말로 그 시대 정권의 정책에 부응하는 국정파트너로서 봉사해 왔던 것이다. 그 결과 어찌 되었는가. 2차 대전의 패망으로 그 두 나라는 초토화되고 말았다.

미국의 워터게이트 사건은 이와 대비되는 사례다. 닉슨 대통령의 선거 참모들이 민주당 선거사무실이 있는 워터게이트 호텔에 도청 장치를 설치하고 민주당 선거 전략을 도청한 사건으로서 그 사건의 실행 주역들은 모두 구속된 후 과연 닉슨 대통령이 그 범행에 가담했는지를 밝히기 위하여 특별검사까지 동원하여 조사하게 되었다. 너무 오랫동안 대통령의 범행여부를 조사하게 되자 대통령의 국정업무는 마비되고 행정부도 온통 그 수사 대비에만 신경을 쓰게 되었다. 결국 닉슨 대통령은 사임을 하게 되었다. 당시 워싱턴 포스트의 보브 우드워드(Bob Woodward) 기자와 칼 번스타인(Carl Bernstein) 기자의 끈질긴 추적취재가 결정적인 수사단서를 제공하게 되었다. 이에 유럽 언론들은 이러한 사소한 범죄 때문에 대통령을 그렇게 오랫동안 수사하고 국정을 마비시켜 미국의 세계에 대한 신뢰를 실추시키는 것이 과연 옳은 일인가 하고 의문을 제기하기도 했다. 당시 닉슨이 임명한 콕스(Cox)와 자오스키(Jarwarsky) 특별검사는 닉슨의 친구들임에도 불구하고 더욱 철저하고 집요하게 수사를 감행하여 닉슨의 사임을 앞당기게 했던 것이다. 이것이 미국의 힘이다. 검찰이 국정의 동반자로 움직였던 나치 독일과 군국주의 일본은 패망으로 끝났지만 미국은 닉슨 사임 후 더욱 강대한 국가가 되어 세계 유일의 슈퍼 파워(Super power)가 되었다.

이것이 검찰이 지킨 법치주의의 힘이다. 검찰은 여당이든 야당이든 그 정치철학에 동조해서 범죄여부 수사를 결정해서는 안 된다. 오로지 법규정에 위반 했는지만을 수사의 잣대로 삼아야 한다. 검찰은 정치에 참여해서도, 개입해서도 안 된다. 법이라는 잣대만이 검찰 수사를 움직여야 한다. 이것이야말로 여야가 법의 테두리 안에서 페어플레이를 할 수 있게 하는 룰이다. 같은 범죄라도 여권은 단속하지 않고 야권만 단속한다면 이것은 페어플레이가 될 수 없다. 이래서 검찰총장 이하 검사는 수도승과 같은 자세로 세속에서 떠나야 한다. 세칭 마당발 검사가 발을 붙여서는 안 되는 이유다.

최근 자전거 경주의 영웅인 암스트롱(Armstrong)이 스테로이드 복용 혐의로 조사를 받았는데, 결국 본인도 그 약물 복용을 시인했고 과거에 받은 우승 트로피들이 모두 무효처리 되었다. 그가 그동안 엄청난 기부와 선행으로 미국인들로부터 존경을 한 몸에 받아왔다는 점에서 스테로이드 조사만 하지 않았다면 암스트롱은 미국의 자전거 경주 역사에서 불세출의 영웅으로 남게 되고 자선사업의 롤모델로 남았을지도 모른다. 그러나 미국의 도핑 테스트(doping test) 요원들은 끝까지 추적하여 스테로이드 복용혐의를 밝혀냈다.

과연 이런 영웅을 추락시키는 것이 옳은 일인가? 하지만 바로 이런 정의구현 의지가 오늘날의 미국을 만든 원동력임을 부인할 수 없다. 거짓으로 만들어진 성은 아무리 멋있어도 모래성에 지나지 않는다. 어두운 곳에는 반드시 빛이 들어가야 한다. 다소의 불편함과 더딤이 있다 해도 어두운 세계는 밝은 세계로 바뀌기 마련이다.

당시 노무현 대통령의 참여정부가 출범한 지 3~4개월밖에 되지 않았을 때였다. 그는 서민 대통령으로, 서민을 위한 투사로서, 서민혁명을 이루어 보고자 한 것 같다. 그 뜻을 이루게 해준 공로자가 정대철 여당 대표라고 할 수 있다. 이러한 노무현 대통령의 국정철학에 검찰이 파트너가 되어야 하는가? 아무리 이처럼 숭고한 정신이 깃든 정부라 하더라도 범죄행위가 있을 때 그 범죄수사를 먼저 하는 것이 검찰의 임무라고 나는 생각했다.

정치는 정치권이 하는 것이다. 검찰은 형사소송법상 수사의 주재자로서 범죄 수사를 가감 없이 처리하면 그만이다. 그 후의 정치는 훌륭하신 정치인들이 수사 후유증을 해결하고 마무리 지으면 되는 것이다. 노무현 정부가 출범하자마자 서울지검이 수사의 칼날을 들이대야 했던 상황이 정말 안타깝지만 나는 개인으로서의 검사가 아니라 형사소송법의 임무를 수행하는 검사장이었을 뿐이라고 자위해본다.

미국 행정부에는 검찰총장(Attorney General)만 있을 뿐 법무장관(The Secretary of justice)라는 직책은 없다. 미국 장관은 모두 secretary라고 표현한다. 국무장관(The secretary of state), 국방장관(The secretary of defense) 등이다. secretary는 다른 사람을 위하여 일하는(working for another person) 사람이다. 그 다른 사람의 의사와 의도와 철학을 충실히 집행해주는 것이 그의 주된 업무다.

그러나 검찰총장은 삼권분립 원칙상 그 임무가 행정부에 속하므로 대통령이 임명하기는 하지만 일단 임명되면 대통령의 통치철학과 행동이념을 충실히 이행하라는 것이 아니다. 행정부가 범죄행위를 하고 있는지 감시하고 조사하고 처벌하라는 것이다. 검찰총장은 행정부에 소속되어 있지만 그 임무는 대통령의 통치철학을 대리 집행하는 것이 아니다. 대통령의 행위가 범죄에 해당하는지를 감시하는 데 있다. 따라서 The secretary of justice라는 법무장관의 개념이 없는 것이다.

우리나라는 법무장관과 검찰총장을 동시에 두는 이중 시스템(dual system)을 취하고 있지만, 그 참뜻은 법무장관은 대통령의 법무대리 업무를 하는 것이지만 검찰총장의 업무는 대통령의 통치철학으로부터 출발하는 것이 아니라 헌법과 형법과 형사소송법과 검찰청 법에 규정된 업무를 수행하여야 할 뿐 대통령의 뜻을 충분히 반영하는 법무비서가 아니라는 것이다.

요즈음 검찰은 벤츠검사, 섹스검사, 뇌물검사, 스폰서검사 등으로 검찰의 신뢰가 추락했고 검찰 내부의 분위기도 많이 위축된 듯하다. 그러나 이러한 범죄는 어느 국가나, 조직이나 다 있다(일본에서도 업자로부터 골프채를 받은 검사가 구속되었고 미국 뉴욕에서는 대법관이 강도, 강간, 살인으로 구속되기도 했다). 문제는 검찰이 얼마나 많은 범죄수사를 했느냐에 달린 것이다. 그것도 '살아있는 권력'에 대하여 거침없는 수사를 했느냐 하는 것이다.

대한민국 최고의 사범시험에 합격한 천재들에게 최고의 수사기법을 가르쳐 수사의 주재자로서 임무를 부여했는데 정치 리듬에 맞춰 정치 댄스를 즐길 때 국민의 비난은 노도처럼 흘러나오는 것이다. 검찰을 추락에서 건져내는 유일한 길은 정치권이든, 기업이든, 사회단체든 살아있는 권력을 가차 없이 수사하여 단죄하는 것이고 그러면 국민의 박수 소리는 산천에 진동할 것이다.

LRN이라는 회사의 CEO인 도프 사이드만(Dov Seidman)은 《How》라는 책을 냈다. 그는 이 책에서 "일방통행식 대화방법으로 회사나 국가를 다스리는 시대는 지나갔다."고 선언했다.

즉 명령과 통제(command and control)라는 옛날 시스템은 지배력을 행사하기 위하여 당근과 채찍을 사용하고 있지만 이제는 연결과 협력(connect and collaboration) 즉 개개인의 사람들을 융합시켜 힘을 창조하는 시대로 급격히 변모되어가고 있다고 주장했다. 힘은 개개인으로 옮겨가고 있기 때문에 리더십도 당근과 채찍을 사용하여 업무증진과 충성심을 유발하는, 즉 강제적이고 동기부여적인(coercive and motivational) 리더십으로부터 업무추진 의지와 혁신과 희망을 고취시키는(commitment and innovation and hope) 영감유발적인(inspirational) 리더십으로 전환되어야 한다고 주장했다.

이러한 지도자상은 검찰 조직에도 바로 대입시킬 수 있다고 본다. 검사는 개개인이 독립관청이므로 개체중심으로 파워가 이동되는 현대 트렌드에 딱 들어맞는다고 생각한다. 이러한 개체독립적인 검사에게는 '명령과 통제(command and control)'라는 강압적인 리더십보다는 감동적인 방법으로 검사를 서로 연결시키고 협력하게 만드는 영감고취적인 상사가 되어야 한다고 생각한다. 사회 거악이나 거대한 정치 부패세력을 제거하기 위해서는 검사 개개인의 능력이 극대화되어 강력한 수사능력을 발휘해야 하기 때문이다.

상사는 검사가 두려움을 갖지 않고 어떠한 강대한 범죄세력과도 싸울 수 있는 전투력을 키워주는 데 중점을 두어야 하고 반대로 검사에게 명령하고 통제하여 검사 수사능력을 약화시켜서는 안 된다. 미국의 케이블 뉴스채널인 폭스 뉴스의 브레트 베이어(Bret Baier) 앵커는 뉴스 보도를 마친 다음 반드시 다음 같이 멘트를 하고 끝낸다. "Fair, balanced and unafraid." 즉 공정한 보도 어느 한쪽에 치우치지 않는 보도, 그리고 누구도 두려워하지 않는 보도를 외치고 있는 것이다. 우리 검찰도 이런 신조(mantra)를 가지고 나아가야 하지 않겠는가.

노건평 씨의 경우／

이 사람 저 사람이 다 알고 있는데 덮어서 될 일이 아니다

노건평 씨에 대한 혐의는 대우건설 사장이던 남상국 씨를 수사하는 과정에서 드러났다. 남상국 씨가 인사 청탁을 하면서 중간에 사람을 넣어 노건평 씨에게 돈을 전달했다는 혐의였다.

당시 대우건설은 한국자산관리공사와 산업은행, 우리은행을 포함한 채권단의 법정관리를 받고 있었는데, 남상국 씨가 2003년 12월로 3년의 임기를 마치게 되어 있었다. 처음부터 그런 사실까지 구체적으로 확인할 수는 없었으나 대검과 서울지검 정보과를 통해서 비슷한 정보들이 속속 올라오던 터였다. 서울지검 특수부장이 내 방으로 올라와 그동안 취합된 정보 내용을 보고하면서부터 수사는 이미 시작된 셈이었다. 보고하는 그의 목소리가 떨리는 것도 같았다. 현직 대통령의 친형에 대한 비리혐의를 입에 올린다는 자체가 두렵고 떨리지 않을 수 없었을 것이다.

그러나 아니 땐 굴뚝에 연기가 날 수는 없는 법이었다. 비슷한 얘기들이 여러 경로를 통해서 들어온다면 일단은 근거를 믿을 수밖에는 없었다. 나는 "벌써 이 사람, 저 사람 다 알고 있는데 덮어서 될 일이 아니다."라며 철저한 조사를 지시했다. 수사팀의 수사보조원까지 알고 있었으므로 덮는다고 해도 바깥으로 그 얘기가 새나가는 것은 시간문제였다. 2004년의 4·15 총선을 앞두고 있던 시점이었다.

수사의 지휘는 이창재 부부장에게 (김대중 대통령 당시 벤처기업 붐이 일어나면서 함께 의혹도 제기되자 관련 업체 수사를 맡았으며, 2011년에 부산에서 불거진 '벤츠 여검사' 사건의 특임검사를 맡았던 주인공이기도 하

2008년 고(故) 노무현 전 대통령 내외가 고향인 경남 김해시 진영읍 봉하마을에 도착해 형인 노건평씨와 악수하고 있다.(조선일보 제공)

다) 맡겨졌다. 이와는 별도로 남상국 씨가 대우건설 사장으로 재임하는 동안의 비리혐의에 대해서도 동시에 수사가 시작되었다. 특수 1부에 이어 특수2부가 수사에 전격 투입된 것은 그런 결정이 있었기 때문이다. 당시 중요한 사건 때마다 특공대처럼 결정적인 역할을 수행했던 것이 특수2부다. 특수2부의 채동욱 부장검사가 발군의 능력을 발휘했던 것이다.

그러나 하청업체를 중심으로 주변에서부터 단서를 캐들었어도 별다른 성과는 얻지 못했다. 이에 대우건설에 대한 압수수색에 들어가 저녁 무렵까지 사무실을 뒤졌으나 결과는 마찬가지였다. 남은 것은 경리부장 자택뿐이었다. 경리담당 직원들이 사건의 마지막 열쇠를 쥐고 있다는 것은 그동안의 수사 과정에서 경험적으로 터득된 철칙이기도 하다. 예상대로 경리부장 자택의 안방 장롱 밑에서 '빗장'을 찾아내는데 성공했다(빗장이란 비밀장부를 뜻하는 수사관들의 은어다).

그 빗장에는 비자금 내역이 대략적이나마 적혀 있었다. 수사에 협조하면 선처키로 하고 비자금의 사용처를 남상국 씨에게 추궁했다. 노건평 씨의 이름이 나온 것은 그 과정에서다. 그밖에도 H, A, J 씨 등 유력한 정치인들의 이름이 몇 명 거론되었다.

이 무렵, 정국은 노무현 대통령에 대한 국회의 탄핵 논란으로 소용돌이를 치고 있었다. "총선에서 여당을 찍어야 한다."는 선거법 위반 발언으로 노무현 대통령이 중앙선관위로부터 경고를 받은 데 이어 탄핵안이 국회에서 논의되던 시점이었다. 헌정 사상 최초의 미증유의 사태였다. 이런 상황에서 사건 수사를 미적거리고 있다가는 수습하지 못할 사태에 직면할 가능성도 없지 않았다. 원칙대로 처리하는 게 최선이었다.

노무현 대통령의 기자회견

결론부터 말하자면, 노건평 씨의 경우는 크게 문제 삼을 만한 사건은 아니었다. 노 씨가 3,000만 원의 인사 관련 청탁금을 전달받았으나 600만 원을 쓰고 2,400만 원을 되돌려준 상태였다. 그 나름대로도 이로 인한 차후의 문제 소지를 차단하려 했던 것이다.

법률적으로는 알선수재에 해당되는 혐의였지만 다시 돌려주었으므로 죄질은 약했다. 자기 쪽에서 먼저 돈을 달라고 요구한 것도 아니었다. 따라서 적당히 넘어간다고 해도 크게 문제될 것은 없었다.

하지만, 그럴 사정이 아니었다. 구속할 사안까지는 아니었다고 해도 처음부터 그냥 덮을 수는 없었다. 이렇게 처리 방향이 가닥을 잡아나가면서 요로에서 수많은 압력이 들어왔지만 나는 눈 하나 깜짝하지 않고 기소하도록 지시했다. 노무현 대통령에게 미안하고 송구

남상국 전 대우건설 사장 장례식이 치러진 2004년 3월 서울 남대문 대우빌딩 앞으로 남 전 사장의 영정이 지나가고 있다.(조선일보 제공)

스러웠지만 다른 선택은 없었다. 그것이 정확히 2004년 3월 10일의 일이다.

날짜를 잊지 않고 기억하는 이유가 있다. 이처럼 불구속으로 기소가 이뤄진 바로 다음날 비극적인 소동이 일어났기 때문이다. 노무현 대통령이 기자회견을 통해 남상국 씨를 직설적으로 비난하는 언급을 쏟아냈던 것이다. 주변에서는 "노무현 대통령이 건평 씨를 형이라기보다는 아버지처럼 따랐기 때문에 더 충격이 컸을 것"이라는 얘기도 없지 않았다.

나도 검찰청 집무실에서 기자회견 장면을 시청했기에 그 내용을 뚜렷이 기억하고 있다. 남상국 씨로서는 인격적으로 수모를 견디기 어려웠을지도 모른다. 그가 한강에 투신함으로써 스스로 목숨을 포기한 것이 시간적으로 노무현 대통령의 기자회견이 텔레비전으로 방영된 직후였다는 사실이 그것을 말해준다.

사건의 반전이었다. 노무현 대통령으로서는 자기 형에게 뇌물을 전달했다고 혐의를 받고 있는 장본인이 야속했겠지만 그 순간부터 세상은 남상국 씨를 명백한 피해자로 간주하게 되었던 것이다. 그래도 문제는 또 있었다. 한강 사고현장을 샅샅이 수색했어도 사체를 찾지 못한 것이었다. 항간에서는 누군가 사체를 의도적으로 훔쳐갔을 것이라는 추측성 소문까지 떠돌고 있었다. 결국 1주일이 지나서야 겨우 사체를 찾게됨으로써 사건의 일단락을 보게 되었다.

한편, 수사가 진행되는 과정에서도 남상국 씨에게 미묘한 낌새가 없었던 것은 아니다. 전직 검찰총장님으로부터 걸려온 전화가 그것을 얘기해 준다. "그 애가 아무래도 자살할 것 같다."는 게 그분의 귀띔이었다. 아마 두 사람이 개인적으로 서로 가까운 사이였던 듯 싶다. 남 씨가 검찰 수사를 받는 과정에서의 어려움을 그에게 털어놓았

2008년 12월 서울 서초동 서울지방법원에서 알선수재 혐의로 구속영장이 청구된 노건평 씨가 영장실질심사를 받고 나오고 있다.(조선일보 제공)

을 것이다. "아무나 자살하는 게 아니잖느냐."는 나의 반응에 그분은 "아니다. 심상치 않다. 조심하라."며 거듭 주의를 당부했다. 그것이 대략 사건 한 달쯤 전의 일이다.

그러나 중요한 수사였기에 수사를 중단할 수는 없었다. 다만 수사팀에게는 전직 총장님의 말씀을 전하면서 불상사가 없도록 모든 조치를 다하라고 지시했다. 당시 수사팀의 의견은 남상국 씨로부터 자살할 징후는 전혀 발견하지 못했다는 것이었다. 더구나 그를 구속수사한 것도 아니고 수사에 협조한 공으로 선처를 약속했기 때문에 그런 불상사 가능성은 추호도 없을 것이라는 보고가 올라왔다. 자유로운 분위기에서 수사 협조도 잘 이뤄지고 있다고 했다. 그런데 결국 이런 사태가 벌어지고 말았으니 나로서도 큰 충격이었다. 고인의 명복을 빈다.

노무현 대통령에 대한 탄핵 결의안이 급속히 진행된 것도 이 사건의 사회적인 파장에 따른 영향을 무시할 수는 없을 것 같다. 드디어 탄핵안이 국회에서 가결되어 헌법재판소로 넘겨졌으며, 노무현 대통령은 3개월간 직무정지가 결정되기에 이르렀다. 하지만 탄핵안의 반작용으로 노무현 대통령의 입장을 두둔하는 분위기가 일어남으로써 당시 총선에서 열린 우리당이 압승을 거두게 되었으니, 또 다른 반전이었다. 역시 세상사란 그렇게 간단하게 앞뒤를 예상하기가 어려운 법인 모양이다.

노건평 씨와 관련해서는 더 할 얘기가 남아 있다. 그는 불구속으로 서울지법에 기소되었는데 공판이 진행되면서 사건이 창원지법으로 옮겨졌다. 그의 거주지인 경남 김해시 진영 가까이로 옮겨진 것이다. 그것까지는 충분히 이해할 수 있다. 그런데 공판이 열리던 날, 일반 출입문으로 재판정에 들어와야 하는 그가 법관 전용 출입문을 이용했다는 신문 보도를 읽고는 혀를 끌끌 차고 말았다.

당시 중앙일보 2004년 6월 4일자에는 「남상국 씨 측에서 3,000만 원 수수-노건평 씨 공소 사실 시인」이라는 제하에 "남상국 전 대우건설 사장 측으로부터 3,000만 원을 받은 혐의 등으로 불구속 기소된 노무현 대통령의 친형 건평 씨가 검찰의 주요 공소사실을 모두 인정했다. 한편 지난 4월 30일 첫 재판에 출석하면서 법관 출입문을 이용해 물의를 빚었던 건평 씨는 이날 재판에는 일반 피의자들이 출입하는 통로로 입장했다."라는 기사가 보도되었다. 적어도 일어나서는 안 되는 일이었다. 무엇인가 서로 착오가 있었구나 하며 받아들이고 있다.

민주주의란 법치주의라는 뿌리 위에 존재 하는 것이다

어찌하였던 남상국 씨가 자살에 이르렀고 노무현 대통령에 대한 탄핵안이 처리되는 등 파란을 불러왔지만, 노건평 씨를 기소한 부분

보수단체 회원들이 2004년 3월 서울 종로2가에서 고 남상국 대우건설 전 사장의 영정과 플래카드를 들고 촛불기도회를 갖고 있다.(조선일보 제공)

에 대해서는 지금도 후회는 없다(민주주의는 법치주의라는 뿌리 위에 존재하는 것이다. 왕조의 정치적 정당성의 근거는 왕권이고, 공산주의 국가는 공산당에 그 정당성의 근거를 두고 있으며, 이슬람 국가는 코란에 그 바탕을 두고 있고, 히틀러나 독재국가는 통치자의 독재적 절대 권력에 그 기초를 두고 있다. 반면 민주주의의 정당성의 근거는 국민주권이지만 국민의 선거에 의하여 정부에 그 주권을 위임하고 법에 따라 통치하도록 하고 있다. 그 주권을 위임받은 정부가 법에 따르지 않는다면 국민의 주권행사는 물거품이 되고 민주주의는 뿌리째 흔들리게 된다. 따라서 법에 따른 통치, 즉 법치주의에는 민주주의의 사활이 걸려 있는 것이다).

그러면 그러한 법치주의는 누구에 의하여 확보되는 것인가? 바로 법에 따르지 않는 자를 가차 없이 처벌하고 솎아내는 작업을 검찰이 해야 하는 것이다. 검찰이 눈을 감고 있거나 주권을 위임받은 통치자와 타협을 한다면 법치주의는 없어지고 장식적 민주주의만 남게 되는 것이다. 특히 권력층이나 부유층의 비리에는 더욱더 엄격하게 처리해야 한다. 이런 사람들이 조금이라도 돈에 관련되어 있다면 금권정치(Plutocracy)를 한다는 비난을 받게 되고 법치주의에 더 큰 영향을 주기 때문이다. 따라서 노건평 씨의 경우 가혹하지만 기소를 안 할 수 없었다. 그런 경우가 다시 온다 해도 똑같은 선택을 하게 될 것이 분명하다. 물론, 고비에 고비를 맞았던 여러 과정을 돌이켜보면 가슴이 찡하기는 하다. 검사로서의 숙명일 것이다.

한편으로는 너무 무모하게 고집을 피웠던 것이 아닌가 생각도 된다. 사실 노건평 씨에 대한 사건은 구속 사안은 아니었으므로 시간을 끌면서 정치적 계산을 할 수도 있었을 것이다. 서둘러 기소하는 대신 계속 수사한다는 명분을 내세워 정치권과 리듬을 유지하면서

2008년 12월 세종증권 인수 비리 혐의로 구속영장이 발부된 노건평 씨가 서울구치소로 가기 위해 차에 오르고 있다.(조선일보 제공)

정치 댄스를 할 수 있었을 것이다. 그렇게 했더라면 노무현 대통령의 노여움도 사지 않았을 것이고, 따라서 그분의 기자회견도 없었을 것이고, 그 후 대통령 탄핵사태도 유야무야 끝날 수 있었을 것이다. 그렇게 됐다면 나 자신도 노건평 씨 사건 처리의 능수능란함을 인정받아 다시 중용될 수 있는 발판을 마련했을지도 모른다.

출세는 기회가 왔을 때 미꾸라지처럼 미끄러지지 않도록 단단히 꽉 잡아야 한다고 어느 누군가가 말했던 기억이 난다. 브레즈네프가 통치하던 소비에트공화국 시절 고르바초프는 모스크바 근교의 온천 관광으로 유명한 조그마한 도시의 공산당 서기장이었다. 그 당시 브레즈네프가 우크라이나를 방문하고 돌아오는 길이었는데 고르바초프는 그 기회를 놓치지 않고 브레즈네프에게 온천을 즐기며 쉬고 갈 것을 제안하였고 브레즈네프는 이를 승낙하였다. 고르바초프는 이 기회를 이용하여 기가 막힌 브리핑을 하게 되고 그것이 계기가 되어 일약 중앙소비에트 공산당 정치국원(Politburo)에 올랐고 그 후 소비에트공화국의 통치자 자리에까지 오르게 된다. 기회를 만들고 이를 이용하여 큰 뜻을 이룬 것이다.

나에게도 노건평 씨 사건이 하나의 기회였고, 이것이 무엇인가 대도약의 발판이 됐을지도 모른다. 그러나 나는 타고나기를 단세포적 사고에 이분법적 셈법만을 터득하고 있었을 뿐이다. 현란한 정치계산법도, 아무것도 몰랐다. 그저 죄가 있으면 벌하고, 죄가 없으면 방면했을 뿐이지, 회색지대(gray area)가 있는지를 몰랐다. 기회가 온지도 모르고 날려버린 것일 수도 있다. 하지만 그 사건을 정치계산법에 의하여 유야무야 처리했을 경우 그로부터 5년 후 나는 어떻게 되었을까 곰곰 생각해 본다. 재조사 요구가 터져 나오고 청문회 얘기도 나왔을 것이다. 당시 우직하고 원칙대로 처리하였기에 지금 나는 아무런 험구도 듣지 않고 온전하게 지내지 않는가? 다시 처리한다 해도 똑같이 할 수밖에 없다고 다짐하면서 나 자신을 위로해 본다.

한 의원 사건의 판단착오／

공손한 태도로 수사에 협조한 모습

민주당의 핵심 인물이던 한 의원이 당시 서울지검에서 수사를 받았음은 앞에서 거론한 바와 같다. 그러나 결정적인 혐의 사실을 확보하고도 사건을 제대로 마무리하지 못하고 말았다. 순전히 판단착오로 인한 나의 불찰이었다.

그 역시 금품수수 혐의를 받고 있었다. 여의도 주상복합 건물인 트럼프월드의 시행업체부터 거액을 받은 혐의였다. 그것도 대통령 후보 경선자금 명목이었다. 문제의 시행업자에 대해 고소·고발이 적잖이 접수되어 그것을 조사하는 과정에서 확인된 사실이다. 이에 대해 인터넷 신문인 프레시안은 2004년 1월 29일자에서 다음과 같이 보도했다.

> 대우건설 트럼프월드 시공사로부터 대통령 후보 경선자금 명목으로 6억 원을 수수한 혐의를 받고 있는 한화갑 민주당 의원에 대해 조만간 정치자금법 위반혐의로 사전구속영장이 청구될 방침인 것으로 알려졌다. 서울지검 특수2부는 한 의원을 소환해 6억 원을 수수했는지에 대해 집중 조사 중이며, 한 의원은 일부에 대해서는 혐의를 시인하나 일부에 대해서는 혐의를 부인하고 있는 것으로 전해졌다.

물론, 문제는 있었다. 당내의 대통령 후보 경선자금을 문제 삼는다면 형평성 차원에서라도 대통령 선거자금을 건드리지 않을 수가 없었다. 노무현 대통령이나 한나라당 후보였던 이회창 씨에 대해서도 수사를 확대해야 한다는 논리적 압박이 제기되고 있었던 것이다. 따라서 한화갑 씨 경우만 경선자금 문제로 수사해서는 안 된다며 요로에서 수사중단 압력이 들어왔다.

그러나 한 의원의 경선자금 수수에 대하여는 이미 증거가 확보되었기 때문에 강제수사를 미룰 수가 없었다. 그 후 노무현 대통령이나 이회창 씨의 경선자금을 수사하여 실체가 드러난다면 차례대로 사법처리하면 될 것이기 때문에 대통령 경선후보들 모두에 대한 수사를 마친 다음 한꺼번에 사법처리할 필요까지는 없었다. 그래서 나는 여러 수사중단 압력을 물리치고 한화갑 씨에 대하여 강제수사의 첫 단계인 사전구속영장을 청구하기로 했던 것이다. 그리고 이는 표적수사를 한 결과가 아니라 하이테크 하우징이라는 시행사의 비리를 수사하던 중 발견된 것이었다.

그런데 수사를 받는 한 의원의 태도가 너무 고분고분하다고 당시 수사팀의 강찬우 검사로부터 보고를 받고는 의아스러울 뿐이었다. 오히려 감동을 받았다고나 할까. 당 대표를 지낸데다 현직 국회의원 신분이라면 대체로 "내가 누군지 아느냐."며 고함을 치고 행패를 부리기 일쑤인데도 그는 공손한 태도로 수사에 협조하는 모습이었다. 수사팀이 나름대로 그를 인격적으로 예우해주었던 것도 그런 때문이었다. 오는 정이 있으면, 가는 정이 있는 법이었다. 검사라고 피와 눈물이나 감정도 없이 메마른 돌부처들은 아니지 않는가.

인격적인 예우라고 해야 별것도 아니었다. 나는 수사팀에게 조사를 마치고 곧바로 구속영장을 청구하는 대신 일단 귀가시켰다가 다

2004년 1월 당사에서 검찰의 경선자금 수사에 대한 기자회견을 갖고 있는 한화갑 민주당 의원(조선일보 제공)

시 소환해 구속 절차를 밟으라고 지시했다. 밤샘 조사를 받으면서 세수도 못하고 수염도 더부룩한 모습으로 취재기자들의 카메라 앞에 나서도록 하는 경우만은 피하도록 하려는 뜻이었다. 나로서는 최대한의 배려였다. 그가 수사에 협조하는 모습으로 미루어 다른 불상사를 일으키리라고는 전혀 예상도 못했던 것이다.

바로 그것이 실수였다.

한 의원이 검찰청에서 풀려나자마자 곧바로 민주당사로 직행한 것이었다. 그리고는 농성에 돌입했다. 그때서야 아차 했지만 이미 엎

2004년 2월 1일 밤 서울 민주당사 앞에서 한화갑 전 민주당 대표에 대한 구속영장을 집행하려는 검찰 관계자들과 이를 저지하려는 민주당 당직자들이 실랑이를 벌이고 있다.(조선일보 제공)

질러진 물이었다. 법원으로부터 사전영장을 발부 받았으나 당원들이 당사 입구에서부터 대치하는 바람에 강제 집행도 어려웠다. 그러나 저항한다고 놔두고 고분고분한 사람들만 구속이 집행된다면 공정성과 형평성에 어긋나는 일이었다. 사회적으로 힘없는 서민만 구속시킨다는 비난을 들을 만도 했다.

이에 대해 2004년 2월 1일, 오마이 뉴스는 다음과 같이 보도했다.

> 채동욱 특수2부장은 "한 전 대표의 구속영장을 집행하기 위해 수사팀이 오전 10시에 출발해 오전 11시 전후로 민주당사에 도착할 듯하다"고 밝혔다. 서울지검은 민주당사로 수사팀 22명을 파견했다. 현장 지휘는 기원섭 수사2과장과 이경현 수사3과장이 직접 맡으며, 5급 수사관 4명과 직원 16명으로 구성됐다.
>
> 검찰이 오전 10시께 수사팀을 여의도 민주당사로 파견했

다는 소식이 전해지면서 민주당 관계자들은 검찰과의 물리적 충돌 등 만일의 사태에 대비하고 있다. 현재 민주당 내부는 긴박감과 더불어 긴장감이 감돌고 있다. 당원 및 지지자 100여 명은 지난 1월 31일과 같이 1일 오전부터 2개 조로 나눠 정문을 봉쇄하고 있다. 정문 바깥쪽에 약 20명이 배치돼 있고 안쪽 당사 로비에는 약 70~80명이 대기하며 '노무현을 심판하자', '호남을 지켜내자', '편파수사 중단하라' 등의 구호를 외치고 있다. 한화갑 전 대표는 출입구가 폐쇄된 민주당 대표실에서 20여 명의 당원들과 담소를 나누면서도 상황을 예의주시하고 있다.
검찰 측은 오후 2시 30분께 3차 진입을 시도했으나 이미 당사 앞마당에 모여든 1000여 명의 당원들에 의해 쫓겨나다시피 해 당사 주변으로 철수했다. 검찰은 행사가 끝난 뒤 다시 진입을 시도하겠다는 입장을 민주당 측에 전달했다.
한편, 당원 및 지지자 1000여 명은 민주당가와 '광주 출정가' 등을 부르며 결의를 다지고 있고, 일부 흥분한 당원들은 검찰을 향해 "권력의 시녀, 깡패는 돌아가라"라고 고성을 지르며 강력히 항의하고 있다.
하지만 수사관들은 "법을 집행하기 위해 왔다"면서 당사 진입을 시도했다. 기원섭 수사 2과장은 "우리는 법에 따라 법집행을 할 뿐이며 정치적인 얘기는 기자회견을 통해서 하면 되지 않느냐"고 반박하며 거칠게 몸싸움을 펼쳤다.
검찰은 무장한 전경 1개 중대 150명을 서울 여의도 민주당사 주변에 투입, 검찰수사관의 진입을 저지하고 있는 민주당 당직자 등 200~300명을 강제로 해산시킬 방침이다.

…… 검찰은 또 한 의원 영장집행을 가로막은 민주당 당직자와 한 의원 지지자들에 대해 특수공무 방해 혐의를 적용, 사법처리하는 방안도 검토 중이다. ……

그러나 한 의원에 대한 구속영장을 집행하기 위한 검찰 수사팀 52명은 1일 밤 11시 5분께 민주당사에서 모두 철수했다. 서영제 서울지검장은 이날 밤 10시 50분께 "수사팀이 밤 11시가 넘어서 곧 철수할 것"이라며 "한 의원에 대한 구속영장 재청구 여부는 내일부터 시간을 갖고 검토 하겠다"고 밝혔다. 결국 이날 오전 10시45분부터 12시간여 동안 진행됐던 한 의원에 대한 검찰의 구속영장 집행은 무산됐다. 이에 따라 검찰은 한 의원에 대한 구속영장 재청구 여부를 검토할 계획이다. 한 의원의 구속여부는 국회의 몫으로 넘겨질 가능성이 높아졌다.

1일 밤 11시5분경 한화갑 전 대표에 대한 검찰의 구속영장 집행이 무산된 것을 최종적으로 확인한 민주당 당직자들과 당원들은 환호성을 지르며 기쁜 표정을 감추지 못했다. 일부 당직자들은 "우리가 한화갑을 지켰다"고 소리치며 옆에 서 있던 동료 당직자를 얼싸안았다.

당시 강금실 장관께서 전화로 "언제까지 이렇게 대치해야 되느냐? TV에 생중계되고 있으니"하면서 걱정하였다. "어쨌든 사전구속영장의 집행기간은 48시간이므로 그 시간이 다 될 때까지는 집행하기 위하여 대치를 해야 한다."고 대답해 드렸다.

아마도 검찰을 지휘하는 법무장관으로서 상당히 괴로웠던 모양이다. 정치권에서 여러 가지 압력을 행사했으리라고 짐작되었다. 그러나 강 장관님은 더 이상 추궁을 하지 않았다. 정말 대단한 뚝심을 가지고 정치 외풍을 막아주었다고 생각된다. 하여튼 너무 감사했던 기억이 난다.

당시 민주당 당사는 출입을 막고 있어 구속영장 집행을 맡고 있던 수사팀이 들어갈 수가 없었다. 내부에서는 무리한 집행을 하다가는 큰 불상사, 즉 건물에서 뛰어내려 크게 다치는 등 사고를 유발할 수 있으니 영장집행을 중단하자는 의견도 있었다. 나는 이에 동조할 수 없었다. 법원의 구속영장 집행이 방해꾼들에 의해 저지된다면 어떻게 형사사법 정의가 유지될 수 있으며 법치주의가 유지될 수 있겠는가. 누구든 구속을 면하기 위하여 방해꾼들을 동원하는 사례가 성공한다면 이와 유사한 모방범죄(copycat)가 성행하게 될 것이다. 어쨌든 사전구속영장의 집행시간인 48시간을 끝까지 지킬 수밖에 없었고 오히려 경찰에 집행병력을 추가로 요청하였던 것이다.

2004년 1월 30일 당사에서 당 소속 의원들과 함께 자신의 경선자금에 대한 검찰수사에 항의하는 농성을 벌이고 있는 한화갑 민주당 전 대표(가운데)(조선일보 제공)

당시 검찰 내부에서는 그를 처음부터 불구속으로 처리하자는 주장도 없지는 않았다. 그것이 이른바 '정치적 감각'을 인정받는 방법이었는지도 모르겠다. 결국 한 의원은 내가 서울중앙지검장을 떠나 대전고검장으로 발령 나고 한 달 뒤에 내 후임자에 의해 불구속 기소되었다. 내가 그대로 서울중앙지검장으로 있었다면 구속영장을 재청구했을 것이다. 정치적인 고려는 받아들일 수가 없었기 때문이다. 말로는 엄정한 법 집행을 강조하면서도 힘이 있는 정치인이나 기업인들은 불구속으로 처리되는 반면 서민들은 구속 위주로 처리되는 관행은 검찰의 신뢰성 측면에서도 고쳐져야 한다. 오히려 지도층 인사일수록 더욱 엄격한 법 집행이 요구됨은 물론이다.

이에 대해서는 연합뉴스의 2004년 8월 25일자 기사가 참고가 된다. 「한화갑 대표 '영장집행 방해' 법정사과」라는 제목의 기사다.

> 지난 대선을 앞두고 SK그룹으로부터 4억 원을 받는 등 기업인들로부터 10억여 원의 불법 정치자금을 수수한 혐의(정치자금법 위반)로 불구속 기소된 민주당 한화갑 대표에 대한 첫 공판에서는 올해 초 벌어진 구속영장집행 방해사태가 잠시 거론됐다. 검찰은 25일 서울중앙지법 형사합의22부(최완주 부장판사) 심리로 열린 첫 공판에서 심문 말미에 공소사실과 관계없이 "올해 초 구속영장이 발부됐을 때 구속 전 심문기일 출석 약속을 왜 안 지켰나"며 영장집행 방해에 대해 추궁했다.
>
> 한 대표는 "연금 상태였다. 죄송하다"며 "나가고 싶었지만 당원들이 말렸는데 결과적으로 검찰과 약속을 지키지 못해 죄송하다"고 말했다. 그는 재판이 끝난 뒤 법정에서 검

> 사에게 먼저 다가가 악수를 청하다 재판부로부터 "법정이니 그런 행동은 자제해 달라"고 제지를 받기도 했다. 검찰은 지난 1월 한 대표에 대해 사전구속영장을 청구, 영장을 발부받았지만 지지자들의 실력저지로 집행에 실패한 뒤 지난 6월 불구속 기소해 정치적 판단에 따른 수사라는 논란이 제기됐다. 1심 재판을 맡은 최완주 부장판사는 당시 영장전담판사로 한 대표에 대한 사전구속영장을 발부해 두 사람의 인연도 관심을 끌었다.

나는 검찰에 재직하는 동안 부하 직원들에게 늘 강조하곤 했다. 검사의 수사 업무는 사람에 대한 것이 아니라 사건을 수사하는 것이라고. 어느 특정한 사람이 미워서가 아니라 범죄 사실을 규명하려는 것이라고. 따라서 법규정에 따라 철저히 수사하되 판단은 법원에 맡겨야 한다고.

그 과정에서 누구는 봐주고, 누구는 구속하는 차별적인 대우는 나에게는 어림도 없는 일이었다. 그런 점에서, 한화갑 씨 사건의 경우는 26년에 걸친 나의 검사 생활을 통해 명백한 판단착오로 기억되고 있다.

송두율 교수에 대한 출퇴근 수사／

공안사범에게는 부드러우면서도 강하게

독일에서 활동 중이던 송두율 교수가 프랑크푸르트에서 출발해 인천공항으로 입국한 것은 2003년 9월의 일이다. 그로서는 37년 만의 귀국이었다. 사전체포영장이 발부된 상태에서 그가 선뜻 귀국을 결정한 것만으로도 세상이 달라지고 있음을 실감케 했다. 그의 귀국 자체가 민주화운동 기념사업회의 초청에 따라 이루어진 것이었다. 그는 그동안 친북 인사로 분류된 탓에 귀국이 허락되지 않고 있었다. 스스로 '경계인(marginal man)'이라고 부를 정도였으니 말이다. 남북한 사이의 경계에 놓여 있다는 뜻일 것이다.

그러면서도 북한과는 가까운 관계를 유지하고 있었고 1991년 북한 사회과학원의 초청으로 평양을 방문한 이래 수차례나 북한을 방문한 것으로 언론에 보도되고 있었다. 또한 북한을 제대로 평가하기 위해서는 주체사상을 알아야 한다고 주장했다고 언론에 알려졌었다. 그것이 바로 '내재적 접근법'이라는 것이다. 이것이 모두가 사실이라면 엄연한 실정법 위반 사항이었다.

재독 사회학자 송두율 교수가 2003년 9월 22일 가족들과 함께 인천국제공항을 통해 입국하고 있다.(조선일보 제공)

특히 그에게는 북한의 노동당 서열 23위이던 김철수 정치국 후보위원과 동일 인물이 아니냐는 의혹의 눈총이 쏠려 있었다. 북한의 노동당 비서로 조국평화통일위원회 부위원장을 지낸 황장엽 씨가 남한으로 망명한 이후 '북한의 진실과 허위'라는 제목의 발표문을 통해 공개적으로 제기한 의혹이었다. 국가정보원이 가만히 있을 수는 없었다. 사실이라면, 어떤 식으로든 처벌은 불가피했다.

그러나 당시 정부의 입장은 그에게 관용을 베풀어야 한다는 것이었다. 노무현 대통령부터가 그러했다. "엄격한 법적 처벌도 중요하지만 한국 사회의 여유와 포용력을 전 세계에 보여주는 것도 의미가 있다."는 언급이 이를 뒷받침한다.

강금실 법무장관도 "송 교수의 입국은 결과적으로 우리 체제를 선택한 것으로 보인다."고 언급하기도 했다. 그에게 적용된 국가보안법 자체가 폐지론에 직면해 있었던 상황이다. 송두율 교수가 입국하기 전부터 언론을 통해 그에 대한 공소보류 방침이 흘러나온 것도 그런 기류를 반영한 것이었다. 그동안 입국이 금지됐던 해외 민주인사들에 대해 전향적으로 입국이 허용될 만큼 남북관계가 변화하고 있다는 것이 그 논지의 배경이었다. 처벌 문제를 넘어서서 송 교수가 청와대가 마련하는 해외민주인사 초청 다과회에 참석할 수 있을 것이냐를 따지는 기사들도 보도되고 있었을 정도다. 세상이 크게 변화하고 있었다는 증거다.

하지만 검찰의 입장은 분명했다. 그에 대한 수사를 미룰 수는 없었던 것이다. 어떠한 형태로든 친북활동 혐의에 대한 조사는 불가피한 상황이었다. 그가 북한 노동당 김철수와 동일 인물이냐의 여부도 가려야만 했다. 관용을 베푸느냐 하는 것은 그다음이었다. 일단은 국가정보원이 기본 조사를 한 뒤 검찰이 넘겨받아 다시 보강수사를 하도록 되어 있었다.

나는 우선적으로 자유로운 분위기 속에서 수사를 진행하는 것이 중요하다고 판단했다. 무엇보다 송두율 교수 스스로 자기 신념과 주장이 강한 사람이었다. 그의 생각을 떳떳하게 말하도록 하기 위해서

송두율 교수가 1991년 5월 김일성을 면담하고 찍은 사진. 이 사진은 북한 노동당 기관지인 노동신문 1991년 5월 25일자 1면 머리기사로 실렸다.(조선일보 제공)

도 억압적인 분위기는 가급적 피해야 했다. 국가보안법을 위반했으면서도 자진해서 들어왔으므로 달리 피신할 염려도 없었다.

더구나 체제문제와 관련한 이데올로기 다툼도 있었고, 여야 정치권의 마찰도 없지 않았다. 검찰까지 구태여 거기에 개입될 필요는 없었다. 일단은 그에게 자유의지에 따라 마음대로 얘기하도록 유도하기로 했다. 나는 무엇보다도 공안이야말로 "부드러우면서도 강하고 강하면서도 부드러워야 하는 부서"라고 확신했다.

그래서 그 당시 과감하게 여성검사를 공안부에 배치하기도 했다. 이에 대해 오마이 뉴스는 2003년 8월 26일자에서 다음과 같이 보도했다.

> 지난 82년 첫 여성검사가 임관된 이후 27일 처음으로 여성검사가 공안부에 배치된다. '국내 1호 여성 공안검사'의 주인공은 서울지검의 서 인선(29, 사시41회) 검사이다. 서 검

사는 〈연합뉴스〉와의 인터뷰에서 "전혀 뜻밖의 일이지만 세상이 변해서 기회가 주어진 것이라고 생각한다"며, "나로 인해 공안이 갖는 딱딱한 이미지가 변했으면 좋겠다."고 소감을 밝혔다. "사회의 이해관계가 첨예하게 대립하는 현장에서 기존의 억압적인 공안 관념에서 탈피하려는 검사장님(서영제 서울지검장)의 뜻인 것 같다."

'출퇴근 수사' 방법도 그래서 생각해낸 것이었다. 혐의를 입증하기 위해 밤새도록 수사하는 다른 피의자들과 달리 아침에 출두해 조사를 받고는 저녁에 돌려보내는 방식이었다. 일각에서 이렇게 피의자에게 과도한 편익을 고려하는 수사가 가당하기냐 하냐며 구속 수사를 촉구하는 비난이 쏟아졌는가 하면 다른 한편으로는 불구속 수사가 당연하다는 긍정론도 대립하고 있었다. 이러한 출퇴근 조사는 이틀이나 사흘씩 간격으로 모두 일곱 차례에 걸쳐 진행되었다.

당시 서울지검의 어느 검사는 '송두율은 반드시 구속 수사해야 한다.'는 취지로 모 일간지에 기고를 하고는 잠적해버렸다. 출퇴근 수사는 송두율에게 면죄부를 주기 위한 사전 포석이라고 생각했던 것 같다. 그러나 그 검사는 공안사건 담당자도 아니고 송두율 사건을 전혀 모르면서 더구나 서울지검장에게 사전 상의도 없이 일방적으로 언론에 기고한 것은 정말 있어서는 안 될 일이라고 본다. 사전에 서울지검장인 나에게 면담을 신청하여 자기 의견을 전달한 후 그것이 받아들여지지 않았다면 언론에 의존할 수도 있었겠다. 그러나 아무런 사전 상의도 없이, 그것도 서울지검장의 송두율에 대한 사법처리 의중을 전혀 모르는 채 언론에 호소하는 것은 검사로서의 자세가 아니었다.

송두율 교수 본인도 이러한 이례적인 수사 방식에 은근히 마음이 놓였던 모양이다. 스스로 예우를 받고 있다는 생각이 들었을 터이고, 결국은 수사가 형식적으로 진행되고는 그냥 슬며시 마무리될 것이라고 안이하게 받아들였던 듯싶다. 그런 때문인지 그는 자기 생각을 솔직하게 털어놓았고, 그로 인해 저절로 혐의가 차근차근 입증되고 있었다.

미묘했던 청와대의 기류

그런 식으로 20여 일 동안에 걸친 출퇴근 수사가 끝나면서 드디어 사전구속영장이 청구되었다. 송 교수로서는 전혀 예상하지 못하던 일이었을 것이다. 구속영장 청구 방침이 전달되면서 그는 안색을 바꾸고 철저하게 묵비권 행사에 들어갔지만 이미 우리가 필요한 진술은 모두 확보된 뒤였다. 그는 구속기간 중에도 담당 검사의 질문에는 한마디도 응답하지 않았다. 스스로 자신의 안이한 판단에 대해 뒤늦게나마 후회를 하고 있었는지도 모르겠다.

노무현 대통령이 직접 나서면서까지 국회 연설을 통해 선처를 호소했으나 검찰이 이를 받아들이지 않은 것이었다. 노무현 대통령으로서는 공연한 언급으로 체면을 구긴 셈이었다.

당시 언론들도 이런 관점에서 보도하고 있었다.

> 재독 사회학자 송두율(59) 교수에 대한 검찰의 전격적인 사전구속영장 청구를 둘러싸고 검찰과 청와대, 법무부 간에 미묘한 기류가 감지되고 있다. 검찰은 송 교수 사법처리를 놓고 통수권자인 노무현 대통령과 검찰 지휘권을 가진 강금실 법무장관이 사실상 반대 입장을 보인 것에 대해 개

2003년 10월 국가보안법 위반 혐의로 송두율 교수에 대한 구속영장이 발부됐다. 송 교수가 서울지검에서 구치소로 향하고 있다. (조선일보 제공)

의치 않은 채 '송 교수가 반성의 빛을 보이지 않고 있다'는 이유로 구속수사라는 초강수로 밀어붙였다. 참여정부 출범 이후 최도술, 양길승, 안희정, 염동연 씨 등 대통령 측근과 정대철 민주당 대표 등에 대한 강도 높은 수사 의지에 비춰볼 때 이는 예고된 '정공법'이었다는 해석이 강하다.

연합통신 2003년 10월 22일자 보도로 이는 정확한 취재였다고 생각한다.

악법이라도 실정법으로 존재하는 한 검찰은 지켜주어야 한다

나는 이 사건의 수사를 지휘하면서 국가보안법이 시행되고 있는 한에는 그 규정을 그대로 적용해야 한다고 판단했다. 국가보안법이 악법이니까 지키지 말아야 한다는 주장도 있지만 내 생각은 그게 아니었다. 독재정권하에서 만들어졌더라도 김영삼, 김대중, 노무현 대통령의 민주정부를 거치면서 추인된 법률이다. 도중에 폐기가 논의

2003년 10월 국가보안법 위반 혐의로 구속되는 재독 사회학자 송두율 교수(조선일보 제공)

된 것도 사실이지만 결국 여야의 국회 합의를 거쳐 약간 고쳐진 끝에 지금껏 시행되고 있는 것이다.

우리 사회에는 진보성향의 좌파만 있는 게 아니라 보수성향의 우파도 엄연히 존재하고 있다. 따라서 어느 한쪽의 논리에 치우치는 것은 결코 바람직하지 않다. 민주주의의 기본은 일단 규칙이 정해지면 싫어도 지켜야 한다. 국가보안법을 악법이라고 규정하고 폐지운동을 펼 수는 있지만 폐지되기까지는 준수되어야만 한다. 이에 대해 저항권을 거론하는 것은 무책임하고도 위험한 발상이다.

수사팀의 담당 검사들도 진보와 보수, 또는 좌우 이념에 따라 흔들리지 않도록 거듭 당부를 했다. 법규정이 사건 처리의 명백한 기준이고 지침일 뿐이었다. 설사 개인적으로 좌파적 성향을 가진 검사라 해도 송두율 교수 사건은 엄정하게 다루어야 했다. 성향에 따라 수사가 흔들려서는 안 될 것이기 때문이다. 만약 그럴 것이라면 검사직을 내던지고 나가서 정치하는 게 올바른 처신일 터였다.

2003년 11월 김세균 서울대 교수, 함세웅 신부 등이 서울 서초동 변호사회관에서 '송두율교수 석방과 사상 양심의 자유를 위한 대책위원회' 결성식을 열었다. (조선일보 제공)

혹시 낙태법의 경우를 두고 문제를 제기하는 사람이 있을지도 모르겠다. 낙태법이 사문화되다시피 하여 처벌이 이뤄지지 않는데도 끈질기게 지켜야 하는 것인가 하고 의문을 제기할지 모르지만 내 생각은 법이 있는 한 낙태시술도 당연히 처벌되어야 한다는 쪽이다. 미국에서는 낙태 행위가 중요한 범죄로 다뤄지고 있다는 사실을 받아들여야 한다.

민주주의 사회에서는 누구도 법 위에 군림할 수 없다

국가보안법도 결국은 검사의 몫이다. 그런 점에서 송두율 교수를 구속한 결정에 대해서는 지금도 잘못이 없었노라고 여기고 있다. 국민들의 대표로 구성된 입법부에서 정당한 절차를 거쳐 만든 법의 집행이었다. 덧붙이자면, 노무현 대통령이 국회 연설을 통해 화합과 관용을 거론하며 검찰에 불구속 기소 방침을 전달한 것도 올바른 방법은 아니었다.

물론 정치적 입장에서 관용을 베풀어야 한다는 주장도 나름대로 일리가 없지는 않았을 것이다. 그러나 민주사회에서는 모든 국민은 법 아래 있어야 한다는 사실을 먼저 깨달아야 했다. 대통령 자신이라고 해서 법 위에 군림할 수 있는 것은 아니라는 얘기다.

공산국가에서는 법률이 있다고 하더라도 공산당이 그 위에서 행세하는 경우가 적지 않다고 들었다. 그러나 우리는 그렇지 않다. 송두율 교수 사건을 처리하는 데 있어서 법조문이 시퍼렇게 살아있는데 그것을 무시할 수는 없었다. 노무현 대통령에게는 송구스럽고 미안했지만 검찰의 입장에서 어쩔 수 없는 일이었다. 2500년 전, 사약을 받으면서도 "악법도 법"이라고 했던 그리스 철학자 소크라테스의 경우를 돌아볼 필요가 있다. 그가 멍청했기 때문에 기꺼이 사약을 받았던 것은 분명히 아닐 것이다.

검찰 내부의 기류도 그러했다. 당시 송광수 총장은 서울지검의 주례보고를 받는 자리에서 "송두율 교수에 대해 구속영장을 청구하지 못한다면 내가 사표를 내겠다."며 강경한 입장을 밝혔고, 김종빈 대검차장도 동조 사표 의사에 가담했다. 출퇴근 수사를 강조하던 나에게 혹시나 해서 다짐을 받는 듯한 느낌이었다.

그것은 수사팀도 마찬가지였다. 수사를 맡았던 공안1부의 오세헌 부장검사와 정점식 검사가 하루는 내 방에 올라와서 "송두율 교수를 구속 수사할 것이 아니라면 사표를 내겠다."며 결연한 의지를 내비쳤다. 출퇴근 수사 방침으로 인해 지레 불구속으로 방향이 정해진 것이 아닌가 생각하고 넘겨짚었던 모양이다. 속으로는 그들이 무척 대견스러웠다. 그 뒤 언젠가 사석에서 그들에게 "그때 사표를 낸다고 하니까 너무 무섭더라."며 우스갯소리를 나눈 기억이 있다.

그렇다. 사법정의를 이루기 위해 당장이라도 사표를 초개같이 내던지겠다는 검사들이 우리 주변에는 적지가 않다. 그리고 직책에 연연하지 않는 검사들이 늘어날수록 검찰의 신뢰는 더욱 쌓여가게 될 것이다.

왼쪽부터 송광수 전 검찰총장, 김종빈 전 대검차장 (검찰총장을 지냈다), 오세헌 전 서울지검 공안1부장, 정점식 검사(조선일보 제공)

당시 송광수 총장은 나에게 강금실 장관에게 보고하라고 지시하였다. 법무장관은 검찰총장을 지휘할 수 있기 때문에 사건에 대한 보고의무가 있는 것이다. 평소 강 장관이 언론에는 진보성향으로 비치고 있다는 것은 어렴풋이나마 알고 있었고 더욱이 국가보안법에 대하여 부정적 시각을 갖고 있는 것이 아닌지 짐작을 하고 있었다. 따라서 송두율 교수에 대한 보고는 쉽게 끝나지 않을 것이라고 각오를 하고 있었다. 그래서 나는 며칠 밤을 새워가면서 보고 자료를 직접 작성하여 대면보고를 하게 되었다. 격렬한 논쟁으로 치달아 결국 송 교수의 구속수사는 물 건너가는 것이 아닌가 많은 우려를 금치 못했던 것이 사실이다.

그러나 이러한 생각은 기우에 지나지 않았다. 범죄 사실이 무엇이고, 이는 국가보안법의 어디에 해당하는 것이고, 왜 구속 수사해야 되는 것인지 조목조목 설명을 드렸다. 특히 이번 사건의 경우는 국가적으로 국론을 양분시킬 정도로 좌우파가 첨예하게 대립되는 것이므로 법원의 판단에 맡기는 것이 검찰이 취할 수 있는 최상의 카드라고 말씀드렸다. 검찰이 일방적으로 책임 부담해서는 안 되고 제3의 판정, 즉 법원의 판단이 정말로 필요한 사건이라고 말씀을 드렸다.

의외로 강 장관은 순순히 나의 의견에 동조하였다. 너무도 뜻밖이어서 무척 당황스러웠다. 그가 법률을 전공하고 법치주의를 신봉하는 변호사임을 실감하는 순간이었다. 법집행에 있어서는 자기의 개인적인 정치철학이 개입되어서는 안 된다는 것을 잘 알고 있는 분이었다. 지금도 무척 감사하게 생각하고 있다. 그러나 강 장관의 뒤에 버티고 있는 국가보안법 반대론자로부터 강 장관이 추궁당할 시련을 상상해 보니 안타깝기만 했다. 법무부장관이 이래서 어려운 자리이다.

결국 송 교수는 구속 기소 된 상태에서 2004년 3월 30일 1심에서 징역 7년이 선고되었고, 2008년 7월 24일 항소심에서 징역 2년 6개월에 집행유예 5년으로 최종 확정되었다. 이처럼 유죄판결이 내려지기까지는 황장엽 선생의 증언이 결정적이었다. 그는 원래 송두율 씨의 국가보안법 위반행위는 너무 명백하므로 자기까지 증언을 할 필요가 없다고 하면서 끝까지 증언을 거절했다. 그러나 수사검사의 끈질긴 설득 끝에 증언을 하게 되었고 이것이 유죄판결의 결정적인 공헌을 하게 되었던 것이다.

개인적으로는 햇볕정책을 찬성

나 역시 개인적으로는 김대중 대통령의 햇볕정책(Sunshine Policy)을 찬성하는 편이다. 서독과 동독이 서로 냉전 상태에 있을 때 빌리 브란트(Billy Brandt) 수상이 소위 동방정책(Look East Policy)이라는 대 동독정책을 발표하고 과감히 우리식 햇볕정책을 택했던 것이다. 동서독 간에 고속도로를 2개나 건설하고 동독에 원조를 주는 대가로 동독 주민이 서독 TV채널을 보도록 하고 엄청난 자금을 투입하여 동독에 구금된 서독 포로를 송환받는 대화와 타협의 정책을 과감히 추진했다. 이로써 결국 동독의 개방정책을 유도하고 동독 주민의 서독화를 촉진했으며, 이것이 씨앗이 되어 20년 후 베를린 장벽이 무너졌던 것이다. 나를 감동시킨 빌리 브란트의 동방정책이다. 그 후 그는 수상관저까지 침투한 기욤이라는 동독 간첩 때문에 실각하고 말았지만, 그는 정권을 넘어 독일 통일이라는 큰 명제를 위해 자기 자신을 초개같이 던졌던 것이다.

나도 이런 철학에 동조하는 편이기에 대북 화해와 교류증진에 중점을 두어야 한다고 생각하고 있었다. 그러나 이러한 생각은 내 개인적인 사상의 창고에 묻어두어야 했다. 공인의 입장에서, 수사의 주재자로서의 검사인 나는 국가보안법을 추상같이 지켜야 하고 따라서 송 교수를 구속 기소해야 하는 것이 당연한 것이었다. 개인인 '나'와 검사인 '나'를 철저히 구분해야 했다는 얘기다.

김석휘 법무장관 시절이었다. 나는 그때 미국 유학을 가기 위하여 장관실로 출국인사를 하러 갔었다. 그때 소파에 앉아 함께 차를 마시던 중 갑자기 김 장관님은 "도대체 헌법을 개정하자고 인도를 행진하는 것이 무슨 죄가 되나? 민주주의 국가에서 헌법을 개정하자는 것은 표현의 자유에 해당하는 것은 아닌가? 그런데 어느 검사장은 인도행진 행위를 도로교통법을 적용해서라도 강력히 단속해야 한다고 건의하고 있으니 이런 기가 막힌 일이 있는가?"라고 한탄하셨다.

1985년 전두환 대통령 시절, 민주세력이 평통(민주평화통일자문회의) 위원들에 의한 대통령 간선제를 직선제로 바꾸자는 운동을 전개하던 때였다. 악법은 고쳐져야 하는 것이 당연하지 않는가. 전두환 대통령의 임명으로 법무장관이 된 분이 임명권자가 만든 헌법을 개정해야 한다고 주장하는 민주화 세력의 헌법개정운동이 저지되어서는 안 된다고 하시는 것을 보고 너무도 놀라웠다. 오히려 헌법 개정운동을 강력히 단속하는 방안을 제시하는 것이 법무장관이 해야 할 일이라고 생각되던 시기가 아니었는가.

그러나 그분은 이를 거부하였던 모양이다. 그리고는 유학을 가는 나를 앉혀 놓고 한탄을 하셨던 것이다. 정말로 감동스러운 장면으로 잊을 수가 없었다. 그 후 나는 미국 유학을 가서 3~4개월 지났는데 한국 신문을 보니 김석휘 장관님이 전격 해임되셨다. 그러나 이런 분이 검찰총장도 하시고 법무부 장관도 하셨기 때문에 오늘날 검찰이 이만큼이라도 큰 발전을 한 것이라고 생각된다. 국가보안법도 마찬가지로 생각된다.

국가보안법을 폐지하거나 개정하자고 하는 의견이나 운동은 민주주의 국가에서 표현의 자유에 해당한다. 우리는 남북이 대치하고 있다는 이유로 국가보안법 폐지운동 자체를 이적행위로 간주하여 국가보안법으로 처벌할 수가 없다고 생각한다. 우리는 민주주의 국가로서 누구에게든 언론의 자유(Freedom of Speech)는 보장되어야 한다. 그러나 국가보안법이 합법적인 절차에 따라 제정되고 다소간의 개정은 있었지만 엄연한 실정법으로 존재하고 있다. 따라서 국가보안법이 폐지되어야 한다는 의견을 가지고 폐지운동을 하더라도 그 폐지운동은 처벌할 수 없지만 국가보안법 규정 자체를 위반한 행위에 대하여는 그 법에 따라 처벌되어야 하는 것은 당연하다. 법은 폐지되기 전까지는 실효적인 법률이기 때문이다.

대검 중수부 수사기획관 시절의 박만 검사. 현재 방송통신심의위원회 위원장으로 있다.(조선일보 제공)

따라서 송두율 교수를 국가보안법으로 처벌하는 것이 자기 의견에 맞지 않는다고 해도 실정법을 위반한 점은 인정하고 승복해야 한다. 이것이 법률가의 기본상식이고 철학이 되어야 한다. 당시 박만 2차장 검사는 송두율 씨 사건의 수사를 지휘하면서 극도로 절제되면서도 국민의 알 권리를 충족시키는 주옥같은 공보활동을 하였다. 그러나 그 후 검사장 승진 1순위임에도 불구하고 승진을 못하고 성남지청장을 끝으로 검찰을 떠나고 말았다. 더구나 그 후 그는 이 사건으로 인해 민사소송도 당했는데 우리 모든 수사팀의 십자가를 혼자 지고 간 것 같아 매우 미안하고 안타까웠다. 앞으로 다른 분야에서 큰일을 하리라 믿고 있었는데 그후 방송통신심의위원회 위원장이라는 중책을 맡았다.

삼성그룹의 편법상속 사건／

어떤 식으로든지 결말을 봐야 할 사건

당시 삼성그룹의 편법상속 의혹사건도 검찰로서는 뜨거운 감자였다. 1996년 말부터 이듬해 초에 걸쳐 발행된 에버랜드 전환사채(CB)가 이재용, 부진 씨 등 이건희 회장의 자녀들에게 편법으로 상속됐다는 고발장이 접수되어 있었다.

에버랜드가 전환사채를 발행해 주주 관계인 다른 계열사에 배정했으나 계열사들이 고의적인 포기각서로 실권주가 발생하도록 하여 재용 씨 남매에게 인수시켰다는 것이다. 따라서 여기에 관련된 삼성그룹 구조조정 본부 관계자들을 업무상 배임 혐의로 처벌해야 한다는 것이 고발장의 내용이었다. 당초 전환사채의 발행가가 7,700원이었는데, 사건이 진행되던 무렵 에버랜드의 1주당 실제 가치가 최대 23만 원까지 치솟았던 상황이었으므로 배정을 포기한 입장에서는 그만큼 회사에 손해를 끼친 것이나 다름없었다. 결과적으로 재용 씨 남매는 그만큼 이득을 보았던 것이다.

전국 법학교수 40여 명이 연명으로 2000년에 고발하여 벌써 3년이나 묵혀져 있었던 사건이다(고발인에는 서울시 교육감에 당선되어 교육행정을 맡았다가 2012년 9월 대법원으로부터 최종 당선무효 판결을 받았던 곽노현 씨도 포함되어 있었다. 그는 당시 방송통신대 교수였다). 공소시효가 그해 12월로 다가오고 있었다는 점에서도 여론의 관심이 집중될 만했다(공소시효는 특가법으로 따지면 10년이지만 일반 업무상 횡령·배임으로 다루게 되면 7년이다. 따라서 업무상 횡령·배임을 염두에 두고 사건을 처리해야 한다면 시효가 불과 6~7개월밖에 남지 않았던 것이다). 어떤 식으로든 결말을 봐야 할 처지였다.

그러나 검토 단계에서부터 내부의 견해가 엇갈렸다. 논의를 진행했지만 공소시효를 한 달 남짓 남겨 놓았을 때까지도 견해 차이는 좁혀지지 않았다. 범죄가 성립된다, 안 된다는 의견이 엇비슷했다. 이 사건은 고발장의 내용대로 적어도 해당 주주 회사들의 업무상 배임만큼은 철저히 따져볼 필요가 있었다. 이러한 판단에 따라 채동욱 부장검사를 주축으로 수사팀을 꾸리고는 박용주, 우병우 검사(현재 청와대 민정수석인)를 배치시켰다. 공소시효 만료를 앞두고 정식으로 사건 검토에 돌입했던 것이다.

바깥에서는 이러한 움직임에 대해 삼성그룹 관계자들을 기소하기보다는 명분만 쌓고는 적당히 마무리하려는 과정으로 바라보는 시각이 적지 않았다. 더욱이 경기 흐름이 어려운 때였다. 내가 서울지검장에 취임하면서 경제사건에서 국가의 균형발전이란 측면을 감안하겠다는 언급도 다시금 도마에 오르기 시작했다.

사실은, 그에 앞서서도 참고할 만한 전례가 없지 않았다. 이재용 씨에 대한 삼성SDS의 신주인수권부사채(BW)의 저가 발행에 대한 참여연대의 고발사건이 서울지검에 접수되었었고, 이를 특수2부가 불기소 처분으로 마무리했던 것이다. 이에 대해 참여연대가 항고와 재항고를 거쳐 헌법소원까지 제기했으나 헌법재판소도 참여연대의 주장을 기각함으로써 검찰의 입장을 들어 주었던 사례다.

물론 내가 서울검사장으로 임명되기 전의 일로서, 경우가 똑같다고는 할 수 없어도 성격이 거의 동일했기 때문에 수사팀으로서는 부담을 안게 되었다. 따라서 불기소 처분의 전례를 무시하고 다시 부딪쳐 보겠다는 자체가 무리일 수도 있었다. 하지만 그것은 역사적 사건이었다. 검찰에서 무혐의 결정을 내린다고 해서 그것으로 가볍게 마무리될 성질이 아니었다. 오히려 그런 결정을 내린 검찰이 코너에 몰릴 수도 있었다.

일단 수사팀은 문제의 전환사채가 발행될 당시 에버랜드에서 사장과 상무를 맡고 있던 두 사람을 소환했다. 하지만 그들은 자기들 선에서 모든 책임을 지려는 투였다. 이건희 회장에게는 보고가 안 되었으므로 그와는 관계가 없는 일이라는 것이었다. 그래서 일단은 그 두 사람에 대해서만 혐의를 입증한 뒤 불구속으로 기소하기로 결정을 내렸다. 그들이 재판에서 유죄로 판결나면 그때에 가서 이건희 회장을 조사하면 될 것이었다.

나는 눈을 딱 감고 기소장에 서명했다. 이에 대해 조선일보는 2003년 11월 24일 「에버랜드 임원 2명 이번 주 기소」라는 제하에 다음과 같이 보도했다.

서울지검 특수2부는 24일 삼성그룹 이건희 회장의 아들 이재용 삼성전자 경영기획팀 상무가 지난 96년 전환사채(CB)를 통해 에버랜드 주식을 확보한 것이 '편법 상속'이라는 고발사건과 관련, 이번 주 중 CB 저가발행에 관여한 당시 에버랜드 임원 2명을 배임혐의로 불구속 기소키로 잠정 결론을 내린 것으로 알려졌다.
검찰은 기업 및 경제 전반에 미칠 여파 등을 감안, 시간적 여유를 둔 뒤 이건희 회장과 이재용 씨를 각각 피고발인과 참고인 자격으로 소환 조사하는 방안을 검토 중이다. 서영제 서울지검장은 25일 송광수 검찰총장에 대한 정례 주례 보고에서 이 같은 방침을 보고하고, 최종 결론을 내릴 것으로 전해졌다.
검찰의 주내 기소 방침은 다음 달 2일 형법상 배임죄의 공소시효 7년이 만료되는 것을 감안한 것이다. 검찰은 삼성그룹측이 이재용 씨가 에버랜드 CB를 인수토록 한 것이 40억 원 이상의 배임에 해당된다고 보고 공소시효 10년인 특경가법상 배임혐의를 적용할 방침이지만, 법원이 최태원 SK(주) 회장의 주식 맞교환 사건과 마찬가지로 "비상장 주식은 가격을 산정할 수 없으니, 형법상 업무상 배임혐의를 적용해야 한다."고 판결할 경우 이 사건의 공소시효는 7년이고 다음 달 2일 만료된다.
검찰은 일단 CB 발행에 관여한 실무자를 형법상 배임혐의 공소시효 내에 기소, 공소시효 만료로 사건을 처리하지 못하는 것을 방지할 방침이다. 형사소송법상 공범이 기소되면 다른 공범들의 공소시효는 정지된다.

이는 정확하게 수사팀의 의지를 취재 반영한 기사였다.

나로서는 시민단체가 오랫동안 문제를 제기해 온 사건이었고, 국내 최대 기업의 상속에 관련된 문제로서 그 귀추에 국민들의 관심이 쏠리던 문제이므로 일단 법원의 판단에 맡기는 것이 바람직하다고 판단했다. 더욱이 유무죄 논쟁도 첨예하고 대립하고 있었다. 그때 무혐의 내지는 불기소 처분을 내릴 수도 있었지만, 아마 그랬다면 더욱 두고두고 시빗거리가 되었을 것이다.

레닌(Lenin)은 검찰을 '자본계급(부르주아)의 주구'라고 규정했다. 검찰이 서민들의 범죄 행위만 단속하고 자본가나 정치인이나 사회지도 세력에 대하여 범죄수사의 칼날을 아낀다면 영락없이 자본계급의 주구로 비치기 마련이고, 결국 금권정치(plutocracy)로 매도될 수밖에 없다. 경제를 움직이는 재벌들에게는 오히려 가혹하리만큼 수사의 메스를 가해야 한다. 삼성 상속 관련 사건이 50%의 유죄확률밖에 없었으나, 끝내 기소하여 법원의 판단을 받게 한 것은 바로 이런 이유에서였다.

그러나 그때부터 엎치락뒤치락 문제가 이어졌다. 재판이 몇 차례인가 열리다가 계속 연기되었고 그러한 와중에 나는 대전고검장으로 발령을 받게 되었다. 나로서는 국내의 최대 재벌과 맞서서 정공법을 택했으나 추가 수사를 마무리하지 못한 채 자리를 옮겨가게 되었던 것이다.

검찰 내부의 이견

실제로, 검찰 내부에서도 수사 결과를 은근히 걱정하는 분위기가 더러 감지되고 있었다. 대검은 서울지검 수사팀의 삼성그룹 사건기록을 모두 달라고 해서는 대검 연구관 2명에게 검토를 시키기도 했다. 그들도 기록을 면밀히 검토한 끝에 "유죄가 맞다."고 결론을 내림으로써 서울지검의 결론을 뒷받침했다.

이러한 사실은 한겨레신문의 기사로 뒤늦게 일반에 알려지기도 했다. 내가 아직 대구고검장으로 검찰에 몸담고 있던 2005년 7월 어디서 취재했는지 몰라도 삼성수사에 대한 검찰 내부의 얘기가 보도되었다. 그 당시는 언론보도 자체를 전혀 모르고 있었는데, 검찰을 떠난 후 지인으로부터 그 보도내용을 듣게 되었다. 기사의 제목 자체가 「검찰, 윗선 보신주의 뚫으면 철벽 로비 직면」으로 되어 있었고, 에버랜드 사건이 하나의 사례로 제시되어 있었다.

> 수사팀은 매우 힘겨운 과정을 통해 에버랜드 임원 2명을 불구속 기소했다. 수사팀에서 우여곡절 끝에 기소 의견을 대검에 올리자 당시 검찰 수뇌부는 이례적으로 대검의 과장 1명을 팀장으로 임명해 기소가 타당한지를 재검토하도록 지시했다. 그러자 수사팀이 이 대검 과장에게 '우리가 1년여 동안 수사한 결론을 단 며칠 동안 검토해 뒤집는다면 우리 수사가 잘못됐다는 뜻이므로 사표를 내겠다.'고 압박했고, 결국 대검 검토 팀도 총장에게 수사팀과 같은 의견을 올렸다는 것이다.

한겨레신문 2005년 7월 1일자 기사로 내용이 전적으로 정확하다고는 할 수는 없지만 내가 개인적으로 마음고생을 겪을 수밖에 없었던 것은 사실이다. 내가 대전고검장으로 옮겨가자 아예 사건 담당 부서가 특수부에서 금융조사부로 바뀌는 일까지 벌어졌다. 이 기사는 여기에 대해서도 "검찰은 '전문적인 지식을 요구하는 수사이기 때문'이라는 이유를 댔다. 하지만 '통제하기 껄끄러운 부장검사를 피하기 위한 것'이라는 뒷말이 나돌았다."고까지 밝히고 있다.

2008년 4월 조준웅 삼성특별검사가 서울 한남동 사무실에서 수사결과를 발표하고 있다.(조선일보 제공)

그 후 내가 검찰을 떠나 변호사를 하고 있을 때인데 한겨레신문에서 위와 같은 취지의 기사를 또다시 크게 게재한 모양이었다. 나는 그 기사가 보도된 자체를 전혀 모르고 있었다. 이렇게 보도되자 대검의 전임 간부로 있던 분으로부터 전화가 걸려왔다. 그는 나에게 "신문사에 얘기해서 해명해달라."고 부탁했다.

그것이 전화를 걸어온 용건이었다. 하지만 나는 일언지하에 거절했다. 이제는 관심도 없어진 사안에 대해 뭐라고 얘기할 필요성이 없었기 때문이다.

삼성그룹의 편법증여 사건은 그 뒤에도 계속 논란을 빚은 끝에 2007년 12월의 대선을 앞두고 국회 논의 결과 특검으로 해결하기로 여야 간에 합의가 이뤄지게 된다. 이때의 특검에서는 에버랜드 전환사채만이 아니라 삼성SDS 신주인수권부사채 저가배정 사건과 김용철 변호사가 양심선언으로 주장했던 비자금 로비의혹 등도 두루 포함되어 있었다.

항상 수사 검사의 편에 서 있었다

문제의 편법증여 사건만을 놓고 본다면 법원에서 재판이 진행된 결과 1심과 2심에서 모두 유죄를 선고받았으나 대법원에서는 무죄로 일단락된 뒤였다. 전환사채기 발행된 과정이 형식적으로 주주배정 방식을 취했기 때문에 회사에는 손해를 끼치지 않았다는 게 무죄 선고의 취지였다. 어쨌거나, 조준웅 변호사가 특별검사로 임명되어 이건희 회장의 이태원동 개인 집무실인 승지원, 자택, 삼성그룹 본관의 집무실 등을 압수·수색하고 다시 혐의를 입증하려고 엄청난 노력을 했다고 한다.

이때도 나는 항상 수사검사의 편에 서 있었다. 수사검사가 부정한 목적을 가지고 수사를 했다면 절대로 용서할 수가 없다. 그러나 정예 수사팀을 꾸려 8개월간 수사한 끝에 내린 결론이 기소의견이었고, 대검 검토단도 같은 기소 의견을 제시했다. 물론 우리 경제에 있어 삼성의 중요성은 누구나 잘 아는 사실이다. 기소 결정이 내려진다면 국내적으로는 물론 세계적으로도 삼성에 어떠한 영향이 미칠 것인가는 누구나 짐작할 수 있었다.

불법의 소지가 적게나마 도사리고 있으면 아무리 훌륭한 업적을 남겨도 빛이 바래기 마련이다. 이광수 선생이나 최남선 선생 같은 애국지사들이 말년에 피치 못하게나마 친일을 한 행적이 드러나자 그들의 구국정신은 한순간에 퇴색되고 말았다. 미국은 아프가니스탄과 이라크전쟁의 후유증을 해결하는 방법으로 대외군사개입을 자제하고 소위 테러범을 찾아(pinpoint) 살해할 수 있는 무인비행기

(drone)를 개발하여 알카에다 테러범을 살해해왔다. 그러나 그 과정에서 무고한 민간인이 살상되고 미국 시민권자도 희생되었다. 이에 무인비행기 공격이 형사법 절차에 따르지 않는 즉결처형이라는 이유로 반인권 범죄행위라고 비난하는 사람들이 늘어나고 있다. 그러나 테러범은 전쟁 시 적군으로 분류되는 것이므로 전범으로 봐야 하기 때문에 이러한 문제점을 묵인하고 계속적으로 무인비행기 공격은 계속되고 있다. 결국 이 문제가 미국상원까지 비화되기에 이르렀고 심지어 무인비행기 공격을 주도한 CIA 국장 후보의 청문회를 저지하기 위하여 폴 앨런 상원의원이 의사진행 방해연설(filibustering)을 10시간 넘게 하기도 했다. 이에 오바마 대통령은 이 문제를 피하지 않고 전면적으로 다루어야 한다고 하면서 다음과 같이 경고했다.

"미국이 무인비행기로 테러 용의자를 살해한 문제에 대하여 전면적으로 검토하여 해명하는 노력을 해야 하고 그렇지 않으면 정당한 목적은 언제나 부정한 수단을 정당화시킨다는 논리를 앞세워 결국은 법을 왜곡시키게 된다(If you don't struggle with decisions on targeted killing, then it is very easy to slip into a situation in which you end up bending rules thinking that the ends always justify the means. That is not who we are as a country)."

우리는 어려운 결정일수록 피해가서는 안되고 더 깊이 연구하고 통찰하여 해명하도록 적극적으로 노력해야 한다. 나 역시 삼성사건에 대하여 피하지 않고 정면으로 부딪치고 그 결과 수사검사 팀의 수사결과에 전폭적으로 지지했던 것이다. 그 후 삼성사건은 대법원의 무죄사건으로 종결이 됨으로써 자칫 크게 자랄 종양(cancer)이 될 뻔한 여지가 있는 문제를 깨끗이 제거하게 되었고 결국은 전화위복이 된 것이 아닌가? 그 당시 기소를 하지 않았다면 어찌 되었을까?

끝없는 논쟁은 계속되었을 것이다.

김운용 씨의 대여금고

국제올림픽위원회(IOC)의 부위원장이며 민주당 의원으로 활약하던 김운용 씨 사건도 간략히 언급할 필요가 있다. 세계태권도연맹(WTF) 총재와 국기원장을 맡을 정도로 태권도계의 대부로 여겨지던 주인공이었다.

당시 경향신문은 2003년 12월 29일자에서 "서울지검 특수2부는 민주당 김운용 의원의 개인금고와 은행 대여금고에 1백만 달러 이상의 외화가 무더기로 보관돼있는 사실을 밝혀내고 이 돈의 출처를 캐고 있다. 또 금고에서는 거액의 양도성예금증서와 각종 채권이 함께 발견된 것으로 전해졌다. 검찰은 국제올림픽위원회 부위원장인 김 의원이 평소 해외출장이 잦긴 했지만 이 같은 거액의 외화를 따로 금고에 보관해온 경위가 석연치 않다고 보고 조사 중이다."라고 보도했다.

여기저기서 그에 관한 좋지 않은 소문들이 들려오면서 채동욱 특수2부장이 은밀히 내사를 시작됐던 사건이다. 그리고 혐의가 일부 드러나면서 압수수색이 전격적으로 실시되었다. 그러나 김운용 씨는 세브란스병원에 입원하고는 심근경색으로 치료 중이기 때문에 수사를 받지 못하겠다고 버텼다. 담당 의사에게 문의한 결과 "수사를 받지 못할 정도는 아니다."라는 통보를 받고 조사를 마무리하고는 곧바로 구속 조치했다. 그가 국회의원직을 포함해 세계태권도연맹 총재 및 국기원장 자리에서 모두 사퇴한 것도 이처럼 수사가 진행되는 과정에서다.

하지만 그 과정에서도 문제가 없지 않았다. 그 주변의 어느 누군가가 국제올림픽위원회 사마란치 위원장에게 "한국 검찰이 김운용 씨를 고문 수사하고 있다."며 탄원서를 보냈던 모양이다.

사마란치 위원장이 우리 외교부에 항의 서한을 보냈고, 외교부로부터 나에게 연락이 옴으로써 그런 배경이 있음을 알게 되었다. 그러나 지금이 어느 세상이라고 고문 수사가 가능하겠는가. 도대체 말도 안 되는 얘기였다. 더구나 상대방은 국제적으로도 거물이었다. 외교부로서도 고문 수사가 있을 것이라고 생각해서 나에게 그런 얘기를 전달한 것은 아니었을 것이다.

김운용 씨 사건과 관련해서는 그밖에도 비화가 한둘이 아니다. 그러나 국제무대에서 활동했던 그의 체면을 봐서 더 이상 공개하지

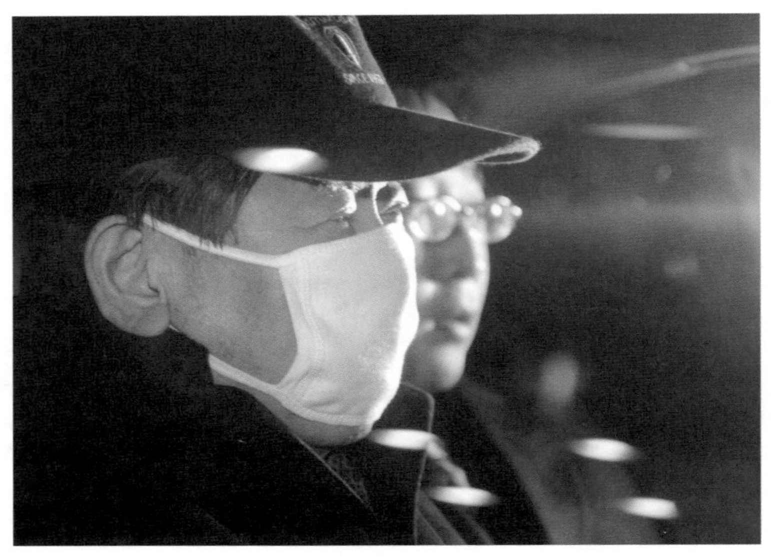

2004년 1월 체육단체 공금 횡령 및 외화 밀반출 혐의 등으로 구속되는 국제올림픽위원회 김운용 부위원장(조선일보 제공)

않기로 약속이 이뤄졌음을 밝혀 두고자 한다.

사회 지도층 인사들이 가끔 수사를 받지 못하겠다는 이유를 몸이 아프다는 것을 거론하면서 위중한 것 같은 진단서를 제출하게 된다. 이때 수사 담당자는 고민을 하게 되고 사후 리스크를 고려하여 수사를 늦추거나 강제수사를 포기하게 되는 경우가 가끔 있다. 그러나 나의 경우는 무모하리만큼 진단서를 고려치 않고 수사를 강행하여 왔다. 수사 20년의 경험에서 터득한 판단이었다. 우선 국민이 보기에 형평성이 어긋나 보이고 수사가 그렇게 생명을 위협할 만큼 모질게 진행되는 것도 아니기 때문이다. 하지만 리스크를 두려워하지 않는 결단력이 요구되는 것은 사실이다.

서울지검 초임검사 시절에 있었던 사건이다. 전국 규모의 조폭두목이 경찰에서 송치되어 왔는데 그는 흰 마스크를 입에 쓰고 머리는 하얀 수건으로 동여매고 있었고 들 것(stretcher)에 실려 왔는데 더욱 가관인 것은 현직 의사가 링거병을 들고 대동하고 있었다. 그 의사는 범인이 'Heart block'이라는 부정맥을 10년 동안 앓고 있으니 검사의 조사가 진행되면 즉시 사망할지도 모른다고 경고를 하였다. 그리고 거물급 변호사 2명을 선임하여 구속집행정지신청을 하고 있었다. 모 병원으로부터 10년간 치료한 진단서도 첨부하였다. 그러나 조폭의 두목이라면 건강상태가 그렇게 나쁘지 않을 것이고 지금까지 경찰조사를 받았어도 아무런 문제가 없다면 검찰조사 중 사망할 가능성은 없어보였다.

그래서 나는 전략적으로 피의자에게 원색적인 욕을 퍼부어 약을 올렸더니 그는 극도로 흥분하여 벌떡 일어나 소리를 지르면서 마스크와 수건을 벗어 던지고 건강한 몸으로 변신해버렸다. 그래서 나는 밤새도록 수사하여 자백을 받아내고 법원에 구속 기소하였다. 피의자의 중병 핑계에 속지 말아야 한다는 교훈을 얻게 되었다. 그런데 법원에 기소되자마자 피의자가 중병을 앓고 있다는 이유로 판사가 구속집행정지 결정을 내려 그는 석방되었다. 그 후 수년이 지나 우연히 밤에 제과점에서 그를 만나게 되었는데 그때 잠시 소름이 끼쳐 진땀을 흘린 적이 있었다.

한 가지 유감스러운 것은 내가 서울지검장으로 재직하던 기간에 피의자들의 자살사건이 줄을 이었다는 사실이다. 지금 생각에도 안타까운 일이다. 검찰로서는 혐의를 입증하기 위해서라도 강도 높은 수사를 할 수밖에 없었고, 그 과정에서 본인들이 인간적인 모멸감을 느꼈을지도 모른다. 그러나 절대적으로 한계를 넘는 강압수사는 없었음을 강조하고 싶다.

그 가운데서도 안상영 부산시장 자살사건은 어처구니가 없는 경우였다. 구치소에 수감되어 있다가 러닝셔츠를 찢어 만든 끈으로 스스로 목을 매 숨진 것이었다. 수뢰혐의로 구속되어 있던 중 다른 혐의로 서울지검 조사를 받기 위해 서울구치소로 이감된 직후에 벌어진 사태다. 시기적으로는 2004년 2월 초의 일이다.

그러나 그가 서울지검의 조사를 받으려고 서울구치소로 호송되어 왔고, 이어 서울 지검 구치감에서 조사를 받으려고 대기중이었던 것은 사실이지만 실제로 조사를 받지는 않았다. 계획상으로는 그의 부인을 먼저 불러 조사한 후 그 조사결과를 보고 남편인 안상영 씨 조사여부를 결정해야 할 상황이었는데 갑자기 그의 부인이 건강상 이유로 출석을 미뤄주도록 요청하는 바람에 그를 조사할 필요가 없어졌다. 결국 서울구치소에서 대기하다가 다시 부산으로 돌려보내진 것이었다. 해당 사건 자체도 아예 부산지검으로 이첩되었다.

그런데 그가 생전에 소속되어 있던 한나라당으로부터 정치적인

2004년 2월 8일 부산시청 옥외공연장에서 열린 고 안상영 부산시장의 영결식(조선일보 제공)

공세가 시작되었다. 의원들이 서울지검장실로 몰려와서는 "검찰의 강압수사로 불행한 사태가 이어지고 있다."며 막무가내로 나를 물고 늘어졌다. 손톱만한 꼬투리라도 잡아내려는 기세였다. "우리는 조사도 안했다."고 거듭 해명한 끝에야 의원들을 겨우 납득시킬 수 있었다. 의원들은 구치소 수감기록까지 확인했으나 서울지검에서 조사했다는 흔적을 찾을 수가 없었던 것이다.

하지만 이번에는 난데없이 법무부가 나섰다. 사건을 맡았던 우병우 검사(현재 청와대 민정수석)를 징계하라는 것이었다. 야당의 정치적 공세를 감안해서 시늉이라도 내야 한다며 밀고 들어왔다. 그러나 애당초 징계를 내릴 만한 일이 없었으므로 나는 버틸 수밖에 없었다. 드디어는 법무부에서 진상조사단도 파견되었다. 그동안에는 지검에 문제가 있을 경우 대검 감찰 팀에서 조사가 나오는 것이 원칙이었다.

진상조사 결과 "피의자를 조사도 안하고 돌려보낸 자체가 잘못"이라는 결론이 내려졌다. 앞서 설명한 대로 그의 부인이 출두하지 않아서 그렇게 된 것인데도 터무니없는 결론이었다. 나는 당시 법무부장관에게 담당검사는 아무 잘못이 없으므로 아무리 사소한 징계라도 있을 수 없다고 끝까지 버텼다. 그러나 끝내 담당 검사에게 징계 조치를 내리도록 결정이 내려지고 말았다. 정치적 비난을 모면하기 위해 애꿎은 검사에게 징계를 내리도록 한 것이나 다름없다. 정치적 계산으로 검찰의 영혼을 황폐화시킨 조치이기도 했다.

이 과정에서 대검찰청에서 법무부 결정에 동의를 했는지, 항의를 했는지는 모르겠다. 그러나 나는 가만히 있을 수가 없었다. 강금실 장관에게 정치적 공격에 검찰이 굴복해서는 안 된다며 항의 반, 설명 반으로 사정을 말씀드렸고, 당사자인 우병우 검사도 "내가 왜 징계를 받아야 하느냐."며 울분을 표시했다.

결국 이런 과정을 거쳐 징계는 내리되 근신·견책·감봉이 아닌 가장 가벼운 경고조치로 마무리하는 선에서 타협이 이뤄졌다. 그러나 이러한 결정에 대해 납득할 수 없기는 지금도 마찬가지다. 하지만 언론은 그 뒤에도 피의자의 자살사건 때마다 강압수사를 문제 삼고는 했다. 무엇인가 희생양의 제물이 필요하던 시절이었다. 진짜로 검찰의 잘못으로 일이 벌어졌다면 어떤 결과가 생겼을까 짐작이 가고도 남는다.

그 당시 신상규 3차장이 징계 문제로 법무부 고위간부와 치열하

2003년 7월 신상규 서울지검 3차장(오른쪽)과 채동욱 서울지검 특수2부장(왼쪽)이 보고를 위해 서울 지검장실로 들어서고 있다.(조선일보 제공)

게 다투고 거센 항의를 한 것이 기억이 난다. 나는 검사장실에서 그가 전화로 항의하는 모습을 목격했다. 검찰이 정치적으로 공격받는 것을 완화하기 위하여 정치권에 무엇인가 양보를 해야 한다고 하면서 담당 검사에게 가벼운 징계라도 내리자는 것이 법무부 측의 견해였다. 그러나 신상규 3차장은 검찰 수사에 관한 일을 정치적 타협으로 해결해서는 안 된다고 강력히 항의하였다. 아무리 정치적 타협이 필요하더라도 백을 흑이라고 할 수는 없다는 것이다.

그 과정에서 원색적인 욕설이 오가는 것을 목격하였다. 상급부서, 그것도 지휘부서에 그러한 항의를 하고 있는 신 차장의 용기에서 검사의 혼이 살아 있음을 느꼈다. 검사는 정치가가 아니다. 검찰청은 정치를 하는 기관이 아니다. '진상조사(fact finding)'라는 진실 발견을 주 업무로 하는 곳이다. 흑백을 분명히 해야 하는 곳이다. 옆에서 지켜보고 있던 나로서는 검찰에 이런 멋있는 분이 있는가 하고 흥분을 감추지 못했다. 그는 더구나 검사장 승진을 목전에 두고 법무부에 잘 보여야 할 처지에 있었기에 더욱 그의 검사정신이 빛나 보였다.

여기에서 신상규 차장에 대한 일화를 하나 소개한다. 나는 가끔 심술궂게도 1, 2, 3 차장님들에게 갑자기 1시간 전에 저녁이나 같이 하자고 제의하곤 했다. 얼마나 차장님들이 외부 인사와 교류가 잦은지 테스트 해보고자 한 것이다. 그때마다 유일하게 신상규 차장은 저녁약속이 없었다. 일체의 외부 약속을 하지 않는 것 같았다. 골프도 즐기지 않는 편이었다. 어찌 보면 무서운 저승사자와 같은 검사였다. 이런 검사가 검사장 1순위이던 서울지검 3차장을 2년이나 했는데도 검사장 승진을 못하고 말았다. 물론 그 다음번에 가까스로 검사장이 되고 결국 고검장까지 승진되었지만 이런 인사 처리는 부끄러운 일이다. 이처럼 검사의 혼을 가진 사람들이 더 많이 나타나고 더 많이 수사를 해야 하는 시대가 반드시 와야 할 것 같다.

채동욱, 남기춘 부장검사／

채동욱 부장검사

서울지검장 시절 이처럼 적지 않은 사건들이 우리 수사팀을 거쳐 갔다. 약간의 방향착오나 실수가 없지는 않았지만 그때마다 대체적으로 무난히 소화해냈다는 게 내 생각이다. 무엇보다 서울지검에 포진하고 있던 출중한 검사들 덕분이었다.

나는 서울지검장에 임명되면서부터 특수부와 강력부 수사팀의 인력을 보강할 필요성을 느끼고 있었다. 특수2부의 채동욱 부장검사도 그때 새로이 보강된 인력이었다. 굿모닝시티 쇼핑몰 분양사기사건이나 삼성 에버랜드의 전환사채 편법상속 사건을 포함한 큼직한 사건들이 그의 손을 거쳐 갔다. 내가 서울지검 강력부장 당시 마약 수사팀에서 같이 일했고, 검사장에 승진하고 대검의 초대 마약부장으로 임명됐을 때도 마약과장으로 앉혔던 인연으로 그를 다시 끌어들였던 것이다.

채동욱 검찰총장은 세종고를 졸업하면서 치른 대학수능시험에 수석 합격한 천재다. 그럼에도 그는 천재의 속성인 날카로움이나 자만심이나 외고집이 전혀 없다. 그와 반대로 항상 겸손과 부드러움의 극치를 이루고 있는 특이한 사람이다. 내가 서울지검 강력부장 시절 그는 마약담당을 하던 검사였다. 어느 날 도쿄경시청이 마약밀거래 장면이 포착된 사진 한 장을 강력부에 보내자 그는 즉시 도쿄경시청과 공조수사를 개시하고 국내 관세청과 수사 협조체계를 유지하면서 한·중·일 연계 국제 마약밀조밀수조직 50여 명을 구속하였다. 중국 공안당국과도 공조 수사한 끝에 중국에서는 10여 명이 처형되었다.

3개월간의 끈질긴 감청수사를 통하여 관련 마약사범 70여 명의 인적 사항과 마약거래 행위를 밝혀내고 관세청에 축적된 마약밀수 정보를 활용하여 관련 마약사범을 D-day를 정하여 동시 검거하였다. 한국의 마약 제조범들이 중국으로 건너가 조선족을 활용하여 마약제조 공장을 세우고 이를 한국 조폭과 연계하여 한국에 밀수출하고 이를 다시 일본의 야쿠자와 연결하여 일본에 밀수출하는 국제조직을 밝혀낸 것이다. 당시 나는 버마 라오스 태국을 연결하여 금색의 헤로인을 제조 밀거래하는 '금색의 삼각지대(Golden triangle zone)'와 대비하여 한 중 일을 흰색의 히로뽕을 제조 거래하는 '백색의 삼각지대(White triangle zone)'라고 명명했다. 국제적으로 한 중 일에 마약의 삼각지대가 형성되었음을 처음 밝혀낸 것으로 유엔 마약국

2003년 7월 채동욱 서울지검 특수2부장이 정대철 민주당 대표 소환문제를 서영제 전 서울지검장에게 보고한 뒤 검사장실을 나서고 있다. (조선일보 제공)

에도 보고되었다.

채동욱 검찰총장은 채찍과 당근을 사용하는 동기 부여적(motivational)인 명령과 통제(command and control)보다는 연결과 협력(connect and collaborate)을 통하여 영감을 고취시킴으로써(inspirational) 헌신과 창의력을 불러일으키는 리더십을 발휘하여 마약 수사팀과 관세청과 일본, 중국의 수사팀을 조화시켜 수사 극대화를 이루었던 것이다.

도프 사이드만(Dov. Seidman)이 말한 이 시대의 지도자형인 영감 고취형 리더임을 일찍부터 터득하고 있었던 것이다. 같이 일하는 사람들의 장점과 강점을 찾아 연결시켜 협력을 극대화시키는 팀워크

체제를 중시한 결과이고, 이것은 타고난 부드러움이 없었다면 불가능한 것이었다.

그는 아울러 세련된 강함과 흔들리지 않는 뚝심도 가지고 있다. 내가 서울지검장 시절 그는 특수2부장으로 당시 노무현 정부 출범 3개월이 채 안되었을 때 노무현 대통령을 당선시킨 킹메이커로 알려진 당시 여당 대표 정대철 씨를 수사했다. 여권의 권부를 수사했으니 수사의 어려움은 이루 말할 수 없었다. 앞에서도 언급했지만 당시 청와대 모 수석이 "요즘 검찰이 간덩이가 부었잖아."고 질책성 발언을 하기까지에 이르렀고 이에 채 부장검사는 "우리 간은 건강합니다."라고 하며 위트 있는 강함을 보여주기도 했다. 정면으로 공격하거나, 너무 침묵으로 일관하면 검찰이 무소불위라거나 무능하다고 비난을 받을 수 있었으나 끝까지 정대철 씨를 구속 수사하여 '살아있는 권력'에 대한 수사의 개가를 올린 강골검사다. 이 사건을 두고 어느 신문은 검찰독립기념일이 선포되었다고 평했고, 어떤 간부검사는 드디어 "서초동의 봄"이 왔다고 환호했다.

그는 또 눈물을 흘리면서 고통에 동참하는 인간적 매력이 넘치는 검사다. MBC PD가 검사들에 대한 로비 실태를 보도하자 그는 특임검사로 임명되어 철저한 수사 끝에 후배 검사를 사법처리하고 징계처리를 가감 없이 하였다. 그러나 그는 해당 검사 하나하나와 면담을 하면서 그들이 느끼는 고통을 함께하면서 위로하는 것을 잊지 않았다. 그리고는 그 충격을 못 이겨 병원에 입원하여 치료받았을 정도로 타인의 아픔을 자기 아픔처럼 받아들이는 매력남이다. 채 총장의 첫째 딸이 지체장애인으로 18년간을 보살폈으나 끝내 세상을 떠났을 때 너무 슬퍼하던 모습이 생각난다. 이러한 어려운 고통을 경험하였으니 남들의 고통에도 진정으로 같이 할 수 있고 나아가 서민들의 고

통도 충심으로 느끼고 보살필 것이다. 공적인 일은 엄격히 처리하되 그들의 아픔과 고통을 외면하지 않는 인간미 넘치는 검사다.

역사상 처음으로 국회 인사청문회장에서 "파도 남", 즉 '파도 파도 아무것도 나오지 않는 남자'라는 별명을 지어준 것처럼 모처럼만에 국민이 원하는 검찰총장이 탄생한 것 같았다. 부정부패와 조폭, 마약 등 사회거악 척결에 강한 메스가 가해질 것을 기대하면서 총장에게 축하 박수를 보냈다. 채 총장은 나의 후배지만 수사능력으로 보나 인격적으로 보나 나보다는 한 수 위임을 서슴없이 인정하고 존경했다. 정말 모처럼 만의 국민의 검찰로서 칭송받는 날이 지평선에 떠오르고 있음을 감히 상상도 해보았다. 그러나 나는 그에게 늘 "부드럽게 말하면서도 강한 채찍을 들고 다녀라(Speak softly, but carry a big stick)."는 미국 테디 루스벨트 대통령의 금언을 잊지 않도록 수사의 기본을 상기 시켜주곤 했다. 부드러우면서도 강하고, 강하면서도 부드러운 검찰이야말로 이 시대 우리 국민이 요구하는 검찰상이기 때문이다. 채 총장 휘하의 검찰은 누에고치가 나방으로 바뀌는 것처럼 환골탈태 부활하여 새로운 검찰 탄생의 초년이 되기를 간절히 바랬다.

그런데 그가 혼외자 문제로 낙마했다. 청천벽력이었다. 철퇴로 뒤통수를 맞은 것 같은 충격이었다. 채동욱 개인도 그렇지만 검찰의 장래에 커다란 먹구름을 던져주었기 때문이다. 그러나 한편 곰곰이 생각해보았다. 우선 그가 부인한 대로 그의 혼외자가 아니라고 가정해보자. 사실은 나도 그렇게 믿고 싶다. 이럴 경우 그의 대응 태도는 조금은 매끄럽지 못했다고 생각한다. 검찰총장은 수도승과 같은 모든 면에서 깨끗하고 흠이 없는 것으로 상정되어야 그 직책을 충실히 수행할 수가 있다. 사실이든 아니든 특정 의혹에 시달린다면 그가 하는 수사는 그 실효성이 반감되기 때문이다. 수사란 다른 사람의 잘못을 캐내어 고통을 주기 때문에 검찰총장은 모든 의혹에서 자유로워야 한다. 그러므로 그는 그때 바로 총장직을 사퇴했어야 한다. 진실은 언제든 자기를 둘러싸고 있는 껍데기를 벗고 밖으로 튀어 나오기 때문에 자기의 무고함이 자연히 밝혀질 것이기 때문이다. 본인 스스로 무고함을 주장할 필요는 없다고 본다. 그 후 진실이 밝혀져 그의 혼외자가 아니라고 판명될 때 그 진실은 더욱 의미 있는 빛을 발할 것이다. 그다음 그의 혼외자라고 가정해보자. 그의 혼외자임에도 자기의 혼외자가 아니라고 강력히 부인한 꼴이 되었다고 가정해보자. 그러나 나는 이 점을 더 의미 있게 생각한다. 채동욱의 인간냄새를 맡았기 때문이다. 인간은 누구나 실수가 있고 약점이 있을 수 있고 그리고 이를 감추고 부인하고 달리 포장하고 싶은 것이 인간의 본질이다. 사도바울도 인간의 반은 악으로 구성(built-in)되었다고 하지 않았던가. 채동욱도 인간의 범주에서 벗어나지 못했고 어쩌면 인간임을 적나라하게 보여준 셈이 되었다. 드디어 그도 나와 똑같은 인간임을 확인하는 순간이 될 수도 있다. 인간이 인간이라고 자백하였을

2013년 9월 퇴임사를 하고 있는 채동욱 검찰총장(조선일보 제공)

뿐 무슨 죄를 저질렀단 말인가. 있다면 원죄(the original sin)를 범했을 뿐이거늘.

이젠 나도 채동욱을 평범한 하나의 인간으로 더욱 부담 없이 대할 수 있고 발가벗고 정감 있는 인간 냄새나는 대화를 나눌 수 있게 될 것이다. 그렇다면 그의 혼외자가 아니냐를 밝힐 필요는 굳이 없다고 생각한다. 잘 극복했기를 바란다.

남기춘 부장검사

원래는 채동욱 부장검사를 특수1부장에 앉히고, 2부장에는 남기춘 부장검사(서울서부지검장까지 함)를, 특수3부장에는 곽상도 부장검사(그후 청와대 민정수석으로 근무함)를 포진시킨다는 게 내 복안이었다. 강력부장에는 김홍일 부장검사를 전보시켜 줄 것을 송광수 총장님에게 강력히 요청했다.

울산지검장 시절의 남기춘 검사장. 그는 2011년 초 서울서부지검장을 끝으로 검찰을 떠났다.(조선일보 제공)

결국 남기춘 부장검사는 서울지검으로 끌어오지는 못했지만 대검 중수부 1과장으로 발령이 남으로써 그 자리에서 큰 역할을 수행했다. 그가 담당했던 이회창 씨와 서정우 변호사가 연루된 한나라당의 차떼기 자금 수사는 일각에 불과했다. 죽어 있는 권력을 건드리는 것은 그리 어려운 일이 아니었다. 그보다는 노무현 대통령의 측근이던 안희정, 최도술 씨를 겨냥한 '살아있는 권력'에 대한 수사가 볼만했다. 당시의 정권에서 본다면 그는 그야말로 '목구멍의 가시'나 다름없었다. 타협을 몰랐기에 대검 내부에서도 긴장된 눈길로 바라볼 수밖에 없었다. 그나마 노무현 정부가 끝까지 버틸 수 있었던 것이 그렇게 미리부터 곁가지를 쳐낸 덕분이라면 비약이 지나칠 것인가.

그런 점에서는, 당시 서울지검의 차장 진용의 역할도 기억할 필요가 있다. 그 가운데서도 특수부와 강력부, 외사부를 거느린 신상규 차장이 험한 일을 많이 겪은 편이다. 경복고교와 서울법대 동기인 어

2003년 7월 신상규 서울지검 3차장(왼쪽)과 채동욱 서울지검 특수 2부장(조선일보 제공)

느 국회의원을 수사하면서도 단 한 번도 그쪽과 연락을 주고받은 일이 없었을 정도로 금도가 철저한 편이었다. 그는 서울지검에 정치적으로 귀찮은 일이 벌어질 때마다 내 대신에 뒤처리를 하느라 골머리를 썩이기도 했다. 이리저리 들볶이면서도 차분하고 원만한 처리를 이끌어냈다. 그에게 고맙고도 미안한 마음을 간직하고 있다.

원칙주의자를 자처했으나

서울지검장 시절 내가 신경을 기울였던 사항 가운데 하나는 사건수사 진행과 관련해 출입기자들에게 브리핑하지 말도록 한 것이었다. 브리핑을 한다는 자체가 법률적으로 피의사실공표죄에 해당할 소지가 충분했다. 어떠한 피의자라도 확정 판결 전까지는 무죄로 추정된다는 기본 법리를 어기는 것이기도 했다. 송두율 교수 사건의 경우가 그 대표적인 경우다.

더구나 여야 정치권이 대립하던 미묘한 분위기에서 자칫 오해의 소지를 초래할 수도 있다고 판단했다. 몇몇 언론사에서는 이런 방침에 대해 "검찰이 도대체 무엇에 위축되어 발표를 못하느냐."며 핀잔에 가까운 지적도 있었건만 수사를 끝내고 공소장으로 말하는 게 최선이라는 게 내 생각이었다. 그런 생각은 지금도 변하지 않고 있다. 물론 워낙 큰 사건이라 박만 차장검사가 한두 차례인가 언론 브리핑을 한 것이 전부다.

미국 검찰청에 아예 기자실 제도가 없는 것도 그런 때문이다. 검찰청사 안에서는 피의자에 대한 인터뷰 자체가 허용되지 않고 있다. 미국 범죄수사 영화 장면들에서 볼 수 있듯이 피의자가 재판을 받고 나오게 되면 계단에서 마이크를 들이대는 것이 그들의 관행이다. 그것이 엄연한 원칙이지만 우리 현실에서는 거의 지켜지지 못했던 것이다. 그래서 나는 '청사 안에서는 촬영 금지'라는 팻말을 만들어 붙였다. 초상권 침해 우려를 막자는 뜻이었다.

이러한 조치를 포함해 가능하면 나는 원칙주의자이고 싶었다. 한편으로는 따분하고 고지식하게 들릴지 몰라도 공직에 몸담은 이상 그것이 최선의 몸가짐이라고 생각했다. 이미 서부지청장 시절에도 비슷한 문제로 출입기자들과의 관계에서 곤욕을 치른 적이 있었지만 이제는 그런 눈치를 볼 필요가 없었다. 그런 자세에 문제가 있다고 여기는 풍토가 오히려 잘못된 것이다. 그런 생각과 맥을 같이하여 서울지검장 시절 외부 사람들은 아무도 집무실로 찾아오지 못하도록 주의를 내린 일도 있었다. 찾아오는 자체를 막을 수는 없겠지만 비서에게 손님을 들이지 못하게 하면 되는 것이었다. 한번은 동생이 청사로 찾아왔으나 현관에서 전화로만 통화하고는 돌려보내기도 했다. 이러한 소문이 퍼졌는지 재임기간 중 외부 손님이 직접 지검장실을 방문한 적이 거의 없었다. 나에게는 그만큼 부담이 덜어진 것이었다.

조용히 치른 딸 결혼식

서울지검장 시절에 내 딸의 결혼식이 있었다. 나는 언론에 노출되기도 싫고 다른 사람들에게 알리기 싫어 서울이 아닌 분당의 천주교회에서 결혼식을 치렀다. 정말 누구에게도 알리지 않고 결혼식 날도 식이 끝난 후 아무 일이 없었던 것처럼 사무실에 출근하였다. 그런데 중앙일보가 어떻게 알았는지 그 다음날 "철통보안 결혼식."이라고 보도를 했다. 이를 보고 대기업 사장으로 근무하시던 선배님이 상당액의 상품권을 우리 집으로 결혼 축의금으로 사람을 시켜 보내왔다. 나의 와이프가 나에게 전화로 이걸 어떻게 할 거냐고 묻기에 나는 일언지하에 받지 말고 돌려보내라고 했다. 그 후 그 선배님과는 연락이 끊겼고 내가 변호사로 개업한 후에야 비로소 어색함을 풀 수 있었다. 아무런 이해관계도 없는 선배가 후배에게 결혼 축의금으로 준 것인데 내가 너무 고집스러웠던 것은 아니었나 하고 반성할 때도 있다.

대통령 측근이라면 대통령 재가를 받은 후에 만납시다

심지어 이런 일도 있었다. 어느 날 청와대 고위 간부로부터 한번 만나자는 연락을 받았다. 그쪽 비서가 전화를 걸어 우리 비서실의 여직원에게 전갈을 넣은 것이었다. 편리한 날짜를 잡아 달라는 뜻이었다. 그러나 나는 정치적 중립을 지켜야 하는 입장에서 노무현 대통령을 가까이서 보필하는 핵심 정치인을 만난다는 게 피차 이롭지 않다고 생각했다. 바깥에 알려진다면 만났다는 자체만으로도 오해를 남길 소지가 충분했다.

그래서 나는 우리 여직원에게 "이런저런 이유로 만날 수가 없지만 그래도 무리해서 만나기를 원한다면 노무현 대통령의 재가를 받아오시라."는 뜻을 그쪽에 전달하도록 했다. 대통령은 법무장관을 지휘하고, 법무장관은 검찰총장을 지휘하며, 검찰총장은 또 서울지검장을 지휘하는 위치에 있으므로 결국 대통령이 재가하는 방식으로 명령을 내린다면 나로서도 끝까지 거절할 수는 없기 때문이다.

중간에서 이런 얘기를 전달해야 했던 서울지검장 부속실의 진인자 비서도 입장이 무척 난감했을 것이다. 내가 대검 공안3과장 때부터 비서 업무를 도와주었던 여직원이다. '진 국장'이라는 별명으로 불릴 만큼 모든 업무를 시원시원하게 처리해주었기에 그때도 오해 없이 내 의사를 그쪽에 전달했으리라 여겨진다.

그런 뜻이 제대로 전달되었는지, 그분은 두 번 다시 전화를 하지 않았다. 한편으로는 당혹스럽기도 했고 서운하기도 했을 것이다. 그

재독 사회학자 송두율 교수가 2003년 10월 서울지검에 소환됐을 때 취재에 나선 기자들의 모습
(조선일보 제공)

로부터 한참 시일이 지난 뒤 어느 지인을 통해 들려온 얘기가 그러했다. 그 지인은 자초지종을 들었는지 "어떻게 그렇게 매몰차게 거절할 수가 있었느냐?"며 나에게 반문했다. 나는 "너무나 당연한 일이 아니냐?"며 웃어넘기고 말았다.

나는 점심식사도 바깥사람들과 약속을 잡기보다는 검찰청 구내식당을 이용하곤 했다. 식사를 하며 검사들과 대화를 나누기 위한 것이었다. 바깥에 자꾸 모습을 비춰서 이로울 일은 없었다. 서부지청장 시절부터 굳어진 습관이기도 했다. 당시 서울지검에 소속된 검사가 170여 명이었는데 거의 한 번씩 돌아가며 식사를 했던 것 같다.

식사를 하면서 부하 검사들로부터 여러 가지 얘기를 들을 수 있었고, 또 내가 하고 싶은 얘기도 꺼내놓았다. 불만이 있으면 내가 직접 들어 주겠다고 했다. 나는 검사들의 불만이 주로 인사 문제나 제도개혁에 관한 것이었음을 알고 있었다. 내부 통신망에 올라오던 대부분의 내용이 그러했다. "자네들이 옳은 얘기를 했는데도 듣지 않으면 내 멱살을 잡아도 좋다."고까지 말했는데, 나의 진정성이 얼마나 전달됐는지는 지금도 궁금하다.

서울지검장의 판공비에 대해서도 짚고 넘어가야겠다. 판공비는 수사상 필요에 쓰라는 용도였음은 두말할 필요가 없다. 하지만 수사에 쓰는 데만도 결코 넉넉하지는 않았다. 나는 1~3차장에게 판공비를 나눠주고 수사업무에 따라 각 부장들에게 알맞게 할당하도록 했지만 오히려 늘 부족한 편이었다. 그런데도 일부 다른 부처에서는 그런 용도의 특정업무경비를 자신의 용돈에 충당하거나 집안 살림에 보태 썼다는 얘기가 공공연하게 들려오는 것을 보면 뭔가 풍토가 크게 잘못된 것임이 틀림없다.

한편으로는 내가 술에 약한 것이 다행이기도 했다. 술을 좋아했다면 아무래도 판공비가 술자리 회식비로 많이 들어갔을 것이다. 출입기자단과의 회식 때도 술은 거의 한 모금도 마시지 않고 음료수만 마셨다고 어느 신문에 소개됐을 정도다. 술을 마신 뒤끝에 성희롱 사고가 자주 일어나던 터여서 휘하 검사들에게 스스로 본보기를 보일 필요도 있었다.

나에게는 특히 폭탄주가 고역이었다. 폭탄주를 돌리기 시작하면 참석자마다 한 번씩은 잔을 주고받아야 하는데 그럴 자신은 더더욱 없었다. 언론사가 많이 생기면서 서울지검 출입기자가 줄잡아 50명을 넘어서고 있을 무렵이었다. 그래서 출입기자단 회식 때마다 꾀를 낸 것이 있었다. 각자 앞에 소주와 맥주 한 병씩을 놓도록 하고는 알아서 섞어 마시도록 했던 것이다. 그랬더니 대체로 한두 잔씩으로 회식자리가 가볍게 끝나고는 했다.

그런 과정에서도 출입기자들과 상당한 얘기를 나누며 친분을 쌓을 수 있었던 것이 기억에 새롭게 남아 있다. 기자들은 대체로 사회의 불의에 울분을 토하며 정의감이 넘치는 모습이었다. 검찰 조직에 검사들이 있다면, 기자들은 또 그들 나름대로 비슷한 역할을 수행하고 있다고 보아도 좋을 것이다.

우리 사회의 비리를 근절하고 정의를 세우려면 어차피 검찰과 경찰의 역할만으로는 한계가 있을 수밖에 없다. 언론과 검찰이 눈을 밝히고 함께 깨어 있어야 가능한 일이다.

서울중앙지검의 발족 /

서울지검이 서울중앙지검으로 관할 범위가 축소되어 발족한 것은 2004년 2월의 일이다. 그전까지만 해도 서울 지역 외곽의 동부, 서부, 남부, 북부지청과 의정부지청 고양지청까지 포함해서 모두 6개의 지청을 서울지검 산하에 두었으나 이들 지청이 지방검찰청으로 승격하면서 같은 등급의 지검으로 사실상 격하된 것이었다. 당시 1,200여 명에 이르는 대한민국의 전체 검사 가운데 대략 450명 정도를 서울지검장이 거느리고 있었으니 권한을 분산시켜야 하는 필요성도 없지는 않았다.

그러나 업무의 효율성보다는 검찰 조직을 견제해야 한다는 정치적 필요성이 더 강하게 작용했던 게 아니었나 생각된다. 조직이 개편된 이후에도 서울중앙지검은 대한민국의 정치·행정·경제·문화의 중심지를 관할하고 있다는 점에서 여전히 전국의 지검 가운데 가장 중요한 역할을 수행하고 있음은 물론이다.

그때의 관심사는 나의 거취 문제였다. 조직에 변화가 생기는 것이므로 책임자도 당연히 바뀌어야 되는 게 아니냐는 견해들이 검찰 안팎에서 은근히 제기되고 있었다. 내가 그동안 정공법 수사로써 정치권에 부담이 됐었다는 사실도 함께 도마에 올랐을 것이 틀림없다. 더구나 서울지검장으로 있는 동안 여권에 껄끄러운 수사를 많이 해왔다. 야권은 권력이 없으므로 누구라도 간단히 수사할 수 있다. 그러나 여권은 '살아있는 권력'이고 검사의 인사를 좌우하고 예산상으로도 검찰에 막강한 영향력을 행사할 수 있기 때문에 여권에 대한 수사는 더 많은 용기와 투지가 필요하다. 그러다 보니 나는 미운털이 박힐 만도 했다. 나로서도 서울지검장 자리에 올라 아홉 달 동안이나 중책을 수행했으므로 더 이상 미련을 가질 입장이 아니었다.

그러나 인사권자의 입장에서는 그렇게 간단히 처리할 문제가 아니었던 모양이다. 나를 떨쳐냈을 경우의 부담을 감안하지 않을 수 없었을 것이다. 정치권의 눈치를 살피지 않고 막무가내로 수사를 했다고 해서 밀어낸다면 그에 따른 뒷공론을 피할 수가 없다고 판단했을 수도 있다. 결국 서울중앙지검으로 체제가 바뀌고도 내가 계속 사령탑을 맡는 것으로 매듭이 지어졌다. 특히 내가 자리를 놓고 누구에게 신세를 진 일이 없었고, 따라서 특정사건 수사에 있어 편파적이라는 얘기를 거의 듣지 않았으므로 유임할 수 있는 명분이 없었던 것도 아니다. 나로서는 공직자로서 봉사하는 기회가 조금 더 연장됐다는 생각이었지만 서울지검을 중앙지검으로 격하시킨 조치에 대해서는 지금도 상당한 유감으로 남아 있다. 검찰 조직을 위해서도 그렇게 바람직한 결정은 아니었다.

우선 서울특별시라는 행정구역을 고려할 때 적어도 그 지역 안에서는 검찰 수사의 통일성이나 일관성이 유지될 필요가 있다는 점에

서울지검(조선일보 제공)

서도 관할을 분할했다는 것은 납득하기 어렵다. 갈수록 광역수사 내지는 연계수사의 필요성이 높아지고 있다는 시류에도 어긋난 조치였다. 더욱이 특수부 수사에 있어서는 검찰청마다 보안을 유지하며 은밀히 진행하기 마련인데 그러다 보면 같은 서울 지역 안에서도 검찰청끼리 혼선을 일으킬 소지도 다분했다. 우리와 체제가 비슷한 일본 도쿄지검의 경우 도쿄 지역이 광역화되고 있어도 과거의 체제를 그대로 유지하고 있다는 점을 하나의 사례로 참고할 만하다.

아무튼 나로서는 마지막 서울지검장에 초대 서울중앙지검장이라는 두 개의 직책을 연달아 수행하게 되었던 셈이다. 그렇다고 어차피 길게 갈 자리는 아니었다. 따라서 언제까지가 될지는 몰라도 나머지 재직하는 동안 무엇보다 검찰 수사의 기능을 높이는 방법을 모색하는 게 중요하다는 생각에 이르게 되었다. 물론 서울중앙지검으로 조직이 바뀌고도 나의 수사 노선은 크게 바뀌지 않았다. 정치적 측면에서의 평가는 어떠했을지 몰라도 적어도 검찰 본연의 입장에서는 부족함이 없었다고 자평한다.

나는 검찰 수사의 효율성을 높이는 방법으로 다른 기관들과 협력하는 방안을 적극 추진하기도 했다. 경찰청과 서로 공조해서 수사를 진행토록 하는 것이 그 하나였다. 경찰은 동원할 수 있는 병력도 많고 곳곳에서 들어오는 정보도 많기 때문이다. 거기에 검찰의 전문적인 수사 기법이 조화를 이루게 된다면 수사의 능률을 훨씬 높일 수 있을 것이었다.

당시 김홍일 강력부장에게 대형 사건이 일어날 경우 서울시경과 함께 합동수사본부를 차리는 것은 물론 언론에 발표할 때도 같이 발표하도록 한 것도 그런 판단에서였다. 검찰이 지시하고 경찰은 지시를 받는 관계가 아니라 수사본부장도 양쪽이 공동으로 맡도록 하

야간의 서울중앙지검 전경. 여러 검사실 불이 환하게 켜져 있다.(조선일보 제공)

자는 게 내 생각이었다. 그러나 실제로는 그것이 잘 이뤄지지 않았던 것 같다. 수사 지휘권을 놓고 끊임없이 다퉈 왔던 껄끄러운 사이였기에 하루아침에 이루어질 일은 아니었다.

경찰과의 협조 관계만이 아니라 다른 전문 분야에서도 마찬가지 생각이었다. 관세 및 조세 사건에 있어서도 검찰 독자적으로 수사를 펴는 것보다는 국세청이나 관세청과 합동수사본부를 꾸린다면 어려운 문제라도 비교적 쉽게 풀어갈 수가 있을 것이었다. 내가 서울지검 강력부장과 대검 마약부장을 지내던 당시 마약사범 수사를 진행하면서 관세청의 도움을 받았던 경험이 있었기 때문이다. 과거 복잡한 금융사건 수사에 있어 은행 직원들을 파견 받아 도움을 받기도 했으나, 그런 차원을 넘어서서 서로 적극적인 공조체제를 구축하자는 뜻이었다.

그러나 지금은 각 기관들이 서로의 권위만 내세우면서 협조보다는 자신의 영역을 지키는 데 더 관심을 쏟는 것 같아 안타깝기만 하다. 특히 경찰과의 관계에 있어서는 수사권 문제로 서로 다투다 보니 수사 공백마저 초래되는 게 아니냐는 우려마저 제기될 정도다. 바깥에서 바라보기에 그다지 권장할 만한 모습이 아닌 것만은 분명하다. 강력범죄에 있어서 범행 수법은 날이 갈수록 지능적으로 진화되고 있고 검찰은 사건 해결에 애로를 겪고 있는 것이 엄연한 현실이다. 특히 경제사범이나 조직범죄의 경우 각 전문 분야가 복잡하게 얽혀 있으므로 공조수사는 절대적으로 필요하다. 사건을 조속히 해결하기 위해서도 검찰은 배타적인 분위기에서 벗어나 경찰이나 국세청, 관세청 등과의 협조체제를 유지해야만 한다고 나는 생각한다. 그것이 국민을 위한 검찰의 자세이자 모습일 것이다.

서울지검장 시절 이런 일도 있었다. 송광수 검찰총장께서 이번에 사무국장 승진인사를 하는데 참여해달라고 하셨다. 승진 관련 인사위원들은 10여 명이었는데, 그들은 대부분이 승진 대상자 중에서 근무서열 순서대로 승진시키는 것이 지금까지의 관례라고 하였다. 그러나 나는 서열을 무시하고 무기명 비밀투표를 하여 능력 있는 사람을 승진시켜야 한다고 주장하여 결국 관철되었다. 결국 서열을 파괴하고 능력 있는 분이 사무국장이 되었다. 어쨌든 검찰도 이제는 낡은 서열주의를 벗어나 능력위주의 인사가 이루어져야 급변하는 사회현상에 대응할 수 있다.

정권 교체기에 그것도 서민혁명을 자처하던 노무현 정부에서 최초로 서울지검장으로 임명받고 이어서 서울지역이 5개로 분할된 후 서울중앙지검장으로 임명되어 거의 1년 반에 걸쳐 그 막중한 임무를 마치고 지난 감회는 남다르다. 아무런 정치적 연고도, 지연도, 혈연도, 학연도 없이 갑작스러운 요직인 서울지검장에 임명된 자체는

2012년 4월 금감원과 국세청, 행안부, 검찰 등이 대검찰청에 합동으로 설치한 불법사금융 합동수사본부(조선일보 제공)

하나의 운명이라고밖에 할 수 없었다. 그래서 나는 전국 검사의 1/4을 휘하에 두고 대한민국 최고의 수사 인력으로 무장된 검찰청의 수장으로서 모든 중앙행정기관과 모든 기업 헤드쿼터가 몰려있는 수도 서울권 전역의 범죄수사를 담당하였으니, 어찌 보면 엄청난 업무량에 지쳐 나가떨어질 만도 했다.

하나도 안 봐주고 원칙대로 하니 하나도 어려울 게 없지

그러나 나는 거뜬히 해냈다. 사무담당 직원은 내가 서울지검과 서울중앙지검의 수장으로 재임한 1년 반 동안 자체로 인지, 또는 구속 수사한 범죄인이 무려 890명이 넘는다고 보고를 해왔다. 검찰청은 수사주재기관임을 입증하려고 노력했던 결과가 아닌가하고 가슴이 뿌듯했다. 전 검찰총장 한분을 우연히 만난 자리에서 "서울지검장이 힘들다고 하더니 별것 아니더라."고 말씀 드렸더니 "하나도 안 봐주고 원칙대로 했으니 어려울 게 하나도 없지."라고 대답하신 생각이 난다.

지난날 헌법을 기초하신 유진오 박사님이 어느 신문에 신춘新春 덕담기고를 하신 일이 있었다. 어느 친구 세무서장이 "정말 골치 아파서 세무서장 못해 먹겠다."고 불평하더라는 것이었다. 이에 "소득 있는 곳에 세금 징수하면 간단한데 소득 없는 곳에 징수하거나 소득 있는 곳에 징수를 안 하려는 술책을 강구하려고 하니 그렇게 머리가 아프지!"라고 대답해주었다고 한다. 원칙대로 하면 너무도 간단한 일이었던 것이다.

정말로 정치권과의 조율, 청탁에 대한 배려, 이로 인한 수사팀의 설득, 언론에 대한 해명 등 이 모든 것을 조율하여 서울지검장 역할을 하려면 정말로 힘들어 쓰러졌을지도 모른다. 그러나 나는, 외부인을 아무도 만나지 않고 사건도 사건의 '결'대로 처리하고 그저 단순무식하게 죄가 있으면 기소하고, 죄가 없으면 무혐의 방면하는 그야말로 법전에 규정된 대로 하였기 때문에 아무런 어려움이 없었다.

당시 서울지검장 부속실에 있던 여직원이 그동안 여러 명의 서울지검장을 모신 베테랑이었는데, 어느 날 나에게 "다른 서울지검장님들은 밤 12시나 새벽 1시까지 사무실에 계시면서 여기저기 검토하느라고 고생하시는 것을 보아 왔는데 왜 검사장님은 아무 일 없는 듯이 일찍 퇴근하고 가시는지 참 신기하다."고 말을 건넨 일이 있었다.

그것은 사실이었다. 그야말로 야근을 하면서까지 고민을 해야 할 일이 없었기 때문이다. 죄가 있으면 벌하고, 없으면 방면하고. 두 가지밖에 몰랐기 때문이다. 머리가 나빴던 것도 한몫했던 것 같다. 모든 요소들을 순열, 조합으로 풀고 정리하여 모든 여건에 만족시킬 수 있는 공통적인 기반을 찾으려는 생각조차 않고 그저 죄가 있느냐 없느냐 하는 이분법적 사고밖에 할 수 없었던 것이 나를 업무의 시련으로부터 해방해주었던 것이다.

정말 원대로 수사하고 기소하고 처벌했다. 서울지검장을 다시 한다 해도 이렇게 많은 수사를 할 수 있을까 의문이 든다. 이제 더 이상 무엇을 하겠는가. 이제는 소임을 다 했으니 검찰을 떠났어도 후회가 없다. 다만 나로 인해 고통을 당하고 정치적으로 어려움을 겪고, 기업경영에 차질을 빚고, 실의에 빠져 유명을 달리하신 분들이 너무 많다는 것이 하나의 '원죄'처럼 회한이 남는다. 그분들의 고통을 치유해드릴 수 있는 '살풀이'라도 효험이 있다면 서슴없이 해드리고 싶다.

이제는 검찰을 떠나 새로운 인생의 패러다임을 찾아 떠나고 싶었다. 너무도 치열한 전쟁이 끝난 후 안식처를 찾고 싶은 심정이었다. 다시는 공직을 하고 싶은 생각이 없어졌다. 그저 국민의 노예로서 사역을 하는 것뿐이지 않는가. 솔직히 말해 내 개인의 쾌락, 욕망을 충족시킬 기회를 스스로 박탈해버린 것이다. 이제는 노예생활로부터 해방되어 내 욕망에 대한 자유인으로 거듭나고 싶었다.

내가 대구고검장으로 있을 때 경상도에 있는 퇴계서원을 방문한 일이 있었다. 안내인의 말을 빌리면, 퇴계선생은 잠깐 관직을 하고 중앙부처를 떠나 경상도에 내려와 서원을 세우고 후학을 가르쳤는데 그 후 임금이 수없이 편지를 보내 상경하여 관직에 복귀할 것을 종용하였음에도 불구하고 모두 거절하였다고 한다. 무엇 때문일까. 관직은 국민의 노예생활이라는 것을 알고 있었기 때문이 아닐까. 물론 공직은 명예를 높여주고 이권을 만들어 주고 부를 만들어 주고 술과 여자에 탐닉할 수 있는 향락의 장으로 활용될 수도 있다.

역사상 그런 인물이 얼마나 많았던가. 오히려 관직을 그런 목적을 두고 쟁취하려고 하는 것이 상식이 아니었나? 요즈음도 대통령 선거철만 되면 누가 되느냐에 온갖 촉각을 곤두세우고 당선 가능성이 있는 곳에 미리 찾아다니고 기웃거리고 하는 세태가 엄연히 존재하지 않는가. 다만 엄격한 청문회제도 때문에 이런 부류의 정상배들이 많이 걸러지고 있는 것이 다행이다. 공직이 '노예'라고, 즉 공복이라고 국민이 주는 십자가라고 생각하면 누가 공직에 탐을 내겠는가? 오히려 공직에 오르면 축하를 받기보다는 위로를 받아야 하지 않겠는가? 나는 공직이 정말 노예요, 십자가라고 생각해왔다. 이젠 그 십자가를 과감히 벗어던지고 나의 몸이 자연적으로 요구하는 생물학적 욕망에 더욱 충실하고 싶다.

"내 몸이 원하는 대로, 본성대로!(Free my body out of everything, go back to my nature!)"

3장

소신으로 미화된 좌충우돌의 초임검사 시절

백운학의 점

나는 결코 운명론자가 아니다. 사람의 운명이 사주팔자나 전지전능한 조물주에 의해 미리 각본대로 정해져 있다기보다는 각자의 노력과 처신에 따라 얼마든지 달라질 수 있다고 믿기 때문이다. 전체 조직에 촘촘히 맞물려 돌아가야 하는 공장의 톱니바퀴처럼 거대한 운명에 이끌려 살다가 끝나야 하는 인생이라면 얼마나 허망할 것인가. 무대에서 화려한 스포트라이트를 받으면서도 실제로는 몇 가닥의 가느다란 줄로 움직이는 인형극의 꼭두각시 신세와 크게 다르지 않을 것이다.

그런데 이러한 평소 생각에도 불구하고 내가 사주팔자를 보는 집을 찾은 적이 있었다. 그것도 일찌감치 대학 시절의 일이었으니, 아직 검사의 길로 들어서리라고는 꿈도 꾸지 못할 때의 일이다. 사업에 어려움을 겪거나 일이 잘 풀리지 않을 때 사주쟁이를 찾아가듯이 내 경우도 그러했다. 인생이 나에게만 매정하게 틀어져 버리고 있다는 생각이 들었다. 왜 행운의 여신이 나만 미워하고 있는 것일까 하며 혼자서 괴로워하던 무렵이었다.

대학입시에 이어진 진로 문제 때문에 생긴 고민이었다. 서울법대에 떨어지고 후기로 성균관대학에 들어갔던 것이다. 내 생각으로는 나는 당연히 서울법대에 합격해야만 했다. 대전 고교에서 전체 석차가 7등 밑으로 내려간 적이 없었으니 말이다. 하지만 고교 동기생 가운데 서울법대에 합격한 친구가 8명이나 되었는데도 나는 어이없게 떨어지고 말았다. 성균관대학으로 진학했지만 너무 실망이 큰 나머지 학교 수업을 빼먹기 일쑤였다. 책상에 앉았어도 공부가 될 리 없었다. 그렇게 방황하던 시절, 무슨 생각이 들었는지 자세히 기억나지는 않지만 느닷없이 사주팔자 관상쟁이를 찾게 되었던 것이다. 그래서 찾아간 것이 백운학 씨였다. 그때로써는 장안에서 가장 유명한 관상쟁이로 꼽히던 인물이었다.

역술가 백운학 씨(조선일보 제공)

그렇다고 해서 거창하게 무슨 숨겨진 운명이나 계시를 찾겠다는 뜻은 아니었다. 나름대로 용하다는 그가 과연 나에게 어떤 말을 해

줄 것인지가 궁금했을 뿐이다. 그만큼 개인적으로 갈피를 잡지 못하고 방황하던 시절이었다. 그때 백운학 씨가 들려준 얘기 가운데 아직 기억에 남아 있는 부분이 있다.

"학생은 사법고시 공부에 매달리면 쉽게 합격할 수 있고 장차 최고위직까지 올라갈 운세."라는 한마디다.

물론 그가 고시공부 얘기를 꺼내지 않았어도 나로서는 고시에 매달릴 입장이었다. 하지만 우연한 일치였는지, 서울법대에 들어갔던 고등학교 친구들이 모두 고시에 실패하고 결국 그 가운데 한 명만 합격했는데, 그나마도 나보다 2년이나 뒤졌다는 점에서 운명의 조화는 우리가 쉽게 넘겨짚기 어려운 것이 분명하다.

그때의 점괘가 맞아 떨어져서 내가 검사의 길로 들어서게 되었을 것이라는 얘기가 아니다. 백운학 씨가 나 말고도 수많은 학생들에게 고시공부를 권유했으리라는 것은 능히 짐작이 가고도 남는다. 그렇지만 그렇게 점괘를 받은 사람들이 모두 고시에 성공했다고 여겨지지는 않는다. 당시 대학생으로서 점집을 찾았다면 그 고민이 대체로 고시공부였을 터이고, 점쟁이가 그것을 넘겨짚고 한마디씩 툭툭 던졌을 것으로 생각되는 것이다.

하지만 그런 과정을 떠나서도 내가 지금까지 법조인으로 살아온 궤적을 살펴보면 눈에 보이지 않는 운명의 신이 나를 지켜보면서 이끌어 온 것이 아닌가 생각이 들 때가 많다. 우여곡절을 겪으면서도 지금에 이른 과정이 참으로 신기할 정도다. 막다른 골목에 처했다가는 길이 뚫리고, 깜깜한 밤중 허허벌판에서 길을 잃었다가 다시 제자리를 찾곤 했었던 느낌이다. 내 생각이나 의지와는 관계없이 이뤄진 일들이 적지 않다는 얘기다.

삼성물산 취업시험

사법시험에 합격하기 전에 삼성물산에 들어갈 뻔했던 사례도 그런 경우에 속한다. 당시 사법시험에서 워낙 제한된 인원만을 선발하던 터라 시험에 통과하기가 너무 어려웠다. 해마다 최종선발 인원이 기껏 50~60명에 지나지 않았기 때문이다. 따라서 일단은 취직해 놓고 돈을 벌면서 연차적으로 사법시험에 응시하는 것도 하나의 방법이라는 생각이 들었다.

그렇게 해서 고른 직장 후보가 삼성물산이었다. 당시로는 아직 삼성전자도 없었을 뿐더러 삼성물산이 삼성그룹을 대표하는 계열사이기도 했다. 다행히도, 신입사원 공채에 응시해 필기시험에서 우등으로 붙었다. 그러나 그다음이 문제였다. 필기시험 이상으로 중요한 면접시험의 관문을 통과하지 못했던 것이다. 면접장에는 지원자가 3명씩 들어가게 되어 있었는데, 나란히 앉은 옆 사람에게만 질문을 던지고 나에게는 아무런 질문도 없었다. 나는 우등으로 필기시험에 붙었으니까 면접에는 당연히 통과하는 것이겠거니 여기게 되었다.

그런데 면접이 끝나면서 이병철 회장이 고개를 돌리더니 나에게 한마디를 던졌다. 소파에 깊숙이 기대어 앉아 있다가 마지막으로 불쑥 던진 얘기였다. "자네는 군대나 가야지." 사실상 불합격 통보나 마찬가지였다.

당시만 해도 삼성그룹의 면접시험에는 관상쟁이가 한 명씩 붙어 앉아 지원자들의 인상을 살피며 합격 여부를 최종적으로 가린다는 소문이 나돌 때였다. 그때 앞에 앉아 있던 면접관 가운데 누가 그 소문의 관상쟁이였는지 기억이 확실치는 않지만 필기시험을 우등으로 통과하고도 떨어진 것을 보면 면접에서 낙제점을 받았던 게 틀림없다.

그때 내가 삼성물산에 들어갔다면 지금의 위치가 어떻게 바뀌었을까 곰곰 생각해 본다. 아마 사법시험을 진작 포기했을 가능성도 없지 않다. 그렇다면 검사의 길로는 영영 들어서지 못했을 것이다. 그런 가정의 연장선에서 따져본다면 내가 삼성물산 입사시험에서 떨어진 것은 결국 검사가 되게 하도록 눈에 보이지 않는 누군가가 일부러 조종했다는 말인가. 그렇다고 내가 뒤늦게 운명론자의 입장으로 돌아섰다는 것은 아니다. 인생에서 승패를 결정하는 가장 중요한 요인은 역시 각자의 노력과 의지라는 게 흔들리지 않는 내 믿음이다. 뜻하지 않은 행운이 따를 수도 있고, 때로는 액운이 낄 수도 있지만 각자의 의지에 따라 그 모습이 서로 다르게 나타나고, 심지어는 정반대의 결과를 초래하게 되는 것이 그 단적인 증거다.

누구나 자기의 운명에 대해서는 특별한 의미를 부여하거나 과장을 섞어 생각하기 마련이지만 내 경우도 그런 범주에서 크게 벗어나지 못하는 것인지도 모른다. 앞서 소개했듯이, 내가 서울지검장에 발탁됐던 과정 자체가 그러했다. 돌이켜보면 검찰 초년병 시절에도 그런 예외적인 경우가 한둘이 아니었다. 실제로, 나의 검사 생활에는 돌출적이며 즉흥적인 요소가 적잖이 따라다녔다. 예상하기 어려울 만큼 변수가 많았다는 얘기다.

그러면서도 지금까지 비교적 무난하게 지내오지 않았는가. 앞서 운명론을 꺼냈던 것도 거기에 이유가 있다. 다른 동료들과 비교해서도 금방 드러나는 일이다. 검사시보 때부터 그러했으니 말이다. 내 인상 자체가 그렇게 평범하지 않았던 것만은 분명하다.

검사시보 시절의 문답 풀이／

내가 서울지검 검사시보로 발령을 받은 것은 1974년의 일이다. 검사 지망생들에게 지원 1순위로 꼽히는 서울지검으로 배치를 받을 수 있었던 것은 그해 사법연수원 중간시험에서 1등을 기록한 덕분이었다. 당시 사법시험에서 선발된 인원이 전체 60명이었으니, 서울지검에 배치된 시보 인원은 몇 명에 불과했다.

당시 서정각 씨가 서울지검장을 맡고 있었다. 법무부 검찰국장을 거친 출중한 분으로, 우리 시보들의 입장에서는 까마득히 높은 위치일 수밖에 없었다. 그런데 하루는 서울지검장이 시보들에게 점심식사를 내겠다고 연락이 내려왔다. 아마 시보들이 거쳐 갈 때마다 의례적으로 한 번씩은 마련되는 자리였을 것이다. 하지만 시보들에게는 그러한 식사 자리조차 교육의 한 과정이었다.

침묵하지 못해서 얻은 괘씸죄

식사 자리에는 당시 변무관 차장검사를 위시하여 내가 배치되어 있던 형사1부의 배명인 부장검사 등 서울지검의 간부들이 두루 참석했다. 그런데 어느 정도 음식이 들어오고 나서 서정각 검사장이 우리 시보들에게 "한마디씩 소감을 얘기해보라."며 말을 붙였다. 대화가 뜸해진 틈을 타서 지나가는 얘기로 슬쩍 던진 것이었다.

그러나 우리 시보들은 분위기에 눌려 머뭇거리며 서로 눈치만 살피고 있었다. 소문으로만 듣던 기라성 같은 대선배들이 나란히 앉아 있는 자리에서 감히 말문을 열 엄두가 나지 않았을 것이다. 검찰 조직에서도 아직은 조용하고 다소곳한 태도가 미덕으로 여겨질 때였다. 그 모습에 서 검사장의 말투가 은근히 힐난조로 바뀌고 말았다.

"그렇게 꿀 먹은 벙어리들처럼 수줍어해서야 앞으로 수사를 제대로 하겠느냐."며 답변을 채근하는 식이었다. 초짜 시보들의 반응을 떠보자는 심산도 없지 않았을 것이다.

그때 내 머리에 갑자기 떠오른 것이 있었다. 그 얼마 전엔가, 그가 어느 신문에 인터뷰한 내용이었다. 검찰 인사에 대한 내용이었는데, "검찰 인사나 보직은 다른 것은 배제하고 오직 검사의 능력에 따라 이뤄져야 한다."고 피력했던 것이다. 검사를 지망하던 나로서는 그 얘기가 기억에 관심 있게 새겨져 있을 수밖에 없었다. 내가 슬쩍 나서서 서 검사장에게 그 부분을 되물었다. "최근 검사장님의 신문 인터뷰 기사를 읽었는데, 검사 능력을 판단하는 기준은 무엇이며 그 범위는 어떻게 되느냐."고 질문을 던졌다.

1971년 1월에 열린 사법연수원 개원식(조선일보 제공)

순간, 그의 얼굴에 약간 당황하는 기색이 역력했다. 어떻게 보면 보편적인 질문이지만 그런 질문이 나오리라고 미처 예상하기가 어려웠을지도 모른다. 한편으로는 당돌한 질문이기도 했다. 서 검사장도 답변에는 망설임이 없었다. 잠깐 고개를 끄덕이며 나를 주시하던 그는 "검사의 능력에 대해서는 일률적으로 정의를 내리기가 어렵다."면서 초임검사 때의 자신의 경험담을 들려주었다.

질문을 예상하고 답변을 준비한 후 상급자를 만나야 한다

검사장이나 차장검사, 부장검사 등 상급자로부터 호출당할 경우 호출한 용건이 무엇인지, 따라서 자신이 결재를 올린 사건에 대해 이렇게 물어보면 이렇게 답변하고, 저렇게 물어보면 저렇게 답변해야지 하는 식으로 내용을 머릿속에 정리하면서 상급자의 집무실로 갔다는 것이다. 그 의미는 호출을 받고 집무실까지 이르는 시간이 기껏 4~5분 동안의 짧은 시간에 사태를 파악하는 능력이 중요하다는 뜻이었다. 그 자체만으로도 시보들에게는 귀중한 경험담이었다.

그날의 식사 자리는 그냥 그런 식으로 끝나고 말았다. 재치문답 자리였다고나 할까. 그러나 그 자리에서의 얘기가 다음날 검찰청에 두루 퍼졌던 것 같다. 내 지도를 맡았던 강원일 검사가 "자네, 어제 점심에 어려운 질문을 했다던데…."라며 엄지손가락을 치켜세워 보였다. 뒤에 대검 중수부장 대리까지 지내게 되는 그는 나에게 상당한 관심을 보여주던 분이었다.

아침 간부회의 자리에서 서정각 검사장이 전날 식사자리에서 한 얘기를 꺼냈던 모양이다. "아직 판사를 할지, 검사를 할지는 모르겠지만 시보들에게 그런 질문까지 시켜서야 되겠느냐."며 간부들에게 혼쭐을 냈다는 것이다. "앞으로 시보들 교육을 잘 시키라."는 당부도 곁들여졌다고 했다. 이로 인해 직속 지도 검사인 강원일 씨가 가장 난처한 입장이었겠지만, 그래도 그는 "자네, 아주 잘했어."라며 칭찬을 아끼지 않았다. 나로서는 시보 시절부터 요주의 별표를 기록에 하나 추가하게 된 셈이었다.

사실은, 처음에는 검사가 아닌 판사를 지원하려 했었다. 아무래도 검찰 쪽은 정치적인 입김을 타기 마련이었고, 나는 그런 배경에 자신이 없었으므로 법원 쪽이 무난할 것이라 여겼던 것이다. 아니, 처음에는 그것도 아니었다. 실력도 좋고 언변도 좋은 동기생들에게 주눅이 든 나머지 어서 빨리 변호사 개업이나 해야지 생각했던 것이다.

그런데 사법연수원의 첫 번째 시험에서 내가 1등을 차지했다. 아마 운이 좋았던 덕분일 것이다. 나로서도 슬슬 바람이 들 수밖에 없었다. 검사든, 판사든 못할 것이 없다는 생각이 들었다.

당시 사법연수원 교수로 김정현 부장판사가 계셨다. 그도 나에게 은근히 바람을 불어넣었다. 언젠가 나를 조용히 불러 세우더니 "서시보는 앞으로 어느 쪽으로 나갈 텐가?"라고 물었다. 내가 머뭇거리며 판사 쪽을 지망하겠다고 하니까 그는 "아닐세. 자네 얼굴에는 검사라고 쓰여 있는 걸."이라며 검사를 지망하도록 권유했다. 그리고는 한마디를 덧붙였다. "앞으로 자네가 검사를 하게 되면 반드시 소신을 지키라."는 것이었다. 소신을 지키려는 태도에 주변 사람들이 처음에는 부담을 느끼겠지만 언젠가는 진심을 알아보고 중용하게 될 것이라는 얘기였다. "상관이 시키는 대로 하면 겉으로는 좋아하면서도 속으로는 별로 인정하지 않는 법."이라고도 했다.

그 말이 마치 창호지에 먹물이 튀기듯 마음속 깊이 새겨지게 되었다. 윗사람의 마음에 들려고 하기보다는 소신을 지키는 게 중요하다는 그 한마디가 말이다. 나 자신도 그렇게 하겠노라고 다짐했음은 물론이다. 나에게 있어 광야를 떠도는 돈키호테 체질은 아마 그때부터 길러졌는지도 모른다.

서울지검 초임검사／

직속 차장검사와의 논쟁

내가 사법연수원 과정과 공군 법무관을 마치고 서울지검에 초임검사로 발령을 받은 것은 1979년 11월의 일이다. 동기생 가운데서는 김성호(법무부장관, 국정원장 역임임), 박주선(삼선(3선)국회의원임) 씨를 포함해 나까지 3명이었다. 10·26 직후 신군부의 등장으로 정국이 요동치고 있을 무렵, 다시 말해서 최규하 대통령 직무대행 시절이었다. 검찰 내부의 분위기도 뒤숭숭한 편이었다. 나는 처음 6개월 동안의 공판 부 근무를 거쳐 형사2부에 배치되었다. 초임검사로서 새 출발을 하는 자리였다. 서정신 부장검사님이 형사2부장을 맡고 있었다.

그러나 내가 겪어야 했던 하나하나의 사건들은 결코 만만치가 않았다. 사건 자체로써도 그러했지만, 그 사건의 처리 과정에서 내부적으로 직속 상급자들과의 마찰도 견디기가 어려웠다. 나에게는 그 자체가 엄청난 시련이었다. 그 가운데 하나가 서울지하철 공사장의 골조공사를 놓고 벌어진 마찰이었다. 당시의 직속 차장검사가 그 상대방이었다. 지하철 공사장의 철골 자재가 다른 공사장으로 옮겨졌던 것을 놓고 과연 범죄로 바라봐야 하느냐 하는 해석의 차이에서 빚어진 마찰이었다. 당시 서울 곳곳에서 지하철 공사가 진행되고 있었고, 같은 노선에서도 이웃 공구끼리는 서로 허가사항이 달랐기 때문에 관점에 차이가 생겼던 것이다.

사건을 올린 경찰의 입장에서는 이에 대해 횡령 혐의를 적용하고 있었다. 하지만 내가 보기에는 범죄로 다루기가 곤란했다. 결론적으로 무혐의였다. 공사장은 서로 구분이 된다고 해도 어차피 같은 회사에서 진행하는 공사였다. 단순히 편의를 꾀하려는 것이라고 판단했

1971년 굴착작업이 끝나고 외벽 공사가 한창이던 서울 시청 앞 지하철 공사 현장(조선일보 제공)

다. 공사장이 다르다고 해서 옆의 공사장에 남아도는 자재를 놓아두고 구태여 멀리서 운반해 올 필요까지는 없을 것이었다.

하지만 결재 과정에서 차장검사가 제동을 걸고 나섰다. 무혐의가 아니라 경찰이 올린대로 횡령이 맞다는 얘기였다. "판례를 찾아보니 무혐의가 맞는 것 같다."며 굽히지 않았다. 법률의 구체적인 판단에서 판례를 무시할 수는 없는 일이었다. 그래도 그는 자신의 뜻을 따를 것을 요구했다.

"자네, 판례를 믿는가?"

"대법원에서 내린 판결이 아닙니까?"

"대법원 판결에도 엉터리가 많다네."

나는 그러한 언급부터가 언짢았다. 설사 대법원 판결에 하자가 있었다 손 치더라도 하급자에게 그렇게 말할 것은 아니었다. 하지만 나는 그의 주장에 대꾸할 엄두조차 나지 않았다. 나는 결재서류를 내려놓고 그의 방에서 그냥 나와 버렸다. 그런 일방적인 방식의 토론이 무의미하다고 생각했다. 결국 그 사건은 다른 검사에게 배당되고 말았다. 나로서는 인사서류에 '요주의 인물'이라는 별표가 하나 더 추가된 것이었다. 주변에서 "뒤늦게라도 잘못했다고 하고 사건을 다시 맡는 게 신상에 이롭다."는 권유가 들어왔으나, 나는 "잘못한 게 없다."며 권유를 뿌리쳤다.

성격이 모진 편이 아닌데도 필요 없는 고집으로 상급자에게 부정적인 이미지를 만들어주는 계기를 자초했던 경우다. 지금 생각해도 상사에 대해 무례하기 짝이 없는 태도였다. 좀 더 부드럽고 유연한 방법으로 사건 처리를 거절했다면 오늘날의 나에 대한 이미지는 보다 긍정적인 면으로 바뀌지 않았을까 후회도 해 본다. 하지만 나는 그 뒤에도 그와의 관계에 있어 끝내 고집을 굽히지 않았다. 그가 서울 시내 지청장으로 발령이 났을 때도 그에게 작별 인사를 가지 않았다. 그러나 그가 자기 방으로 직접 호출하는 데야 끝까지 버틸 수는 없었다.

그가 나를 앞에 불러 세우고는 "자네는 왜 인사를 오지 않느냐."며 따지듯이 묻기에 바빠서 그랬다고 핑계를 둘러댔다. 그렇다고 그가 내 말을 곧이곧대로 받아들였다고는 생각하지 않는다. 당연히 내 마음을 넘겨짚고 있었을 것이다. "자네는 똥고집이어서 검찰에서 결코 출세하지 못할 것."이라고 말한 것도 그런 때문일 것이다. "자네가 출세를 하는 경우에는 내 손에 장을 지지겠다."고도 했다.

그의 지적대로 내 성격에 일반 기업체에 취직했다면 출세는커녕 잘렸어도 벌써 잘렸을지 모른다. 아마 먹고 살기조차 어려웠을 것이다. 그런데도 검찰에서 핵심 요직인 서울검사장을 지냈다는 자체가 대단한 일임이 틀림없다. 오히려 똥고집을 버리지 않았기 때문에 가능했던 일이 아닌가 하고 역으로 생각하기도 한다.

그렇다면, 역시 각 개인의 운명은 미리부터 정해졌다고 할 수 있을 것인가. 만약 그것이 사실이라면 뒷날 그 차장검사가 내게 당시의 마찰에 대해 미안하다며 개인적으로 사과를 했던 것도 이미 예정되어 있던 일일 것이다. 내가 서울지검에서 부장검사로 있었고, 그는 변호사 개업을 하고 있을 때의 후일담이다.

서정신 부장검사의 기개

초임검사 시절, 검사로서 지녀야 할 자부심과 기개를 일깨워 준 사람들 가운데 한 분이 바로 서정신 부장검사님이다. 뒤에 서울고검장까지 지내게 되는 주인공이다. 말로써 교훈을 가르친 게 아니라 직접적인 태도로 나에게 보여주었다.

그때 어느 신문사의 중견간부가 운전을 하다 심각한 사고를 냈다. 음주운전에 사망자가 발생했는데도 도주를 했던 것이다. 쉽게 말해서 뺑소니 사고였다. 조사를 하다 보니 더구나 무면허 운전이었다. 당연히 구속 기소해야 하는 사건이었다. 나와 같은 형사부에 속해 있던 선배 검사가 사건을 맡고 있었다. 하지만 문제가 있었다. 그가 소속되어 있는 신문사로부터 잘 처리해달라는 민원 청탁이 들어왔던 모양이다. 그렇지 않고서야 20일간의 구속기간이 지나면서 사고 운전자를 풀어주고 약식으로 기소하겠다는 방침이 서리라고는 검찰 내부에서도 꿈에도 생각지 못했을 것이다.

아무튼, 일단은 그를 석방하는 문제가 관건이었다. 그리고 그 과정에서 서정신 부장검사님의 중간결재 도장이 필요했을 것이다. 하지만 서 부장검사는 서류에 도장 찍기를 거부했다. 상관인 검사장과 차

ⓒ 김도원 화백(조선일보 제공)

장검사에게도 미리 보고가 되고 논의가 이뤄졌을 터인데도 그분은 끝까지 버텼다. 사실, 사망사고에 뺑소니까지 친 운전자를 풀어준다는 것은 말도 안 되는 결정이었다. 결국 결재서류에 그의 도장이 찍히지 않은 채 차장검사와 검사장의 도장만으로 피의자가 석방되고 말았다. 문제는 거기서 끝나지 않았다. 서정신 부장검사님은 그 뒤로 서너 달 동안인가 차장검사가 주재하는 참모회의에 참석하지 않았다. 그게 어디 검사들이냐는 뜻이었다. 속으로 그를 존경할 수밖에 없었다. 끝까지 소신대로 처신하며 불의와 타협하지 않고 검찰로서의 정의를 지키려는 그의 의연한 모습이 감동적으로 받아들여졌다. 향후 나의 검사 생활에 있어 하나의 이정표가 되는 사건이었다.

내가 담당한 사건으로 그분에게 신세를 진 경우도 있었다. 잠실의 어느 지역 동장이 당시 10만 원인가의 뇌물을 받아 검찰까지 올라온 경우였다. 그러나 혐의가 너무 약했다. 그 돈으로 5만 원짜리 그림 두 점을 사서 동회 면회실에 걸어놓았던 것이다. 적어도 개인적으로 착복한 것은 아니지 않은가. 그 정도로는 처벌할 필요가 없다고 생각해서 나름대로 기소유예 결정을 내리고는 부장검사와 차장검사에게 재가를 받았다.

그러나 검사장에게 불려가면서 문제가 생겼다. 내가 당사자에게 반성문을 받고 기소유예로 처리하는 것이 좋겠다고 설명했더니 그는 단호하게 고개를 저었다. 내 판단이 잘못됐다는 뜻이었다. 그리고는 한마디를 던졌다. 태연했던 말투로 미루어 아마 평소 생각이 그러했을 것이다.

"공무원은 부정부패가 심하기 때문에 드러난 액수에 곱하기 100을 해야 하는 법이네."

"어떻게 추측만 갖고 그럴 수 있습니까?"

은근히 반감을 보였더니 즉각 질책이 돌아왔다.

"자네, 혹시 누구에게 청탁을 받은 것은 아닌가?"

질책이라기보다는 차라리 인신공격에 가까웠다. 사건을 기소유예로 처리하려는 의도에는 다른 배경이 있는 것이 아니냐는 추궁이기도 했다. 아마 그 당시 차장검사와의 불화 때문에도 이때쯤에는 나에 대한 불리한 소문들이 마구 떠돌아다니고 있었을 법도 했다.

그러나 서울지검의 최고 책임자로서 까마득한 초임검사에게 대놓고 할 말은 아니었다. 부하의 생각이 잘못됐다면 점잖게 가르쳐야 하는 위치였다. 더구나 '청탁'이라는 말은 인격을 완전히 무시하는 언급이었다. 거기에 이르러서는 나도 성깔을 죽일 수가 없었다. 그냥 기록을 팽개치고 나와서 곧바로 서정신 부장님에게 사표를 제출했다. 그러한 독선적인 분위기를 견딜 수가 없었던 것이다.

그러나 서정신 부장검사님의 생각은 달랐다. 그는 사표를 받는 대신 "내가 알아보고 처리해 줄 테니 같이 가자."며 나를 다시 검사장실로 이끌었다. 나는 채 흥분이 가라앉지 않은 상태에서도 지원군

서정신 전 서울고검장. 현재 법무법인 충정의 공동대표변호사다.

을 얻었다는 생각에 마지못하다는 듯이 그의 뒤를 따랐다. 그가 나의 입장을 대변해주리라 여겼던 것이다. 검사장 방에는 사건 기록이 그대로 바닥에 흩어져 있었다. 내가 내던진 서류였다. 그는 허리를 굽혀 기록을 줍더니 "앞으로 제가 서 검사를 잘 지도해서 다시는 이런 일이 없도록 하겠다."며 검사장에게 송구하다는 표정을 지어 보였다. 내 편을 들어 따져 주려니 생각했던 나로서는 여간 섭섭하지 않을 수 없었다. 그러나 나로서도 고개를 수그릴 밖에는 도리가 없었다.

그는 검사장 방을 나와서도 나에게 질책을 늘어놓았다. "내가 자네 편을 들어 주려고 생각했으나 사태를 보니 자네가 잘못했네. 절차와 방법부터가 틀렸어."라고 꾸짖었다. 아무리 상대방에게 잘못이 있었다 해도 조직의 최고 상관인 검사장에게 서류를 내던진 행위가 지나쳤다는 것이었다. 그는 자기 방으로 나를 데리고 들어가더니 내가 제출한 사표를 찢어 버리고는 "앞으로 큰 검사가 되려면 이래서는 안 된다."며 거듭 주의를 주었다.

한번은 서 부장검사님이 내가 올린 결재를 한꺼번에 7~8건을 반려하셨다. 단순절도, 폭력행위, 자동차사고 등의 비교적 경미한 사안들이었다. 왜 서민들의 고통을 고려하지 않고 무조건 구속 기소하여 처벌하려 하느냐는 질책이었다. 당시는 경찰에서 송치 받은 구속사건은 무조건 구속 기소가 원칙이었고 이를 구 약식이나 기소유예로 석방하려면 검사장까지 결재를 받아야 하고 더구나 은근히 무슨 청탁을 받아 사건을 봐주는 것으로 오해받는 시절이었다. 나 역시 이러한 매너리즘에 빠져 구속사건은 무조건 구속 기소한다는 편리한(?) 생각에 사로잡혀 있었던 것이다.

서 부장검사님은 결재를 반려하면서 "사법고시에 합격한다는 것은 선택된 일이고 그것도 검사가 된다는 것은 더더욱 축복 받은 선택이다. 그러나 선택받은 사람은 무언가 평생 실천해야 할 미션을 부여받고 있다. 선택받지 못한 사람들을 위하여 봉사하라는 미션도 그 중의 하나이다. 경미한 일로 구속된 선택받지 못한 서민들을 이렇게 무참히 구속 기소할 수 있는가."라고 훈계를 늘어놓았다.

지금도 내 가슴을 부끄럽게 만드는 질책이었다.

되돌아보면, 검찰 내에서 서정신 부장검사님을 부정적인 입장에서 평가하는 뒷이야기들도 없지는 않았다. 그래도 원칙을 벗어나는 경우는 거의 없었다. 그런 외골수 성격 때문에 고생도 적잖이 하셨지만 결과적으로는 존경받는 위치까지 올랐다. 요즘도 가끔 그분이 보내주는 연하장을 받으면서 먼저 인사 장을 띄우거나 안부 전화를 드릴 만큼 주변머리가 안 되는 나 자신을 나무라고 있다. 내무장관을 지낸 서정화 씨의 친동생이기도 한 그분은 초년병 시절의 내 멘토였다.

야, 네가 총장 다해 먹어라

초임검사 시절, 사건을 처리하는 과정에서 검찰 조직 내부의 윗사람들로부터 질책과 면박을 당했던 사례는 이 밖에도 수두룩하다. 아직 신출내기로서 미숙한 측면도 없지 않았겠지만 검찰 간부들이 직책을 이용해 사건을 마음대로 주무르려 했던 측면도 다분했다. 그렇게 해서 벌어진 충돌이 대부분이었다.

한번은 남편이 바람을 피움으로써 제기된 이혼소송 사건을 처리하게 되었다. 여배우 출신의 어느 며느리가 사건의 당사자였다. 무술배우 출신인 그녀가 인천의 부잣집 아들에게 시집을 갔다가 남편이 다른 여자에게 한눈을 파는 바람에 파경에 이르렀던 것이다. 문제는 시어머니도 아들의 외도 사실을 알고 있었으나 이혼법정에서 그런 사실이 없다며 잡아뗐던 것이다. 이에 따라 며느리가 시어머니를 위증혐의로 경찰에 고소했고, 그 공방이 계속 이어지다가 드디어 검찰로 사건이 넘겨진 사안이었다. 일반적으로 위증혐의 수사기록은 두께가 얇은 편인데도 그 사건기록은 두툼하기만 했다. 증거는 없이 정황적 진술로만 공방이 이뤄지었기 때문이었다. 경찰의 판단은 일단 무혐의 쪽이었다.

그러나 고소인을 불러 얘기를 들어보니 입장이 딱했다. 그녀는 얘기를 하면서도 눈물이 그렁그렁했다. 그래서 처음부터 다시 기록을 훑어보다가 그 남편이 다른 여자와 살림을 차리고 있다는 아파트 부분에 눈길이 쏠리게 되었다.

뭔가 문득 떠오르는 느낌이 있었다. 결국 그 아파트의 경비원을 출두시켰고, 소지품 수색 과정에서 그 남편의 방문기록이 적힌 메모지를 발견하게 되었다. 결정적인 증거였다. 더 나아가 그 메모 자체가 고소인 시어머니의 부탁으로 기록한 것이라는 진술까지 확보하기에 이르렀다.

문제는 이 대목에서 다시 시작된다. 그 시어머니에 대해 위증혐의로 영장을 청구하기로 방침을 정했으나 즉각 간섭이 들어온 것이었다. 다음날 아침 출근하자마자 부장검사로부터 호출이 떨어졌다. "그 시어머니가 대검 검사장을 개인적으로 잘 안다고 하는데…."라며 그

ⓒ 김도원 화백(조선일보 제공)

는 난처한 표정을 지었다. 가볍게 처리하면 어떻겠느냐는 뜻이었다. 하지만 검찰 간부를 안다는 이유로 가볍게 처리하기에는 죄질이 너무 악질적이었다. 그래서 사안에 대해 자초지종을 설명해 드렸더니, 부장검사도 "그렇다면 자네가 알아서 처리하라."며 한 발 뒤로 물러서고 말았다.

하지만 그다음이 또 문제였다. 사무실 책상에 앉아 영장을 쓰고 있는 사이에 전화가 따르릉 걸려왔다. 그런데 전화통을 집어든 직원의 얼굴이 갑자기 굳어지는 것을 곁눈질로도 느낄 수 있었다. 한마디 대꾸도 못하고 벌벌 떠는 모습이었다. 내가 전화를 바꿨더니 "네가 서 검사냐."라며 다짜고짜 욕설이 튀어나왔다.

나에게는 한마디 말할 틈도 주지 않고 험한 욕설이 계속 이어졌다. 그 시어머니와 알고 지낸다는 대검의 간부였음은 물론이다. 기왕 욕까지 먹었는데 나로서도 더 이상 굽힐 필요가 없었다. 당초 방침대로 그대로 영장을 작성해서 결재에 올렸다. 그러자 부장검사가 나를 다시 호출했다. 자기도 똑같이 전화로 욕설을 들었다며, 기소는 하되 불구속으로 처리하면 안 되겠느냐며 내 생각을 물어왔다. 결국 나로서도 한걸음 물러나는 밖에는 도리가 없었다. 그런 과정을 거쳐 끝내 불구속으로 낙착되고 말았다. 사회정의를 세운다는 검찰이 연줄에 의해 마치 사조직처럼 움직이고 있었던 셈이다.

당시 나는 초임검사에 불과했다. 산전수전 다 겪은 선배들처럼, 그야말로 모든 것을 소화해서 넘길 수 있는 위치가 아니었다. 오로지 법전과 법률 교과서에 있는 대로 사회정의를 구현해야 한다는 검찰의 사명을 앞세우는 순진무구한 입장이었다. 검찰 내부의 이러한 모습에 충격을 받을 수밖에 없었다. 그렇다고 얘기가 그것으로 끝난 게 아니다. 며칠 지나서 그 대검 간부가 문제의 사건 기록을 전부 갖고 오라며 나를 자기 집무실로 불러올렸다. 그래서 나름대로 브리핑을 준비하고 집무실을 찾아갔으나 그는 몇 마디를 듣다가 기어코 신경질적인 호통을 내뱉고 말았다. “야, 네가 총장 다 해 먹어라.”라고. 기록은 들춰보지도 않았다. 애초부터 기록을 들춰보려고 부른 것이 아니었다.

이 사건에는 다시 후일담이 이어진다. 법원에서 몇 차렌가 공판이 진행되고 얼마 지나지 않아 집행유예 선고가 내려졌다. 그런데 선고가 내려지는 도중에 그 시어머니 피고인이 혼절 상태에 빠져 끝내 사망하고 만 것이었다. 긴장했던 나머지 “징역 O년, 집행유예 O년”이라는 선고 부분에서 앞의 징역 부분만 듣고는 충격을 받았던 때문일 것이다.

나에게 욕설을 내뱉었던 그 대검 검사장은 그 뒤 법무장관에까지 올랐다. 부하 직원에 대한 배려 부분만 제외한다면 나름대로는 유능했던 인물이다. 문제는 그와의 악연이 그 뒤로도 계속 이어지게 되었다는 사실이다. 나의 개인적인 얘기이면서 동시에 검찰 역사의 한 페이지를 지저분하게 만들었던 수치스러운 얘기이기도 하다.

변호사법을 위반한 변호사

초임검사로서 좌충우돌식의 얘기는 이 밖에도 수두룩하다. 활약상이라고 표현하기에는 너무 거창하지만 나름대로는 정의감이 발동한 결과였다. 남들이 보기에는 영락없는 돈키호테였을 것이다. 이로 인해 상관을 비롯한 주변 사람들과도 마찰을 빚기가 일쑤였다. 그러나 이에 대해 그렇게 후회해 본 적이 없다.

심지어 검사들과 똑같은 법전을 뒤적이며 밥벌이를 하는 변호사를 구속시킨 경우도 있었다. 그것도 변호사법 위반 혐의였으니, 그때나 지금이나 매우 드문 일일 것이다. 경찰 송치사건에서 확대된 문제였다. 피의자가 연희동에 병원을 짓겠다며 투자금을 끌어 모았다가 물의가 빚어졌는데 그 피해 규모가 몇 백억 원에 이르는 대형 사기 사건이었다. 피의자를 불러 신문하는 과정에서 당시 정권의 실세이던 청와대 사정수석의 이름이 등장했다. 그에게 부탁해서 대형 병원을 지으려 했다는 일방적인 얘기였다. 그러나 경찰 송치 기록에는 구체적인 내용이 얼버무려져 있었다. 그 사정수석의 이름도 빠져 있었음은 물론이다. 10·26사태 이후 등장한 신군부 실세의 한 명으로 그 위세가 가히 하늘을 찌를 때였으니, 그 이름을 수사기록에 함부로 집어넣기가 어려웠을 것이다.

나로서는 서울지검에 발령받아 채 1년도 지나지 않았을 무렵이었다. 나는 윗선에 보고도 하지 않고 수사에 들어갔다. 일부러 보고하지 않은 게 아니라 당연히 그냥 수사를 벌여야 하는 것으로 알고 있었던 까닭이다. 이 사건에 김 아무개 변호사가 깊숙이 개입하고 있었다. 사정수석에게 부탁해서 문제의 땅을 찾아주겠다며 피의자에게 접근했다는 것이다. 그 바람에 땅도 확보되지 않은 상태에서 피의자가 미리 병원을 분양했다가 물의가 빚어진 사건이었다. 물론 사정수석의 입장에서는 자기도 모르는 사이에 공연히 사건에 연루되고 말았던 셈이다. 문제는 전적으로 그 변호사에게 있었다. 태평로에 사무실을 열고 있던 변호사였다.

ⓒ 김도원 화백(조선일보 제공)

이런 과정으로 사건에 매달리고 있던 어느 날 서울보안대 지구대장으로부터 전화가 걸려왔다. 다짜고짜 관등성명을 대라면서 "당신이 이 사건을 담당하고 있느냐."고 물어왔다. 내가 사건 기록을 검토하고 있는 중이라고 하니까 "초임검사가 제대로 해낼 수 있겠느냐."며 반신반의하는 목소리였다.

군 당국으로서도 사정수석에게 쏠리는 불필요한 의혹을 벗겨내려 애쓰던 모양이었다. 당시 계엄령이 내려져 있던 상황이었으므로 군 당국도 수사가 가능할 때였다. 얘기를 나누던 끝에 전화를 걸어온 저쪽에서 잠시 생각하더니 "사건을 보안사로 이첩하라."며 명령을 내리듯 일방적인 지시가 내려졌다. 처음부터 관등성명을 물었다는 점에서도 내 처리 능력을 믿지 못하겠다는 투였다. 그러나 나도 사건을 호락호락 내줄 수는 없었다. "사건이 검찰로 넘어온 이상 뚜렷한 이유도 없이 이첩하는 것은 곤란하다."며 고집을 피웠다. 당시 군 출신들이 정치를 비롯한 거의 모든 분야를 장악하고 있던 상황에서 당돌하다고 여겨질 만했다.

다음날 전화가 다시 걸려왔다. 이번에는 상황이 180도 바뀌어 있었다. "당신의 수사 의지가 확실하다면 우리가 확보한 자료를 넘겨주겠으니 단단히 처리하라."는 얘기였다. 사실, 어느 쪽에서 맡든지 수사만 제대로 이뤄진다면 문제가 없을 터였다.

내가 얻지 못하던 자료를 보안대가 서류철로 정리해서 만들어 보내온 것은 그 직후였다. 그것도 서울지검의 지휘 계통을 거치지 않고 초임검사에게 막 바로 보내온 것이었으니, 지금 생각하면 말도 안 되는 일이었다. 당시 천하를 호령하던 보안사에서 왜 그렇게 순순히 고위층 빙자사건 수사를 맡겼고 자기들이 조사한 보안 자료들을 흔쾌히 보내주었는지 지금도 정말 궁금하다. 당시 나는 초임검사로서 앞가림하기에도 어려울 때라는 사실을 파악하고 있었을 것이라는 점을 생각하면 더욱 그러하다. 더구나 내가 수사를 그르치기라도 한다면 지휘 계통으로부터도 따가운 질책에 시달렸을 법한 일이었다. 나로서도 사건에 최선을 다할 수밖에 없었다.

그렇게 해서 사실관계를 모두 파악한 다음 중간에 개입했던 김아무개 변호사를 부르려고 했다. 그러나 제 발이 저렸는지, 그는 여관을 전전하며 도피해 다니고 있었다. 사건 처리가 차일피일 늦어지면서 청와대 비서관까지 나서서 "수사를 끝내고도 왜 피의자를 못 잡아들이느냐"며 나를 청와대로 불러 다그치기에 이르렀다. 그리고는 대검 수사 인력으로 검거 팀을 만들어 내 밑으로 보내기도 했다. 사정수석의 누명을 벗기려는 노력의 일환이었다. 모르긴 몰라도, 그 일로 아마 청와대에 비상이 걸렸을 법했다.

그 변호사로서도 무작정 피해만 다닐 수는 없었다. 마침내 변호사를 선임해 연락을 취해 왔다. 변호사인데도 다른 변호사에게 자기 변호를 맡긴 것이었다. "자발적으로 출두할 테니 불구속으로 수사를 해주겠느냐"는 의사 타진이 그 첫 번째였다. 나로서는 사실상 수사를 다 끝냈고 증거가 확실해 별도로 심문할 필요가 없었는데도 그러마고 불구속 처리를 약속했다. 그러나 그 같은 가식적 약속은 지금 생각에도 그리 잘한 일이라고는 여겨지지 않는다.

그가 검찰청에 출두하자 나는 심문하는 대신 그에게 수사 기록을 보여주었다. 적용된 혐의는 변호사법 위반이었다. 아무리 변호사라 하더라도 공무원을 통해 사건을 청탁하거나 알선해주겠다는 명목으로 다른 사람으로부터 금품이나 향응을 받을 경우 처벌을 받도록 되어 있다. 그는 처음에 "내가 변호사인데 어떻게 변호사법 위반인가"라며 따져 물었으나 기록을 절반 정도 넘기더니만 그대로 풀이 죽고 말았다. 기록의 내용을 그대로 인정하지 않을 수 없었을 것이다. 그러면서 "조서를 꾸며 놓으면 도장을 찍겠으니, 조서의 문답 내용만큼은 검사님께서 알아서 써 달라"고 했다. 초임검사 앞에서 자신의 혐의에 대해 일일이 묻고 답한다는 게 차마 낯 뜨거웠을 것이다.

하지만 미리 불구속 약속을 했던 터라 그 자리에서 영장을 청구하지는 않았다. 대신에 일단 내보냈다가 수사관을 뒤쫓게 하여 검찰청 근처를 벗어나기 전에 그를 다시 체포해 들였다. 영장은 그날로 청구되었다. 그가 사법시험으로 보면 나에게는 무려 10여년이나 선배가 되는 격이었지만, 그렇다고 예외를 둘 수는 없었다. 특별한 제보를 받은 것도 아니고 경찰 송치사건을 수사하다가 발견된 정보를 가지고 이렇게 큰 성과를 낼 수 있었던 데서 뿌듯한 보람을 느꼈던 한편으로 법조계의 대선배를 구속했다는 것이 너무 어이없는 일이라고 자책하기도 했다.

여기에도 개인적으로 쓰라린 기억이 남아 있다. 다음날 그 변호사의 노모께서 스스로 목숨을 끊었던 것이다. 인격적으로 훌륭하다며 자부심을 갖고 있던 아들이 잘못을 저질러 구속되기에 이르렀으니 상심이 컸을 것이다. 담당 판사로부터 "피의자가 모친상을 당했으니 보석을 허가해도 되겠느냐"고 물어왔기에 "알아서 판단하시는 게 좋겠다."며 내 판단을 유보했던 것으로 기억된다. 하루빨리 머리에서 지워 버리고 싶었던 사건이다. 그러나 엄정한 형벌권 행사가 검사 본연의 업무라고 생각할 때 다시 수사한다 해도 똑같이 할 수밖에 없는 후회 없는 수사였다고 생각한다.

고부간의 갈등이 나체 항의까지

엄정한 법 집행과 관련하여 서울지검 초임검사 시절 또 하나 기억나는 사건이 있다. 시어머니가 며느리의 고소로 구속되어 경찰에서 송치된 사건이었다. 조사해보니 며느리와 시어머니의 고부갈등 속에서 일어난 사건으로 며느리가 허위로 조작하여 시어머니가 며느리를 폭행하였다고 고소했던 것이다. 그래서 시어머니를 석방하고 며느리를 무고죄로 구속하였다. 그 남편은 서울법대를 나와 모 증권회사의 과장으로 근무하고 있었다. 시어머니는 눈물을 흘리면서 자기 아들이 무사하도록 해달라고 간청했다.

그런데 다음날 며느리의 자매 2명이 찾아와 나에게 엄청난 항의를 하면서 옷을 다 벗고 나체로 바닥에 누워버렸다. 그러더니 한 사람은 검찰총장실로 올라가 난동을 부렸다. 총장실에서 "수사 좀 깔끔하게 못하느냐"고 불호령이 떨어졌다.

그래서 나는 자매 2명을 조사했더니 그 무고혐의에 가담한 것이 드러났다. 그래서 그 자매 2명도 추가로 구속했다. 그 후 3개월쯤 지났는데, 교도관이 나에게 구속한 세 자매의 수감상황을 보고하였다. 그 세 자매는 매일 물을 떠놓고 "서 아무개 검사를 죽여 달라"고 기도를 하고 있다는 것이었다.

정말 너무 끔찍했다. 인간이 구속된다는 것이 이렇게 무서운 결과를 초래하는구나 하고 깊은 생각에 빠지게 되었다. 그러나 검사는 성격상 강인해야 한다. 검사가 자기 개인적인 문제를 다룰 때에는 인정도 베풀고 양보도 해야 된다. 그러나 검사 직무는 공익의 대표자로서 국가의 형벌권을 집행하는 국가업무를 하고 있는 것이다. 국가업무를 다루는 사람이 인정도 베풀고 인심도 쓴다면 이는 검사직을 개인적인 차원의 업무를 처리하는 것이나 다름이 없다. 검사는 냉정하고(cold-blooded) 철저하며 예외를 두지 말아야 한다. 세 자매를 한꺼번에 구속한 것은 인정상 지나친 면이 없지 않았지만 국가기관으로서의 검사임무는 철저히 행사했다고 생각한다.

귀에 피도 안 마른 새파란 검사

서울지검 초임검사 시절에 또 기억나는 사건이 있다. 동경제대 법과대학을 나온 엘리트로서 모 건설회사를 운영하고 있는 박 아무개가 송사를 하다가 위증혐의로 피소되어 검찰에 송치된 사건이었다. 철저히 추궁하다 보니 그가 자존심이 상했는지 법률적으로 나를 훈계하기 시작했다. 법을 전공하였으니 당연하게 생각했다. 그래도 계속 추궁하니 나에게 인신공격이 들어왔다. 귀에 피도 안 마른 새파

ⓒ 김도원 화백(조선일보 제공)

란 검사가 법률을 알지도 못하면서 자기를 괴롭힌다는 것이었다. 나도 흥분을 감추지 못하고 철저히 조사하여 위증혐의를 밝혀낸 끝에 법원에 영장을 청구했다. 그런데 증거부족으로 기각됐다. 다시 보강수사를 하여 계속 영장을 청구하였으나 5번이나 기각되었다.

내막을 알아보니 그 사람의 사위가 당시 법원의 부장판사였고 아마도 영장기각에 영향력을 행사한 것으로 판단이 내려졌다. 그래서 당시 부장검사에게 이 사실을 보고하고 “부장판사가 영장기각에 영향력을 행사한 부분을 수사하겠다.”고 했더니, “다시 영장을 청구하는 선에서 끝을 내는 것이 좋겠다.”고 하여 마지막으로 영장 재청구를 하였다. 이번에는 영장 담당 판사를 알아보니 나의 고등학교 선배님이었다. 전화로 자초지종을 설명하고 반드시 영장을 발부해달라고 했다. 그랬더니 “뭐 이렇게 초임검사가 고집을 피우느냐” 하기에 “만약 기각하시면 계속 재청구를 하겠다.”고 했더니 결국 영장을 발부해주었다. 지금 생각하면 내가 너무 감정에 치우치지 않았던가 반성도 해보지만 동경제대 나온 사회지도층이 법을 서슴지 않고 무시하는 행동을 한 점은 그냥 간과할 수가 없었다. 나도 특이하고 기괴한 검사인 것만은 인정한다.

이 사건들이 계기가 되었는지, 당시 안경상 차장검사로부터 특수부 근무 권유를 받기도 했다. 그가 나를 부르더니 "자네 특수부에서 일할 의향이 없는가?"라고 타진해 왔다. 나로서는 감지덕지하였지만 덥석 받아들이는 것도 실례라는 생각이 들었다. 그래서 "아직 능력이 없어 못갑니다"라고 했더니 "다른 친구들은 서로 특수부로 가려고 하는데 자네는 이상할세"라며 권유를 거둬들였다. 결국 가고 싶었던 특수부는 이렇게 경솔한 말 한마디로 멀리 떠나고 말았다.

위기의 '전환기 검찰' ／

피의자의 진술은 끝까지 들어준다

내가 초임검사 시절 잊지 못할 수사경험은 모 야당의원이 공교롭게도 현직 검사의 부인과 내연 관계를 맺었다가 그 검사의 고소로 함께 구속된 사건을 담당했던 일이다. 제5공화국이 출범하기 전에는 야당의 중진으로 중량감을 지닌 정치인이기도 했다. 내가 그를 마주한 것이 그렇게 연행되고 난 직후 서소문 검찰청사 15층 조사실에서였다. 부장검사의 지시를 받아 그의 간통혐의를 조사하게 됐던 것이다. 부장검사는 빨리 혐의를 자백 받아서 구속시키라며 나를 몰아세웠다. 아직 초임검사에 지나지 않던 나에게는 거물 정치인이 관련된 사건 자체가 여간한 부담이 아니었다.

더구나 그는 묵비권을 행사하고 있었다. 책상에 마주앉아 아무리 불러도 바라보기만 할 뿐 도무지 입을 열지 않았다. 그런 식으로 사흘이 지나갔고, 나는 초조해지기만 했다. 나는 상대방의 말문을 여는 대신 내 얘기부터 늘어놓기 시작했다. 내 연애 경험담까지 튀어나왔고, 춘원 이광수의 소설인 〈사랑〉 이야기도 꺼냈던 것 같다. 그의 입을 열게 하기보다는 내 얘기를 하는 게 더 효과적일 수도 있다고 생각했던 것이다.

"의원님 사건은 불륜이 아니라 러브스토리"라며 그를 동정하는 입장을 보였다. "우리 모두 해보고 싶어도 못하는 게 아니냐?"고도 했다. 그때서야 그의 귀가 뜨인 듯했다. 말문도 열렸다. "러브스토리를 기억하느냐?"며 오히려 나에게 말을 걸어왔다. 입술을 다물고 있었던 그의 입장에서도 여간 답답한 노릇이 아니었을 것이다. 드디어 술술 자백하기 시작했다.

ⓒ 김도원 화백(조선일보 제공)

내가 그에게 깍듯이 예우를 했던 것도 그의 마음을 움직였을 것이다. 누구라도 일단 검찰에 불려 오면 계급장을 떼고 반말로 조사를 받는 것이 당시의 일반적인 관행이었다. 피의자에게 주먹질을 행사하는 경우도 없지 않던 시절이었다. 결국 그는 구속 기소되어 2년 형을 선고받았다. 그렇지만 "형기를 채우고 나오게 되면 검사님을 꼭 찾아뵙겠다."며 오히려 나에게 인간적으로 고마운 마음을 표시하기도 했다.

이처럼 부드러운 수사방법과 관련하여 서울지검 초임검사 시절에 잊을 수 없는 사건이 또 하나 있다. 한국가금처리협회 회장이 협회자금 횡령사건으로 조사받은 후 검찰에 무혐의로 불구속 송치된 사건이었다. 피의자를 소환해보니 건장한 체격에 잘생긴 얼굴에 달변이었다. 정계 거물들과의 친교관계를 거론하면서 자신의 사회적 위치를 내세우며 조사에 무언의 압박을 가하고 있었다. 실제로 여러 군데서 전화가 걸려오기도 했다.

그러나 이에 굴하지 않고 거의 2개월에 걸친 조사 끝에 결국 자백을 받아내고 구속 수감하였다. 조사 도중 단 한 번도 험한 말을 하거나 강압적인 행동을 하지 않았다. 오히려 수사기간 동안 그가 이야기하는 것은 거짓말이든 진실이든 전부 조서에 남겨 주었다. 그런 후에 그간의 진술의 모순점을 발견하여 재추궁하는 방식으로 결국은 무릎을 꿇게 만든 것이다. 법원에서도 피의자의 일관되지 못한 진술, 즉 거짓말이 너무 섞여 있다는 것을 알고 구속영장을 발부했을 것이다. 그 후 그는 교도소에 수감된 이후에도 계속 구속의 부당성을 정부 각 기관에 수없이 진정을 내면서 승복을 하지 않았다.

그는 소정의 형을 살고 나서 교도소에서 석방되던 날 나에게 전화를 했다. 지금 나에게 찾아오고 있으니 면담을 받아달라는 것이었다. 그토록 원한을 샀던 사람이니 만나는 것이 꺼림칙했다. 수사계장은 만나지 말라고 하였다. 그러나 그는 이미 검사실 문을 열고 들어오고 있었다. 묵직한 가방도 들고 있어서 필시 흉기가 아닌가 생각되었다. 하지만 그는 뜻밖에도 나에게 절을 하더니 그동안 많이 반성하였으니 앞으로 인생의 멘토로서 조언을 해달라고 하면서 가방에서 빵을 내놓았다. 역시 내가 당시 폭행 등 강압수사를 했거나 여러 압력에 굴복하여 사건처리를 했다면 오히려 화를 당했을지도 모른다. 끝까지 피의자의 진술을 들어준 것이 수사에 결정적인 도움이 되었고 피의자도 교화시킬 수가 있었다.

그러나 앞서의 국회의원 간통 관련 구속사건을 둘러싸고는 다른 해석도 없지 않다. 애당초 그 의원에게 잘못이 있었던 게 사실이지만, 정치적으로 그를 혼내주려고 사건을 표면화시켰다는 해석이 바로 그것이다. 그가 "베트남이 망한 것은 경험 없는 군인들이 정권을 탈취해 독재를 했기 때문이며 우리도 그럴 위험이 다분히 있다"는 국회 발언으로 당시 군부 집권층의 눈밖에 벗어났다는 것이다.

그것이 사실이라면, 검찰이 알면서도 모른 체 정권의 하수인 역할을 했다는 얘기나 마찬가지다. 당시 정보기관이 그 의원과 내연녀가 호텔에서 만나는 사진을 찍어 검사 남편에게 보여주고는 고소를 하도록 뒤에서 부추겼다는 소문이 들려왔다는 사실로도 무엇인가 정치적인 뉘앙스를 풍기던 사건이다.

나도 분명히 요주의 인물 명단에 올랐을 것이다

이 사건의 배경을 떠나서도 당시 검찰로서는 조직의 위기를 맞고 있었다. 보안사 담당자가 검사인 나에게 전화를 걸어 직접 호령을 내릴 정도였으니, 더 말할 필요가 없었다. 더욱이 정부 부처나 언론사에서처럼 검사들도 무더기로 옷을 벗어야 했다. 신군부의 눈초리가 서슬이 퍼럴 때였다. 10·26과 5·17사태로 인해 정국이 온통 희뿌연 안개에 가려져 있을 무렵이었으니 어디에 하소연할 데도 없었다. 이런 식으로 검사들도 차례로 검증 대상에 올랐다. 내가 처음 발령받았을 때 50여 명이던 서울지검의 소속 검사들이 어느새 30명 선으로 줄어든 것도 그러한 결과였다. 사실은, 나로서도 신변 변동의 위험한 고비를 넘기고 있었다. 무엇보다 여러 사건을 처리하면서 지휘계통의 상급자들과 자주 마찰을 빚었던 게 마음에 걸렸다. 분명히 요주의 인물 명단에 올라가 있었을 것이라 여겨진다.

그게 아니라도 민청학련에 연루된 김노양(가명)이 대전 고교 동기였다. 서울대 정치학과에 수석으로 들어간 그가 1974년의 민청학련 사건에 연루됐던 인연으로 신군부가 득세하면서 다시 군법회의에 회부되었던 것이다. 단순히 사이가 가깝기만 했던 것은 아니다. 그때 사건을 담당했던 군 검찰관에게 그의 신변처리 문제와 관련하여 이런저런 사실을 물어봤던 것 같다. 그때 그 사건을 담당했던 검찰관이 친구였기 때문에 김노양을 면회시켜 달라고 부탁하기도 했다. 검찰관은 사건의 성격상 피의자를 직접 면회는 할 수 없다고 하면서 약간의 편법을 알려주기도 했다. 자기 사무실로 소환해서 조사를 할 터이니 그때 와서 만나면 어떠냐고 했다. 당시 군부가 통치하던 시대에 현직 검사였던 내가 반정부 사범을 면회한다는 것 자체가 위험한 일이었기에 담당 검찰관이 친구의 입장에서 배려를 해 준 것이었다(지금에 와서 공개하자면, 노무현 정권 때 법무감까지 지내게 되는 박동수 법무관이 그 주인공이다).

나는 김노양 본인에게도 1심이 선고된 다음에는 가급적 항소를 포기하도록 조언하기도 했다. 조속히 형이 확정되어야만 형을 면제받는 게 가능했기 때문이다. 계엄령하에서의 사면은 계엄사령관 특별권한이었다. 결과적으로 내 조언을 받아들여 그가 항소를 포기했고, 따라서 1년 만에 풀려날 수 있었다.

아마 이런 얘기들이 정보 당국에 흘러들어 갔다면 나에게도 그렇게 유리하지는 않았을 것이다. 하지만 그때로써는 미처 그런 생각까지는 떠오르지 않았다. 그런 상황이 다시 벌어진다면 내가 과연 양심에 부끄럼 없이 떳떳이 처신할 수 있을 것인지 되돌아보게 된다. 이와 함께 검찰청의 일반 직원들을 솎아내는 작업도 진행되고 있었다. 그야말로 강제 퇴출이었다. 각 부서에 배치된 검사들이 적어낸 명단에 이름이 오르느냐, 않느냐에 따라 퇴출 여부가 판가름 나는 것이었다. 이를테면, 살생부나 마찬가지였다. 그러나 나는 살생부 명단 제출을 차일피일 미루던 터였다. 갓 배치된 초임검사로서 그런 결정에 참여한다는 게 마땅치 않았다. 다른 동료들도 마찬가지였을 것이다.

그러자 당시 검사장이 나를 집무실로 불러서는 왜 명단을 제출하지 않느냐며 다그쳤다. 위에서 내려온 지시였으니 자기로서도 어쩔 수가 없었을 것이다. 나는 "초임검사라서 비리를 저지른 직원이 누구인지 알 수 없다"고 대답하고는 끝까지 아무 이름도 적어내지 않았다. 그날이 토요일이었는데, 그 검사장으로부터 "명단을 적어낼 때까지 퇴근을 하지 말라"고 호통을 받았던 기억이 되살아난다. 그것이 당시 검찰이 처한 하나의 단면이다. 이런 과정을 거쳐 서울지검에 소속되었던 일반 직원들 가운데서도 100여 명이 강제로 퇴직하고 말았다.

신군부 시절의 어두웠던 일면이다.

비밀에 부쳐진 사건들

다시 돌이켜보면, 내가 계엄군 당국과 처음 맞닥뜨리게 된 것은 검사로 처음 발령받으면서부터다. 12·12사태가 얼마 지나지 않았을 때였다. 내가 공군 법무관을 마치고 1979년 11월 1일자로 서울지검

ⓒ 김도원 화백(조선일보 제공)

공판부로 발령을 받은 것이었으니, 신참으로서 두어 달쯤 지났을 무렵이다.

어느 휴일 날인가, 당직을 서고 있었는데 느닷없이 군 지프차 한 대가 서소문 청사로 들이닥쳤다. 예사로운 모습은 아니었다. 급정거한 지프차에서 내려선 주인공은 모자에 중령 계급장을 달고 있었다. 그는 나에게 "당신이 당직 검사냐"라고 묻고는 메모용지를 전달하면서 거기에 적힌 사건 기록을 찾아놓도록 다짐을 주었다. 거의 명령조였다. 그것도 그날 오후 3시까지 내놓으라는 것이었다. "서빙고에서 왔다"는 언급으로 미루어 그는 보안사 소속이었다.

어쨌거나, 돌아가는 낌새가 분명 보통 일은 아니었다. 나는 검사였고, 저쪽은 군인이어서 명령 계통이 서로 달랐지만 그렇다고 그의 지시를 거절할 수 있는 분위기도 아니었다. 그가 허리춤에 권총을 차고 있었던 위압감 때문이었을까. 그런 상황도 전혀 무시할 수는 없었을 것이다. 엄연한 계엄령 치하였다.

지금 기억에, 메모에 적힌 내용들은 일반 사건이 아니라 내사 기록이었다. 무엇인가 정치권의 코털을 건드릴 수 있을 만큼 중요한 내용이라는 것은 충분히 짐작할 수 있었다. 그러나 아무리 찾아도 기록을 찾을 수가 없었다. 담당 책임자인 증거물 과장을 사무실로 나오도록 긴급 호출해서 서울지검기록보관소를 샅샅이 뒤졌는데도 문제의 목록은 눈에 띄지 않았다. 고민 고민 하다가 주임검사에게 연락을 취하기로 했다. 이런 종류의 사건은 보통 특수부에서 처리하기 마련이므로 당시 특수부장에게 우선 연락을 취했다. 하지만 특수부장 자택으로 전화를 걸었으나 골프를 치러 갔다는 것이었다. 그때 나는 골프가 무엇인지도 몰랐을 때였다. 다시 골프장으로 다이얼을 돌렸으나 라운딩 중에는 전갈을 넣기가 어렵고 저녁쯤에나 연락이 가능할 것이라는 담당자의 답변을 들어야 했다. 휴대폰은 물론 워키토키조차 제대로 갖춰지지 못했을 때였으니 말이다.

하지만 오후 3시까지 찾아내라고 다그침을 받았는데 저녁까지 기다릴 수는 없었다. 보안사 쪽에서 요구하는 태세로 보아 시간을 어겼다가는 검찰 전체에 비상령이 떨어질지도 모른다는 생각도 언뜻 스쳐 지나갔다. 결국 특수부장의 사무실을 열고 들어가 서류 금고를 찾아냈다. 그리고는 금고를 망치로 두드려 부순 다음 두툼한 기록을 꺼낼 수 있었다. 일단 요구받은 시간을 어기지 않고 서류를 전달할 수 있었던 것이 그나마 다행이었다.

그런데 서류를 전달하고 난 직후 서울지검 관할의 어느 지청장이 당직실로 찾아왔다. 그가 그 사건의 원래 주임검사였다. 그는 나에게 "보안사에 혼나지 않았느냐"고 하면서 의미 있는 눈웃음을 지어보였다. 그는 돌아가는 내막을 알고 있었겠지만, 나는 여전히 영문을 알 수가 없었다. 골프장에 갔다던 특수부장도 드디어 연락이 닿았는지 밤중에 청사에 모습을 나타냈다. 나는 그날 낮에 벌어졌던 얘기를 간략히 보고를 했다. 그는 얘기를 다 듣더니만 "그까짓거 아무것도 아닌 것 갖고 그렇게들 난리를 쳤다는 말인가"라며 짐짓 여유를 부리기도 했다. 그는 평소에도 배짱이 좋은 편으로 소문나 있었다. 그는 그 뒤에 민정당으로 옮겨갔는데, 그가 정계로 진출한 것이 그 메모 사건과 어떤 연관이 있는지는 아직도 잘 모르겠다.

그러나 메모의 내용을 떠나 윗선에 당직보고도 하지 않은 채 돌발 사태를 혼자서 해결하려 했던 것은 결코 바람직한 선택은 아니었다. 윗선에 보고하지 않고 상급자 사무실의 서류 금고를 부순 것도 잘못이었다. 지금으로 따지자면 마땅히 징계 대상에 해당한다 할 것이다. 다음날 차장검사에게 혼쭐이 난 것은 당연했다. 아직 검찰청 주변에서 움직이는 분위기를 제대로 파악하지 못하고 있을 때였다. 정확히 말하자면, 나는 나대로 흥분해 있었다. 검찰청에 들이닥친 문제의 보안사 중령이 "아무에게도 얘기하지 말라"고 언질을 주었을 때부터 무슨 커다란 음모에 가담한 공범자의 은근한 전율을 느끼고 있었던 것이다.

어쨌거나, 그 메모의 사건은 결국 세상에 모습을 드러내지 않은 채 내사 단계에서 모든 것이 마무리되고 말았다. 그 내용에 대해서는 기억이 흐릿하기도 하지만 기억난다고 해서 공개적으로 퍼뜨릴 사안도 아니다. 그렇게 수수께끼로 종지부를 찍고 사라지는 일들이 세상에 어디 한두 가지인가. 검찰이 군부 권력의 눈치를 살펴야 했던 시절의 숨겨진 비화다.

지금 생각하면 정말 아찔한 사건도 경험했다. 역시 서울지검 초임검사 시절의 일이다. 두산곡산이라는 회사가 엿기름을 판매하면서 사기죄를 범한 혐의로 조사를 받았는데, 경찰 의견은 일단 무혐의였다. 하지만 내가 끝까지 조사해보니 담당과장이 사기죄의 주범인 것으로 밝혀졌고, 사안이 중하다고 판단되어 구속을 해야겠다고 결심하고 담당과장을 소환하였다. 그는 완강히 부인하면서 자기도 명문 사립 법과대학에서 법 공부를 했다고 하면서 나의 법률지식과 수사 결론이 잘못되었다고 비아냥거리기 시작했다.

나도 자존심이 상할 대로 상하여 철저한 조사 끝에 구속영장을 청구하기에 이르렀다. 그러자 그는 웃통을 벗어던지면서 강하게 항의하였고 옆에 있던 상급자인 상무도 거칠게 항의하였다. 경찰이 무혐의라고 했는데 초임검사가 법을 제대로 알지도 못하면서 구속하려고 하느냐는 식이었다. 기록을 잘 살펴보니 담당상무도 그 엿기름을 파는 행위에 결재를 하였기 때문에 공범으로 의심할 수가 있었다. 그래서 나는 과장과 상무 2인을 구속하기 위하여 영장을 준비하고 있었는데 당시 다른 부에 근무하는 중견검사 한 분이 나에게 전화로 강력히 항의하는 것이었다. 경찰이 무혐의 내린 결론을 사적인 감정으로 구속하면 되느냐는 것이었다. 나는 구속 기소하고 무죄판결이 나면 사표를 내겠다고 강한 어조로 반박한 다음 두 사람을 구속 기소했다.

그 후 나는 이 사건을 거의 잊어버리고 있었다. 서울지검을 떠나 천안지청을 거쳐 서울남부지청에 근무하게 되었는데 우연히 얼굴이 익은 남자 1명이 다른 동료검사 방으로 들어가는 것을 목격하였다. 나중에 그 검사에게 그가 누구냐고 물었더니 그가 바로 두산곡산의 과장으로 한때 구속되었던 사람이라고 하는 것이 아닌가. 그가 직장을 그만두고 오로지 그 사건의 무죄를 받기 위하여 계속 법정투쟁을 하다가 바로 그날 대법원에서 유죄가 확정되었고, 그래서 그 유죄를 다시 다툴 수 있는 방법이 있느냐고 문의해왔다는 것이다. 소름이 끼치는 순간이었다. 만일 그 사건에 무죄판결이 내려졌다면 그는 나에게 어떻게 했을까? 상상하기도 싫었다. 검사의 결정 하나가 이렇게 한 사람의 운명을 좌우할 수 있다니 검사의 직무가 새삼 엄숙해짐을 느끼게 되었다.

남부지청의 밀수사건 수사／

밀수사건 조견표

나는 서울지검 근무를 마친 뒤 천안지청으로 발령받았다. 이제는 나름대로 신참 티를 벗고 중견검사의 면모를 갖춰가기 시작할 무렵이었다. 검사로서의 팔팔함이 가장 물이 올랐을 때이기도 했다. 천안지청에 처음 부임하자마자 관내 기관장 한 분이 인사차 찾아왔다. 한참 담소를 나눈 뒤 그가 돌아가자 지청 사무국장이 나에게 흰 봉투를 내밀었다. 그 기관장이 인사차 놓고 간 것이라고 했다. 뜯어보니 10만 원권 수표 한 장이 들어 있었다. 서울지검에 초임발령을 받은 후 3년 동안 그런 돈 봉투를 본 일도 없고, 받아본 일이 없었다. 검사 생활을 하면서 처음 구경한 돈 봉투라서 깜짝 놀라지 않을 수 없었다. 아무리 인사차 가져온 것이라지만 받을 수가 없어 다시 돌려주라고 했다. 그런데 다음날 사무국장이 그 기관장의 사무실을 방문해 돌려주려 하니까 그가 "돈이 적어서 안 받는 것이냐"고 반문하더라는 것이었다. 인사차 보내온 성의를 내가 너무 무시한 것이 아닌가 해서 미안하기도 했지만 내가 그렇게 돈을 좋아하는 사람으로 여겨졌던 것이 불쾌하기도 했다.

천안지청에 근무하면서 이런 일도 있었다. 일반 고소사건에 관한 것이었는데, 관내 지역구 국회의원이 청탁을 해왔다. 나는 사건의 성격과 내용을 간단히 설명하고 정중히 청탁을 거절했다. 이에 격분한 그 의원은 버럭 화를 내면서 어떻게 검사가 사건처리를 부당하게 할 수 있느냐고 호통을 쳤다. 사건처리는 법대로 하였다고 완강하게 답변했더니, 그는 검찰 고위층에게 알려 혼내주겠다고 했다. 그리고 얼마 후 검찰 고위층이 전화를 걸어와 질책을 하면서 그 국회의원의 청을 들어주라고 했다. 안된다고 똑같은 답변을 했더니 "혹시 상대방의 청탁을 받고 그러느냐"고 힐난하면서 "왜 그렇게 순진무구하게 앞뒤도 모르느냐"고 했다.

나는 정말 화가 머리끝까지 치밀었다. 그래서 나는 장문의 편지를 검찰 고위층에 보내고 원칙대로 고소사건을 처리하고 말았다. 지금 생각하면 그때 그 국회의원의 체면도 세워주고 전화를 걸어온 검찰 고위층의 입장도 고려하면서 고소사건도 아무 탈 없이 처리할 수 있는 방법이 전혀 없지는 않았을 것이다. 그런 노력조차 아니 한 것이 아쉽기도 하지만 어쨌든 큰 후회는 없다. 지금도 그 편지 사본을 보관하고 있다.

1983년에 나는 당시 남부지청으로 발령을 받고 형사부에 배치되었다. 그때 남부지청 형사부는 1~3부로 나뉘어져 있었는데, 나는 형사2부의 수석검사를 맡게 되었다.

내가 남부지청에서 처리했던 사건들은 대체로 밀수 관련 사건이었다. 밀수사건 전담 검사였기 때문이었다. 출입국의 관문인 김포공항을 관내에 두고 있었으므로 세관을 통해 드나드는 모든 인물과 짐보따리가 용의선상에 올라 있었다 해도 과언이 아니다. 금괴 밀수나 달러 밀반출 사건도 심심치 않게 일어났으며, 그런 사건은 대형사건으로 확대되어 사회적으로 커다란 파장을 일으키기 일쑤였다. 일반인 가운데서는 아직 달러화를 구경도 하지 못한 사람이 대부분일 때였으니, 눈길이 쏠릴 수밖에 없었다.

보따리 행상으로 외국을 왔다 갔다 하며 밀수를 저지르는 수법도 이미 그때부터 성행하고 있었다. 해외여행이 아직 자유화되기 전이었으므로 비행기로 외국을 드나든다는 자체가 일반인으로서는 언감생심 엄두를 못 낼 때였다. 따라서 일단 해외에 나갔다 들어오는 사람들은 가급적 돈이 될 만한 물건들은 여행 가방이나 주머니마다 은근슬쩍 챙겨오던 시절이었다. 그 가운데서도 자식들의 혼수품 시계를 사갖고 오는 것은 기본이었다. 보따리 행상들의 주된 행선지는 일본이나 대만이었고, 기껏해야 홍콩이었다. 미국이나 유럽은 지금처럼 쉬운 행선지가 아니었다. 요즘은 지리적으로 더 가까운 중국이 뱃길도 열려 있어 단골 행선지로 꼽히지만 그때는 아직 중국과의 국교가 열리기 전이었다. 오히려 대만을 우방이라 하여 자유중국이라는 이름으로 부르고 있었다.

나는 남부지청에 부임하고 나서 짧은 기간에 행상을 가장한 밀수꾼들의 수법을 대략이나마 파악해 놓고 있었다. 그 가운데서도 돈이 될 만한 물건들을 구입해서는 승객들에게 부탁해 국내로 반입하는 수법이 일반적이었다. 웬만한 보따리꾼이라면, 여러 사람의 가방에 나누어 들여와야 했을 정도로 반입 물량이 적지 않았다. 국내에서는 쉽게 구할 수 없는 약품이나 시계 등이 주요 품목이었다.

따라서 말이 보따리 행상이었지 뒤를 캐보면 거의 조직범죄나 마찬가지였다. 적발되는 보따리 밀수사건 10건 가운데 7~8건 꼴로 조직에 연루된 범죄였다. 보따리꾼마다 외제 물건을 사들이는데 들어가는 돈만 해도 만만치 않았고, 웬만큼 조직적으로 움직이지 않고서야 그런 뒷돈을 댈 수가 없었음은 물론이다.

그러나 보따리꾼마다 겉으로는 딱한 사연들을 내세우고 있어서 불쌍하다는 동정심을 일으키기 마련이었다. 보따리 밀수꾼들을 구속하려 들 때면 직속 부장검사가 나에게 "왜 사람이 그렇게 딱딱하냐?"며 가급적 선처할 수 있는 방안을 강구해보도록 지시를 내리고는 했다. 그 부장검사는 평소 마음이 너그러운 편이었다. 그때마다 오히려 내가 단호하게 처리해야 한다며 입장을 고수하기도 했다. 그들이 개인으로 움직이기보다는 대체로 조직적으로 움직인다는 것을 꿰뚫어보고 있었기 때문이다. 마약범죄나 소매치기처럼 밀수꾼들도 얽히고설켜서 돌아간다는 사실을 경험적으로 터득하게 됐던 것이다. 처음에는 미적지근하게 보이는 보따리 사건도 며칠 뒤에는 몇 천만 원씩 싸들고 청탁하러 다닌다는 소문이 나돌기 마련이었다. 그럴 때면 그 부장검사도 "이러다간 큰일 나겠다"며 사건을 빨리 처리하도록 오히려 나를 채근하곤 했다.

문제는 밀수사건이 일어날 때마다 처리 기준이 약간씩 흔들리기 쉽다는 점이었다. 자칫 누구는 봐주고 누구는 가혹하게 처리했다는 불만이 제기될 소지가 충분했다. 그런 불만이 자꾸 쌓이고 나아가 소문으로 떠돌게 되면 그 배경에 대한 의혹으로 번지는 법이었다. 담당 검사들에게도 이로울 것이 없었다.

그래서 생각해 낸 것이 밀수사건 처리 조견표였다. 적발되는 품목과 금액에 따라 불구속에서부터 구속, 약식기소 등으로 처리하도록 나름대로 기준을 만들었던 것이다. 그 결과 오해의 소지도 상당히 줄일 수 있었다. 남부지청에 근무하던 2년 남짓한 동안 밀수사건을 처리하면서 별다른 잡음이 없이 지낼 수 있었던 것이 그런 덕분이었다.

그때의 경험은 나에게 많은 도움이 되었다. 그 당시 〈주요 밀수사범의 동향과 대책〉이라는 책자를 집필하기도 했다. 서울지검 강력부장 시절이나 대검 마약부장 시절에도 그때의 경험을 토대로 수사의 방향을 잡아나간 경우가 적지 않았다.

달걀 꾸러미 처리법

그때만 해도 서울지검 남부지청은 밀수사건 처리 과정에서의 의혹으로 소문과 뒤탈이 무성했다. 1982년 법조계를 발칵 뒤집어 놓았던 22만 달러 밀반출 사건이 대표적인 경우로 꼽힌다. 사건을 맡았던 주임검사는 물론 더 나아가 서울지검장과 남부지청장 등이 연대 책임을 지고 줄줄이 사표를 제출했던 사건이다. 이로 인해 사건이 마무리되면서 이듬해 검찰 조직에 대규모 인사이동이 단행되었고, 내가 남부지청으로 발령을 받은 것도 그 와중이었다. 내가 남부지청 형사2부에 발령받아 근무를 시작했을 때만 해도 남부지청은 아직 문제의 22만 달러 사건의 후유증에서 벗어나질 못하고 있었다.

그 사건뿐만 아니라 뇌물사건은 비일비재했다. 나에게도 그런 유혹의 손길이 뻗쳐오지 않은 게 아니었다. 유혹의 손길은 밀수사건뿐만 아니라 경우에 따라 간혹 경험하게 되는 일이다. 어떻게 보면, 검사가 지녀야 할 자질과 사명감을 시험받는 계기이기도 했다.

어느 날 검찰청에서 퇴근하고 귀가하니 서류 가방 하나가 내 방

ⓒ 김도원 화백(조선일보 제공)

책상에 놓여 있었다. 아마 삼소나이트 가방이었을지 싶다. 아내 얘기가, 누가 낮에 찾아와 "수사 자료이므로 검사님께 전해 드려야 한다"며 슬며시 놓고 갔다는 것이다.

물론 아내는 궁금하기도 했지만 아직 열어보지 않았다고 했다. 그러나 느낌이 이상했다. 아니나 다를까, 곧바로 열어본즉 현금 다발이었다. 나는 큰일 나겠다 싶어 그냥 덮어 두고, 다음날 곧바로 청사로 들고 가서 부장검사에게 맡겨 버렸다. 내가 임자를 찾아서 돌려줄 테니 그때까지 증인으로서 보관해달라는 뜻이었다. 이런 경우, 제3의 증인을 내세우지 않는다면 돈을 돌려주고도 공연히 의심을 받는 경우가 종종 있다는 사실을 전해들었기 때문이다. 따라서 본인에게 직접 돌려주기보다는 다른 사람을 통해 돌려주는 것이 하나의 방법이다.

문제의 돈 가방은 밀수 혐의로 수사를 받고 있던 어느 피의자의 형이 동생의 선처를 부탁하며 보내온 것이었다. 당시 시계 밀수가 성행할 때였는데 시계에 들어가는 전자부품을 궤짝 째 몰래 들여오다가 적발된 사건이다. 어쨌거나, 돈 가방이 오간다는 자체가 오해를 살 만한 일이었다. 그럴수록 사건은 엄중하게 처리할 필요가 있었다. 돈 가방이 즉각 반환되어 영수증까지 받았으며 사건의 피의자도 구속 처리된 것은 물론이었다.

사건 수사와 관련하여 뇌물을 전달받았던 경우는 그전에도 있었다. 서울지검의 신참 검사 시절의 얘기다. 어느 날 검사실에 앉아 있는데, 여자 분이 문을 열고 들어오다가 나를 보더니 홱 닫고는 도로 나가버렸다. 어디선가 얼굴이 익었다 싶어 곰곰이 생각해보니 서울의 어느 대학 교수였다. 그녀의 어머니가 동네 아주머니들과 계를 하다가 사기혐의로 구속되자 조사과정에서 억울하다며 몇 번 찾아온 일이 있었다.

그런데 왜 나와 눈이 마주치자 그냥 나가 버린 것일까. 궁금증은 저녁에 퇴근하고 집에 돌아가서야 풀리게 되었다. 그 여교수가 집으로 찾아와 돈 봉투를 놓고 간 것이었다. 지금 기억에 그 봉투에는 50만 원인가가 들어 있었다. 그때로써는 적지 않은 금액이었다. 아마 검사실로 전달하려다가 나에게 들킨 마당에 직접 전달하기가 애매하다고 생각했던 게 아닌가 여겨진다. 나는 역시 똑같은 방법으로 그 봉투를 처리했다. 다음날 아침 출근하자마자 직속 부장검사에게 맡긴 것이었다. 그 부장검사는 "자네, 나에게 이런 일을 시켜도 되는가?"라며 짐짓 불만스런 표정을 지어 보였지만, 그래도 그것이 나에게는 최선의 해결책이었다. 돈을 돌려주고도 쓸데없이 오해에 휘말릴 필요가 없기 때문이다.

검사 생활에서 사건이 모두 처리된 뒤에 감사의 표시로 떡이나 과자를 보내오는 경우도 적잖이 경험했다. 그조차도 받아서는 안 되는 것이기는 하지만 사건 처리를 부탁하는 뇌물과는 엄연히 구분할 필요가 있다. 뇌물이라면 당연히 퇴짜를 놓아야 했지만 감사의 표시라면 단호하게 거절하는 것도 너무 매정하게 비칠 수도 있는 까닭이다. 그때마다 어떻게 받아들여야 할지 고민할 수밖에 없었다.

이와 관련해서는 서울지검 근무 당시 김석휘 검사장께서 좋은 말씀을 해주셨기에 여기에 간단히 소개할 필요가 있다. 김 검사장님은 월례 조회 때마다 참고가 될 만한 사례를 들어 훈시를 해주시곤 했는데, 이 얘기도 조회 훈시를 통해 들려주었던 것이다. 시골에서 공부를 잘해 고시에 합격하고 검사가 되었으니 동네 전체가 잔치를 벌일 만큼 대단한 경사임이 틀림없는데, 동네 사람으로서는 어려운 일이 생기면 떡이나 달걀을 싸들고 찾아오지 않겠느냐는 것이다. 그럴 때 과연 어떻게 처신해야 하느냐 하는 검사의 몸가짐에 대한 훈시였다.

김 검사장님은 자신의 경험을 직접 들려주었다. 예를 들어, 달걀을 한 줄 받게 되면 그 가운데 세 개는 받고 일곱 개는 그대로 돌려준다는 것이었다. 안 받으면 박절하다며 당사자의 가슴을 아프게 할 것이고, 그렇다고 주는 대로 받을 수는 없으므로 어렵게 짜낸 경험의 지혜였을 것이다. 나도 그 얘기가 그럴듯하다고 생각했다. 그 시절만 해도 달걀 꾸러미로도 감사의 표시로 통할 때였다.

나는 공군 법무관 당시에도 비슷한 사례를 겪어야 했다. 어느 사병이 휴가를 갔다가 귀대가 늦어져서 탈영 내지는 근무이탈로 처리될 뻔한 사건이었다. 군인으로서는 가장 치명적인 과오로 취급되는 경우다. 그러나 단순한 시간 착오로 인해 저질러진 일로 판명이 남으로써 기소유예로 처리해준 적이 있는데, 그 모친께서 삶은 달걀과 통닭을 싸들고 찾아왔던 것이다. 물론 감사의 표시였다.

하지만 나는 그것을 받으면 안 된다는 생각이 들었다. 사건 처리와 관련해서 사후에라도 사례를 받는다면 오해를 받을 수 있다는 판단 때문이었다. 나는 통닭 꾸러미를 받을 수 없으니 도로 갖고 가라고 했고 그 연로하신 모친은 "어떻게 성의를 무시할 수 있느냐"며 오히려 울음을 터뜨렸다.

나중에 보니 그 꾸러미가 문밖에 그대로 놓여 있었다. 그때라도 들여다가 법무관실 관계자들에게 나눠주면 되었을 것을 그냥 복도에 내놓고 말았다.

결국 그 통닭은 며칠 뒤에 복도에서 그대로 상해버리고 말았다. 지금 생각하면 나도 고지식하기는 꽤 어지간했던 것 같다. 고맙다며 받아들이면 됐을 것을 그 모친의 가슴에 지워지지 않는 서운한 감정을 심어준 것은 아닌지 슬며시 돌아볼 때가 있다.

어느 할머니의 고소사건 /

계속된 무혐의 처리

나의 검사 생활에서 예상치 못했던 우여곡절의 계기가 들이닥친 것이 바로 이 남부지청 근무 기간이었다. 물론 검사의 직무와 관련하여 일어났던 일이다. 그러나 나에게 그런 엉뚱한 시련이 기다리고 있을 줄이야 꿈에도 생각할 수가 없었다. 그런 사건을 맡게 된 자체가 나에게는 하나의 운명이었다. 사회정화를 부르짖던 5공화국 초기의 일이었다는 점에서 회한이 더하다. 결과적으로는 검찰이 본연의 직무에 충실하지 못하고 정치적인 외풍에 시달리던 탓이었다.

그때 나는 남부지청에 재직하면서 틈틈이 미국 유학을 준비하고 있었다. 중고교 시절부터 영어에 특히 소질이 있다고 자부하던 터였으므로 검찰청 차원에서 보내주는 유학만큼은 꼭 가보고 싶었다. 시험 성적에 있어서도 영어는 늘 상위권 성적을 유지하는 편이었다.

그리고 마침내 유학 계획이 성사되어 미국 미시건 대학의 로스쿨에 갈 수 있도록 예정되어 있었다. 토플 시험에 무난히 통과한 덕분이었다. 기간은 1년에 불과했지만 공직근무 기간에 해외유학 기회를 부여받았다는 자체로 대단한 영광으로 받아들여질 만했다.

이렇듯 미국 유학 일정을 받아놓고 이것저것 준비하던 차에 뜻밖의 사건을 하나 맡게 되었다. "유학을 떠나기 전에 이 한 건만 처리해주면 좋겠다."는 부장검사의 요청에 따른 것이었다. 다른 동료들은 계속 수사에 매달려야 하는데 나만 유학을 떠나게 되었다는 미안한 마음을 덜기 위해서도 뿌리칠 수 없는 요청이었다. 그것이 바로 검사로서 나의 행로를 바꿔놓은 문제의 수사였다.

기꺼이 사건을 떠맡았으나 넘어온 사건 기록이 엄청났다. 기록을 한 줄로 쌓아놓으면 거의 어른 키에 해당할 정도였다. 그동안 민원이 계속 들어왔는데도 그때마다 무혐의로 결론이 난 때문이었다. 무혐의로 결론이 나면 다시 민원이 접수되곤 했던 모양이다. 그러나 사건기록을 차근차근 들추면서도 나에게 또 다른 우여곡절의 전환점이 닥쳐오리라고는 상상조차 못하고 있었다. 운명이란 누구에게나 그런 식으로 닥쳐오는 게 아니던가.

기록은 두꺼웠어도 사건의 내용은 간단했다. 고소인이 영등포에 위치한 어느 소규모 금고로부터 소액의 생활자금을 빌렸다가 원금을 제대로 갚지 못함으로써 담보로 잡혔던 집을 압류 당했던 것이다. 비록 원금은 갚지 못했을지언정 자기로서는 이자를 낼 만큼 냈다고 생각했는데 집까지 빼앗기고 말았으니 억울하다는 내용이었다. 그래서 그 금고를 상대로 고소를 했는데 계속 무혐의로 결론이 났던 것이다. 그러나 빌린 돈은 담보로 잡힌 집값에 비해 극히 소액일 뿐만 아니라 갖은 감언이설로 고소인을 유혹하여 고소인의 집을 담보로 잡았기 때문에 집을 담보로 잡은 행위 자체가 사기죄로 의율 할 수 있는 사건이었다.

이 사건에 있어서는 형사 고소와 함께 민사소송도 함께 제기되어 이미 판결이 내려져 있었다. 원고의 주장을 받아들여 해당 금고에 대해 과잉 처분을 시정하라는 판결이 내려졌으나 집행이 미뤄지고 있었다. 민사소송 판결문에서도 사기 혐의를 인정하고 있었다. 문제는 그 금고의 운영자가 당시 실세 중에서도 실세 권력자의 최측근 보좌관이었다는 사실이다.

이 사건의 고소인은 어느 할머니였다. 이 할머니는 아무리 억울함을 호소해도 상대방이 무혐의로 결론이 나게 되니까 검찰청 앞에서 혼자 농성을 벌이기 일쑤였다. 그것도 늘 하얀 소복 차림이었다.

그만큼 억울하다는 뜻이었을 것이다. 하지만 부장검사로부터 사건 기록을 넘겨받아 훑어보면서도 청사 앞에 늘 풀죽은 얼굴로 앉아 있는 그 할머니가 바로 사건의 당사자일 줄이야 전혀 생각도 못하고 있었다.

그러던 어느 날이었다. 외출을 했다가 청사로 들어가는데 또 그 할머니가 정문 앞에 주저앉아 있었다. 거의 실성한 모습이었다. 가랑비가 내리는데도 우산을 쓸 생각조차 안하는 것 같았다. 나는 수위를 불러서 "어디 다른 데로 보내지 않고 왜 그냥 내버려 두느냐"며 핀잔을 주기까지 했으나 수위는 "정신이 돌아버린 할머니니까 상관할 필요가 없다"며 대수롭지 않게 돌려댔다.

나는 검사실로 들어와서도 기분이 영 언짢았다. 그래서 우리 직원에게 그 할머니에 대해 물어보니까 바로 기록을 넘겨받은 그 사건의 고소인이라는 것이었다. 피고소인이 계속 무혐의로 처리되니까 하소연할 데가 없어 저렇게 시위삼아 앉아 있는 것이라는 설명이었다.

나는 그때서야 정신이 퍼뜩 드는 것 같았다. 더 이상 수사를 꾸물거릴 필요가 없다고 판단을 내렸다. 이미 사건 기록은 몇 번이나 검토가 끝난 뒤였으니, 사실관계를 더 확인하고 말고 할 필요도 없었다. 민사사건 판결문에 사기혐의가 인정된다고 적시되었기 때문에 당연 증거능력이 있었다. 나는 검사실 계장에게 당장 피고소인을 불러들이도록 했다.

그런데 저쪽의 대꾸가 만만치 않았다. "그동안 조사하자고 해서 숱하게 불려갔고, 그때마다 무혐의 처분을 받았는데 이번에는 또 무슨 일로 귀찮게 구느냐"는 반응이었다. 나름대로 믿는 구석이 있다는 뜻이었을까. 실력자를 등에 업은 그로서는 검찰이 만만하게 보였을지도 모른다. "이번에는 완벽하게 무혐의 처분을 받도록 해주겠다"

는 언질을 넣었다. 앞으로는 더 이상 부르는 일이 없도록 해 줄 테니 마지막으로 한 번만 더 출두하라는 뜻을 전달했던 것이다. 내 나름대로도 무혐의 처분 약속은 지키지 못하더라도 더 이상 부르지 않겠다는 약속만큼은 꼭 지키리라 다짐이 섰던 터이다.

법무부 장관의 부탁까지 거절

드디어 다음날 할머니 사건의 장본인이 검사실로 모습을 나타냈다. 첫인상에도 태도가 은근히 고압적이었다. 몸집만으로도 가히 거드름을 피울 만했다. 도대체 조사를 받으러 온 것인지, 아니면 위세를 부리러 온 것인지 구분하기가 어려울 정도였으니 말이다. 나는 우리 직원에게 진술을 받으면서 그의 변명을 다 들어 주라고 했다. 이미 증거는 충분했으므로 더 진술을 들을 필요가 없었으나 그가 무슨 말을 하는지는 들어 둘 필요가 있었다. 주장의 옳고 그르고 여부를 떠나서도 본인의 얘기를 아예 듣지 않았다는 빌미를 줄 소지는 없애야 했다.

그리고 조사가 끝나면서 곧바로 구속영장을 청구했다. 예상했던 대로 순순히 응할 태세가 아니었다. 그는 앉았던 의자를 팽개치며 난동을 부리기까지 했다. 보통 믿는 구석이 없었다면 검사실에서 난동을 부릴 엄두가 나지 않았을 것이다. 결국 영등포 경찰서의 경찰관들을 동원해서야 영장을 집행할 수 있었다. 그러면서도 그냥 순순히 끝날 사건은 아니라고 생각했다. 그가 눈길을 부라리며 행패를 부렸던 것만으로도 충분히 가능한 짐작이었다. 왜 여태껏 그에게 무혐의가 내려졌는지에 대해서도 새삼 실감할 수 있었다.

아니나 다를까. 며칠 뒤에 검사실로 사람이 찾아왔다. 피의자의 뒤를 봐주던 바로 그 실력자가 보낸 사람이었다. 자신의 명함을 나에게 전달토록 한 것이다. 그렇게 전달받은 명함 뒤쪽에는 자필인 듯한 필체로 글씨가 적혀 있었다. "구속된 아무개는 내 보좌관이니까 조속히 석방시켜 주시기 바란다"는 내용이었다. 정중하면서도 위압감이 넘쳐흐르는 문구였다.

나는 그 전달자가 보는 앞에서 그 명함을 찢어서 그대로 쓰레기통에 던져 버렸다. 일개 평검사에 불과할망정 그런 압력에 넘어가서는 안 된다고 생각했다. 이미 초임검사 시절부터 사건 처리를 놓고 상관들과 부딪쳤던 경우가 어디 한둘이었던가. 이번에도 굽히지 않으리라 다짐했던 것이다. 압력은 계속 이어졌다. 다음날에는 법무부의 어느 국장으로부터 전화가 걸려왔다. 역시 문제의 장본인을 풀어줄 수 없겠느냐는 부탁이었다. 하지만 내 손으로 구속해놓고 영장에 잉크가 마르기도 전에 없었던 일로 되돌리기는 어려웠다. 그것은 검찰 조직의 권위를 위해서도 있을 수 없는 일이었다. 그 국장은 내가 당연히 들어주려니 기대했다가 거절을 당하게 되자 은근히 부아가 치밀었던 모양이다. "그러니까 부탁하는 거 아니냐"며 불끈 목소리를 높였다. 제 성질을 참지 못하는 기미였다.

압력은 그것으로 끝나지 않았다. 오죽하면 당시 법무장관으로부터 직접 전화를 받아야 했을까. 그의 부탁도 비슷했다. "구속된 피의자를 선처할 수 있는 방안이 없겠느냐"는 완곡한 얘기였지만, 내용은 분명했다. 나는 "사람이 질도 좋지 않고 그동안 그가 무혐의를 받는 동안 고소인이 얼마나 한이 맺혔겠는가?"라면서 내 생각을 밝혔다. 결국 장관도 "알겠네."라는 한마디로 손을 들고 말았다.

내 얘기가 틀리지 않은 바에야 장관이라고 어쩔 수는 없었을 것이다. 하지만 법무부 고위직이 사건을 부탁할 때는 지청장이나 차장검사에게 부탁하는 것이 통례인데 왜 나에게 직접 전화했는지는 지금도 이해할 수 없다.

사건이 그런 식으로 처리되고 난 뒤 고소인인 할머니가 고맙다는 인사를 하겠다며 검사실로 찾아왔다. 할머니는 방으로 들어서자마자 말릴 틈도 없이 검사실 바닥에 머리를 숙이고 나에게 큰절을 하면서 감사의 표시를 했다. 나이로 따지자면 손자뻘에 지나지 않는 나로서는 당황할 수밖에 없었으나 그 할머니로서는 그것이 마음을 표현하는 최대의 방법이었을 것이다.

ⓒ 김도원 화백(조선일보 제공)

할머니는 자신이 만들었다며 떡도 싸갖고 왔는데 그 성의가 오히려 고마웠다. 그 떡을 몇 조각 먹으면서 끝내 눈물을 흘리고 말았다. "검사로서 일하는 보람이 바로 이런 것이구나"하면서 잠시 멍하니 취해 있었을 정도였으니 말이다.

그 뒤 나는 미국 유학길에 올라야 했기 때문에 그렇게 기소만 해 놓은 상태에서 일단 사건에서 손을 뗄 수밖에 없었다. 내가 미시건 대학에 체류하고 있던 어느 날, 검사실의 계장으로부터 "재판부의 담당 판사가 그를 보석으로 석방하려 한다."는 전화가 걸려왔기에 판사에게 내 개인 생각을 전달한 것이 전부다. 그것도 마침 담당 판사가 사법연수원 동기였으므로 가능한 일이었다.

나는 판사에게 "죄질이 나쁘므로 중형을 선고하라"며 내 의견을 밝혔다. 어디까지나 개인 차원의 의사 전달이었다. 결국 그 당사자에게는 2년형이 선고되었다. 당시 사기죄에 대해서는 보통 벌금이나 집행유예 정도가 내려졌던 데 비해서는 다소 중한 벌이었다.

그러나 이 사건은 그것으로 끝난 게 아니었다. 아니, 사건 자체는 끝났지만 그 여파가 부메랑이 되어 나에게 되돌아오게 되어 있었다. 아직 그것을 감지하지 못하고 있었을 뿐이었다.

4장

좌절의 쓴 잔이 도약의 초석으로

미국 미시건 대학으로 유학

내가 미국 미시건 대학으로 유학길에 오른 것은 1985년의 일이다. 미리 걱정했던 것과는 달리 유학 생활은 순조로웠다. 일단 영어에서부터 그렇게 딸리지 않았으므로 강의를 듣거나 글을 쓰는데 있어 문제될 것이 거의 없었다. 1974년 사법시험에 합격한 뒤부터 다시 시사 영어잡지인 타임지를 꾸준히 구독하는 등 영어를 손에서 놓지 않은 덕분이었다.

미시건 대학의 애나버 캠퍼스는 마치 학창 시절의 젊은 날로 되돌아간 것 같은 기분을 느끼게 했다. 가끔 대학 구내를 기웃거리며 산책을 하는 기분도 마냥 새롭게만 느껴졌다. 무엇보다 우리 식구가 거주하게 된 대학 구내의 통나무 주택이 마음에 들었다. 대학에 적을 두고 있다는 자체가 흡족했다.

나는 특히 제럴드 이스라엘(Jerold H. Israel) 교수의 형사소송법 강의를 자주 들었다. 연방대법원 판사들이 판결문에 그의 논문을 인용할 만큼 형법과 형사소송법 분야의 권위자였다. 더구나 유태인으로서 미국 국적과 함께 이스라엘 국적도 보유하고 있었는데, 모국에 대해 대단한 애국심을 가지고 있었다. 이스라엘이 전쟁에 휘말리자 자신도 직접 전쟁에 참가하겠다며 학기가 끝나면서 휴직계를 내고 전선으로 달려갔을 정도다. 팔레스타인의 지도자 아라파트가 베이루트에 지휘부를 마련함으로써 이스라엘과 레바논 사이에 무력 마찰이 표면화되던 무렵이었다.

제럴드 교수의 강의를 떠나서도 미국의 독특한 사법제도는 내 관심을 사로잡았다. 그 가운데서도 우리에게는 생소한 grand jury(수사기소배심) 제도나 플리바게닝(plea bargaining) 제도는 더했다. 그런 장면들이 소개되는 마피아 영화나 텔레비전의 범죄수사 드라마도 마찬가지였다. 당시 미국 사회에서 위헌 문제로 논란이 제기되던 특별검사 문제도 새로운 관심의 지평을 열어 주었다. 특히 내가 검사의 신분이었던 만큼 미국 검찰의 기능은 중요한 연구과제였다. 이에 대해서는 귀국 후 《미국 검찰의 실체 분석》이라는 제목으로 책을 집필하게 되었는데, 내 나름으로는 미국 유학을 통한 귀중한 수확이었다.

연구 과제가 약간 늘어나긴 했어도 나의 캠퍼스 생활은 큰 변동이 없었다. 틈나는 대로 식구들과 함께 시내 레스토랑에서 외식을 즐기거나, 아니면 약간 멀리 떨어진 미시건 호숫가나 디트로이트까지 승용차를 몰아 나들이를 즐기는 정도가 고작이었다. 아내가 슈퍼마켓에 장 보러 갈 때 동행하거나 아이들의 통학 운전도 나에게 맡겨진 중요한 일과였다.

그러던 어느 날, 우연히 현지 교포신문에 게재된 검찰 인사에 눈길이 멈추게 되었다. 신문에는 내가 광주지검 산하의 순천지청으로 발령이 났다고 활자가 뽑혀 있었다. 캠퍼스 근처의 한국 식당에 들렀다가 우연히 교포신문의 기사를 들여다보게 되었던 것이다.

엉뚱한 발령

미국 교포사회에서는 어느 도시에서나 대체로 비슷하겠지만 이렇듯 한국 식당이나 교회를 중심으로 온갖 정보의 교환이 이뤄지는 게 보통이다. 더욱이 현지 교포신문에는 서울에서와 기껏 하루 정도의 차이를 두고 정치, 경제, 사회 등 각 분야의 기사들이 자세히 보도되고 있었다. 그때 내 눈에 띄었던 검찰의 인사 기사도 국내의 신문을 뒤쫓아 보도된 것이었을 터이다.

내가 미국에 도착한 지 대략 6개월쯤 지났을 무렵이었고 공부를 마치려면 또 그만한 기간이 남아 있을 때였다. 개인적으로는 유학생활에 한창 재미를 붙이고 있을 때이기도 했다. 그런데 엉뚱하게도 미국에 체류하고 있는 나에게 인사 발령이 내려졌다니? 도무지 영문을 알 수 없었고 어딘지 찜찜하기만 했다.

해당 검사가 외국 유학 중인 경우에 인사 발령을 내린 경우는 검찰 전례로도 드문 일이었다. 적어도 내가 아는 한에는 그런 경우가 없었다. 일단 외국에 체류하는 경우에는 귀국 시까지 인사 대상에서 제외되는 것이 그동안의 관례였고, 그것은 지금도 마찬가지다. 특히 납득할 수 없었던 사실은 검찰의 정기 인사철도 아니었다는 점이다. 더군다나 인사 발령이 난 것은 달랑 나 혼자를 대상으로 해서였다. 다른 검사들은 전혀 자리에 변동이 없는데도 미국에 나와 있는 나만을 굳이 발령을 내야 했던 이유가 어디에 있었던 것일까. 특히 그때만 해도 순천지청은 검찰 내에서 유배지라고 불릴 정도로 서로의 기피 대상이었다. 이른바 '물 먹은' 사람들을 좌천성으로 보내는 곳이었다.

며칠 뒤에 도착한 편지는 더욱 의아스럽게 만들었다. 법무부의 당시 검찰 1과장이 보낸 것이었다. "서 검사는 초임으로 서울지검에 근무하다가 천안지청을 거쳐, 남부지청에 근무하고 있으므로 다시 지방지청을 갈 필요가 없는데도 이번에 순천으로 보내게 되어 정말 미안하다"는 내용이었다.

당시는 서울지검에 초임으로 근무한 검사는 반드시 지방지청에 근무해야 한다는 인사룰이 있었는데, 나는 천안지청에 이미 근무하였으니 다시 지방지청에 갈 필요가 없었던 것이다.

법무부 검찰 1과장이라면 검찰의 인사 업무를 총괄하는 자리이므로, 내 인사에 대한 나름대로 유감을 표명하려는 뜻이었을 터이다. 풋내기 평검사 인사에 대해 담당 과장이 이렇게 편지를 보내 의사표시를 했던 사례도 흔치 않은 일이었을 것이다.

여하튼, 돌아가는 정황으로 미뤄보아 내 개인의 인사를 둘러싸고 뭔가 잘못되어도 크게 잘못된 것만은 틀림없었다. 검사로서의 나의 행보가 꼬이기 시작했다는 불길한 느낌이 엄습해온 것은 이때부터다. 유학 생활이라고 계속 순탄할 수만은 없었다.

유학 중에 발령받은 순천지청／

나는 뜻밖의 인사에 황당하기만 했다. 당황스럽기도 했다. 적어도 내가 누군가로부터 표적이 되고 있는 정황만큼은 부인하기 어려웠다. 도대체 누가, 왜, 어떤 일로 나에게 앙심을 품었던 것일까. 나는 방안에 틀어박혀 떠오르는 대로 그동안의 사건들을 되짚어보기 시작했다. 그러다가 언뜻 짚이는 것이 있었다. 앞서 소개했던 당시 실력자의 보좌관 구속사건이었다. 사건을 맡았던 다른 검사들이 모두 무혐의로 처리하느라 고소 기록만 두툼해졌던 사건을 내가 기어코 구속 기소로 마무리 지었던 기억이 뇌리를 스치고 지나갔다. 직감이란 바로 그런 것일까.

어디에 확인해보기는 어려웠으나 그 사건이 틀림없었다. 더 따지고 말 것도 없었다. 불운에 처했을 때 거기서 벗어나는 방법까지 찾아내기는 어려워도 그 원인을 찾아내는 것은 어려운 일이 아니었다. 결국 그 일로 해서 미운털이 박혔고, 미국 유학 중에 좌천성 인사를 당하는 엉뚱한 사태가 벌어졌던 것이다. 나 혼자만을 대상으로 인사가 발표됐다는 사실부터가 사태의 전말을 분명히 말해주고 있었다. 확실한 증거를 댈 수는 없으나 그 사유 외에는 다른 이유가 없었다.

여기에 생각이 이르자 문제의 당사자가 구속에 직면해서도 거들먹거리며 나를 쏘아보던 눈초리가 문득 떠올랐다. 찢어버린 실력자의 명함 하며 나에게 전화를 걸었던 법무장관과 국장의 얼굴도 스쳐 지나갔다. 그 눈초리와 얼굴들이 비웃듯이 나를 쳐다보고 있는 것만 같았다. 어느 정도 후환을 예상하지 않은 것은 아니었다. 초년병 시절 이유 여하를 막론하고 윗사람과 부딪칠 때마다 결국은 나 자신에게 손해가 닥쳐오기 마련이라는 사실을 뼈저리게 깨닫고 있지 않았는가. 하지만 적어도 검찰 조직에서 이렇게 유치하고도 치사한 방법으로 되갚음이 돌아올 줄이야 미처 생각지 못했던 것이다.

내 생각은 다시 남부지청 담벼락 앞에서 고개를 조아리고 쓰러져 있던 할머니의 모습에까지 미쳤다. 늘 소복 차림의 초라한 행색으로 울부짖던 그 고소인 말이다. 하지만 아무리 생각해봐도 내가 잘못한 것은 없었다. 법원조차 그에게 유죄를 인정한 마당이다. 잘못한 것이 있다면 옳다고 생각한 대로 검사의 직무를 수행한 것뿐이었다. 더욱 우연치 않았던 사실은 당시 내 인사를 처리했던 법무장관이 불행하게도 나의 서울지검 초임검사 시절 나에게 위증사건의 선처를 부탁했다가 거절당하자 나를 혹독하게 몰아세웠던 그 대검 간부였다는 점이다.

그렇다고 해서 어디 하소연할 데도 없었다. 전두환 대통령을 정점으로 하는 군부 정권의 위세가 하늘을 찌를 때였다. 정의를 앞세우는 검찰도 그 무소불위의 권력 앞에서는 한 줌의 모래에 지나지 않았다. 하긴, 검찰이 초라한 모습으로 권력의 눈치를 살펴야 했던 것이 어디 그때뿐이었을까. 이러한 인사발령 소동으로 나의 유학생활도 흐트러질 수밖에 없었다. 도무지 마음이 잡히지를 않았다. 이대로 혼자 쓰러지면 안 된다고 속으로 거듭 다짐하면서도 좌절과 회한뿐이었다. 대한민국에서 스스로 최고의 엘리트 집단임을 자부하는 검찰 조직이 기껏 이런 정도밖에 안되는가 하는 실망감에서였다. 하지만 일단 받아들이는 것 밖에는 도리가 없었다.

그런 식으로 나머지 대여섯 달의 유학 기간은 어설프게 지나갔다. 나름대로 태연한 표정으로 도서관에도 다니고 강의도 듣는다고 했지만 평소의 기분을 되살리기는 어차피 어려웠다. 차라리 그냥 사표를 내는 게 마땅하지 않느냐는 생각이 하루에도 몇 번씩 스쳐 지나갔다. 하지만 그렇게 의미 없이 검사 생활을 포기할 수는 없었다. 일단 갈 데까지 가보자는 오기가 발동하기 시작했다.

그렇게 1년의 유학기간이 지나 귀국했다. 이제는 다시 이삿짐을 정리해 순천으로 내려가야 하는 입장이었다. 그러나 내가 지레 겁먹고 꿀릴 것은 없지 않은가. 여기까지 온 이상 더 못갈 것도 없었다. 나는 순천으로 내려가기에 앞서 나에게 편지를 보내주었던 당시 검찰 1과장이던 부장검사를 찾아갔다. "근무를 잘하고 올라오겠다"라는 인사를 전하기 위해서였다.

그는 그사이에 이루어진 검찰 인사에서 서울지검 형사부장으로 자리를 옮긴 상태였다. 내 인사에 오기가 묻어 있었던 때문이었을까.

인사를 받는 그 부장검사님의 심기도 그리 편하지는 않았을 것이다. 그때는 너무 미안했다고만 하시면서 내려가서 근무 잘 하라고 격려해 주셨다. 그는 그후 부동의 검찰총장이나 법무부 장관감이라는 평을 듣던 유능한 검사였는데 서울지검 3차장 시절 과로로 유명을 달리했다. 안타까운 일이었다. 이제는 순천으로 속칭 쫓겨났으니 수년간 서울로 돌아올 수 없다고 생각했다. 그래서 순천에 조그마한 아파트 한 채를 전세로 빌리고 딸아이도 순천국민학교에 전학시켜 버렸다.

타의에 떠밀려 내려간 순천지청이었건만, 검사로서의 근무 여건은 오히려 만족스러웠다. 당시 박상천 지청장님의 근무 모습에서 상당한 교훈을 받기도 했다. 일상적인 보고서를 쓰더라도 그는 거의 논문을 쓰는 수준의 열정을 보여 주었다. 보고서를 쓰느라고 며칠 밤을 새워가며 쓰시는 모습도 여러 번 목격하였다. 보통 시골 지청장들이 간단히 몇 줄씩 써 제치고 마는 모습과는 비교가 되는 것이었다. 그 역시 순천지청장이라는 직책에 만족하지 않았겠으나 내색하는 얼굴을 한 번도 보여준 적이 없다. 결국 그가 뒤에 법무장관까지 지내게 되는 것을 보고는 나는 고개를 끄덕일 수밖에 없었다.

박 지청장님은 다른 업무에 대해서도 꼼꼼하게 챙기는 편이었다. 겉으로만 그럴듯하게 보일 것이 아니라 나름대로 실력을 갖춰야 한다며 나에게 격려를 해주기도 했다. 내가 순천지청에서 나름대로 마음의 안정을 되찾은 데 있어서는 상당한 부분이 그의 덕분이었다 해도 과언이 아니다.

그런데 박 지청장님은 너무 지나치게 완벽주의자이셨다. 가끔 후배 검사들이 결재를 받으면서 질책을 받는 장면을 여러 번 목격했는데 그 꾸지람의 정도는 상상하기 어려울 정도였다. 수석검사인 내가 올린 결재도 여러 차례나 퇴짜를 맞곤 했다. 이로 인해 대검 감찰부

1998년 법무부장관 시절의 박상천 전 장관(조선일보 제공)

로부터 미제 사건이 많다는 경고를 받기도 했다. 그러나 무엇이든 완벽하지 않으면 안 된다는 지청장님의 소신에는 감동할 수밖에 없었다. 어떤 이는 이러한 완벽주의를 부정적으로 비판하기도 했지만 나는 그런 의견에 동의할 수 없었다.

한번은 지청장님을 모시고 지리산에 등산을 간 일이 있는데, 오가면서 공산주의에 대한 토론으로 하루 종일을 보낸 적도 있다. 나 역시 당시 외국 잡지에 실린 칼럼이나 기사를 많이 읽었던 터라 공산주의 이론에 대하여 어느 정도 무장이 되어 있어서 토론이 끝까지 이어지긴 했지만 지청장님의 공산주의에 대한 철학은 매우 깊은 편이었다. 더욱이 국내 학생운동이 좌파로 편향되는 조짐을 최초로 지적하시고 그 대응책을 마련한 바 있다고 말씀하셨을 때 큰 감동을 받았다. 무엇이든 완벽에 가까운 열정으로 연구하는 성격이시었다.

법무연수원 교관으로／

순천지청에 근무할 당시의 일에 대해서는 그밖에는 특별히 기억에 남아 있는 것이 없다. 내 손을 거쳐 갔던 사건도 대체로 그만그만한 것들이었다. 원래 눈길을 끌 만큼 큰 사건이 없는 지역이다. 사건에 의욕을 보이는 젊은 검사들이 순천지청을 유배지라며 꺼렸던 이유도 거기에 있을 것이다.

다만 한 가지, 호텔을 경영하던 어느 유력한 토착 인물을 구속하면서의 일이다. 그의 혐의가 차근차근 드러나면서 사기 혐의로 구속한다는 방침을 세워 놓았는데, 공교롭게도 그가 박상천 지청장님과 막역한 사이었다. 그렇다고 물러설 수는 없었다. 내가 옳다고 판단한 일을 실행에 옮겼다가 순천지청까지 쫓겨 왔는데, 여기에서 태도를 바꾼다는 것은 말이 안 된다고 생각했다.

그런데 영장을 집행하려 했더니 그가 지청장실로 들어가 도대체 나올 생각을 않는 것이 문제였다. 자기도 버틸 데까지 버티겠다는 심산이었다. 나는 검사실의 직원을 시켜서 그를 불러냈고, 끝내 영장을 집행하고야 말았다. 타협을 모르는 나의 근성이 아마 순천의 좁은 바닥에 소문으로 금방 퍼졌을 것이다.

검사로서의 나의 역할은 그렇게 운명 지어졌던 게 아닌가 싶다. 여기에 덧붙일 만한 사실은 순천지청에 근무하는 동안 미국 유학생활에서의 연구 결과를 토대로 논문을 집필했다는 점이다. 『미국 검찰의 실체 분석』이라는 제목이었는데, 1987년 2월에 발표되었다. 준사법적 권한(quasi-judicial power)과 정치적 권한(political power)이 혼합된 검찰권에 초점을 맞춘 논문이었는데, 내 나름대로 미국 유학을 통한 하나의 수확이라면 수확이었다.

이러한 검찰권은 각국의 사례에서도 매우 특수한 형태로 미국의 역사가 진전되는 과정에서 자연스럽게 형성된 관행적 제도라고 여겨진다. 즉, 영국의 식민지 시절부터 미국의 13개 주가 지방분권 체제로 움직였고, 검사라는 자리도 임명직이 아니라 선거를 통해 선출되었다는 점도 이런 현상의 기반으로 작용했을 것이다. 그런데 여기서 다시 재미있는 상황이 벌어지게 된다. 다름 아니라, 내가 순천지청 근무를 시작한 지 불과 6개월 만에 법무연수원으로 옮겨가게 되었던 것이다. 지청 근무가 보통 1년 기간을 정해져 있었다는 점에서 특이한 케이스이기도 했다.

당시 국회의 대정부 질의 과정에서 검사들의 유학 실태에 대한 추궁이 있었던 게 결정적인 요인이었다고 박상천 지청장님이 귀띔해 주었다. 그 가운데서도 내 경우가 하나의 사례로 직접 도마에 올랐던 모양이다. 국비를 들여서 유학을 보냈다면 당연히 관련이 있는 분야에 배치시켜 전문성을 살리도록 해야 하는데 왜 시골 지청에 보냈느냐는 질문이 제기되었다. 사리가 틀리지 않은 지적이었기에 법무부가 엉거주춤하듯이 나를 법무연수원으로 발령을 냈다는 것이다. 당시 박 지청장님이 "내가 지청장으로 있으면서 여러 검사를 보아 왔지만 아무 뒷말이 없이 떠나는 검사는 서 검사뿐이네" 하면서 격려해 주신 것이 기억에 남는다.

그런데 이분이 그 후 국회의원이 되시고 이어 법무장관까지 오를 줄은 아무도 상상을 못했으니 한 치 앞을 내다보지 못하는 것이 인간사임을 다시 한 번 절감하게 된다.

법무연수원은 원래 교도관 교육을 전담하는 기관으로 출범하였으나 검사를 포함한 전체 법무부 소속 공무원들의 자질 향상을 위한 연수기관으로 기능이 확대되고 있었다. 따라서 사법시험에 합격한 예비 법조인들을 교육시키는 사법연수원과는 기본적으로 구분된다. 지금은 경기도 용인시 구성읍에 위치해 있으나 그때만 해도 수원 시내 구치소 부근에 자리 잡고 있었다. 당시 김기춘 검사장님이 법무연수원장을 맡고 있을 때였다.

법무연수원에서 내가 맡은 직책은 교육생들에게 강의를 하는 교관이었다. 당시 기획과장 밑에 연구위원과 교관이 각각 4명씩 있었는데, 지금은 그 두 직책을 한데 묶어 교수라고 부르고 있다. 직제상으로 기획과장 위의 자리가 기획부장이며 대체로 검사장으로 승진하면서 맡게 되어 있는 초임 검사장 자리다. 내가 연수원으로 발령났을 때는 정경식 검사장님이 기획부장을, 기획과장은 안승균 부장검사님이 맡고 있었다.

정경식 기획부장님과의 에피소드

하루는 정경식 기획부장님이 부르기에 방으로 올라갔더니 자신의 부친을 추모하는 행사에 필요한 답사를 써줄 수 없느냐고 개인적인 부탁을 청해 왔다. 경상북도 고령의 고향 사람들이 향토 사학자인 부친을 추모하는 책을 낸다며 그 행사에서 읽을 글이라고 했다. 나는 내용을 잘 알지도 못하면서 그렇게 하겠노라고 덥석 승낙하고 말았다. 이해관계가 얽히지 않은 윗사람의 개인적인 부탁은 큰 무리가 안 된다면 가급적 들어주는 게 우리 사회의 오랜 미덕이 아니던가.

그렇다고 근거도 없이 무조건 미화하는 투로만 글을 쓸 수는 없는 노릇이었다. 과장이나 미화도 적당한 범위 안에서만 애교로 받아들여질 수 있기 때문이다. 일단 기초 사실이 중요했다. 그리고 그 위에 명문장의 표현으로 옷을 입혔다. 문장론 서적을 뒤지며 박종화나 모윤숙 선생의 글을 상당히 참고했던 것이다.

그런데 그가 출판기념회 행사장에서 답 글을 읽어 내려가자 참석했던 주민들 몇 명은 감동한 나머지 눈물을 흘리기도 했다고 들었다. 당대 최고 문인들의 문장을 인용하고 변용한 것이기는 했지만 주민들이 감동까지 할 것이라고는 미처 생각할 수가 없었는데도 말이다. 같이 내려갔던 안승군 과장님도 현장의 분위기를 전해주며 "이게 어떻게 된 일이냐"며 감탄의 기색을 감추지 못했다.

이 글을 읽는 검찰 후배들이 어떻게 생각할지 모르지만 윗사람이 부탁하는 일은 공적인 것은 물론이고 사적인 일도 가급적 성의를 다해야 한다는 것이 나의 지론이다. 남을 돕는다는 자체가 아름다운 일일 뿐만 아니라 더구나 선배의 일을 열심히 거들어 준다면 더욱 멋진 일이 아닌가 생각하고 있다.

법무연수원 기획부장 자리는 초임 검사장 자리 가운데서도 비중이 있는 자리다. 정경식 검사장님과 그 후임이었던 이건개 검사장님이 앞서거니 뒤서거니 차례로 대검 공안부장으로 옮겨갔으며, 또 그 후임인 정성진 검사장님도 대검 중수부장으로 영전했다는 사실에서도 확인된다. 나도 그때로부터 10년쯤 뒤에 검사장으로 승진하면서 이 자리를 거치게 된다.

6·29선언에 대한 보고서

정경식 검사장님 다음으로 기획부장을 맡은 이건개 검사장님과도 관련된 일화가 없지 않다. 어느 날 내가 제시간에 출근하지 못하고 지각함으로써 시작되었던 일이다. 대략 10시가 가까워서야 출근했으니까 늦어도 한참 늦었던 셈이다. 웬만해선 지각이나 결석을 하지 않는 성미이지만, 그날따라 갑자기 집에 급한 일이 생기는 바람에 출근이 늦어졌던 것이다.

이건개 기획부장님은 "왜 늦게 왔느냐"며 나를 불러 세우더니 지각한 벌로 숙제를 써오도록 과제를 맡겼다. 6·29선언의 배경과 향후 전망에 대해 보고서를 제출하는 게 그 벌이었다. 지각한 벌로 보고서를 쓰라는 것도 재미있는 발상이려니와 보고서의 주제도 보통은 아니었다. 지각했던 날이 바로 6·29선언 바로 다음날이었기에 아마 그런 생각에 미쳤을 것이라 여겨진다.

어쨌든, 일단 보고서를 제출하도록 과제가 떨어졌으니 얼렁뚱땅 넘길 일은 아니었다. 논문에 필적할 만한 작품까지는 아니더라도 비슷하게는 만들어내야 했다. 그날 저녁 퇴근길에 길거리 가판대에서 신문마다 한 부씩 사갖고 들어간 것은 그런 때문이었다. 그리고는 밤중 늦도록 관련된 해설기사에서부터 사설에 이르기까지 하나도 놓치지 않고 꼼꼼히 섭렵했다.

주지하다시피 6·29선언은 1987년 6월 29일 당시 민정당의 노태우 대표가 발표한 특별선언으로, 국민들의 민주화 및 직선제 개헌 요구를 받아들이겠다는 게 골자를 이루고 있었다. 그해 12월로 예정된 제13대 대통령 선거를 앞두고 민주적 선거와 절차에 따라 평화적 정권 이양을 약속한 것이기도 했다. 그 자신 전두환 대통령의 후계자로서 민정당의 유력한 후보로 떠오르던 참이었다.

당시 제5공화국 출범 이후 민주 재야세력은 친위 쿠데타로 집권한 전두환 대통령의 군부독재를 비판하면서 줄곧 직선제 개헌을 주장해 왔다. 하지만 전 대통령은 오히려 그해 4월 30일 일체의 개헌논의를 용납하지 않겠다는 호헌조치를 발표하였고, 이로 인해 재야 정치권과 대학가를 중심으로 민주화를 요구하는 집회와 시위가 이어지던 터였다.

남영동 치안본부 분실에서 서울대생 박종철 군이 고문으로 사망한 것도 바로 이 무렵의 일이다. 뒤 이어서는 시위에 가담했던 연세대생 이한열 군이 경찰의 최루탄에 맞아 목숨을 잃는 비극적인 사태까지 일어나기에 이르렀다. 시위는 더욱 격화되었고, 끝내 노태우 대표가 나서서 국민들의 민주화 요구를 받아들일 수밖에 없었을 것이다.

하지만 일단 사태가 그런 식으로 가닥이 잡히기는 했으나 그 파장이 과연 어떻게 번질지에 대해서는 누구도 장담하기 어려운 상황이었다. 검찰 내부에서도 정국 분위기를 긴장한 눈길로 지켜볼 따름이었다. 이건개 기획부장님이 나에게 지각을 핑계로 보고서를 써오라고 과제를 낸 것도 그런 와중이었다.

6·29선언에 대한 신문들의 시각은 제각각이었다. '민주화를 위한

2004년 국회 법사위원장이던 시절의 김기춘 청와대 비서실장(조선일보 제공)

쿠데타'라고 제목을 뽑은 신문도 있었다. 하지만 앞으로 초래될 결과에 대해서는 대체로 긍정적으로 바라보는 분위기였다. 당시 대부분의 언론 논조는 노태우 대표가 진정으로 민주화를 달성하기 위하여 호헌을 주장하던 전두환 대통령에게 전격적으로 반기를 들은 구국의 결단이라고 평가하고 있었다.

물론 6·29선언으로 독재정치의 시대가 끝나고 민주화의 초석이 마련됐음을 부인할 수는 없다. 그렇더라도 7~8년이나 정권을 장악해 온 군부가 호락호락 권력을 넘겨주겠는가. 아마 그렇지 않을 것이다, 하는 게 내 판단이었다. 따라서 "민주화를 가장한 전두환, 노태우 두 사람 공동의 삼류 작품"이라고 나는 결론을 내렸다. 민주화 요구를 수용했다는 측면보다 민정당 정권의 연장 수단이라는 점에 더 비중을 두었다는 얘기다.

보고서는 그러한 논조에 따라 작성되었다. 하루가 지나고 이틀 만에 보고서를 제출했더니 이건개 기획부장님이 움칫 놀라는 기색이었다. 내용을 훑어보고는 "어디서 보고 쓴 것이 아니냐?"고 묻기도 했다. 적어도 신문들이 간과한 점이 부각되어 있었으니, 어느 다른 전문가의 논평을 읽고 베껴냈을 것이라는 생각이 들었을지도 모르겠다. 나는 "근거가 있는 것은 아니니까 읽어보신 다음에 찢어버리는 게 좋겠다."고 얘기하기까지 했다.

그런데 이 기획부장님은 법무연수원의 모든 검사들을 소집한 가운데 그 보고서의 내용을 브리핑하도록 조치했다. 휘하의 검사들이 그 내용을 알아둘 필요가 있다는 생각이 들었던 때문일 것이다. 그 뒤로 정치적 사건이 벌어질 때마다 이건개 부장님은 나에게 그런 식의 보고서를 써내도록 과제를 맡기곤 했다. 나도 그러한 과제가 싫지만은 않았다.

김기춘 원장님과의 인연

그러나 나에게 있어 법무연수원 시절을 통해 가장 중요하게 기억될 만한 사실은 무엇보다 김기춘 원장님과의 개인적인 인간관계가 이루어졌다는 점이다. 이렇게 얘기하면 주제넘게 들릴지 몰라도 그는 시국 현안과 법률문제에 대해 가끔 나의 의견을 귀담아듣고는 했다. 그 자신 검찰 조직에서 한가한 자리로 옮겨와 바깥손님도 별로 없던 차에 나를 만만한 얘기 상대로 고른 것이었다. 나는 생각나는 대로 내 의견을 말씀드렸고, 가끔은 논쟁이 벌어지기도 했다. 그는 앞서 6·29선언 보고서의 브리핑 때도 내 얘기를 경청해주었다.

2004년 한나라당 국회의원 시절의 김기춘 씨. 그는 검찰총장, 법무장관을 거쳐 정계로 나갔다.(조선일보 제공)

나의 검사 생활에서 새로운 전기가 마련된 것이 김기춘 원장님과의 이러한 인연을 계기로서라면 너무 솔직한 고백이 될지도 모르겠다. 하지만 그것이 사실이다. 뒤에 그분이 검찰총장으로 재기하면서 나를 대검 연구관으로 발탁했고, 그 연장선에서 검사장까지 승진할 수 있었던 게 아닌가 하고 여겨진다. 내가 운명을 믿지 않는다고 하면서도 자꾸만 운명론에 끌리게 되는 것도 이처럼 보이지 않는 줄에 이끌려 움직여 왔다는 묘한 생각 때문이다.

김기춘 원장님은 검찰의 요직인 법무부 검찰국장까지 지내고도 법무연수원 연구부장과 대구지검장을 거쳐 다시 법무연수원장으로 발령이 났다는 점에서 역시 쫓겨 온 입장이나 다름없었다. 박정희 대통령 시절 중앙정보부에 오랫동안 파견되어 있었으며, 그때 군 관련 사건을 다루는 과정에서 보안사와 마찰을 빚었던 전력이 5공화국에 들어와 된통 꼬투리를 잡힌 것이라는 소문이 떠돌던 터였다.

그렇지만 그분은 흐트러짐 없이 자기관리에 충실한 편이었다. 뒷날 그분이 나를 끌어주었기에 개인적으로 고마운 생각이 각별한 것도 사실이지만, 그렇지 않더라도 충분히 존경을 받을 만한 분이다. 검사로서의 긍지와 자부심은 특히 대단했다. 그분은 무엇보다 스스로의 규율에 엄격했다. 아침에 출근하는 시간에서부터 신문을 읽고, 커피를 마시고 하는 시간이 거의 일정했다. 18세기 독일의 계몽주의 철학자인 이매뉴엘 칸트가 산책 시간까지 한 치의 오차도 없었다고 알려져 있지만 김기춘 원장님도 아마 거의 그런 수준이었던 것으로 기억된다.

한 번은 법무연수원 원장실로 방문하는 인사들에 대한 영접 룰에 대하여 말씀하신 적이 있다. 장관이나 검찰총장은 연수원장보다 직급이 높으므로 현관에 나가 영접하고, 고검장급은 연수원장과 직급이 같으므로 원장실 문에서 영접하고, 나머지는 원장실 내에서 맞아들인다고 하셨다. 어찌 보면 가볍게 생각할 일인데도 하나의 룰을 정하여 대응하시는 것을 보고 놀라지 않을 수 없었다.

그는 점심을 먹고도 낮잠을 자는 법이 없었다. 마침 서울대 대

1991년 서울지방교정청 현판식에 참석한 김기춘 당시 법무부장관(오른쪽에서 둘째)(조선일보 제공)

학원에서 형사 관련 박사학위 논문을 쓰던 중이어서 더욱 그랬겠지만 자기 관리에 소홀함이 없도록 애쓰는 모습이 역력했다. 그는 점심도 거의 구내식당에서 해결하곤 했다. 고검장 신분이었지만 찾아오는 손님도 별로 없었다. 검찰 조직 내에서도 위치와 직책에 따라 손님의 변동을 느낄 수 있었으니, 세태란 바로 그런 것이었다. 아니, 법무연수원이 서울에서 떨어져 수원 외곽에 위치해 있었던 만큼 일과 중이나마 스스로 외톨이를 자처했는지도 모른다.

나는 점심시간이면 구내식당에서 그분과 마주치곤 했다. 식사를 나누면서 세상 돌아가는 일에 대해서도 자연스럽게 얘기가 이어졌다. 어떤 때는 대화 끝에 토론이 벌어지기도 했다. 심지어는 토론 차원을 넘어 내 편에서 막무가내로 우겨대던 때도 없지 않았다. 물론

상하관계의 범절에 어긋나는 경우는 추호도 없어야 했다. 같은 검찰 조직에 몸담고 있기는 했어도 연배가 차이가 나는데다 출신 지역이나 학교도 다르기 때문에 서로 마주칠 일이 없었던 그를 또 다른 유배처인 법무연수원에서 대화상대로 인연을 맺게 되었던 것이다.

1992년 법무부장관이던 시절의 김기춘 청와대 전 비서실장, 오른쪽은 김 실장의 사위인 김도영 변호사(조선일보 제공)

언젠가는 조간신문에 게재된 칼럼을 놓고 김 원장님과 토론을 벌인 일도 있다. 어느 지방대학의 서 아무개라는 교수가 돌아가는 시국을 놓고 "당국이 너무 용공성으로 몰아가서는 안 된다"며 진보적인 시각에서 칼럼을 썼는데, 마침 나도 그날 아침에 관심을 두고 읽은 글이었다. 김 원장님이 같이 점심을 하다가 갑자기 생각났다는 듯이 "자네 그 칼럼을 읽어 봤는가?"라고 물어왔고, 내가 읽었다고 하니까 "그러면 그 내용에 대해 어떻게 생각하느냐?"고 재차 생각을 물어왔다.

그래서 나는 망설임 없이 "칼럼의 논지가 별것 아니지 않습니까?

이런 문제가 언론에서 문제로 삼는 자체가 문제가 아닌가요?"라며 내 생각을 밝혔다. 내 얘기가 워낙 좌충우돌하는 경우가 많았지만 이때는 김 원장님도 깜짝 놀라는 듯했다. "자네, 지금 무슨 소리를 하는 거냐?"라며 나무라는 듯한 말투로 일단 내 얘기를 중단시켰다. 공산당 문제는 워낙 민감한 사안이었다.

그러나 용공성에 대한 토론은 그 다음날에도 이어졌다. 전날의 토론이 미진했다고 생각했는지 그가 나를 집무실로 불러 다시 그 얘기를 꺼낸 것이었다. 김 원장님 나름의 얘기가 있었지만, 나도 논리를 굽히지 않았다. 그도 일방적으로 나를 밀어붙이기보다는 내 논리에 귀를 기울이는 듯했다. 마침 내가 특별검사제도와 관련한 논문을 발표했던 시점이어서 "이놈이 속으로 뭔가 있는가 보다"라고 넘겨짚었는지도 모를 일이다.

당시 나는 공산주의와 관련해 김 원장님에게 그 사상이 성경의 '누가복음'에서 힌트를 얻었다는 출발 배경에서부터 얘기를 시작했다. 예수가 소천하자 베드로가 제자들이 소유하고 있던 재산을 한데 모아놓고 "능력에 따라 전도하고 필요에 따라 재산을 가져가라"고 하였는데, 이것이 바로 공산주의의 모토인 능력에 따라 일하고 필요에 따라 사용한다는 사상의 토대가 되었다는 것이다. 그 뒤 이런 정신이 유토피아적인 공상적 공산주의로 발전하다가 칼 마르크스의 '자본론(Das Kapital)'에 의해 과학적 공산주의로 완성되었는데, 레닌이 러시아에서 프롤레타리아 혁명을 일으키면서 폭력적으로 변질되었고 북한에서는 이를 왕조식 독재주의로 둔갑시켜 원래의 공산주의 이념이 변질·퇴색되기에 이르렀다. 반면에 유럽에서는 폭력이 없는 선거로 공산주의를 하자는 유로코뮤니즘이 오랫동안 지배해 온 것이 아니던가.

이 과정에서 소련은 폭력적 공산주의를 국제적인 세력 확장의 기구로 삼아 폴란드 같은 위성 유럽국가가 등장하고 끝내 서독과 동독이 분리되었던 것이다. 결국 이론적으로는 선거를 통한 유럽식 공산주의와 중국에서처럼 선거를 거치지 않고 공산당 일당지배하의 공산주의로 양분되어 존재하고 있는 것이다. 그러나 미국과 같은 자유주의 국가에서도 폭력에 의존하지 않는 한 공산주의를 인정하고 있고 이것이 일본의 적군파나 독일의 극력좌파와 같이 폭력으로 변질될 경우에만 사법제재를 가하고 있다.

그보다 한참 전에 타임지가 커버스토리로 '사회주의 유령의 붕괴(The Specter: Socialism collapses)'라는 기사를 다룬 적이 있었다. 너무 흥미롭게 읽은 나머지 여운이 오랫동안 남아 있었던 기사다. 폴란드의 바웬사 시절이었던가 싶은데, 공산주의가 왜 발생했고 결국 어떻게 무너지는가 하는 내용이었다. 이렇게 김기춘 원장님에게 얘기를 했던 내용 가운데서도 타임지의 기사가 상당 부분 섞여 있었다.

공산주의 합법화와 관련된 의견교류

공산당을 불법화시키게 되면 지하당으로 변질되어 사회혼란을 일으키고 반란을 일으키기도 한다. 서구의 좌파 무장해방군이나 남미의 공산좌파들이 밀림 속으로 들어가 혁명투쟁을 벌이는 것과 같다. 따라서 과거 서독은 동독과 대치상태에 있으면서도 공산주의를 합법화시켰고, 일본도 소련이나 중공을 코앞에 두고도 공산당을 합법화시켰다. 유럽의 대부분 국가들도 공산당을 합법화시킴으로써 지하당으로의 변질을 막았던 것이다.

미국도 공산당을 인정하면서 '명백하고 현존하는 위험(clear&present danger)'에 이를 정도의 폭력을 행사하는 경우에만 법적인 재제를 가하도록 되어 있다. 이렇게 공산당을 합법화시킬 경우 하나의 장점은 공산주의자들이 누군지 알 수 있을 뿐 아니라 미리 정보를 수집하여 그 동향을 파악할 수 있다. 평소에 관리하고 통제함으로써 돌발적인 위험을 막을 수 있다는 것이다. 그리고 국교가 없거나 교류가 없는 공산국가와도 자체 공산당을 통하여 연결고리를 만들어 여러 가지 외교적 성과를 거둘 수도 있다.

나는 공산주의자들을 마치 머리에 뿔난 짐승처럼 간주해서는 안 된다고 생각했다. 19세기 영국의 철학자 존 스튜어트 밀은 "반정부, 반체제에 관한 의견은 합리성과 상식이 움직이는 '밝은 대낮'을 만나게 되면 자연히 시들어 버린다."고 자신의 고전적 역작인 『자유론(On Liberty)』에 썼다. 다시 말해서, 의견의 표출 자체는 힘이나 법의 규제로 제압되거나 억제되어서는 안 된다는 것이다.

하지만 우리의 경우 북한과 첨예한 대립관계에 처해 있으므로 공산당 합법화는 시기상조로 보이는 것이 분명하다. 그러나 이러한 관점에서 바라본다면 앞서 서 교수의 용공성 칼럼 정도를 놓고 전 국가가 경천동지할 일은 아니고 보안법에 위반되지 않는 한 차분히 대응해야 한다는 것이 내 논리이며 주장이었다.

김 원장님은 나의 이런 논리에 전적으로 수긍하지는 않았다 하더라도 얘기 자체를 거부하지는 않았다. 내가 무슨 얘기를 꺼내도 그는 조용히 들어주는 모습이었다. 그에게는 내가 진보주의자로 비춰졌을지도 모르겠다.

검찰총장의 취임사를 정리

그러던 중, 검찰 수뇌부의 인사를 앞두게 되었다. 당시 이종남 검찰총장이 5공비리 수사를 마무리하고 명예롭게 물러나게 되면서 검찰 진용을 다시 짜야 하는 상황이었다. 다시 말해서, 후임 검찰총장에 과연 누가 발탁될 것인가가 초미의 관심일 때였다. 서울 올림픽이 끝난 1988년의 11월 하순께였다.

하지만 김기춘 원장님은 처음부터 언론의 하마평에서 빠져 있었다. 이종남 총장과 고등고시 12회 동기였기에, 동기를 연달아 검찰총장에 앉힌 전례가 거의 없었기 때문이다. 더구나 김기춘 원장은 검찰의 수사 라인에서 오랫동안 밀려나 있던 입장이었다. 신문에서도 주로 그 밑의 기수인 고시 13회 출신들에 대해서만 하마평을 쏟아내고 있었다.

그러던 어느 날, 역시 구내식당에서 그분과 마주쳤다. 식사를 끝내고는 여느 때처럼 커피를 마시자며 그의 방으로 올라갔는데 딱히 꺼낼 만한 화제가 없었다. 그래서 꺼낸 게 검찰총장 인사 얘기였다. 마침 수뇌부 인사가 거론되던 터였고 멋쩍은 분위기도 피할 필요가 있었다. 아마 그분으로서는 별로 듣고 싶지 않은 이야기였을 것이다.

그런데 내 생각에도 순발력이 좋았다. 막연하게나마 그가 검찰총장에 발탁될지도 모른다는 생각이 떠올랐다. 나는 "이번에 원장님께서 반드시 총장이 되실 것"이라며 하마평에서 제외되어 있는 그분을 위로하면서 근거가 될 만한 이유를 들이댔다. 순간적으로 떠오른 생각이었다. 그것도 한두 가지가 아니라 다섯 가지를 열거했으니, 그분으로서도 어차피 지어낸 얘기라고 받아들이면서도 한편으로는 솔깃했을 것이 당연하다. 그때 차기 수뇌부로 유력하게 거론되던 선두 그룹들이 군부 실세와의 연줄을 이용해서 인사 운동을 벌인다는 소문이 공공연히 나돌고 있었다. 물론 나는 그 소문의 진의를 반신반의하고 있었다. 그렇지 않을 것이라고 생각했다. 하지만 떠도는 얘기대로라면 검사라기보다 정치인 같다는 느낌이 들 정도였다.

"이번 총장 인사에서 유력한 경합자들이 서로 다투고 있는데 결국 차례차례 정리되는 과정에서 원장님에게 차례가 돌아올 것"이라고 결론을 내렸다. 그는 다 듣고 나더니 "누구에게 들은 얘긴가"라며 관심을 보이기도 했다. 다른 누구로부터 들은 얘기가 아니라 내 생각이었다. "사필귀정이 아니겠느냐. 당연히 그렇게 되어야 한다."고 답변하자 "자네 개인 생각이라면 생각으로만 묻어두고 절대 다른 사람에게 그런 얘기를 하지 말게"라고 함구령을 내렸다. 표정조차 심각했다.

그렇게 대화가 오가고는 검찰총장 인사 문제에 대해 거의 잊어버리고 있었다. 떠도는 소문은 무성했지만 어차피 나와는 관계가 없다고 여겨졌던 까닭이다. 김기춘 원장님에게 꺼냈던 얘기조차 뇌리에서 까맣게 지워지고 있었다. 검찰 인사에 대한 평소의 내 생각이 그런 식으로 표출됐던 것일 뿐, 내 생각대로 인사가 이뤄질 수는 없었기 때문이다.

그런데 열흘쯤 지났을까. 어느 날 밤늦게 집으로 전화가 걸려왔다. 대략 10시가 가까워지던 늦은 시간이었다. 아내가 전화를 받더니 김기춘 원장님이라며 전화를 바꿔 주었다. 나는 전화를 받으면서도 왜 한밤중에 전화를 주셨을까 의아해할 수밖에 없었다. 검찰총장 인사와 관련된 전화일 것이라고는 전혀 생각지 못하고 있었다.

"오늘 대통령으로부터 검찰총장 임명 통보를 받았네."

수화기 저쪽에서 들려오는 김 원장님의 목소리는 약간 떨리는 듯해도 차분했다. 정식 발표는 다음날 아침에 있을 예정이라 했다. 때마침 바로 그날 단행된 전면 개각에 뒤따라 곧바로 검찰 수뇌부 인사가 이어지는 것이었다.

그분으로서는 여러 가지 사유로 검찰의 변두리를 맴돌다가 드디어 권토중래를 이룬 셈이었다. 그 얘기를 듣는 나로서도 뜻밖이었다.

그때서야 비로소 내가 김 원장님에게 했던 얘기가 다시 떠올랐다. 그분이 나에게 전화를 걸어온 이유도 대충은 짐작할 수 있었다.

"자네에게 대단히 미안한 부탁이네만 총장 취임사를 자네가 좀 정리해 줬으면 좋겠네. 내일 아침에 일찍 나오게나."

당신께서 검찰총장이 되어야 한다고 말하면서 그 이유로 들었던 얘기를 취임사에 반영해달라는 뜻으로 내 나름대로 해석했다. 평소 대화를 나누며 돌아가던 시국과 검찰 내부의 분위기에 대해 내가 불만스럽게 툭툭 던졌던 얘기들도 그분의 머리에 남아 있었을 것이다. 그런 비판적인 내용도 취임사를 통해 검찰 조직에 전달하고 싶다는 뜻이었다.

그렇지 않아도 법무연수원의 입교식이나 수료식 때는 김기춘 원장님의 연설문을 우리 교관이나 연구위원들이 돌아가며 작성해 왔던 터다. 자기 차례가 되면 원장실로 불려가 골자만 듣고는 연설문을 써내곤 했는데, 솔직히 말하자면 자기 뜻을 연설문에 제대로 반영하지 못했다고 질책을 들을 때가 적지 않았다.

취임식은 오전의 임명 발표에 이어 오후에 곧바로 열리도록 일정이 잡혀 있었다. 시간이 촉박했다. 물론 취임사의 커다란 줄거리는 본인이 대강 잡아 놓았다고 했다. 거기에 살을 붙이고 문장을 다듬으면서 훈계의 내용을 덧붙여 달라고 밤늦게 전화를 걸어왔던 것이다. 나도 은근히 마음이 들뜰 수밖에 없었다.

다음날 아침 새벽같이 출근해 원장실로 올라갔다. 벌써 나와 있던 김 원장님이 나에게 취임사에 쓸 자료들을 넘겨주었다. 책이라도 몇 권 쓸 만큼 두툼한 분량이었다. 아마 나에게 전화를 걸고도 밤늦게까지 여기저기 뒤져서 필요한 자료를 찾아냈을 것이다.

나는 취임사의 내용을 강하게 정리했다. 그분이 넘겨준 자료가 바탕이었지만 내 개인적인 생각이 가미되지 않을 수 없었다. 취임사는 그런 과정을 거쳐 완성되었다. 요점을 말하자면, 검사는 정부의 감시자로서 국민의 편에 서야 한다는 것이었다. 권력을 위한 검찰이 아니라 국민을 위한 검찰이 되어야 한다는 논지였다.

취임식은 서소문 검찰청사에서 열리도록 되어 있었다. 나는 취임사 작성을 끝내고는 김기춘 신임 총장님을 수행해 검찰청으로 함께 출발했다. 함께 동행 해달라는 그분의 요청에 따른 것이었다. 청사에 도착하자 대검에서 취임사를 별도로 준비했다며 김 총장님에게 제시했다. 원래 검찰총장님이 새로 취임할 때는 대검 기획과장이 취임사를 쓰는 것이 그동안의 관례였다. 하지만 김 총장은 "취임사는 내가 써 왔으니 그것은 필요 없다"고 뿌리치고는 나에게 미리 써 간 취임사를 출입기자실에 배포하도록 했다.

"그동안 검찰은 '정치권력의 시녀'이니 '정권유지의 도구'니 하는 오욕에 찬 세론을 들어야 했습니다. 검찰권은 여與의 편도 야野의 편도 아니며, 가진 자의 편도 못가진 자의 편도 아닌 불편부당한 것이어야 합니다."

그의 어조는 차분하면서도 단호했다. 더욱이 2년제 임기를 보장하는 첫 검찰총장으로서였다. 정치적 외풍과 관계없이 임기를 보장하겠다는 뜻이었으니, 그전보다 훨씬 공명정대한 입장에서 사건을 처리할 수 있게 되었던 것이다. 당시 군부의 입김이 크게 미치고 있던 상황에서 검찰이 정부의 감시자로서 역할을 해야 한다고 하는 자체가 돌발적인 선언이었다. 언론도 그의 취임사 내용에 주목하고 있었다.

김기춘 총장님의 취임으로 검찰 조직은 다시 전환기를 맞게 된 것이었다. 내부적으로 변혁과 쇄신이 예고되어 있었다.

검찰총장도 별로 힘이 없다네

김 총장님으로부터 전화가 걸려온 것은 바로 며칠 뒤였다. 자기의 취임사를 정리해 준 일로 바쁜 와중에도 아마 고맙다는 얘기를 전하려는 것이겠거니 하고 생각했다. 물론 그 얘기도 없지 않았다. 하지만 본론은 다른 것이었다.

"자네, 이제 지청장 나갈 때가 안 됐는가?"

나의 인사 문제를 거론하고 있었다. 마침 내가 포함된 사법연수원 6기 기수가 지청장 나갈 차례에 이르렀던 것이다. 이미 평검사에서 고등검찰관으로 한 단계 승진한 것이 한 해 전의 일이다. 그분이 나를 배려하려고 여러 가지로 생각하다가 지청장 인사에서 힘을 써 보려고 마음먹었던 모양이다.

나로서도 자리를 옮길 때가 되어 은근히 기대를 갖고 있던 때였다. 하지만 그분이 총장 취임식을 끝내고 며칠 지나지 않아 인사 문제를 거론하며 직접 전화를 걸어올 줄이야 미처 예상하지는 못했다. 김 총장님은 다시 다그치듯 말을 이었다.

"어디로 가고 싶은가? 그래도 내가 총장인데 자네 한 사람 가고 싶은데 보내지 못하겠는가?"

그는 농담 반, 진담 반으로 내가 어느 지청으로 가기를 원하는지 물어왔다. 내 입장에서도 자리를 옮길 때가 된 만큼 굳이 생각을 숨길 필요가 없다고 생각했다. 서울지검 초년병 시절 겸양을 피우다가 특수부로 갈 기회를 놓쳤던 기억도 순간적으로 되살아났다. 더구나 검찰의 최고 지휘자가 전화 저쪽에서 답변을 기다리고 있지 않은가.

"가능하다면 서산지청이 좋겠습니다."

답변은 금방 튀어나왔다. 내 고향이 충남 서천이기에 미리 준비된 답변이나 마찬가지였다. 김 총장님은 "알았다"면서 전화를 끊었다.

이제 발령만 남은 것이었다. 적어도 내 생각은 그러했다.

그런데 덜커덕 문제가 생겼다. 이미 서산지청에는 다른 사람이 내정되어 있었던 것이다. 다음날 검찰국장으로부터 전화가 걸려왔다. "서 검사는 이번에 서산지청장 차례가 아니네"라며 퇴짜를 통보했다.

아마 김기춘 총장님에게도 서산지청장으로는 어렵다고 보고가 되었을 것이다. 검찰국장은 나에게 다른 지역을 물어왔다. 서산이 아닌 다른 지청으로 보내주겠다는 뜻이었다. 그래서 "공주로 보내 달라"고 했는데, 거기도 안 된다고 했다. 역시 임자가 정해져 있었을 것이다. 나는 속으로 은근히 자존심이 상했다. "그러면 아무 데나 보내 달라"며 내키지 않는 듯이 내뱉고 말았다.

그런 실랑이 끝에 나는 결국 나는 강경지청장으로 발령을 받게 되었다. 강경지청 역시 검찰에서는 예로부터 유배지라고 불리던 곳이었다. 교통도 좋지 않고 주목을 끌 만한 사건도 기대하기 어려웠다. 이미 유배지라 여겨지던 순천지청과 법무연수원을 거친 입장에서 다시 유배지로 발령받게 되었던 것이다. 그러나 검찰 생활에서 그런 정도는 큰 문제가 아니라는 생각에 이른 것은 나름대로 이력이 쌓여가고 있었다는 증거다.

그렇게 강경지청으로 정식 발령이 떨어지고 나서 김 총장님으로부터 다시 전화가 걸려왔다. 나를 위로하려는 전화였다. "자네를 서산으로 보내려고 애는 썼는데 중간에서 안 된다고 하니 어쩔 수가 없네그려. 이번에는 그냥 경경지청에 가서 근무하고 다음 기회를 다시 엿보세나. 이번에 겪어보니 검찰총장도 별 힘이 없는 것 같네."라며 웃어넘기셨다.

당신께서 먼저 약속을 하고도 지키지 못했으니 미안한 마음도 없지 않았을 것이다. 총장의 입장에서 억지로 밀어붙일 수야 있었겠지만 취임 직후부터 무리하게 인사를 강행했다는 소문이 퍼진다면 조직 통솔에도 문제가 생길 수밖에는 없었다. 나로서도 필경은 좋지 않은 구설수에 휘말릴 게 뻔했다. 두고두고 꼬리표가 따라다닐 것이었으니, 결국 이로울 것은 없었다.

김 총장님은 인사를 결정하면서 이 같은 모든 사항을 고려했을 것이다. 그만큼 사리분별이 뚜렷한 성격이었다. 개인적인 감정으로 조직의 기반을 허물어뜨리는 과오를 저지른다는 것은 있을 수 없는 일이었다.

어쨌거나, 나로서는 큰맘 먹고 서산지청장 자리를 원했다가 공연히 풀이 죽고 말았다. 내 마음을 알아차렸는지, 당시 기획부장님이 나에게 한마디를 건넸다. “설령 내키지 않더라도 총장님을 찾아가 고맙다고 인사를 드려야 한다.”는 것이었다.

비록 생각대로 이뤄지지는 못했지만 그만큼 신경을 쓴 것만은 사실이지 않느냐는 얘기였다. 그것은 맞는 지적이었다. 내가 철딱서니가 없어 그 생각까지 미치지 못했던 것이다. 나는 즉각 총장실로 찾아가 신고 겸 인사를 드리고 강경지청으로 부임했다. 그것이 1989년 3월의 일이다.

법무연수원 교관 시절 또 다른 행운도 있었다. 갑자기 김경한 법무부 검찰 1과장님으로부터 전화가 걸려왔다. 일본 아시아 극동문제연구소(UNAFEI)에서 열리는 3개월간의 세미나 과정에 참석하라는 것이었다. 보험범죄에 관한 세미나라고 했다. 미국 유학을 갔다 온 지 얼마 안 된 덕분에 영어 구사력도 살아 있을 것이니 갔다 오라는 것이었다. 일본을 지척에 두고도 한 번도 간 일이 없는데 아주 고마운 명령이었다. 지금도 감사하게 생각한다. 1개월에 50만 엔씩 3개월간 체재비를 주고, 주말마다 관광을 시키는 과정으로 일본을 후진국에 알려 친일파로 만들기 위한 프로그램이었다. 어쨌든 나는 갑작스러운 행운을 얻어 귀중한 경험을 하게 되었다. 세미나 첫날 일본 교수가 나와 일본이 2차 대전 중에 점령한 최대한의 영토가 그려진 빨간 지도를 보여주면서 이것이 한때 일본의 영토였다고 장광설을 늘어놓던 기억이 지금도 새롭다.

강경지청장／

다이아몬드의 행방

강경지청의 업무는 한가했다. 미리 예상한 대로였다. 지청장 밑으로 소속된 검사가 한 명뿐이었다. 직제상으로는 논산과 부여까지 관할하고 있었지만, 워낙 시골이었다. 그때만 해도 논산이나 부여에 비해서는 그나마 강경이 번화한 편이었다.

그때 처리한 사건으로 기억에 남아 있을 만한 대형사건도 별로 없다. 토호세력 비리를 추적하는 과정에서 세무서를 통해 어느 대지주의 탈세혐의를 확인하고는 특가법으로 구속한 정도가 거의 전부다. 그나마 대검으로부터 토착세력을 내사하라는 지시가 떨어짐으로써 손을 댔던 사건이다.

오죽하면 강경지청장 시절 성경에 심취하게 되었을까 싶다. 강경에 있던 1년 8개월 동안 영어 성경으로 신구약을 내리 다섯 번이나 읽었다. 『Good News Bible』이 그 교재였다. 특히 신약 부분은 별도로 열 번 이상이나 읽은 것 같다. 사건이 없어 한가하기도 했지만 성경을 읽다보니 재미도 있었다. 한때나마 내가 목사가 되기로 했다는 소문까지 주변에 퍼졌을 정도다.

한 가지 떠오르는 것은 관내 지원장에 얽힌 사건이다. 지원장이 다이아몬드 선물을 받았다는 소문이 퍼지고 있었던 것이다. 관내의 범죄예방위원이 찾아와서 "주변에 괴소문이 돈다."며 조심스럽게 일러준 얘기였다. 물론 사실일 리 없는 소문이었다. 내가 슬며시 그 얘기를 전해주자 지원장은 금시초문이라며 깜짝 놀라면서 나에게 즉각 소문을 퍼뜨린 범인을 잡아달라고 부탁했다.

재판 업무를 관장하고 있는 지원장이 무고한 누명을 쓰고 있다는 것은 검찰로서도 달가운 일이 아니었다. 그대로 두었다간 재판 일정이 공연히 차질을 빚을 가능성도 없지는 않았다.

즉각 수사에 착수했다. 그 대신에 경찰을 활용키로 했다. 부여와 강경 2개 경찰서의 서장을 지청으로 불렀다. 재판장과 관련된 불미스런 소문을 해결하기 위해 각 경찰서에서 민완형사를 4명씩 차출하도록 부탁했고, 서장들도 그러마 하고 응낙했다. 수사에 필요한 비용은 지청에서 부담하기로 약속했다.

역시 경찰의 수사력은 기대 이상이었다. 수사가 시작되고 한 달쯤인가 지나서 바로 실마리가 경찰 수사망에 걸려들었다. 앞서 언급한 바 있는, 지방 토호세력으로 행세하던 인사의 구속사건과 관련된 것이었다. 그 지방 유지가 구속된 직후 어느 여인이 그 부인을 찾아가 5천만 원만 주면 남편이 풀려나도록 방법을 알아보겠다며 접근했다는 것이다. 자기가 나전칠기 매장을 운영하고 있어서 법원 사람들과도 두루 알고 지낸다고 얘기했다는 사실도 포착되었다.

더 알아본 결과 그 여인이 문제의 소문을 퍼뜨린 장본인이 틀림없었다. 5천만 원을 전달받아 이리(지금의 전북 익산)에 밀집해 있는 보석가공 공장에서 1캐럿짜리 다이아몬드를 샀고, 그것을 케이크 상자에 넣어 지원장에게 직접 전달하려 했다는 사실도 확인되었다. 하

ⓒ 김도원 화백(조선일보 제공)

지만 지원장이 그것을 물리쳤던 것이다. 물론 거기에 다이아몬드가 들었을 거라는 것은 상상도 하지 못했을 터이다.

시골 경찰이었지만 거기까지 자세히 수사가 이루어졌던 것이다. 요즘 검찰과 경찰 사이에 툭하면 수사권 다툼이 벌어지곤 하는데, 경찰의 수사력을 결코 얕잡아 보아서는 안 된다는 것을 나는 이미 그때 깨달았다. 문제의 다이아몬드는 다시 서울의 보석상에 팔린 뒤였다. 지원장이 받기를 거부하니까 결국 다른 곳에 처분한 것이었다.

이렇게 수사가 진행되면서 생각해보니까 문제의 그 여인이 나에게도 찾아왔던 기억이 떠올랐다. 바로 그 건으로 인해서였다. 말을 빙빙 돌리더니 구속된 사람을 풀려나게 하려면 어떻게 해야 되는지를 나에게 물어왔던 것으로 기억된다.

"일단 구속해 놓고 나면 검찰은 손대기가 어렵다"고 하니까 법원장을 찾아갔던 모양이다. 이미 상습사기 전과가 있었고, 더군다나 형을 살고 나온 직후였다. 또다시 대상을 물색하다가 신문에서 구속 기사를 읽고 그 부인을 찾아갔으리라는 것은 능히 짐작이 가고도 남는다.

그때의 지원장은 서울지법 부장판사로 옮겨갔으며, 더 뒤에는 서울지방법원장도 지내게 된다. 그때의 다이아몬드 누명을 내가 벗겨주지 않았다면 그의 진로도 상당히 곤경을 헤맸을 것이 틀림없다. 이처럼 검찰이나 법원과의 연줄을 핑계 삼아 민원인에게 접근해 이익을 얻으려는 부류가 적지 않았다. 꼭 돈을 받아 챙기려 하지는 않더라도 검사들과 잘 안다는 자체로 위세를 부리기도 하는 모양이다.

박충근 변호사

강경지청장 시절 또 하나 기억나는 사건이 있다. 검찰 범죄예방위원회 위원장으로부터 부여 관내에 70명으로 구성된 '일진회'라는 폭력 조직이 있는데 민생에 대한 피해가 엄청나다는 얘기를 전해 듣고 박충근 검사에게 그 두목을 내사하도록 하였다. 그 결과 그 두목이 부하를 폭행한 사실이 밝혀졌다. 솜이불을 둘둘 말아 씌운 채 나무에 매달아 놓고 야구방망이로 무수히 구타했다는 것이다. 외상은 2주 상해였지만, 죄질이 중하여 구속영장을 청구했다. 당시 지원장께도 민생을 해치는 조폭은 근절되어야 한다고 강력히 말씀을 드렸다. 그런데 구속처리 후 진풍경이 벌어졌다. 지역 유지들이 나에게 찾아와 면회를 허용해달라는 것이었다. 면회를 하지 않으면 그가 출소한 후 보복할 것이라는 이유였으니, 기가 막힌 일이었다.

그 무렵, 나에게도 자주 찾아오는 사람이 있었다. 간혹 점심을 사기도 했다. 자기가 대전고등학교 후배라며 찾아오는데야 말리기가 어려웠다. 언젠가는 그가 청첩장을 돌렸는데, 태도가 불손했다. 아무래도 이상해서 박충근 검사에게 알아봐 달라고 부탁했더니 역시 고교 동문이라는 얘기부터가 가짜였다. 청첩장으로 통보한 결혼식도 사실이 아니었다. 아마 그런 식으로 축의금을 받아 챙기려는 사기 수법이었을 것이다.

만약 내가 그런 사람들과 계속 어울렸다면 지금쯤은 과연 어떻게 되어 있을까 생각해본다. 분명히 아찔한 순간에 적잖이 부딪쳤을 것이다. 검사는 친구를 사귀는 것도 조심해야 한다는 얘기를 선배들로부터 숱하게 들었거니와 내가 직접 경험한 경우이기도 했다.

한편, 박충근 검사에 앞서 근무했던 박경순 검사는 강경지청에서는 최초로 서울지검으로 발령받아 강력부에 배치되는 기록을 세웠다. 강경지청은 유배지라는 오명이 있었기에, 강경에 근무하는 평검사는 지역에 소위 영이 먹히질 않았다. 별 볼일 없는 검사로 치부되어 지청의 권위가 땅에 떨어져 있었다. 그래서 강경지청에 근무하면 반드시 서울지검에 근무할 수 있도록 하는 것이 강경지청의 권위를 회복하고 수사력을 제고할 수 있다고 생각했다. 박경순 검사가 마침 중국어에 능통했기에 내가 당시 김경한 검찰과장님에게 이런 취지를 설명하고 박 검사를 서울지검에 발령을 내달라고 간청하였더니 선뜻 들어주셨고 서울지검 신창언 2차장님에게도 특별히 강력부에 배치시켜달라고 부탁하여 그 검사의 뜻이 이루어졌다.

자기의 인사 문제는 부탁하기 어렵지만 후배 내지 휘하 검사의 인사에 대하여는 인사 담당자에게 마음대로 말씀을 드릴 수 있다는 것이 가슴 뿌듯했다. 김경한 과장님과 신창언 차장님이 망설이지 않고 청을 들어 주신것에 대하여 항상 고맙게 생각하고 있다. 그때까지 강경지청에서 근무한 검사가 서울지검으로 발령을 받은 것은 강경지청 역사상 처음이라고 들었고, 그 후 계속하여 그 인사패턴이 지속되었다.

비디오 촬영으로 지은 강경구치소

당시 한 가지 자랑할 만한 것은 강경구치소를 지은 일이다. 강경지청 관할에 구치소가 없으므로 수형자들을 강경경찰서 유치장에 수용해야 했는데, 많게는 그 인원이 120여 명에 이르렀다. 유치장에 '대용감방'이 마련되어 있었던 것이다. 형편상 아쉬운 대로 대용 감방을 마련한 것까지는 그렇다 쳐도 수용 인원이 너무 많은 게 문제였다.

언젠가, 당직인 이상민 검사가 유치장 감찰을 나갔다 오더니 "유치장 광경이 너무 처참하다"고 보고했다. 한 칸에 열 명씩 수감되어 있는데 비좁은 나머지 몸을 제대로 눕히지 못하고 옆으로 누워 새우잠을 자야 할 형편이라고 했다. 내가 듣기에도 너무했다. 그러고도 구치소를 지을 생각을 못하고 있었으니, 납득할 수가 없었다.

나도 다음날로 강경경찰서에 나가 현장을 목격하고는 그대로 두어서는 안 된다고 판단을 내렸다. 어쩌다가 사고라도 터지면 큰일이었다. 전염병이 나돌고 자칫 화재라도 발생한다면 방책이 묘연했다. 수감자들 사이에 폭력 사태가 비일비재하게 벌어지고 있었는데, 비좁은 장소에서는 피해가 더 커질 우려도 충분했다.

나는 직원들에게 유치장 내부의 모습을 촬영하도록 지시했다. 그것도 그냥 사진이 아니라 비디오로 생생하게 찍도록 했다. 나는 대검과 법무부에 정기적으로 올리는 감독 보고서에 "어떤 일이 있더라도 강경 관내에 구치소를 지어야 한다."며 그 비디오를 첨부했다.

구치소를 지어야 한다는 건의는 검찰총장과 법무장관에까지 올라갔다. 그리고 결국 정식 절차를 거쳐 구치소가 지어지기에 이르렀다. 결혼식이나 돌잔치 외에는 아직 그다지 활용되지 않고 있던 비디오 촬영 덕분이었다. 구치소를 세우는 데는 당시 교정국장을 맡고 있던 신건 검사장님도 상당한 노력을 보여 주었다.

아무리 촌구석이라지만 그렇게 문제점을 잡아내 시정했다는데 있어서는 지금도 자부심을 느낀다. 더구나 지청에서 올린 감독 보고서마다 그렇고 그런 내용이기 십상이어서 잘 읽히지 않던 때였다. 윗사람들의 관심과 주의를 끌어내는 데도 나름대로 전략이 필요한 법임을 새삼 깨닫게 되었다.

강경지청장으로 근무하는 도중에도 몇 번인가 김기춘 총장님의 연락을 받았다. 한번은 대검 중수부에 과학수사과를 신설하려고 하는데 서울로 올라와서 근무하되 미국에 가서 과학수사 기법을 배워오라는 지시였다. 그러나 이 계획은 총무처의 예산문제 난색으로 결국 불발로 그치고 말았다. 불발이 되었다 하더라도 나로서는 김 총장님의 세심한 배려에 감격할 수밖에 없었다. 검찰은 남자로서 몸담을 만한 최고의 근무처라는 자부심도 갖게 되었다.

나는 그 뒤 강경지청 근무를 끝내고 대검 공안부 연구관으로 발령을 받았다. 이 역시 김 총장님의 의사가 전적으로 반영된 인사였음은 물론이다. 대검 연구관은 총장이 비교적 자유롭게 결정할 수 있는 자리였으므로 내 의사를 물을 필요도 없었을 것이다.

국회의원 시절의 김기춘 청와대 전 비서실장
(조선일보 제공)

당시 공안 부서에 발령받는 것만으로도 잘나간다는 소리를 들을 때였다. 이른바

'공안 정국'이 이어지고 있었다. 따라서 평검사 시절 공안 분야를 한 번도 거치지 않았는데도 공안연구관으로 발령을 받는다는 것은 그야말로 커다란 배려였다. 특히 대검 공안연구관 자리는 서울지검에서 공안 경력을 쌓은 검사들이 가는 게 보통이었다.

그것도 공안연구관 여섯 명 가운데 수석이었다. 수석 자리는 차치하고라도 "해방 이후 강경지청에서 대검에 곧바로 올라온 사람이 한 명도 없었다."는 농담이 나돌 정도였으니, 나에 대한 인사가 얼마나 파격적이었는지 미루어 짐작할 수 있을 것이다.

김 총장님과 나는 학연, 지연, 혈연 등 아무런 개인적인 인연이 없고 다만 법무연수원에서 연구관으로 근무하면서 우연히 김 총장님을 연수원장으로 모신 일밖에 없다. 그런데 이러한 실낱같은 인연이 이렇게 변방에서 허덕이던 나에게 대검에서 근무할 수 있는 기회를 만드는 계기가 되었으니 이 어찌 운명의 손짓이라고 아니할 수 있는가. 이것이 내 검찰 인생의 전환점이 되고 결국 고위직까지 오를 수가 있게 되었던 것이다.

나에게도 드디어 쨍하고 볕들 날이 돌아왔던 셈이다. 그것이 그 뒤 대검 공안과장과 부산지검 공안부장을 거쳐 서부지검 특수부장으로 승승장구하는 계기가 되었음은 물론이다. 그런 점에서 나는 김 총장님에게 상당한 빚을 지고 있다 해도 과언이 아니다.

한편, 김기춘 총장님과는 그 이후에도 몇 차례나 만나는 기회가 있었다. 내가 아직 대검에 근무할 때의 일이다.

한번은 이른바 부산 초원 복국집 도청사건으로 그분이 난처한 입장에 처했을 때였다. 검찰총장과 법무장관을 거쳐 물러나 있을 무렵이었다. 부산 관내의 기관장들과 나눈 대화록이 언론에 공개되고 선거법 위반 혐의로 조사를 받은 끝에 불구속으로 기소가 되어 있었

대통령실국정감사에 나온 김기춘 비서실장. 전기병기자
(조선일보 제공)

다. 그보다는 도덕적인 상처가 더 컸을 것이다.

그때 내가 그분의 평창동 자택을 찾아갔는데, 나로서는 그렇게 찾아간 자체가 처음이었다. 검찰에서도 추석이나 설날은 상사들 집에 인사를 드리러 가는 것이 관례였지만 나는 숫기가 모자란 탓에 인사 대열에서 빠지기 일쑤였다. 한 번도 검찰 선배나 상사들의 집에 찾아간 일이 없었다. 어쨌거나, "내가 이렇게 되니까 찾아오는 사람도 없고 자네가 유일하다"며 나를 반겨주던 그의 모습이 지금도 눈에 선하다.

또 한 번은 그분이 국회의원 신분으로 대검에 국정감사를 나왔을 때였다. 그분은 나를 보더니 "자네, 지금도 여전히 리버럴한가?"라고 물으며, 법무연수원 시절의 막무가내 식의 토론 내용을 되살리는 듯했다. 지금도 그분에게 진 빚을 갚아야 한다고 생각을 하면서도 아직 실천을 못하고 있으니 나도 어지간히 주변머리가 없는 사람이 틀림없는 것 같다. 그러나 인간적으로, 또는 업무적으로 그분을 존경하는 마음은 변함이 없다.

그후 그분을 개인적으로 찾아 뵐 수 있는 기회가 아예 사라져 버렸다. 대통령 비서실장으로 일하시게 되었으니 말이다. 탁월한 경륜과 날카로운 판단력, 모두를 아우르는 포용력을 이제는 마음껏 발휘하실 때가 되었으니 우리 모두의 즐거움이 아닌가? 그러나 나는 개인적으로 그분을 뵙고 감사드릴 기회가 점점 멀어지는 것 같아 마음 한구석 공허함을 느끼는 것은 어쩔 수 없다. 이 책에 그분에 관한 이야기를 쓰는 것 자체가 큰 실례가 되지 않나 하고 스스로 움츠러들곤

1992년 '초원복국집 사건'으로 고발된 김기춘 전 법무부장관이 조사를 받기 위해 서울지검 청사에 들어서고 있다.(조선일보 제공)

한다. 그러나 이것은 역사의 사초다. 이것을 숨기거나 거짓으로 쓸 수는 없는 것이 아닌가? 그분께서 언짢아하신다면 먼발치에서 용서를 빌 뿐이다.

대검 공안과장 시절／

상사의 지시를 가벼이 보지마라

당시 우리 사회는 각계의 민주화 요구로 몸살을 앓고 있었다. 걸핏하면 가두시위와 점거농성이 벌어졌다. 결말은 거의 화염병에 최루탄이었다. 서울시내 교통은 마비되기 일쑤였다. 우리 사회에서 아직 성숙된 민주주의가 정착됐다고 보기 어려운 시절이었다. 내가 대검 공안연구관으로 옮겨간 1990년 무렵도 마찬가지였다. 따라서 늘 긴장의 연속이었다.

그전해만 해도 조선대생 이철규 씨와 중앙대 안성캠퍼스 총학생회장이던 이내창 씨가 각각 의문의 변사체로 발견됨으로써 진상규명을 요구하는 시위가 끊이지 않던 터였다. 대학생들의 화염병 화재로 경찰관 일곱 명이 한꺼번에 애꿎은 목숨을 잃은 부산 동의대사태도 바로 이즈음에 일어난 일이었다. 이러한 시국사건이 벌어질 때마다 공안연구관들은 그 배경을 조사하고 관련 정보를 수집해 보고서를 작성해야 했다.

한반도를 둘러싼 국내외 정세도 급변하고 있었다. 1990년에 들면서 민정당과 민주당, 공화당이 3당 통합을 선언했으며, 남북 간에도 제1차 남북 체육 회담에 이어 서울에서 남북한 첫 총리회담이 열리기에 이르렀다. 노태우 대통령이 소련을 방문하여 고르바초프 대

1989년 재야단체들이 서울 명동성당 입구에서 '고(故) 이철규 사인은폐 조작 규탄 및 6월 민중항쟁 계승 실천대회'를 갖던 모습(조선일보 제공)

통령과 회담을 한 것도 바로 그해의 일이다. 중화인민공화국과도 모종의 관계 개선이 이뤄지던 분위기였다.

그러나 이러한 개방적인 정치·외교적인 움직임과는 관계없이 국내의 시국 동향은 어수선하기만 했다. 1991년에는 명지대생 강경대 군이 시위 도중 경찰 사복 체포조의 집단구타로 숨졌고 강기훈 씨의 유서대필논란 사건까지 겹치게 되었다. 6공화국 정부 출범 이후 그해 1월 말까지 시국관련 사건으로 구속된 대학생이 무려 1,600여 명에 이를 만큼 대학가의 시위는 심각한 수준이었다. 노동계에서도 동조파업 사태가 일어나기도 했다.

이처럼 시위가 잦았던 탓에 공안검사 회의도 자주 열렸는데, 그때마다 총장의 훈시문은 공안연구관들의 몫이었다. 훈시 문을 써갖고 가면 정구영 총장님은 "야 정말 잘 썼다. 문장력이 이렇게 좋으냐"

고 말하면서도 연필로 죽죽 그어 버리곤 했다. 전임 김기춘 총장님은 이미 1990년 12월로 임기를 마치고 명예롭게 물러난 뒤였다.

한 번은 정 총장님이 화염병의 위험성을 강조하려고 했는지 내가 초안한 훈시 문에 '폭탄과도 같은 화염병'이라고 표현하도록 지시를 내렸으나 나는 대수롭지 않게 생각하고 훈시 문을 인쇄하면서 그냥 지나치고 말았다. 정 총장님이 회의 때 그 부분에 이르러 훈시 문에는 빠져 있는데도 '폭탄과도 같은 화염병'이라고 강조하는 것을 들으면서야 내가 부주의로 실수했다는 사실을 깨닫게 되었다. 회의가 끝난 뒤에는 다시 불려가 "그 문구를 집어넣으라고 한 것은 순간적인 생각이 아니라 며칠을 생각하면서 얻은 결론이었는데 어떻게 그걸 빠뜨렸는가"라고 질책을 받아야 했다.

상사의 결정은 절대로 가벼이 봐서는 안 되는 그야말로 신중한 판단(conscious decision) 끝에 이루어진다는 교훈을 얻게 되었다.

그사이에 나도 1년여 동안의 공안연구관 시절을 거쳐 공안3과장으로 승진했다. 공안 업무 중에서도 대학가를 담당하는 업무였다. 1과는 국가보안법, 2과는 선거와 노동 분야를 담당하고 있었다. 공안부장은 이건개 검사장님이었다. 법무연수원 기획부장 자리에서 옮겨와 있었다.

시국은 더욱 악화일로를 걷고 있었다. 기습 시위는 물론이고 심지어 분신자살이라는 극한적인 사태까지 이어졌다. 전국에서 거의 동시다발적으로 사태가 벌어지고 있었으므로 최소한 보고체계만은 확실히 유지할 필요가 있었다. 그것이 공안 업무의 기본이었다.

그 무렵의 어느 날 목포에서 화염병 시위가 일어나 파출소가 불에 타 버리는 사태가 벌어졌다. 공교롭게도 퇴근시간이 지나가던 무렵이었다. 정구영 총장님이 퇴청하기 전에 보고해야겠다며 황급히 달려갔더니 막 집무실을 나서던 참이었다. 그는 멈춰선 채로 내 얘기를 듣더니 "대통령에게도 쿠데타가 일어나기 전에는 일과 시간이 지나면 보고하지 않는 법이라네"라며 그대로 퇴청하고 말았다. 청와대 민정수석을 지낸 분으로서의 위트였다.

변호사 개업 후 조지 W. 부시 전 대통령이 한국에 방문하였을 때 함께 골프를 하였다.

나에게 그렇게 얘기를 들은 것만으로도 사태 파악은 충분했다는 뜻이었을 것이다. 사실, 검찰총장이라 하면 퇴청한다고 해서 업무가 끝난 것도 아니고, 더 중요한 일들이 기다리고 있을 입장이었다. 그런데도 현지 검찰과 경찰이 어련히 알아서 처리하련만 총장에게까지 다급하게 보고하려던 내가 아둔했기 때문에 벌어진 장면이었다.

한편 공안연구관 시절에도 나는 영어책을 손에서 거의 놓지 않았다. 영어 공부는 하나의 취미였고, 매일 매일의 중요한 일과나 마찬가지였다. 이로 인한 일화도 소개할 만하다.

그때 미국에서는 아버지인 조지 W. 부시 대통령 시절이었는데,

중앙정보국(CIA) 부국장이던 로버트 게이츠가 처음으로 내부에서 승진하여 국장에 임명되었다. 마침 그 얘기가 타임지에 소개되면서 게이츠 신임 국장에 대한 인물평이 실렸다. 출퇴근 자동차 안에서 업무를 볼 만큼 일벌레인데다 최소한 신문에 나온 정보만큼은 꿰뚫고 있다는 등의 내용이었다. 브리핑도 잘해서 명확(clear), 간결(concise), 구체성(concrete)을 갖춘 '3C의 달인'으로 불린다는 것이었다.

점심식사를 하다가 지나가는 얘깃거리로 게이츠에 대한 기사를 소개했더니 듣고 있던 이건개 공안부장님이 솔깃했던 모양이다. 그는 그 내용을 정리해서 제출하도록 나에게 지시를 내렸다. 법무연수원 시절에도 6·29선언에 대한 배경과 전망을 보고서로 제출하도록 했으며, 그 내용을 소속 검사들 앞에서 발표하도록 했던 기억이 되살아났을지 모른다.

나로서도 그런 일이 싫지만은 않았다. 그래서 다시 기사를 찬찬히 읽어가며 게이츠의 이름만 빼고는 3C의 중요성을 강조하는 보고서를 작성했다. 그 보고서는 정구영 총장님에게 올려 져 결국 하나의 업무 지침으로 권유되면서 대검 전체에 배포되었다. 하지만 이렇게 되자 공연히 일거리만 만들어 귀찮게 만든다며 대검 내부에서 불만의 목소리가 불거져 나왔던 것 같다. 어느 대검 검사는 "이렇게 보고서를 써낸 당사자가 도대체 누구인지 색출해야 한다."고까지 화를 내기도 했던 것으로 기억한다.

공안3과장실의 업무는 정말 엄청났다. 서울대학원생 총기사망사건으로 사흘 낮밤을 꼬박 새우면서 일한 적도 있다. 아침 6시에 출근하여 새벽 1시나 되어 퇴근하는 것이 부지기수였다. 아침에 출근하여 시청 앞 광장을 내다보고 있으면 데모대가 시청 앞을 꽉 메우고 조금 지나면 최루탄 가스로 온통 뒤덮이곤 했다. 정말 가슴이 답답했다. 노태우 대통령이 민주주의 절차에 따라 대통령이 되었음에도 불구하고 이렇게 시위가 매일 계속되고 있으니 국가의 장래가 너무 암울했다.

그 와중에 이건개 공안부장님은 제철을 만난 듯 정말 열심히 일하시는 모습이 인상적이었다. 언젠가는 아침에 출근하시더니 변소 화장실 휴지에 무언가를 잔뜩 메모를 하여 나에게 건네주면서 한 시간 내에 보고서를 작성해 오라고 지시하였다. 아마도 화장실에서 일 보시면서 아이디어가 떠오른 것을 간단히 메모한 것 같았다.

또 한 번은 중국과 국교가 수립되기 전에 중국어선이 남해바다에 몰려왔다는 것이 신문에 대서특필되었다. 아침에 이건개 공안부장님이 전화를 하셔서 대책을 세우라고 지시하셨다. 그날이 일요일이었다. 그러나 이는 어선에 관한 것이므로 형사부 소관이라고 말씀을 드렸더니 형사부에 넘기겠다고 하셨다. 그런데 저녁 무렵 공안부장님이 다시 전화하셔서 공안부에서 처리하기로 했으니 당장 나와서 한 시간 내에 동향과 대책 보고서를 만들어내라고 지시하셨다. 그야말로 발등에 불이 떨어졌다. 중국어선 침범은 처음 있는 일이고 또한 이를 한 시간 내에 연구하여 대책을 세운다는 것은 불가능한 일이었다. 그런데 '궁즉통'이라고 결국은 해냈다. 대검 공안부 근무는 대부분 이렇게 눈코 뜰 새 없이 숨 막히게 돌아가고 있었다.

당시 정구영 총장님의 일화는 적지 않다. 한번은 정 총장님이 대검 과장들을 전부 불러 격려차원에서 저녁을 사시는 자리였다. 그때 선임과장이 정 총장님 앞자리에 앉았는데, 그 과장님이 최근 박사학위를 받았다고 말씀을 드렸더니 정 총장님은 수고했다고 하면서도 다른 검사들은 업무에 열중하느라 공부할 시간도 없을 텐데 어떻게 시간을 내서 그 어려운 박사학위를 받았느냐고 하셨다. 결국 업무에

1990년 전대협 소속 학생들이 판문점행 도보행진이 저지되자 연세대 정문에서 쇠파이프를 들고 경찰을 향해 화염병을 던지고 있다.(조선일보 제공)

매진해도 부족할 판에 무슨 박사학위를 받았다고 자랑하느냐는 질책이셨다. 얼굴에도 언짢은 표정이 역력하셨다.

그 자리에서 한 잔씩 돌아간 폭탄주에 대해서도 기억이 남아 있다. 당시 대검차장께서 폭탄주를 제조하시고 총장님이 이를 받아 나누어 주신 것이었다. 보통은 폭탄주를 건네는 분이 직접 제조하는 것이 일반적인 사례였지만, 대검차장께서 기지를 발휘하시어 그 아이디어를 내신 것이다. 총장님이 폭탄주를 제조하는 궂은 일을 직접 할 수 없다는 것이다. 사적인 자리에서도 상사에 대한 예의를 지키는 대검차장의 모습이 너무 감동적이었고 나로서는 꿈에도 생각할 수 없는 일이었다.

그 당시 항상 야근하다 보니 여직원이 자정이 넘어서야 귀가하게 되었다. 그때만 해도 택시가 많지 않고 위험하여 내가 직접 운전하여 집에까지 데려다주곤 했다. 새벽길에 여인을 차에 태우고 간다는 것이 정말 묘한 기분이었으나 그렇게 열심히 근무하는 여직원이 있었다는 것은 정말 우리 공안부의 자랑이었다.

부산지검 공안부 직원들의 평가서

공안 3과장 시절 역시 시국사건 처리 방침을 둘러싸고 전반적으로 마찰이 끊이지 않았다. 당시 한총련의 전신인 전대협(전국대학생협의회)이 한창 활동하던 무렵이었는데, 강경한 대응책이 필요하다는 것이 검찰 내부의 대체적인 의견이었다.

전대협 조직 자체에 대해 이적단체 혐의로, 그리고 전대협에 가입되어 있는 전국 대학의 총학생회장들에 대해서도 전원 구속을 해야 한다는 것이었다. 그러나 나는 가담 정도에 따라 핵심 인물만 선별적으로 처리하는 것이 옳다고 생각했다. 그때 전대협 조직에는 전국 120여 개 대학의 학생회장들이 자동적으로 가입하게 되어 있었으므로 그들 모두를 좌파로 몰아가는 것은 곤란했다.

당시 전대협에서는 정책위원회와 중앙위원회, 그리고 조국통일위원회 등 3개 조직이 핵심이었다. 이들 위원회의 간부만 구속해도 충분하다고 판단했다. 이로 인해 검찰 안팎으로부터 질책성 전화를 받기도 했다. "왜 시키는 대로 하지 않느냐"는 것이었다.

전대협 전체를 국가보안법상 이적단체로 규정하고 거기에 자동적으로 가입한 각 대학 총학생회장을 구속한다면 학생들 시위도 대폭 줄어들 수는 있을 것이다. 그러나 이적행위가 없었는데도 오직 전대협에 가입되어 있다는 이유만으로 구속한다는데는 찬성할 수가 없었다. 국가보안법은 반드시 철저히 집행되어야 하지만 억울한 희생자가 있어서는 안 된다는 것이 나의 소신이었다. 하지만 당시 공안부 분위기로서는 용납되지 않는 소신이었다. 그 후 내가 서울지검장으로 돌아와 보니 전대협의 후신인 한총련은 이적단체로 규정되어 있었고 그에 가입한 학생회장은 국가보안법으로 처벌되고 있었다. 이때는 이미 소신 문제가 아니었다. 검찰 내부적으로 결정되어 집행되는 처리 규칙은 존중할 수밖에 없었다.

이런 마찰이 거듭되다 보니 어느새 공안부 내부에서도 나는 기피대상이 되어 버리고 말았다. 공안 3과장을 2년 동안이나 맡아야 했던 것도 그런 때문이었을지 모른다. 보통은 3과장에서 2과장, 다시 1과장으로 승진시키는 게 관례였다. 따라서 나로서는 좌천성유임이나 마찬가지였다. 결국 나는 1993년의 인사에서 부산지검 공안부장으로 옮겨가게 되었다. 내 나름으로는 대검에서 밀려나는데 대해 불만이 많았지만 조직의 명령을 거스를 수는 없었다.

그러나 부산지검 근무 기간은 길지는 않았다. 김영삼 대통령 정부가 들어서고 공직자 재산신고를 받았는데, 그 과정에서 재산이 많은 공직자들이 우르르 옷을 벗었고, 그 여파로 후속 인사가 이뤄졌던 것이다. 검찰에서도 검사장급을 포함해 20여 명의 간부들이 자리에서 물러났다. 내가 부산으로 내려간 지 6개월 만에 서울지검 서부지청 특수부장으로 올라온 것도 그 결과다. 유능하신 분들이 단순히 재산이 많다는 이유로 물러난 것은 검찰 조직으로서도 불행한 일이었다.

또 한 가지 기억나는 것은 부산지검 공안부 직원들이 이임하는 나에게 전달해 준 평가서다. 송민호 수석검사를 포함해 검사 5명과 공안부에 소속된 일반직원 30여 명이 무기명으로 각자마다 나에 대한 평가를 한 것이다. 서울로 떠나오는 나에게는 하나의 고별 선물이나 마찬가지였다. 그 평가서는 내가 마지막으로 인사를 하고 직원들과 작별할 때 봉투에 밀봉한 채로 전달받았다.

그런데 평가서의 내용이 나에게는 무척 교훈적이었다. 나름대로 인자하다거나 훌륭하다는 평가까지 바란 것은 아니지만 똑똑한 체한다거나 건방지다는 지적이 적지 않았다. 그래서는 사람들로부터 호감을 사지 못한다는 정중한 충고도 들어 있었다. 원래 성격이 부드럽지 못한 탓이었다. 그래서 당시 부산지검으로 내려가면서 나름대로는 가급적 미소를 띠면서, 부드러운 목소리로 직원들을 대하려고 노력했으나 제대로 지켜지지 못했던 모양이다. 때로는 급하고 직설적인 성미가 그대로 표출됐던 것이다. 그 평가서를 받은 뒤로 언행과 몸가짐에 더욱 신경을 쓰게 되었음은 물론이다. 요즘도 가끔 그때의 이름과 얼굴들을 희미하게나마 되살려보곤 한다.

5장

서투른 돌칼 춤으로
산화해버린 거악과의 전쟁

서부지청 특수부장

어느 정권에서나 초창기에는 사정 바람을 일으키기 마련이다. 공직기강을 바로잡고 사회적으로 쇄신 분위기를 확립한다는 명분을 내거는 게 보통이다. 김영삼 정부 들어 처음으로 실시한 공직자 재산신고도 그런 작업의 하나였다. 그 결과 검찰에서도 적잖은 간부들이 물러났고 나는 그 후속 인사에서 서울지검 서부지청 특수부장으로 발령을 받게 된다.

시기적으로는 1993년 중반쯤으로, 서부지청이 아직 서소문 청사에 들어 있을 때였다. 1층부터 6층까지 서부지청이 사용하고 있었고, 7~8층은 서울고검이, 9층부터는 대검이 사용했다. 서울지검은 벌써 서초동 신청사로 옮겨가 있었다. 서부지청이 지금의 마포 청사로 분리해 나가게 되는 것은 그보다 두 해 뒤인 1995년의 일이다. 더 나아가 2004년에는 서부지검으로 승격하게 된다. 내가 서울지검장을 맡았던 시절의 얘기다. 서부지청은 내가 특수부장으로 발령받을 때까지만 해도 마포·서부·은평·서대문 등 4개 경찰서를 관할하고 있었으나 그 뒤에 용산경찰서까지 관할로 편입시켜 지금에 이른다.

돌이켜보면, 서부지청 특수부장 시절은 나의 일선검사 시절을 통틀어 가장 전성시대를 이루었다 해도 과언이 아니다. 그만큼 눈코 뜰 새 없이 수많은 사건을 처리했다. 다른 한편으로는 그 뒤로 이어지는 서울지검 강력부장과 전주지검 차장, 그리고 서부지청장을 거쳐 검사장으로 승진하게 되는 중요한 발판이기도 했다.

나로서는 진작부터 뜻을 두었던 특수부에 비로소 발을 들여놓은 셈이었다. 초임검사 시절 형사부를 거쳤고, 대검 공안부에 합류하면서 공안 검사로서의 존재감을 맛보기도 했지만, 역시 검찰 조직의 본령은 특수부라고 할 수 있기 때문이다. 사회적인 직위와 재력, 지능을 이용해 저질러지는 온갖 조직적인 비리들이 특수부 검사들에 의해 낱낱이 파헤쳐지곤 했다. 우리 사회를 비리와 범죄로부터 지켜나가는 주축이 바로 특수부라는 얘기다.

그러나 특수부의 수사 과정은 결코 쉽지가 않다. 마치 목걸이를 만들려면 구슬을 꿰어야 하지만 먼저 그 구슬들을 모래밭에서 하나하나 찾아내는 과정에 비유할 수 있다. 따라서 처음부터 백지상태에서 더듬더듬 짚어나가는 경우가 대부분이다. 범죄 현장에 대한 경찰의 초동수사를 바탕으로 보강수사를 벌이며 증거를 확보해나가는 형사부의 경우와도 또 다를 수밖에 없다. 가령 대기업의 금융사건에 대한 수사가 착수되었다 치자. 그런 경우 압수수색이 실시되면 보통 사과박스로 20개 안팎, 많게는 30개가 넘는 분량의 장부와 서류들이 확보되기도 한다. 이를테면, 그 문건들을 일일이 뒤지면서 단서를 찾아내는 게 특수부 검사들의 임무다. 장부 어느 한 구석에 적힌 어느 음식점의 전화번호나 영수증의 발행처 등이 결정적인 단서가 되기도 한다.

이처럼 특수부 검사들은 모든 가능성을 열어놓고 한강 백사장에서 바늘을 찾아내는 기분으로 단서를 추적하고 그것을 종합함으로써 하나의 커다란 그림을 그려낸다. 그 과정에서 길이 막히게 되면 다시 계좌추적이나 통화내역 조회 같은 방법이 추가로 동원되지만 그것도 말처럼 쉬운 것은 아니다. 특수부 검사들에게 미로의 수수께끼를 헤쳐 나갈 수 있는 상상력과 함께 끈질기게 파고드는 뚝심이 필요한 이유다. 그렇게 관록을 쌓은 검사들이야말로 이른바 '특수통'으로 불릴 만하다.

사건이란 검사가 원한다고 해서 농익은 감처럼 어느 날 공중에서 그냥 뚝 떨어지는 것은 아니다. 해결 방법에 부딪쳐서는 더더욱 그러하다. 그것은 비단 특수부에만 해당되는 얘기는 아닐 것이다. 검찰의 어느 분야나 마찬가지다. 다만, 그 가운데서도 특수부의 업무가 그만큼 어렵다는 것을 강조하고자 하는 얘기일 뿐이다.

전직 노동부장관의 경우

서부지검 특수부장 시절의 수사도 대부분 그렇게 이루어졌다. 어느 전직 장관을 구속하게 된 것도 첫 단서는 지나가며 스쳐 들은 간단한 몇 마디였다. 어느 모임에 나갔다가 옥외광고 전광판 사업에 대단한 이권이 걸려 있어 문제가 많다는 얘기를 들으면서 본능적인 직감이 발동했다. 서울시내 곳곳에 한창 대형 전광 광고판이 설치되던 1993년 2월 무렵이었다.

뭔가 집히는 것이 있어서 수사에 착수하게 되었던 것이지만, 그야말로 맨땅에 헤딩하는 기분이었다고나 할까. 처음부터 그 전직 장관을 지목했던 것도 아니다. 내가 특수부의 박민호 검사에게 전광판 전반에 걸친 로비의혹을 수사하도록 지시를 내렸고, 그 수사과정에서 그가 덜컥 그물에 걸려들었던 것에 지나지 않는다.

당시 서울시내에는 모두 서른 개에 가까운 대형 전광판이 설치되어 있었다. 허가 과정을 대략 짚어본 결과 그 가운데서도 영등포 로터리의 근로복지공단 옥상 전광판이 가장 눈에 띄었다. 그 전광판 사업을 바로 뒤에서 그 전직 장관이 움직이고 있었음은 말할 것도 없다.

하지만 근로복지공단 건물 자체가 애초부터 옥상에 전자 광고탑 설치허가가 날 수 없는 상황이었다. 주거지역에 위치하고 있었으므로 관련 규정상 벽면 광고만 가능하게 되어 있었다. 그런데도 이미 4년 동안이나 대형 광고탑이 설치되어 버젓이 운영되고 있었으니, 거기서 풍겨 나오는 냄새를 본능적으로 맡게 되었던 것이다.

그 전광판의 허가 업무를 담당했던 영등포구청의 담당 직원을 검찰청으로 불러들였다. 조사 결과 규정대로 벽면광고 사업으로 허가를 받아놓고는 허가증을 교부받으면서 옥상광고판 사업으로 허위 기재가 이뤄졌다는 사실이 확인되었다. 더욱이 옥상광고판으로 내용이 바뀌면서도 당초에는 근로복지공단의 자체 홍보 내용만 취급하게 되어 있었다. 허가증 이면에 일반 상업광고를 할 수 있도록 허가된 내용 자체가 변조된 것이었다. 도중에 위법 사실이 드러나고 영등포구청이 문제의 옥상 광고탑 철거를 통보했으나 그의 회사 측에서 집행정지 가처분신청을 내고 행정소송에 들어갔었다는 점도 확인되었다.

그러나 지금부터가 오히려 문제였다. 자신은 전광판 광고회사와 전혀 관계없는 것처럼 서류상으로 위장한 그의 직접 개입 혐의를 밝혀내야 했다. 그래서 선택한 방법이 감청이었다(남의 통화 내용을 엿듣는다는 게 떳떳하다고는 할 수 없지만 범죄혐의를 밝혀내는 데는 이만큼 효과적인 방법도 없는 것이 또한 사실이다).

이렇게 수사망이 좁혀 들어가자 그 전직 장관도 사태의 급박성을 깨닫고는 해외로 도피를 시도하게 된다. 그러나 감청에 의해 위치가 파악됨으로써 출국 직전에 검거되어 긴급 구속되고 말았다. 뇌물

공여 및 옥외광고물 관리법위반 혐의였다. 수사 발표를 통해 '탈법과 적법을 교묘히 넘나들면서 합법을 가장한 지능적인 사건'이라고 발표했더니 많은 언론의 스포트라이트(spotlight)를 받았다. 조선일보의 경우 1995년 2월 11일자에서 "서울지검 서부지청 특수부 서영제 부장검사는 뇌물 주고 불법 옥상광고 48억 이득을 챙긴 전직 장관을 구속했다"고 6단 기사로 크게 보도했다.

감청에 대하여 여기서 잠깐 언급하고자 한다. 국내에서는 그때까지만 해도 감청이라는 제도가 없었다. 그러나 미국에서는 'wire-tapping'이라고 해서 수사에 감청을 활용하는 경우가 많고 지금도 많이 활용하고 있다. 그런데 부산 초원복집 도청사건으로 도청이 문제되자 이를 규제하는 법을 만들게 되었는데, 국가기관이 감청을 하려면 법원의 영장을 받도록 하는 규정을 두게 되어 감청수사의 길이 열린 것이다. 그때가 1993년인데 나는 이에 착안하여 감청을 국내 최초로 활용해보고자 했다.

당시 이 사건을 수사하던 박민호 검사에게 명하여 감청장비를 구입하도록 하였다. 그러나 모든 전자상가를 다 뒤져보아도 완벽한 감청장비를 구할 수가 없었다. 하는 수 없이 녹음기를 구입해 전화선에 연결하는 방법으로 수동으로 조작할 수밖에 없었다. 따라서 박민호 검사는 하루 종일 녹음기 앞에서 수동으로 조작하며 감청에 매달렸다. 세상에 그토록 끈질긴 수사를 하는 검사는 처음 보았다. 이처럼 전직 장관의 전광판 사건이 감청수사로 성공을 거두면서 감청수사가 수사의 한 모델로 자리 잡았으나 요즈음은 모의꾼들이 유선전화 대신 감청이 되지 않는 휴대폰을 쓰기 때문에 감청수사는 시들해지고 있다.

미국에서는 최근 감청수사가 다시 활발해지고 있다. 미국에서도 과거 감청이 국가보안사범이나 마약, 조폭사범 수사에 주로 허용되었으나 최근에는 내부자 정보이용 주식거래(insider trading)에도 허용되고 있다. 'SAC capital'이라는 거대한 헤지 펀드(Hedge fund) 회사의 내부자 정보이용 주식거래 행위가 감청수사를 통하여 적발되어 그 회사의 오너이자 회장인 스티브 코헨(Steve Cohen)이라는 뉴욕 월스트리트의 거물급 금융인에까지 수사의 칼끝이 겨눠지게 되었고, 지난해 거래 사실을 인정하여 18억 달러의 벌금으로 합의된 바 있다. 우리도 금융거래에 감청수사가 활용되는 방안을 강구해야 할 것이다.

이에 앞서서도 직원들의 월급에서 원천징수 되는 국민연금 납부금을 연금관리공단에 내지 않고 횡령한 여원 잡지의 사장과 운수회사를 운영하던 서울 강서구의회 의장을 포함해 사회 지도급 인사들을 무더기로 적발했지만 서부지청에 재직하던 2년 동안의 수사가 대체로 이처럼 뜬구름 잡는 식으로 시작됐던 것이다. 처음에는 안개 속을 헤매는 것 같다가도 하나둘 단서가 늘어가면서 어느새 뼈대가

1990년대에 나온 국산 원격형 감청기(조선일보 제공)

생기고 살이 붙는 것이 보통이었다.

중앙일보 1994년 11월 22일자는 "서울지검 서부지청 특수부 서영제 부장검사는 국민연금 체납액이 급증하는 가운데 근로자들의 급여에서 원천징수하는 연금 납입금을 횡령한 사회 지도층 6명을 구속했다"라고 5단 기사로 보도했다. 더 나아가 세계일보는 이에 대해 「사회 지도급 인사 포함 "충격"」이라는 제하에 다음과 같은 해설 기사를 썼다.

> 검찰수사로 드러난 국민연금 착복사건은 부도덕한 사회 지도층들의 면모를 그대로 보여주고 있다. 국민연금제도는 여타 연금제도의 혜택을 받고 있는 공무원 군인 사립학교 교원을 제외한 일반국민(만18세 이상 60세 미만)들도 노령이나 질병 등으로 더 이상 일할 수 없게 될 때 연금을 받을 수 있도록 하는 사회복지 제도다. 이 중 5인 이상 고용업체 근로자는 당연가입 대상자로 돼있으며 국민연금기금의 3분의 1을 월 급여에서 원천공제하고 나머지 3분의 2를 회사 측이 부담한다. 근로자들이 매달 내는 국민연금기금은 월급여의 6% 정도다. 검찰에 적발된 기업주들은 근로자 월 급여에서 원천징수한 돈과 회사 부담금을 연금관리공단에 납부해야 함에도 이를 중간에서 빼돌린 혐의다. 이번 사건에서 특이한 것은 월간 여성지 〈여원〉 대표나 서울강서구 의회의장 같이 사회지도급 인사가 구속자 명단에 포함돼 있다는 점이다. 특히 〈여원〉 대표는 각종 언론 매체를 통해 바람직한 직장인의 자세 등을 소리 높여 외쳐온 장본인이다. 검찰은 사회지도급 인사들조차 근로자들의 월급

일부를 빼돌린 점으로 미뤄볼 때 상당수의 기업체에서 이 같은 비리가 저질러졌을 것으로 보고 있다. 88년부터 시행된 국민연금제도는 최근 들어 기금이 제대로 걷히지 않고 자금운용마저 부실해 제도 자체가 뿌리부터 흔들리고 있는 실정이다. 검찰은 기업주들의 횡령행위 때문에 국민연금관리공단에서 징수하지 못한 체납총액이 590억 원에 달한다고 밝혔다. 이 같은 추세라면 오는 2022년에는 국민연금 적자가 발생하고 2033년에는 기금이 고갈될 것이라는 분석도 나와 있다. 체납액이 눈덩이처럼 불어나고 있는 것은 국민연금관리공단 측의 미온적인 징수자세 탓이 크다는 게 검찰의 설명이다. 국민연금관리공단은 기업주가 국민연금을 체납하는 경우 국민연금법에 따라 국세체납처분절차를 밟아 강제징수를 해야 함에도 처분을 미뤄 왔다는 것이다. 검찰에 따르면 실제로 88년 제도시행 이후 압류재산 매각, 청산절차를 집행한 경우가 단 한 건도 없었다. 이 때문에 국민연금 체납업체가 도산할 경우 근로자는 기여금뿐 아니라 회사부담금 및 연체금까지 모두 내야 국민연금 혜택을 받을 수 있는 등 체납 폐해가 심각하다는 것이다. 검찰은 이에 따라 고액 및 장기 체납자를 연금관리공단이 수사기관에 고발토록 하는 의무규정을 국민연금법에 신설해 줄 것을 법무부와 보건사회부 등에 건의키로 했다.

서부지청 특수부가 연금착복수사를 기획하여 대대적으로 범죄 관련자를 구속함은 물론 연금운영관련 문제점을 파헤쳐 해당기관에 정책자료를 활용케 하였다는 점에서 수사의 보람을 느끼게 되었다. 언론이 위와 같은 수사의지와 목적을 명확하게 보도를 해주어 너무도 고마웠다. 약간 과장해서 말한다면, 범죄혐의를 특정해내는 특수부의 수사 과정은 창조 행위나 마찬가지다. 물론 피의자 주변으로부터 결정적인 제보를 받고 물증까지 넘겨받아 수사에 착수하는 경우도 없지 않지만 그런 경우는 어디까지나 예외적인 경우다.

특수부장 시절의 사건들／

중국 음식점의 샥스핀 수사

중국 음식에서 최고급으로 쳐주는 샥스핀, 즉 상어지느러미 요리에 대해서도 수사를 벌인 일이 있다. 모처럼 점심시간에 조선호텔 중국 음식점에 식사하러 갔다가 샥스핀을 주문했는데 기분이 상할 정도로 요리에서 이상한 냄새가 났던 것이다. 뭔가 이상하다고 느껴졌다. 검사로서의 내 직감은 늘 그런 식으로 발동되곤 했다.

청사에 들어와 곧바로 송세빈 검사를 내 방으로 불렀다. 그리고는 샥스핀 재료의 유통 경로를 조사해보도록 지시를 내렸다. 아무런 단서도 주지 않고 무작정 수사 지시를 내리는데 대해 송 검사도 난색을 표명할 수밖에 없었을 것이다. 그러나 샥스핀이 거의 수입으로 조달될 것이므로 어떻게 수입돼서 어떤 경로를 거쳐 판매되는지 그 과정을 살펴보면 대강이나마 윤곽이 잡힐 것이라는 게 내 생각이었다.

일단은 상어 지느러미의 전체 조달량이 그렇게 많지 않을 터인데도 시내의 유명 중국음식점마다 샥스핀 요리를 만들어내고 있다는 사실부터가 의문의 대상이었다. 상어 지느러미의 수입 자체가 제한되어 있던 시절이었다. 그때만 해도 중화요리의 재료 판매업소가 서울시내 북창동에 밀집해 있었다. 원래 화교들의 집단 거주지였기 때문일 것이다. 송 검사를 필두로 한 수사팀은 북창동에서부터 단서를 찾아 나가기 시작했다. 결국 일부 업체가 가짜 샥스핀을 만들어 유통시키고 있다는 사실을 확인하는 데까지는 그리 긴 시간이 걸리지 않았다. 식품 응고제인 젤라틴을 이용하는 방법이었다. 내 코를 기분 나쁘게 자극했던 게 바로 젤라틴 냄새였을 것이다.

그러나 이렇게 수사가 진행되는 과정에서도 문제점이 없지 않았다. 제조공장이나 유통업소, 음식점의 주방 등에서 수거된 샥스핀의 가짜 여부를 가리기가 어려웠다. 국립과학수사연구소나 국립보건원

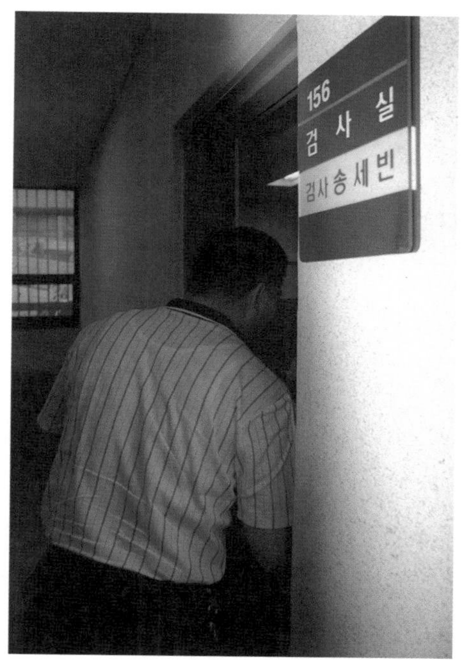

1999년 인천지검 특수부 시절의 송세빈 검사실 모습
(조선일보 제공)

등에 의뢰를 했지만 아직 샥스핀의 진품 여부를 감정해 본 일이 없었고 판별 근거자료도 제대로 갖추어져 있지 않았던 까닭이다.

가짜 샥스핀은 멀리 휴전선 근처인 경기도 파주군 적성면에 설치된 공장에서 만들어지고 있었다. 더러는 부산에서도 만들어진 것으로 확인되었다. 이렇게 만들어진 샥스핀 재료가 도매시장인 경동시장과 북창동의 중간상을 거쳐 각 음식점에 납품되었던 것이다. 그때 시내 호텔은 물론 연희동의 기존 중국음식점이나 강남에 새로 들어서고 있던 대형 중국음식점들도 예외가 아니었다.

수사 결과가 발표되자 언론들의 반응이 작지 않았다. 「유명 중국음식점들 가짜 샥스핀 요리」라거나 「비싼 돈 주고 불량 샥스핀 드시지 않았나요?」라는 제목으로 사회면 톱기사를 장식했다. 개인적으로 생색낼 만한 일이 있을 때나 큰맘 먹고 주문하는 값비싼 요리가 이처럼 젤라틴으로 만들어지고 있었다니, 한두 번이라도 샥스핀을 먹어본 사람이라면 누구라도 분통을 터뜨릴 만했다. 당시 어느 청와대 비서관도 전화로 대통령께서 어느 중국집의 샥스핀을 먹어야 하느냐고 물어오기도 했다.

가짜 산삼 수사

가짜 산삼 수사가 진행된 것도 샥스핀 수사와 비슷한 무렵의 일이다. 산삼을 선전하는 전면광고가 신문을 바꿔가며 1주일 정도 연달아 게재된 사실에 주목하게 되었다. 설날을 앞두고 효도선물 광고로 나온 것이었다. 아무리 설날이라지만, 산삼이란 게 그토록 요란하게 광고를 해가며 팔아댈 정도로 많지는 않을 것이었다.

이번에도 송세빈 검사였다. 그는 또 난색을 표시했다. 일이 싫어서가 아니라 내가 불쑥불쑥 내놓는 수사 과제 가운데 뜬금없는 경우가 적지 않았기 때문이었을 것이다. "광고에 나오는 산삼을 사서 감정해보면 될 것 아니냐"며 그를 독려했다.

한 뿌리에 얼마나 하는지도 모르면서 일단 산삼부터 사오도록 방법을 제시했으니, 그때를 생각하면 지금 생각에도 슬며시 웃음이 나온다. 그러나 송 검사는 불가능을 가능으로 만드는 타고난 특수통이었다.

결국 6~7년짜리 일반 장뇌삼이 30여 년짜리 산삼으로 둔갑되어 백화점 등을 통해 바가지를 씌워 터무니없는 가격에 판매되고 있다는 사실이 확인되었다. 특수부 수사요원이 매장에 직접 찾아가 30년 근으로 판매되는 1세트 3뿌리를 180만 원에 구입해 감정을 실시한 결과였다. 인삼 씨를 산에다 뿌려놓고 야생 상태로 키운 장뇌삼을 산삼이라며 판매하고 있었던 것이다.

그러나 이 과정에서도 산삼과 인삼이 제대로 구분되지 않아 애로를 겪어야 했다. 서울대 약초연구소, 대덕연구단지의 인삼연초연구소는 물론 경희대 한의과대학의 어느 본초학 교수에게 한 뿌리씩 보내 의뢰를 요청했더니 정작 자기들도 구분이 어렵다는 답변이 돌아왔다. 그래서 소개를 받은 사람이 연세가 지긋하신 어느 심마니 꾼이었다. 그는 산삼 뇌두에는 1년에 하나씩 나이테가 생기는 법이라며 한눈에 대부분이 가짜라고 평가를 내렸다.

가짜 산삼들에도 감정서가 첨부되어 있었으나, 그조차도 허위 감정서였다. 산림청에 소속된 연구원이라는 사람이 돈을 받고 도장을 찍어준 데 지나지 않았다. 그 감정인은 미국의 유명 대학의 박사학위를 받았다고 가짜 학력증명서를 제출하여 연구원의 자격을 얻어냈다는 사실도 밝혀졌다. 수사가 진행되면서 진짜 산삼도 압수되었다. 뇌두의 나이테가 100개는 되어 보였고 몸체도 실했다. 감정에 참

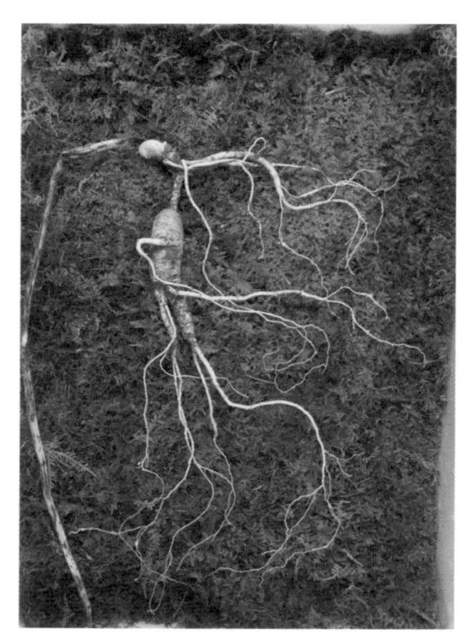

2002년에 나온 90년 된 산삼의 모습(조선일보 제공)

여했던 그 심마니 노인네도 "중국산이지만 그렇게 값이 싸지는 않을 것"이라며 진짜임을 확인해주었다.

혹시 우물쭈물 특수부에서 보관하고 있다가 손상되거나 썩기라도 한다면 차후에 골칫거리가 될 것 같아 금방 되돌려주고 말았다. 산삼 수사가 끝난 후 대검 강력 부장이던 송종의 검사장님이 전화를 걸어왔다.

"수사비를 얼마나 썼느냐"는 것이었다.

당시 산삼을 수사용으로 구입해야 했기 때문에 500~600만 원이 소요되었다고 보고했더니 선뜻 800만 원을 내려 보내주셨다. 당시에는 너무 큰돈이었는데 송 검사장님의 수사 열정이 빚어낸 결과였다. 그 뒤 청와대에서 대통령께서 신문에 광고된 산삼을 먹어도 되느냐고 문의가 와서 건강에는 해롭지 않은 것이라고 답변해주었다.

기도원 사건

북한산의 기도원 사건도 기억에 남아 있다. 일흔을 넘기신 노인네가 어느 기도원에 갇혀 있다가 어렵게 구출되었는데, 감금을 모의한 것이 3명의 아들로 드러났다. 집을 팔아서 자기들에게 나눠달라고 조르는데도 안 된다고 하니까 수면제를 먹여 잠들게 한 상태에서 부친을 억지로 기도원에 집어넣었던 것이다. '현대판 고려장'이라는 제목으로 언론에 홍보했더니 대서특필되었다. 현대판 고려장이라는 제목을 달아 보도 자료를 배포한 것이 주효했던 것 같다. 수사를 하더라도 어떤 메시지가 담긴 수사를 해야 국민이 공감할 수 있다는 것을 깨닫게 한 사건이었다.

보통은 형제간에는 한 명만 구속하는 것이 그동안의 관행이었지만 3명을 모두 구속하고 말았다. 그런데 그 할아버지가 찾아와서는 "그래도 내 아들들이니 제발 풀어 달라"며 매달리던 모습을 잊을 수가 없다. 혈육의 정이라는 게 그렇게 쉽게 끊을 수 있는 것은 아닐 터이다. 사건을 처리했던 박민호 주임검사가 애틋한 표정을 짓던 모습도 떠오른다.

기도원 사건은 또 있다. 역시 박민호 검사가 담당했던 사건이다. 어느 젊은 부인이 찾아와서 제보하기를 "남편이 바람을 피우고는 나를 기도원에 감금시켰다"며 진정을 넣은 것이었다.

기도원에서 쇠사슬로 팔, 다리를 묶였지만 일부러 식사를 거르는 방법으로 살이 마르도록 하여 수갑을 벗어 던지고 담장을 넘어 도망쳤다고 했다. 이에 따라 남편을 소환하여 진술을 듣고 영장을 청구하려고 준비를 마치게 되었다.

마침 그 단계에서 사태가 벌어졌다. 그 부인이 검사실에서 대기하던 중에 박 검사에게 팔짱을 끼더니 "나하고 연애하자"며 달라붙었던 것이다. 눈초리도 핑 돌아간 상태였다. 자신의 범행을 부인하며 "오히려 아내가 정신이 이상해진 것"이라던 남편의 얘기를 진작 받아들이지 않은 실수였다. 하마터면 큰 망신을 살 뻔한 경우였다. 더구나 그 부인이 대단한 미모였기에 안타까운 기억으로 남아 있다. 끼니를 거르는 방법으로 살을 뺐고, 그 결과 수갑을 벗었다는 진술에서부터 의문을 가졌어야 했다. 병원을 데리고 다녔어도 치료가 안 되니까 남편으로서는 기도원에 기댈 수밖에 없는 딱한 처지였던 것이다.

특수부 검사의 요건

특수부 검사는 여러 가지 요건을 갖추어야 한다. 당시 서부지청은 규모도 작고 수사요원도 많지 않았지만 특수부 검사들의 발군의 능력 덕분에 수많은 수사를 진행할 수 있었다. 우선 특수부 검사는 끈질긴 수사력을 갖추어야 한다. 당시 박민호 검사는 수동식 감청기로 10개월 동안 수동조작하면서 감청을 계속하는 끈질김을 보였다. 그는 나중에 타 검찰청에 가서도 지방자치단체장을 구속하는 등 많은 수사성과를 올렸다. 사생활에서의 성격은 잘 모르지만 수사에 관한 한 그는 끈질김의 대명사였고 앞으로 검찰에서 큰일을 하길 바란다.

둘째로 특수부 검사는 창의력이 있어야 한다. 퍼즐의 한 조각 같은 정보를 무수히 수집하여 하나의 완성된 퍼즐을 만들 듯이 창의력을 발휘하여 범죄 전체구도를 찾아내야 한다. 당시 송세빈 검사는 가짜 샤스핀이나 가짜 산삼을 수사하면서 그 제조과정과 유통경로를 시각화(visualizing)하여 추적하였던 것이다.

셋째로 특수부 검사는 "No"라는 단어는 뇌리에서 지워버려야 한다. 수사의 단서는 보이는 것보다 보이지 않는 곳에 존재하는 경우가 많다. 보이는 것에만 집중하다 보면 그 수사는 안 된다며 No하고는 포기하는 경우가 대부분이다. 어느 검사에게 유흥업자들이 심야영업금지 해제를 받기 위해 국회의원에게 로비하는 범죄행위를 수사하라고 했더니 즉석에서 안 된다며 꽁무니를 빼는 경우도 있었다. 시작이 반이라고 일단 착수하면 수사의 반은 건지게 되어 있다.

넷째로 특수부 검사는 배짱과 용기가 있어야 한다. 범죄인과는 생명을 거는 전투가 시작되기 때문에 어떠한 압력이나 협박에도 초연해야 한다. 그 당시 전현준 검사는 군법무관을 막 제대하고 발령받은 초임검사였는데, 군법무관 시절 군대비리를 수사하여 장성들을 구속수사하고 제대한 예비역 장성들까지 검찰에 이송하는 큰 사건을 처리한 전력이 있었다. 군은 상명하복 관계에 있기 때문에 겹겹의 압력을 견디지 못하면 수사할 수가 없다. 그래서 나는 그 점을 높이 사서 막 발령받은 초임검사이긴 했지만 전현준 검사를 특수부에 발탁했다. 전현준 검사는 현재 검사장으로 승진하여 검찰의 요직을 맡고 있다.

서부지검 특수부장 시절 처리했던 사건은 그밖에도 수두룩하다. 건설사로부터 커미션을 받은 은행 지점장을 구속하면서 뇌물을 준 업자도 구속했는가 하면, 대기업의 백지 매출전표를 이용해 고리로 돈놀이를 하던 카드 사채업자들을 무더기로 단속하기도 했다.

조선일보는 1995년 5월 9일 「서울지검 서부지청 특수부 서영제 부장검사, 대기업 매출전표이용 고리대금업 사채업자 등 51명 구속」이라는 제하에 다음과 같이 보도했다. 7단 기사로 크게 보도되었던 기사다.

허위기재한 신용카드 매출전표를 담보로, 서민들에게 선이자 14~16%(기간 1~2개월)의 고리대금업을 해온 혐의로 카드사채업자 46명이 구속됐다. 검찰은 이와 함께 불법고리대금업을 하는 사채업자에게 회사명의의 백지 매출전표를 넘겨주고 사례금 1,100만 원을 받은 혐의로 유명제화업체 등 2개 회사 직원 5명을 구속했다. 검찰에 따르면 대기업 직원들에게서 백지 매출전표를 대량으로 건네받은 뒤, 매출전표 상에는 고객들이 물건을 산 것처럼 허위기재하고 실제로는 이들에게 고율의 사채를 빌려주는 수법으로 2억 2,000만 원을 시중에 불법 유통시킨 혐의를 받고 있다. 이와 함께 이 씨 등 다른 카드 사채업자 45명은 유령회사를 차린 뒤 각종 신용카드회사에 가맹, 매출전표를 허위로 작성하는 수법으로 신문광고를 보거나 길거리 호객을 통해 몰려든 서민 고객들에게 모두 80여억 원대의 자금을 불법으로 빌려준 혐의를 받고 있다.

서민들의 경제적 궁핍함과 사회적인 무능함을 역이용하여 서민에게 무한적인 고통을 주면서 막대한 경제적 이득을 취하는 그야말로 셰익스피어 소설에서 나오는 '샤일록'들이었다. 이러한 현대판 '샤일록'의 수사내용을 실감할 수 있도록 보도해준 언론사에 감사의 뜻을 전해주었다. 검찰이 서민생활 침해사범의 단속에 초점을 맞추어 수사했다는 점에서 의미가 있었다. 서민을 위한 검찰, 이것이야말로 검찰의 존재 이유이기 때문이다.

서울지검 강력부장／

유엔에 보고된 '화이트 트라이앵글'

서부지청 특수부장을 마칠 때쯤 해서 나는 다음 자리로 은근히 서울지검 특수부장 자리를 바라고 있었다. 하지만 특수부장 자리는 고사하고 본청으로 들어간다는 보장도 딱히 없었다. 당시 남부지청의 정민수 형사부장은 어디서 전해들었는지 "연수원 6기 중에서 본청 들어가는 명단이 확정됐는데 자네만 빠졌다더라"고까지 염려를 해주었다.

그때까지 인사에 대하여는 정말로 깜깜무소식이었다. 어디에 알아볼 수도 없었다. 누구에게 인사를 부탁한 일도 없고, 나를 챙겨줄 만한 사람도 없었기 때문이다. 그래서 매년 인사 때마다 마음 졸이는 것이 너무 불쾌하여 항상 검사직을 그만두어야지 하는 생각이 떠나질 않았다.

그런데 다음날 동아일보의 양기대 기자로부터 전화가 걸려왔다. "방금 인사 명단을 입수했는데 강력부장으로 발령 났다"는 것이었다. 그는 한 말 보태서 "조폭 수사를 해본 적이 있느냐"고까지 걱정스럽게 물어왔다.

인연이 있으리라고 꿈에도 생각해보지 못했던 마약사건과 조폭수사에 매달리게 되는 시발점이기도 했다. 1995년 10월의 일이다. 양 기자와의 통화가 끝난 뒤 곧바로 채동욱 검사로부터도 "모시게 되어서 반갑습니다."라는 전화를 받게 되었다. 그는 당시 서울지검 강력부의 수석검사를 맡고 있었다. 정작 나에게는 통보가 되기 전인데도 알 만한 사람들에게는 인사 자료가 모두 흘러나간 모양이었다.

사실, 나로서는 조폭이나 마약수사 경험이 전무 하다시피 했다.

서울지검강력부장 수사시절

평검사 때도 그런 수사를 접해 본 일이 없었다. 그런데 무슨 연유로 강력부장으로 발령을 냈는지 알 수 없었다. 특수부장으로 보내기는 그렇고 하니 같은 인지부서인 강력부로 보낸 것이 아닌가 짐작했을 뿐이다. 이제 불과 2년 동안의 '특수통'을 거쳐 다시 '강력 통'의 세계에 매달려야 할 참이었다. 강력부장으로 발령을 받고나서 도서관에서 책을 수북이 빌려다 놓고 강력부 업무에 대해 공부를 시작한 것도 그런 때문이었다.

강력부장으로서의 첫 시험대는 바로 다가왔다. 다름 아닌 마약 사건이었다. 그것도 일본 도쿄경시청으로부터 제보와 함께 공조수사 제의가 들어왔던 이례적인 사건이다. 내가 강력부장으로 발령을 받으면서 곧바로 제보가 접수됨으로써 전격 수사가 착수되었다. 그 결과 한국과 일본, 그리고 중국까지 포함하는 국제적인 마약조직을 소탕하는 전과를 올리게 되었던 것이다.

도쿄경시청에서 보내온 것은 한 장의 사진과 첩보 내용이었다. 사진에는 도쿄 프린스호텔에서 밀매 조직원들이 필로폰을 거래하는 장면이 찍혔는데, 자세히 판독해보니 한 명은 일본 야쿠자가 분명했으나 다른 한 명은 한국 사람인 듯했다. 그래서 공조 수사하자는 뜻에서 그 사진을 우리 관세청에 보내주었고, 관세청이 다시 강력부에 연락을 취한 것이었다. 사진과 같이 첨부된 첩보 내용에는 한국인 6명이 필로폰 50kg을 야쿠자에게 판매했다는 사실과 그들의 대략적인 인적사항도 적혀 있었다.

그리고 다시 한 달쯤 뒤에는 앞서의 피내사자 가운데 한 명이 거래된 필로폰에 대해 야쿠자 조직에 자금 결제를 독촉했다는 정황과 그들의 출입국 동태를 면밀히 추적하고 있다는 내용이 도쿄경시청으로부터 날아들었다. 나는 채동욱 수석검사로부터 보고를 받으면서 은근히 전율을 느끼고 있었다. 심장의 박동도 더 빨라진 것 같았다.

일본에서 한국 조직원들의 마약거래가 있었고, 그 가운데 몇 명의 신원이 확인되는 만큼 더 미룰 일도 없었다. 나는 즉각 수사팀을 꾸려 본격 수사에 착수했다. 당시 서울지검 강력부에는 조폭 수사검사가 4명, 마약 수사검사가 4명이었는데, 마약담당 검사들로 하여금 각기 별도의 전담팀을 꾸리도록 했다.

우선 필요한 것이 감청 작업이었다. 과거 마약범죄 족보에 올랐던 유력한 용의자들의 통화 내용을 엿듣는 것이었다. 마약조직은 개별적으로 비밀리에 움직이는 게 보통이었으므로 그 외에는 특별히 단서를 얻을 만한 방법이 마땅치 않았다. 이미 서울지검에 감청설비가 상당히 갖추어져 기술적으로는 문제가 거의 없을 때였다.

결국 3개월간에 걸친 감청 끝에 한국 조직원들이 중국에서 필로폰을 들여와 다시 일본 야쿠자들에게 넘기려 한다는 사실이 포착되었다. 이들의 출입국 상황과 승선기록을 점검한 결과 조만간 다롄大連에서 화물선 편으로 출발하여 엿새 뒤에 포항으로 입항하게 된다는 사실까지 확인이 되었다. 이로써 중국과 일본을 오가며 활동하던 마약밀매 조직원 50여 명이 차례로 잡혀들었다. 앞서 도쿄경시청에서 보내온 사진 속의 인물들도 모두 검거되었다.

하지만 수사가 그렇게 간단히 진행되지는 않았다. 조직원 가운데 하수인이 검거되면 가벼운 처벌을 전제로 더 큰 정보를 불도록 유도했고, 어느 조직원은 아예 수사팀으로 끌어들여 중국 선양瀋陽으로 출장을 보내기도 했다. 어느 경우에도 위험부담이 따를 수밖에 없는 결정이었다.

당시 미국에서 활용되고 있는 함정수사(Sting operation)를 시도해보았던 것이다. 계속 감청한 결과 마약 밀거래자 중에 K모라는 고학력의 엘리트가 있었다. 그는 유흥오락사업을 하다가 큰돈을 날리고 재기하기 위하여 마약밀수에 뛰어들었다. 감청결과 그는 깊숙이 마약조직에 관여하고 있었고, 심지어는 현직 검사의 자문까지 받고 있었다. 그래서 그를 은밀히 검거한 후 설득을 하여 역정보원(undercover)으로 활용하였다. 마약조직에 재투입시켜 과거의 밀수, 밀매 역할을 그대로 하도록 하고 계속적으로 마약조직에 대한 정보를 제공하도록 하였다. 성공할 경우 그의 형을 감면해주기로 약속한 것은 물론이었다. 미국에는 '형사 범죄 감면 조항(immunity grant)'이라는 제도로 합법적으로 실시하고 있지만 우리나라는 비공식으로 활용할 수밖에 없었다. 그를 중국 선양까지 출장을 가도록 하여 중국의 마약제조공장을 현지 촬영하여 오도록 했고, 한국과 일본을 오가며 마약거래를 하도록 했다. 이러한 함정수사와 감청을 3개월간 활용하여 국제 마약밀조, 밀수조직을 완전히 파악함으로써 모두 검거할 수 있게 되었다.

그러나 이러한 수사방법은 정말로 영화에서나 가능한 위험부담이 엄청나게 따르는 수사였다. 최악의 경우 K모가 수사정황을 마약

조직에 누설하게 되면 모든 수사는 수포로 돌아가고 마는 것이다. 더구나 K모가 역정보원인 것이 발각되면 조직원들에게 살해될 수도 있었다. 더구나 K모에게 출장비 등 많은 돈을 투자해야 했고 더구나 서울지검장 등 고위층에게는 보고도 할 수 없었다. 보고하면 무조건 위험부담을 이유로 허가하지 않을 것이기 때문이었다. 만일 실패하면 나는 강력부장으로서 뿐만 아니라 검사직도 사표를 내야 할 판이었다. 그러나 이 수사는 국내 최초로 한·중·일을 연계하는 국제마약조직을 파헤치는 수사였기 때문에 수사 열망을 꺾을 수가 없었다. 그래서 검사직을 걸고 도박과도 같은 그 작전을 시행하였는데, 너무도 운 좋게 성공하여 큰 보람을 느끼게 되었다. 역시 모든 일에는 위험이 따르지만 그에 비례하는 용기와 배짱이 있다면 이를 극복할 수 있다는 교훈을 얻게 되었다. "High risk, High return(큰 위험, 큰 수익)"이라고나 해야 할까?

특히 관세청과 세관의 협조가 없었다면 만족할 만한 성과를 거두기가 어려웠을지도 모른다. 검찰 내부적으로도 광주지검과 대전지검, 울산지청, 통영지청 등과 긴밀한 공제체계가 이루어진 덕분이었다. 일본 도쿄경시청과 중국 당국과의 국제 공조도 빼놓을 수 없었던 요인이다. 검찰은 항상 관련기관과 유기적 협조관계를 유지하여야 한다. 그래야 범죄에 관한 귀중한 정보를 수집할 수 있기 때문이다. 그래서 나는 서울지검 강력부장 시절 유관기관의 정보수사담당 간부들과 한 달에 한 번씩 만나 범죄정보에 관하여 정보를 교환하였다. 국세청 조사국장, 관세청 조사국장, 기무사 수사국장에게 정보교환 협의체를 만들자고 제안을 했는데 그분들이 흔쾌히 응해주었다. 이 모임은 내가 서울지검 강력부장을 하는 동안 계속되었고 나중에 모두 은퇴한 후에도 한동안 친목모임으로 유지되었다.

당시 국내 마약제조 사범들은 집중단속에 밀려 중국으로 도주하기에 이르렀다. 그들은 중국, 특히 만주에서 조선족을 고용하여 히로뽕(메스암페타민) 제조에 손을 댔다. 만주에는 메스암페타민의 원료인 에페드린이라는 나무가 널려 있어 손쉽게 질 좋은 마약을 제조할 수가 있었다. 이렇게 제조한 히로뽕을 국내 마약밀매조직과 연계하여 국내에 반입하고 다시 일본의 야쿠자조직에 밀수출했던 것이다. 소위 중국, 한국, 일본을 연결한 국제마약 밀조, 밀매, 밀수출의 지대가 새로이 부상된 것이다. 이러한 마약의 삼각지대는 당시 서울지검 강

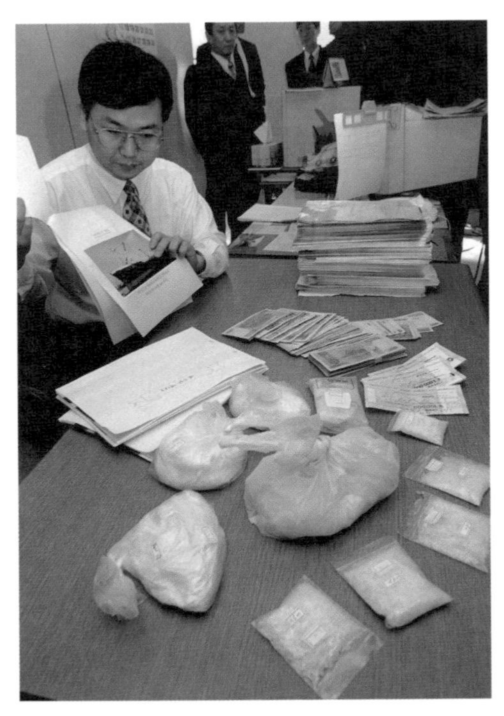

1995년 12월 서울지검 강력부 검사가 '한중일 국제 필로폰 밀수조직' 수사 결과를 발표한 뒤 필로폰 완제품들 보여주고 있다.(조선일보 제공)

력부가 처음으로 수사하여 밝혔던 것이고 그 후 이것이 모범사례가 되어 중국, 한국, 일본을 연계한 마약사범들이 속속 검거되기에 이르렀다.

나는 이 사건의 전모를 발표하면서 한국과 일본, 중국을 마약조직의 '화이트 트라이앵글(white triangle)'이라고 표현했다. 필로폰이 백색 가루인 점에 착안했던 표현이다. 태국과 라오스, 미얀마를 연결하는 헤로인의 '골든 트라이앵글(golden triangle)'이나 코카인의 밀거래 온상으로 알려진 이란, 이라크, 아프가니스탄 국경의 '황금의 초생 달 지대(golden crescent)'라는 이름과도 대비를 이루고 있었음은 물론이다.

일부 마약사범들은 중국에서 활동하고 있었으므로, 중국 공안당국에 명단을 통보하여 공조 수사하도록 했다. 그런데 몇 달이 지나 우연히 방송뉴스를 들었는데 중국에서 우리가 통보한 마약사범을 검거하여 모두 사형에 처했다는 것이다. 중국에서 이렇게 마약사범에 대하여 극형에 처할 줄은 몰랐다. 그 후 유가족들이 인권문제를 제기하면서 왜 사형을 막지 못했느냐고 항의하게 되고 국정감사에서도 문제가 되기도 했다.

다음은 조선일보 1995년 12월 26일자에 보도된 기사다.

> 중국에서 몰래 만든 필로폰을 한국과 일본에 팔아온 국제 필로폰 제조-판매조직이 한-중-일 마약수사 공조로 적발됐다. 검찰은 이번 수사에서 국내 마약수사에서는 처음으로 공작수사 기법을 도입, 일본 경시청과 중국 경찰로부터 입수한 정보와 한국 측 수사기관의 추적을 토대로 일시에 조직원 34명을 검거했다. 서울지검 강력부(부장 서영제)는

25일 중국 심양, 장춘, 상해 등지에 필로폰 밀조공장을 차려놓고 여기서 만든 필로폰을 한국과 일본에 몰래 팔아온 혐의로 심양 파 총책 등 필로폰 밀조-밀매단 3개 조직 34명을 구속했다고 밝혔다. 검찰은 또 심양 파 자금-밀수 총책과 내연관계인 최 모 씨를 불구속 입건하고 장춘 파 총책 등 나머지 조직원 29명을 같은 혐의로 수배했다. 검찰은 이들로부터 필로폰 1.5kg(시가 75억 원 상당), 밀조자금 한화 1천만 원과 미화 1천7백 달러, 중국 지폐, 투약용 주사기 1백여 개 등을 압수했다. 심양 파 총책은 필로폰 밀조기술자 등 12명과 함께 지난 5월 중국 심양의 공장에서 필로폰 6kg을 밀조한 뒤 한국 선박을 이용, 일본의 폭력조직에 밀수출한 혐의를 받고 있다고 검찰은 밝혔다. 이번에 구속된 조직원 중에는 심양 파 밀수알선책과 국내 밀매책 등 전직경찰관 3명도 끼어 있다.

조선일보는 그 다음날, 사설을 통해서도 이 사건에 대한 관심을 보여 주었다. 마약사범에 대한 우려가 우리 사회에 고조되고 있음을 알 수 있었다.

중국을 거점으로 한 국제필로폰 제조-판매조직이 서울지검을 중심으로 한 한-중-일 공조수사에 의해 적발된 것은 매우 뜻깊은 일이다. 최초의 3국 마약관련 공조수사가 쾌거로 이어졌을 뿐 아니라, 중국이 최근 필로폰의 전진기지로 등장했다는 사실이 이번 수사결과 처음으로 드러났기 때문이다. 검찰이 노 씨 비자금, 5·18 특별법, 그리고 정치권 사정으로 이어지고 있는 정국 관련 수사에만 매달리는 듯이 비치던 작금의 대국민 인상을 불식시키는데 다소간 기여하는 측면도 있을 것이다. 우리가 이 사건을 접하면서 특히 우려하는 바는 필로폰 조직의 활동무대가 중국 대륙으로까지 확산됐다는 점이다. 필로폰 밀매조직의 입장에서는 중국이 여러 측면에서 이점을 알고 있을 것이다. 종래의 필로폰 밀조지역이던 우리나라나 동남아 등지에 비해 지역이 광활하고 상대적으로 단속도 허술할 뿐 아니라 인건비도 헐하다. 거기에다 우리나라나 일본으로 밀반입시키는 루트도 다양하다. 이 같은 특징은 곧 단속 및 적발의 어려움으로 이어진다. 사실, 중국을 거점으로 한 국제필로폰 조직이 암약하고 있다는 소문은 꽤 오래전부터 나돌았다. 그리고 이번 적발된 조직 말고도 다른 여러 조직이 더 존재한다는 점은 검찰 스스로가 지적하고 있는 바이다. 따라서 이번 개가로 만족해서는 안 되며, 한-중-일 3각을 잇는 필로폰 조직의 새로운 무대를 궤멸시키기 위한 수사 공조체제를 더욱 강화하는 계기로 삼았으면 한다. 중국과 한-일을 잇는 항공편과 왕래 선박들에 대한 검문·검색을 한층 더 강화함으로써 밀조된 필로폰의 판로를 봉쇄하는 것이 첫 번째 과제일 것이다. 중국의 관련 당국이 밀조조직에 대한 단속을 강화하고 한-일 양국이 마약 관련 전과자 및 국내 마약 취약지역이나 대상자들을 철저히 감시해야 함은 물론이다. 이번에 적발된 필로폰 밀매조직은 한국인들로 구성돼 있으면서 중국의 조선족을 현지 고용해 밀조하고, 필로폰 일부는 일본 야쿠자 조직을 통해 밀매한 것으로 나

> 타났다. 다른 필로폰 조직도 그 세계의 특성상 비슷한 형태를 취하고 있다고 볼 때, 3국의 수사진이 공조체제를 더욱 굳건히 하면서 발본색원에 나설 경우 3국을 넘나들며 해악을 끼치는 마약 배들을 어렵지 않게 타진할 수 있을 것이다.

또한 중앙일보는 1995년 12월 26일자에서 나와의 인터뷰 기사를 다음과 같이 보도했다(수사와 관련한 내용).

> 한-중-일 연계 히로뽕 밀매조직을 검거한 서영제 서울지검 강력부장은 25일 "국내 히로뽕의 공급거점이 인건비, 원료가 등이 싼 중국으로 옮겨가고 있다"며 국제적 공조수사체제의 확립이 중요하다고 강조했다. 다음은 서 부장과의 일문일답.
>
> -국내와 연계된 중국 내의 히로뽕 밀조조직 현황은.
>
> "조선족이 많이 살고 있는 길림성 등 동북3성에 10개 정도가 암약중인 것으로 파악하고 있다. 이곳에서 만들어지는 히로뽕은 인건비, 원료가 등이 싸 국내 생산단가의 3분의1~4분의1 수준이다."
>
> -수사발표 내용을 보면 미국으로 수출할 것처럼 미국 마약청 직원을 재미교포로 위장시켜 이들에게 접근시켰다는데.
>
> "일종의 공작수사를 한 것이다. 미국 역시 히로뽕 가격이 엄청나게 비싸기 때문에 미국으로 수출하겠다는 말에 이들이 꼼짝없이 당한 셈이다."
>
> -일본 야쿠자조직의 자금이 히로뽕제조 등에 이미 유입된

것은 아닌가.

"야쿠자조직으로부터 받은 판매대금을 재투자할 계획이 었던 것으로 보이나 계약체결 단계에서 검거돼 실현되지는 않았다."

-미국·일본등과의 수사공조 정도는.

"장비와 인력지원을 받았다. 일본경시청으로부터는 수사 착수의 단서가 된 첩보가 제공됐다. 또 미국 FBI 한국지부로부터 도청거리가 200m인 만년필 형 도청장치를 지원받는 등 첨단장비의 도움을 받았다."

-공조수사체제 확립을 위해 필요한 것이 있다면.

"공조수사의 법적 근거가 없어 부득이 부분적인 공조수사를 펴고 있다. 이번 사건의 경우 중국 현지에 민간인을 보내 정보수집 등을 시키면서도 공식적으로 수사팀을 파견하지 못했다. 마약수사만이라도 범죄인 인도조약 체결 등 대책 마련이 시급하다."

언론에서 이렇게 상세하게 사건의 수사전말은 물론 그 사회적 파장에 이르기까지 보도를 해줌으로써 그 후 우리나라의 마약사범이 위축되어 상당한 기간 소강상태를 유지하게 되었다. 언론보도에 감사한다.

2012년 11월 중앙일보의 보도에 따르면 중국에서 최근에 위와 같은 한국, 중국, 일본을 연결하는 마약조직을 검거했다고 하면서 또 하나의 화이트 트라이앵글 사건이라고 주석을 달았다. 그 주석에는 1995년 서울지검 강력부가 수사하여 밝혀낸 한·중·일 연계 국제 마약밀조밀매사건을 화이트 트라이앵글이라고 명명했다는 점도 설명되어 있었다.

이때 적발된 마약조직의 규모가 작지 않기도 했지만 그동안 마약 청정국으로 여겨지던 한국이 국제적인 마약거래의 중심지로 떠오르고 있었다는 점에서 충격을 던져준 사건이다. 이때 발표된 두꺼운 수사 기록은 유엔 마약국에도 보고되었다.

우리나라는 1960~1970년대 마약 제조국으로 악명을 떨쳤지만 70~80년대의 집중단속으로 마약제조사범이 거의 근절되다시피 했고 오히려 마약제조사범이 중국이나 일본으로 도피함으로써 국내에는 밀거래만 성행하게 되었다. 그래서 비교적 다른 나라에 비해 마약 청정국으로 되어 있었기 때문에 국제 마약조직범들이 한국을 마약 밀수출의 경유지로 이용하거나 마약자금 세탁장소로 활용하게 되는 경향이 많았다.

수사기관의 대대적인 마약조직 수사 이후 1996년 1월 연행되는 필로폰 밀매조직원들(조선일보 제공)

예를 들면, 마약을 한국 공항을 경유하여 다른 나라에 밀수출하게 되면 일단 한국에서 들어온 것이므로 마약의 감시대상에서 제외된다는 사실을 노린 것이었다. 공항을 경유할 뿐만 아니라 한국에 거주하는 외국인을 통해 마약자금을 세탁하여 다시 밀반출하는 사례도 있었다. 앞으로 국제 마약거래사범이 한국이 마약청정지역이라는 이점을 이용하여 한국을 마약자금 세탁장소 내지는 마약밀수출 경유지로 활용하는 점을 수사의 초점으로 삼아 국제공조수사에 더욱 박차를 가해야 할 것이다.

여기서 한 가지 언론홍보에 관하여 지적할 것이 있다. 모든 범죄수사는 언론에 보도되지 않으면 범죄예방 효과를 얻을 수가 없다. 아무리 큰 수사라도 언론에 보도되지 않으면 범죄인들에게 알려지지 않고 그 수사는 사장되기 마련이다. 그래서 그 수사내용이 언론에 자세히 보도되어 범죄 내용과 구속된 인원 등이 알려짐으로써 다른 범죄인들에게 경각심을 주게 되고, 범죄 억지력이란 효과를 보게 된다. 내 경험으로 마약 수사를 한 후 언론에 공표하게 되면 보통 2~3개월 동안은 마약범죄가 잠복기에 들어가 자취를 감추는 경우가 많았다.

물론 정치적 사건이나 경제에 관한 사건 등은 정치나 경제에 중대한 영향을 주기 때문에 언론 보도를 신중히해야 하겠지만 조직폭력이나 마약사범 같은 경우 언론 홍보가 극대화되도록 해야 한다고 생각한다. 그리고 언론이 수사에 또 하나의 큰 효과가 있는 것은, 일단 언론에 보도되면 관련자들이 언론사에 관련 범죄에 관하여 다양한 제보를 하게 된다. 수사기관은 언론사로부터 범죄제보를 받아 더 큰 수사를 할 수 있게 된다. 따라서 언론과 수사기관은 서로 정보교환 차원에서 서로 시너지 효과를 올릴 수 있다. 따라서 언론과 수사기관은 범죄예방 효과나 범죄정보 수집차원에서 양대 산맥이라고 감히 말할 수 있다. 그러니까 검찰은 언론의 협조를 받아 조폭이나 마약사건 같은 큰 조직을 수사 발굴할 수 있고, 언론도 검찰의 협조를 받아 이를 크게 보도하여 세상에 알릴 수 있게 되는 것이다.

언론홍보의 극대화 방법

그렇다면 어떻게 하면 언론홍보를 극대화할 수 있는지를 생각해 본다.

첫째, 언론보도 자료는 가급적 상세하게 작성되어야 한다. 모든 자료를 빠짐없이 기재하고 범행수법도 빠짐없이 기재를 하여 각각의 언론사들이 자기 취향에 맞는 부분을 집중적으로 발췌하여 보도할 수 있게 하기 위함이다. 간단한 골격만 자료로 만들게 되면 각 언론사가 똑같은 기사를 게재해야 하기 때문에 자칫 모든 언론사가 언론보도를 자제할 수도 있기 때문이다.

둘째, 사건을 보도할 때는 그 사건의 맥이 무엇인지 그 사건수사의 메시지가 무엇인지를 정확히 파악하여 보도 자료에 기재해야 한다. 단순히 범죄사실을 보도하는 것보다는 이런 범죄가 사회에 어떤 영향을 미치는지, 그리고 앞으로 향후 어떤 범죄가 더 발생할 것인지를 예고하는 부분도 함께 기재해야 할 것이다. 예를 들면 늙은 아버지를 기도원에 감금시켜 놓고 아들들이 아버지 재산을 빼앗은 사건의 경우 '현대판 고려장'이라고 부각시켜 보도 자료를 냈던 경우다. 그리고 한·중·일 연계 마약사건도 '백색의 마약 삼각지대'가 새로이 발견되었다는 메시지를 전하는 것과 같다.

셋째, 엠바고를 철저히 실시하여 수사 도중에 일부 언론사가 보도하지 않도록 해야 한다. 수사가 끝나기 전에 보도를 해버리면 범죄인들이 도주하게 되고 증거를 인멸하게 되어 수사가 차질을 빚게 된다.

넷째, 보도시기를 잘 고려하여야 한다. 사회적으로 여러 사건으로 점철되어 언론보도 자료가 넘칠 때는 범죄사건 보도가 뒤로 밀릴 가능성이 크다. 그러기 때문에 가급적 다른 기사거리가 없을 때를 타이밍으로 잡아야 한다. 예를 들면 당시 한·중·일 연계 마약사건은 보도발표 시기를 크리스마스 다음날로 잡았는데 대개 크리스마스 때는 일반 사건기사가 거의 없어 기자들이 기사거리를 적극적으로 찾게 되기 때문이다.

마약에 빠진 한국사회

그 뒤에도 마약사건은 계속 이어졌다.

이미 한국 사회가 마약에 찌들어가고 있었다는 증거다. 유흥업소와 연예계를 중심으로 필로폰이 상류층까지 빠른 속도로 파고들고 있었다. 비밀 요정에서는 술자리에서 필로폰 환각파티가 벌어졌는가 하면 피로회복제라거나 술을 금방 깨게 한다는 등의 이유로 필로폰을 복용하기도 했다. 심지어 중소기업인들도 마약 밀거래를 하였다.

조선일보 1997년 8월 16일자는 "서울지검 강력부 서영제 부장검사는 경기침체로 경영난을 겪다가 떼돈을 벌 수 있다는 유혹에 빠져 마약을 밀거래한 중소기업인 20명을 구속했다"고 7단 기사로 보도했다.

이 밖에 현직 경찰관들이 필로폰 투약사범으로부터 뇌물을 받고 그대로 무마해주었다가 서울지검 강력부 김영진 검사에 의해 적발되기도 했다.

조선일보 1996년 9월 16일자는 「히로뽕 비호 경찰간부 셋 구속」이라는 제하에 다음과 같이 보도했다.

서울지검 강력부(서영제 부장검사)는 15일 히로뽕 피의자로부터 뇌물을 받고 사건을 무마해준 서울 중량경찰서 강력 2반장 OO경위(41)와 도봉경찰서 창1동 파출소장 OOO경위(42) 등 경찰간부 2명을 수뢰혐의로 구속했다. 검찰은 또 마약사범 피의자에 대한 신고를 받고 현장에 출동, 금품을 받고 풀어준 뒤 수배 자료까지 없애버린 용산경찰서 형사과 OOO경장(50)을 같은 혐의로 구속했다. 위 경위 두 사람은 서울형사기동대에 함께 근무하던 지난해 6월 히로뽕 밀매혐의로 내사 중이던 S씨(35, 구속)와 O씨(27, 구속)를 모 나이트클럽에서 만나 현금 6백만 원 등 1천1백여만 원 상당의 뇌물을 받은 뒤 사건을 무마해준 혐의다. 또 위 경장은 지난달 14일 검찰에 의해 별도로 수배된 O씨가 관내 ㅈ병원에 입원 중이라는 신고를 받고 출동했다가 O씨의 가족으로부터 현금 30만 원 등 80여만 원 상당의 금품을 받은 뒤 O씨를 풀어준 혐의를 받고 있다. 위 경장은 O씨가 이달 초 검찰에 자수하자 O씨의 수배사실에 기록된 경찰 전산망의 수사 자료를 삭제한 것으로 밝혀졌다. 검찰은 O씨 등에 대한 수배사실 확인과정에서 이 같은 경찰관들의 비위사실이 드러났다고 밝혔다.

마약수사를 담당하는 경찰관들이 마약범으로부터 뇌물을 받고 마약범죄를 무마시켰다는 것은 미국 영화에서나 볼 수 있는 것임에도 버젓이 우리나라에서 일어나고 있다는 것을 실감나게 보도해주었다.

국내에서 필로폰 밀조 계보의 원조로 불리던 한 씨, 노 씨 등 거물급 필로폰 제조범 2명을 포함해 20여 명의 조직원을 동시에 구속

퇴임식을 갖는 조영곤 전 서울중앙지검장(조선일보 제공)

한 것은 앞서의 '화이트 트라이앵글' 사건이 마무리된 지 불과 석 달 뒤의 일이다. 사실은 앞의 사건을 조사하던 중 그 조직원 한 명이 이들에게 필로폰 1kg을 팔았다는 진술이 확보되었고, 그 진술을 토대로 은밀한 기획수사가 진행되었던 것이다. 이는 당시 조영곤 검사(서울중앙지검장으로 근무하다가 이후 변호사개업)의 수사 작품이었다.

따라서 그동안의 단순한 첩보나 제보에 의해 착수되었던 마약수사와는 차원을 달리하고 있었다. 밀조 총책에서부터 원료 공급선, 자금줄, 기술자, 운반책에 이르기까지 모든 조직원을 일망타진했다는 것부터가 그러했다. 이들은 전라북도 김제의 어느 외떨어진 허름한 농가주택에 제조공장을 차려놓고 필로폰을 만들고 있었다. 중국에서 화물선 편으로 인천 항구를 통해 밀반입한 염산에페드린이 그 원료였다. 제조공장을 급습한 결과 필로폰 완제품 20kg과 아직 재료 상태의 염산에페드린 30kg 정도가 발견되었다. 완제품으로 만들어진 필로폰 분량만 해도 당시 도매가격으로 200억 원이고, 직접 수요자에게 판매된다면 1,000억 원 이상에 팔릴 수 있는 엄청난 규모였다.

국제 마약조직이 운영하는 국내 필로폰 제조공장을 처음으로 적발했다. 이진한 기자(조선일보 제공)

검거된 주범 한 씨는 이미 1979년 필로폰을 밀조하다가 검거되어 복역한 전과가 있을 만큼 국내 마약계에서는 오래전부터 군림해온 인물이다. 조폭 조직과 슬롯머신 계보는 물론 일본의 야쿠자 청부폭력 조직과도 밀접한 관계를 유지하고 있었다. 거물급 밀조책 노씨도 그 계통에서는 족보가 높은 서열에 있는 편이었다. 태평양전쟁기간 중 일본군 군수화학공장에서 밀조기술을 배워 해방직후 국내 최초로 필로폰을 밀조해 퍼뜨렸던 김 아무개의 수제자로서, 그동안 수사당국의 꾸준한 추적을 피해 다니다가 끝내 검거된 것이었다. 담당인 조영곤 검사가 직접 범죄현장에 가서 며칠씩 잠복하면서 수사했다. 당시로서는 위험천만한 수사모험을 하였던 것이다.

이에 대하여 서울신문은 1996년 3월 22일자로 다음과 같이 자세히 보도했다. 뒤에 덧붙여진 것은 해설기사다.

중국에서 히로뽕 원료를 국내로 들여와 가공해 팔려던 대규모 히로뽕 밀조·밀매조직이 검찰에 적발됐다. 서울지검 강력부(부장검사 서영제)는 21일 히로뽕 조직의 총책 한 모 씨와 밀조기술자 노 씨 등 23명을 향정신성 의약품 관리법 위반혐의로 구속했다. 4명을 같은 혐의로 입건하고 2명을 수배하는 한편 히로뽕 반제품 및 원료 48kg(시가 2천 여억 원)과 제조설비를 증거물로 압수했다. 이들은 중국 대련과 위해 시 등에서 히로뽕의 원료인 염산에페드린 50kg을 구입, 지난 1월 인천항을 통해 몰래 들여와 전북 김제시의 비밀 제조공장에서 반제품 6kg을 만들고 원료 42kg을 보관해오다 지난달 14일 검찰에 붙잡혔다. 지난 92년 이후 국내 히로뽕 제조조직은 수사당국의 지속적인 단속으로 자취를 감췄다. 그러나 최근 밀조기술자들이 교도소에서 출소하면서 다시 고개를 들 조짐을 보이는 것이다. 검찰은 총책으로부터「야마구치 구미」등 일본에서 손꼽히는 폭력조직단과 국내 폭력조직단의 두목을 소개해주는 등 긴밀한 관계를 맺어왔다는 진술을 확보, 마약밀매에 이들이 개입했을 가능성이 큰 것으로 보고 수사 중이다. 한 씨는 70년대 최 모(복역 중),천 모 씨(사망) 등과 함께 국내 마약계의 3개 거물로 활동해 왔다. 히로뽕 밀조기술의 1인자로 알려졌던 노 씨는 그동안 수사당국의 추적을 교묘하게 피해오다 처음으로 범행이 적발돼 구속됐다.

이어 그 해설기사로 다음의 글이 게재됐다.

'백색의 공포' 히로뽕의 국내 밀조활동이 다시 고개를 들고 있다. 서울지검이 21일 적발한 히로뽕 밀조 단은 지난 92년 이후 뿌리 뽑힌 것으로 알려진 국내 히로뽕 제조공장이 다시 등장했음을 말해준다. 그동안 히로뽕 제조기술자들은 중국에 공장을 차리고 완제품을 국내에 밀반입하는 수법을 써왔다. 국내의 단속 활동이 워낙 강화 된데다 원료구입 등에서 상대적으로 중국의 여건이 좋기 때문이다. 이런 가운데 조직총책 한 씨가 국내에서 히로뽕을 만들다 붙잡힌 것은 삼상치 않은 조짐이라고 검찰은 걱정했다. 과거의 '거물'들이 국내 활동을 재개한 신호로도 볼 수 있다는 설명이다. 한 씨는 70년대 최 모 씨 등 2명과 함께 마약계의 '3대 거두'로 꼽혔다. 이들은 히로뽕 사범의 원조다. 일찌감치 검찰의 블랙리스트에 올라 요주의 대상으로 지목되다 이번에 꼬리를 잡혔다. 함께 구속된 노 씨는 히로뽕 업계에서 '교수'로 통하며 자타가 공인하는 최고급 제조기술자. 제조기술자들은 기술수준에 따라 '총장-교수-전임강사-강사'로 분류되는데, 2차 대전 중 일본 군수화학 공장에서 제조기술을 익힌 '총장'급은 대부분 사망했다. 히로뽕 반제품을 만드는 데는 통상 두 달이 걸린다. 하지만 노 씨는 불과 나흘 만에 고 순도의 제품을 만드는 '신기술'을 보유한 것으로 밝혀졌다. 특히 히로뽕 밀조과정에 부인과 아들, 처남까지 끼워 넣는 등 일가족 모두를 '마약사업'에 끌어들였다. 총책 한 씨는 일본 폭력조직의 두목과 국내 호텔에서 수억 원의 카지노 게임을 즐기는 등 돈독한 관계를 맺어왔다고 자백했다. 검찰은 이에 따라 일본 폭력조직이 마약제조 및 판매 등에 개입했는지 여부도 수사 중이

> 다. 2차 대전 당시 일본 군수화학 공장의 노동자들이 주로 사용한 히로뽕은 전후 일본에서 60만 명의 중독자를 양산했었다. 요즘도 폭력조직들이 세력 확장을 위한 자금원으로 삼고 있는 것으로 알려졌다. 중국에서도 지난해 1월부터 6개월 동안 히로뽕사범 51명이 처형당하는 등 커다란 사회문제가 되고 있다. 장기적이고 집중적인 단속이 절실하다.

전문적인 감각으로 상세하게 실감나게 해설해주었다. 너무 감사했다.

세계일보도 1996년 3월 23일 다음과 같은 사설을 게재했다.

> 국내에서는 조직이 사라진 것으로 알려졌던 히로뽕 밀조.밀매 단이 건재하고 있었다니 그저 놀랍고 걱정스럽기 그지없다. 종래 우리는 마약수출국이었다. 그러다가 최근 몇 년 동안은 중국 대만 필리핀 태국 등지로부터 마약을 수입하는 나라로 사정이 바뀌었다. 그러나 교도소 복역을 마친 과거의 밀조기술자들이 조직을 재건하면서 마약의 수출과 소비국이 되고 말았다. 이번 조직은 히로뽕 제조공정을 단순화시켜 4일 만에 히로뽕을 만들어내는 신기술로 다량밀조를 계획했다. 히로뽕 밀조장소도 도시보다는 은폐가 쉬운 농촌의 저지대를 선정함으로써 당국의 눈을 속이려 했다. 원료를 중국에서 들여온 것으로 보아 한국과 중국 사이에는 여러 국제비밀조직이 암약하고 있음을 시사한다. 최근 들어 젊은이의 잔혹범죄 건수가 급격히 증가

> 하고 있는 것도 마약 확산과 무관하지 않다. 국내에 대규모 히로뽕 밀조 공장을 세웠다는 것은 마약을 찾는 계층이 그만큼 많아졌음을 의미한다. 국내 소비를 겨냥한 마약밀조단의 번성은 마약사범 퇴치를 위한 당국의 강력한 대응을 필요로 한다. 범죄수법이 날로 지능화하고 마약제조기술이 한 단계 높아진 만큼 그에 상응하는 수사체계를 갖추어야 한다. 검찰은 마약사범단속을 위해 그동안 국제공조체제 구축에 상당한 외교노력을 기울여왔다. 그러나 마약밀매조직이 50kg이나 되는 히로뽕 원료인 염산에페드린을 버젓이 항구를 통해 밀반입할 수 있었던 것은 세관단속의 허술함을 말해준다. 마약류 사범이 줄어들기는커녕 해마다 증가 추세인 것은 단속인력의 부족과 가벼운 처벌 등과도 관계가 있을 것이다. 수사의 과학화를 위한 첨단장비 확보와 더불어 전담수사 요원을 늘리는 조치를 서둘러야 한다. 공작수사 기법 등으로 단속실적을 올렸다고 해서 마약사범이 줄어들 것이라는 안이한 생각은 버려야 한다.

앞으로 마약사범검거에 박차를 가해달라는 격려를 해주었다.

그 무렵, 동남아의 마약 왕 쿤사 조직이나 남미에 거점을 둔 코카인 밀매단도 한국 시장을 넘보다가 서울지검 강력부 수사팀에 의해 적발되었다. 헤로인을 밀반입하려다 검거된 쿤사 조직에는 이스라엘과 시리아인도 포함되어 범죄영화에서나 보는 것처럼 다양한 국제적인 배경을 갖추고 있었다.

조선일보 1997년 6월 19일자는 「서울지검 강력부 서영제 부장검사는 태국-미얀마-라오스를 잇는 '황금의 삼각지대'에서 생산된 헤로인 5kg(시가 500억 원 상당)을 국내로 밀반입한 시리아인 등 3명을 구속하여 국제마약 조직 '쿤사'가 국내에 침투했음을 밝혀냈다」고 8단 기사로 대서특필 보도했다. 남미의 밀매단은 페루에서 수입되는 원목에 구멍을 뚫고 그 속에 코카인을 감춰 들여와 다시 일본으로 내가려던 중 검거되었다.

동아일보 1997년 5월 28일자는 이에 대해 「서울지검 강력부 서영제 부장검사는 페루서 300억대 코카인을 밀반입하여 일본에 밀반출을 기도한 코카인 국제 밀매단 7명을 구속했다. 일본 야쿠자와 수출 상담까지 벌이는 등 규모, 수법 모두 '기업형'으로 큰 충격을 주고 있다」라고 5단 기사로 보도했다.

당시 홍콩의 삼합회三合會나 대만 폭력조직인 죽련방竹聯幇의 연계조직들도 국내에 기반을 내리려다 여지없이 분쇄되고 말았다.

2008년 10월 인천지검이 국제마약조직이 밀수하려던 다량의 코카인을 압수했다.(조선일보 제공)

동아일보 1996년 12월 3일자는 「서울지검 강력부 서영제 부장검사는 마피아와 함께 세계 3대 국제 범죄조직인 홍콩삼합회, 일본 야쿠자 등이 헤로인 등 395억 상당을 반입한 6개국 거점 11개파 국제 마약밀수단 38명을 구속했다」고 대서특필 보도했다.

그 당시 너무 충격적인 사건도 있었다. 구치소에까지 필로폰이 반입되었던 사건이다.

다음은 조선일보 1996년 5월 2일자에 실린 「구치소서 "필로폰 파티"」라는 제하의 기사다.

> 구치소에 수감 중인 미결수가 변호인 접견을 통해 필로폰을 건네받아 동료 재소자 2명과 함께 투약한 사실이 밝혀졌다. 서울지검 강력부(부장 서영제)는 1일 서울 구치소 측의 수사 의뢰에 따라, 미결수 최 씨(37)가 필로폰 1g을 동료 재소자 조 씨(42, 향정신성의약품관리법 위반) 등 2명과 함께 일회용 주사기로 투약한 사실을 밝혀냈다. 검찰은 이에 따라 필로폰 전달과정에 개입한 혐의 등으로 미결수 최 씨의 처남 최 씨(26)를 구속하고, 친구 최 씨를 수배했다. 검찰조사결과, 미결수 최 씨와 친구 최 씨는 필로폰을 비닐에 포장, 피부연고제 속에 숨겨 구치소에 밀반입키로 공모한 뒤 지난달 25일 정 모 변호사와의 접견 때 연고제 형태로 건네받은 것으로 드러났다. 미결수 최 씨는 이에 앞서 지난달 15일 접견실에서 정 변호사에게 '습진 때문에 고생하고 있는데 평소 쓰던 연고제를 다음 접견 때 갖다 달라'고 부탁한 것으로 밝혀졌다. 검찰은 이와 관련, '정 변호사도 조사했으나 미결수 최 씨의 부탁을 받고 단순 연고제인 줄 알고 심부름을 해준 것으로 드러나 사법처리 대상에서 제외했다'고 밝혔다. 검찰은 그러나 정 변호사가 구치소장의 허가 없이 물품을 전달한 만큼 대한변협에 자체 징계

토록 통보할 방침이라고 밝혔다. 검찰은 또 1회용 주사기의 출처와 관련, '동료 재소자 김 모 씨(출소)가 구치소 의무실 쓰레기통에서 습득한 것으로 드러났다'고 밝혔다. 법무부 관계자는 '작년 7월에도 재소자 접견 때 담배, 약품, 서신 등을 불법 전달해준 변호사 10명을 적발, 변협에 명단을 통보했다'며 '작년 1월부터 행형법에서 변호인의 재소자 접견 때 교도관의 바로 옆 입회가 금지된 이후 변호인을 통한 불법 반입행위가 늘고 있다'고 말했다.

동아일보는 1996년 5월 2일자는 사설에서 「구치소서 히로뽕이라니」라는 제하에 다음과 같이 보도했다.

구치소에 수감 중인 미결수가 담당 변호사로부터 히로뽕을 몰래 건네받아 같은 방 수감자들과 함께 집단적으로 투약한 사건이 벌어졌다. 한마디로 '정말 이럴 수도 있는가?'하는 말 밖에 나오지 않는다. 범죄용의자를 일반사회와 격리시켜 관리하는 구치소 안에서 이 엄청난 짓이 행해진다는 것은 국가기강의 파탄과 같다. 그렇지 않아도 구치소와 교도소 안에서 담배나 술 같은 금지품목이 오고 간다는 풍문은 오래 전부터 있었고 근래에는 히로뽕 투약 소문까지도 심심치 않게 나와 설마 하던 참에 이번에 처음 사실로 확인된 것이다. 도대체 구치소의 관리체제가 어떻게 돼 있기에 이런 엄청난 일이 벌어지는가. 이번 사건에 대한 검찰 수사가 구치소 측의 고발에 따라 착수됐다고 하지만 구치소 측은 미결수가 변호사를 통해 히로뽕을 구치소 안에 몰래 들여와 한 방의 미결수들과 함께 집단으로 투약한 사실 조차 감쪽같이 몰랐다는 것이다. 그중에 한 사람이 담당 교도관에게 히로뽕투약 사실을 제보함에 따라 밝혀진 것이다. 만일 그 제보가 없었더라면 어떻게 됐을까. 구치소가 히로뽕투약 장소로 크게 번질 수는 없다 해도 적어도 같은 방에 수용돼 있는 미결수 들은 거의 히로뽕 중독자가 됐을지도 모른다. 상상만 해도 끔찍하다. 검찰은 또 이와 같은 불법행위가 서울구치소 외에 다른 구치소나 교도소에는 없는지도 철저히 조사해야 한다. 이번 서울구치소 히로뽕투약사건 주모자는 히로뽕 밀매혐의로 구속 기소되어 1심에서 유죄판결을 받고 항소 중에 있는 미결수다. 마약의 폐해가 때와 장소를 가리지 않고 있는 요즘 히로뽕 등 마약 관련 혐의자가 수감 중인 구치소 관리를 소홀히 한 당국의 책임은 크다. 접견한 변호사를 비롯하여, 구치소 직원 등 관계자들의 책임소재를 분명히 하고 제도와 관리행정 양면에서 재발방지 대책을 세우기 바란다.

이렇게 언론에서 수사결과를 심층 취재하여 생생하게 보도해줌으로써 마약에 대한 경각심을 불러일으키게 되고 결국 마약퇴치에 큰 공헌을 하게 되는 것이다.

구치소 필로폰 사건을 수사하던 중 수감되었던 필로폰 투약자 최씨를 심층 수사한 바 서울시내 유명 룸살롱에서 필로폰 환각파티가 벌어지고 있음을 발견했다.

다음은 조선일보 1996년 5월 28일자 보도 내용이다.

서울지검 강력부(부장 서영제)는 27일 서울 강남 일대의 고급 룸살롱 등 일부 유흥업소 여종업원들이 필로폰을 상습적으로 투약해온 사실을 밝혀내고 12명을 구속 기소했다. 검찰은 이들과 함께 필로폰을 복용한 혐의로 김 모 씨 등 7명을 구속 기소했다. 또 이혼녀 등을 유인, 필로폰을 투약시킨 방 모 씨 등 3명도 구속 기소됐다. 여종업원들의 필로폰 투약사실이 적발된 업소는 모두 9개로 역삼동, 삼성동 등 강남일대의 고급 룸살롱과 요정들이다. 검찰 조사결과, 유흥업소 여종업원들은 필로폰이 날씬한 몸매를 갖게 한다, 간에 좋고 해독에 좋다, 괴로움을 잊을 수 있다 등의 말로 꾀는 밀매업자들에게 속아 필로폰에 손을 댄 것으로 밝혀졌다. 검찰 관계자는 '최근 필로폰 밀매조직이 고급유흥업소 여종업원들에게 집중적으로 밀매해온 것으로 드러났다'며 '이는 이들과 접촉이 잦은 상류층에까지 마약을 확산시키려는 목적 때문으로 보인다'고 분석했다. 특히 구속된 남녀 4명은 '구치소 필로폰 투약'사실이 적발된 최 모 씨로 부터 필로폰을 공급받아 작년 4월부터 6월까지 수차례에 걸쳐 집단 투약했던 것으로 밝혀졌다.

최 씨는 구치소 히로뽕 반입사건으로 충격을 받고 서울구치소에서 자살했다. 마약사범의 비극적 종말을 생생히 보여준 사건이었다.

당시 나는 한겨레신문과 마약수사에 관하여 다음과 같이 인터뷰를 한 일이 있다.

조직범죄와 마약단속의 '사령관'인 서영제 서울지검 강력부장은 "우리나라가 국제범죄조직들이 탐을 내는 새 시장으로 떠오르고 있다"고 경계했다. 그는 "우리 사회의 급격한 국제화, 개방화 추세는 국제범죄조직의 국내침투 가속화라는 더러운 부산물을 낳았다"며 "이에 적절히 대응하기 위해서는 첨단수사기법 및 장비를 도입하고 자금세탁방지법을 좀 더 강하게 입법해야 한다"고 말했다.

-국제범죄조직들이 부쩍 한국시장을 탐내게 된 까닭은.

"마약이다. 지금 히로뽕의 국내가격은 0.03g에 15만 원으로, 5~6년 전보다 3배 이상 뛰었다. 이는 일본보다 3~4배, 중국보다 10배 비싼 값이다. 국내가격이 국제가격보다 워낙 비싸니까 국제범죄조직들이 한국시장을 노릴 수밖에 없다."

-국내 마약가격이 왜 그렇게 비싸졌나.

"우선 수요가 크게 늘어났다. 해외여행이 자유화하면서 외국생활 중에 마약을 접할 기회가 많아진 것이다. 얼마 전까지만 해도 마약중독자나 유흥업소 종사자들이 주된 마약 소비자였다. 그러나 지금은 기업인, 교사 등의 일반 직업인들과 해외에서 생활하다 들어온 부유층들이 적잖게 마약단속반에 걸려들고 있다. 수요가 이렇게 급증한 데 반해 강력한 마약단속으로 국내 '마약공장'은 거의 폐쇄됐다. 국내공급이 턱없이 부족하니까 자연스럽게 값이 뛴 것이다."

-어떤 국제범죄조직들이 어느정도 국내에 침투해 있나.

"지난달의 페루 산 코카인 밀수입 사건은 시사한 바가 크다. 대륙이 달라진 것이다. 종전까지는 기껏해야 대만이나 필리핀 타이 등 동남아 조직들이 주로 걸렸다. 페루 현지의 조직원을 잡지는 못했지만 수사과정에서 칼리 카르텔이라는 콜롬비아의 세계적인 조직이 관련된 흔적을 포착했다. 비행기와 잠수함까지 보유하고 있다는 남미의 세계 최대 마약범죄조직이 '코카인 새 시장, 한국'을 노리고 있음이 확인된 것이다."

-검찰 당국은 어떤 대응책을 세우고 있나.

"통나무 수출을 위장하는 등 마약거래 방법이 갈수록 교묘해지고 있어, 통상적인 수사방식으로는 국제조직 침투를 막아내기가 불가능에 가까워지고 있다. 수사 인력을 늘리고 수사요원을 거꾸로 범죄조직에 침투시키는 등의 첨단수사기법을 도입하고 첨단장비도 사들여야 한다. 또 돈줄을 포착할 수 있도록 자금세탁방지법을 이른 시일 내에 강하게 입법해야 한다."

마약 수사를 하면서 정말로 가슴 아픈, 안타까운 순간도 있었다. 고 박정희 대통령의 아들 박지만 씨를 히로뽕 투약혐의로 구속했던 일이다.

동아일보 1996년 11월 24일자 보도를 그대로 소개한다.

"집에 들어가 누워 천장을 보고 있으면 히로뽕 생각이 간절해 도저히 참을 수 없었습니다. 스스로 이 같은 충동을 제어할 수 있을 때까지 교도소에서 지내고 싶습니다." 히로뽕 투약 혐의로 검찰이 23일 구속 기소한 고 박정희 전 대통령의 외아들 지만 씨는 히로뽕의 마수에서 헤어나지 못한 자책감 때문에 형사처벌을 자청했다. 검찰 관계자는 원한다면 이번에도 형사 처벌하지 않고 치료감호소로 보내줄 수 있다'고 치료감호를 제의했으나 지만 씨가 "이번에는 반드시 히로뽕을 끊고 싶다"며 구속 기소를 선택했다고 말했다. 그는 또 "세 번이나 치료감호소에 가봤지만 치료감호소를 나오자마자 히로뽕 생각을 떨쳐 버릴 수 없었다."며 "이번에야말로 내 인생에서 히로뽕이라는 글자를 완전히 지워버리고 싶다"고 말했다고 검찰 관계자는 전했다. 그는 서울구치소가 전직 대통령의 아들이라는 점을 감안해 제공한 독방도 사양하고 일반인들과 함께 있는 수감실로 옮긴 것으로 알려졌다. 지만 씨는 지난 19일 구속 직전 담당 검사의 변호사 선임 권유에도 "이전에 변호사를 선임하면서 다시는 히로뽕에 손대지 않겠다고 약속했는데 무슨 면목으로 다시 선임하겠느냐"며 사양했다. 세 차례에 걸친 히로뽕 전과에도 불구하고 지만 씨가 마약에서 손을 떼지 못한 것은 무엇보다도 외로움 때문이었던 것 같다고 검찰 관계자는 말했다. 일과 후 집에 들어오면 아무도 상대할 사람이 없었다는 것. 구속 당시 그는 누나는 물론 아무에게도 자신의 구속사실을 알리지 말아 달라고 부탁했었다. 지만 씨는 지난 19일 서울지검으로 찾아온 작은 누나(서영)씨와의 면담 당시 아무런 말도 하지 않았다는 것. 서영 씨는 히로뽕으로 점철된 동생의 인생유전에 할 말을 잃은 듯 눈물만 흘리다 돌아간 것으로 전해졌다. 서울지검 강력부 서영제 부장검사는 "히로뽕으로부터 자유롭게 하기 위해서는 구속 기소가 최선의 선택이라는 결론을 내렸다"고 밝혔다.

마약수사를 하면서 가슴 아팠던 일은 또 있었다. 마약 수사를 전담했던 전직 검찰직원이 재직 당시 압수한 필로폰 80g을 퇴직 후 이를 팔려다가 구속되었다.

조선일보 1996년 12월 3일자는 「서울지검 강력부 서영제 부장검사는 전 강력부 소속 수사관이 히로뽕 판매책에게 필로폰 80g을 2,200만 원에 판매한 사실을 밝혀내고 그를 구속했다. 이 수사관은 20여 년간 마약사범 500명을 검거한 베테랑 수사관으로 〈마약-필로폰이란 이런 것이다〉라는 책자도 발간했다」라고 8단 기사로 대서특필했다.

비슷한 무렵 파헤친 사건 가운데서 신용카드 위조사건도 소개할 만하다. 어느 재미교포가 신용카드 기계를 국내에 들여와 무려 4,000장의 위조 카드를 시중에 유포했던 사건이다. 신용카드 기계를 그대로 들여오기 어려우니까 부품으로 분해해서 들여와 다시 조립해서 사용한 것으로 드러났다. 신용카드 매출전표 정보만으로도 위조 신용카드를 만들기에 충분했다. 이름과 카드번호, 유효기간 등의 개인정보를 마그네틱 전자띠에 입력시키는 것으로 별도의 신용카드가 만들어지기 때문이다. 다행히 중간에 사건이 적발되어 더 큰 피해는 막을 수 있었다.

조선일보는 1996년 12월 26일자에서 「서울지검 강력부 서영제 부장검사는 국내 8개사의 신용카드 4,000장을 위조해 팔아온 혐의로 8명을 구속했다. 이들은 미국 마피아 조직원으로 활동하면서 신용카드 위조기술을 배운 뒤 전자기록 판독 입력기(TDE)를 국내에 밀반입하여 위조했고 이를 일본 야쿠자에게도 밀반출을 기도했다」라고 7단 기사로 크게 보도했다.

조직폭력의 자금조달은 기업형으로 바뀌고 있었지만 그래도 옛날 방식으로 카지노나 유흥음식점을 운영하거나 불법 슬롯머신을 이용하는 방법도 다시 되살아나고 있었다. 그래서 특별수사팀을 만들어 서울지역의 불법 슬롯머신 업소를 전격적으로 단속하게 되었다.

중앙일보 1996년 1월 29일자는 「'무허가 슬롯머신' 10명 구속」이라는 제하에 다음과 같이 보도했다. 뿐만 아니라 같은 지면에 「슬롯머신 비리 뿌리 뽑아라」라는 제하에 사설도 함께 게재했다. 아래에 소개하는 것이 그 보도 내용과 사설이다.

> 서울지검 강력부(서영제 부장검사)는 28일 허가 없이 슬롯머신 업소를 운영해온 조직폭력배 「보성 파」두목 OOO(25,전남보성군미력면) 씨와 프로복싱 전 동양챔피언 OOO(35) 씨 등 10명을 사행행위 등 규제 및 처벌특례법 위반혐의로 구속했다. 검찰은 또 OOO(33) 씨 등 22명을 불구속 입건하고 달아난 업주와 폭력배 5명을 수배했다. 보성 파 조직원 6명은 영업허가 기간이 끝난 슬롯머신을 대당 50만~2백만 원에 구입한 뒤 지난해 12월부터 서울 강남구 신사동에 무허가 오락실을 차려놓고 회사원이나 부녀자들을 상대로 지금까지 매달 3억 원 가량의 부당이익을 챙긴 혐의다. 또한 권투선수였던 이 씨는 지난해 9월 서울 서초구 잠원동에 「양광」이라는 무허가 슬롯머신 업소를 차려놓고 지금까지 10억여 원의 부당이득을 챙긴 혐의를 받고 있다. 검찰관계자는 "슬롯머신 업소의 불법영업에 조직폭력배들이 개입해 활동자금으로 활용하고 있다는 소문이 사실로 드러났다"면서 "다른 폭력조직들의 개입 흔적이 드러나 이들 배후세력에 대한 수사를 계속 할 계획"이라고 말했다.

이어진 사설에서

검찰이 슬롯머신 업계에 대한 전면 수사에 나섰다. 93년 5월 슬롯머신 업계의 대부 정 덕진 씨 형제를 비롯한 슬롯머신 업계 전체에 대한 전면 수사 후 2년 8개월 만이다. 당시 고위간부 등 공직자 20여 명이 사법처리 되는 사정한파가 몰아친 점을 고려하면 이번 수사 결과도 주목거리가 아닐 수 없다. 검찰은 4월 총선을 앞두고 고개를 들고 있는 조직폭력배 검거와 이들에 대한 자금원 차단이 수사 목적이라고 밝히고 있다. 최근 폭력 조직에 의한 강력사건이 빈발하고 있는데다 총선을 앞두고 조직 재건 움직임이 전국 곳곳에서 나타나고 있다. 문제는 슬롯머신 업소가 범죄의 온상이라는 사실이 알려진 지 오래인데도 계속 성업 중이라는 점이다. 슬롯머신 업소는 93년의 전면 수사결과 사행심을 조장하고 탈세를 일삼거나 조직폭력배의 자금원이 되는 등 부작용이 많다는 지탄을 받으면서 당국의 서리를 맞았다. 검찰은 수사 첫날 서울 강남일대에서 무허가업소 10여 곳을 적발, 업주와 폭력배 등 40여 명을 연행했다. 이처럼 무허가 슬롯머신 업소가 버젓이 영업을 할 수 있다는 것은 관계 당국의 묵인이나 비호가 있었음을 입증하는 셈이 아닌가. 슬롯머신 업소를 둘러싼 비리를 근절하기 위해서는 검찰이 배후의 폭력조직 연계부분은 물론이고 관청주변 유착, 비호세력도 함께 밝혀내야 할 것이다.

공신력 있는 신문에 보도될 만큼 파장이 큰 사건이었다.

기업형 조직폭력의 수사

강력부 시절 마약사범 수사와 함께 조직폭력배 소탕에도 애로를 겪었다. 단순히 애로를 겪은 정도가 아니라 그들로부터 신체적인 보복까지 감수해야 하는 처절한 싸움이었다. 이미 폭력배 조직들이 종래 오락실이나 유흥업소에 빌붙어 세력과 이권을 키워나가는 형태에서 벗어나 나름대로 기업형 조직으로 변신하던 무렵이었다. 재개발 사업이나 유독폐기물 처리업, 고리대금의 사채시장에서 청부폭력을 휘두르며 영향력을 넓혀가고 있었다. 이름뿐인 회사를 차려놓고 그 회사를 바탕으로 다른 회사를 탈취하며 어음이나 수표를 고의 남발해 부도내는 방법으로 자금을 조성하기도 했다. 마약거래에도 본격적으로 손을 대고 있었다. 일본의 야쿠자로부터 수법을 배워가던 중이었다.

더 나아가 조직원 가운데서는 지방의회 의원으로 선출되어 버젓이 사회적인 신분을 유지하는가 하면 무슨 단체의 협회장이라는 직함으로 이권이 걸린 경매 사업에 손을 댄 경우도 있었다. 그들은 프로복싱 챔피언 출신을 조직원으로 끌어들이기도 했다. 이쯤이면 단순히 뒷골목의 건달패들이 아니었다. 합법으로 위장하여 조직과 돈을 움직이고 있었으니, 그냥 막무가내로 단속했다가는 오히려 역풍을 당하기 십상이었다.

그렇게 활개를 치는 폭력조직이 전국적으로 480여개에, 그 조직원들이 1만1천여 명으로 파악되고 있었다. 노태우 대통령 당시이던 1990년 민생치안 확립 차원에서 선포된 '범죄와의 전쟁'으로 구속됐던 7,000여 명의 폭력배 가운데 그동안 이미 5,000여 명이 출소해 있던 상황이다. 이들이 하나둘 풀려나오면서 다시 조직을 규합하고 있었던 것이다. 나는 이들에게 다시 수갑을 채워야 했다.

2009년 11월 부산교도소에서 출소한 김태촌이 지인들이 준비해 온 두부를 먹고 있다.(조선일보 제공)

범서방파 두목이던 김태촌 씨가 수감 중에 조직의 재건을 기도하고 조직원을 구의원에 출마하도록 하여 폭력조직을 정계에 진출시키려는 큰 꿈을 꾸고 있었다. 일본의 야쿠자 조직과 미국의 마피아 조직이 재계와 정계와 연결되어 영향력을 행사하고 있음은 잘 알려진 공지의 사실이다. 우리나라도 이러한 조짐을 보이고 있다는 것은 정말로 충격적인 일이었다. 강력부의 베테랑인 박충근 검사가 그 실체를 밝혀냈다.

다음은 이에 대한 조선일보 1996년 2월 21일자 보도 내용이다.

> 청송감호소에 수감 중인 범서방파 두목 김태촌 씨(47)가 대리인을 내세워 폭력조직을 관리하면서 출소한 후 조직을 재건하려 했던 사실이 밝혀졌다. 서울지검 강력부 (부장 서영제)는 20일 김태촌 씨를 대신해 범서방파 조직원을 관리한 혐의로 이OO 씨(41)를 구속 기소하고 이 씨의 배후세력에 대해 계속 수사 중이라고 밝혔다. 김 씨는 지난 79년

> 안양교도소에서 알게 된 이 씨가 92년 2월 출소하자, 자신의 친동생 김OO 씨(39)에게 주민등록증을 빌려주도록 한 뒤 김 씨의 친동생으로 가장한 이 씨를 통해 범서방파 조직원을 관리했다고 검찰은 밝혔다. 이 씨는 김 씨의 동생인 김OO 씨의 주민등록증에 자기 사진을 오려 붙인 다음 이 주민증을 이용해 김태촌 씨에게 3년 동안 41차례에 걸쳐 청송감호소로 면회를 다니면서 외부동향을 전하고, 94년 12월 김 씨의 지시를 받아 조직 이탈 기미가 있는 정 모 씨(45)에게 잔류를 종용하는 등 범서방파 폭력배들을 관리했던 것으로 드러났다. 이 씨는 지난해 8월 청송감호소에서 변조 주민등록증을 제시하고 김 씨를 면회하려다 붙잡혀 1심에서 징역2년을 선고받고 항소심에 계류 중이다. 이 씨는 또 김 씨와 친분이 있던 일본 야쿠자 조직인 「이나가와가이」요코하마 지회장과 접촉을 시도하고, 전 범서방파 부두목으로 마카오 원정 도박사건과 관련해 일본에 피신중인 이 모 씨를 만나 조직관리 자금을 국내로 유입하려 한 혐의도 받고 있다. 검찰은 이 씨가 범서방파의 영향력 유지를 위해 S파, C파 등 국내의 타 폭력조직과도 관계를 유지하는 한편 배후세력 구축을 위해 정치인 등 유력인사에게도 접근하려는 계획을 갖고 있었다고 밝혔다.

또한 김태촌 씨는 폭력두목에게 구의원에 출마토록 권유하고 당선시켜 정계에 진출하도록 한 사실도 밝혀져 충격을 주었다. 조선일보 1996년 1월 11일자는 이렇게 보도하고 있다.

서울 용산구 의회 이모 의원(45)이 유흥업소를 운영하면서 폭력조직원들에게 자금을 빌려주거나 일자리를 주고 또 자신은 의원신분으로 필로폰을 복용한 혐의로 구속됐다. 이 씨는 8년간 필로폰 2.4g을 복용한 전과가 있는 상태에서 이를 숨기고 구의원에 입후보, 당선됐던 것으로 밝혀졌다. 서울지검 강력부(부장 서영제)는 또 이 씨의 자금지원을 받으며 폭력조직 「영산 파」결성에 참여한 뒤 94년 12월 서울 강남 뉴월드호텔 앞에서 발생한 조직폭력배 살해사건의 주범들에게 도피처와 도피자금을 제공한 혐의로 정 모 씨(43)를 구속했다. 검찰은 “이 씨가 부인과 부하 명의로 R나이트클럽을 경영하면서 80년대부터 서방 파 두목 김태촌과 알고 지내다 6·27지방선거 직전 청송교도소에 수감 중인 김 씨로부터 서신을 통해 기초의원출마 권유를 받고 출마해 구위원에 당선됐다”고 밝혔다. 검찰이 공개한 편지에 따르면 김 씨는 이 씨에게 “기초의원선거에 출마해도 충분히 당선될 수 있으니 출마를 검토해보라”고 권유하고, 이 씨가 당선되자 “정당에 가입해 광역의원 출마에도 대비하라”고 권유했다. 검찰은 또 “이 씨는 김 씨의 조직 대리인과 접촉하면서 서방 파 잔여 조직원 관리를 돕고 도 영산파의 고문으로 실질적인 두목격인 정 씨에게 1억 2천여만 원을 빌려준 혐의를 받고 있다”고 밝혔다. 검찰은“국내 폭력조직이 자금과 조직을 이용해 지방정계에 진출하는 미국 마피아의 흉내를 낼 가능성이 높다”며 “반사회적 범죄에 연루된 후보에 대해서는 전과공개를 적극적으로 검토해야 한다.”고 밝혔다.

이에 서울신문은 1996년 1월 12일자로 「폭력조직의 정치진출 막아야」한다는 제하에 다음과 같이 보도했다.

> 폭력조직 두목으로서 서울 용산구의원으로 변신한 뒤 자신의 직위를 이용해 검은 사업 은폐와 범죄조직의 비호에 앞장서온 이 모 씨의 구속사건은 폭력조직의 정치세력화라는 측면에서 경각심을 불러일으키고 있다. 본격적인 지방자치제도 실시 후 크게 늘어난 선출직 공직자의 자질과 청렴성을 검증할 수 있는 제도적 장치가 시급하다. 이 씨는 「영석이파」라는 폭력 조직의 두목으로 청송교도소에 수감중인 범서방파 두목 김태촌 씨의 지시로 6·27 지자제선거에 출마해 당선된 후 범서방파의 후원자 역할을 해온 것으로 밝혀졌다. 더욱이 김 씨는 이 씨에게 정치권으로의 진출을 적극 권장해 폭력조직이 정치세력화해 자신들의 보호막으로 이용하려 했음이 드러나 분노감마저 갖게 한다. 우리는 선거를 통해 뽑는 지자제 공직자나 정치인들의 사명의식과 봉사정신이 지역사회와 국가 발전에 무엇보다 중요함을 강조한다. 깨끗하고 성실한 공직선거 후보자들이 선거에서 유권자의 지지를 받아 당선돼야 우리 사회가 발전할 수 있기 때문이다. 그러나 현실적으로는 유권자들이 후보자들의 경력과 성실성을 검증할 수 없어 폭력조직의 공직 진출도 가능하다. 공직을 맡은 후보자의 자질 검증이 요구되는 것도 이 때문이다. 지난해 6·27 지방선거 때도 일부 지역에서는 후보자들의 반 이상이 전과기록이 밝혀져 전과공개의 제도화가 거론되기도 했다. 전과의 대부분

> 이 단순 과실이지만 강도, 사기 등 반사회적 전과자들도 있어 이들에 대한 공직진출 차단 책이 마련되어야 할 필요성이 있다. 그러나 아무리 반사회적인 전과자라고 하더라도 일정 시효가 경과해 법적으로 하자가 없는 한 피선거권을 제한할 수는 없다. 따라서 유권자들이 후보자들의 자질을 검증할 수 있도록 하는 제도적 장치가 필요하다 하겠다. 그러기 위해서는 「형의 실효 등에 관한 법」을 개정해서라도 선출 공직후보자에 한해서는 강력범죄 전과사실의 공개를 허용하는 등 선거운영제도를 개선해야 한다.

그 후 정치권에서 공직선거 출마자들의 전과 공개를 재추진키로 한 것이 검찰 수사와 관련한 소득이라면 소득이었다.

다음은 이에 대한 조선일보 1996년 1월 22일자 기사다.

> 신한국당은 12일 깨끗한 선거풍토 조성과 공인의 전력에 대한 국민의 알 권리 충족을 위해 공직선거 출마자들의 전과 공개를 재추진키로 했다. 신한국당은 이와 함께 공직선거 출마자들이 선거공보 및 선전물 등에 학력과 경력을 허위기재, 유권자들의 올바른 판단을 방해하는 경우, 당선을 무효 시킬 수 있도록 처벌을 대폭 강화하는 방안을 적극 추진키로 했다. 신한국당은 이날 오후 국회에서 열린 여야 8인 중진회담에서 이 같은 입장을 야당 측에 전달했으며, 이번 통합선거법 개정과정에서 관련 규정을 신설 또는 개정할 방침이다. 신한국당의 강삼재 사무총장은 이날 "최근 서울 용산구의원인 이 모 씨가 나이트클럽을 운영하는 조

> 직폭력배 두목으로 밝혀져 검찰에 구속된 것은 충격적인 일"이라면서, "이는 공직후보 출마자에 대한 전과공개 등 자질검증 방안을 요청하라는 시대적 요구를 담고 있다'고 말했다. 강 총장은 이어 "선진외국의 경우, 인사청문회를 통해 주요 공직 임명자의 전력 및 이력에 대해 모든 것을 발가벗기고 있다"면서, "공직선거 출마자들에 대해 국민들이 충분히 알고 선택할 수 있도록 후보의 전과공개를 적극 추진할 방침"이라고 말했다.

검찰수사는 그 수사로만 끝나서는 안 된다. 정치·사회의 문제점을 적나라하게 드러내어 정치개혁이나 사회개혁의 실마리를 제공해 주어야한다. 이런 점에서 이번의 언론보도는 큰 역할을 했다고 생각했다.

특히 이때는 양은이파의 두목 조양은 씨가 형기를 채우고 출소해 다시 조직 재건을 노리고 있었다. 15년 형기가 만료됨에 따라 1995년 3월에 출소한 그는 오히려 사회적인 관심 속에 영웅 대접을 받고 있었다. 출소한 지 석 달 만에 화려한 결혼식으로 세상을 떠들썩하게 만들었는가 하면 자서전을 펴내고 심지어 텔레비전의 오락 프로그램에까지 등장했다.

조폭 두목이 마치 전쟁터에서 승리를 거둔 지휘관이나 된 것처럼 스포트라이트를 받는다는 것은 상식적으로 납득할 수 없는 일이었다. 어린이들에게 장래 희망을 물었더니 망설임 없이 "조양은 아저씨처럼 될래요."라고 답했다는 얘기까지 들려왔을 정도다.

분별을 잃은 언론의 우상화 경쟁도 잘못이었다. 검찰로서는 주먹을 휘두르는 건달이 영웅으로 대접받는 현상은 용납될 수가 없었다.

남기춘 검사(조선일보 제공)

조양은 씨가 다시 꼬리를 밟히는데는 긴 시간이 걸리지 않았다. 외제 승용차(BMW)를 타고 다니며 영화를 제작하겠다고 한 것이 실책이었다. 〈보스〉라는 제목으로 자전적인 영화를 제작하는 데에만 무려 27억 원이 들어가는 것으로 보도되고 있었다. 검찰로서는 영화 제작에 들어가는 막대한 자금 출처에 촉각을 곤두세울 수밖에 없었다.

그 당시 여러 방면으로 조양은 씨에 대한 수사단서를 찾던 중 우연한 정보를 마주치게 된 것은 운명의 장난이 아닌가 싶다. 그 당시 남기춘 검사와 점심식사를 한 후 검찰청 주차장에 차를 주차하고 나오는 순간 어느 여인이 나에게 다가와 하소연을 하였다. 자기 딸이 조양은에게 폭행을 당해 병원에 입원해 있으니 수사해달라는 것이었다. 나는 옆에 있던 남기춘 검사에게 즉시 이를 수사할 것을 지시하였다. 이것이 수사의 단초가 되어 본격적인 수사가 되었던 것이다.

결국 남기춘 검사의 끈질긴 내사 끝에 조양은은 1996년 8월 다시 구속되고 말았다. 이에 대해 한겨레신문 1996년 9월 2일자는 다음과 같이 보도했다.

> 서울지검 강력부는 지난 25일 양은이파 두목 조양은 씨(46)에게 또다시 수갑을 채웠다. 사기와 폭력 등 6가지 죄

목이 조 씨에게 씌워졌다. 15년 만기를 꽉 채우고 지난해 3월 출소한 지 겨우 열다섯 달이 지났다. 이로써 조 씨의 '제2 보스' 시대는 마감됐다.

당시 조선일보 1996년 8월 26일자는 다음과 같이 보도했다.

15년간 복역 후 작년 3월 출소한 폭력조직 양은이파 두목 조양은 씨(46)가 다시 폭력을 행사하고 돈을 갈취한 혐의 등으로 검찰에 전격 구속됐다. 서울지검 강력부(부장 서영제)는 25일 오후 조 씨에 대해 폭력행위 등 처벌에 관한 법률 위반 등 혐의로 구속했다. 조 씨는 24일 오전 6시 자신의 흑석동 아파트에서 연행됐다. 조 씨는 작년 9월 효산 그룹 회장 윤 모 씨(47)에게 "스키 좀 타고 싶은데 회원권을 만들어 달라"며 협박, 서울리조트 회원권 8장, 2억 원 어치를 빼앗은 혐의를 받고 있다. 조 씨는 지난 5월 부인 김 모 씨(30)를 폭행하고, 지난 1월에는 자신의 일대기를 그린 영화 〈보스〉를 제작하면서 제작 스탭 이 모 씨(36)를 "말을 잘 듣지 않는다"며 폭행한 혐의도 받고 있다고 검찰은 밝혔다. 검찰은 또 조 씨가 지난 8월 홍콩에서 발행된 국제운전면허증을 위조했으며, 지난 6월부터 외제 BMW 승용차와 체로키지프를 무면허로 몰고 다닌 혐의도 받고 있다고 밝혔다. 조 씨는 국내 3대 폭력조직의 하나인 양은이파를 이끌다 80년 신군부 등장 후 사회정화 차원에서 구속돼 작년 3월 15일 형기를 마치고 만기 출소했으며, 같은 해 6월 동시통역사 출신 김 모 씨와 결혼해 화제를 뿌렸다.

이어 조선일보 1996년 8월 26일자는 해설기사로 「다시 수감된 보스 조양은 씨」라는 제하에 다음과 같이 보도했다.

> 토요일인 지난 24일 아침 6시. 서울 흑석동 현대아파트 조양은 씨 집에 서울지검 강력부 수사관들이 들이닥쳤다. 잠에서 덜 깬 조 씨의 눈앞에 긴급 구속영장이 제시됐다. 작년 3월 15년 만에 만기 출소한 그가 1년 5개월 만에 재수감되는 순간이었다. 검찰의 조 씨 구속은 외견상 전격적인 것으로 보인다. 하지만 검찰은 오래전부터 조 씨의 행적을 주시해 왔다. 검-경은 그의 출소 전부터 벌써 조직 재건 움직임을 거론하며 안테나를 세워온 게 사실이다. 조 씨도 검-경의 눈길을 의식한 듯, 출소 후 기회 있을 때마다 "새 길을 걷겠다." 며 갱생을 다짐했다. 작년 6월에는 동시통역사 출신의 재원 김 모 씨와 결혼했고, 전공을 살려 보디가드 회사를 차리겠다는 계획을 밝히기도 했다. 작년 말부터는 세경진흥영화사를 차린 뒤 자신의 일대기를 그린 영화 〈보스〉를 직접제작-출연해 화제를 모으기도 했다. 검찰이 밝힌 그의 구속배경은 원론적 수준. 검찰 관계자는 "15년간 수감생활을 했으면 근신해야 하는데도, 드라마 모래시계의 주인공처럼 행세하고 다니는 등 전혀 반성의 빛이 없었다."고 말했다. 홍콩에서 발행된 국제운전면허증을 위조한 뒤, BMW, 체로키 등 외제 고급승용차를 몰고 다니는 등 호화판 생활을 해왔다는 게 수사 관계자의 전언. 무엇보다 검찰은 최근 조 씨의 혐의를 뒷받침할 결정적 물증을 확보한 듯하다. 콘도 회원권 갈취, 증기탕 임대관련 사

1996년 8월 사기 및 폭력 혐의로 구속되는
양은이파 두목 조양은(조선일보 제공)

기, 주변 인물 폭행 등에 대해 구체적 진술을 확보했다는 것이다. 검찰 관계자는 "피해자들과 대부분 대질신문을 끝냈다"며 "앞으로 좀 더 굵직굵직한 혐의가 속속 드러날 것"이라고 자신감을 보였다. 60년대 전남 광주지역에서 활동했던 조 씨는 70년대 초 상경, 범 호남파에서 활약하다 75년 당시 신상사파를 회칼로 무자비하게 공격(속칭 명동 사보이호텔 사건), 일약 조직폭력배의 거물로 부상했다. 조 씨의 재 구속은 그와 함께 주먹세계에서 3대 패밀리로 불렸

> 던 서방파 김태촌 씨의 행적을 그대로 밟고 있어 눈길을 끌고 있다. 수감생활 중 폐암선고를 받고 형집행정지로 풀려났던 김 씨도 조직재건을 기도하며 각종 이권에 개입한 혐의로 90년 재수감됐기 때문이다.

조양은 씨를 검거했을 때 나를 깜짝 놀라게 한 일이 있었다. 현직 검사와 판사가 나에게 전화를 해서 "조양은 씨는 이미 조폭에서 손을 떼고 평범하게 살고 있는데 과거에 조폭이라는 이유로 범죄를 뒤집어씌우느냐."고 항의했다.

조양은이 출소 후 주연을 맡았던 영화 〈보스〉의 한 장면(조선일보 제공)

기가 막힌 일이었다. 그리고 남기춘 검사가 조양은 씨의 집을 압수수색했는데 그중에는 조양은 씨가 교도소에 수감 중 수많은 정치인 등 유명 인사들이 격려편지 또는 위로엽서를 보냈다는 사실이 밝혀졌다. 조양은 씨가 정말 정치, 사회적으로 대단한 영향력을 행사하고 있었음을 간접적으로 알 수가 있었다.

김태촌 씨와 조양은 씨를 수사하면서 인간은 무엇인가라는 사뭇 철학적인 사색을 해본 일이 있다. 인간은 태어날 때부터 악인가, 선인가? 지금까지 경험으로 보면 성악설이 맞는 것 같다. 다만 자기 속에 내재된 악을 얼마나 다스리고 자제하는가에 따라 인생이 달라지는 것이 아닌가 생각한다. 동물들이 끊임없는 상호투쟁을 통하여 약육강식 등 적자생존(the survival of the fittest)하여 왔다는 것이 진화론이라면 우리가 바로 그 동물로부터 진화한 것이니 인간 역시 근본적으로 악일 수밖에 없다.

나 역시 너무 많은 악이 목구멍부터 배속까지 꽉 찬 것 같다. 조양은 씨와 김태촌 씨도 그 악을 다스리기 위하여 종교에 귀의하여 신앙생활도 열심히 하였다고 전해진다. 그러나 다른 환경요인 때문에 그 악을 다스리고 억제하는 강도가 둔화되었는지 모른다. 참 안타까운 일이다. 남의 일 같지 않다. 오죽하면 사도 바울이 인간의 반은 악으로 구성되어 있어 인력으로는 이를 떼어낼 수 없으니 하느님에게 의존해야 한다고까지 말했겠는가? 나 역시 나의 악을 이정도만이라도 자제할 수 있었던 것은 그나마 큰 행운이라고 생각된다.

또 잊지 못할 수사가 있다. 파괴력과 명중률이 뛰어난 살상용 불법 총기류가 10만여 점이나 범람하고 있고 조직폭력배들이 총기류를 구입하고 있어 총기에 의한 테러위험이 높아지고 있다는 정보를 입수하고 수사에 착수했다. 조선일보 1997년 7월 10일자는 「서울지검 강력부 서영제 부장검사는 밀수, 불법 개조한 총기류를 대량 유통시킨 37개 조직을 적발하고 실탄 3만발을 압수했고, 일부 조직폭력배는 사격 연습까지 시켜 "총 든 깡패" 남의 나라 일이 아니다」라고 10단 기사로 대서특필 보도했다.

폭력조직은 보험 사기에도 손길을 뻗치고 있었다. 국민일보 1996

년 7월 26일자는 「보험사기 폭력조직 3개 파 35명을 구속, 수배」라는 제목으로 다음과 같이 보도했다.

> 조직폭력배가 변호사 사무장, 병원 원무과장, 보험회사 간부와 짜고 조직적으로 교통사고 보험금을 갈취한 기업형 보험 사기단 3개 파 35여 명이 무더기로 검찰에 적발돼 15명이 구속되고 20명이 수배됐다. 서울지검 강력부(서영제 부장검사)는 26일 교통사고 피해자로부터 가해자에 대한 손해배상처리를 위임받은 뒤 보험회사에 행패를 부려 실제 피해보다 3~4배의 보험금을 지급받아 10억 원을 챙긴 혐의(폭력)로 진영이파 두목과 신목포파 등 조직폭력배 3명을 구속하고 신목포파 간부 유 대훈 씨 등 조직폭력배 20명을 수배했다. 검찰은 또 전역군인 등을 모아 단체를 만든 뒤 교통사고 보상 문제에 개입해 보험회사를 협박, 3억여 원을 빼앗은 보훈컴퍼니클럽 지부장 김 씨를 같은 혐의로 구속했다. 신목포파 두목 김 씨는 이모변호사 사무장 유 씨와 병원 사무장들과 짜고 지난 5월 교통사고 피해자 이모 씨에게 실제 보상금보다 많은 3천만 원을 모 보험회사로부터 타낸 뒤 이중 천만 원을 가로 챘다. 이 과정에서 병원 사무장들은 진단서를 과대 포장하는 역할을 맡았으며 변호사 사무장은 보험회사 측과 합의가 되지 않은 피해자들을 소송을 하도록 종용한 뒤 보험회사 간부에게 거액의 사례비를 주고 소송을 포기하도록 했다. 검찰은 이와 관련 병원 사무장 5명과 변호사 사무장 2명을 함께 구속했다. 보훈컴퍼니클럽 김 씨는 전역군인 7명으로 조직을 만든 뒤

서울과 경기도 일대 종합병원과 정형외과 병원을 찾아다니며 교통사고 환자들에게 접근, "보상금을 많이 타도록 해주겠다."며 사례비로 10여 차례 3억 원을 챙겼다. 김 씨는 이 과정에서 보험회사를 찾아가 행패를 부리는가 하면 "방화 하겠다"는 위협을 하고 신고하려는 보험회사 간부들을 폭행하기도 했다. 검찰은 또 택시기사들을 중심으로 전문적인 교통사고 위장조직을 만든 후 일방통행로 등 상대방의 과실이 인정될 수 있는 장소에서 접촉사고를 유발한 뒤 허위진단서를 만들어 2천만~2백만 원을 빼앗은 택시기사 3명도 함께 구속했다. 검찰은 이들 폭력조직과 보험사기단이 천호동의 H정형외과 등 병원 및 L보험회사 직원과 공모한 것으로 보고 병원, 보험회사 직원들에 대해 수사를 확대하고 있다.

강력부는 한때 조폭들의 도박개입 사건에 대응하여 전면전을 벌이기도 했다. 주로 조은석 검사가 철저한 수사를 했다. 1997년 8월 20일자 조선일보, 중앙일보, 동아일보 등은 「서울지검 강력부 서영제 부장검사는 조폭이 주도하고 교수, 사장, 공무원 등이 낀 10개 파 450억대 도박 조직 103개를 구속하고 88명을 수배했다」고 5~6단 기사로 보도했다. 폭력배들이 전국적으로 오락실과 주택가에 카지노장을 개설하여 도박판을 운영하고 있었으며, 도박 빚을 받아내려고 스스로 해결사 노릇을 하고 있었다. 그 과정에서 사회적인 물의가 적지 않게 빚어졌던 것이다. 도박으로 가산을 탕진하고 가정이 파탄 난 끝에 자살로 귀결되는 경우도 보아왔던 터였다.

적발됐다가 풀려나도 여간해서는 끊지 못하는 게 도박이라고 했다. 어느 산부인과 원장이 사기도박에 걸려들어 43억 원을 잃고는 거꾸로 폭력배를 끌어들여 20억 원짜리 차용증을 탈취한 사건도 비슷한 무렵의 일이다. 따겠다고 덤비지만 결국 잃는 사람들뿐이고 따는 사람은 없다는 게 도박의 특징이기도 하다.

특히 해외원정 도박은 골칫거리였다. 조직폭력배들이 국내의 법망을 피해 손쉽게 자금을 확보하는 수단으로 써먹고 있었다. 해외여행 붐을 타고 바깥나들이에 나서는 사람들이 공략의 대상이었다. 골프나 섹스관광을 미끼로 손님을 끌어들여 현지에 가서는 슬며시 도박장으로 안내하는 수법도 이용되었다. 주로 중소기업 인들이 만만한 대상이었으며, 이들을 유혹하기 위해 미모의 여자 연예인들이 미끼로 등장하기도 했다. 결과적으로는 그들도 멋모르고 따라나섰다가 피해자가 되기 마련이었다.

조선일보 1997년 3월 26일자는 「서울지검 강력부 서영제 부장검사는 필리핀 섬에서 부유층을 유인, 골프와 섹스관광을 즐기며 카지노에서 수 십 억대 도박판을 벌인 범서방파 총책 등 6명을 구속했다」라고 7단 기사로 크게 보도했다. 폭력배들은 소위 해결사 노릇도 하고 있어 이에 대한 수사도 강화했다.

조선일보 1997년 3월 17일자는 「서울지검 강력부 서영제 부장검사는 은행 채무자에게 청부폭력을 행사한 OB파 부두목과 청부 폭력을 의뢰한 은행간부 등 2명을 구속했다」고 7단 기사로 보도했다.

조은석 현재 검사는 검사장으로 승진하여 근무하고 있다. 그는 무에서 유를 찾아냄은 물론 깊고 깊은 범죄조직을 끈질기게 파헤치는 능력을 가지고 있었다. 일반 간통사건을 수사하다가 간통을 미끼로 공갈을 하는 간통 공갈단을 검거하였고 그것도 전국적으로 연계조직을 갖춘 계파별 공갈단을 모조리 수사하여 밝혀냈던 것이다.

조은석 대검 형사부장(조선일보 제공)

동아일보 1997년 2월 10일자는 "서울지검 강력부 서영제 부장검사는 미리 점찍은 남성들을 유인, 성관계를 맺은 뒤 이를 강간 또는 간통으로 몰아 합의금 등 명목으로 억대의 돈을 뜯어낸 공무원 낀 소위 '꽃뱀 공갈단' 4개 파 35명을 적발했다. 남편이 아내를, 어머니가 딸을 외간남자와 의도적으로 성관계를 갖게 한 다음 협박해 금품을 뜯어낸 경우도 있어 이는 '가족 꽃뱀' 공갈단이라고 해야 한다."라고 6단 기사로 크게 보도하였다.

우리나라 조폭수사의 핵심은 기업형 조직폭력에 있다는 것이 나의 판단이었다. 70년대와 80년대는 그야말로 영화에서나 보듯이 몽둥이나 사시미 칼로 상대를 제압하여 유흥업소와 카지노 등의 이권을 탈취하거나 정치권과 결탁하여 선거에 개입하는 행위 등이 주류를 이루었으나 90년대에 들어서는 고도의 전략과 전술을 동원하여 경제계에 침투하여 기업을 탈취하는 기업형 조폭으로 변신하는 중이라고 확신하고 있었다. 그래서 당시 관련수사를 하면서 내가 처음으로 '기업형 조폭'이라는 용어를 사용하였다. 미국의 마피아나 일본의 야쿠자와 같이 건설업, 호텔업, 대형레저산업에 진출하여 변신하고 있었던 것이다. 강력부장 시절 백화점을 탈취하거나 건설업을 탈취한 조직세력을 대거 검거한 바 있다.

조선일보 1996년 9월 9일자는 「기업형 신종 폭력조직인 방배동파 14명을 구속하고 17명을 수배했다」는 제하에 다음과 같이 보도했다.

> 백화점을 불법 인수해 고의로 부도내고 65억 원대의 금품을 가로채는 등 각종 이권사업에 개입하고 폭력과 살인을 자행해온 신흥 폭력조직 방배동파 일당 31명이 검찰에 적발됐다. 서울지검 강력부(부장 서영제)는 8일 방배동파 총두목 정 씨(37)와 내연의 처 김 씨(38), 두목 기 씨(32) 등 14명을 구속 기소하고, 부두목 명 씨(30) 등 조직원 17명을 지명 수배했다고 밝혔다. 정 씨 등은 지난 93년 10월 인천 나드리 백화점을 인수하면서 대금 51억 원 중 계약금 5억 원만 내고 월드코아 백화점으로 이름을 바꿔 영업하면서 26억 7천만 원 상당의 어음과 수표를 남발해 8개월 만에 고의로 부도내는 수법으로 수십억 원을 챙겨 방배동파의 활동자금으로 사용했다고 검찰은 밝혔다. 정 씨는 특히 L쇼핑 특판 부 계장으로 근무하면서 구두 상품권 35만장(액면가 1백 75억 원)을 관리하던 김 씨(37,구속)등에게 "투자형식으로 구두상품권을 내라"고 권유, 13만장(65억 원)을 건네받은 뒤 부하들을 시켜 "말을 듣지 않으면 자식들

의 귀를 자르겠다."고 협박해 백화점 지분을 포기하도록 한 것으로 드러났다고 검찰은 말했다. 두목 기 씨 등은 범서방파 두목 김태촌 씨(수감 중)가 잠시 출소해 활동하던 지난 89년 6월 범서방파 방계조직으로 자진 편입해 방배동파를 결성한 뒤 조직 확장을 해왔다고 검찰은 말했다. 정 씨 등은 이외에도 서울 구로동 소재 사모아유통건물을 경락받아 골프장과 당구장 등으로 무단 용도변경하고 대전시 궁동의 90평짜리 건물을 인수해 영화관으로 불법 용도변경 하는 등 각종 이권사업에도 개입, 수억 원씩의 부당이득을 챙겨 조직 활동 자금으로 활용했다고 검찰은 설명했다. 정 씨에 대한 모발 감정결과 필로폰 투약사실도 확인됐다. 서영제 부장검사는 "폭력조직이 직접 합법적인 기업에 침투, 경제활동을 빙자해 단기간에 거액의 활동자금을 마련하는 지능적인 수법이 동원됐다는 점이 이번 사건의 특색"이라며 "폭력조직에 대한 수사 양상도 이번 사건을 계기로 달라져야 할 것"이라고 말했다.

한편 세계일보는 1996년 9월 10일자 사설에서 「기업형 폭력조직 적발」이라는 제하에 다음과 같이 보도했다.

외국의 마피아나 야쿠자조직처럼 기업형 폭력조직이 우리나라에서도 버젓이 암약하고 있다니 충격적이다. 폭력조직이 경제활동을 빙자해 합법적인 기업경영에 침투할 경우 경제를 교란하고 검은 자금을 통해 정치인들과도 밀접한 관계를 맺어 엄청난 영향력을 행사하게 될 것이다. 국내

폭력조직은 유흥업소를 장악하거나 청부폭력으로 자금을 조달하는 것이 전통적인 수법이었다. 그러나 기업체를 강탈한 뒤 고의부도까지 내면서 거액을 챙겨 조직의 활동자금으로 사용해 왔다니 심각한 일이 아닐 수 없다. 조직폭력배가 과거의 소규모 업소를 상대로 한 기생 형 조직의 형태에서 기업 잠식형 폭력조직으로 거대화하는 현상은 사회기강을 극도로 해이하게 만드는 징조임이 분명하다. 한 달 전에는 한 시민이 폭력배와의 전쟁을 광고한 것을 계기로 대통령이 조직폭력을 특별단속하도록 지시한 바 있었다. 그러나 조직폭력배들은 경찰의 단속에 정면 도전이라도 하듯 곳곳에서 살인과 난투극을 벌였다. 조직폭력배는 뒤를 돌봐주는 배후세력이 든든할 때는 잔혹한 범죄도 서슴지 않는다. 이번에 적발된 방배동파 폭력조직은 백화점을 인수해 버젓이 은행당좌를 개설해 고의부도를 내고 대량의 구두상품권을 갈취하는 과정에서 협박과 폭력을 동시에 구사했다. 이는 기업 활동과 폭력조직을 결합한 전형적인 마피아와 야쿠자 수법과 꼭 같다. 폭력조직은 청부살인 고리대금업 부동산투기 마약밀수 무기밀매에 까지 손을 뻗쳐 정상적인 경제활동을 방해하고 사회불안을 조성하게 된다. 미국의 마피아 조직이 50년대부터, 일본의 야쿠자가 60년대부터 기업에 침투하면서 영영 사회의 암적 존재로 뿌리내리는 계기가 됐음을 주목해야 한다. 따라서 폭력조직은 초창기에 뿌리 뽑지 않으면 공권력으로서도 막지 못하는 거대 조직으로 성장하는 것은 시간문제일 것이다. 그렇지 않아도 일본 야쿠자들이 우리나라 카지노를 무대

> 로 하여 일본 관광객을 상대로 고리대금업을 하고 부동산 매입과 유흥업소를 경영하는 등의 비밀조직을 확대하고 있다는 제보가 최근 일본경찰로부터 우리 수사당국에 전해졌다. 여기에 러시아 마피아와 홍콩 폭력조직 삼합회의 국내진출 소문도 있고 보면 국내 폭력조직과의 연계가능성을 우려하지 않을 수 없다. 국내 범죄조직의 기업화를 막는 일은 외국범죄조직과의 연계를 차단하는 방책이 되기도 한다. 외국의 범죄조직 침투에 우리 사회체제가 매우 취약하다는 점도 당국은 유의해야 할 것이다. 국제범죄조직은 고도의 조직력과 지능적인 수법을 동원해 침투하기 때문에 폭력조직에 대한 종래의 수사방법을 대폭 개선하지 않으면 싹을 제거하기 어려울 것이다. 기업형 폭력조직을 추적하고 감시하기 위해서는 수사력의 향상과 함께 금융과 세제 전문지식도 동원해야 할 것이다.

기업형 조폭의 문제점과 그 발본색원대책을 상세히 취재하여 보도하여, '기업형 조폭'에 대한 경각심을 시의 적절하게 불러일으켰다.

또한 한국동양란협회 서울연합회장으로 있으면서 조직폭력을 행사하던 Y모 씨를 수사한 경험이 지금도 새롭다. 그 당시 이형진 검사가 수사를 하였는데 Y모 씨는 어린 시절에 서울에 올라와 동대문파 조직을 접수하고 당시 종로, 동대문 지역의 모든 전자오락실의 운영권을 행사하고 있었다. 그를 수사하던 도중 검찰 고위간부가 "Y모 씨는 한국동양란협회 서울연합회장으로 있으면서 동양란의 보급에 공헌을 하시는 분인데 조폭으로 몰아 수사하면 되느냐."고 질책을 하셨다.

2006년 8월 경찰이 부산 해운대구의 한 호텔에서 조폭 자금이 유입된 성인오락실에 대해 일제 단속을 벌이고 있다.(조선일보 제공)

또 기타 요로에서 선처 청탁을 수없이 해왔다. 나 역시 수사 도중에 선량한 동양란 애호가를 조폭으로 오해하고 있는 것이 아닌지 의심할 정도로 여러 사회지도층 인사로부터 전화를 받았다. 그러나 이형진 검사의 끈질긴 수사로 Y모 씨가 조폭임을 확신하고 검거에 들어갔다.

다음은 이에 대한 경향신문 1996년 2월 2일자 보도 내용이다.

> 서울지검 강력부(서영제 부장검사)는 1일 한국동양란총연합회 서울연합회장 Y모 씨(46)가 동양란 경매에 개입하고 폭력배에게 활동자금을 제공해온 혐의를 잡고 수사에 나섰다. 검찰은 이날 오후 Y모 씨의 가족 및 친인척 14명 명의로 개설된 조흥은행 등 21개 금융기관의 수십 개 예금계좌에 대한 압수수색영장을 발부받아 계좌추적 작업에 나섰다. 검찰에 따르면 폭력조직인 동대문파의 고문으로 밝혀진 Y모 씨는 종로 일대에서 여러 개의 불법 성인오락실

을 운영하면서 폭력배를 동원, 춘란 경매과정에서 높은 가격 책정을 반대하는 업자들을 폭행하고 춘란 가격을 고가에 책정하는 등의 수법으로 막대한 부당이익을 챙겼다는 것이다.

그러나 그는 도주하여 거의 1년이 지나도록 검거하지 못하였다. 그런데 어느 날 감청 수사한 결과 그가 어느 호텔에 투숙하고 있다는 정보를 입수하고 체포영장과 압수수색영장을 발부받아 호텔에 검거조를 급파했다. 그러나 그 호텔은 10여 층의 고층빌딩이어서 전부를 수색한다는 것은 불가능해보여 검거 수사관들은 수색을 포기하는 것이 좋다는 의견이 지배적이었다. 그러나 나는 그 호텔은 유명한 조폭이 운영하고 있고 그 운영자는 Y모 씨와 절친한 친구사이라는 보고를 받고는 압수수색을 계속하도록 지시했다. 그것이 적중하여 Y모 씨를 검거하는 개가를 올리게 되었다. 그런데 Y모 씨는 원래 80kg 이상이 되는 당당한 체구였는데 60kg으로 왜소하게 변해 있어 Y

18년간 복역한 뒤 2012년 출소한 모 폭력조직원의 결혼식이 열린 경북 청도 일대에 거물급 깡패들이 몰렸다.(조선일보 제공)

모 씨가 아닌 것으로 착각할 뻔했다는 것이 당시 수사관들의 보고였다. 아무리 조폭의 두목이라고 하더라도 1년 동안 수사를 받으면서 도주하는 동안 30kg 정도의 몸무게가 줄어버린 것이다. 그는 1심에서 2년형의 선고를 받았는데 2심에서는 무슨 이유인지 집행유예로 석방되고 말았다. 담당 검사의 보고에 따르면 그는 서울 시내에 대지 500평의 저택을 가지고 있고 지방에도 많은 별장을 가지고 있으며 벤츠, BMW 등 수대의 외제차량을 소유하고 있었다는 것이다. 옛날에는 보이는(visible) 조폭이었지만 지금은 보이지 않는(invisible) 조폭으로 변신되고 있는 것이다. 일본에서는 야쿠자 두목이 사망하면 일본 정계거물들이 문상을 한다고 한다. 미국 뉴욕의 마피아 두목인 고티가 사망하자 뉴욕의 유력 정치인들이 애도의 뜻을 보냈다고 한다. 우리나라도 언젠가 그렇게 되지 않을까 걱정이 된다.

또 하나 잊지 못할 사건이 있다. 광주에 있는 굴지의 건설회사 소유주가 서울의 고급 호텔방에서 자기 회사의 상무를 감금하고 온몸에 누비이불을 씌우고 몽둥이로 수없이 때렸다는 정보가 올라왔다. 그 범행수범이 조폭 차원이라고 판단하고 검사에게 즉각 수사하도록 했다. 그런데 겉으로 나타난 것은 몇 주간의 상해가 전부였고 더구나 피해 상무를 설득하여 합의를 했기 때문에 판사는 증거가 부족하다고 영장을 기각하였다. 그러나 이는 조폭 차원의 범죄이기때문에 추가 증거를 조사하여 영장을 재청구했는데 판사가 또 기각하였다.

그러자 검찰 고위간부가 그 사건을 불구속으로 처리할 수 없느냐고 하기에 안 된다고 하였더니 그 후 여러 명의 검사와 판사들이 같은 청탁을 해왔다. 역시 정중히 거절해버렸다. 그런데 어느 날 퇴근하고 밤 11시에 우리 아파트에 들어가려고 하는데 평소 얼굴만 알고 지내던 국회의원 한 분이 기다리고 있었다. 들어가서 차 한 잔 하자고 하기에 마침 우리 와이프가 친정에 가 있어 차를 대접할 수 없으니 하실 말씀이 있으면 여기서 하시라고 했더니 막무가내로 우리 아파트로 따라들어 오셨다. "당신이 수사하고 있는 그 건설사 사장은 광주에서 자선사업도 많이 하고, 정치인이나 공무원들에게 찬조를 많이 하시는 훌륭한 분"이라고 하면서 선처를 부탁하였다.

그러나 나는 조폭차원의 폭력을 행사한 것으로 보아 보이지 않는 숨겨진 조폭일 수 있으니 수사를 중단할 수 없다고 말했다. 그는 "당신이 뭐 얼마나 대단하기에 국회의원이 이렇게 찾아와 부탁하는데도 거절하느냐. 어디 앞으로 검찰에서 출세하는지 두고 보자."고 막말을 했다.

그리고는 무슨 쇼핑백을 놓고 나가는 것이었다. 그 속을 살펴보니 현금다발이 들어 있었다. 그래서 그 쇼핑백을 그 자리에서 돌려주고 이를 놓고 가면 더 중하고 엄하게 수사를 하겠다고 했다. 다음날 검사장이 나를 부르더니 그 국회의원 이야기를 묻기에 자초지종을 말씀 드리고 다시 구속영장을 청구하겠다고 보고했다. 그리고는 담당 검사에게 추가 범죄사실을 철저히 조사하여 영장을 재청구하도록 하여 결국은 구속집행 하였다. 지금도 나는 그가 조폭인지는 더 이상 수사를 하지 않아 확신할 수는 없다. 그러나 그 범죄수법이 조폭차원에서 이루어진 것이고 그 많은 로비세력을 뒤에 두고 있는 것으로 보아 보이지 않는 조폭으로 보여 지고, 지금도 그 수사에 후회는 없다.

영화관의 방화사건

극장 방화사건과 관련해 OO영화사 대표를 구속 처리했던 것도 강력부장 시절의 일이다. 서울 강남의 논현동에 위치한 극장 방화사건은 1989년 8월에 일어나 이미 사건 처리가 마무리된 뒤였다. 화염병이 투척되어 관객들이 황급히 대피하는 소동을 빚었던 이 사건으로 다섯 명이 구속 기소되어 최대 징역 2년 6개월의 실형을 살고 벌써 석방되어 있었다.

그런데 그 가운데 한 명이 시일이 한참 지난 상태에서 다시 검찰에 사건 수사를 의뢰해왔다. 그에 앞서 경찰에 사건을 접수시켰는데 생각만큼 진행되지 않자 서울지검 강력부장인 나에게 찾아와 "사건의 내막을 밝혀 달라."며 직접 요청했던 것이다.

일을 저지르고 감방에서 살고 나오면 평생을 보장해 준다고 약속해 놓고는 아무런 소식이 없기에 문제를 삼은 것이었다. 배후가 따로 있는데도 구속된 사람들이 전적으로 혐의를 뒤집어썼으니 억울하다는 얘기였다.

방화사건에 석 달쯤 앞서서도 명동의 코리아 극장과 신영극장에 뱀이 풀려져 관객들이 기겁하고 뛰쳐나옴으로써 영화 상영이 중단된 일이 있었으나 5년으로 되어 있는 업무방해죄의 공소시효가 지나간 상황이었다. 당시 '위험한 정사' 영화가 추석 프로로 개봉된 지 이틀만에 벌어졌던 일이다. 이 영화가 미국 영화배급사인 UPI의 첫 직배 영화였다는 점에서 더욱 배후에 관심이 쏠리던 터였다.

방화사건에 있어서도 UPI 직배에 반대하는 협회장, 영화감독, 배우 등 영화인들이 범행을 저질렀다는 사실은 이미 확인되고 있었다. 검찰의 공소장과 법원의 판결문에도 그렇게 되어 있었다. 하지만 더 이상의 배후에 대해서는 밝혀내지 못한 채 사건이 종결되었던 것이다. 수사를 새로 시작한다 해도 7년으로 되어 있는 현주 건조물 방화사건의 공소시효가 눈앞에 닥쳐오고 있었다.

사건을 의뢰한 제보자는 배후 조종자로 어느 극장 소유주를 거론했다. 그러나 오래 전에 끝난 사건이라 증거를 수집하기가 어려웠다. 더구나 그는 영화계의 거물로서 건드리기가 쉽지 않았다. 사건 수사에 남기춘 검사가 또다시 투입되었다. 7년이 지난 사건으로 다시 사건을 복원한다는 것은 거의 불가능에 가까웠다. 더구나 복역을 마친 하수인의 입에만 의존해야 했기 때문에 수사착수 자체가 어려웠다. 그러나 남기춘 검사는 무에서 유를 찾아내듯 그림같이 7년 전 범죄내용을 복원해내었고 드디어 배후 주동자를 구속하였다. 불가능을 가능으로 만든 특수수사의 개가였다.

이에 대해 경향신문은 1996년 10월 18일자에서 「K모 씨 극장 방화혐의 구속」이라는 제하에 다음과 같이 보도했다.

> 서울지검 강력부(서영제 부장검사)는 89년 발생한 서울 강남구 논현동 씨네하우스 방화사건이 서울시 극장협회장 K모 씨의 배후조종에 의해 저질러진 사실을 밝혀내고 17일 K모 씨를 현주건조물 방화혐의로 구속했다. K모 씨는 UIP직배 저지투쟁위원장을 받고 있던 시나리오 작가 이모 씨(52)에게 "지금 UIP가 서울 돈을 다 벌고 있는데 이대로 두고 볼 수 없다. 극장에 불을 지르라"며 5백만 원을 건네준 혐의다. 이 씨는 이에 따라 단역배우 김 모 씨 등 3명을 시켜 당시 UIP 직배영화가 상영 중이던 극장에 불을 지르게 한 것으로 밝혀졌다. 불을 지른 김 씨 등 3명은 방화혐의로 구속 기소돼 모두 집행유예를 선고받고 풀려났다.

세계일보도 같은 날짜 지면에서 「영화 대표 K모 씨 왜 구속 됐나」라는 제하에 다음과 같이 보도했다.

> 검찰이 영화계의 대부로 통하는 K모 씨를 구속할 수 있었던 것은 89년 씨네하우스 방화사건 주범으로 처벌받았던 영화감독 이OO씨의 고백수기를 확보했기 때문인 것으로 밝혀졌다. 검찰이 확보한 이 수기는 이 씨가 당시 방화사건의 앞뒤 과정과 연루된 인물들의 역할을 일지형태로 기록한 것이다. 올 초 개봉된 영화 〈카루나〉를 제작했다 크게 실패한 뒤 빚을 지고 미국에 건너갔다 최근 귀국한 것으로 알려진 이 씨는 지난달 초 이 수기를 직접 작성했으며, 검찰이 이를 넘겨받아 수사 자료로 활용했다는 것. 89년 방화사건 당시 이 씨는 시나리오작가 협회장으로 美 UIP사 직배영화 상영을 반대하는 한국영화 보호를 위한 투쟁위원회 위원장이었으며, 씨네하우스 방화사건의 주범으로 밝혀져 구속됐다. 이 씨의 수기에 따르면 방화계획은 89년 5월 5일 서울 명동 아스토리아 호텔에서 처음으로 논의됐다. 이 씨는 "당시 김 모 영화감독, 김 모 영화사 대표를 만났는데, 김 감독이 불을 지르자고 제의했다"고 수기에 적었다. 또 5월 8일자 수기에서 이 씨는 "김 감독이 투쟁자금으로 1천만 원을 댈 테니 준비하라고 말했다"고 밝혔다. 준비작업은 그해 8월 들어 본격화됐다. 이 씨는 8월 12일 서울 마포 가든 호텔에서 K모 씨와 김 모 대표를 만났고, 그 자리에서 이 씨가 "내일(13일) 새벽에 불을 지르겠다."고 하자 K모 씨와 김 씨는 "내일 김 감독을 통해 6백만 원을 주겠다."고 약속했다는 것이다. 이 씨는 8월 13일 오전 4시 35

> 분 씨네하우스에 불을 질렀다. 이 씨는 경찰의 방화사건 수사과정에서 K모 씨 등 관련자들이 형사처벌을 받지 않고 무사했던 이유에 대해서도 언급하고 있다. 이 씨는 수기에서 "8월 25일 당시 영화인협회이사장과 함께 서울 강남경찰서에 자수했으며, 8월 26일 모든 것을 혼자 덮어쓰기로 하고 단독범행으로 허위 진술했다"고 밝혔다.

그런데 K모 씨의 압수수색 과정에서 다른 중요범죄의 단서가 될 만한 자료를 찾아냈다. 이렇게 되자 당시 서울지검장이 은근히 걱정을 표명하고 나섰다. 강력부에서는 조폭이나 마약수사만 할 것이지 왜 다른 범죄 수사에까지 나서려느냐는 논리였다. 그래서 나는 명단을 특수부장에게 넘겨주고 말았다.

"단, 끝까지 수사해야 한다."는 조건을 붙이고서 말이다. 베일에 가려진 또 하나의 사건이었다.

나는 이 사건으로 당시의 지휘라인과 상당한 논쟁을 벌여야 했다. 강력부는 마약, 조폭수사라는 전담 분야가 있는 것은 사실이다. 그러나 이는 편의상의 사무분담일 뿐 법적으로 다른 분야를 수사해서는 안 된다는 얘기는 아니다. 예컨대 송무부 검사가 민사사건 소송 중에 범죄혐의가 발견되면 추가로 수사할 수 있는 것이다. 강력부가 사건 수사 중에 정치관련 사건이 발견되면 당연히 수사범위를 확대할 수 있어야 한다. 이를 반드시 전담부서인 특수부에 넘길 필요는 없다고 본다. 그러나 너무나 중요하고 민감한 사안이라서 내가 양보하고 말았다. 처음으로 소신을 꺾고 사건을 특수부에 이첩하였던 것이 지금도 나의 가슴을 답답하게 만들었다.

결국 방화사건의 그 배후 주동자인 K모 씨는 구속을 면치 못했다. 구속을 면치 못했을 뿐만 아니라 보석금 1억 원을 내고 풀려난 상태에서 재판을 받는 도중 자신의 무죄를 주장하는 위증교사 혐의로 3개월 만에 재차 구속되는 수모를 겪어야 했다. 그가 무죄를 주장하기 위하여 제작한 비디오를 증거로 제출하자 재판부의 부장판사는 나에게 전화를 걸어와 "어렵게 수사하셨는데 비디오 내용이 그럴듯하다."며 무죄를 내릴 뜻을 비치기도 했다.

그러나 그 비디오 자체가 돈을 주고 만들었다는 사실까지 밝혀냈고 결국 그의 자백 자료까지 법정에 제출해 승복을 받아냈던 것이다.

동아일보 1997년 6월 12일자는 「K모 씨 다시 영장, 위증감독 2명 구속…영화관 방화사건」이라는 제하에 다음과 같이 보도했다.

> 서울지검 강력부(서영제 부장검사)는 11일 지난 89년 극장 방화사건과 관련, 구속 기소됐다가 보석금 1억 원을 내고 풀려난 K모 씨에 대해 위증교사 혐의로 다시 구속영장을 청구했다. K모 씨는 이번에 다시 구속영장이 발부되면 보석으로 풀려 난지 3개월 만에 재수감된다. 검찰은 또 K모 씨의 부탁을 받고 1심 공판에서 허위증언을 한 혐의(위증)로 영화감독 김모 씨와 영화사 김 모 씨 등 2명을 구속했다.

그 사건을 처리하는 과정에서 검찰 출신의 선배 변호사들로부터 심한 압력에 시달리기도 했다. 아무리 변호사로 길을 바꿨다 하지만 얼마 전까지도 검찰에 소속되어 있던 분들인데, 후배들에 대고 차마 이럴 수 있느냐며 회의를 느껴야 했다.

당시 어떤 검찰 고위간부는 그 K모 씨의 수사에 대하여 강한 어조로 질책을 해왔다. 그 영화인은 좌파 수렁에 빠져 있는 영화계에 마지막으로 남아있는 반공 보수주의자라는 것이다. 그런데 반공을 최상의 업무수행 목표로 삼고 있는 검찰의 간부가 반공주의 자를 수사해서야 되겠느냐는 논리였다. 나는 반공주의자건 좌익분자이건 검찰수사의 대상에는 고려 대상이 전혀 아니고 누구든 불법을 저지르면 처벌되어야 한다고 설명을 드리고 수사를 계속했다. 정당한 목적을 위하여 불법을 동원하는 것은 민주주의와 법치주의 국가에서는 있을 수 없다. 목적이 수단을 정당화 할 수 없다.

그 사건은 UPI를 포함한 20세기폭스, 워너브라더스, 콜럼비아, 부에나비스타 등 헐리우드 5대 직배사가 국내에 직접 영화를 배급하

1990년 12월 서울 종로 시네마타운에서 '미국영화 직배 규탄대회'를 열고 있는 영화인들(조선일보 제공)

게 된 것이 계기였다. 그전까지는 쿼터제에 의해 외국 영화가 부분적으로 수입되고 있었다. 국내 영화인들로서는 이러한 조치에 위기감을 느낄 수밖에 없었을 것이다. 그렇다 하더라도 극장에 뱀을 풀고, 영사막에 화염병을 던지는 행위까지 두둔 받을 수는 없었다. 요즘 우리 영화 가운데서도 1,000만 명의 관람객을 동원하는 인기 작품이 끊이지 않는 것을 보며 그때의 일을 떠올리게 된다.

어느 소설가의 격려 편지

한 번은 내 앞으로 편지가 배달되었다. 강력부의 수사 성과를 응원하는 내용이었다. 필로폰 매매사범에게 뇌물을 받고 사건을 무마해 준 현직 경찰 간부 2명을 강력부 김영진 검사 수사팀이 구속시킨 직후의 일이다.

> 서영제 부장님께,
> 아직도 노염이 작렬하는 계절에 안녕하십니까.
> 근래 신문 지상을 통하여 여러 번 눈여겨 보아오고 있습니다만 이 사회를 병들게 하는 각종 범법자들에게 가차 없이 법으로 응징해가는 귀 지검의 부장님을 비롯해 검사 여러분의 눈부신 활약상에 진심으로 경의와 박수를 보내 드립니다.
> 더구나 불법행위를 자행한 경찰관까지 처벌함에 있어서는 신선한 충격과 고마움이 더합니다. 모쪼록 수사의 주재자요, 공익의 대표자인 검찰상에 길이 빛날 애국애족의 훈장이 보태어지기를 간곡히 빕니다. 1997년 8월 21일, 한천석 배상

소설가인 한천석은 그 무렵 《원심을 파기합니다》라는 법률 소설을 써서 독자들의 주목을 받고 있었다. 경찰이 출석 요구서를 발송하지도 않은 채 슬며시 기소중지 처리해 놓고는 체포장을 발부하는 경우를 들어 전과자의 인권을 존중해야 한다는 내용의 칼럼을 일간신문에 기고하기도 했다. 이처럼 검경의 사건 처리에 관심을 두다보니 서울지검 강력부의 수사 의지에 대해 신뢰하게 됐다는 뜻이었을 것이다.

하긴, 강력부장으로 재직하는 2년 동안 조직폭력배와 마약사범을 각각 500여 명씩 해서 전체 1,000명도 넘게 검거했으니, 결코 모자란 실적은 아니다. 무엇에든지 한번 달려들면 몰두하는 버릇은 수사 분야에서도 여지없이 드러나고 있었다. 하지만 어디까지나 내 개인의 능력보다는 휘하 검사들이 모두 출중했기 때문에 거둬진 성과였음은 두말할 나위가 없다. 모두 일당백의 능력과 소질을 갖추고 있었다. 의지도 못지 않았다. 서울지검 강력부의 혁혁한 수사 성과는 그 결과로 얻어진 것이었다.

당시 이준명 검사만 해도 조폭 수사에 일가견이 있었다. 서울지검 송무부에서 소송을 담당하고 있다가 송광수 2차장의 추천에 의해 강력부로 스카웃된 주인공이다. 신림동 이글스 파 조폭 일당을 소탕할 때는 직접 현장에 출동할 만큼 열정을 보여주었다. 무술로 단련된 수사관이 아니라면 검사들은 현장에 나가지 않는 게 보통인데도 말이다. 그의 수사팀이 검거 과정에서 조폭과 맞닥뜨려 다치기도 했지만 의기양양한 모습은 그대로였다.

조영곤 검사는 마약수사에서 국내 처음으로 밀조공장까지 급습하는 쾌거를 낚았던 주임 검사다. 서울중앙지검장으로 근무하다가 변호사로 일하고 있다. 당연한 인사라고 생각한다. 수사관들과 함께

조영곤 전 서울중앙지검장(조선일보 제공)

잠복근무를 거쳐 일망타진에 성공했다. 김제 외곽지역에 숨겨져 있던 그 공장의 기계시설은 서울지검으로 그대로 옮겨져 한참 뒤까지 전시되기도 했다.

조은석 검사 역시 울산지검에 초임 발령을 받아 1년에 250여 명의 범법자를 구속한 베테랑이다. 서울지검 3차장에게 건의해서 서울로 끌어올렸는데 불철주야 수사에만 매달렸다. 내가 전주지검 차장으로 떠난 뒤에는 특수부로 자리를 옮겨 최순영 회장의 대한생명 사건을 수사했다.

당시 초임이었던 김영진 검사는 경찰관의 필로폰 무마사건을 해결해 냈다.

나는 이러한 성과를 바탕으로 두 권의 두툼한 마약수사 사례집을 출간했다. 〈주요 조직폭력 및 마약수사 사례집〉이라는 제목으로 출간된 것이 1997년 3월의 일이다. 성과를 남에게 자랑하기 위해서가 아니라 다른 마약수사에 있어서도 참고로 삼을 수 있을 것이라는 판단에서였다. 1997년 4월 초 월간조선과 1997년 3월 7일자 조선일보에서 위 책자 발간을 연이어 보도해주었다. 그때의 조선일보는

> 서울지검 강력부장이 최근 한국의 조직폭력과 마약세계에 대한 수사 경험과 사건기록을 모아 '주요 조직폭력 마약수

사 사례집'을 펴냈다. 4백12쪽짜리 '조직폭력 편'과 2백72쪽짜리 '마약사범 편' 두 권으로 된 이 책은 사건개요-범행일지-범행수법-사건의 특징-공소장 등으로 그동안 서울지검 강력부가 처리한 주요 사건들을 일목요연하게 정리하고 있다. 서 부장이 서울지검 강력부장으로 부임한 것은 95년 10월 1일. 그 이후 96년까지 서울지검 강력부가 인지해 검거한 범법자는 폭력배 1백24명, 마약사범 2백14명에 이른다. 또 완제품 필로폰 11kg(시가 2조2천억 원), 필로폰 제조원료 42kg이 압수됐다. 완제품 필로폰 11kg은 보통 투약자들이 한 번에 0.04g씩 투약하는 점을 감안하면 모두 27만 5천명이 투약할 수 있는 어마어마한 분량이다. 서울지검 강력부가 해결한 사건의 면면을 꼽다 보면 절로 90년대 우리나라의 조직폭력과 마약 사건의 실체가 드러나게 된다. '조양은의 살인 지령-출소 후 대규모 필로폰 밀수기도 사건' '김태촌의 수감 중 폭력조직 관리 및 정치인 접촉시도 사건' '기업형 폭력조직 방배동파 사건' 등이 서울지검 강력부가 개가를 올린 주요 사건들. '한-중-일 연계 국제 필로폰 밀조-밀수단 사건', '홍콩 삼합회, 일본 야쿠자 등과 연계된 6개국 국제 마약밀수조직사건' 등 마약사건과 '박지만 씨 필로폰 투약사건' '롯데그룹 부회장 장남 코카인-대마흡입 사건' 등 상류층 마약 사건도 포함돼 있다. 부산지검 공안부장-서울 서부지청 특수부장 등 공안-특수를 두루 거친 서 부장은 '최근 조직범죄는 날로 지능화-기업화되고, 마약범죄는 남녀노소를 불문하고 확산되는 추세'라며 '첨단 수사기법의 개발과 보급이 급선무라고 생각

사람들

「조직폭력 마약수사 사례집」 출간한

徐永濟 서울지검 강력부장

95년 10월 서울지검 강력부장으로 부임해 3백여명의 폭력·마약사범을 검거한 徐永濟(47)씨가 최근 한국의 조직폭력과 마약 세계에 대한 수사 경험과 사건 기록을 모아 「주요 조직폭력 마약수사 사례집」을 펴냈다. 4백12쪽짜리 「조직폭력편」과 2백72쪽짜리 「마약사범편」 두 권으로 된 이 책은 사건 개요, 범행일지, 수법, 특징 등으로 일목요연하게 정리되어 있다. 徐부장은 『날로 지능화·기업화되는 조직 범죄와 확산 일로에 있는 마약 범죄에 대처하기 위해서는 첨단 수사기법의 개발과 보급이 급선무라고 생각해 책을 내게 됐다』고 말했다.

사진/鄭楨賢 朝鮮日報 출판사진부 차장대우

월간조선 97년 6월호

해 책을 내게 됐다'고 말했다.

너무 과분하게 칭찬해주어 부끄러웠지만 어쨌든 주요 언론사에서 나의 실적을 평가해주었다는 것이 너무도 뿌듯했다.

뒤에 내가 서울지검장에 임명되고 난 직후 KBS의 일요스페셜 프로그램에 서울지검 강력부가 자세히 다뤄졌는데, 그 프로그램을 통해 국내 조직폭력 수사의 베테랑으로 꼽히는 검사들의 면모가 두루 소개되었다. 김홍일과 조승식, 남기춘, 박충근, 안희권 검사들이 프로그램의 주인공으로 등장했다. 한두 명을 제외하고는 대부분 강력부에서 나와 함께 근무했던 동지들이다. 나도 프로그램 마지막에 출연하여 마무리 짓는 내용이었다.

당시 이 프로그램이 방영된 뒤에 강금실 법무장관에게 건의해서 이 방송 테이프를 청와대에도 전달했다. 아마 노무현 대통령이 그 프로그램을 보았는지 전국 검찰의 강력부장들을 청와대로 초청해 오찬을 내며 노고를 치하하기도 했다. 이따금씩 검사 같지도 않은 지저분한 검사들 때문에 전체 검찰 조직이 손가락질을 받고 중수부 폐지가 기정사실화 되면서 나돌 때마다 당시 강력부 소속 검사들의 활약상을 다시금 되돌아보게 된다. 그나마 이러한 검사들이 버티고 있기 때문에 검찰 조직이 썩지 않고 유지되는 것이라고 생각한다.

여기에서 마약수사나 조폭수사를 경찰에 맡겨야 하지 않느냐 하는 의견에 대하여 언급하고자 한다. 마약조직이나 조폭은 범죄 중에서 철저하게 조직화되어 있고 범죄수법은 지능화, 고도화되어 있기 때문에 그에 대한 전문수사 능력이 있어야만 수사가 가능하다. 철저한 정보수집과 첨단과학수사 방법을 동원해야 함은 물론 국제적으로 연계되어 있어 국제수사 능력도 필요하다. 따라서 미국은 법무부

산하의 FBI가 마피아 등 조직폭력사범을 수사하고 있고 법무부 산하의 마약수사청(DEA)이 마약수사를 담당하고 있다. 물론 경찰도 전문수사 능력을 갖추고 있어 조폭, 마약 수사를 적극적으로 해야 하겠지만 검사는 원래 범죄수사를 하는 것이 본래의 업무로서 고도의 수사전문지식과 경험을 가지고 있기 때문에 검찰도 마약, 조폭수사에 심혈을 기울여야 한다. 아울러 범죄인 위치 추적 장치, 근접감청 장치 등 첨단과학 수사 장비를 도입해야 되고 함정수사(sting operation) 에이전트 투입수사 등 첨단수사 방법을 연구개발해야 한다.

압력을 이겨낸 남기춘 검사

여기서 남기춘 검사의 얘기를 빼놓을 수 없다. 강력부에서도 가장 고생을 한 편이기 때문이다. 내가 강력부장으로 발령 났을 때 그는 법무부 검찰1과에서 근무하던 중이었다. 검찰에서는 황태자로 여겨지는 자리로서 이미 뛰어난 능력을 인정받고 있었다는 증거다. 하지만 남 검사로서도 인사이동으로 서울지검으로 내려와야 하는 입장이었다.

나는 그를 강력부로 끌어오려고 생각했다. 그래서 전화를 걸어 의사를 타진했더니 "저는 수사도 잘 못하고 능력도 떨어진다."며 몇 마디로 거절하고 말았다. 목소리 자체가 거리낌이 없었고 옹골찼다. 나로서도 기분은 별로 좋지 않았지만 그렇다고 쉽게 물러설 수는 없었다.

더욱이 공안부와 특수부에서 서로 그를 데려가려고 경쟁을 벌이던 터였다. 특히 당시 김기수 검찰총장이 공안부 보완 방침을 밝히고 있었기에 자칫 그를 영입하려는 노력이 허사가 될 판이었다. 결국 김기수 총장과 최환 서울지검장에게 우기다시피 보고하고 그를 강력부로 끌어오는데 성공했다.

남기춘 검사는 자기가 강력부에 근무하는 조건으로 특수부의 이민영 계장과 함께 일할 수 있게 해달라고 하였다. 그런데 이 계장은 이미 특수부에서 사표를 내고 법무사 개업을 준비 중이었다. 혹시나 하고 이 계장에게 그 강력부 근무를 권유하였더니 놀랍게도 사표를 철회하고 흔쾌히 승낙하였다. 그는 전두환 대통령을 현장에서 팔짱을 끼워 체포하여 이미 전국적으로 유명인물이 되어 있었다. 그 후 사석에서 이 계장에게 어떻게 사표를 철회하고 남기춘 검사와 다시 근무할 생각을 하였느냐고 물었더니 "남 검사님은 저의 주군입니다. 남 검사님이 원할 때는 저의 목숨이라도 바쳐야 합니다."라고 거침없이 대답했다.

남 검사가 얼마나 수사 팀원에게 격려와 헌신을 고취시키고 수사 성공의 희망을 불러 일으켰으면 그렇게 남 검사를 주군이라고 일컬을까 하고 놀라웠다. 남 검사는 그야말로 영감 고취형(inspirational) 검사임을 여실히 증명하고 있는 것이다.

남기춘 전 서울 서부지검장(조선일보 제공)

실제로 그는 수사에도 열성이었다. 당시 어느 출입기자로부터 "서 부장께서 일 욕심이 많은 것은 알고 있지만, 그렇다고 소속 검사를 너무 혹사시키는 것 아니냐."는 얘기를 들어야 했을 정도다.

자기가 야근을 하고 새벽에 서초동 검찰청사 부근의 목욕탕에 들를 때면 남 검사도 꼭 목욕탕에서 눈에 띄더라는 것이었다. 그런 날이 하루 이틀이 아닌 것 같은데 그만큼 밤늦도록 수사에 매달리고 있기 때문이 아니겠느냐는 지적이었다.

남 검사를 불러서 물어보았더니 그 얘기가 사실이었다. 나로서는 그때까지 보고를 받지 못했으니 모르는 게 당연했다. 그러나 수사도 중요했지만 건강이 덜 중요할 수는 없었다. 나는 그에게 "이제 좀 쉬면서 해라. 그러다가 쓰러지면 어떻게 하느냐."고 걱정을 표명했지만, 그 뒤에도 그의 야근 수사가 크게 줄어든 것 같지는 않았다. 그는 내가 강력부장을 맡았던 2년 가운데 1년 8개월을 같이 일했다.

앞서의 조양은을 구속시킨 것도 남기춘 검사였다. 어느 날 그의 방에 들렀더니 조양은에 대한 압수수색 과정에서 나온 물품들이 보따리에 하나 가득 쌓여 있었다. 이름 석 자 만으로도 알 만한 국회의원이 보낸 서신을 포함해 과거 그가 수감 중일 때 받았던 격려편지들이 수두룩한 것을 보고는 어처구니가 없었다. 수사 과정에서 몇몇 검사와 판사들이 구명운동을 벌이기도 했다. 그것이 우리의 엄연한 현실이었다.

그의 활약상과 관련해 박충근 검사의 경우도 기억에서 지워지지 않는다. 인창상가를 광주의 조폭세력인 동아파가 뺏으려고 접근한 사건을 수사하는 과정에서 모략에 걸려든 경우다. 박충근 검사가 상가를 찾아주는 댓가로 30%의 지분을 받기로 했다는 식으로 근거 없는 소문이 유포되고 있었다. 대검 감찰 팀이 달라붙어 조사했는데도 그런 식으로 결론이 나려던 참이었다. 이미 내가 강력부장으로 옮겨오기 직전에 진행된 상황이다.

박 검사는 내가 전부터도 잘 아는 사이었다. 그럴 사람이 아니었다. 내가 강경지청장을 지낼 때 내 밑에서 조폭 70여 명을 검거한 관록 자체가 그것을 말해주고 있었다. 내 후배라고 사칭하는 자를 구속시키기도 했기에 관심을 두고 지켜보던 중이었다. 그는 억울해하면서도 달리 방법이 없었다.

문제는 청와대 경호실에서 근무하던 J모가 동아파의 배후에서 움직이고 있었다는 점이다. 그 사건으로 박 검사에 의해 구속되어 있는 상태에서도 계속 사건을 몰아가고 있었다. 그의 부인은 모 대통령의 선거유세에서 연설원을 지내기도 했다. 박 검사가 수사 도중 모략에 걸려들어 뒤로 밀리고 있었던 것은 당연했다. 더 심각했던 것은 그 경호실에서 근무하던 J모가 당시 검찰고위층의 동서인 P변호사를 변호인으로 선임해 박 검사를 압박하고 있었다는 점이다. 그렇게 되니까 당시 수사 지휘라인도 박 검사가 피해자와 피의자를 뒤바꿔놓은 게 아니냐며 은근히 의문을 제기하고 있었다. 박 검사는 갈수록 코너에 몰릴 수밖에 없었다.

여기에 남기춘 검사가 투입되었던 것이다. 나는 보고를 듣는 즉시 그에게 공정한 입장에서 사실을 밝혀내도록 지시를 내렸다. 그리고 그는 수사 결과를 통해 박 검사가 떳떳하다는 것과 함께 그 모략의 막후에 그 경호실에 근무하던 J모와 그의 부인, 그리고 동아파가 공모하고 있음을 밝혀냈다. 그 J모는 형기 만료에 따라 석방을 앞두고 있었는데, 석방되기를 기다렸다가 다시 구속 조치되었다.

여기에는 모 월간잡지에 근무하던 기자의 얘기도 따른다. 그 기자도 박 검사가 수사를 잘못했다는 생각을 갖고 있었던 것 같다. 월간잡지에 관련기사를 쓰겠다며 박 검사가 기소한 다른 사건들의 재판 방청석에 앉아 열심히 취재를 하기도 했다. 나에게는 무언의 압력이었다. 하지만 나는 "수사 결과를 두고 보면 알 것이다. 설사 결과가 잘못되면 죽어도 내가 죽을 테니까 걱정하지 말라."며 끝까지 밀고 나갔다.

결국 박 검사의 무고함이 밝혀져 다행이었다. 검찰 고위층이 저쪽을 두둔하고 있었는데도 남기춘 검사가 꿈쩍하지 않고 사건을 처리한 결과다. 3년간이나 박충근 검사에 대해 취재를 했다는 그 월간잡지 기자도 그만 손을 들고 말았다. 검찰 후배지만 남 검사를 마음속으로 존경하는 이유이기도 하다. 적어도 검찰 내부적으로는 역사에 남을 만하다.

사실 나는 박충근 검사가 이권을 챙기려고 청부수사를 하고 있다는 풍문을 여러 곳으로부터 들어왔다. 그래서 당시 대검 감찰과장에게 찾아가 확인을 했더니 그도 청부수사의 가능성이 농후하다고 귀띔했다. 청와대 민정수석실에서도 같은 의견이라고 말해주었다. 검찰 고위층에서도 박충근 검사의 이권개입 수사에 무게를 두고 있는 듯했고 오히려 박충근 검사의 비리를 과감하게 수사해보라는 언질까지 들어야 했다. 그래서 가장 공정하고 원칙적인, 그야말로 사건을 '결대로'만 수사하는 남기춘 검사에게 수사를 맡길 수밖에 없었다.

결국 남 검사는 사건을 원점으로 돌아가 명경지수와 같은 심정으로 수사하여 박 검사가 조폭인 동아파로부터 모략을 받고 누명을 쓰고 있음을 시원하게 밝혀냈던 것이다. 경호실에 근무하던 J 모 씨는 물론 그의 부인, 그의 비서, 그의 운전사 등 모두가 모략의 공모자임을 밝혀내고 모두 구속을 했던 것이다. 이것이야말로 검찰수사의 개가이며 기적이었다. 정말 가슴 뿌듯한 순간이었다.

그렇게 보면, 일선 검사들이 수사정보가 없다며 윗선만 바라보는 듯한 태도는 결코 바람직하지 않다. 가까운 주변에도 수사를 통해 바로잡을 문제는 얼마든지 널려 있다. 중요한 것은 문제의식이다. 국민들도 검찰이 마치 청와대의 지시에 따라서나 움직이는 것처럼 여기는 오해를 풀어야 한다.

어느 검사의 술자리 사건

서울지검 부장은 보통 인사 때마다 바뀌기 마련인데, 나의 경우는 연속해서 강력부장을 연임하여 2년이나 했다. 공안, 특수만 하다가 생소한 조폭, 마약수사를 담당하는 강력부장으로 처음 부임했을 때는 기초수사 경험이 없어 무척 당황스러웠지만 훌륭한 검사들이 강력부에 배치되어 열심히 수사를 해주었기 때문에 엄청 많은 수사를 했다. 매월, 어떤 때는 매 주마다 방송에 보도될 정도였고 길거리에서 나를 알아보는 사람이 상당히 많았다. 2년 동안의 서부지청 특수부장과 2년간의 서울지검 강력부장으로 있으면서 텔레비전의 저녁 9시 뉴스에 40번도 넘게 내 얼굴이 비쳤을 정도다. KBS의 어느 출입기자가 서부지청 특수부장과 서울지검 강력부장 시절 수사와 관련하여 텔레비전에 보도된 장면들을 별도의 테이프로 만들어 전해주었기 때문에 기억하고 있다. 지금도 처음 만나는 사람과 인사를 나누게 되면 언론에 비친 조폭·마약 수사부장이라는 이미지만 떠올리는 경우가 많은 것 같다. 그 당시 서울지검장이시던 안강민 검사장님은 "강력부에서 서울지검 수사비를 다 쓰고 있다."라고 농담반 진담반으로 말씀하시기도 했다. 그 당시 검사는 채동욱 전 검찰총장, 김홍일 전 고검장, 남기춘 전 검사장, 조영곤 전 서울검사장, 윤갑근 전 검사장, 박충근 변호사, 조은석 검사장, 이준명 변호사, 이형진 변

1998년 4월 전국검사장회의가 끝난 뒤 대검청사 앞에서 박상천 법무장관(오른쪽)이 김태정 검찰총장(가운데)과 얘기를 나누고 있다.(조선일보 제공)

호사, 신현수 변호사, 양재식 변호사, 김영진 지청장, 신은철 변호사 등 모두 일당백의 검사들이었다. 나는 '명령과 통제(command and control)' 방식으로 수사를 독려한 것이 아니라 수사의 영감을 불러일으켰을 뿐이었다. 강력부장 자리에서 떠난 뒤에도 같이 만남의 기회를 갖고 과거의 수사 경험담을 자주 나누고 있다. 그 당시 언론사 기자들도 많은 도움을 주었다. 국내에서 조폭과 마약은 근절시켜야 한다는 일념 하에 사건 보도를 심층적으로 대서특필해주었다. 그래도 국내에서 일본의 야쿠자나 미국 마피아와 같은 조직이 아직 생성되지 않은 것은 언론의 힘이 컸기 때문이라고 생각한다.

나는 2년 동안의 강력부장을 마치고 서부지청 차장검사로 발령을 받았다. 원래는 서울지검 부장을 마치면 지방 차장검사나 지청장으로 전보되는 것이 보통인데, 우리 사법연수원 동기들이 모두 시내 지청의 차장으로 발령을 받았다. 그 배경에 무슨 특별한 이유가 있었는지는 지금도 잘 모르겠다.

그때 기억나는 일이 하나 있다. 서울고검장으로 계신 분이 서부지청을 초도순시하러 방문하셨는데 "서부지청 직원들이 새로운 청사에서 근무하면서 마치 일반 회사와 같이 기백이 없이 근무한다."고 호통을 치셨다.

그러면서 3개월 후에 다시 순시하러 올 때 점검을 하겠다고 말씀하셨다. 내 생각으로는 서부지청이 특별히 잘못한 게 없는 것 같은데 왜 그렇게 역정을 내시는지 이해할 수가 없었다. 그래서 나는 서울고검장님이 시집도 내시고, 서예도 하시고 실제로 그림도 그리시는 등 예술에 깊은 관심을 두고 있는 것을 간파하고는 다음 초도순시 때는 청사 현관에 그분이 그린 그림과 글씨를 눈에 띄는 곳에 붙여 놓았다. 그리고 점심시간에는 여자 검사로 하여금 그분이 쓰신 시 한 편을 낭독하도록 했다. 효과는 적중했다. 서부지청이 3개월 전과 특별히 달라진 것도 없는데 그 고검장님은 순시를 끝내고 간부들에게 서부지청이 잘 운영되고 있다며 칭찬을 아끼지 않으셨다. 그리고는 나중에 당신이 쓴 글씨를 액자로 만들어 간부들에게 보내주기까지 했다. 이를 계기로 검사는 틀을 벗어나 상황을 정확히 분석하여 그에 적절한 방법으로 적응해야 한다는 교훈을 얻었다.

또 하나 기억나는 것은 당시 김진숙 검사가 초임으로 발령을 받았다. 그때만 해도 여자 검사가 많지도 않았지만 주로 여성이나 소년 관련 범죄수사를 맡기는 것이 보통이었다. 그러나 나는 견해가 달랐다. 그래서 김진숙 검사에게 인지수사를 활발히 할 것을 독려했다. 김 검사는 이에 자극을 받아 서초 예식장 비리를 파헤쳐 큰 범죄를 밝혀내는 엄청난 전과를 일구어냈다. 그 후 김진숙 검사는 특수통으로 이름을 날리고 있다.

전주지검 차장검사／

박상천 장관의 전화

1998년 김대중 대통령이 취임하고 뜻밖에 박상천 의원님이 법무부장관으로 부임하셨다. 그동안 인사가 근본적으로 잘못되어 있으니 바로 잡아야 한다고 역설하셨다. 그 와중에 나는 전주지검 차장으로 발령을 받았다. 서울지청 차장으로 있던 우리 동기들이 모두 지방의 차장으로 내려가게 된 것이다. 또 하나의 인사시련이 닥친 것이었다. 전주지검에 도착하여 사표를 낼까 하고 곰곰이 생각하면서 이삿짐도 풀지 않고 있었다. 그런데 갑자기 법무부장관께서 직접 전화를 주셨다. "그래도 전주가 서울에 가까운 편이니 다행"이라고 하면서 근

전주지검장 당시 김대중 전 대통령과 함께

1998년 취임식에서 연설하는 고(故) 김대중 전 대통령(조선일보 제공)

무 열심히 하라고 하셨다. 순천지청장으로 모실 때의 그 목소리였다.

어쨌든 1998년 3월, 나는 전주지검 차장으로 근무하기로 결심했다. 여기서도 부임하자마자 일을 저질렀다. 현지의 어느 신문사 사주를 이권개입 혐의로 구속했던 것이다. 그는 건설회사도 운영하고 있었다. 나는 앞뒤를 살피지도 않고 "내가 책임질 테니 내사하라."는 지시를 내렸고, 결국 그의 혐의를 밝혀내고 말았다. 하지만 현지 사람들은 박수를 치는데도 검찰 내부의 분위기는 그렇게 흔쾌하지가 않았다. 토착세력을 건드리는 것은 위험부담을 수반하기 때문이었다. 더구나 상대방은 언론사 사주였다. 당시 요로에서 빨리 석방하라는 압력을 넣기도 했다. 그러나 나는 주저하지 않고 기소장에 서명했다.

그 일로 인해 그때 서석제 의원의 비서관이라고 사칭하는 사람이 당시 전주지검 최병국 검사장의 뒤를 캐기도 했다. 여차해서 잘못이라도 드러나게 되면 즉각 소문으로 퍼뜨릴 참이었을 것이다. 나라고 그 눈초리에서 벗어나지 못했을 것이 당연하다.

당시 한국은행 전주지점장이 150년 된 문화재급 한옥을 관사로 사용하고 있었는데, 검찰청 간부들에게 한옥을 구경시킬 겸해서 저녁을 낸 일이 있었다. 저녁을 마치고는 간단한 판소리 연주와 대금 연주도 있었다. 그런 사실을 어떻게 알았는지, 그 비서관이라는 사람이 "경상도 놈이 여기 와서 풍악이나 울리고 다닌다."며 소문을 퍼뜨렸던 것이다.

그러나 조사 결과 국회의원 비서관이 아닌데도 관공서마다 공갈을 치며 다닌 것으로 확인되었다. 전과도 수두룩했다. 즉각 수배령을 내렸으나 잡지는 못했다.

완강했던 전북지사

전주지검에 재직하는 동안 가장 파문이 컸던 것은 나중에 국회의원이 된 모 검사 사건이다. 어느 날, 출근하자마자 지검 사무국장이 얼굴이 상기된 채 집무실로 뛰어 들어오더니 황급히 텔레비전을 켰다. 자기 방에서 뉴스를 보다가 나에게 급히 알려야겠기에 쫓아온 것이었다. 화면에는 당시 전북지사의 비서관이 이마에 피가 철철 흐르는 장면이 비쳐지고 있었다. 그 검사가 맥주병으로 내려쳐 상처를 입혔다는 것이다.

지난 저녁 K대학교 동문 모임에서 폭탄주를 돌리다가 그 검사가 전북지사와 옥신각신하는 과정에서 비서관이 말리려고 끼어들었다가 봉변을 당한 것이었다. 마침 최병국 검사장이 아일랜드의 더블린에서 개최된 세계검사장 회의에 참석하느라 출국해 있었으므로 내가 검사장 역할을 대행하고 있었다. 사무국장은 "어떻게 해야 되겠느냐."며 걱정스런 표정을 지어보였다.

걱정스럽기는 나도 마찬가지였다. 더구나 김대중 대통령이 취임하고 얼마 지나지 않았을 때였다. 김태정 검찰총장이 즉각 전화를 걸어와 "오늘 오후 5시까지 그 검사에 대해 영장을 청구하라."며 호통을 친 것은 예상했던 대로였다. 김 대통령이 뉴스를 접하고는 진노했다는 얘기도 덧붙여졌다.

검사장은 외유중이지, 총장은 영장을 청구 하라지, 진상은 모르지. 나는 걱정스러운 데다 답답하기까지 했다. 즉각 그 검사를 불러 얘기를 들었으나 진상은 명확하지 않았다. 그 검사의 해명으로는 오히려 그 비서가 "경상도 새끼가 어디에 와서 행패를 부리느냐."며 먼저 욕설을 했다고 했다. 뿐만 아니라 저쪽에서도 자기에게 물리력을 행사했다고 주장하고 있었다. 어차피 술좌석에서 벌어진 사단이었다.

그러나 저러나 어물어물 넘길 일은 아니었다. 손을 써도 빨리 써야 했다. 나는 곧바로 도청으로 찾아가 지사에게 면담 요청을 넣었다. 내가 전주 차장검사로 첫 부임해서도 전북지사에게 부임 인사를 생략했던 서먹서먹한 입장이었지만 그런 것을 따질 계제가 아니었다. 그 지사가 나를 30분쯤이나 부속실에서 기다리게 한 뒤에야 만나 준 것으로 보아 기분이 상당히 상했음을 보여주려는 뜻이었으리라. 아마 내 입장이었다 해도 그러했을 것이다.

내가 비서의 안내를 받아 집무실에 들어갔을 때도 그 지사는 자리에서 일어나지도 않았다. 나는 "엊저녁 우리 검사가 저지른 큰 실수에 대해 제가 대신 사과를 드린다."며 말문을 열었다. "대학교 동문 모임에서 선배에게 어리광을 부리다가 일어난 일인 만큼 정상을 참작해 너그러이 용서해달라."고도 했다.

그러나 그는 여간해선 화가 풀어질 기미가 아니었다. 그는 오히려 나에게 물어왔다.

"그렇다면 내가 어떻게 했으면 좋겠습니까?"

"본인이 뉘우치고 있으니 선배로서 내가 참겠다, 이번에는 그냥 넘어가자고 검찰총장에게 전화를 할 수는 없겠습니까?"

일단 김 총장의 역정을 가라앉히려면 피해자의 입장인 지사가 전화를 거는 방법 밖에는 없었다. 그러나 내 얘기에 그는 완강한 반응을 나타냈다.

"안 됩니다. 그런 사람을 내버려두면 되겠습니까?"

나도 물러설 수는 없었다. 진상을 알아보니까 그 비서관이 경상도 출신이라고 들먹이며 욕설을 했고, 그렇게 지역감정 문제가 부각된다면 지역차별을 없애겠다는 김대중 대통령의 통치철학에도 먹칠을 하게 되는 결과가 아니냐며 그를 설득했다. 그제야 그는 못 이기겠다는 듯이 "알았다."며 선처를 부탁하겠다고 약속했다.

그러나 내가 사무실에 도착하자마자 지사로부터 다시 전화가 걸려왔다.

"아까 나에게 협박을 한 것입니까?"

"무슨 말씀이십니까. 대통령의 국정수행에 장애물을 제거하자는 얘기가 아니었습니까?"

"가만히 생각해보니까 협박으로 밖에 여겨지지 않는군요."

그는 불쾌하다는 듯이 내뱉고는 일방적으로 전화를 끊었다. 협조해 줄 의사가 전혀 없다는 뜻이었다. 겨우 설득시켰다고 잠시나마 안심을 했던 나로서는 다시 원점으로 돌아간 셈이었다. 그래서 나는 김태현 대검 감찰 1과장에게 사건의 진상조사를 제의했다. 전주지검에서 자체적으로 조사하면 편파적이라고 할 테니 대검에서 객관적으로

하라고 했다. 영장청구는 결과가 나온 뒤에라도 하면 될 것이었다. 하지만 그로부터 일주일쯤 지나면서 영장을 청구한다는 얘기는 쑥 들어갔다. 그사이에 분위기가 누그러진 것이었다. 전주지검에서 직접 조사하는 것보다는 대검 감찰과에 감찰을 맡김으로써 시간을 벌었던 것이 주효했던 것이다. 나도 그 비서관이 입원한 병실에 꽃도 보내고 대신 사과한다는 뜻도 전달했다. 결국 이 사건은 형사입건하는 대신 징계로 처리토록 마무리되었다(그 검사가 천안지청으로 발령 난 것이 그 결과였다).

사실, 술자리에서 우발적으로 맥주병을 휘둘러 2~3주의 상해 진단이 나올 경우 서로 합의하면 일반인도 기소유예로 처리하는 게 보통이다. 특별히 권력 비리나 원한관계, 조폭사건이 아니라면 말이다. 나는 잘 처리됐다기보다는 그것이 최선이라고 생각한다. '가재는 게 편'이라고 비난할지 몰라도 검사에 대한 신뢰감이 손상될수록 결과적으로 국민들이 피해를 입기 마련이다. 최병국 검사장님도 귀국해서 보고를 듣고는 "피해가기를 잘했다."며 안심하는 눈치였다.

한편 그 검사는 국회의원이 된 후에도 술자리 폭언사건으로 나와 부딪친 적이 있다. 내가 대구고검장으로 재직하던 중 국회 법사위 의원들이 대구 고·지검 국정감사를 나왔다가 감사가 끝난 뒤 술자리에서 그가 여종업원에게 성적인 언어폭력을 행사했다는 취지로 언론에 대서특필됨으로써 빚어진 해프닝이었다. 우연이라고 하기에는 거의 운명적이었다.

그러는 사이에 나도 전주에서 다시 서울로 발령을 받았다. 불과 1년 만의 컴백이었다. 대검에 신설된 정보기획관 자리가 맡겨진 것이었다. 김대중 대통령께서 범죄정보 업무를 경찰과 국정원에만 맡겨놓을 것이 아니라 검찰에서도 해야 된다는 지시에 따라 판단에서 만든 자리다. 이로써 전주에서 오랫동안 근무해야 할지도 모른다는 나의 예상은 다행스럽게도 빗나가고 말았다.

이와 관련하여 대전에서 점집을 차려놓고 사주팔자를 보는 이동원이라는 분의 얘기를 덧붙여야 할 것 같다. 내가 전주로 발령 나고 난 직후에 사무실로 전화를 걸어온 사람이다. "신문을 보니까 전주로 가셨구만요. 기분이 그리 좋지는 않으시겠다."며 운을 떼더니 "1년 뒤에는 반드시 서울로 올라가실 테니 조금만 견디라."고 위로해주었다. 나는 귓가로 흘려들으면서 그의 전화를 끊을 수밖에 없었다.

그때 서울로 부임할 당시 전주 차장부속실 여직원이 "지금까지 여러 차장검사님을 모셨는데 차장실에 놓여 있던 10여개의 동양란이 한 번도 꽃이 핀 일이 없었는데 이번에는 일제히 꽃이 피었으니 차장님께 정말 좋은 일이 일어나겠네요."하고 말을 건네던 모습이 지금도 선하다.

하지만 지나놓고 보니 사주팔자를 보는 이동원 씨의 얘기대로 이루어진 셈이다. 이런 것을 두고 인연이랄까, 또는 운명이랄까 하는지 모르겠다. 그런 운명을 믿어서가 아니라, 설사 운명이 그렇게 정해져 있다손 치더라도 그가 멀리 대전에서 왜 나에게 전화를 해야 했을까에 대해서는 지금도 궁금하다. 정녕 어떤 운명의 신이 나를 지금껏 이끌어왔다는 것인가.

대검 초대 범죄정보기획관

대검 범죄정보기획관의 업무는 말 그대로 범죄 정보를 수집하는 것이다. 공안정보와 일반범죄 정보로 나누어 휘하의 1담당관, 2담당관에게 업무를 전담시키고 있었는데 연구관과 수사관들까지 포함해 소속 직원이 모두 마흔 명 가까이 이르고 있었다. 검찰총장 직속으로 되어 있는데다 인적 규모도 작지가 않아 어떤 언론에서는 가히 '검찰 내의 안기부'라고 불릴 만 하다고 했다.

김대중 대통령이 "수사하는 데는 정보가 필수적인데 어째서 검찰에 정보수집 기능이 없느냐."고 해서 창설된 조직인 만큼 검찰 내에서도 요직으로 꼽히는 자리였다. 적어도 김태정 총장 당시 직제가 처음 마련되고 내가 발령받을 당시에는 그러했다. 그런 만큼 나는 그 자리에 대해서는 언감생심이었다. 더구나 전주로 내려간 지 1년 밖에 지나지 않은 시점이었다. 그렇지 않아도 검찰 내부에서는 신설 요직이므로 총장의 의중대로 움직일 수 있는 호남 출신이 배치될 것이라는 소문이 미리부터 떠돌고 있었다. 적임자를 물색하느라 벌써 두 달이나 인사가 늦춰지고 있었으나 나하고는 애초부터 상관이 없는 자리라고 생각했다.

그러던 어느 날 대검의 조근호 정보과장(그후 고검장으로 승진한 후 퇴직하였다)으로부터 전화를 받게 되었다. 뜻밖에도 "앞으로 제가 모시게 되었다."는 신고 전화였다. "새로 만들어지는 자리니까 미리 올라오셔서 준비하시는 게 좋겠다."는 얘기도 덧붙여졌다. 전화를 받으면서도 긴가민가했다. 그것이 정식으로 인사 발령을 받기 일주일 전쯤의 얘기다.

인사가 정식 발표되자 1999년 2월 21일자 조선일보(이항수기자)는 "대검차장 직속으로 신설된 범죄정보기획관에 '특수-공안통'인 서영제 전주지검 차장이 발탁됐다. 이 자리는 정치인 및 공직자 비리에 관한 범죄정보를 수집, 총괄하는 핵심 요직으로 호남출신의 실세 검사들이 하마평에 많이 올랐으나 충남 출신의 서 차장이 임명됐다."고 보도했다. 내가 호남 출신도 아니면서 어부지리로 그 자리에 발령을 받은 것이라는 뉘앙스도 풍기는 기사였지만, 그것은 사실과 차이가 있었다. 물론 미처 예상하지 못했던 것은 사실이다. 그러나 인사 물망자 가운데 공안부와 특수부를 거친 사람은 내가 거의 유일했다.

나는 범죄정보기획관 자리를 맡게 되면서 조근호 담당관 밑으로 김희관 검사를 연구관(현재 고검장으로 승진하여 근무하고 있다)으로 발탁했다. 당시 서울지검 공안부에서 근무하고 있었는데 영어와 독일어에 능통한데다 무엇이든 어렵지 않게 다룰 수 있는 다양한 재능의 소유자였다. 워낙 수재형으로 알려진 주인공이었다. 전주고교를 졸업하고 서울법대에 들어갔으나 교관이 괴롭히는 바람에 자퇴하고 이듬해 다시 입학했다는 풍문도 그것을 말해준다.

인력 보강을 마친 나는 업무 체계에서도 기틀을 잡아나가야 한다고 생각했다. 신설 조직이므로 첫 단추를 끼우는 게 중요했다. 일단 보고의 효율성을 살리기 위해서 보고 체계부터 갖추어야 했다. 제일기획의 협조를 얻어 보고서의 새로운 양식이 마련되는 등 차츰 업무의 기반이 무리 없이 잡혀나가기 시작한 것은 큰 다행이었다.

보고서의 내용은 확인된 사실과 소문으로 구분하여 각 항목마다 자세히 내용을 서술하되 앞에 요약 분을 두어 그 부분만 훑어보아도 대략의 내용을 알 수 있도록 했다. 경우에 따라서는 그 사실의 배경을 부록으로 첨부하기도 했다. 보고서 글씨에 있어서도 중요한 부분은 빨간 글씨로 처리하도록 했고, 중요한 인물과 관련된 경우에는 사진과 약력까지 자세히 첨부했음은 물론이다. 천하의 기획 실력을 갖춘 조근호 검사의 작품이었다.

정치인들의 비리 사실은 물론 사회 각층의 중요 인물에 대한 비리와 의혹 내용이 날마다 중요 정보사항으로 윗선에 보고되었다. 어떤 때에는 외국 잡지에 소개된 화젯거리를 상식 삼아 보고서에 포함시키기도 했다. 정보를 다루면서 덕을 본 것도 없지 않았다. 그 가운데 하나가 경찰과의 수사권 문제다. 당시 경찰의 수사권 독립문제가 김 대통령에게까지 최종적으로 보고가 올라가 거의 재가를 맡은 단계였으나 이를 다시 뒤집는 과정에서 내가 다소의 역할을 했던 것이다. 법무부나 검찰의 지휘부 라인으로서도 어떻게 손을 쓸 수가 마땅치 않았던 상황이었다.

그때 마침 OOO경찰철장이 "경찰은 정치적으로 중립을 지켜야 한다."고 강조한 발언이 언론에 보도되었다. 경상북도 상주의 경찰학교에서 훈시를 통해 언급한 내용이었다. 그러나 취지는 좋지만 경찰의 기능적인 측면에서 문제가 없지 않은 발언이었다. 군대가 전시에 동원되듯이 소요사태가 발생할 경우에는 경찰이 투입되어야 하는데도 만약 경찰이 정치적 독립을 내세워 대통령의 명령을 거부라도 한다면 국가적으로 혼란이 초래될 수밖에 없을 것이었다.

경찰의 정치적 독립론이 잘못됐다는 것은 아니다. 그러나 우리처럼 중앙집권 체제의 국가경찰제도를 채택하는 입장에서는 경찰 조직에 독립된 일사불란한 힘을 실어줄 경우 통제하기 어려운 상황이 초래될 가능성이 크다는 측면이 있음을 간과해서는 안 된다. 경찰 조직도 지방분권을 이루어 자치경찰로 전환된 상태라면 정치적 독립론이 충분히 납득할 수 있는 논리지만 지금처럼 국가경찰 조직을 유지하는 실정에서는 고려해봐야 할 문제라고 여겨진다.

이러한 논리를 앞세워 조근호 담당관에게 보고서를 작성토록 했고, 이 보고서는 지휘라인을 거쳐 대통령에게 보고되었다. 김 대통령이 러시아 방문에서 귀국한 뒤 경찰의 수사권 독립론은 쑥 들어가 버렸다. 무슨 연유로 경찰수사권 독립론이 보류되었는지는 정확히 알 수가 없었다. 그러나 나로서는 정보기획관 실에서 작성해서 올린

1999년 6월 서울 수서경찰서에 나붙은 대자보. 경찰 수사권 독립의 필요성을 주장하는 내용이었다.(조선일보 제공)

보고서가 주효했다고 믿고 있다. 경찰의 수사권 독립이 이중의 칼날을 지니고 있다는 데야 김 대통령도 선뜻 판단을 내리기가 어려웠을 터이다.

그러나 의욕을 갖고 업무에 매달렸던 정보기획관 자리도 그리 길지는 않았다. 검찰총장이 교체되면서 검찰 조직에 큰 변동이 이뤄졌던 것이다. 재경 지청장에 사법시험 16회 기수가 포진하게 되면서 나도 서부지청장으로 옮겨가게 되었다. 물론 인사가 임박한 시점에서도 정보기획관 자리의 특성과 중요도를 감안해 나는 그대로 유임될 것이라는 관측도 없지는 않았다. 사실은, 그 당시 신임 총장님으로부터도 계속 그 자리를 맡아 달라는 개인적인 요청이 있었다. 나도 그러마고 선뜻 응낙할 수밖에 없었다. 윗분이 신임을 해서 부탁을 하는데 마다할 이유가 없었던 것이다. 정보기획관 자리가 신설되고 내가 처음으로 직책을 맡은 지 불과 6개월 정도 밖에 지나지 않은 무렵이었기에 나로서도 더 임무를 수행하며 기틀을 잡을 필요가 있다고 생각했다.

그런데 인사의 뚜껑이 열리면서 내가 서부지청장으로 발령 난 것을 비로소 알게 되었다. 나도 의외였다. 지금까지 이상하게 생각되는 것은 그때의 인사에 대해 신임 총장님이 내가 정보기획관으로 계속 근무해달라는 자신의 부탁을 거절했다며 섭섭하게 생각하고 있었다는 사실이다. 혹시 내가 지청장으로 옮겨가려고 다른 어디엔가 인사 청탁을 넣기라도 했다는 듯이 여기고 있었던 게 아닐까 싶다.

나로서도 이해하기 어려운 일이었지만 집히는 게 없지는 않았다. 짧은 정보기획관 시절이었지만 권력 실세들에 대한 비리 정보를 가감 없이 윗선에 직보하는 과정에서 주변의 견제를 받게 되었던 것이 아닌가 여겨지는 것이다. 그것이 아마 법무부에서 인사 자료를 만드는 과정에서 검토사항으로 떠올랐고 결국 검찰총장의 뜻에 반하면서까지 인사로 이어졌던 것이 아닌가 생각된다. 신임 총장님은 인사가 발표되자 나에게 전화를 걸어 대뜸 원색적인 욕설을 퍼부을 만큼 분노를 나타냈다. 더구나 내가 평검사 시절 서울지검 형사부에서 근

1999년 5월 취임식을 갖는 박순용 신임 검찰총장(조선일보 제공)

무할 당시 함께 근무했기 때문에 가까운 사이었다. 그것이 1999년 6월의 일이다. 어쨌거나, 그런 식으로 검찰의 세대교체가 가속화되고 있었다.

서울 서부지청장／

장영자 씨의 구권화폐사건

서울지검 서부지청장 시절 가장 기억에 남는 사건은 장영자 여인의 구권화폐 사기사건이다. 구정권 시절 정치자금으로 지하에 숨겨 놓았던 구권화폐를 액면가보다 싼 값에 교환해주겠다고 속이고 대형 사기극을 벌인 것이다. 결론적으로 말하자면, 실체도 없는 소문을 이용하여 한몫을 잡으려다가 들통 난 사건이다.

내가 서부지청장으로 발령을 받았던 1999년 무렵, 시중에는 구정권 시절 은밀히 빼돌려졌던 막대한 구권화폐 비자금이 액면가의 절반 남짓한 가격으로 사채시장의 큰손들을 상대로 매도 제의가 들어오고 있다는 소문이 파다하게 퍼져 있었다. 그 규모도 수천억 원에서 수조 원대에 이르는 것으로 전해지고 있었다. 2000년 4월로 예정된 총선에서 선거자금으로 사용키 위한 것이라는 얘기였다.

여기서 구권화폐란 1994년 이전에 발행되어 은색 띠가 없는 1만원권 지폐를 뜻한다. 컬러복사 방지를 위한 은색 띠는 그 이후부터 들어가고 있다. 그런데 이 구권화폐를 전 정권의 실력자들이 조폐공사에서 한국은행으로 입고되기 직전에 빼돌려 용인과 남양주, 기흥 등의 물류창고에 나누어 보관하고 있다는 식이었다. 그 돈을 그대로 사용했다가는 꼬리가 잡힐 것이므로 할인가격에 자금세탁을 한다는 것이었다.

허무맹랑한 얘기였지만 나름대로는 그럴듯했다. 이에 따라 자금 시장이 흔들리고 있었으므로 검찰로서는 소문의 실체를 파악할 필요가 있었다. 당시 형사부에 근무하던 박경호 검사가 그 풍문의 진위에 대하여 내사를 시작했다. 그 결과, 장영자 여인이 소문의 한 축을 이룬다는 사실이 드러났다. 장 여인이 구권화폐를 바꿔주겠다며 은행 지점장들에게 접근하고 있었던 것이다. 한때 지하경제의 큰손으로 활약하던 입장에서 항간에 떠돌던 구권 설을 놓칠 수 없었을지도 모른다.

장영자 씨는 이미 1982년 건국 이래 최대의 어음사기 사건으로 구속 기소되어 법정 최고형인 징역 15년을 선고받고 복역하다가 1992년 가석방으로 풀려났으나, 그 뒤에도 몇 차례나 사기사건에 연루되어 있었다. 1994년에도 상호신용금고를 상대로 일을 꾸몄다가 다시 구속되어 대법원에서 징역 4년이 확정됨으로써 앞서의 가석방이 취소되고 청주교도소에 수감되기도 했다.

문제의 구권화폐 사건을 일으킨 것은 협심증으로 형 집행 결정을 받아 1998년 광복절 특사로 풀려난 뒤의 일이다. 풀려난 뒤에도 여러 사기사건과 관련하여 불구속 상태로 재판이 진행되던 중이었다. 사건 수사가 확대되면서 장 여인이 외환은행 지점장에게 접근해 구권화폐 30억 원어치를 사 주겠다며 20억 원짜리 자기앞수표를 받은 혐의가 드러났다. 축협이나 주택은행 등 다른 은행 지점장들에게 접근했었다는 사실도 확인되었다.

그러나 문제의 구권화폐는 실체가 없는 것으로 드러났다. 어디에도 구권화폐의 흔적은 발견되지 않았다. 조폐공사에서 돈을 찍어 한국은행에 인계되는 과정에서 작성되는 인수증을 확인한 결과도 그러했다. 인수증에는 화폐의 일련번호가 모두 기재되기 때문에 밖으로 빼돌릴 수가 없도록 되어 있다. 하지만 정치적으로 상황이 미묘했던 것은 장 여인이 당시의 김대중 대통령을 개인적으로 오빠라고 부를 만큼 가까운 사이로 알려져 있었다는 풍문이 돌고 있었다는 점이다. 장 여인의 집안은 대대로 강진에서 살아왔고 본인은 목포에서 태어났으므로, 고향이 신안인 김 대통령과 지역적 연고로는 가깝기는 했다. 실제로도 그렇다면 공연히 벌집을 건드리는 결과가 될 뿐이었다.

수사를 진행해가는 도중에 청와대의 수석 비서관이 전화를 걸어와 우려를 표명했다. "자칫 정치권에 줄초상이 날 수 있다."는 것이었다. 수사를 잘하고도 오히려 검찰이 사면초가에 몰릴 것을 걱정하는 투였다. 그로서도 장 여인이 김 대통령과 진짜로 친척 관계였던 것으로 알고 있었는지 모르겠다. 그러나 사정비서관에게 "장 여인이 김 대통령과 진짜 친척인지 알아봐 달라."고까지 비밀리에 부탁한 결과 사실이 아니라는 답변을 얻어냈다.

조사 결과 장영자 씨가 김 대통령과 고향만 비슷할 뿐이지 친분 관계는 전혀 아닌 것으로 확인되었지만, 호남 출신 인물을 수사한다는 것은 역시 부담이었다. 형사부의 박경호 검사가 진정서를 접수하고 내사를 진행하다가 초동단계에서 더 이상 수사를 진행해야 하는지에 대해 나의 눈치를 살핀 것도 당연했다.

그러나 나는 누구든 범법자는 반드시 처벌되어야 한다는 소신대로 장 여인을 철저히 수사해 검거하도록 지시했다. 어느 정도 장 여인의 범죄혐의가 구체화되자 수사팀이 장 여인을 소환했다. 그러나 그녀는 소환에 응하지 않았다. 그래서 즉각 장 여인의 행방을 추적한 결과 이른 새벽 어느 고속도로를 질주하고 있다는 정보가 들어왔다. 수사팀은 수사차량인 국산 르망차를 타고 추적하다가 외제차로 도주하는 장 여인을 놓치고 말았으나 결국 고속도로 순찰대의 협조로 검거에 성공했다. 경찰의 신속한 기동력에 감탄할 뿐이었고 지금도 너무 감사하게 생각한다.

당시 세계일보 2000년 5월 18일자는 그때의 상황을 다음과 같이 보도했다.

> '큰손' 장영자(55) 씨의 검거과정은 8시간여 동안 숨 막히는 차량 추격전이 계속돼 한편의 첩보영화를 방불케 했다. 검찰이 장 씨의 움직임을 포착한 것은 지난 16일 오전. 평소 장 씨와 접촉이 잦던 주택은행 H지점 전 지점장 서 모(48)씨가 16일 오후 일산에서 장영자를 만난다는 첩보가 검찰 정보망에 걸려들었다. 지난달 24일 체포영장을 발부받고도 장 씨 검거에 실패, 체면을 구긴 검찰은 16일 오후 8시 수사관 7명이 차량 2대에 나눠 타고 일산으로 출동했다. 오후 9시, 일산 뉴코아백화점 앞에서 서 씨의 크레도스 승용차를 발견한 수사관들은 조심스레 차량을 미행했으나 서 씨가 알아채고 달아나는 바람에 미행 30분 만에 코앞에서 놓치고 말았다. 수사관들은 1시간동안 이 일대를 샅샅이 뒤졌으나 찾지 못해 검거작전이 또 실패로 돌아가는 듯 했다. 그러나 추격을 거의 포기했던 수사관들이 오후 10시 30분 일산 도시가스공사 근처 도로에서 승용차를 찾아내면서 시속 160km~170km를 넘나드는 목숨을 건 추격전이 시작됐다. 3시간가량 승용차를 쫓은 수사관들은 17일 오전 2시30분쯤 산본IC근처 이면도로에서 수사관을 따돌렸다고 생각한 서 씨가 쏘나타Ⅲ를 타고 나타

> 난 장 씨와 만나는 장면을 포착했다. 수사관들은 세워진 소나타 승용차로 은밀히 접근, 운전석 문을 열고 덮쳤으나 장 씨와 서 씨가 탄 승용차는 차문을 연 채 그대로 달아나고 말았다. 장 씨를 또다시 놓칠 위기에 몰린 검찰은 오전 4시 30분 서부지청 박경호 검사가 직접 경기경찰청 상황실에 도움을 요청했고 이때부터 검찰 수사관과 고속도로 순찰대의 숨 막히는 합동 검거작전이 펼쳐졌다. 결국 장 씨는 승용차는 미등까지 끈 채 산본에서 안산을 거쳐 수원으로 이리저리 방향을 틀며 몸부림치다 결국 경부고속도로 하행선 36km(서울기점)지점에서 고속도로 순찰대에게 검거됐다.

그런데 그 과정에서 장 여인의 검거 소식이 언론에 보도되고 말았다. 워낙 장 여인이 유명세를 타고 있어서 순식간에 모든 언론이 대서특필하게 되었다. 장 여인의 수사 하나하나에 언론이 취재를 하게 되고 결국은 취재과열로 인해 검찰수사에 차질이 빚어지기 시작했다. 과잉보도와 오보에 대한 상부의 질책도 만만치 않았다. 그래서 지청장인 내가 직접 보고서를 작성하여 해명하곤 했다. 검찰수사에 대한 주변의 시선이 부정적으로 흘러가는 듯한 현상이 보이기 시작하자 수사팀도 흔들리기 시작했고 대검 간부들도 수사에 대한 걱정과 우려를 표명하기 시작했다.

이때 지청장으로서는 어떻게 해야 하는가? 장 여인의 수사는 정치적인 색깔을 지울 수 없는 반 정치적 사건이고 언론도 곱지 않은 시선을 보내고 상부에서도 달갑지 않은 태도를 보이는 것을 감안하면 빨리 수사를 대충 마무리하고 언론의 초점으로부터 벗어나는 것이 현명한 방법이라고 생각할 수도 있다. 더구나 나는 그때 시내 지청장으로서 검사장 승진을 목전에 두고 있기 때문에 더욱 나 자신을 추슬러야 할 위치에 있었다. 그러나 나는 그 반대로 방향을 정했다. 이런 정치적 사건은 더욱 철저히 수사하여 확실한 수사결과를 발표해야 한다고 생각했다. 당장의 궁지를 피하기보다는 범법자는 반드시 수사해서 처벌되어야 한다는 법치주의 확보라는 큰 뜻을 이루는데 동참하는 것이 나의 사명이라고 생각했다. 당시 대검의 간부가 원래 시내지청장은 분란을 일으키지 말고 검사장 승진에 대비하면서 몸조심하는 것이 전통이라고 나에게 전화를 하였지만 이에 동의할 수가 없었다.

그래서 나는 서부지청 검사들을 모두 불러 모은 자리에서 "내가 모든 책임을 질 터이니 수사를 진행하라."고 지시를 내렸다. 밖에서 누가 물으면 지청장이 직접 지시한 사건이라며 책임을 나에게 미루라는 얘기였다. 당시 장 여인을 신문하는 문제도 간단치 않게 많은 어려움을 겪었다.

다음은 조선일보 2000년 5월 18일자 보도 내용이다.

> 구권화폐 사기사건의 주범으로 검찰에 붙잡힌 '큰손' 장영자(56,여) 씨가 건강상의 이유를 들며 조사에 불응, 검찰이 수사에 어려움을 겪고 있다. 서울지검 서부지청 형사2부(부장검사 임 안식)는 당초 장 씨를 검거한 지난 17일 중으로 기초적인 혐의사실을 확인, 장 씨에 대해 특정경제범죄가중처벌법 위반(사기) 혐의로 구속영장을 청구할 방침이었다. 그러나 장 씨가 '심근경색 등 지병 때문에 조사에 응하기 힘들다'며 검찰 수사관들의 심문에 전혀 답하지 않거나, 갑작스레 고통을 호소하면서 의사를 불러줄 것을 요청

하는 바람에 검찰은 결국 당초 일정을 넘겨 18일에야 구속 영장을 청구했다. 이 같은 장 씨의 행동에 대해 검찰은 장 씨가 이미 수차례 검찰에 구속돼 조사받은 경험이 있는데다 오랜 수감생활을 통해 수사기관의 조사과정에서 자신에게 불리한 진술을 거부하는 방법을 터득, 고의적으로 수사진행을 방해하고 있는 것으로 보고 있다. 검찰 관계자는 "장 씨는 검거 당시만 해도 혈색이 좋았으며 기초적인 혐의 사실을 확인한 직후 영장을 청구할 계획이었다."며 "그러나 검찰청사에 들어오자마자 갑자기 여기저기가 아프다며 의사를 불러줄 것을 요청했고 오늘 아침까지 식사를 거부했다"고 말했다. 검찰은 이와 함께 장 씨가 이번 사건에 대비해 다수의 유능한 변호인을 선임한 점에 대해서도 상당한 부담감을 느끼고 있는 것으로 알려졌다. 검찰 관계자는 "혐의 사실을 입증할 수 있는 증거가 뚜렷해 구속영장이 발부될 것으로 예상한다."며 "다만 장 씨가 변호인을 통해 '검찰조사 과정에서 부당한 대우를 받았다'고 주장할 경우 문제가 복잡해질 것에 대비, 조심스럽게 대처할 뿐"이라고 말했다.

이에 대해서는 중앙일보도 다음과 같이 보도했다.

구권 화폐사기사건과 관련, 체포영장이 발부된 장영자(55) 씨는 다섯 차례에 걸쳐 모두 1백19억 원의 수표를 금융기관, 사채업자로부터 가로채거나 빼앗은 혐의를 받고 있다. 구권화폐는 1994년 이전에 발행된 1만 원 권으로 신권과 달리 은빛 세로선이 없다. 93년 8월 금융실명제 전격실시 이후 사채시장에는 정치권 실세들이 엄청난 규모의 비자금을 구권 형태로 보유하고 있다는 소문이 계속돼 왔다. 우선 장 씨는 지난해 11월 27일 O은행 모 지점 이모 차장에게 "20억 원을 주면 구권화폐 30억 원과 교환해 주겠다."고 속여 자기앞수표 20억 원을 받아 가로챈 혐의를 받고 있다. 장 씨는 또 지난 2월 6일 C은행 모 지점 이모 지점장에게 구권 30억 원의 교환조건으로 자기앞수표 24억 원을, 2월 26일 같은 은행 모 지점 우 모 지점장에게 똑같은 수법으로 24억 원을 받아 가로챈 혐의가 있다.

그런데 장 여인에 대한 구속영장을 청구하는 과정에서 문제가 생겼다. 나는 수사팀에게 범죄사실에 대한 철저한 함구령을 내렸다. 기소하기 전에는 수사기밀을 공표할 수 없고 공표한다면 피의사실 공

2000년 5월 구권화폐 사기 사건으로 구속 수감될 당시의 장영자 씨
(조선일보 제공)

표죄가 되기 때문이었다. 더구나 공개법정에서 재판받으면서 피의사실이 공개되는 것은 어쩔 수 없지만 피의자는 확정 판결을 받을 때까지는 무죄로 추정되기 때문에 개인의 사생활이나 비밀을 보호하기 위해서도 수사상황을 공표할 수 없다는 것이 나의 소신이었다. 이렇게 수사팀이 함구하자 언론은 알 권리를 주장하며 피의사실을 공개해달라고 강력하게 요구했으나 나는 끝까지 이에 응하지 않고 철저한 보안을 유지하기 위하여 수사팀으로 하여금 구속영장을 직접 들고 법원에 접수시키라고 지시했다.

하지만 그 과정에서 언론사 기자들이 구속영장을 들고 가는 직원과 실랑이가 벌어져 구속영장이 찢어지고 결국 기자들의 손에 넘어가게 되었다. 그래서 구속영장 피의사실이 언론에 대대적으로 보도되고 말았다. 이에 박경호 검사는 구속영장을 파손했다는 혐의로 즉시 수명의 기자들을 검사실로 불러들여 조사하고 있었다. 이에 언론사 간부들이 나에게 강한 어조로 항의를 해왔고 일부 기자들은 지청 앞에서 언론자유를 외치면서 시위를 했다.

2000년 5월 구권화폐 사기사건을 수사하던 서울 서부지청 임안식 부장검사(현 법무법인 바른 변호사)가 장영자 씨 검거 경위를 밝히고 있다.(조선일보 제공)

나는 박경호 검사에게 즉시 기자들의 조사를 중단하라고 지시했다. 나는 언론에 "이번 사태는 수사팀의 완벽한 무결점 수사를 하겠다는 집념과 언론의 알 권리를 충족하기 위한 취재 열기가 충돌되어 빚어진 것으로 결국 양측이 철저히 수사하고 취재하여 국민에게 알려야 한다는 큰 뜻을 이루고자 하는데 합일점이 있다."라고 발표했다. 이로써 기자들도 지청 앞 시위를 중지하고 평온을 되찾았고 수사는 계속되었다. 다만, 김 대통령이 역사적인 북한 방문을 앞두고 있을 때여서 그 시기만큼은 피하도록 했다. 따라서 6·15 선언 이후에야 사건이 마무리되었다.

그 사건으로 장영자 씨를 포함해서 7명이 특정경제범죄가중처벌법(사기) 위반혐의로 구속 기소되었다. 그리고 법원에서 다른 범죄와 병합하여 10년형이 선고 확정되었다. 사건 수사가 끝난 뒤 당시 검찰총장님은 "영제야 잘했다. 수사비에 보태 써라."고 격려하고는 두둑한 금일봉을 보내주었다.

자신의 뜻대로 나를 범죄정보기획관으로 붙들어 두지는 못했으나 일선 수사에서 성과를 올리는 데야 그로서도 격려의 필요성을 느꼈을 것이다. 천군만마를 얻은 기분이었다. 그것이 2000년 6월의 일이다.

출입기자들의 공격

출입기자들로부터 노골적인 공격을 받았던 것도 서부지청장 당시의 잊혀 지지 않는 기억이다. 내가 먼저 기자들의 검사실 출입을 차단하고 엄격한 관계를 선언한데 따른 맞대응이었다. 원칙을 지키려 했다는 점에서는 장영자 여인 수사에서의 마찰도 같은 맥락이라고 볼 수 있다.

그러나 언론사의 검사실 출입 취재는 오랜 전통 관행이었다. 취재기자의 검사실 출입금지는 그 당시로서는 상상할 수 없었다. 이를 검찰청 전체 차원에서 기획하여 실시한다 해도 그 실행 성과는 미지수인데 일개 지청 단위에서 단독으로 실시한 것은 너무도 무모한 일이라는 것을 잘 알고 있었다. 그러나 현장수사의 최일선인, 전쟁으로 말하자면 최전방 전투 현장이라 할 수 있는 곳에 기자들이 마음대로 들락날락하며 사건 조사에 대하여 취재한다면 사건 당사자들의 개인적인 비밀누설은 물론 수사기밀이 미리 언론에 공표될 우려가 있기 때문에 반드시 검사실은 통제되어야 한다는 것이 나의 소신이었다. 언론사의 거센 항의가 무서워 그런 소신을 실천에 옮기지 않는다는 것은 공직자의 자세가 아니라고 판단했다.

일본 검찰청은 기자실이 별도로 없는데다 출입도 차장검사실만 허용하는 사례를 적용키로 했던 것이다. 일본에서는 차장검사를 '차석次席 검사'로 부르고 있는데, 그 차석검사가 공보관 역할을 담당하고 있다. 우리도 대외적으로는 차장검사가 공보 업무를 맡고 있으므로 일반 검사실을 들락거리지 않더라도 차장검사로부터 취재와 관련한 자료나 정보를 얻을 수 있을 것이라는 게 나의 판단이었다. 이에 대해 기자들이 과도하게 보도를 통제한다며 서부지청에 대해서만큼은 좋은 것은 보도하지 말고 나쁜 것만 보도하자고 결의가 이루어졌던 모양이다.

워낙 수더분하지 못한 나의 성격도 기자들에게는 마땅치 않았을지 모른다. 그들은 심지어 내 뒤를 캐기도 했다. 지청장이 관용차를 규정에 어긋나게 출퇴근에 이용한다고 보도했을 정도다. 원래 지청장의 관용차는 출퇴근용으로 배치된 것은 아니었다. 수사용으로 배치된 것을 관행적으로 출퇴근에 이용하는 것일 뿐이다. 기자들이 그것을 놓치지 않고 꼬투리 잡았던 것이다.

한번은 수요일에 열린 지청 체육대회로 인해 포화를 맞기도 했다. 모든 직원들이 사무실을 비우고 운동장에 나가 있는 광경은 바라보는 시각에 따라 훌륭한 고발 기사감이었다. 어느 신문은 '텅 빈 서부지청, 민원인은 몰라라'라는 제목으로 큼지막하게 기사를 쓰기도 했다. 그러나 나는 마음대로 해보라는 마음에 꿈쩍도 안했다. 당시 법무장관도 이런 상황을 보고 받았는지 "기자들과 싸울 때는 화끈하게 싸우라."며 전화로 격려해주었다.

내가 성균관대 대학원에서 박사 논문을 쓰기 위해 통과해야 했던 영어시험에 대해서도 시비를 붙는 기자들이 있었다. 내가 직접 답안을 작성한 게 아니라 대리시험을 보았을 것이라는 생각이 들었을 터이다. "어느 기자가 영어시험 답안지를 보여 달라고 요청해 왔는데 보여줘도 되겠느냐."며 대학원 행정실에서 연락이 온 것이다.

다른 것은 몰라도 내가 영어 하나 만큼은 자신이 있다는 것을 그 기자가 미처 몰랐던 모양이다. 그 뒤에 그 기자로부터 "잘 모르고 그랬다."며 죄송하다는 전화를 받았다. 이러한 언론의 검사실 출입통제는 후일 서울지검장이 되어서도 그대로 이어졌다.

부하 검사의 수사와 관련해 입회계장의 항의를 받은 일도 있었다. 나름대로 사립명문 법과대학을 나온 계장이었는데, 어느 날 부속실을 통해 나를 만나야겠다며 면담 요청을 해왔다. 점심식사를 하면서 반주가 과했는지 어느 정도는 취한 듯도 했다. 그는 자리에 앉더니 담당 검사와 차장검사를 싸잡아 험담을 늘어놓았다. 기업횡령 사건을 자기가 완벽하게 수사해서 끝내놨는데 오히려 수사를 방해만 하고 있으니 이게 무슨 검찰이냐는 얘기였다.

나는 당장 관련기록을 갖고 오라고 지시했고, 기록을 검토한 결과 그의 말이 맞다는 것을 확인할 수 있었다. 영향력이 대단한 어느 로펌에 근무하던 변호사가 고교 선배인 차장검사와 부장에게 선처를 부탁해서 일어난 일이다. 나는 당장 구속영장을 청구하도록 지시를 내렸다. 다음날, 그 계장이 다시 찾아왔다. "술 마시고 괜히 언성을 높여서 죄송했다."며 무례를 용서해달라고 했다. "오죽하면 계장이 울분을 토했겠느냐."며 그를 격려했다.

이 얘기는 하나의 지나가는 에피소드에 불과하지만, 청탁이 들어온다고 해서 절대 무리하면 안 된다는 사실을 새삼 깨달을 수 있었다. 검사실에만 해도 입회계장과 주임, 그리고 사무보조원 여직원이 모두 곁눈질로나마 바라보고 있는 법이다.

그것은 변호사와의 관계에서도 마찬가지다. 변호사와 개인적으로 아무리 친하더라도 들어줘야 할 청탁이 따로 있다는 얘기다. 당시 쓰레기 불법매립 사건을 수사하고 있었는데, 검사장 출신의 선배 변호사로부터 피의자 가운데 한 명을 불구속으로 처리해달라는 부탁이 들어왔다. 공교롭게도 가장 혐의가 무거운 피의자였다. 그를 풀어주면 나머지 사람들도 풀어줘야 하는 형편이었다. 나는 부탁을 거절할 수밖에 없었다. 그런데도 그는 집요하게 달라붙었다. 내가 휴가를 간 사이에도 당시 차장검사(작고)에게 계속 매달렸던 모양이다. 한때 상사로 모셨던 분의 부탁이라 마음의 갈등이 생겼으나 그냥 원칙대로 처리하고 말았다. 그로서는 부탁을 들어주지 않은 내가 야속했겠지만 나로서는 친정인 검찰의 입장을 헤아려주지 못하는 그가 오히려 원망스러웠다.

김대중 정부 때 염동연 씨를 구속한 김강욱 검사

어느 날 김강욱 검사가 당시 여권

실세로 풍문이 돌던 염동연씨가 억대의 돈을 받았다는 사실이 수사망에 포착되었다고 보고를 하였다. 용감하게도, 그 돈을 자기 통장에 직접 입금하는 방식으로 받았으니 증거는 너무 명백하다고 보고했다. 지체 없이 나는 철저히 보강조사를 하여 구속영장을 청구하라고 했다. 그런데 수사도중 검찰고위 간부가 김대중 정부 초기인데 이런 일이 언론에 공개되면 정부에 큰 타격을 줄 수 있으니 수사를 중단하는 것이 좋겠다고 전화를 해왔다. 그러나 나는 수사를 중단할 수는 없었다.

대신 전략적인 그 돌파구를 만들었다. 이 사건은 사안이 중하고 증거가 명백하므로 수사는 계속하되 언론사에 노출시키지 않고 비밀리에 수사를 하여 비밀리에 구속영장을 청구한 다음 극비리에 기소하겠다며 소위 타협안을 그 검찰 고위층에게 전화로 보고했다. 결국 그는 구속되었다. 그런데 어떻게 알았는지 조선일보가 이를 크게 보도하는 바람에 세간에 널리 알려지게 되었다.

2002년 4월 민주당 대선후보 경선을 앞두고 고(故) 노무현 전 대통령과 염동연 캠프 사무총장, 유종필 언론특보가 회의를 갖고 있다.(조선일보 제공)

그런데 그 당시 뜻밖의 손님이 나를 찾아왔다. 그 당시 민주당의 요직을 맡고 있던 노무현 대통령이었다. 같은 민주당원으로서 가만히 있을 수 없어 그냥 찾아온 것이니 전혀 신경 쓰지 말라고 했다. 이 분이 나중에 대통령이 될 줄은 누가 알았겠는가? 또 이런 일도 있었다. 당시 김대중 대통령 영부인 밑에서 오랫동안 일하다가 서울시의 고위직 공무원으로 발령을 받은 사람이 있었다. 이 사람도 상당한 금품을 받은 것이 수사선상에 올랐다. 그 당시 고건 서울시장께서 전화를 주셔서 사건 내막을 자세히 물으셨다. 안타깝기는 하지만 구속할 수밖에 없다고 말씀을 드렸다. 고건 시장님은 사실 그전에 뵌 일이 있었다. 내가 서울지검 강력부장 시절 그분은 국무총리를 하고 계셨다. 총리실 비서관 한 분이 돌아오는 일요일에 총리님과 함께 테니스를 하지 않겠느냐고 했다. 나는 다른 약속이 있어 안 된다고 했다. 지금 생각해도 무례하기 짝이 없는 거절이었다.

그 후 2개월쯤 지나 다시 2주쯤 후 일요일에 테니스를 할 수 없느냐고 하기에 이번에는 가겠다고 대답했다. 나는 개인적으로 고건 시장님을 전혀 모르고 있었고 지금까지도 마찬가지다. 아마도 그 당시 내가 서울지검 강력부장으로 있으면서 내가 수사한 사건들이 언론에 많이 보도되는 것을 보고 아마 격려 차원에서 초청했던 것 같다. 그래서 서울 시내 어느 테니스 코트에 갔는데 그곳에 프로 바둑기사도 와 계시고 해수부 장관님도 오시고 해서 2개 팀이 테니스를 했다. 그런데 운동을 마친 후 깜짝 놀라게도 호텔 사우나가 아니고 대중목욕탕으로 가자고 하시는 것이 아닌가? 그리고 더욱 놀란 것은 저녁 식사로 일식 사시미 집이 아닌 순수한 한국 '횟집'이라고 간판이 붙은 허름한 식당으로 안내하는 것이었다. 거기서도 그 흔한 양주가 아닌 소주로 대신하시는 것이었다. 일국의 국무총리의 저녁 식사라고는 전혀 믿어지지 않았다. 조선시대의 청백리를 보는 기분이었다.

그때 한번 뵌 일로 나는 잘 알고 있지만 고건 시장님은 내가 그때 테니스를 같이 한 사람인지 기억하지 못하고 전화했으리라고 생각했다. 그러더니 잠시 후 다시 전화를 하시겠다고 하셨다. 그 후 정무부시장을 통하여 구속해도 좋다고 전갈을 보내왔다. 얼마나 부담이 되었으면 직접 전화까지 하셨겠는가? 불구속 수사로 마무리했으면 나 역시 마음이 편했을 텐데 하고 안타깝게도 생각했다. 그러나 사인으로서 '나'는 안타깝게 생각하지만 검사로서의 '나'는 원칙대로 할 수밖에 없었다. 지금이라도 심려를 끼쳐 드린데 대하여 용서를 빌고 싶다.

나는 이러한 과정을 거쳐 2000년 7월 검사장으로 승진하게 된다. 전해인 1999년 전주지검 차장 당시 검찰의 특수 업무 공로를 인정받아 수여된 홍조근정훈장과 함께 영예를 더하게 되었던 것이다.

검찰 특수업무 수행 공로 인정

홍조근정훈장 전주지검 서 영 제 차장

전주지검 서영제차장(사진)이 구랍 29일 검찰특수업무수행에 대한 공이 인정되어 홍조근정훈장을 받았다. 이미 서울지검 근무시절 강력수사통으로 전국적인 명성을 얻었지만 그동안 번번히 밀려오다 뒤늦게 빛을보게됐다.

유머스런 재담으로 분위기를 곧잘 돋구기도 하지만 외모에서 풍기는 인상만큼 수사에 있어서는 한치의 헛점도 보이지 않는 철두철미한 수사통.「범법자는 반드시 처벌되어야 한다」는 소신으로 맡은 사건마다 끝까지 추적, 발본색원해 범죄자 특히 조직폭력배들에겐 공포의 대상이 되고 있다. 지난 93년 서울지검 서부지청 특수부 재직시 전 노동부장관 조철권씨를 뇌물공여 협의로 전격 구속하기도 했던 서차장은 국내폭력조직 및 마약사범 수사에 관한한 타의 추종을 불허하고 있다.

95년 9월 국내3대 폭력조직인 양은파의 조양은씨가 출소 후 조직재건을 꾀하려하자 곧바로 수사에 착수, 전격 구속시킨 장본인이기도 하다. 또한 수감중에 유명정치인 및 일본 야쿠자와 접촉해 배후비호세력을 구축하려던 범서방파 김태촌씨를 추가기소해 형을 2천7년까지 늘려놓는 것을 비롯 국내 10여개 폭력조직을 일망 타진했다. 특히 한·중·일 연계한 중국거점 국제필로폰 밀조밀매단 3개파 64명을 적발, 한국을 거쳐 일본에 밀매하는 소위「백색의 삼각지대」를 형성하는 국제마약조직을 처음 확인하기도 했다. 홍콩 삼합회·일본야쿠자등 국제 폭력조직과 연계, 6개국 거점 국제마약 밀수조직 11개파를 적발하는가 하면 전북 김제소재 필로폰 비밀제조공장 현장을 최초로 적발하는 성과를 올리기도 했다. 구속한 조직폭력배만 2백 70명, 마약사범은 4백 11명에 이른다. 전주지검 시절에는 대명건설 배영식 전 회장을 사기혐의등으로 구속하는 것으로 1백억원대의 병원 할부금 사기 수사를 지휘했다.

사시 16회로 법무연수원 교관, 대검 검찰연구관, 대검 공안3과장, 서울지검 강력부장등을 거쳐 올 3월 전주지검에 부임했다. 충남서천 출신으로 대전고 성균관대를 졸업 했으며 부인 김윤주(47)여사와의 사이에 1남 1녀를 두고있다. 취미는 테니스.

전북일보 / 김준호 기자

1999. 1. 1

6장

검사의 궁극적 사명을 깨닫게 한 일선검사장 시절

훌훌 털고 떠나면 그 뿐

검사장으로 승진하면서도 몇 가지 우여곡절이 따랐다. 당시 검찰 인사를 앞두고 2000년 7월 10일자 문화일보가 1면 기사로 서울지검 산하의 지청장들이 모두 검사장으로 승진하게 되지만 서부지청장만큼은 승진 후보에서 탈락한 상태라고 기사를 내보낸 것이었다. 재경 지청장들이 검사장 승진 1순위로 꼽히는 것은 관례였으나, 유독 나만 제외되었다는 얘기였다. 동부와 남부, 북부, 의정부 등 다른 지청에서도 사법연수원 동기들이 지청장을 맡고 있을 때였다.

그 기사가 아니라도 나로서는 이미 각오하고 있었던 상황이다. 서부지청장을 지내는 동안 출입기자들에게 밉보인 나머지 불리한 기사만 연달아 보도되었기 때문에 승진에는 특히 불리한 처지였다. 나는 원칙대로 한다고 한 것이었는데 기자들의 반응이 너무 감정적이었다. 그렇다고 도중에 슬며시 후퇴하기에는 내 알량한 자존심이 허락하지를 않았다.

그뿐이 아니었다. 정치적으로도 너무 곤란한 입장이었다. 김대중 정부 출범 초기부터 정권 실세를 구속하였으니 승진을 바라기는 애초부터 무리였다. 거기에 검찰 윗선의 만류를 뿌리치고 장영자 구권화폐사기사건을 수사했고, 당시 서울시 간부로 재직하고 있던 이희호 여사의 실세 측근 인물을 구속수사한 일까지 있었다. 범죄정보기획관 시절의 정보사항에 대해서도 눈총을 받고 있었다. 정치권의 입장에서 본다면 승진 인사를 감안하지 않더라도 눈치가 모자라도 한참 모자란 일이었다.

구권화폐 사기 사건으로 구속 수감된 장영자 씨가 2000년 5월19일 서울지검 서부지원에서 호송차에 오르기 직전 자신도 피해자라고 항변하는 모습. 허영한 기자(조선일보 제공)

오죽하면 대검 간부로부터 "지청장은 조용히 기다리기만 하면 저절로 검사장으로 승진하게 되는데 왜 쓸데없이 문제를 일으키느냐."는 질책까지 받아야 했다. 아마 문화일보 출입기자가 그런 배경을 어디선가 주워듣고 심층 취재를 했던 모양이다. 나는 그 기사를 읽으면서 별의별 생각이 다 들었다. 이제 정말로 검찰을 떠날 때가 되었다는 생각이 몇 번이나 스쳐 지나갔다.

하지만 다행스럽게도 그런 불행한 사태는 일어나지 않았다. 나도 인사 발표에서 검사장 승진 대상자 명단에 함께 포함되어 있었다. 정말로 신문기사의 내용대로 승진에서 탈락하였다면 나는 여지없이 사표를 냈을 것이다. 평소 주머니에 깊숙이 넣어 갖고 다니던 것이 사표였다.

사실은, 내가 승진에 너무 등한한 것처럼 보였는지 주변에서는 청탁운동 좀 하라며 부추기는 사람도 없지 않았다. 순천지청 시절부터 알고 지내던 변호사 출신의 어느 감사위원은 "실력이 없는 사람도 정권 실세에게 잘 보여서 승진하는 마당인데 왜 높은 사람들을 찾아다니지 않느냐."며 마치 자기 일인 것처럼 나를 채근하기도 했다. 그보다 훨씬 전의 얘기지만, 서부지청 특수부장 시절에는 어느 건설업자로부터 당시 김영삼 대통령의 측근인 장학로 비서관을 소개해주겠다는 제의를 받은 일도 있었지만 단호히 거절했다.

그러나 나 스스로 인사 청탁을 한다는 게 도무지 내키지가 않았다. 남들이 알면 과연 어떻게 생각할까 하는 염려가 먼저였다. 인사에 집착하기보다는 언제라도 훌훌 털고 떠나면 그뿐이라고 생각했다. 본연의 임무에 충실했는데도 탈락시킨다면 그런 조직에 더 이상 몸을 맡기고 있을 필요도 없을 터였다. 어쨌든, 그러한 우여곡절을 극복하고 드디어 검사장으로 승진하게 되었던 것이니, 나로서도 기쁘지 않을 수 없었다.

법무연수원 기획부장／

나는 검사장으로 승진하면서 법무연수원 기획부장으로 발령을 받았다. 내가 미국 유학을 거쳐 순천지청 다음으로 발령받았던 근무처가 법무연수원이었고, 그 당시 상관으로 모셨던 정경식, 이건개, 정성진 검사장이 차례로 거쳐 갔던 자리가 바로 기획부장이었다. 그러나 그때만 해도 수원 시내의 동수원 호텔 근처에 위치하던 연수원 청사가 이미 지금의 용인시 구성읍의 새 청사로 옮겨가 있을 때였다.

법무연수원의 주요 업무는 검사 및 교도관을 포함한 법무부 직원들을 효율적으로 연수시키는 한편 연수제도의 개선안을 마련하는 것이었다. 그러나 연수 업무의 속성상 비슷한 교육과정이 대상자만을 바꾸어 계속 진행되기 마련이었으므로 크게 바쁠 일은 없었다. 검사로서 일단 수사 업무에서 벗어났다는 것만으로도 마음의 여유를 누릴 만했다.

나는 일선 검사들에게도 휴식을 겸한 재충전의 기회가 필요하다고 생각했다. 그래서 제안된 것이 안식년제였다. 검찰 충원 인원이 해마다 늘어나면서 고등 검찰청으로 발령을 받는 대상자가 덩달아 늘어날 만큼 인사적체 현상도 엿보이고 있었다. 따라서 대학 교수들처럼 안식년제를 도입하여 검사들을 외국 대학에서 재충전을 시킬 수 있다면 서로가 만족할 수 있을 것이었다. 미국 유학 시절의 내 경험도 새롭게 떠올랐다.

하지만 당시 검찰국장은 내 의견에 반대하는 입장이었다. 취지가 나쁘다는 게 아니라 외국에 유학을 보내려면 예산이 필요했지만 당장 예산을 확보할 방안이 없었던 것이다. 그러나 안식년제 유학 방안은 그 후임 검찰국장 때 성사되어 지금에 이르고 있다. 검사들이 짧게는 6개월, 또는 1년씩의 기간을 정해 외국 대학이나 사법기관에 연수를 다녀오고 있는 것이다. 나의 공로라면 공로라 할 수 있다.

특별검사제 연구로 받은 박사학위

검사장 승진과 함께 법무연수원 기획부장으로 발령받으면서 특별검사제도에 대해 본격적으로 관심을 기울일 수 있게 되었다. 성균관대 대학원에 제출할 박사학위 논문을 쓰기 시작했던 것이다. 비록 한시적일망정 수사 업무에서 벗어나 연수원에 몸담게 된 만큼 책을 들여다보며 논문을 쓰기에는 매우 적합한 환경이었다. 박사학위 논문제출 자격시험은 서부지청장 당시 벌써 통과해 있었다.

특별검사제에 대한 관심은 이미 미시건 대학에 유학했을 때부터 싹터 왔다고 할 수 있다. 내가 미국에 유학하던 1985~1986년 당시 미국 법조계가 이 제도의 연장 여부를 둘러싸고 논란을 거듭하고 있었기에 자연스럽게 쏠린 관심이었다. 닉슨 대통령의 워터게이트 사건을 계기로 후임인 포드 대통령을 거쳐 카터 대통령 재임 시절이던 1978년, 5년의 한시법으로 도입된 특별검사제도가 1987년 12월로 두 번째 시행기한이 끝나게 되면서 당시 레이건 대통령 정부에서 최대의 정치적 관심사로 떠오르던 터였다.

그때 유학을 마치고 돌아와서 이듬해인 1987년에는 검찰 논문집에 '미국 특별검사제도에 관한 소고'라는 제목으로 논문을 실었는데, 아마 그것이 특별검사제도에 관한 논문으로는 국내 최초였을 것이라 여겨진다. 아직은 국내에서 특별검사라는 용어 자체가 생소할 때였다. 그렇기에 특별검사라는 용어의 정확한 번역을 놓고도 상당히 고심을 해야 했다. 처음에는 미국에서도 'special prosecutor(특별 검사)'라는 용어를 사용했으나 다시 '독립 변호사(independent counsel)'라는 이름으로 바꿔 부르고 있었기 때문이다. 나는 결국 내 논문에 '특별검사'라는 용어를 사용했고 그것이 지금껏 이어져 내려오고 있다.

그렇게 논문을 발표했더니 대한변협의 어느 변호사가 내 논문을 인용해 그대로 써먹기도 했다. 1987년 민주화운동 과정에서 박종철 군 고문치사 사건이 발생하자 특별검사 임명으로 진상을 밝혀야 한다는 주장이 제기되기도 했는데, 그런 주장도 내 논문에서 비롯된 것이 아닌가 여겨진다.

그러나 박사논문은 거기서 한 걸음 더 나아가야 했다. 특별검사제도가 우리에게는 과연 어떻게 적용될 수 있는지를 따져보려는 데 그 초점이 맞추어져 있었다. 미국에서도 오랜 기간에 걸쳐 시행착오를 겪으며 실시되던 제도였으니 말이다. 특별검사법이 정식으로 만들어지기 전에도 관행적으로 비슷한 제도가 시행되었고, 정식으로 법이 제정되고도 1982년 첫 번째 5년의 기한이 연장되면서부터 백악관과 의회, 그리고 학계와 법조계 주변에서 위헌론이 대두되었던 것이다. 특별검사 임명권이 민주주의의 기본 원칙인 삼권분립을 침해하는 것이 아니냐는 논란이었다.

이런 식으로 논문을 쓰기 위해 필요한 자료를 모았더니 그렇게 부족한 편은 아니었다. 사과박스로 두 개에 이르는 분량이 모아졌다. 인터넷을 여기저기 뒤져가며 자료를 모은 결과였다. 특별검사제도에 관련된 미국 의회의 청문회 기록과 법학교수를 비롯하여 검사, 변호사 등이 쓴 논문들이 두루 포함되었다. 이러한 작업 끝에 완성된 것이 「미국 특별검사법의 헌법적 한계와 그 실효성에 관한 연구」라는 논문이다. 이 논문으로 2001년 8월 성균관대학에서 박사학위를 받게 된 것도 그렇거니와 특별검사제도를 다룬 박사논문으로는 국내 최초라는 점에서 은근히 자부심을 느낀다. 그리고 이 논문의 내용을 토대로 삼아 그해에 《미국 특별검사제도의 과거와 미래》라는 제목의 책도 연이어 발간되었다. 개인적으로 분에 넘치는 성과였다. 법무연수원에 몸담고 있었기에 망정이지 수사 업무에 관여하고 있었다면 꿈도 꾸지 못했을 일이다.

신설된 대검 마약부장으로

법무연수원 기획부장을 거쳐서는 대검 마약부장 직책을 받았다. 대검찰청에 마약부가 신설되면서 초대 마약부장에 발탁되었던 것이다. 서울지검 강력부장 시절 마약사범 수사에서 일대 선풍을 일으킨 바 있었기에 마약부가 새로 생긴다는 얘기가 떠돌면서부터 어느 정도는 예상하던 자리였다.

나는 마약부장 자리를 맡으면서 채동욱 부장검사를 휘하에 마약과장으로 발탁해 진용을 갖추었다. 내가 서울지검 강력부장을 맡고 있었을 당시에 수석검사로 손발을 맞추었던 민완 검사였다.

대검 마약과장은 정말로 중요한 자리였다. 국내 마약사범 수사부서를 총괄하여 지휘하고, 국제마약회의를 주관함은 물론, 국제회의에 자주 나가 국제마약거래의 국제공조수사를 이끌어내야 하기 때문이었다. 그래서 나는 마약수사에 정통하던 채동욱 검사를 마약과장으로 보임해달라고 검찰총장님에게 건의를 드렸다. 채 검사는 내가 서울지검 강력부장 시절 마약검사로 있으면서 한·중·일 연계 국제마약조직인 "화이트 트라이앵글" 수사를 주도하여 나와 호흡이 맞는 때문이었다. 그런데 그는 정치사건을 수사하다가 소위 '물을 먹고' 지방으로 전전하고 있을 때였다. 그를 다시 중앙무대로 끌어들이기가 쉽지만은 않았지만 검찰총장님을 끈질기게 설득한 끝에 낙점을 받아냈다. 나 자신에 대한 인사문제는 낯 뜨거워 꺼낼 수 없지만 훌륭한 후배 검사를 발탁하기 위해서는 무한대의 노력을 해야 한다는 것이 평소 나의 소신이었다.

대검 마약부의 역할은 그때나 지금이나 막중하고도 어렵다. 검찰은 물론 경찰에서 이루어지는 모든 마약수사를 관장해야하기 때문이다. 마약의 제조나 거래가 어둠 속에서 이뤄지기 마련이므로 수사가 더 어려울 수밖에 없다. 1990년 유엔이 지정한 '세계마약퇴치의 날'을 기념해 해마다 국내에서 마약퇴치국제협력회의(ADLOMICO)를 주관하기도 한다. 미국 마약청(DEA)의 한국 지부장과도 자주 만나 의견을 교환할 필요가 있다. 이러한 업무의 상당 부분을 채동욱 과장이 무리 없이 처리해 준 것은 물론이다.

이미 사회적으로 마약이 구석구석에 뿌려지고 있을 때였다. 지난날 그랬듯이 조직을 통해 거래되는 것은 마찬가지였지만 어느새 생활 속에 깊숙이 파고들고 있었다. 유흥가의 뒷골목뿐만 아니라 사무실이나 안방에서도 버젓이 마약 냄새가 풍겨나고 있었다. 그동안 유흥업소 종업원을 비롯해 연예인이나 재벌 2세 위주로 빠져들던 마약이 정상적으로 사회생활을 하는 직장인들에게까지 폐해가 확대되고 있었던 것이다.

그렇다고 처음부터 곧바로 단속활동에 들어가는 것은 무리였다. 더구나 마약부가 새로 신설된 마당이었다. 일단은 계도활동부터 벌이기로 했다. 마약에 빠진 것을 후회하는 사람들로부터는 자수를 받기도 했다. 한 순간의 유혹으로 마약에 손댄 사람들에게는 관용을 베푼다는 방침이 서 있었다. 나는 이 과정에서 마약퇴치 캠페인 광고에도 출연했다. YTN이 벌이는 마약퇴치 공익광고에 출연했던 것이다.

본격적인 단속은 그다음에 이루어졌다. 조직폭력배들의 마약거래는 물론 병원이나 약국 등 의료기관에서의 마약품 오남용 사례도 단속 대상이었다. 전국적으로 2,000여개에 이르는 의약품 도매상도 마찬가지였다. 마약류 의약품에 대해서는 관리에 특별히 신경을 써야 하지만 그렇지 못한 경우가 대부분이었기 때문이다. 심지어 전문의 가운데서도 병원에 보관중인 마약품으로 스스로 주사를 맞거나 하는 경우가 없지 않았다.

특히 의약분업이 실시되면서 마약류 의약품에 대한 처방이 급증하고 있던 추세였다. 내가 마약부장 자리에 앉아 있었던 2001년까지만 해도 마약류 의약품의 보험 급여비 청구액이 의약분업 실시 이전보다 줄잡아 4~5배 정도는 늘어난 것으로 집계되던 터였다. 마약 성분이 함유된 의약품이 그만큼 급속히 늘어나고 있었다는 얘기다.

그전까지 주로 대학병원이나 종합병원 등 대형병원 중심으로 이뤄지던 마약류 의약품의 판매 창구도 소규모 병원이나 약국으로까지 확산되고 있었다. 하지만 관리 상태는 엉망이었다. 걸핏하면 도난당했다며 얼버무리는 경우가 많았는데, 실제로는 그렇게 핑계를 대며 뒤로 빼돌린 경우도 적지는 않았을 것이다. 심지어 조직폭력배들이 야간 응급실에 들이닥쳐 당직 의사를 협박해 마약품 주사를 맞는 경우에 대해서도 보고가 접수되고 있었다.

가장 큰 문제는 마약단속 예산이 부족하다는 점이었다. 미국의 경우 마약청의 단속활동에 연간 80억 달러 안팎의 예산이 책정되는 것은 물론 수사과정에서 압류되는 모든 물자를 수사팀이 그대로 사용할 수 있도록 허용하고 있다. 남미와 동남아, 중동 등 세계의 마약조직을 상대로 단속활동을 벌여야 하는 필요성이 감안되었겠지만 우리의 처지와는 너무 비교가 되고 있었다.

북한의 마약 실태

대검찰청 마약부장을 지내면서 신경을 써야 했던 또 다른 사안은 북한의 마약 문제다. 그전까지만 해도 별로 눈길을 끌지 못하던 이 문제가 미국에서 갑자기 중요한 현안으로 떠올랐기 때문이다. 의회 청문회에서 주요 의제로 다루어진 것은 물론 주한미군 당국이 '한반도 안보정세 브리핑'을 통해 북한의 마약 실태를 공개하기도 했다. 북한에 있어 마약이 위조지폐나 미사일 기술과 함께 외화벌이의 중요한 수단으로 이용되고 있으므로 이를 철저히 단속해야 한다는 것이 미국 정가의 분위기였다. 당시 조지 W. 부시 대통령의 행정부가 북한을 제재하려고 내놓은 방안이기도 했다.

그때 미국의 정보당국은 북한이 연간 5억 달러 규모의 마약을 해외에 수출하는 것으로 파악하고 있었다. 아편 생산량은 세계 3위를, 헤로인은 6위를 각각 차지하는 것으로 발표되었다. 북한이 당국의 관리하에 아편을 대량으로 재배한다는 정황도 포착되었으나 경작지를 파악하기 위해 정찰위성을 동원하고도 그 증거는 찾지 못했던 것으로 알려지고 있었다.

실제로 북한산 마약은 99%의 높은 순도를 자랑하고 있었다. 뒷골목에 나도는 마약들이 대체로 90% 정도의 순도를 지니는데 비해서는 대단한 수준이었다. 일본이 주요 소비처였지만 국내에도 간혹 밀수된 사례가 있었다. 부산으로 들여오다가 압수된 적이 있었으니 말이다. 하지만 북한과의 미묘한 관계로 인해 공개적으로 발표는 하지 않고 조용히 넘어가야 했다.

당시 일본 당국도 북한산 마약이 일본에 밀수되고 있다는 사실을 발표하기도 했다. 북한이 계획적으로 마약을 생산하고 있다는 데 무게를 실은 발표였다. 우리의 입장에서는 이와 관련해 뚜렷이 할 수 있는 일은 없었으나 대검 마약부 차원에서 정확한 정보만큼은 확보하고 있어야 했다.

그러나 미국 정보당국이 제시한 숫자의 신빙성은 아무래도 의문이었다. 유엔이 발표한 자료에 따르더라도 아편은 미얀마를 필두로 아프가니스탄, 라오스, 콜롬비아, 멕시코 등의 순으로 생산된다고 하

2002년 7월 2일 대만 정부는 북한 군함으로부터 78kg 규모의 헤로인을 받아 대만으로 반입하려던 어선을 적발했다.(조선일보 제공)

면서도 북한은 순서에서 제외되고 있었다. 더구나 2002년의 유엔 보고서는 북한의 마약통제 입법과 정책이 적절한 것으로 평가를 내리고 있었던 것이다. 하지만 해외에서 입수된 정보를 기초로 하는 사실 판단에 있어서는 어디까지나 국가정보원이 주무기관이므로 검찰이 대외적으로 나설 일은 아니었다. 메스암페타민에 있어서도 1995년 독일로부터 제조시설을 도입하여 이듬해부터 생산이 시작되었고, 해외공관을 통해 밀거래 조직과 접촉하는 것으로 되어 있었다.

당시 미국 마약청의 한국지부장을 맡고 있던 크리스 브라우닝(Chris Browning)과는 긴밀한 협조관계를 유지하고 있었다. 그는 미국에서 대학교수를 하다가 마약청에 들어가 국제마약수사에 큰 공을 세웠다. 남미의 세계적인 마약 카르텔 조직을 수사하여 그 두목을 검거하기도 한 베테랑 수사통이었다. 그는 많은 국제마약정보를 제공해주었는데 그중에서 러시아 마약에 관한 것이었다. 러시아 마피아가 마약자금을 세탁하기 위하여 부산에 거주하는 러시아인들을 이용하여 마약자금을 일반 사업자금으로 세탁한 뒤 이를 타국으로 이전한다는 정보였다.

이를 토대로 계좌추적 등 많은 내사를 했지만 마약부장 재직 기간이 1년이라는 짧은 기간이었기 때문에 마약부장을 마치고 청주지검장으로 이동됨으로써 소기의 수사성과를 거두지는 못하였다. 크리스 브라우닝은 술도 잘해 밤새도록 같이 토론을 한 일도 있었다. 지금은 미국으로 돌아가 근무하고 있는데 가끔 보고 싶을 때가 있다.

다음은 대검찰청 마약부장으로 있으면서 국민일보와 인터뷰를 한 2001년 11월 12일자 내용이다.

> 전국 검찰청 마약수사팀을 총괄 지휘하는 대검 마약부장 서영제 검사장은 12일 "마약범죄 퇴치는 공급을 철저하게 차단해 수요를 감축하는 것이 중요하다"며 "현재 우리나라에는 마약류 밀조가 없어진 대신 중국에서 히로뽕이 대거 밀수입되고 있어 중국 당국과의 공조가 필수적"이라고 밝혔다. 특히 밀수입되는 히로뽕이 대부분 중국으로 건너간 우리나라 히로뽕 제조업자들이 만든 것이기 때문에 양국간 공조는 그 어느 때보다 중요하다고 강조했다. 서 검사장은 "헤이룽장 성 등 중국 북부는 히로뽕 원료인 염산에페드린을 구입하기 쉽고, 조선족이 많아 신분을 위장하기도 좋은데다 단속이 한국만큼 심하지 않아 히로뽕 제조에 유리한 조건을 갖췄다"고 말했다. 서 검사장은 올 초 우리 검찰이 중국 공안부 소속 마약담당 금독국과 공조, 우리나

라 히로뽕 수요의 50%를 공급하던 김동화 일당을 검거한 것을 비롯하여, 현재 양국 공조로 여러 건의 수사가 진행되고 있다고 밝혔다. 하지만 전통적으로 마약거래를 기피하던 폭력조직이 마약거래에 나서고 있는 점을 검찰은 크게 걱정하고 있다. 서 검사장은 "폭력조직이 마약에 개입하게 되면 공급부터 소비까지 체계를 갖춰 마약확산을 막기 힘들 뿐 아니라 마피아나 야쿠자 등 해외 폭력조직과 결탁할 경우 수사가 더욱 어려워진다."고 말했다. 한편 히로뽕 외에 야바, LSD, 엑스터시 등 환각효과가 높은 신종마약이 젊은 층에 급속하게 퍼지는 것에 우려를 나타낸 서 검사장은 "젊은이들이 단순한 호기심에 끌려 마약에 접근하는 것이 문제"라며 "신종 마약사범에 대해서는 일반 마약사범보다 구형을 배로 올리고 있다"고 말했다. 그는 "지금까지 구속수사를 원칙으로 한 마약사범 수사는 앞으로 치료와 재활 쪽으로 방향을 돌리고 있다"며 "단순 투약자는 불구속한 뒤 치료센터에서 치료받는 조건으로 기소를 유예하고 있다"고 말했다. 교도소에 공중보건의를 둬 중독자를 치료하는 방안과 마약사범에 대한 획기적인 교정정책을 검토하고 있다는 그는 "결국 마약퇴치에 대한 국민적 관심만이 마약 없는 사회를 만들 수 있다"고 덧붙였다. 서울지검 강력부장 시절 마약류 사범을 거의 일망타진하다시피 해 마약수사의 전문가로 알려진 서 검사장은 중국과의 공조수사를 보다 효과적으로 진행하기 위해 최근에 중국어 공부를 시작할 정도로 마약퇴치에 공을 들이고 있다.

그 당시 에피소드가 하나 있다. 그해 12월 연말이었다. 목포지청장이 연말 선물이라고 광어 한 마리를 검찰총장님께 보내왔는데 얼마나 큰지 무려 무게가 24kg이나 되었다. 이를 일식집에 맡겨 요리를 하도록 하고 대검 간부 50여 명이 저녁 회식을 하였는데 다 소비하지 못할 정도였다. 그 당시 일식집 주인은 자기 평생 이렇게 큰 광어는 처음 보았다고 하면서 이것은 혹시 '영물(혼이 들어있다는 뜻으로 해석한다)'이 아닌가 생각된다고 하였다. 그 이듬해 초 그 검찰총장님은 '이용호 게이트'사건 때문에 사퇴하시게 되었다. 그 영물이 장난을 친 것이 아닌가 하고 끔찍한 생각도 들었다. 열심히 일하시던 총장님이었는데 너무 안타까웠다.

대검찰청 마약부장 시절 세계 검찰총장대회가 열린 광쩌우에서 장쩌민 중국주석과의 만남

또 그 검찰총장님을 모시고 중국 광동廣東에서 개최된 세계 검찰총장 대회에 참석한 일이 있었다. 그때 강택민江澤民 주석의 연설도 듣고 악수도 나눈 일이 있다. 기골이 장대하고 얼굴에는 아우라가 비치는 것 같았다. 영어도 가끔 섞어가면서 유머를 하는 모습이 과연

중국 천자라는 확신이 들었다. 그 자리에서 스웨덴 검찰총장을 만났다. 우리 검찰은 권력의 주구로서 권한 남용한다고 비난을 받고 있다고 하였더니 그는 스웨덴도 예전에는 그러한 비난을 받았는데 옴부즈맨 제도를 도입한 후 그런 비난이 사라졌다고 했다. 검찰이 권한남용이나 편파적인 수사를 할 경우에 국회에서 선출한 옴부즈맨이 검찰총장을 조사하여 혐의가 있으면 형사기소를 한다는 것이다. 우리도 도입해 볼 만한 제도라고 생각한다.

대검 마약부장 시절에 국제마약회의에 자주 참석하곤 했는데 다른 나라 대표들은 20여 년간이나 같은 사람이 참석하고 있음을 보고 놀라웠다. 특히 미국이나 유럽에서는 마약수사 전문가로 지정이 되면 수십 년이 지나도 같은 수사를 계속하고 따라서 국제마약회의에도 그 사람이 계속 참석하면서 마약수사의 전문성도 확보하고 국제마약수사의 흐름이나 공조수사에도 공감대를 형성할 수 있다는 것이다. 우리도 본받아야 할 제도라도 생각한다.

또 나를 놀라게 한 일이 있었다. 내가 서울지검장 시절에 미국 마약청의 감찰 조사관이 면담요청을 하였던 것이다. 내가 서울지검 강력부장 시절부터 미국 마약청 한국지부장으로 가까이 지내던 크리스 브라우닝의 판공비 지급내역을 조사하기 위함이라고 했다. 그 지부장이 나와 저녁 식사를 수십 번 했는데 그것이 모두 사실인지 여부와 미팅의 이유가 무엇인지를 물어왔다. 업무상 이유로 만난 것이 사실이라고 대답했더니 고맙다고 하면서 만일 한번이라도 업무상 회식이 아니었으면 징계 회부하려고 했다고 알려 주었다. 마약청 일본 지부장도 판공비 유용혐의로 파면되었다는 것이니, 미국 공직자들의 업무자세에 대하여 얼마나 철저한 감시가 이루어지고 있는지 가히 짐작할 만했다.

한편, 마약부장 시절 특별검사제 도입에 대한 논쟁으로 검찰 내부적으로는 물론 정치권과도 극심한 마찰을 빚어야 했다. 나로서는 특별검사제에 대해 국내 처음으로 박사논문을 쓴 전문가로서 위헌 소지가 있는 문제를 그냥 덮어두고 넘어갈 수는 없었다. 삼권분립을 침해하는 소지가 다분했기 때문이다. 미국에서도 논란을 빚었던 문제다.

검찰 내부 통신망에 이러한 내용을 올렸더니 그것이 언론의 주목을 받게 되었고, 결과적으로 정치권의 벌집을 건드린 것이었다. 특히 당시 야당이던 한나라당의 반응은 민감했다. 대변인이던 모 의원은 논평을 발표하여 검찰이 의도적으로 특검제에 대응하고 있다며 비난을 퍼붓기도 했다. 내 개인적인 견해를 검찰 전체의 반발로 오해했던 결과다. 이에 대해서는 뒤에 자세히 소개하기로 한다.

시민단체와 등졌던 청주지검장 시절／

청주지검장으로 발령을 받은 것은 2002년 2월의 일이다. 제16대 대통령 선거를 앞두고 있던 무렵이었다. 검사장으로 승진하면서 법무연수원 기획부장으로 발령받았고, 그 뒤 대검 마약부장을 거쳐 다시 청주지검장으로 발령을 받았던 것이다.

청주지검은 그때나 지금이나 사건 처리에 있어 비교적 조용한 지역으로 꼽히는 지역이다. 관할 지역도 그리 넓은 편은 아니다. 충청북도에서도 청주시와 청원·진천·보은·괴산·증평 군이 직접 관할권으로 포함되어 있었고, 그 밖의 지역은 영동지청(영동·옥천군)과 제천지청(제천시·단양군), 그리고 충주지청(충주시·음성군) 등 3개의 지청이 각각 나누어 관할하고 있었다. 같은 대전 고검의 지휘를 받게 되어 있는 대전지검이 대전광역시와 충청남도를 관할하며 산하에 홍성·공주·논산·서산·천안 등 5개의 지청이 설치되어 있는 것과도 비교가 되는 사실이다. 따라서 청주지검장은 검찰 내에서도 대체로 초임 검사장이 발령을 받아 나가는 자리로 여겨지고 있었다.

그러나 나는 청주지검에 부임하자마자 사건에 부딪치고 말았다. 특수전담 검사로부터 지역 언론사들의 횡포가 심하고 비리도 적지 않다는 보고를 듣게 된 것이었다. 그때 청주 지역에는 신문, 방송 등 적지 않은 언론사가 포진하고 있었는데 그 가운데서도 몇 개 회사가 특히 고질적이라는 보고를 받게 되었다. 이를테면, 토착비리라는 것이었다.

내 전임자들도 그런 사실을 파악했겠으나 차일피일 처리를 미루다가 그냥 떠나가곤 했던 모양이다. 아무리 한갓진 지역이라지만 언론사들과 부딪쳐 봤자 이로울 게 전혀 없기 때문이었다. 하지만 나는 당장 사건을 처리하도록 지시를 내렸다. 모든 문제는 내가 책임지겠다고 했다. 이미 서부지청장 시절 출입기자들과 대립하면서까지 버텼던 경험도 큰 버팀목이 되어 주었다.

© 김도원 화백(조선일보 제공)

조사를 벌인 결과 D신문의 C사장에 대한 혐의가 드러났다. 기업들의 광고를 게재하는 과정에서 금품수수가 있었던 것이다. 담당 검사는 범죄혐의가 확실하다고 하면서 영장 청구를 건의하기에 그렇게 하도록 지시했다. 그런데 그가 당시 대선을 앞두고 김대중 대통령의 새천년민주당 노선을 좇아 노무현, 정동영, 김근태 등과 함께 대통령 후보 자리를 놓고 경쟁하던 L의원의 동서라는 점이 문제였다. 혐의에 관계없이 파장이 작을 수가 없었다. 더구나 지역에 기반을 둔 언론사 사주라는 점에서 반발이 더했다.

그를 구속 처리하자 또 다른 지역 언론사인 C사도 비슷한 혐의가 있다고 보고를 해왔다. 어느 시민단체 활동가가 대표를 맡고 있는 언론사였다. 내사를 해보니 역시 문제점이 드러났다. 그에 따라 C사의 대표도 연달아 구속 조치되었다. 그랬더니 이번에는 청주 D대학교의 K총장도 범죄에 연루되었다고 보고가 올라왔다. 서울의 명문대학교를 졸업한 분으로 나에게는 개인적으로 고교 선배이기도 했으나, K총장도 당연히 구속 조치되었다.

그렇다고 그것으로 끝나지 않았다. 서울의 H신문이 '청주지검 왜 이러나'라고 사설까지 쓰면서 청주지검이 언론탄압을 한다고 앞장서서 공격에 나섰고, 청주지역의 시민단체들도 기회를 놓칠세라 검찰청 앞에 몰려들어 시위를 벌이기에 이르렀다. 언론사 사주를 구속했으니 분명한 언론탄압이라는 게 그들의 주장이었다. 언론사 사주는 잘못을 해도 그대로 놔두라는 논리나 다름없었으니, 말도 안 되는 얘기였다. 시위는 무려 두 달 동안이나 이어졌다. 시민단체 대표들은 심지어 대절버스로 서울에 올라가 서초동 대검청사 앞에서까지 시위를 벌이기도 했다. 졸지에 내가 언론탄압의 장본인으로 몰리게 됐던 셈이다. 중앙의 주요 신문들도 이를 앞 다투어 보도하기 시작했다.

이렇게 되니 검찰 지휘부에는 마땅치 않은 분위기가 퍼지게 되었다. 공연히 벌집을 쑤신 게 아니냐는 얘기도 나돌았다. 검찰총장이 직접 전화를 걸어와 나에게 잠시 자리를 비우고 휴가를 다녀오는 게 어떠냐고 권유했을 정도다. "내가 모두 책임질 테니 걱정 마시라."고 답변할 수밖에 없었다.

그동안 소신을 굽혀서 일해 본 적이 없었기에 그 정도에서 물러날 수는 없는 일이었다. 개인적인 소신 여부를 떠나 언론사와 시민단체들이 집단적으로 항의를 한다고 수사를 자제하는 것은 사회정의를 구현한다는 검찰로서 결코 올바른 자세는 아닌 것이다.

국민의 세금으로 봉록을 받는 검사장으로서는 법률에 규정된 대로 임무를 수행해야 하고 사적인 감정이나 의도를 가지고 사건 처리를 좌우해서는 안 된다. 공인으로서의 검사장의 직무를 철저히 해야 되고 사인으로서 "나"라는 존재는 억누르고 억눌러야 한다. 그러다 보니 그 당시 수사대상이 된 분들에게는 개인적으로는 대단히 미안하고 송구스러운 마음을 금할 수가 없다. 검사라는 직업의 어려움이 여기에 있음을 다시 실감하게 되었다.

당시 특수담당이던 정동민 부장검사(그후 검사장으로 승진하여 근무하다가 퇴직하였다)와 온성욱 검사, 김도훈 검사가 수사를 담당했다. 이들은 검찰에서 특수수사로 이름을 날린 바 있는 베테랑 수사검사들이었다. 검사장이 휘하 검사들로부터 특정인이 범죄혐의가 있다는 보고를 받고도 이를 수사하지 않는다면 이는 검사로서 직무를 유기하는 것이다. 수사대상이 누구냐에 따라 수사착수 여부를 선별하여 결정한다면 검사의 수사권 남용이요, 법률위반 행위를 하는 것이다. 물론 수사대상이 언론사나 정치권, 또는 거대기업의 경우 수사착수 여부를 결정하기가 어려울 수도 있다.

그러나 검사는 언제든지 사死 즉 생生의 심정으로 누구든 어떤 범죄라도 일단 수사를 개시해야 한다. 다만 그 수사는 절대로 악의적인 목적, 즉 범죄 증거가 없어도 이를 조작하거나 허위증거를 만들어 범죄혐의를 뒤집어 씌워서는 절대로 안 되고 또한 범죄 단서를 찾을 가능성이 없음에도 불구하고 무차별적으로, 무한대로 수사를 확대하는 것은 금물이다. 그 당시 특수담당 검사들로부터 언론사의 범죄혐의를 보고받고 언론사이니 수사를 하지 말라고 지시할 수도 없고 그렇게 한다면 검사장의 수사지휘권 남용이라고 밖에 할 수 없었다.

결국 시민단체들의 반발은 그런 식으로 이어지다가 슬며시 끝나고 말았다. 하지만 그때 대선에서 시민단체의 지원에 힘입어 당선된 노무현 대통령이 취임하면서 나에게 상당한 심적인 부담으로 작용하게 되었음은 앞에서 설명한 바와 같다. 오죽하면 옷을 벗어야 되는 게 아니냐는 생각이 들 정도였으니 말이다. 나에게는 하나의 중대한 고비였다.

대인기피증 처신으로

청주지검장 시절 나는 외부 인사들과는 거의 접촉하지 않고 지냈다. 남들이 볼 때는 가히 결벽증이라 할만 했다. 그러나 사람을 만나다 보면 가깝게 어울리게 되고, 어울리다 보면 자연스럽게 청탁이 오가게 되는 법이지 않는가. 아무리 조건 없이 만난다고 해도 검사장이 누구와 만나서 식사를 했다는 소문만으로도 오해를 살 소지가 적지 않다고 생각했다.

한번은 당시 충북지사님으로 계시던 이원종님이 식사를 같이하자며 지역 공관장들을 초청했으나 "바빠서 죄송하다."고 인사만 하고는 초청을 뿌리친 일까지 있었다. 그분은 한 때 서울시장을 지내신

이원종 전 충북지사(조선일보 제공)

분으로 충북지사로 내려와 있을 때의 얘기다. 지역 공관장을 초청하는 자리라면 검사장과 법원장, 경찰청장, 보안사 지구대장에 지역 언론사 대표들이 두루 참석할 텐데 그들과 자주 만나다 보면 공정한 조사가 이뤄질 수가 없을 터였다.

더욱이 언론사 사주들과 D대 총장을 구속하는 등 토착비리 수사에 박차를 가해나가고 있던 무렵이었다. 그 직전에도 충북지사를 지낸 J 모 씨가 업자로부터 교제비 명목으로 수천만 원을 받은 혐의가 적발되기도 했다. 이런 상황이었으니, 지역 유지들 사이에서 "도대체 검찰이 점령군이냐."라는 불만이 제기됐던 것도 이해할 만하다. 그 당시 지역유지 등이 검찰총장을 찾아가 항의하기도 했다. 그 당시 검찰총장은 나에게 "왜 그렇게 지역사람들과 식사도 안하고 특이하게 구느냐"고 질책성 전화를 하기도 했다.

그 당시 충북지사님과는 지사 자리에서 물러난 뒤 몇 차례 만나기도 했으나 현직에 있을 때는 거의 만나지를 않았다. 당시 충북지사님은 서울특별시장시절부터 행정의 달인으로 알려져 있고 충분히 충북지사로 재선 가능성이 열려 있음에도 불구하고 아름다운 퇴장을 하신 분으로, 언론으로부터 칭송을 받던 분이다. 이분에게 너무 무례한 행동을 한 것 같아 그 후 많은 사과의 말씀을 드린 적이 있다.

내가 뒤에 서울지검장에 임명되어 바깥사람들과 거의 접촉을 끊은 것도 바로 그런 까닭이었다. 오죽하면 동생이 찾아왔을 때도 청사 현관에서 전화로만 통화하고 돌려보내야 했을까. 하지만 그동안 어떠한 스캔들이나 리스트에도 내 이름이 거론되지 않은 것은 그런 결과라고 자부한다. 이러한 처세로 인해 검찰 내부에서 출세가 더뎌지고 불이익도 많이 받았지만 소위 마당발이라 불리던 사람들보다는 훨씬 떳떳하다.

나의 이러한 처신을 두고 옳으냐 그르냐 하는 양론이 있을 수 있겠으나 적어도 일선 검사들을 지휘하는 검사장의 위치에서는 의당 그렇게 해야 한다는 게 내 생각이다. 그렇지 않으면 수사가 연줄과 눈치에 치우친다고 여겨질 것이기 때문이다. 검사장으로서 지역 유지들과 어느 정도는 소통할 필요가 있지 않느냐는 반문도 가능하겠지만 그것은 어디까지나 행정 공무원들의 역할일 뿐이다. 비리의 감시자로서 검찰의 역할은 전혀 아니라고 생각한다.

그래도 뒤늦게나마 내 입장을 이해해주는 사람이 있어서 다행이었다. 당시 언론사들과의 마찰로 인해 기독교방송의 이재천 본부장과 청주 MBC의 지석원 사장도 처음에는 항의 대열에 합류했으나, 점차 내 뜻을 이해하고 나중에는 내 편이 되어 주기도 했다. 이재천 본부장은 뒤에 기독교방송 사장에 오르고 나서 기독교방송 재도약의 발판을 마련하시고 연임까지 하셨다.

내가 서울지검장으로 부임한 지 2~3개월이 지난 후 청주지검에 큰 사건이 터졌다. 청와대 비서관 양길승 씨가 청주에 내려와 K나이트클럽 관계자와 만나는 장면을 청주지검 검사가 몰래카메라로 찍은 사건이었다. 이 사건으로 인해 그 검사는 구속되었고 그 여파로 지검 검사들과 청주 지역민들과의 유착관계가 언론에 일제히 보도되기 시작했다. 서울의 D언론사 기자가 나에게 와서 "청주지검장으로 계셨으니 불똥이 튀지 않겠느냐."고 걱정해주었을 정도다.

두문불출로 지역 주민들과의 접촉 단절이라는 나의 사생활 원칙을 이야기하고 아무런 연관이 없으니 한번 심층 취재해보라고 자신 있게 말했다. 그 뒤 청주지검 사건이 수개월간 계속되는 동안에도 언론에 내 이름은 단 한 번도 언급되지 않았다. 검사는 사생활의 활동범위를 대폭 줄이고 속세를 떠난 수도승과 같은 심정으로 근무해야 한다는 것은 지금도 변하지 않는 소신이다.

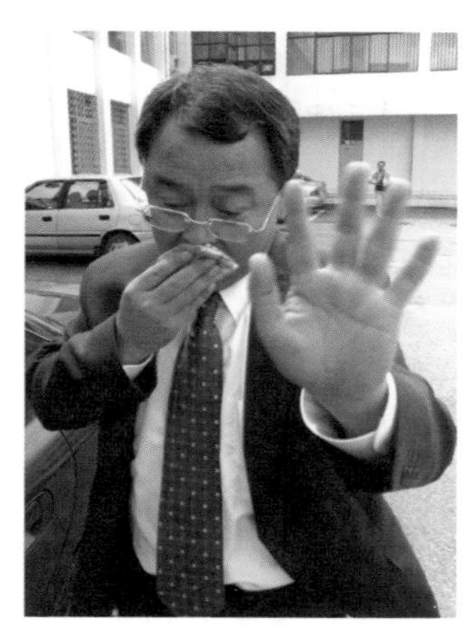

2003년 8월 양길승 전 청와대 부속실장이 청주지검에 출두하고 있다.(조선일보 제공)

사건 처리와는 별도로 청주지검 별관을 새로 지은 것도 기억에 남아 있다. 부임해보니 청사가 낡은데다 사무실이 비좁아 너무 불편했다. 검사실만 해도 조사를 받으려고 불려온 피의자가 제대로 앉을 만한 자리가 없는 경우조차 있었다. 검사와 입회계장, 그리고 사무보조 여직원은 그런대로 책상에 자리를 차지하고 앉아 있는 상태에서 아무리 피의자일망정 조사받는 사람을 한참 동안이나 세워두어야 하는 모습은 아무래도 보기에 딱했다. 각 방마다 비치된 컴퓨터도 서로 복잡하게 줄이 연결되어 있어 걸려 넘어지거나 자칫 화재사고 우려까지 제기될 정도였다.

나는 청주지검 청사를 새로 지어야 한다고 법무부와 대검에 정식으로 건의했다. 현황 문제점도 보고서로 꾸며 함께 올렸다. 과거 강경지청 구치소를 지을 때처럼 이번에도 비디오를 찍어 건의 서류에 첨부했고, 결국 법무부로부터 최종 승낙을 받아내고 말았다. 다만 청사를 완전히 새로 짓는 대신에 기존 청사의 옆쪽으로 있던 테니스장을 뜯어내고 별관을 신축하기로 결정을 보았다. 그나마도 대단한 성과였다.

그런데 최종 승낙이 떨어지고도 예산은 감감무소식이었다. 관청의 업무라는 게 늘 그렇고 그런 법이지 않는가. 하지만 어차피 결정이 이뤄졌고, 따라서 조금 늦어지더라도 예산이 내려올 것이 틀림없다면 외상으로 공사를 진행해도 무방하리라 여겨졌다. 그래서 일단 공사에 착수했고, 이렇게 시작된 공사가 모두 끝나기까지는 한 달 남짓밖에는 걸리지 않았다. 조립식 공사였기에 그렇게 오래 걸릴 일도 아니었다. 청주지검의 숙원 하나가 거뜬히 해결된 것이었다.

나는 고소사건에 있어서도 민원처리 담당 관제를 새로 도입했다. 일반직 과장님들이 직접 중요 고소사건을 처리하는 것이 좋겠다는 생각이었다. 풍부한 수사경험과 경륜으로 고소인과 피고소인을 직접 대하게 되면 이들을 쉽게 설복시킬 수 있기 때문에 수사 효율이 크다고 생각했다. 중요 고소사건은 각 과장님들에게 직접 배당하여 처리하도록 했다. 검사들도 처음에는 그다지 내키지 않는 분위기였지만 내 뜻을 받아들여 주었다. 문제의식을 갖고 일을 찾아내는 자세가 중요한 법이다.

내가 점심시간이면 대체로 구내식당에서 부하 검사들과 식사를 함께하면서 많은 대화를 나누었던 것도 당면 문제점을 찾아가는 하나의 방법이었다. 물론 처음부터 그런 의도를 갖고 구내식당을 찾은 것은 아니었으나 결과는 소통으로 나타났다. 가급적 바깥출입을 삼가는 편이었으므로 점심을 구내식당에서 해결하곤 했던 것이다. 서부지청장 시절부터의 습관이었다.

하마평으로만 끝난 검찰총장／

청주지검장을 지내다 서울지검장으로 파격적으로 발탁된 것은 나로서도 뜻밖이었다. 노무현 대통령 정부가 출범하면서 검찰 조직을 개혁하겠다는 의지가 발휘되지 않았다면 도저히 있을 수 없는 일이었다. 법무장관에 판사 출신인 강금실 변호사를 임명한 것부터가 그런 뜻이었을 것이다. 나로서도 소신껏 서울지검장 임무에 최선을 다했다고 자부한다.

하지만 서울지검장을 마친 이후의 나의 행로는 그렇게 내세울 만하지 못하다. 개인적으로는 오히려 수치스러울 정도다. 1년 반 동안의 서울지검장 당시의 명예가 부담스럽기만 하다. 그것이 지금의 내 솔직한 심정이다. 사실은 서울지검장을 맡을 수 있었던 자체가 돌발적인 상황이었다. 정치적 연줄이 전혀 없었던 나로서는 상상도 안 되는 결과였다. 물론 내가 모르는 어떤 작용이 발동되었을 수도 있다. 노무현 정부 당시 내 뒤로 서울지검장을 거쳐 갔던 분들의 면면을 살펴보아도 내 경우는 예외적이었다 할 만하다. 내가 검찰을 떠난 뒤에 서울신문에 보도된 2007년 3월 7일자 내용도 그것을 말해주고 있다.

> 참여정부 첫해 취임한 서영제 서울중앙지검장만이 충남 서천 출신이었을 뿐 뒤를 이은 이종백, 임채진 검사장과 5일 새로 취임한 안영욱 검사장까지 모두 PK(부산·경남)출신이자 부산고 동문 인맥이 자리를 굳혔던 것이다. 특히 임채진 검사장 후임으로는 관행에 비춰볼 때 후배 기수가 임명됐어야 하는데도 사시19회 동기인 안 검사장이 임명된 것도 매우 이례적이다.

2003년 3월 청와대에서 열린 법무부 업무보고 때 노무현 전 대통령과 강금실 전 법무장관이 회의 장소에 들어서고 있다. (조선일보 제공)

내가 서울지검장을 마치고 대전고검장으로 발령을 받은 자체도 그러했다. 그것은 거꾸로 예외적인 경우였다. 서울지검장을 대전고검장으로 보낸 것은 전례가 거의 없는 일이었다. 예우상의 문제였다. 내가 인사에서 대접을 받지 못해 섭섭하다는 게 아니라 검찰 인사의 일관성이 없음을 안타까워하는 얘기다. 그때의 인사에서 연수원 후배 기수들이 부산고검장과 대구고검장으로 각각 발령 난 것과도 비교가 되고 있었다. 같은 고검이라 해도 대전이 부산이나 대구보다는 격이 떨어질 수밖에 없었다.

돌이켜보면 서울검사장으로서의 업무 수행도 결코 평탄하지는 않았다. 검찰 내부에서도 은근히 견제를 받고 있었던 것이다. 대전고검장으로 발령 나고 나서 즉각 사표를 내려고 했으나 여러 곳에서 만류하고 나섰다. 어느 기자가 찾아와 사표를 낸다는 것이 사실이냐고 물어오기도 했다. 사표를 내면 인사 불만으로 사표를 낸 것이라고 신문기사가 쏟아질 터인데 검찰 조직으로나 내 개인으로나 적잖은 부담이 되지 않겠느냐는 우려였다. 나는 결국 물러설 수밖에 없었다.

그런 가운데서도 검찰총장 인사 때마다 꾸준히 물망에 오른 것은 의외였다. 아마 서울지검장을 지낸 경력 때문일 것이었다. 2005년 송광수 총장이 물러나게 되면서 후임자를 발탁하는 과정에서도 신문들은 나를 가장 유력한 후보 중의 한 명으로 거론했다. 당시 시사저널의 J모 기자도 나에게 "노무현 대통령을 만났는데, '다음 총장은 서 검사장이 되어야 한다'는 투로 언급했다."고 알려 주었다. 노무현 대통령이 그동안의 주류 언론 위주에서 벗어나 인터넷이나 잡지 매체들을 폭넓게 정책 홍보에 이용하고 있을 때였다. J모 기자는 대검 마약부장 때부터 취재차 가끔 찾아오곤 했다.

나의 인사 문제는 결국 하마평으로만 끝나고 말았다. 그리고 김종빈 검찰총장 체제에서 대구고검장으로 발령을 받게 되었다. 하지만 또다시 형평성이 문제였다. 대검 차장과 서울고검장에는 모두 나의 후배기수가 임명되었다. 나에게는 옷을 벗고 나가라는 얘기나 다름없었다.

나도 사표를 내는 것 밖에는 방법이 없다고 생각했다. 이번에도 여러 곳에서 만류하고 나섰다. "인사가 발표되고 바로 나가면 말이 많아질 것"이라고 우려를 나타냈다. 나는 사표를 제출하는 대신 대구고검 청사로 출근하지를 않았다. 그 기간이 대략 한 달 동안이나 이어졌다. 마침 건강 상태도 좋지 않았다. 그 기간을 틈타 모처럼 건강검진도 받을 수 있었다. 정상적인 방법은 아니었지만 내 자존심을 지키는 방법이었다.

김종빈 총장이 강정구 교수 사건과 관련하여 수사지휘권 문제로

6개월 만에 사의를 표명하고 물러났을 때도 나는 다시 그 후임자로 거론되었다. 그때는 동기 중에서 검찰 내부에 남아 있었던 것은 법무연수원장이던 임내현과 나 두 명뿐이었다. 당시 법무부 간부 중 S 모 씨가 어디서 들었는지 "이번에는 장관의 추천으로 무게 실렸으니 틀림없이 총장에 발탁되실 것"이라고 귀띔해주기도 했다.

그러나 뚜껑이 열린즉슨 총장 낙점자는 나의 후배기수였다. 그동안 나는 들러리에 지나지 않았다. 나는 다음날로 사표를 제출하고 말았다. 더이상 우물쭈물할 일이 아니었다.

대구고검장 퇴임사／

물러나는 마당에 나는 홀연히 떠나고 싶었다. 퇴임식 자체가 구차스러웠다. 몇 마디 군더더기로 퇴임사를 남긴다는 것도 그다지 의미가 없어 보였다. 그러나 내 심정을 알아차렸는지 사무국장이 퇴임사를 남기지 않으면 모양이 너무 어색해진다며 은근히 권유하고 나섰다. 딴은 그럴 것이었다. 그 모양새 때문에 지금까지 자존심을 죽이며 눌러앉아 있었던 게 아니던가.

나는 즉석에서 메모지를 꺼내들고 끼적이기 시작했다. 몇 줄을 적어 내려가다 보니 초임검사 시절부터의 온갖 사건들이 그야말로 주마등처럼 스쳐지나갔다. 눈을 감았더니 나도 모르게 눈물이 흘러내렸다. 차라리 엉엉 목 놓아 울고 싶었다. 내가 도대체 무엇을 위해 살아왔단 말인가. 사회정의를 위한 명예인가, 아니면 개인의 공명심이었는가.

그러나 그 어느 쪽이든 간에, 적어도 내 개인의 이권을 위해 일하지 않은 것만은 자신 있게 말할 수 있다고 생각했다. 혹시 남들에게는 내가 검사장까지 지내며 호강을 누린 것으로, 호의호식을 즐긴 것으로 비쳐졌을지 모르겠으나 전혀 그렇지 않다. 이권청탁 한번 없었고, 돈 한 푼 얻어 쓴 적이 없었다. 마침 집무실에서 입고 있던 낡아빠진 점퍼에 눈길이 미쳤다. 검찰에서 단체로 나누어준 야근 복으로, 무려 15년 동안이나 입은 것이었다. 물이 빠지고 실밥이 터져나가 초라해진 모습이 마치 내 신세를 대변해주는 것만 같았다.

낡은 점퍼 속 이야기를 풀어내니 퇴임사는 자연스럽게 쓸 수 있었다.

> 사랑하는 전국의 검찰 여러분,
> 제가 서울지검에 초임검사로 임명되었을 때 우리나라는 사람의 정부가 아닌 법의 정부(a government of laws and not of men)가 통치하는 사회로서 서구식 법치주의가 완벽하게 실현되어야 한다는 이상을 가지고 검사 생활을 시작 하였습니다. 그 후 그런 이상을 추구하면서 때로는 부딪치기도 하고, 원망의 대상이 되기도 하고, 어떤 때는 무엇인가 해냈다는 자기 합리화로 뿌듯함에 젖어 미소 짓기도 하면서 28년간의 검사 생활을 마치게 되었습니다.
> 또 한편으로는 누구나 법 앞에 평등하고 '법의 지배(rule of law)'가 구현되는 사회를 실현한다는 미명 아래 혹시나 구체적 타당성을 소홀히 하여 인권유린과 같은 우를 범하지는 않았는지 걱정이 앞섰습니다. 하지만 저는 그동안 수많은 구속사건을 수사함에 있어 수사는 검사가 하는 것이 아니라 법이 하는 것이고, 사람을 수사하는 것이 아니라

범죄 사실을 수사하였을 뿐이라고 자위하고 있습니다.
이제 무엇보다도 더욱 저의 가슴을 메이게 하고 허탈감에 빠져들게 하는 것은 정말 반평생의 검찰 생활에서 남은 것은 아무것도 없다는 것입니다. 1990년 대검찰청에서 검사들이 야근할 때 입으라고 사준 점퍼를 15년 넘게 입고 있는 저의 모습을 생각해보았습니다. 실밥이 터지고 천이 다 닳아진 이 점퍼를 무엇이 좋다고 지금까지 입고 있었는지 저 역시 잘 모르겠습니다만 기나긴 검찰 생활을 마친 지금 유일하게 남아 있는 것은 이 점퍼뿐입니다.
저의 검찰생활은 이 누더기 같은 점퍼의 형상처럼 비참한 몰골로 끝나 버린 것이 아닌 가 자탄해 봅니다. 28년 전 장밋빛 희망을 가득히 싣고 들어온 저의 '검사 수레'에는 텅 빈 채로 누더기 점퍼만 실려 있습니다. 그러나 다시 한 번 생각해보았습니다. 이 같은 허탈감은 아마도 제가 무언가에 욕심과 욕망을 두고 있었다는 반증이 아닌가 하고 말입니다. 언제나 '변하지 않는 나'를 상정하고 스스로 '변하는 나'를 거부해온 것은 아닌 가 반성해 봅니다.
이제 바그너 오페라의 빼앗긴 니벨룽의 반지가 수많은 우여곡절 끝에 그 원주인인 라인 강의 처녀에게 돌아가듯이 저의 검찰 반지도 검찰에 반납하게 되었습니다. 이제는 새로운 인생으로 부활하여 새 세상을 살아야겠습니다. 이제는 보이는 것보다는 보이지 않는 것에 가치를 두고 살아야 할 것 같습니다.
인생을 가장 보람 있게 사는 것은 사랑을 베푸는 것이고, 사랑을 베푸는 가장 좋은 방법은 시간을 할애해주는 것이고, 사랑을 베푸는 최적의 시간은 바로 지금(The best use of life is to love, the best expression of love is time, and the best time to love is now)이라고 가슴에 새겨두고 떠납니다. 이렇게 생각하니 저의 빈 수레에 실린 저의 점퍼는 이제 더 이상 누더기가 아니고 저의 부활의 상징으로서 새삼 아름다워 보입니다.

마지막으로 Teddy Roosevelt 대통령의 명언을 소개하고 퇴임사를 마치고자 합니다.

"나는 먼지와 땀과 피로 얼룩진 얼굴로 전쟁터에서 싸우는 병사를 사랑한다(I love the men in the arena, whose face is marred by dust and sweat and blood)."

2005년 11월 21일 대구고등검찰청 검사장 서영제

당시 동아일보와 국민일보, 연합뉴스 등은 2005년 11월 23일자로 나의 퇴임사를 소개하면서 다음과 같은 취지로 보도했다.

그는 참여정부 출범 후 첫 서울중앙지검장으로 재직하며 굿모닝시티 사기분양과 대우건설 정치권 로비 등 주요사건을 매끄럽게 처리해 한 때 검찰총장 후보군에 포함됐던 인물. 검찰 내에서는 이 퇴임사가 고검장의 퇴임사로 적합한가를 놓고 의견이 분분하다. 한 검사는 "남은 것이 낡은 점퍼 하나뿐이라는 서글픔과 허탈함이 나타나 있지만 검사가 추구해야 할 목표가 잘 표현돼 있는 퇴임사로 검사로서 자세가 솔직하게 표현돼 있다"고 의미를 부여했다. 물질적으로 어렵게 살아온 생활을 소개하면서도 이를 극복하고 이웃을 사랑할 줄 아는 자세의 중요함이 표현돼 있다는 것이다. 그러나 일부 검사들은 "물질적으로 충족하지 못한 허탈함을 퇴임사에 그대로 적어 오해의 소지를 남기는 것은 부적절한 퇴임사 아니냐"는 의견을 내놓기도 했다. 일부에서는 "김종빈 전 검찰총장 퇴임 후 차기 총장으로 거론되다 지명 받지 못한데 대한 아쉬움을 노골적으로 표현한 감이 든다. 고검장 퇴임사로는 부적절한 것 같다"고 평가절하하기도 했다.

물론 그렇게 오해할 수도 있을 것 같다는 생각도 든다. 하지만 그 당시 마음만이 아니라 신체적인 건강도 회복되지 않고 있을 때였다. 몸이 절반이나 쑤시고 아픈 것 같았다. 나름대로 의사로서 이름을 날리고 있는 동서들에게도 알리지 않고 서울대학병원에 진료를 받으러 다니고 있었다.

검찰 반지를 반납한다는 퇴임사의 구절이 착잡한 내 심정을 대변하고 있었다. 검찰의 반지가 따로 있는 것은 아니지만 모든 것을 내려놓고 떠나고 싶었던 것이다. 군법무관 시절을 제외하고도 28년간에 걸친 나의 검사 시절은 그렇게 속절없이 지나가 버렸다. 검사장 시절의 기억조차도 화려하지는 않았다. 오히려 십자가의 고난이었다. 다만 한 가지, 늘 소신을 지키며 처신하려고 애썼다는 것이 그나마 위안이었고, 마지막 자존심이었다. 그것이 지금껏 나를 지탱해준 마음의 기둥이었다.

"자네, 총장 되지 못한 것 아마 2년 동안은 가슴에 남을 걸세"라는 정성진 전 법무부 장관님의 위로도 마음에 남아 있다. 마지막까지 검찰총장 하마평만 나돌다가 퇴임하게 되자마자 그분이 나에게 밥을 사겠다며 시내 음식점으로 불러내 건네준 위로였다.

한동안은 모든 것이 서운했다. 세상이 원망스럽기도 했다. 그러나 지금은 벌써 그러한 기억도 멀찌감치 잊혀져 버렸다. 하지만 우리 검찰 역사의 어느 한 페이지에는 내 이름이 새겨진 반지가 먼지에 덮인 채로 남아 있을 것이다. 서서히 잊혀져가기는 하더라도 내 인생의 중요한 기록임에 틀림없다.

대구고검장 시절 하나 잊혀 지지 않는 것이 있다. 허탈한 마음을 달래기 위해 미국의 유명한 목사인 릭 워런(Rick Warren)이 지은 《The Purpose - Driven Life(목적이 이끄는 삶)》라는 책을 탐독했던 일이 있다. 인간은 태어날 때부터 무엇인가 일생동안 달성해야 할 목적이 주어져 있다는 내용의 책이다. 미국의 흑인 살인범이 재판을 받다가 판사와 검사를 총으로 난사하여 살해하고 도주하다가 어느 외딴 집에 들어가 혼자 살고 있는 여인을 감금하고 숙식을 하고 있었다. 그런데 그 여인은 이 책을 읽어주면서 "당신도 살인범이긴 하지만 무언가 하나님이 주신 인생의 목적이 있을 것이다. 아마도 당신이 교도소로 들어가면 수많은 범죄자들을 교화시키라는 목적이 당신에게 주어졌을 수도 있고 이것이 바로 하나님이 당신을 사랑한다는 징표가 될 것이다."라고 했다. 그 살인범은 "나 같은 미천한 존재도 하나님으로부터 인생의 목적을 부여받았다니 놀랍다. 빨리 자수를 하여 교도소로 가겠다."라고 말하고는 경찰에 투항하였다. 이러한 소식이 CNN에 알려지자 이 책은 수천만부가 팔린 베스트셀러가 되었다.

나는 기독교 신자는 아니지만 무언가 나에게도 꼭 달성해야 할 인생의 목적이 있을 것이라는 실낱같은 신념이 생기기 시작했다. 그래서 나는 퇴근 후 대구고검 직원 중 관심 있는 분들을 모아놓고 이 책을 읽어주고 해설도 하였다. 나에게 주어진 숭고한 인생의 목적은 무엇인가. 지금도 확신이 서 있지는 않지만 무언가 이 거대한 우주와 나를 연결 지을 수 있는 목적에 매달릴 수 있다는 것이 나의 인생에 새로운 활력을 제공해주었다. 눈에 보이지 않은 무엇이 과연 무엇일까에 집중하게 되고 그것이 혹시 사랑이 아닌지 해서 퇴임사에 사랑을 언급했던 것이다.

7장

검사는 무엇 때문에 존재하는가?

참된 검찰상／

검찰을 떠나면서 받은 편지들

내가 검찰의 역할과 직무에 대해 좀 더 진지하게 생각하게 된 것은 오히려 검찰 조직을 떠나면서부터다. 그전에는 조직원으로서의 생각이었지만, 퇴임 이후 바깥의 시각으로 바라보게 되었다는 자체가 커다란 차이점이다. 검찰이 홀로 독야청청할 것이 아니라 국민들이 과연 검찰 조직을 어떻게 바라보는지 돌아볼 필요가 있다는 얘기다.

결국은 우리 사회에 법적인 정의를 실현하는 것이 검찰의 임무라 한다면 아직도 갈 길은 요원하다. 물론 검찰만의 몫은 아니다. 정치를 포함한 우리 전체 사회의 수준이 그 정도밖에 안되기 때문에 생기는 현상이다. 말로는 법치주의를 실현하겠다고 하면서도 정작 현실은 권력이나 재력에 의해 움직이기 쉽다. 그것을 바로잡아야 하는 검찰도 기능이 잠정적으로 유보될 때가 적지 않은 것 같아 안타깝기만 하다.

내가 검찰 조직을 떠나면서 어느 지인으로부터 받았던 편지의 내용을 지금도 교훈처럼 간직하고 있는 것은 그런 때문이다. 대구고검장 자리를 마치면서 작성한 퇴임사를 평소 고맙게 생각하던 몇몇 분들에게 보냈더니 그에 대한 답장으로 보내온 편지다. '법의 지배'가 완벽하게 구현되는 이상을 꿈꾸며 지내온 검찰 재직기간이 소중하고 보람이 있었겠지만 앞으로도 법조인의 일원으로 그런 마음가짐을 버려서는 안 된다는 격려의 내용을 담고 있었다.

> 이제까지 지내온 28년은 먼지와 땀과 피로 얼룩진 전쟁터였을 것이며, 서 검사장은 그 전쟁터를 지켜온 훌륭한 병사였으며 장군이었을 것입니다. 그러나 앞으로 지내야 할 또 다른 28년은 지나온 세월보다 더 피로 얼룩질 싸움터가 될지도 모릅니다.
> 지금까지와는 반대로 법이 수사한 범죄사실을 검사가 사람을 수사한 것이 아닌지 따져봐야 할지도 모르며, 법치주의가 구현되는 사회를 실현한다는 이름으로 구체적 타당성을 소홀히 하여 무고한 인권을 유린하는 잘못은 없는지를 세세히 따져봐야 할지도 모릅니다. 이제까지 우군이었던 사람들과 대립하여 더욱 많은 먼지와 땀으로 얼룩진 얼굴로 전쟁터를 누비는 외로운 병사가 되어야 할지도 모릅니다.

아마 검찰을 떠나 변호사로서 수행해야 하는 나름대로 역할에 대한 중요성을 강조하려는 뜻이었을 것이다. 앞으로는 변호사의 입장에서 오히려 검찰의 수사 내용을 자세히 들여다보고 문제점을 지적해야 한다는 내용이다. 물론 당연한 말이다. 그러나 조금만 더 파고들어가 검찰의 역할이 올바르게 이뤄졌고 법원의 판단이 공평했다면 애초에 변호사라는 직업은 필요가 없었을 것이다. 변호사의 존재 자체가 검찰 기능의 문제점을 반영하고 있는 것은 아닌가 하는 얘기다. 법조계가 마치 물고 물리는 먹이사슬처럼 사건과 사건으로 복잡하게 얽혀 있는 모습을 바라보면서 가끔 떠올리게 되는 생각이기도 하다.

다시 얘기를 되돌리자면 그만큼 검찰의 역할이 중요하다는 의미다. 검찰이 썩으면 법원과 변호사에 의해 바로잡히기 전까지는 나라의 대들보까지 흔들릴 수밖에 없다. 다른 분야는 혹시 곰팡이가 슬고 설령 썩어 버릴지라도 수술 칼로 환부를 도려내면 그만이지만 수술 칼 자체가 굽어 있다면 보통 심각한 문제가 아닌 것과 마찬가지다.

예를 들어, 국회의원이나 장관이 비리를 저지르게 된다 하더라도 혐의대로 처벌을 하고 다시 선출하거나 임명하면 되는 것이다. 하지만 검찰 조직이 무너지게 된다면 그 대안을 마련하기란 그리 쉽지가 않다. 검찰 구성원들이 명예와 신념, 그리고 각자의 양심을 걸고 본연의 직무를 충실히 수행해야 하는 당위성이 바로 여기에 있다.

하지만 걸핏하면 국회 절차를 통해 특별검사가 임명되고, 검찰 자체적으로도 특임검사가 임명돼야 하는 상황을 들여다보면 검찰이 제 구실을 다하고 있다고 보기는 어렵다. 내 스스로의 위안이지만, 내가 서울지검장 당시 관여했던 사건 가운데 특검까지 올라간 경우는 없었다. 오직 삼성그룹의 에버랜드 상속사건 하나가 특검까지 갔지만 그것은 예외적인 경우라 할 것이다.

지금은 검찰의 수사 잘못뿐만이 아니라 검사 개인들의 치명적인 비리까지 자주 드러나는 마당이다. 최근 고위 검사의 수뢰 파동으로 검찰 개혁안이 거론되고 유례없는 항명파동까지 불러일으킨 끝에 검찰총장이 물러난 사태도 본질은 크게 다르지 않다. 원인이 어디에 있었든지 간에 검찰이 국민들의 눈길을 의식하지 않았기에 벌어진 사태다. 이런 일이 되풀이되는 것을 보면 검찰이 가야 할 길이 아직도 멀었다는 생각을 지울 수 없다.

검사는 왜 필요한가

여기서 검사라는 직책이 왜 필요한지에 대해서부터 다시 생각해 볼 필요가 있다. 검사의 직무와 직접적으로 연관되는 질문이기 때문이다. 현행 수사 체계에서 검찰은 수사의 가장 마지막 자리에 위치한다. 설령 경찰이나 다른 행정기관에서 범죄 행위를 단속하지 못하더라도 검찰에서 만큼은 기필코 막아야 하는 것이다. 검찰의 벽이 뚫리게 된다면 우리 사회에 각종 범죄들이 횡행할 수밖에 없다. 다시 말해서, 검찰은 국가와 사회의 정의를 지켜가는 최후의 보루인 것이다.

물론 경찰도 범죄를 예방하고 단속하는 중요한 역할을 수행한다. 하지만 수사뿐만 아니라 정보, 교통, 경비 등 여러 분야의 역할이 함께 주어지고 있다는 점에서 수사 업무는 전체 기능 가운데 일부분에 속한다. "수사관, 경무관, 총경, 경정, 경감, 경위는 사법경찰관으로서 모든 수사에 관하여 검사의 지휘를 받는다."(형사소송법 196조 1항)는 규정에 따르더라도 사법경찰관은 독립기관이 아님이 분명하다. 경찰의 수사 기능이 취약하다는 게 아니라 검찰은 전적으로 수사 임무를 띠고 태어났다는 사실을 강조하고자 하는 얘기다.

특히 검찰이 아니면 손댈 수 없는 고위층, 또는 조직적인 범죄가 있다는 사실도 기억해야 한다. 정치인이나 유력 기업인 등 사회 실력자들이 직위와 금력을 동원해 비리를 저지르는 '화이트 컬러 범죄'의 경우가 그러하다. 법의 허점을 노려 범죄가 저질러지는 경우가 적지 않기도 하고 때로는 수사를 방해하는 압력이 가해지기도 한다. 따라서 검찰이 아니면 대처하기가 어려울 수밖에 없다. 검사 각 개개인이 사명감으로 무장해야 하는 이유이기도 하다.

그런 점에서, 검찰이 다른 수사기관도 처리할 수 있는 일반 범죄 수사에 달려들어 생색을 내는 듯한 처신은 그리 떳떳한 모습이 아니다. 검찰에는 검찰 본연의 영역과 임무, 사명이 있기 때문이다. 검사들의 처신도 달라져야 함은 물론이다.

수사를 수행하는 검사 각자에 대해 독립성을 부여해야 하는 필요성이 바로 여기에 있다. 검찰 조직이 바깥으로부터 독립을 유지해야 하는 것은 물론 더 나아가 검사 개개인에 대해서까지 독립을 보장해야 한다는 것이다. 심지어 경우에 따라서는 검찰 조직으로부터도 독립해야 한다. 압력이 검찰 내부로부터 미칠 수도 있기 때문이다. 이를 위해서는 개인의 의지로만 해결될 수 있는 것이 아니라 제도적인 장치가 마련되어야 한다.

형사소송법 195조(검사의 수사)에는 "검사는 범죄의 혐의 있다고 사료하는 때에는 범인, 범죄사실과 증거를 수사하여야 한다."고 규정함으로써 검사의 독립된 수사권을 인정하고 있다. 범죄 혐의가 있다고 판단될 때에는 독자적으로 수사를 할 수 있다는 뜻이다. 이 조문의 주어가 검찰총장이나 검사장 또는 부장검사라고 칭하지 않고 검사라고 못을 박았기 때문이다.

더구나 수사에 착수해도 좋고 안 해도 좋다는 게 아니라 '수사하여야 한다.'고 못 박고 있다는 사실에 주목할 필요가 있다. 수사를 미룬다면 오히려 직무유기에 해당할 수가 있다. 대통령이 행정 권한을 각 부처의 장관에게 위임하는 것과는 달리 수사권은 검찰총장에게 준 것이 아니라 검사 개인들에게 준 것이라는 의미다. 이 점에 있어서는 검사들도 그 의미를 잘 인식하지 못하는 경우가 많은 것 같다.

일본도 우리와 같은 제도를 가지고 있다. 더구나 일본에서는 검사장 다음 직책을 우리와 같이 차장검사라고 하지 않고 차석次席검사라고 한다. 차석검사라는 의미는 검찰청 전 검사 중에서 검사장(일본에서는 검사정이라고 한다) 다음 두 번째 서열일 뿐이라는 점을 강조한 것이고 상명하복의 지휘체계라는 개념을 희석시키고자 함이다.

그러나 미국은 다르다. 미국은 지방검찰청에 검사 한 명만 존재한다. 예를 들면, 뉴욕 남부 검찰청의 검사는 US Attorney(미국 연방검사)라고 해서 검사는 한 사람뿐이고, 나머지는 그 미국 연방검사를 보좌하는 assistant(보조원)일 뿐이다. 따라서 우리나라 검찰청과 대비한다면 미국 연방검사는 우리 검찰청의 검사장에 해당하지만, 엄격히 말하면 검사장이라고 할 수는 없고 단독 검사에 지나지 않는다. 모든 수사 및 기소 권한은 그 미국 연방검사만이 가지고 있고, 다만 밑에 보조 검사에게 그 권한을 위임하고 있는 것이다. 따라서 최종적인 수사, 기소 결정권은 미국 연방검사에게 있는 것이고 그 밑에 보조 검사는 독립적인 수사 기소권이 없다.

이와는 대조적으로 우리 형사소송법은 검사 개개인에게 수사, 기소권을 부여하고 있고 상급 검사에게는 지휘, 감독 권한만 부여되어 있다. 엄격히 말해서 상급자는 검사에게 기소, 불기소를 명할 수는 없고 자기가 그 사건을 재배당 받아 스스로 처리하거나 아니면 다른 검사에게 재배당할 수 있을 뿐이다. 이렇게 미국과 달리 개개 검사에게 독립적 지위를 부여한 것은 검사의 사건 수사와 기소에 있어 정치적, 사회적인 외부적 압력이나 상급자의 내부적 압력으로부터 해방시키기 위함이다.

여기서 상충되는 것이 "검사는 검찰사무에 관하여 소속 상급자의 지휘·감독에 따른다."는 검찰청법 제7조 제1항(검찰 사무에 관한 지휘·

감독)의 규정이다. 제2항에는 "검사는 구체적 사건과 관련된 제1항의 지휘·감독의 적법성 또는 정당성에 대하여 이견이 있을 때에는 이의를 제기할 수 있다."고 되어 있지만, 어차피 무게중심은 앞부분에 쏠려 있는 것이다.' 이른바 상명하복에 따른 '검사 동일체의 원칙'이다.

검사가 수사에 착수하려면 관례적으로 상부에 보고를 해야 하고 때로는 검찰 조직 내에서 간부급들이 일선 검사의 수사에 대해 간섭할 수 있는 근거도 바로 여기에 있다. 그러나 앞서 설명한 바와 같이 상급자의 지휘감독권은 진실규명(fact-finding)에는 미쳐서는 안된다는 것이다. 진실을 거짓으로 거짓을 진실로 지휘명령할 수는 없기 때문이다. 그러므로 상사는 검사의 수사가 효율적으로(efficiently) 효과적으로(effectively) 수행될 수 있도록 지휘하여야 하고(적극적 수사지휘) 반면에 고문 폭행 등 불법수사나 청탁수사 등 비리수사를 바로잡는 지휘(소극적 수사지휘)에 한정되어야 한다.

특히 검찰의 수사 업무라는 것은 사건의 실체적 진실을 확인(fact finding)하는 작업이기 때문에 상부의 지휘·감독이 필요하지도 않다. 사실이냐 아니냐, 진실이냐 거짓이냐를 확인하는 것이므로 오히려 겹겹이 지휘·감독이 이뤄지는 과정에서 사실이 왜곡될 가능성도 얼마든지 존재한다.

따라서 일선 검사가 수사 및 기소에서 사실 확인이나 증거판단에 관한 한 독립적으로 판단할 수 있도록 보장되어야 한다는 게 내 개인적인 생각이다. 정치권으로부터의 외압을 막기 위해 도입된 검찰총장의 임기제 못지않게 중요한 의미를 지닌다. 물론 검사의 사실 확인이나 증거판단에 있어 불법적인 면 등 현저한 잘못이 있을 때는 상사의 수사지휘권이 발동되어야 하는 것은 당연하다.

우리의 경우 미묘한 정치적 사건이 진행될 때마다 검찰의 중립성이 의심을 받는 것은 그런 때문이다. 심지어 검찰이 청와대의 들러리라는 비아냥거림을 듣기도 한다. 수사 결과도 미진한 경우가 대부분이다. 일본의 경우 검찰이 정치적 사건에 대한 수사에 착수하게 되면 정계가 숨을 죽이고 조용해지는 것과도 비교가 되는 사실이다. 미국에서도 검찰의 중립성과 관련한 스캔들은 거의 없는 편이다. 하지만 우리는 '정치검찰'이라는 과거의 업보가 여전히 발목을 잡고 있다.

법원에서 법원장이 소속 판사의 재판에 대해 지휘할 수 없도록 되어 있는 것과도 형평성이 맞춰져야 한다. 판사가 오직 법과 양심에 따라 재판을 진행하도록 규정된 것과 마찬가지로 검사도 독립적으로 사건을 처리할 수 있도록 보장되어야 한다는 뜻이다. 당장 제도적인 장치 마련이 어렵다면 검찰 간부들이 이런 방향에서 수사에 대한 철학을 지니고 후배 검사들의 독립성을 지켜줄 필요가 있다.

여기서 수사의 독립성을 유지한다는 것은 혼자서 생각하고, 혼자서 마지막 판단을 내려야 한다는 얘기다. 그런 점에서, 검사는 숙명적으로 고독하고 외로운 직책이기도 하다. 내가 검찰 재직기간을 통해 홀로 황야에서 울부짖는 늑대를 자처했던 것도 거기에 이유가 있다. 지금도 검사 본연의 입장에서 최선을 다했다고 자평할 수 있는 것도 그러한 자세를 추구했기 때문이다.

검사의 자격

그렇다면 과연 어떤 사람이 검사로서의 자격을 갖추고 있는 것일까. 더 나아가 검사로서의 능력을 발휘할 수 있을 것인가. 최근 일선 검사들이 개인적으로 각종 불미스런 스캔들에 휘말리는 사태에서 목격 되듯이 검사라고 해서 모두 주어진 역할과 임무에 충실한 것은 아니다.

이른바 '공익의 대표자'로서 자질이 모자란 사람들도 검사로 임명되는 데서 벌어지는 문제다. 특히 검사는 우리 사회에서 범죄를 걸러내야 한다는 점에서도 특별한 사명감이 요구되는 직책이다. 똑같이 사법연수원을 나왔다 하더라도 판사나 변호사와는 또 다른 직무윤리가 요구된다. 바깥에서 바라보았을 때 그렇게 큰 차이가 아닐지는 몰라도 언제나 작은 차이가 커다란 결과로 나타난다는 점에서는 역시 간과할 수 없는 문제다.

그중에서도 '개인적인 이익(private interest)'과 '공공의 이익(public interest)'이 부딪칠 때 과연 주저 없이 공공의 이익을 선택할 수 있겠느냐 하는 것이 검사로서의 첫 번째 자질이라고 나는 생각한다. 정권 실세들과 관련한 부정부패를 캐야 하고, 유력한 재벌기업의 비리를 들춰내야 하는데 있어 어느 쪽을 선택해야 하는가의 문제다.

한편으로는, 주어진 문제의 답변이 어렵지 않다고 여겨질 수도 있겠다. 검사 지망생이 아니라도 도덕 과목을 배운 수준이라면 당연히 공익이라고 답할 것이 분명하다. 그러나 실제의 수사 현장에서는 그렇게 간단한 문제가 아니다. 당장 눈앞의 출세가 걸려 있고, 막대한 이권이 어른거리는데 이것을 죄다 포기하고 공익을 위해 결정을 내린다는 것은 대단히 어려운 선택이다. 더구나 수사를 진행하다 보면 반사적으로 불이익이 돌아올 소지도 충분히 감안해야 한다.

28년 동안 검사로 재직했던 나로서도 다시 현역 검사로 돌아가라 한다면 처신을 장담하기 어려울지 모른다. 사람은 태어나면서부터 절반은 선을, 절반은 악을 지니고 있다고 하는데, 그 절반의 악을 다스린다는 게 보통 어려운 일이 아닐 것이다. 이러한 절제가 어렵다면 아무리 법전을 줄줄 외울 만큼 출중하다고 해도 검사가 되어서는 안 된다. 설사 수사 능력을 인정받을 수는 있을지언정 그 결과에 대해서는 피차 장담할 수 없기 때문이다.

공익을 앞세우겠다는 의지와 성향은 그래서 중요하다. 개인의 능력도 중요하지만 공익을 추구하려는 의지보다 앞설 수는 없다. 따라서 각자가 스스로 손을 가슴에 얹고 양심에 물어본 다음 결정을 내려야 한다. 만약 심장에서 들려오는 양심의 소리가 미진하다면 검사의 길을 걸어서는 끝내 자신도 불행해지고, 검찰 조직도 소란에 휘말릴 수밖에 없다. 그렇게 된다면 우리 사회를 위해서도 그다지 유쾌한 일은 아닐 것이다.

가치중립적인 자세도 검사의 요건으로 빼놓을 수 없는 덕목이다. 개인의 철학이나 이념을 법에 앞세워서는 곤란하다. 검사의 직무를 통해 자신이 신봉하는 특정 가치나 목적을 실현하려고 해서는 안 된다는 얘기다. 보수냐 진보냐, 우파냐 좌파냐의 문제에서도 마찬가지다. 개인적인 사상이나 철학적 가치, 그리고 취향은 서로 제각각이겠으나 법 집행자로서 검사의 판단 기준은 오로지 법전이 기본이어야 한다.

국가보안법의 경우를 하나의 사례로 들 수 있을 것이다. 설사 본인이 평소 대북 유화정책이 옳다고 판단하여 북한과의 교류 확대를 추진해야 한다고 생각해 왔던 경우에도 공안검사의 입장에서는 마땅히 객관적으로 법을 집행해야 한다. 국가보안법이 불법으로 작성된 것이 아니라 민주적 절차를 거쳐 국회에서 통과한 것이라면 지켜야만 한다. 그럴 생각이 아니라면 아예 정치판으로 진출하든지, 아니면 시민운동을 하든지 진로를 바꾸는 것이 옳다.

공안부 검사가 자신이 진보적인 입장이라고 해서 국가보안법 위반혐의에 대해 무혐의로 결론을 내리고 불기소 처분을 내린다면 그는 이미 검사로서의 자격을 잃은 것이나 다름없다. 검사이면서도 법의 권위를 인정하지 않고 저항권 행사를 당연시하는 듯이 사건을 처리한다면 그는 검사가 아니라 벌써 정치의 영역으로 한걸음 들어서 있는 것이다.

그것은 반대의 경우도 마찬가지다. 자신이 개인적으로 우파적 생각을 갖고 있다고 해서 '반공의 기수旗手'로 자처하려 들어서도 중립적인 법 적용은 어려워지기 마련이다. 가령 공산주의에 대한 거부감을 느끼고 있더라도 그것은 개인적인 신념의 문제로 간직해야 할 뿐이지 구체적인 사건 처리에 무리하게 적용하려 들어서는 직분을 벗어난 처사다. 과거 역대 정권에서 공안사건이 일어날 때마다 검찰 내부에서는 "본보기로 구속해야 한다."는 주장이 제기되기 일쑤였다.

고위 간부회의의 분위기가 그러했다. 그러나 이러한 태도는 분명히 잘못된 것이었다. 검찰이 특정 사건마다 본보기를 보이면서 대한민국을 좌지우지하도록 되어 있지 않기 때문이다. 정치인이나 시민운동가와 달리 검사는 사건의 실체적 진실을 밝혀내고 무색투명한 입장에서 법규를 집행해야 한다. 검사는 특정 사상이나 신념을 구현하기 위한 직책이 아니기 때문이다.

어떠한 경우에도 검사 개인의 입장과 생각은 일단 뒤로 젖혀놓아야 한다는 얘기다. 내가 과거 평검사 시설 피의자에 대해 사회보호법에 의한 보호처분을 내리면서 개인적인 고민을 하게 되었던 것도 그런 부분이다. 전과가 여러 번 누적된 피의자에 대해서는 자동적으로 보호처분이 내려져 청송감호소에 수감되도록 되어 있는 것이지만 "배가 고파서 순간적으로 잘못을 저지른 것"이라며, 선처를 호소하는 피의자들 앞에서는 동정심이 작용하기 마련이었다. 내가 보아도 사람 자체는 그리 나쁜 것 같지 않은 경우도 있었다. 하지만 어쩔 수가 없었다.

나는 그때마다 "내가 개인적으로 결정을 내리는 게 아니라 검사로서 결정을 내리는 것"이라며 객관적인 입장을 지키려고 애썼던 것이다. 검사로서 그렇게 해야 한다는 생각은 지금도 변함이 없다.

악법도 법이다

이렇게 논의를 진행하다 보면 결국 법규에 하자가 있는 경우에도 꿋꿋이 지켜야 하는가 하는 의문이 제기될 수 있을 것이다. 그러나 우리 사회를 지탱해나가는 기본 원칙이 법규라는 사실을 생각한다면 이런 생각 자체가 너무 안이하고도 위험한 발상이다. 만약 법규에 잘못이 있다면 국회에서 고치면 될 것이고, 그렇게 고치기 전까지는 마땅히 지켜져야만 한다. 그것이 법규의 존재 가치다.

그렇게 본다면, "악법은 법이 아니다."는 주장은 정치인의 견해라면 몰라도 검사로서는 당연히 물리쳐야 할 주장이다. 검사에게는 법전에서 지워지기 전까지는 악법도 법인 것이다. 요즘도 국가보안법에 심각한 문제가 있다며 시민단체들을 중심으로 여러 주장이 제기되고 있지만 그것은 논란에 불과할 뿐이다. 국가보안법 자체가 권위주의 시절이 마감되고 김영삼, 김대중, 노무현 대통령 시절을 거치면서도 그대로 기본 골격이 유지되고 있다는 점에서는 악법이라고 주장하는 것 자체가 의회주의를 무시하는 발상이다.

마치 자신에게 불리한 것은 지키지 않고 유리한 것만 골라서 선택하겠다는 것이라면 우리 사회의 원칙은 금방 무너져 버리고 말 것이다. 따라서 검사는 어느 특정한 법이 국회에서 조만간 개정될 운명에 놓여 있다 하더라도 당장은 그 법규정을 적용해야 하는 책임과 의무를 지닌다. 설령 내일이면 법이 사문화되고 폐지된다 하더라도 오늘은 지키겠다는 자세가 필요하다.

법규의 문제점을 들어 피의자를 구제하겠다는 섣부른 영웅심도 경계해야 한다. 그것은 검사의 역할이 아니다. 법규 적용에 문제가 있다면 그것은 판사가 법정에서 가려야 할 문제다. 죗값을 덜어주는 사면권도 대통령에게만 주어진 고유 권한이다. 이러한 논의에 있어서는 국가는 과연 무엇으로 유지되는가 하는 점을 따져봐야 한다. 과거 왕조 시대에는 절대 권력을 지닌 군주나 임금이 전적으로 국법을 행사해 왔다. 히틀러나 스탈린 같은 독재자 치하에서는 법은 있었지만 지켜지지 않았다. 거기에 비하면 오늘날의 민주주의 사회는 법으로 유지되고 있다는 점이 가장 뚜렷이 대비되는 특징이다. 따라서 법을 지키지 않으면 사회가 어느 귀퉁이에서부터 붕괴되기 마련이다. 검사는 이런 사태가 일어나지 않도록 법을 지키지 않는 사회 구성원들에게 법적인 제재를 가하는 임무를 띠고 있는 것이다.

내가 공군법무관 시절이었다. 그 당시는 밤 12시 통금이 있던 박정희 대통령 시절이었다. 모 공군 파일럿 중령이 통금위반으로 법무관실에 통보되었다. 나는 그를 징계위원회에 회부하려고 비행단장인 모 소장에게 보고를 하였다. 그런데 그 소장은 나를 그 자리에서 혼내면서 공군 조종사 하나 키우는데 수십억 원이 들어가고 그 조종사가 타고 있는 전투기는 수백억짜리인데 그까짓 통금위반으로 징계를 하고 그로 인하여 승진도 못하게 하는 것은 말도 안 되는, 그야말로 국가의식이 없는 행위라는 것이었다.

그러나 나는 끝까지 법치주의를 내세우면서 징계위원회에 회부해야 한다는 결재를 받아냈다. 그 후 그 파일럿 중령은 법무관실로 난입하여 권총을 휴대한 채로 강한 항의를 하였다. 섬뜩했다. 그래도 끝까지 관철하여 징계 처분을 받아내고 말았다. 지금 생각하면 내가 너무 무모했던 것이 아니었나 생각도 되지만 존재하는 법은 누구든 반드시 지켜야 한다는 것이 지금까지 나의 소신이므로 다시 하라고 해도 그대로 할 수밖에 없다고 생각한다. 자정 이후 통행금지가 선진 민주국가에서는 있을 수 없는 악법이라고 할 수 있지만 당시 우리나라의 특수 사정에 입각하여 만들어진 금지규정이므로 반드시 집행되어야 하고 누구에게도 예외를 두어서는 안 된다는 것이 법치주의를 실현하는 것이라고 확신하고 있다.

그런 점에서, 지난날 선거에서 시민단체들이 낙천·낙선 운동을 한 것은 분명히 문제가 있었다. 법을 누구보다 앞서서 지켜야 하는 입장에서 오히려 법을 무시하는 듯한 인식을 보여주었기 때문이다.

법치주의가 민주주의의 초석임은 두말할 것도 없다. 검사는 우리 사회에 그 법을 정착시키는 임무를 띠고 있는 것이다. 독재자인 히틀러 밑에서는 저항권이 필요했을지도 모른다. 우리의 경우에도 과거 군부독재 당시에는 그런 얘기가 가능할 수 있었을지 모르겠다. 그러나 적어도 1987년의 헌법 개정이 국회에서 여야 합의로 통과되었고, 그 이후 야당에서도 두 분이나 대통령이 배출되었다는 점에서 아직도 헌법에 문제가 있으며 그 하위 법령에 하자가 존재한다는 식으로 주장하는 것은 명백한 잘못이다.

여기서 미국의 사례를 본받을 필요가 있다. 법규 적용에서 논란이 제기될 경우 헌법을 제정했던 '건국의 아버지(founding fathers)'들의 입장으로 되돌아가 문제를 원점에서 다시 검토하게 된다. 미국 사회가 오늘날 국민들 사이에 인종과 언어, 이해관계가 다양하게 엇갈리면서도 사회질서가 유지될 수 있는 기본적인 토대다. 법질서를 존중하는 준법정신이야말로 민주주의를 지켜나가는 근간이다.

우리도 사회질서가 건전하게 유지되려면 여당이니 야당이니, 또는 진보니 보수니 따질 것이 아니라 법률에 입각하여 근본적인 입장에서 바라보는 접근의식이 필요하다. 그런데도 우리는 지식인 사회에서조차 표방하는 이념에 따라 서로 말꼬리를 잡으며 상대방의 잘못만 지적하고 있는 모습이다. 서로가 센세이셔널리즘에 매달려 자신의 입장을 차분히 돌아보지 못하는 경우가 적지 않다.

그럴수록 검사들은 법규 적용에 충실해야 한다. 이런 상황에서 검사들마저 자신의 주의 주장에 따라 논의에 휩쓸린다면 사회 질서는 금방 무너지고 말 것이다. 악법일망정 지키겠다는 신념이 요구되는 이유다.

더 나아가 검사에게는 직무와 연계시켜 꾸준히 공부하는 자세가 필요하다. 특히 경제사범 수사에 있어서는 주식회사의 메커니즘, 조세 체계, 예산 구조 등에 대해 지식을 갖출 필요가 있다. 급속히 진행되는 국제화 추세에 따라 자유무역협정(FTA)을 포함한 세계 경제의 동향도 파악해야 할 것이다. 육법전서 말고도 각 분야에 필요한 전문지식을 평소 갖춰 두어야 한다는 얘기다. 그것이 검사로서의 기본 바탕이다.

여기에 영어 실력을 덧붙여 추가하고 싶다. 모든 전문 서적을 영어로 읽어야 할 필요까지는 없겠으나 세계적으로 돌아가는 사정만큼은 영어 신문을 통하여 이해할 수 있을 정도로 실력을 갖추기를 권한다. 범죄조직조차도 국제무대에서 황새걸음으로 움직이고 있는데, 검찰만 여전히 뱁새걸음이어서는 곤란하다. 검사들도 이른바 Globalization, 국제화 추세에 뒤쳐져서는 곤란하다. 뉴욕의 맨해튼 검사만큼이나 우리도 국제적인 지식으로 무장해야 한다.

마당발 검사들

정관계 인사들이 연루된 비리의혹 리스트나 게이트가 터질 때마다 검찰 간부들의 이름도 자주 거론되곤 한다. 그만큼 검사들의 몸가짐에 문제가 있었기 때문이다. 조사 결과 사실로 드러나는 경우도 적지 않았다.

심지어는 전직, 또는 재임 중의 검찰총장의 이름이 거론되기도 했다. 어느 분은 리스트의 장본인과 직접 만났었다는 사실이 확인되기도 했으며, 또 다른 어느 분은 자신이 리스트에 올랐던 사건을 적당히 처리하고 덮었다는 소문으로 곤욕을 치르기도 했다. 검찰총장이 말썽의 빌미가 다분한 바깥사람을 만났다는 자체가 잘못이다. 검찰총장만이 아니라 일개 검사에서부터 사람을 만나고 사귀는데 있어서도 조심조심 신경을 기울여야 한다.

그러나 현실적으로는 검찰 조직 내에서도 여기저기 기웃거리며 명함을 돌리는 검사들이 적지 않은 것 같다. 술자리에서 쉽게 어울리고, 처음 만난 관계인데도 형이니 아우니 하면서 사람을 어렵지 않게 사귀기도 한다. 이른바 마당발 체질들이다. 개인적으로는 누구나 부러워할 만한 장점이기도 하지만 검사로서는 스스로 억제해야 하는 성격이다.

나는 개인적으로 마당발 체질도 아니려니와, 검사로서 마당발로

2012년 11월 불법자금 수수 혐의를 받고 있는 김광준 전 검사가 검찰에 출두하고 있다.(조선일보 제공)

처신하는 사람들에 대해서는 상당한 경계심을 지니고 있다. 잠재적으로 비리에 연루될 소지가 그만큼 크기 때문이다. 일단 바깥사람들과 어울려 식사를 하고, 골프를 치고, 술잔을 부딪치다 보면 자신의 의지와는 상관없이 벌어지게 되는 일이다.

검사도 주변에 돌아가는 일을 파악해야 하고 그러기 위해서는 부득이 사람들을 만나야 하는 게 아니냐는 변명이 들릴 법도 하다. 검사도 외부 인사들과 소통이 필요하다는 뜻일 것이다. 그러나 검찰은 주민들이나 지역사회와 협조를 장려해야 하는 행정기관이 아니다. 협조를 얻거나 이익을 주기보다는 수사를 통해 엄중히 처벌을 내려야 하는 임무를 띠고 있는 것이다.

외부인들과 접촉하게 되면 공연히 의심만 받게 될 뿐이다. 접촉이 잦아질수록 정치적으로, 경제적으로 청탁을 받는 경우가 많아지는 것도 물론이다. 잦은 접촉만으로도 수사에 대해 압력이나 청탁을 받았다는 의심을 사기가 십상이다. 이런 의심을 받지 않으려면 정치인이나 기업인들을 만나지 말아야 한다. 가급적 동창회에도 발걸음을 끊는 게 좋다.

너무 가혹한 얘기가 될지는 모르겠으나 스스로 철저히 고립되어야 할 필요가 있다. 그렇지 않아도, 있지도 않은 꼬투리를 잡혀 의심을 받는 경우가 적지 않은데, 밤이면 밤마다 술집에서 어울리고 골프를 치러 다닌다는 소문까지 퍼지게 되면 청부 수사니 청탁 수사니 해서 의심을 떨치기 어려워진다.

검사로서 정보 수집을 위해 불가피하게 바깥사람들과 접촉한다는 경우도 없지 않다. 그러나 그러한 방법으로 과연 얼마나 많은 정보를 얻을 수 있는지도 사실은 의문이다. 더구나 웬만한 범죄 정보라면 공식 루트를 통해서도 얼마든지 얻을 수 있다. '오얏나무 밑에서

갓끈을 고쳐 매지 말라'는 교훈은 검사들에게도 똑같이 적용된다. 검사가 외부의 청탁을 받고 수사하는지 의심을 사게 된다면 어느 누가 결과에 수긍하겠는가. 그것은 실제로 청탁을 받고, 안 받고 와도 무관하다. 정의는 겉모습에서부터 모양을 갖춰야만 상대방에게 설득력과 신뢰감을 줄 수 있다. 그것이 바로 '정의의 외관(the appearance of justice)'이다.

나는 현직 검사 때도 이런 태도를 자주 강조했다. 그랬더니 "너는 얼마나 잘하고 있느냐."며 공격이 들어오기도 했다. 하지만 적어도 이런 점에 있어서만큼은 나는 철두철미했다. 일부러 의도했다거나 조심을 했다기보다는 성격 자체가 결벽증에 가까울 만큼 사람을 사귀지 못하는 탓이었다.

서울지검장에 취임하고 나서 얼마 지나지 않아 청와대 고위 관계자로부터 "점심도 좋고, 저녁도 좋으니 식사나 한번 하자."는 제의를 받고도 뿌리칠 정도였으니 말이다. 당시 노무현 대통령의 새 정부 들어 서울지검장의 일거수일투족을 모두 주시하고 있을 터인데 청와대의 실세와 만난다면 서울지검의 수사가 정치적으로 편향됐다는 오해를 살 수가 있었다. 결과적으로 청와대에도 이로울 것이 없었다.

서울지검장으로 재직하던 기간에는 일체 방문객도 받지 않았다. 그것을 자랑으로 내세우기에는 약간 쑥스럽지만 내가 스캔들이나 리스트에 연관되지 않았던 게 그 덕분이었던 것만은 확실하다.

'살아있는 권력'을 수사해야

검사의 가장 큰 임무는 '살아있는 권력'에 대해 수사의 칼날을 서슴없이 들이미는 일이다. 죽어 나자빠진 시체를 해부하는 것은 그다지 의미가 없다. 지나간 권력에 대한 수사를 의미하는 것이다. 물론 검사도 그런 수사를 진행해야 하는 경우가 없지 않겠으나, 현재 권력을 누리고 있는 실세들의 비리 혐의에 대해 늘 견제의 눈길을 보내야 한다는 얘기다.

아무리 비리 혐의가 겉으로 불거졌다 해도 살아있는 권력에 대해서는 검찰도 머뭇거리며 눈치를 보는 경우가 적지 않다. 그것이 지금까지의 모습이다. 웬만큼 의지가 강인하지 않고는 수사의 칼날을 빼어 들기가 쉽지 않기 때문이다. 그러나 검찰이 살아있는 권력에 대한 수사를 회피한다면 스스로 사형선고를 내린 것이나 마찬가지다. 어느 누구도 쉽게 손댈 수 없는 수사야말로 검찰 본연의 사명이기 때문이다.

살아있는 권력에 대한 수사를 회피하거나 미루게 된다면 필경 소 잃고 외양간 고치는 결과만 초래할 뿐이다. 정권이 건전한 방향으로 가도록 도와주는 차원에서도 엄정한 수사가 필요하다. 정권 실세들이 싫어한다고 해서 못 본 체하고 그대로 놓아둔다면 끝내 중증으로 번져 정권 자체가 몰락하는 사태를 초래하게 될 것이다.

외과 수술실의 집도 의사에 비유하자면 암 세포는 초기 단계에서부터 도려내고 치료해야 한다. 시기를 놓치면 끝내 목숨까지 잃기 마련이다. 사회적인 범죄에 있어서도 부패의 씨앗은 아주 작은 알갱이라도 과감하게 처리해야 한다. 그것이 검사의 사명이며, 존재 이유다. 공익의 수호자로서 스스로 존재 가치를 인정받는 방법이기도 하다.

물론 정권이 지나간 다음이라도 비리를 캐내고 처벌을 내리려는 노력은 반드시 필요하다. 나름대로 의미가 없는 것은 아니다. 하지만 어차피 지나가 버린 사안이다. 비리를 밝혀냄으로써 역사에 교훈은 남길 수 있을지언정 왜 비리가 저질러진 당시에 손을 대지 못했는가 하는 점에 있어서는 검찰도 똑같이 비난을 받을 수밖에 없다. 비리

혐의를 확인하고도 덮어두는 경우가 있는가 하면 수사에 착수하고도 면죄부를 주고 끝내는 경우도 적지 않았던 게 사실이기 때문이다.

검사라면 마땅히 정치권력에 대해 마음속으로 두 눈을 부릅뜨고 있어야 한다. 공익의 마지막 대변자로서 검사가 눈을 감아 버리게 되면 모든 사건이 은폐되기 십상이다. 아무리 엄청난 사건이라도 그대로 물속에 잠겨 사라져 버리게 된다. 그렇게 될 경우 사회정의는 무너지고 그 폐해는 전체 국민들이 떠안을 수밖에 없다. 이 경우 역사는 담당 검사에 대해 책임을 추궁하게 될 것이다.

사법연수원을 마치고 초임검사로 서울지검에 배치 받게 되면서 가슴 속에 가장 깊이 새겼던 교훈이 바로 그것이다. 정치권력과의 관계에서도 엄정한 입장을 취해야 한다는 것이었다. 설령 권력으로부터 외압이 가해지더라도 굴하지 말고 객관적 진실을 밝혀내는 게 검찰의 존재 이유라고 믿었다는 얘기다.

노무현 대통령 정부 초기에 서울지검장에 임명되면서 가장 염두에 두었던 것도 이런 부분이다. 서울지검장 자리까지 오른 것을 역사적인 기회로 받아들이고 모든 권한을 완벽하게 행사하고 그만두겠다는 결심을 했던 것이다. 더구나 아무에게도 빚진 것이 없었기에 자유로이 소신껏 수사를 진행할 수가 있었다. 당시 킹 메이커였던 민주당 정대철 대표에 대해 유감없이 수사를 펼칠 수 있었던 게 그런 의지의 결과였다.

내가 기회가 있을 때마다 남기춘 검사에 대해 얘기하는 것도 그런 때문이다. 당시 서울지검으로 끌어오지는 못했지만 대검 중수부 1과장으로 있으면서 노무현 대통령의 오른팔이라고 하는 소위 정권 실세들에 대해 주저 없이 혐의를 밝혀낸 주인공이다. 그것이야말로 '살아있는 권력'에 대한 수사였다. 당시 정권에서 본다면 남기춘 부장검사는 그야말로 '목구멍의 가시'나 다름없었다.

그러나 결과적으로 그것은 정권 차원에서도 도움이 되었을 것이다. 그나마 노무현 정부가 끝까지 버틸 수 있었던 게 그렇게 미리부터 가지를 쳐낸 덕분이라면 비약이 지나치다 할 것인가. 하지만 처음부터 비리의 소지를 처리하지 못했다면 집권 핵심부가 온통 부정의 도가니가 되었을지도 모를 일이다.

우리의 역대 정권마다 친인척 사건이 끊이지 않았던 것도 한편으로는 검찰이 제 역할을 다하지 못했던 결과다. 정권 비리를 견제하겠다는 각오보다는 정권 실세에게 달라붙어 일신의 영달을 꾀하려는 풍조가 팽배해 있는 분위기에서는 어쩌면 당연한 현상일 것이다. 설사 검사 본인이 정치권과 결탁하려는 욕심이 없었다 하더라도 우리의 사회 풍토에서는 저절로 휩쓸리게 되는지도 모른다.

주변에서 갖가지 압력 요인들이 파도처럼 밀려들기 때문에 본인의 의지와는 관계없이 어느새 처음의 의지를 저버리게 되기가 쉽다. 권력으로부터의 외압이 아니라도 명예나 금전의 유혹도 끊이지를 않는다. 검사가 제대로 역할을 다하려면 그런 수많은 유혹에서 견뎌내야만 한다.

언젠가 책에서 읽었던 최대교 검사장의 얘기가 바로 그런 경우다. 1948년 대한민국 정부가 수립되면서 초대 서울지검장으로 임명되었으나 임영신 상공장관을 독직혐의로 기소했다가 무죄판결을 받게 되자 결연히 사표를 쓰고 물러난 주인공이었다. 이승만 대통령이 이인 법무장관과 권승열 검찰총장을 통하여 기소하지 말라는 압력을 넣었는데도 소신에 따라 처리했던 것이다.

나도 검사로 발령받게 되면 최대교 검사장만큼은 못할지언정 나름대로 최대한 의지를 갈고 닦으리라 다짐했던 것도 그런 때문이었다. 지금에 와서 돌이켜보면 애초의 의지대로 이룬 것도 있지만 그렇지 못한 것도 적지는 않다. 검찰 업무에 대한 만족스러움보다는 뭔가 부족하지 않았나 하는 아쉬움이 더 크다는 게 솔직한 생각이다.

검찰 내부의 분위기로도 지금은 최대교 검사장과 같은 기개를 찾아보기가 어려운 것이 사실이다. 살아있는 권력에 대한 수사 의지가 약해진 탓이다. 검찰의 수사가 진행됐으면서도 어딘지 미진하다고 여기는 국민들도 생기고 있다. 따라서 가급적 정치권에 연줄이 없는 사람들을 검찰 지휘부에 배치해놓는다면 더 열심히 수사에 매달릴 수 있을 것이라는 게 지금도 나의 변함없는 믿음이다. 검찰의 제자리 위상은 인사에서부터 시작된다.

약자를 위한 검찰

검찰은 강자 편에 서기보다는 약자 편에 서 있어야 한다. 그렇다고 의적을 자처하는 홍길동처럼 불법으로 도와주라는 게 아니다. 자신의 직무 범위에서 사실대로 처리하려는 자세가 중요하다. 갈수록 경제적 불평등이 심화되는 상황에서 자칫 강자 편에 들기 쉬운 세태가 걱정되기 때문에 하는 얘기다.

서울지검장에 취임하면서도 이런 점을 강조했다. 검사장 취임사를 통해 "사회적 약자에 대해서는 그들이 겪는 각종 어려움을 검사들이 충분히 고려해 검찰권을 행사하도록 유도하겠다."고 밝혔던 것이다.

그것이 사회정의를 이루는 하나의 방법이라고 생각했다. 미국 하버드 대학의 로렌스 카츠 교수는 "자본주의 사회에서 경제적 불평등을 현실로 받아들일 수밖에 없지만 너무 차이가 나는 것이 문제"라고 지적한 바 있다.

소송이 벌어지더라도 부유층은 여기저기 법률적 해결 방안을 알아보게 됨으로써 자기들의 목적을 비교적 쉽게 달성할 수 있지만 하루벌이에 매달리는 가난한 사람들은 그럴 여유가 없어 패소하기 십상이다. 이처럼 출발점에서부터 차이가 난다면 사회적으로도 그냥 덮어둘 문제는 아니다.

빈곤층은 자녀들의 교육에서 뒤질 수밖에 없기 때문에 가난이 세습되는 현상도 마찬가지다. 가난한 사람이 대를 이어 계속 가난하게 살 수밖에 없다면 그런 사람들이 이루어 형성하는 민주주의도 결국에는 구멍이 뚫리고 무너지게 될 것이 뻔하다. 민주주의에서는 누구에게나 기회가 평등하게 보장된다고 하지만 형식적인 평등에 그칠 뿐이지 실질적으로는 그렇지가 않다. 마라톤 경기에 나선 선수들이 이미 출발점에서부터 체력의 차이를 드러내는 모습에 비교할 수 있을 것이다.

그런 점에서, 서민들이 법률적으로 피해를 보는 경우가 적지 않다는 사실에 주목할 필요가 있다. 고소사건의 90% 이상이 서민들과 관련된 사건이다. 무엇인가 억울한 것이 많다는 얘기다. 사기에 걸려들어 돈을 떼었거나 이웃집과의 울타리 분쟁을 해결해달라는 등이다. 그러나 결과적으로는 적당히 합의하는 식으로 사건이 마무리되거나 무혐의로 처리되는 경우도 적지 않다.

대체로 자잘한 사건들이기 때문에 생색도 나지 않기 마련이다. 따라서 시간에 쫓기는 검사들의 입장에서는 서민들의 고소사건이 배당되면 그렇게 달갑지는 않을 것이다. 나름대로는 열심히 처리에 매달린다고 하면서도 이리저리 늦춰지다가 끝내 후임자에게 물려주는 패턴이 계속 되기도 한다. 고소인 당사자로서는 가슴이 답답하고 불만만 쌓일 뿐이다.

경우에 따라서는 단순한 잘못으로 인해 누명을 뒤집어쓰고 구속되는 사람도 없지 않을 것이다. 가해자와 피해자가 뒤바뀌는 경우도 종종 나타나고 있다. 검찰과 법원의 사건 처리에 대해 가슴을 치는 사람들이 적지 않은 것은 그런 때문이다. 오죽하면 법정에서 하소연 섞인 항의로도 모자라 끝내 자살로 종지부를 찍는 경우조차 있다.

내가 처리한 사건 가운데 남부지청 당시 소복 입은 할머니의 고소사건이 그러했다. 그 여파로 내가 미국 유학 중에 느닷없이 순천지청으로 쫓겨 가게 되었던 바로 그 사건 말이다. 할머니로부터 계속 고소장이 접수되어 서류는 두꺼워질대로 두꺼워졌건만 그때까지 검사들이 제대로 처리하지를 않았던 것이다. 고소인인 할머니로서는 복통 터지는 노릇이었을 것이다. 피고소인이 권력자의 주변 인물이었기에 벌어진 일이었다. 권력의 언저리 인물에 지나지 않았는데도 그러했다면, 정작 권력자에 대해서는 오죽할 것인가 다시 생각해보게 된다.

이러한 사건들에 대해 고소인을 대리하여 변호사를 선임해주는 구제책이 마련돼야 한다. 빈곤층을 포함한 사회적 약자들에 대한 배려다. 이런 방식으로 자신이 대한민국에 살고 있는 것이 다행이라는 안도감을 심어줘야 한다.

현재 법무부 산하에 법률구조공단이 설치되어 있어 검찰청 관할 구역마다 지부가 활동하고 있다. 돈 없고 법률지식이 부족한 서민들의 소송을 도와주거나 대리하도록 임무를 맡고 있는 조직이다. 그러나 예산 문제로 실제 운영은 유명무실한 편이다. 국가가 그런 문제까지 눈길을 돌리고는 있으나 실제로는 형식에 그치고 있다는 얘기다.

국정의 최고 책임자인 대통령이 아무리 의지가 강력해도 그것만으로는 소용이 없다. 참여정부 시절 노무현 대통령이 나름대로는 기득권을 타파하고 서민을 위한 정치를 펼친다고 노력했으나 제도의 뒷받침이 없었으므로 효과를 내지 못했던 것이다. 시스템이 마련되지 않으면 어떠한 정책이든 일과성으로 그치기 쉬운 법이다.

미국에서도 현재 빈부격차가 심각한 사회적 현안으로 등장하고 있다. 1950년대만 해도 80% 이상을 차지하던 중산층이 지금은 훨씬 떨어졌다. 경제 불안정으로 실직자가 늘어 가는데 따른 현상이다. 심지어 부자와 가난뱅이의 비율이 '1% 대 99%'라는 도식이 등장하고 있을 정도다. 경제적으로 여유가 없는 사람들은 법률문제에 있어서도 불이익을 당하기 쉽다. 이런 현상이 누적된다면 사회 문제를 야기하게 될 것이다.

미국에서 시행되는 '공익 변호인(public defender)' 제도도 경제적 약자를 위한 것이다. 돈이 없어 변호사를 선임하지 못하는 피의자에 대해서는 국가가 변호사를 대신 선임해주고 있다. 우리의 국선변호인 제도나 마찬가지다. 이른바 '미란다 원칙(Miranda rule)'에 따라 변호사가 입회하지 않으면 수사기관이 조서를 받을 수 없도록 되어 있기 때문이다.

우리도 어떤 방식으로든 법률 분야에서의 경제적 불평등 문제를 풀어가야 한다. 빈곤층을 위한 서민소송 구제제도를 도입하는 것도 하나의 방법이다. 정부 예산이 부족하다면 기금 형태로 운영하는 아이디어를 발휘하는 것도 가능하다. 이를테면, 일정한 규모의 펀드를 모금해서 그 이자로 서민들의 소송비용을 지원해주는 방안이다. 펀드에 동참하는 기업이나 개인에 대해서는 그만큼 세액 공제 혜택을 부여하면 될 것이다.

공익 구호사업이니 만큼 당연히 세제 혜택을 주어야 한다. 이렇게 해서 1,000억 원이 모인다면 4~5%의 이자만으로도 충분히 운영이 가능하다. 서민들의 법률적 권익을 위한 봉사기구가 하나 생겨나게 되는 것이다. 기업들로부터 기금을 모금하는 대신에 복권을 판매해 재원을 마련하는 방법도 고려할 수 있다.

검찰청 내에도 일반 사건과는 별도로 서민 수사를 위한 전담기구를 만들 필요가 있다. 형식적으로서가 아니라 매달 서민 법률구조 건수를 발표한다거나 하는 식으로 실적으로 보여주어야 한다. 그래야만 국민들의 신뢰를 얻을 수 있다. 비리 정치인들 수사를 하는 것도 중요하지만 그런 수사로는 서민들의 피부에 닿을 수가 없다. 자기들끼리 필요에 의해 움직이는 모습으로 비쳐지기 때문이다.

빈부격차로 인한 불평등 현상은 빈곤층으로 하여금 국가와 사회를 부정하게 만드는 결과를 초래하게 된다는 점에서도 우려스럽다. 생활 범죄를 야기할 뿐 아니라 경우에 따라서는 아나키스트 같은 부정적인 사상을 되살리게 될 것이다. 과거 독일에서 히틀러가 정권을 잡게 되는 바탕이 그러했다. 민주주의와 자본주의의 기본 바탕이 위협받을 수밖에 없다. 우리의 경우 일부 진보성향의 정당들이 내세우는 편향된 주장에 서민들 위주로 동조하는 현상도 비슷하다.

이러한 차이를 메우려면 교육제도도 중요하다. 지방출신 학생이나 빈곤층 자녀들을 명문대학에 쿼터제로 입학시키는 제도를 적극 확대할 필요가 있다. 미국에서도 한때 대학에 흑인 자녀 할당제(affirmative action)를 실시하기도 했다. 쥐덫을 하나 만드는 데도 무려 30여개의 부품이 필요한 것처럼 우리 사회의 구성 요건도 마찬가지다. 나사가 하나 빠져도 올바른 사회를 만들어가기가 어렵다.

검찰 개혁의 당위성

검찰 조직의 개혁 필요성은 오래 전부터 제기되어 왔다. 특히 정권이 바뀔 때마다 강도 높은 조치가 거론되곤 했다. 이번 박근혜 정부 들어서도 마찬가지다. 대검 중수부는 이미 폐지되었고 상시 특검제를 도입한 것도 바로 그것이다.

검찰의 근본적은 문제점은 우월적인 특권의식에서 비롯되고 있다는 게 내 생각이다. 그동안 특권의식에 젖어 있음으로 해서 국민의 불신감이 증폭되어 왔던 것이다. 무소불위의 오만함에 빠져 스스로 개혁을 거부하고 있었다. 검찰 권력이 통제받지 않고 있었기에 일어난 결과다. 검사들이 피의자들은 물론 다른 행정기관들 위에 군림하는 모습으로 비쳐졌던 것도 숨길 수 없는 사실이다.

현재 눈총을 받고 있는 과도한 직급 문제가 대표적인 사례로 꼽힐 만하다. 차관급 이상이 50여 명에 이른다는 사실이다. 이렇게 차관급 자리가 많은 부처는 대한민국 국가 조직 어디에도 없다. 굳이 비교하자면, 경찰도 차관급은 경찰청장 1명이며 국세청에서도 국세청장 1명뿐이다. 검찰이 그만큼 지나친 대접을 받고 있다는 증거다.

상시 특검제를 도입하자는 논의도 다르지 않다. 검찰이 특권만 누리면서 본연의 업무인 수사를 제대로 하지 않는다는 인식 때문이

12월 민주당과 정의당 의원들이 대선개입 진상규명을 위한 특검법을 국회의안과에 제출하고 있다.(조선일보 제공)

다. '정치검찰'이라는 인식과도 맞물려 있다. 하지만 신중히 접근해야 할 문제다. 오히려 검찰이 수사를 잘 할 수 있도록 제도를 보완해 준다면 지금의 체제로도 훨씬 효과를 낼 수 있을 것이다.

무엇보다 정치권 스스로 검찰 수사에 대한 외압을 자제해야 한다. 수사 때마다 은근히 간섭하려 들면서 그 결과에 대해 검찰에 대해서만 책임을 추궁하는 듯한 모습은 비겁하다. 물론 검찰도 보신주의에 빠져들어 외압을 의연히 물리치지 못하고 제 역할을 다하지 못한데 대해서는 당연히 뼈저린 반성이 필요하다.

따라서 검찰을 개혁하려면 조직이나 기구의 개폐보다는 수사 방법과 관련한 법체계를 먼저 바꿀 필요가 있다. 지금처럼 검사의 일방적인 주도로 진행되는 수사나 재판 방식에 가장 큰 문제가 있기 때문이다. 기소유예제도에 대한 전면적인 검토가 필요하며, 미국처럼 grand jury(수사기소배심)제도의 도입이 요구되는 시점이다.

수사 과정에서 그동안 검찰이 전적으로 수행해 왔던 역할을 상당 부분 국민에게 돌려주어야 한다는 뜻이다. 이렇게 되면 검찰의 자의적인 권한 행사도 차단할 수 있게 될 것이다. 형사사법제도를 뜯어고쳐 그야말로 '국민의, 국민에 의한, 국민을 위한' 검찰권이 행사될 수 있도록 해야 한다. 이에 대해서는 뒷부분에서 다시 상세하게 논의하고자 한다. 그러나 검찰 조직만 개혁의 도마에 올려놓기보다는 법조계 전반에 걸친 구조적인 문제를 손보아야 한다. 검찰에 문제가 많은 것이 사실이지만 서로 연관이 있는 만큼 검찰 조직만 손댔다가는 결국 반쪽 개혁에 그칠 것이기 때문이다.

형사소송법의 용어를 일반인들이 쉽게 이해할 수 있도록 고치는 작업도 그 하나다. 용어 자체가 어렵고도 권위적이다. 이를테면, '기망하여 편취한 자'라는 표현은 '속여서 빼앗은 자'로 바꾸어야 한다.

일반인들이 법전을 읽고도 제대로 이해하지 못할 정도로 어렵다면 법률 서비스의 문턱도 높을 수밖에 없다. 세종대왕이 훈민정음을 반포할 당시에도 한문으로 무장되어 특권을 누리던 지배계층의 저항은 적지 않았을 것이다. 하지만 그런 저항을 극복하지 못했다면 우리의 영혼이 지금처럼 바뀌지 못했을 터이다.

법률 용어를 바꾸는 문제에서부터 부딪치고 있으니, 사법제도 전반을 개혁한다는 것이 결코 쉬운 과제는 아니다. 이미 김영삼 대통령의 문민정부 시절이던 1995년 세계화추진위원회가 구성되어 법률 서비스와 법학교육 분야의 세계화 방안이 논의된 이래 지금까지도 후속 논의가 이어지고 있는 것이다. 김대중, 노무현 대통령 때도 사법제도 개혁을 위한 위원회가 설치되었다.

그러나 그때마다 법조계의 반발에 부딪쳐 제대로 효과를 거두기가 어려웠다. 특히 법조 출신 국회의원들이 강력히 반대하는 바람에 논의로만 겉돌기 마련이었다. 사법시험 합격자 수가 늘어난 데다 법학전문대학원(로스쿨)이 도입된 것이 그나마의 성과다. 하지만 로스쿨에 있어서도 처음에는 법조계 내부의 극심한 반발을 피할 수 없었다. 로스쿨 도입에 대한 평가는 엇갈릴 수밖에 없지만 당시 법조계의 저항이 다분히 직역 이기주의에서 비롯된 것이었음을 부정할 수는 없다.

사법개혁 얘기가 다시 나오지 않도록 법조계의 분위기가 일신되어야 한다. 그 가운데서도 검찰의 영혼이 우선적으로 바뀔 필요가 있다. 청와대나 권력이 원하는 수사가 아니라 국민이 원하는 수사가 이루어져야 한다. 그러기 위해서는 권위의식에서부터 벗어나야 할 것이다. 그것이 검찰 개혁의 요체다.

피체랄드, 그리고 피에트로 검사

여기서 한 가지 미국의 사례를 들여다볼 필요가 있다. 지난 2008년 버락 오바마 대통령이 첫 번째 임기에 당선되고 나서 당선인(president-elect)의 신분으로 있을 때, 그러니까 취임 직전의 일이다.

일리노이 주 상원의원이던 오바마가 대통령에 당선되었으므로 궐석이 된 상원의원을 임명하는 절차가 진행되고 있었다. 다시 보궐선거를 치러 유권자가 뽑도록 하는 우리와는 달리 미국에서는 주지사가 후임 상원의원을 임명토록 되어 있다. 제시 잭슨 목사의 아들로 연방 하원의원이던 제시 잭슨 주니어를 비롯하여 여러 명이 후보에 거명되었으나 결국 일리노이 주 검찰총장 출신인 롤랜드 버리스가 후임 상원의원에 지명되었다. 그런데 당시 주지사이던 블라고예비치가 후임자를 물색하면서 상당한 대가를 요구했다는 의혹이 떠올랐던 것이다. 돈을 많이 낸 사람을 임명하려 한다고 해서 '경매(auction)'라는 유행어까지 나돌았을 정도다. 블라고예비치 주지사의 부인이 30만 달러 정도의 연봉을 받을 수 있는 일자리가 대가로 제안되었다는 소문도 떠돌았다.

결국 시카고 검찰청의 피체랄드 검사가 오랫동안의 감청수사 끝에 의혹의 전말을 밝히게 되었다. 피체랄드는 블라고예비치 주지사와 관련자들을 소환하여 조사를 벌인 것은 물론 이 문제에 오바마 당선인이 관련되어 있는지에 대해서도 조사해야 한다는 입장이었다. 당시 그 주지사는 오바마 대통령 당선인의 최측근이고 오바마의 후임자를 물색하는 일을 하고 있었음으로 오바마도 당연히 혐의에 연루되었을 것이라고 언론에서도 보도하고 있었다. 이에 오바마는 스스로 자청하여 검찰조사를 받겠다고 제안하여 즉시 검찰조사가 이루어졌고 결국 아무런 혐의가 없었다는 사실이 밝혀진 사례가 있다.

여기에 비하면 지금 우리는 어떠한가. 대통령 당선인에게 의혹이나 혐의가 있다고 해서 검찰이 자유의지를 갖고 조사할 수 있겠는가, 아마 그렇지 못할 것이다. 설령 여론에 떠밀려 마지못해 조사를 한다고 해도 외부에 드러나지 않도록 비밀장소를 물색한다거나, 비디오를 동원해 녹화 수사한다는 등 조심에 조심을 다할 것이 분명하다. 아직 미국의 이런 법적 제도나 문화를 좇아가려면 한참이나 멀었다는 얘기다.

이와 관련해, 미국의 일부 정치학자들은 1970년대 이후의 미국 정치 현상을 '다른 수단에 의한 정치(politics by other means)'로 특징지은 바 있다. 19세기 독일의 군인 이론가인 클라우제비츠가 "전쟁은 다른 수단에 의한 정치의 지속이다."라고 표현한 데서 원용된 관점이다.

대통령과 의회가 사법기구와 언론 매체를 활용해 상대방의 윤리적 결점이나 법률위반 혐의를 폭로하고, 조사하고, 기소토록 하는 방식을 중심으로 정치활동이 전개되어 왔다는 것이다. 선거에서 정책과 이념을 토대로 더 많은 유권자의 지지를 확보하고자 하는 경쟁에 주안점을 두어 왔던 그동안의 관점에서 벗어난 이론이기도 하다.

실제로 그동안의 사례가 이런 관점을 뒷받침한다. 닉슨 대통령의 워터게이트 사건을 비롯해 레이건 행정부의 이란-콘트라 스캔들, 클린턴 대통령의 화이트워터 사건과 르윈스키 스캔들 등이 모두 거기에 포함된다. 이렇게 부정부패와 위법 혐의가 정치의 중요한 소재로 다루어지면서 언론은 물론 사법기구의 역할이 중요해지게 된 것이다. 정치와 정치인에 대한 불신과 혐오가 확대될수록 검찰의 역할에 눈길이 쏠리게 되었다는 얘기다.

조지 W. 부시 대통령 당시의 리크게이트도 마찬가지다. 이라크를 침공하기 전에 과연 이라크가 핵무기를 보유했느냐의 여부가 문제가 되었던 것이다. 핵무기를 보유하지 않았다면 이라크 침공의 정당성이 없기 때문이었다. 그런데 조셉 윌슨(Joseph Wilson)이라는 전임 이라크 대사가 “이라크가 나이지리아에서 우라늄을 구입하려고 한다는 조지 W. 부시 대통령의 주장은 허위”라고 내세우고 나섬으로써 논란이 불거졌다.

그러자 시카고 트리뷴의 로버트 노박(Robert Novak) 기자가 윌슨 대사의 부인 플레임(Plame)이 CIA의 비밀정보원이라고 공개를 했다. 문제는 윌슨 대사의 폭로 발언에 대한 보복으로 딕 체니 부통령이 언론에 대사 부인의 신분을 발설했다는 의혹이 제기된 것이었다. 이에 피체랄드 검사가 특임검사로 임명되어 결국 체니 부통령의 일급 참모이던 리비(Libby)를 공무상 비밀누설 혐의로 구속하게 되었다.

그것이 바로 오늘날 미국의 저력이다. 무엇보다 검찰의 독립성이 보장되고 있는 덕분이다. 특별검사가 아니라도 연방 검찰국장 이상은 상원의 동의를 받아 4년의 임기를 보장토록 하고 있다. 물론 검사들 개개인의 사명감도 중요하다. 미국뿐만이 아니다. 다른 나라의 경우에도 검사가 본연의 임무에 충실함으로써 사회 정의를 지켰던 사례는 적지 않다.

특히 일본의 다나카 가쿠에이 전 총리가 재임 중 미국 록히드사로부터 거액의 뇌물을 받은 혐의를 밝혀내고 끝내 구속 처리한 도쿄지검 특수부의 경우는 지금껏 널리 회자되고 있다. 도쿄지검 특수부는 이 밖에도 리쿠르트 사건을 파헤친 끝에 다케시타 총리를 실각시켰으며, 핵심 정치인들이 관여되었던 사가와 구빈 사건과 노무라 증권 부정사건 등을 파헤쳐 국민들의 신뢰를 얻었다.

2012년 크리스티안 불프 대통령이 권력을 이용해 개인적 특혜를 받은 것으로 드러나자 헌정사상 처음으로 대통령에 대한 면책특권 박탈을 의회에 요청했던 독일 검찰의 조치도 비슷한 시례다. 결국 볼프 대통령은 전격 사임할 수밖에 없었다. 그는 니더작센 주 주지사 시절에 주택 구입을 위해 특혜성 저리 자금을 빌려 썼으며 기업들로부터 공짜 휴가여행과 승용차 협찬 등 각종 편의를 제공받은 의혹으로 사퇴 압력을 피할 수 없었던 것이다.

과거 '마니 폴리테(깨끗한 손)'라는 기치를 내걸고 부패에 연루된 유력 정치인들을 대거 구속시켰던 이탈리아 안토니오 디 피에트로 검사의 경우는 더 말할 것도 없다. 그는 각종 이권 사업에 관련된 의원들과 장관, 시장들을 거침없이 구속시켰다. 1992년 한 해 동안 정계와 재계에서 무려 3,000여 명의 인사가 체포되거나 구속되었다. 재계인사 10여 명 이상이 구속 중 자살하기도 했다. 그야말로 이탈리아 국민들로부터 '깨끗한 손'이라는 찬사를 받을 만도 했다.

이로 인한 후유증으로 1994년의 선거에서 당시 크락시 총리가 이끌던 기민-사회당의 연립정부는 끝내 붕괴되고 말았다. 크락시 총리 본인도 불법 정치자금 조성 혐의로 수사망이 좁혀들자 튀니지로 망명했다. 이때의 선거에서 미디어재벌 출신인 실비오 베를루스코니가 권력을 쥐게 되었으나 다시 부정부패가 만연하게 된 것이 문제다. 현재 이탈리아가 겪는 경제적 비극의 시발점이다.

수사 독립이 보장된 외국 검찰／

일본 검찰

일본에서는 검찰의 총수를 '검사총장'으로, 검사장은 '검사정檢

事丁'이라는 직함으로 부른다. 그러나 직함에 관계없이 정년을 보장하는 방법으로 정치적 외압에서 보호하고 있다는 사실이 중요하다. 검찰 조직 내부에서 정년이 거의 다 된 사람들끼리 검사총장 후보자를 결정하기도 한다. 법무대신 밑에 정무차관과 사무차관이 있고, 그 가운데서 사무차관이 인사 문제를 관장하고 있는데 법무대신도 인사에는 거의 손을 대지 못한다.

일본 검찰에서 검사정 직책을 지내면 공증인 자격을 부여한다. 법원장과 검사정에게만 부여하는 별도의 혜택이다. 그러나 혜택이라기보다는 하나의 생계보장 대책으로 간주하는 게 올바른 시각이다. 퇴임 후에도 먹고 살 자리가 마련되어 있으니 사건 처리에 사사로운 이익을 개입시키지 말라는 뜻이다.

법무연수원 교관시절 일본에서 열린 유엔아시아극동범죄방지연구소(UNAFEI) 세미나 회의에 참석한 기회에 당시 일본 역대 검사총장들의 저녁 대접을 받은 일이 있는데, 그들의 옷차림 자체가 무척 검소한 편이었다. 첫눈에도 와이셔츠가 낡아 보였으며, 넥타이도 실크가 아닌 나일론 제품이었다. 그들의 옷차림에 오히려 고개가 저절로 숙여졌다. 그것이 바로 선진 검찰의 한 단면이 아닐까 싶다.

일본에서도 판사와 검사의 교환 프로그램이 마련되어 있다. 3년씩 자리를 바꾸어서 근무하는 제도다. 한때 법원과 검찰 사이의 갈등이 심했으나 이렇게 교환 프로그램을 실시하고 난 다음부터는 갈등이 거의 사라졌다고 한다. 서로 업무를 이해하게 된 덕분일 것이다.

일본의 대법원 판사 진용에는 교수 출신도 곧잘 포함되고 있다. 법과 현실은 동떨어진 것이 아니라 동전의 양면이라는 인식 때문이다. 생활과 유리된 법률은 아무런 의미를 지니지 못한다. 그렇게 본다면 영국에서처럼 물리적인 법조문에만 의존하지 않고 원칙과 관례에 의해 움직이는 불문법주의가 계속되고 있는 것도 이해할 수 있다.

유럽 검찰

영국의 경우에는 전통적으로 불문법을 고수해 왔지만 최근 복잡하게 얽혀 돌아가는 금융 문제를 해결하기 위해 자본시장통합법을 만들어 시행하고 있다. 그러다 보니 법에 얽매어 급변하는 금융환경에 대처하기가 오히려 어려운 측면도 나타나고 있다. 성문법이 법적 안정성 확보라는 면에서는 의미가 있으나 환경 변화에는 오히려 불리하다.

유럽에서도 실제로는 검찰 조직이 아니라 법원 소속 치안판사(magistrate)가 수사권을 행사해왔다는 점이 특이하다. 중세시대부터 법원이 수사에서부터 기소, 재판을 모두 담당했던 전통에 따른 것이다. 이탈리아에서 '마니 폴리테'를 주도했던 피에트로를 흔히들 검사라고 부르지만 법원 소속의 치안판사(magistrate) 개념이다.

믿어지기 어렵겠으나, 영국에서도 검찰 조직이 탄생한 것은 1985년에 이르러서다. 그동안에는 일반인 누구라도 범죄인을 기소할 수가 있었다. 이른바 '사인私人소추' 제도라는 것이다. 우리의 경우도 일제 강점기까지 검사는 법원 소속이었는데, 이러한 영향을 받은 것임은 물론이다.

스웨덴 검찰과 옴부즈맨

스웨덴에는 옴부즈맨 제도가 시행되고 있다. 내가 대검 마약부장 시절, 신승남 검찰총장을 수행하여 베이징에서 열린 검찰총장 회의에 참석했을 때 스웨덴 검찰총장으로부터 전해들은 얘기다. 스웨덴도 과거 검찰이 국민으로부터 불신을 받았으나 옴부즈맨 제도를 도입하고 나서 이미지가 상당히 개선되었다는 게 그의 언급이었다.

만약 수사가 잘못되거나 부당하게 이루어졌을 경우에는 옴부즈맨이 검찰총장을 수사하고 기소할 수도 있을 만큼 막강한 권한을 지니고 있다는 사실부터가 특이하다. 어떻게 보면 특별검사제도와 비슷하다 할 것이다. 검찰이 신뢰를 잃지 않는 방법이기도 하다.

미국 검찰

미국에서 검찰총장은 상원의 동의를 얻어 임명되는데, 연방정부에 소속된 95명의 연방검사가 모두 임명직이다. 그러나 지방검사는 모두 선거로 선출된다. 주민의 의견을 반영할 수 있도록 주민들이 직접 뽑는다는 논리가 깔려 있다. 지방판사도 마찬가지다. 임명직이든지, 선출직이든지 권한과 독립성이 충분히 보장되기 마련이다.

검사 출신 가운데서도 대법원 판사로 임명되는 경우가 적지 않다는 게 미국 사법제도에서 하나의 특징이라면 특징이다. 검찰총장 밑에 정부를 대리하여 채권 회수 등 민사소송을 담당하는 송무차관(solicitor general)이라는 직책이 있는데, 그 자리가 대법원 판사 임명 1순위로 꼽힌다. 우리도 과거에는 검찰 출신들이 대법관으로 임명되곤 했지만 지금은 그렇지가 않다.

그러나 최근 들어서는 특이한 일이 벌어지고 있다. 우리나라의 대검찰청에 해당하는 법무부(the department of justice)에 사기사건 전담반이 만들어져 자체 수사를 진행하는 중이다. 월스트리트를 중심으로 일어난 금융위기 사건이 수사의 주요 대상인데, 그동안 손을 대지 못하고 있던 금융계에 대해서도 본격적인 수사가 이뤄지게 되었다는 신호탄이나 다름없다. 이제는 필요에 따라 자체적으로 수사를 진행하게 된 것이다.

미국 법무부가 이처럼 금융계 수사에 착수하게 된 것은 이른바 서브프라임 모기지 사태의 여파로 2008년 리먼브라더스가 파산한 데 따른 것이다. 이로 인해 세계적으로 금융위기를 불러왔고 미국에서도 수많은 투자자들이 피해를 입은 데 대한 책임 소재를 가리려는 조치다. 이에 따라 주식의 내부거래로 투자자들에게 피해를 입힌 SAC캐피탈 사건에 대한 조사가 시작되어 워싱턴의 거물인 스티브 코헨의 연루 여부가 이미 조사 대상에 오른 상태다.

이런 관점에서 본다면, 우리의 대검 중수부 폐지도 신중히 접근했어야하지 않았나 하고 느낀다. 미국 법무부도 새로 수사에 착수하는 마당에 우리라고 기존에 있는 조직을 구태여 없앨 필요까지 있느냐는 얘기다. 중수부가 폐지되었지만 서울지검 특수부가 있으므로 수사에 차질을 빚지는 않겠으나 기왕에 있는 기관을 없앨 것까지는 없다고 생각한다. 그동안 중수부가 부정부패 수사를 처리한 공로를 인정할 필요도 있다.

그보다는 효율적으로 활용하는 방안을 찾는 게 더 바람직하다. 중수부 폐지 후 그 대안으로 공직비리수사 처를 신설한다는 방안도 거론되지만 또 다른 형태의 중수부에 지나지 않을 것이라는 비판이 있어 근본적인 방안은 못된다. 중수부가 정치적 사건을 다루면서 제대로 진상을 밝히지 못하고 어물어물 넘어갔다는 정치권의 공격에 휘말려 있던 것이므로 뼈를 깎는 검찰의 자기반성이 선행돼야 함은 물론이다.

검찰이 스스로 개혁을 이루지 못한다면 끝내 바깥으로부터의 개혁조치를 강요받을 수밖에 없다. 검사의 직무가 과연 무엇인지에 대해서부터 질문이 필요한 문제다.

8장

검찰은 결국 무엇을 해야 하는가?

검찰도 변해야 한다／

외부 모든 간섭으로부터 독립된 검찰

검찰이 불신에서 벗어나 사회 정의의 수호자로서 본래 위상을 되찾으려면 지금부터라도 당장 새로운 모습을 보여주어야 한다. 우선은 스스로 정치권력으로부터 거리를 두려는 의지를 드러내야 한다. 그러한 의지가 검찰의 신뢰를 회복하는 첫걸음이다. 하지만 권위주의와 타성에 젖어 있는 지금의 체질로는 결코 쉬운 일이 아닐 것이다.

다시 말해서, 검찰이 모든 외압과 간섭으로부터 독립을 이루어야 한다는 얘기다. 검찰의 임무가 사실을 추적하고 범죄 여부를 가리는 것이라는 점에서 독립을 이루어야 한다는 명제부터가 극히 자연스럽게 여겨지는 것이다. 누구의 지시를 받거나 예속될 필요가 없이 본래적으로 독립적인 위치에 있는 것이기 때문이다.

검찰이 행정부 조직에 속해 있다고 해서 구체적 사건에 있어 대통령이나 법무장관이 구체적 사건의 수사 방향에 대한 방침을 제시할 수 있다고 생각하는 자체가 위험한 발상이다. 범죄 혐의가 나타나는 경우에는 누구의 지시를 받고 안 받고를 떠나 검사는 당연히 수사에 착수해야 한다. 본디 검사의 직무가 독립적인 수행을 전제로 하여 맡겨졌다는 것이다. 그리고 사실대로 밝혀내기만 하면 그것이 전부다.

그러나 사회적으로 민감한 사건에 있어서는 정치권이 사실 그대로의 수사를 가로막는 일이 곧잘 벌어지는 것이 문제다. 여론에 불리하게 작용할 것을 우려하기 때문이다. 심지어 사실을 사실대로 밝혀내려는 검사에 대해서는 불이익이 내려지기도 했다. 이러한 일들이 하나 둘 쌓이면서 검찰 스스로 몸조심하려는 풍토가 만들어졌고, 결국 위축된 분위기에서 벗어나지를 못했던 것이다.

우선 검찰 조직은 진실규명에 관한한 일사분란하게 움직일 필요가 없다는 인식으로부터 출발하여 그동안의 잘못된 관행이 바뀌어야 한다. 검사 각자가 독립된 기관이기 때문이다. 경찰은 폭동이나 데모를 진압해야 하니까 직선적인 명령 체계가 요구되지만 검찰은 그렇지가 않다. 군중시위 사태에 있어서도 검찰은 경찰의 진압이 이뤄진 다음에 사후적으로 경위를 가리는 책무가 맡겨져 있다. 대통령 통치권의 기본으로 합목적적 기구의 성격을 지니는 경찰의 임무와 비교해 검찰의 임무는 기본적으로 차이가 있다.

서울 서초동 대검찰청에서 열린'관피아 척결'검사장 회의에서 김진태 검찰총장과 검사장들이 국기에 대한 경례를 하고 있다.(조선일보 제공)

언젠가 광화문에서 촛불시위가 일어나자 검찰이 경찰을 지휘해서 시위를 진압해야 한다는 얘기도 나돌았지만, 그 자체가 잘못된 발상이다. 검찰청 법에도 검찰이 시위 사태의 진압 주체로 되어 있지를 않다. 좀 더 정확히 말하자면, 진압책임도 없다. 법적인 근거가 희박하다는 얘기다.

따라서 지난날 대학가나 노동계에서 집단 움직임이 엿보일 경우 검찰이 나서서 엄단 방침을 발표했던 것이 과연 올바른 대처 방식이었는지부터가 의문이다. 대검 공안부장 주재로 총리실과 안기부, 행정안전부, 노동부 등 관련부처 관계기관대책회의를 소집하거나 공안합동수사본부를 구성했던 것도 권한을 넘어서는 대응 방식이었다. 한편으로는 군부독재 시절 정권의 하수인 노릇을 자처한데 지나지 않는다.

소요사태로 인한 집단적인 범법행위가 우려된다면 그것은 어디까지나 경찰이 처리해야 할 업무다. 예방적 차원에서 엄단 방침을 밝히는 것은 경찰 소관이기 때문이다. 검찰은 사건이 끝난 뒤 범죄 여부를 가리는 수사의 주체일 뿐이다. 혹시 검찰로서 사전에 필요한 것이 있다면 양형 기준을 마련하는 정도다. 물론 경찰이 특정 사건에 대해 지휘품신을 올릴 경우 담당 검사가 판단해서 답변해주는 방식이라면 무방할 것이다.

나는 서울지검장 시절에도 검찰 내에서 이런 방침을 지키고자 했다. 강금실 법무장관에게도 그렇게 건의를 했고, 강 장관도 이에 대해 충분히 동의를 표시했다. 민주국가라는 것이 법에 정해진 대로 따르는 것이라면, 군중 시위 진압은 검사 직무에 포함되지 않는다. 정확히 말해서, 범죄의 예방과 진압은 경찰의 업무라고 경찰관 직무집행법 제2조에 명시되어 있다.

서울 대검찰청에서 열린 전국감찰부장검사회의(조선일보 제공)

그동안 '검찰 공화국'이라는 비난을 받았던 것이 그런 이유다. 검찰은 시위 진압에서부터 손을 떼야 한다. 경찰에 대한 지휘도 범죄수사 분야에 한해서만 국한시켜야 한다. 북한 정세와 관련된 안보 범죄가 우려되는 경우에도 그 소관은 국정원이나 경찰이다. 자기 소관이 아닌데도 정권에 대해 충성심을 발휘하며 검찰이 무리하게 앞장섰던 과거의 사례가 잘못됐다는 얘기다.

검사는 공소장으로 말해야

그동안 검찰의 수사 방식에도 잘못이 있었다. 단순한 고소·고발 사건에 있어서도 피의자들 위에 군림하려는 강압적인 수사가 이루어지기 일쑤였다. 권력이나 금력의 편에 은근히 기울어지기도 했다, '유전무죄 무전유죄'의 그릇된 관행 아래서 억울한 피해자가 끊이지 않았던 것은 그런 결과다. 이제 수사 업무에서도 신뢰를 회복해야 한다. 그것이 검찰 본연의 자세를 되찾는 방법이다.

무엇보다 기본 원칙으로 돌아가는 것이 중요하다. 그 가운데서도 검사 개인의 선입관을 버리고 무죄 추정 원칙이 따라 백지 상태에서 수사를 진행한다는 자세가 필요하다. 형사법에 있어 매우 중요한 원칙이다. 아무리 눈에 드러난 혐의가 짙더라도 진실은 아무도 모르는 법이다. 더욱이 강압수사는 금물이다. 진실 앞에 두렵고 겸손한 마음으로 숨죽이며 사건을 처리하는 마음가짐이 요구된다.

수사 방식과 과정에 있어서도 사건 당사자와 그 주변 인물들이 충분히 납득할 수 있도록 모든 증거에 대한 판단이 이루어져야 한다. 피의자에게 불리한 증거에 대해서만 판단을 내리고 유리한 증거에 대해서는 어물쩍 넘어간다면 설득력을 인정받을 수 없다. 설득력이 없다면 증거능력도 부족할 수밖에 없다. 이러한 수사 내용이 모두 공소장에 남겨져야 한다. 만약 불기소 처분을 내린다면 그 이유도 자세히 기록되어야 한다.

우리는 검찰의 공소장 기록이 너무 간단한 편인데 그것은 잘못된 관행이다. 우리는 대법원 판결문도 일반적으로 길어봐야 30~40페이지에 지나지 않는다. 그래서는 판결문을 읽어봐도 궁금한 것이 남아 있기 마련이다. 의혹이 완전히 해소되지 않는다는 것이다. 당사자들에게는 사건처리 결과가 생사 문제와도 직결될 수가 있다. 그런데도 그들이 제시한 증거를 불과 몇 줄의 기록으로 "믿을 수 없다."거나 "근거가 부족하다."고 배척해버린다면 어느 누가 검찰을 신뢰하겠는가.

미국의 경우 특별검사법에 대한 연방대법원의 위헌 판결문을 읽어보면 그 분량이 장장 760페이지에 이른다. 스칼리아 판사의 반대

의견만 해도 39페이지 분량이다. 일본에서도 경우는 마찬가지다. 재일교포들에게 주민등록을 허가하느냐 마느냐 하는 행정처분을 놓고도 판결문이 거의 책 한 권 분량에 이른다고 들었다. 검찰이나 법원이나 제출된 모든 증거에 대해서 판단하고 답변할 의무가 있는 것이다.

과거 우리 검찰의 공소장이나 법원의 판결문도 자세히 쓰도록 했지만 요즘은 신속 재판 방침에 따라 간단히 쓰는 추세다. 이런 현상이 재판 결과에도 소홀하게 나타난다고 보기는 어렵겠으나 재판을 받는 당사자들로서는 불만일 것이다. 검찰 수사나 재판 결과에 불복하여 시위를 벌이거나 스스로 목숨을 끊는 경우가 없지 않다는 사실을 가슴속 깊이 새겨야 한다.

검찰의 수사 결과에 있어서도 중간발표 형식이 아니라 최종적으로 공소장을 통해 발표되는 것이 마땅하다. 아무리 사회적으로 관심을 끄는 사건일지라도 공보관을 통해 중간발표를 하는 것은 위법 소지가 다분하다. 최종 판결이 나기 전까지는 누구에게도 무죄 추정의 원칙이 적용되기 때문이다. 단순한 혐의 단계에서 범죄 사실이 특정되어서는 곤란하다. 단순한 참고인이냐, 피의자 신분이냐에 대해서조차 구분해서 밝힐 필요가 없다. 기자들 앞에서 카메라 플래시를 의식하며 발표를 하기보다는 기소장을 충실히 작성하는 것이 더 중요하다.

수사 결과를 발표하다 보면 공연히 시비 거리만 야기 시킬 소지가 있다. 모든 것은 법정에서 논의할 문제로서, 대법원 확정 판결 전까지는 무죄로 추정된다는 점을 검사도 겸허한 자세로 받아들이고 검찰의 수사 결과는 기소장으로 말하는 관행이 정착될 필요가 있다. 수사를 하고도 기소할 필요를 느끼지 못했다면 그 역시 불기소장으로 이유를 설명하면 그뿐이다. 언론에 대고 중계방송을 하듯이 일일이 설명할 필요가 없다는 뜻이다. 더구나 불기소의 경우 브리핑을 하게 되면 수사기밀 공표죄에 해당할 소지가 다분하다.

언론사의 취재 관행도 바뀌어야 한다. 기자들이 수사 단계에서부터 사건을 너무 깊이 파고들어가는 지금의 관행이 문제가 있다는 얘기다. 이에 대해서는 인권을 중시하는 미국의 경우를 참고할 필요가 있다. 피의자에 대해 기소가 이루어지고 재판이 진행되면 그때부터 언론의 본격 취재경쟁이 시작된다.

다시 말해서, 현행 검찰의 공보관제도에 문제가 있다는 얘기다. 일본에도, 미국에도 공보관제도는 존재하지 않는다. 우리도 당연히 없애야 한다. 검찰은 일반 행정기관과 달리 굳이 국민들에게 업무에 대한 이해를 구할 필요도 없고, 더욱이 홍보를 할 필요도 없다. 퇴비 증산이 얼마나 이루어졌고, 수출 실적이 얼마나 늘어났는지를 알리는 행정 체계와는 구분이 되어야 한다. 내가 서울지검장 재직 당시 수사 결과를 한 번도 발표하지 않은 것이 그런 이유에서다.

아무리 검찰청사 방문객을 웃는 얼굴로 맞이하고, 민원 서비스를 확대하고, 국민과의 소통 채널을 확대한다 하더라도 그것은 부차적인 문제다. 수사에서 사실이 왜곡되어 관련자들의 불평불만이 쌓여서는 신뢰 회복은 요원하다. 수사만 제대로 이루어진다면 일부러 알리지 않더라도 저절로 신뢰가 회복될 수 있을 것이다.

기소유예제도의 맹점

내가 우리 검찰의 기소유예제도에 대해 심각하게 생각하게 된 것은 법무연수원 교관 시절 때였다. 일본 도쿄에서 열린 UNAFEI(UN Asia&Far East Institute) 프로그램에 참가했다가 깨닫게 된 사실이다. 당시 유엔이 개발도상국의 판사와 검사, 경찰 간부들을 초청해 3개월씩 단기간의 교육을 시키는 과정이 바로 UNAFEI 프로그램이었다.

우연히 토론이 벌어진 자리에서 내가 우리의 기소유예제도에 설명하자 각국의 참석자들이 모두 깜짝 놀라는 표정이었다. 혐의가 있으면 기소를 해야지 검사가 도대체 무슨 권한으로 유예하는 방식으로 개인의 혐의를 용서할 수 있느냐는 반응들을 나타냈던 것이다.

사실, 나로서는 정치적 파장을 염려해 수사가 중단되거나 기소가 유예되는 경우에 대해 초임검사 시절부터 마땅치 않게 여기던 터였다. 공장에서 공해물질을 과도하게 배출하더라도 수출에 지장을 초래할까 봐 수사가 늦춰지는 경우가 적지 않았던 것이다. 하지만 법적인 제재로 당장 손실이 초래 된다 손 치더라도 밝힐 건 밝히고 넘어가야 차후에 더욱 발전을 이룰 수 있다는 게 내 생각이었다.

하지만 그렇게 원칙적인 입장에서 견해를 밝히면 상관들로부터 핀잔을 받기 일쑤였다. "여기가 미국인줄 아느냐."라는 소리를 듣기도 했고, 철딱서니가 없다며 혀를 차는 상관도 있었다. 그래도 나는 가급적 소신에 따라 처리하려고 노력했다. 오죽하면 남부지청 시절 내가 처리한 구속사건에 대해 법무장관이 나에게 선처를 부탁하며 전화까지 걸어왔겠는가. 물론 결과적으로 피해를 본 것은 나였다.

그동안 우리 검찰은 정치적 사건이나 재벌관련 사건을 수사하면서 불구속 기소나 기소유예로 처리한 경우가 적지 않았다. 정치권의 눈치나 경제 여건을 감안해서 생긴 일이다. 외부의 압력과 청탁이 들어오기도 했다. '유전무죄 무전유죄'라는 비아냥거리는 것은 그래서 제기된 것이다. 혐의가 있는데도 기소를 유예한다면 누가 그 수사결과를 받아들이려 하겠는가. 현재 검찰이 불신에 휩싸여 있는 데에도 이 기소유예제도가 큰 부분을 차지하고 있음을 부인하기 어렵다.

이에 대해서는 제2차 세계대전으로 동·서독이 분리된 이후 서독 검찰의 경우에서 해답을 찾을 필요가 있다. 히틀러의 나치 치하에서 유태인 탄압 등 인권 유린을 방조 내지는 협조했다는 이유로 한때 검찰 폐지론까지 제기됐을 만큼 심각한 불신의 위기에 처했던 것이다.

이때 그 해결방안이 기소법정주의였다. 스스로의 권한을 축소함으로써 기소유예를 폐기한다는 선언이었다. 아무리 경미한 사건이라도 검찰의 자의적인 판단을 자제하고 법원에 기소해서 유죄 또는 무죄의 판단을 구하도록 했던 것이다. 검사는 사건의 한 당사자이므로 직권적인 판단을 내려서는 안 된다는 논리가 그 근거다. 마지막 심판을 내리는 것은 판사의 권한이다.

이에 비해 기소유예제도는 검찰에 부여된 권위가 그 토대를 이룬다. 검사들은 일반인보다 법적인 판단에 있어 우월하다는 엘리트주의를 바탕에 깔고 있다는 것이다. 사법권을 검찰이 좌지우지하고 있는 대표적인 사례이기도 하다. 하지만 검찰의 판단이 늘 정당했던 것만은 아니다. 때로는 실수도 있었고, 때로는 의도적인 월권도 없지 않았다. 민감하고 중요한 사건일수록 검찰의 자체 판단만으로 종결짓지 말고 법원의 판단을 구하는 것이 바람직하다.

우리의 기소유예제도는 일제 강점기부터 유지되어 온 것으로 대륙법계의 영향을 받은 일본 법 체계에서 따온 제도임은 물론이다. 기소독점권과 기소편의주의에 의해 검사가 직권과 재량으로 피의자에게 재판을 면케 해준다는 점에서 일종의 사면권이다. 생사여탈권을 검찰이 행사하고 있는 것이다. 현재 세계적으로 각국마다 대체로 공소보류는 있지만 기소유예제도는 채택하지 않고 있다.

따라서 검찰의 기소유예제도에 대해서는 전면적인 검토가 요구된다. 당연히 폐지되어야만 한다. 모든 절차가 담당 검사의 자의적인 판단보다는 법조문에 의해 이뤄지는 게 마땅하다. 검찰권이 상황에

2008년 서울 중구 삼성그룹 본관에서 삼성특검 수사관들이 압수수색을 마치고 버스에 올라타고 있다.(조선일보 제공)

따라 변칙적으로 행사되고 있다는 의혹은 피해가야 한다. 그것이 검찰에 대한 신뢰도를 되찾는 방법이다.

이러한 논리는 최고 통치자의 경우에도 똑같이 적용된다. 통치자라고 해서 법을 마음대로 움직일 수는 없는 것이다. 법 앞에서는 누구나 평등해야 하기 때문이다. 미국에서 시어도어 루스벨트(Theodore Roosvelt) 대통령이 "법위에 사람 없고, 법아래 사람 없다. 사람을 법에 복종시킬 때 그 사람의 허가를 받을 필요가 없다(No man is above the law and no man below it: nor do we ask anyman's permission when we ask him to obey it)."고 갈파한 것이 바로 그것이다. 소크라테스가 '악법도 법'이라며 독배를 받았던 고대 그리스 시절의 교훈을 되새겨볼 필요가 있다.

그런 점에서 생각해 본다면, 대통령의 사면권은 황제 시대의 유물이다. 절대 권력자가 스스로 법을 만들고, 뜯어고치고, 집행하던 시절에나 가능했던 권한이 잔존하고 있는 셈이다. 종교적으로나 역사적으로나 개인의 죄를 사해주는 은전은 로마 교황이나 베풀 수 있는 권한이었다. 죄를 용서해줄 수 있는 권한은 하나님만 갖고 있었고, 그 대리자가 교황이었기 때문이다.

워터게이트 사건으로 잔여 임기를 물려받은 포드 대통령이 전임자인 닉슨에 대한 사면권을 행사했다가 역풍을 맞았던 미국의 사례를 똑바로 기억해야 한다. 포드가 연임에 실패한 이유 가운데 가장 결정적인 빌미가 바로 닉슨에 대한 사면이었다. 이러한 사례가 아니라도 우리는 대통령의 사면권이 너무 남발되고 있다. 법을 무시하는 처사다. 이제라도 법에 대한 기본 관념이 바뀌어야 한다.

배심원제도 도입이 필요하다

미국에서는 무작위로 선발된 일반 시민들이 사법 절차에 직접 참여하여 피의자에 대한 유죄, 무죄 여부를 가리게 된다. 법원의 형사재판에서도 그렇고, 검찰이 피의자를 수사하고 기소하는 단계에서도 마찬가지다. 형사재판에서 유무죄를 결정하는 '재판 배심'과 검찰의 수사 단계에 참여해 기소 여부를 결정하는 '기소배심'제도가 바로 그것이다.

그 경우 grand jury(수사기소배심)는 일반적으로 23명 안팎의 시민들로 배심원단이 구성된다. 기본적으로는 남용이 우려되는 검찰의 기소 재량권을 시민들의 참여로 견제하려는 장치다. 일본에서도 검사가 불기소로 결정한 사건에 대해 시민들로 구성되는 검찰심사회가 다시 최종적으로 기소 여부를 검토할 수 있도록 제도적 장치를 마련해 놓고 있다.

우리의 사법체제에도 이런 배심원제도의 도입이 적극 검토되어야 한다. 현재 우리나라에서 진행되고 있는 국민 참여 제도는 재판에 권고나 참고가 될 뿐 기소력이나 법적효력은 전혀 갖고 있지 못하다.

내가 서울지검장 취임사를 통해 강조했던 '참여 검찰'의 취지가 바로 그런 것이었다. 검찰권 행사에 국민이 재판 결과에 직접 참여케 하는 방법으로 공정성과 신뢰성을 검증받도록 해야 한다고 생각했다. 우리의 법체계에서는 아직 배심원제도가 없으므로 그와 비슷한 국민 참여 제도를 도입하자는 뜻이었다.

예를 들어, 항고 심사위위원회에 민간인을 참여시키거나 국민적 의혹을 받는 주요 사건의 수사 과정에 대해 민간인이 감시할 수 있도록 수사참관인제도를 검토해 볼 수 있을 것이다. 그밖에도 방법은 얼마든지 있다. 그래야만 '열린 검찰'이고, '참여 검찰'이라 부를 수 있을 것이다. 역시 검찰의 신뢰를 회복할 수 있는 방안의 하나다.

이에 대한 미국 사법제도의 경우를 소개하자면 다음과 같다. 경찰이 수사를 마치고 검찰에 사건을 송치하면 검찰은 참고인 조사를 벌이게 되는데, 이때 소환의 주체가 바로 grand jury(수사기소배심)이다. 정확히 말하자면, 검사에게는 소환권이 없다. 참고인들도 검사가 아닌 수사기소배심 앞에서 증언을 하는 것이다.

민간인들로 구성되었다고 해서 배심원의 권한이 형식적이거나 허술하다고 생각해서는 안 된다. 소환장을 발부할 뿐만 아니라 정당한 이유 없이 불응하는 경우에는 구속 처리할 수 있는 권한까지 부여되어 있다. 진술을 거부하는 경우에도 마찬가지다. 진술 내용이 거짓말로 드러나면 위증죄로 처벌할 수 있는 권한까지 지닌다. grand jury(수사기소배심)제도가 '조사 도구(investigative tool)'라고 불리는 이유다.

미국에서 기소가 이루어져 재판이 열리는 경우에도 범죄 여부를 가리는 것은 판사가 아니다. 판사는 재판진행 절차를 주재할 뿐이다. 최종적으로 형량을 정하는 것도 모두 배심원들의 몫이다. 그 밑바탕에는 국민이 수사하고, 기소하고, 재판까지 진행한다는 국민 참여 사상이 깔려 있다. 그 결과에 대해서도 전적으로 권위를 존중받도록 되어 있음은 물론이다. 1심에서 무죄 판결이 나오게 되면 항소를 못하게 법으로 금지시키고 있는 것이 그런 사례다. 모든 권력은 국민으로부터 나온다는 헌법 정신이 사법제도에서 그대로 작동하고 있는 것이다.

워터게이트 사건의 당사자인 닉슨 대통령도 결국 특별검사의 수사를 거쳐 grand jury(수사기소배심)의 소환장이 발부됨으로써 사임을 결심하게 되었던 것이다. 배심원의 권한이 그만큼 막강하다는 얘기다.

검찰 수사에 대한 견제장치

우리는 검사가 수사를 책임지고 진행하지만, 그렇다고 더 효율성을 보장받고 있는 것도 아니다. 소환장이 발부되더라도 당사자가 불응하는 경우에는 그것으로 그만이기 때문이다. 소환에 응한다고 해도 묵비권으로 일관하면 역시 속수무책이다. 설령 입을 열어 거짓말로 대답한다고 해도 처벌할 수가 없다. 일종의 방어권으로 간주하기 때문이다. 이런 경우에 처벌할 수 있도록 법조계 일각에서 사법방해죄가 거론되고 있을 정도다.

이렇게 본다면 민간인으로 운영되는 미국의 grand jury(수사기소배심)제도가 훨씬 더 효율적이다. 우리도 장기적으로는 배심원제도가 도입되어야 한다. 하지만 그렇게 될 경우 법원이나 검찰의 권한이 축소되거나 견제를 받을 것으로 우려한 나머지 법조계 내부의 반발이 적지 않은 것 같다. 최근 들어서는 검찰 내부로부터 불미스런 사건들이 연달아 터져 나오면서 개혁 방안의 하나로 배심제도의 도입 방안이 조심스럽게 논의되는 분위기다.

사실, 검찰에서도 배심제도는 그동안 검찰 개혁론이 제기될 때마다 단골로 등장한 메뉴다. 내가 서울지검장이던 2004년 당시 노무현 정부가 사법개혁을 논의하면서도 그러했다. 법무부가 장기적인 방안의 하나로 기소배심 또는 일본에서 시행중인 검찰심사회 도입을 검토하겠다고 밝혔던 것이다. 하지만 그 뒤에 별다른 진전은 이루어지지 않았다.

다른 방안으로는 검찰시민위원회 제도가 시도되기도 했다. 지난 2010년에 터져 나온 '스폰서 검사' 사건이 그 계기였다. 지방검찰청마다 시민위원회를 설치해 검사의 기소 및 영장 청구와 관련하여 자문 역할을 맡도록 했던 것이다. 그러나 이 시민위원회가 법적으로 강제력이 부여되지 않아 권고로만 영향력을 행사할 수밖에 없다는 점에서 근본적인 해결책은 아니었다.

검찰에 기소배심제도가 도입된다면 법원의 재판과정에도 동시에 배심원제도가 도입될 가능성이 크다. 이렇게 되면 법원이 예정하고 있는 국민 참여 재판도 함께 이루어지게 될 전망이다. 현재 진행 중인 단순 권고의 의미로서가 아닌, 사법적 결정권이 국민들에게 돌려진다는 점에서 민주주의 정신에도 부합하는 결과다. 국민들이 선거를 통해 대통령과 국회의원을 뽑는 차원에서 더 나아가 수사와 재판에도 직접 관여할 수 있게 되는 것이다.

우리가 사법제도를 개혁한다고 한다면 그 핵심은 이 배심원제도에서부터 시작되어야 한다. 초가집을 아무리 현대식으로 뜯어고친다 해도 인테리어 공사로 겉모습만 바꾸는 식이어서는 소용이 없다. 아궁이와 구들장을 들어내고 굴뚝을 뜯어내지 않는 한 서양식 주택의 열효율과 편리성은 보장할 수가 없을 것이다. 사법제도에서는 그만큼 배심원제도가 중요하다는 얘기다.

한편으로는 전문가가 아닌 일반 시민들이 수사와 재판에 관여한다고 해서 결과가 동떨어지게 나타날 것이라고 걱정하는 시각도 있을 수 있다. 그러나 그렇지는 않다. 미국에서 자리를 잡아 시행되는 것처럼 우리도 걱정할 필요가 없다고 여겨진다. 내가 충남대 법학전문대학원 원장으로 재직할 당시 주한 미국대사관으로부터 〈The Anatomy of Jury(배심원 해부)〉라는 자료를 전달받은 적이 있는데, 그 내용에 따르면 배심원들의 결정이 내려진 사건을 미국 유수의 로스쿨 교수들에게 배포하여 그 결론을 도출해보도록 하였는데 놀랄 정도로 그 결론이 배심원들의 결정과 일치했다.

국민들이 전문지식이 없다고 해서 상식에서 벗어난 것도 아니고, 막무가내는 더더욱 아니다. 적어도 사실이냐 아니냐의 판단에서는 전문가들보다 더 정확할 수도 있다. 전문가들에 있어서는 법적인 편견으로 오히려 사실이 왜곡될 소지도 무시할 수는 없다. 미국에서 배심원을 선발할 때 경찰관이나 교도관 등 법률 종사 경력자들을 처음부터 제외시켜 놓는 것도 그런 배경 때문이다.

우리의 현행 사법제도에서 허점으로 지적되는 것도 바로 그런 사항이다. 판결은 판사의 자유 심증주의에 의존하고 있으며, 수사도 거의 검사의 개인적인 능력에 맡겨지고 있다. 엘리트주의를 따르고 있는 것이다. 국민의 의사를 존중하는 영·미식보다는 절대 권력을 숭상하는 대륙 식을 본떴기 때문이다. 하지만 히틀러나 드골이 막판에 어떻게 실수를 저질렀는지를 살펴본다면 엘리트주의의 폐해를 간파하기란 그리 어려운 일이 아니다. 엘리트들은 능력을 인정받기는 하지만 일반 생활에서 격리되고 동떨어지기 쉬우므로 상식적인 판단에 있어서는 결점을 드러내기 십상이다. 배심원제도는 그 보완책이다.

플리바게닝과 형사 범죄 감면 조항(immunity grant) 제도

범죄 혐의가 있는 피의자에게 자신의 혐의를 스스로 인정하도록 하는 대가로 검찰이 죄명이나 형량을 낮추어 주는 제도가 플리바게닝(plea bargaining)이다. 유죄협상제有罪協商制라고 불리기도 하는 이 제도는 종래의 마피아 영화나 최근 인기를 타고 있는 CSI, NCSI 같은 범죄수사 드라마에서도 종종 엿보이고 있다.

검사와 피의자 사이에 구형 및 기소에 관하여 형량 조정에 관한 사전 합의가 이루어져 시행된다. 미국을 비롯한 영미법계 국가들과 프랑스 등 일부 대륙법계 국가에서도 제한적으로 적용되고 있다. 또한 피의자들에게 형의 면제나 감형을 조건으로 수사에 협조를 얻는 형사 범죄 감면 조항(immunity grant) 제도가 그중 가장 중요한 위치를 차지하고 있다. 루돌프 줄리아니 뉴욕 시장이 과거 뉴욕 검사장 시절 이 제도를 활용하여 마피아 말단 조직원을 움직여 마피아의 최고 두목인 '고티'를 잡아넣은 전례도 있다. 말단 조직원을 검거한 후 윗선의 범행을 알려주는 대가로 형을 면제하거나 감형하는 형식으로 최고 두목의 범행까지 밝혀냈던 것이다.

검찰이 사실을 밝혀낸다고 하면서 혐의에 대해 흥정을 하고 타협을 한다는 자체가 부자연스럽게 보일지 몰라도 현실적인 한계를 감안한다면 그것이 최선일 수가 있다. 검사들이 사건 내용 검토에 충분한 시간을 할애할 수 없을 경우에는 자백에 의한 혐의 협상이 마지막 선택이 될 수밖에 없다. 사건을 신속히 처리할 수 있는 데다 수사비용도 훨씬 적게 들어가기 마련이다. 특히 미국 수사 당국은 수사에서 기소, 재판 과정까지 들어가는 막대한 비용을 절감하기 위해서도 이 제도에 적극 의존하고 있다. 형사사건 가운데 이 제도에 의해 처리되는 비율이 90% 안팎에 이른다.

물론 사건의 실체적 진실이 파묻히게 된다거나 검찰이 수사 편의만 추구한다거나 하는 문제점이 없는 것은 아니다. 똑같은 혐의에 대해 서로 다른 형벌이 내려지게 된다는 문제점도 지적될 수 있을 것이다. 그럼에도 불구하고 이로 인한 법익이 더 크다는 판단이 이 제도를 뒷받침하는 근거다. 피의자의 입장에서도 형을 감면받는 것뿐이 아니라 조속히 재판을 받게 되어서 신상에 이롭다.

그중에서도 형사 범죄 감면 조항(immunity grant)제도가 도입되어야 한다. 이를 통해 더 중대한 사건의 단서를 캘 수도 있다. 미국 영화에서처럼 말단 행동 대원에게 윗선의 범행을 자백하는 댓가로 본인의 범행행에 대하여 면죄를 해주는 제도를 활용함으로써 우두머리까지 모조리 잡아넣을 수도 있을 것이다. 앞으로 조직폭력 및 마약범죄 사건이 더욱 기승을 부릴 경우에 대비해서도 적극 검토가 필요하다. 물론 남용되지 않도록 법원의 허가를 받도록 하거나 하는 사전 요건이 지켜져야 할 것이다.

현재로는 플리바게닝이나 형사 범죄 감면 조항(immunity grant)제도에 대한 법적 근거가 규정되어 있지 않으므로 어디까지나 불법이다. 미국에서처럼 피의자와 혐의를 협상했다는 사실이 밝혀지면 그런 방식으로 취득한 증거 자체가 무효가 된다.

그러나 실제로는 이와 비슷한 형태의 수사가 암묵적으로 이뤄지고 있었다고 봐야 옳을 것이다. 특히 뇌물수수 사건에 있어서는 범죄의 무대가 해외까지 확대되는 추세여서 증거 확보가 어려우므로 이런 방법이 동원되곤 한다. 거의 공개된 비밀이나 마찬가지다.

서울지검 강력부장 시절 조폭 두목을 구속하면서도 비슷한 사례가 있었다. 그가 중간 두목을 시켜 조직의 부하를 해치려 했는데, 그 중간 두목을 잡아 협상한(immunity grant) 결과 그러한 혐의를 캐내게 되었다. 그래서 공판 과정에서 그 조폭 두목에게 사형을 구형하기에 이르렀다. 하지만 변호인이 이에 대한 내막을 어떻게 알아냈는지 법정에서 유죄협상을 밝혀내는 바람에 2년형 밖에 얻어내지 못했다.

플리바게닝 제도에 대해서는 과거 역대 정부에서 사법제도 개혁의 필요성이 제기될 때마다 도입의 필요성이 대두되곤 했다. 2008년에도 검찰의 '미래 비전과 전략'을 통해 이 제도의 도입 방침이 언급되었으며, 2010년에는 법무부에 의해 이러한 제도를 도입하는 내용의 형사소송법과 형법개정안이 입법 예고되기도 했었다. 뇌물죄와 조직폭력, 마약, 테러범죄 등에 관련된 범인이나 내부 가담자가 범행을 시인하거나 증거를 제공하는 방법으로 수사에 협조할 경우 형량을 낮춰주도록 했던 것이다.

아직 이에 대한 법조계 안팎의 거부감이 있는 것도 사실이지만 이러한 추세라면 조만간 제도의 도입이 실현될 수 있을 것으로 전망된다. 가급적 하루라도 앞당겨 시행되어야 한다는 게 내 생각이다.

수사의 전문화를 기해야

검찰의 존재 이유는 검찰만의 수사 영역이 존재하기 때문이다. 사회정의의 마지막 보루로서 검찰이 지켜야 하는 영역이 있는 것이다. 그런 점에서는 경찰이나 다른 행정 단속기관과의 차별화도 필요하다. 따라서 검찰 수사 영역에 대한 전문화가 이뤄져야 한다. 특히 경제사범 수사가 관건이다.

국제화(globalization)와 자유무역협정(FTA) 등으로 다국적 기업들이 계속 국경을 넘나들고 있는데, 그들을 수사할 수 있는 전문 능력을 키워야만 한다. 다국적 기업이 아니라도 이제는 웬만한 기업이라면 과거의 구멍가게 수준을 벗어난 상태다. 검사들 스스로 전문지식을 갖추지 못한다면 이런 대기업들을 상대로 조사한다는 것이 힘에 부칠 수밖에 없다.

비근한 사례로 미국 헤지펀드인 론스타의 외환은행 인수와 관련한 적격 여부 논란을 들 수 있다. 산업자본으로서 지난 2003년 외환은행을 인수했던 사실 자체가 불법이 아니냐는 논란은 아직도 이어지고 있다. 외환은행의 대주주 자격과 국부 유출에 관한 논란을 초래했던 론스타는 2010년 하나금융지주에 외환은행 지분 51%를 양도하면서 이른바 먹튀 논란까지 불러일으켰다.

론스타는 더 나아가 외환은행을 지배했던 기간 중 손해를 입었다는 이유를 들어 우리 정부를 상대로 2조 4000억 원대의 투자자국가소송(ISD)까지 제기해놓은 상태다. 문제는 론스타가 사모펀드로서 공개된 상장회사가 아니므로 소송과 관련된 자료를 얻기가 쉽지 않다는 사실이다. 아직은 민사소송 차원에 머무르고 있으나 이 사건이 업무 관련자들에 대한 형사사건으로 확대된다면 당연히 검찰이 처리해야 할 몫이다. 거기에 필요한 지식을 평소에 갖춰놓아야 할 것이다.

이런 사건이 아니라도 대기업의 경영기법 자체가 빠른 속도로 발전하고 있다. 시시각각으로 바뀌는 추세다. 회계처리 방식만 해도 과거의 대차대조표 방식만으로는 쫓아가기가 쉽지 않다. 만약 이런 기업들에 있어 배임회령 등의 혐의가 제기된다면 형사소송법 조항을 외우는 것만으로는 부족하다. 기업사범 수사를 위해 당연히 컴퓨터 처리를 포함한 고도의 전문화 능력이 수반되어야 한다.

특히 재벌회사와 중소기업 간의 특허분쟁이나 고소사건은 약자인 중소기업이 부당한 피해를 볼 수도 있다는 점에서 신중히 처리해야 한다. 재벌기업이 고위층 인사들을 고문으로 영입해 로비를 벌이는 행태는 상식으로 굳어져 있기 때문이다. 심지어 어느 재벌회사는 공정거래위원회 감사팀이 들이닥치자 직원들이 현관에서 출입을 가로막았을 만큼 위세를 부리기도 했다. 재벌회사의 소송사건을 위촉받는 대형 로펌들도 법률 서비스를 제공하기보다는 아예 대놓고 로비 활동을 벌이는 경우가 적지 않다.

요즘은 기업들이 허위 사실을 유포하거나 분식회계로써 주가를 조작하는 사례가 많이 늘어나고 있다. 주가를 올리기 위해 작전세력을 동원하기도 한다. 이와는 반대로 고의 부도 방법으로 법인 소유의 자금을 자기 것처럼 빼돌리는 수법도 없지 않다. 자본주의의 꽃을 피우는 상장제도와 주식회사의 유한책임 제도를 악용해 악덕 기업주들이 마구 비리를 저지르고 있는 것이다.

이 같은 기업 비리는 공정경쟁의 틀을 벗어나 자유경제 체제의 기본 시스템을 훼손시키는 요인이다. 자유경제가 망가지면 결국 민주주의 사회도 망가지게 된다는 점에서 그냥 두어서는 안 되는 범죄다. 공정거래위원회나 금융감독원과는 또 달리 검찰 차원의 수사가 따라야 할 것이다.

조폭이나 마약 수사도 마찬가지다. 조직폭력단이 과거의 뒷골목 건달패 수준에서 벗어나 마피아나 야쿠자 조직을 닮아가며 갈수록 범죄 수법을 진화시키는 추세다. 마약사건도 국제조직이 관여하게 됨으로써 전문적인 대응 체제를 요구하고 있다. 내가 대검 마약부장 시절 국제 마약회의에 참석했을 때 아쉽게 느낀 것도 그런 점이다. 외국은 대체로 20년 넘게 마약수사에만 매달리면서 근무한 검사들이 마약 국제회의에 참석하기 마련인데 우리는 2~3년마다 자리가 바뀐다는 사실이다. 전문성이 떨어질 수밖에 없는 일이다.

더욱이 미국 마약청(DEA)이 상대해야 하는 국제조직들처럼 국내 마약조직도 조만간 특수 장비로 무장하지 않는다는 보장이 없다. 총기를 휴대하는 것은 물론 중화기를 동원하기도 한다. 그렇게 된다면 그야말로 마약 조직과 한판 전쟁을 벌이는 것과 다를 바가 없다. 그런 동향에 대해서도 전문적인 추적이 수행되어야 한다. 갈수록 위험이 증대되고 있는 테러 및 공안사건에 대해서도 마찬가지다.

특히 화이트 칼라의 부정부패에 대해서는 검찰이 전 방위로 단속해야 한다. 법망의 허점을 노려 사회적 지위와 금력, 권력을 동원하기 때문에 단속이 여간 어렵지 않은 것도 사실이다. 그 가운데서도 '살아있는 권력'에 대해서는 특단의 수사 의지가 필요하다. 그러나 전문적인 차원의 접근이 이뤄지지 않는다면 단순한 의지만으로는 효과를 거두기 어려운 것도 당연하다.

접대 받는 검사들

이러한 상황에서는 검찰이 접대를 받는 관행부터 먼저 끊어야 한다. 검사들이 일반 국민들 위에 군림한다는 특권의식의 굴레에서는 물론 각계로부터 사건 무마 시도가 들어오고 있다는 그릇된 오해에서 벗어나야 한다는 것이다. 더구나 그 접대의 행태가 일반적으로 용인될 수 있는 범위를 훨씬 넘어선다는 게 더욱 문제다.

그러고도 문제가 드러나면 평소의 친분관계라거나 개인적으로 돈을 빌린 것이었는데 아직 갚지 못했을 뿐이라는 군색한 변명을 늘어놓기 일쑤다. 하지만 한두 번이 아니라 계속 비슷한 사태가 끊이지 않고 있으니 국민들이 돌아가는 내막을 눈치 채지 못했을 리가 없다. 그것이 바로 리스트요, 게이트다. 정계나 관계의 실력자들이 연루된 불미스런 스캔들 때마다 검사들도 어김없이 그 명단에 오르곤 했다.

공휴일이면 골프장에서 어울리고 술자리에서 대접을 받거나 용돈을 주고받는 관계가 형성되면 수사도 객관적으로 이루어진다고 보기는 어렵다. 서로의 관계가 이리 얽히고 저리 얽히기 쉬워서 갖은 경로를 통해 청탁이 들어오기 마련이다. 아무리 검사 본인이 중립적이며 객관적으로 사건을 처리한다고 해도 팔은 안으로 굽기 마련이다. 바깥에서도 그렇게 믿어주지 않을 것이다.

최근에는 한술 더 떠서 '스폰서 검사'들의 얘기도 언론에 자주 오르내리고 있다. 설령 개인 간 친분의 문제라 하더라도 바깥에서 보기에는 그다지 자연스럽지가 않다. 몇 백만 원씩이나 하는 명품 핸드백에 심지어 외제 자동차까지 오가는 정도라면 이미 상식적인 선물의 정도는 넘어 버렸다. 이런 식으로 검찰의 신뢰도는 자꾸 추락해가고 있는 중이다.

따지고 보면, 비단 검찰만의 문제는 아니다. 우리 사회의 구석구석이 은밀한 접대를 주고받는 가운데 어느새 멍들어가고 있다. 무엇보다 접대의 범위가 너무 넓게 인정되는 관행이 문제다. 웬만한 기업마다 고향이나 친척, 또는 학교 동창 관계의 임원을 내세워 친분을 과시하며 검사들에게 접근하려고 하는데, 그 수준이 단순한 접대를 넘어 뇌물 향응 수준으로까지 확대되고 있다는 점이 문제로 지적되어야 한다.

기업의 비자금 사건이 비일비재하게 터지는 것도 이러한 향응과 관련이 없지 않다. 기본적으로는 아무리 대주주나 최고경영자라 하더라도 월급이나 배당금, 스톡옵션 외에는 회사 금고에 손을 대지 못하도록 엄격한 제도적 장치가 마련되어야 한다. 일본의 경우 회사 임원들이 접대카드를 사용하지 못하도록 제한을 두고 있다는 점을 참고로 삼을 필요가 있다.

어느 외국계(맥도날드) 기업의 한국 지사장 친구로부터 전해들은 얘기도 바로 그런 것이었다. 자기가 지사장으로 임명되면서 본사로부터 받은 지시가 세금을 떼먹지 말라는 것과 함께 관리들에게 뇌물을 한 푼도 주지 말라는 것이었다니, 그 기업이 세계적인 기업으로 자리 잡게 된 배경을 충분히 이해할 수 있다. 적어도 우리 기업들과는 기본 인식에서부터 차이가 진다.

이에 비해 우리의 기업들은 너무 문제의 소지가 많다. 그동안의 검찰수사 경험에 비추어 본다면 어느 기업이든지 두 달만 달라붙어 조사를 벌이면 걸려들지 않을 기업이 없을 지경이다. 다시 말해서 내부적으로 범죄를 저지르지 않는 기업이 없다는 얘기다. 대표적인 재벌기업의 총수들까지 연달아 사법처리 대상에 오르는 현실이 그것을 말해준다. 그 대부분이 또한 분식회계와 비자금 사건이다.

기업은 자유 시장 경제의 기본 단위다. 회사와 기업이 무너지면 시장경제가 무너지고, 민주주의가 무너지며 끝내 국가가 무너지게 된다. 그렇기에 기업경영은 투명해야 한다. 지금 유럽에서도 독일이 경제적으로 독야청청한 것은 일찍부터 기업경영의 투명성을 지켜온 덕분이다. 벤츠 자동차만 해도 일찍부터 노조를 경영에 참여시키고, 이익이 남으면 외부 로비보다는 기술개발에 돌리는 관행이 정착되어 왔다. 이에 비한다면 최근 분식회계로 곤경에 처해 있는 일본 올림푸스사 사태는 역시 투명성이 보장되지 않았기에 벌어진 일이다.

검찰로서는 그런 비리를 막아야 하는데 오히려 간부들이 대기업 임원들과 뻔질나게 같이 어울린다면 기업 비리를 제대로 파고들 수가 없다. 개인적인 친분에 의한 접대라 하더라도 검사들 스스로 몸을 사려야 하는 이유가 바로 여기에 있다.

수사방법의 전략과 전술

우선 선입견을 버려라

검찰의 수사 과정에서 자칫 간과하기 쉬운 것은 무리하기 쉽다는 사실이다. 강압적으로 밀어붙이기보다는 순리에 따라 수사하는 것이 중요하다. 수사에도 결이 있는데, 그 결을 따라가기만 하면 된다. 가끔 수사 과정에서 인권탄압 문제가 불거지는 것은 검사들이 너무 의욕을 앞세우기 때문이다.

우선은 선입견을 버리는 데서부터 출발해야 한다. 선입견을 버리지 못한다면 그 수사는 필경 그르치기 마련이다. 힘이 있는 사람이나 없는 사람이나 모두 똑같은 입장에서 조사를 해야 한다. 그래서 혐의가 드러나면 누구라도 구속 처리하고 혐의가 없다면 당연히 무혐의 결정을 내려야 할 것이다. 그것이 바로 수사의 원칙이다.

더욱 중요한 것은 검찰 수사는 어느 특정 인물이 아니라 사건 자체를 수사한다는 인식이다. 사회적으로 주목을 받는 사건일수록 이런 인식이 앞서야 한다. 유력한 정치인이 수사선상에 오르는 경우라도 사실 여부를 가리기 위해 정치인이 대상에 올랐을 뿐이라는 생각이 중요하다. 어떠한 생각으로, 어떻게 수사하느냐에 따라 그 결과는 상당히 달라질 수 있다.

서울지검장 시절 동대문 상가 건축 로비와 관련된 정대철 대표 사건을 진행하면서도 이러한 입장을 지켰다. 상가 분양과 관련하여 사기 사건을 수사하는 것이지 특정 인물에 대한 수사가 아님을 강조했다. 그는 상가 분양업자로부터 받은 돈이 법적으로 허락된 정치자금일 뿐이라며 소환에 응하지 않고 있었다. 더욱이 그가 당시 집권 여당의 대표라는 점에서 언론의 눈길이 쏠려 있을 때였다.

이때 공개 소환장이 중요한 구실을 했다. 나는 담당 검사에게 구술하다시피 한 공개 소환장을 통해 정 대표가 출두하지 않고 있음으로써 사기 여부를 가릴 수가 없고 따라서 3,000명 이상의 피해자들이 아우성을 치고 있는 상황을 그대로 전달했다. 그는 검찰이 자신을 의도적으로 표적을 삼아 언론 플레이를 하고 있다며 반발하긴 했지만 이미 상황은 그것으로 바뀌어 있었다.

경우에 따라 검찰 수사에도 전략과 전술이 필요할 때가 있음을 보여준 사례다. 효율적인 수사를 위해서는 물론 정치권을 비롯한 외부의 간섭과 장애물을 극복하고 결승점을 통과하기 위해서도 수사팀 나름대로 작전계획과 각본이 요구된다. 수사도 일종의 전투나 마찬가지이기 때문이다.

특히 거물 정치인을 소환하거나 체포할 때에도 막무가내식으로 집행하는 모습을 보여서는 곤란하다. 공연히 강압수사라는 꼬투리를 잡힐 필요가 없다. 사회적 지위에 걸 맞는 최소한의 예우가 갖춰져야 한다. 당시 정대철 대표가 소환에 응하겠다고 했을 때도 주영환 검사를 보내 정중한 태도로 모셔오도록 했으며, 검찰에 모셔온 뒤에도 채동욱 특수부장 방에서 차를 접대하도록 최대한 배려했던 것이다.

송두율 교수사건 때도 마찬가지였다. 국가보안법 사건으로 심각하게 처리해야 하는 사건이었으나 본인이 스스로 입국했고, 도주할 우려도 없었다. 강제수사를 할 필요가 없는 상황이었다. 따라서 20여 일 동안에 걸쳐 '출퇴근 수사'가 이뤄졌고, 그 방식이 오히려 효과를 거두었다. 자신의 입으로 혐의를 모두 진술토록 했던 것이다. 강압적으로 무거운 분위기에서 조사를 벌였다면 혐의 입증이 오히려 어려웠을지도 모른다.

어떤 경우에도 무리하게 자백을 받으려 들어서는 수사를 그르칠 수 있다. 반대로 피의자가 너무 순순하게 자백하는 경우에 대해서도 경계할 필요가 있다. 조사 단계에서는 제 입으로 불어놓고도 법정에서 부인하게 되면 더 골치를 앓게 된다. 이른바 '기획 자백'이라는 것이다. 피의자가 검사를 은근히 떠보는 경우라고 보아도 좋다. 그런 경우에 대해서도 충분한 대비가 필요하다.

중요한 사건일수록 자백을 받으려 다그치기보다는 피의자의 모든 발언을 빼놓지 말고 기록해놓는 태세가 중요하다. 거짓말이나 변명, 하다못해 넋두리일지라도 일일이 기록해 두어야 한다. 번연히 거짓말인줄 알더라도 "왜 거짓말을 하느냐."고 진술을 가로막을 필요가 없다.

그대로 들어주기만 하면 된다. 검사가 원하는 답변만을 들으려 해서는 안 된다는 얘기다. 피의자가 묵비권을 행사하는 경우에도 말문을 열게 하는 방법은 비슷하다. 설령 불륜이나 패륜 사건일지라도 윽박질러서는 안 된다. 본인 스스로 말을 꺼낼 수 있도록 자유로운 분위기를 만들어나가는 기술이 필요하다. 강압적으로 고함을 지르거나 고문을 한다고 되는 게 아니다.

앞서 말했던 어느 정치인의 간통사건이 하나의 사례다. 계속 묵비권을 행사하다가 내가 개인적인 연애담까지 늘어놓으며 접근했더니 결국 마음을 열고 자백하기 시작했고 끝내 실형까지 받은 사건이다. 수사는 결코 강압적으로 이뤄지는 게 아니라는 것을 보여주는 경우이다.

물론 수사에 있어 오직 하나의 정답만이 존재하는 것은 아닐 것이다. 이럴 수도 있고, 저럴 수도 있다. 그때그때 기지를 발휘해서 알맞은 방법을 찾아내야 한다. 그것이 검사의 실력이다.

철저한 증거 확보를

수사의 절차에 있어서도 정해진 방법을 따라야 함은 물론이다. 사건을 잘 해결해 놓고도 방법을 지키지 않았다는 이유로 자칫 낭패를 겪을 수가 있다. 내가 초년병 시절 서울지검에 근무하다가 천안지청에 발령 났을 때 겪었던 사례가 그러했다. 당시 지청장 밑에 검사가 두 명 밖에 배치되어 있지 않을 때였다.

관내의 어느 주점에서 주인 모녀가 사체로 발견된 사건이다. 아침 일찍 천안경찰서 수사과장으로부터 "직접 현장을 보셔야겠다."며 전화가 걸려왔다. 사건 현장인 주점이 외진 곳에 떨어져 있었는데, 달려갔더니 흉기를 휘둘렀는지 온 방이 피로 범벅이 되어 있었다. 첫눈에도 보통 사건은 아니었다. 그야말로 간첩의 소행인지 강도인지, 아니면 단순 강간범인지 속단하기 어려웠다.

일단 근처 파출소에 수사본부를 설치하고 동네 불량배들부터 불러들였다. 대략 열 명 정도가 불려왔는데, 그 가운데 한 명의 눈치가 수상했다. 더욱이 그가 농구화를 신고 있었고, 현장에서 발견된 신발자국과 정확히 일치했다. 그를 추궁하여 자백을 받아내기까지는 그리 긴 시간이 걸리지 않았다. 범행에 사용된 흉기도 근처의 볏단 속에서 찾아내기에 이르렀다. 이렇듯 사건은 금방 해결되는 듯싶었다.

그러나 문제가 생겼다. 피의자가 순순히 자백을 함으로써 수사팀을 안심시켜 놓고는 다음날로 범행을 부인하고 나섰다. 더구나 사건이 정식으로 검찰로 넘어오지 않은 단계였기 때문에 내가 받은 구두자백은 검찰조서로서의 조건을 갖추지 못했다는 사실을 그때서야 깨닫게 되었다. 따라서 증거능력도 없었다. "내가 언제 그렇게 자백했느냐."고 잡아떼면 그뿐인 것이다.

피의자가 부인하면 당장 효력을 잃어버리는 경찰조서나 다름이 없었다. 더욱 진땀을 흘려야 했던 것은 그가 술술 자백하는 바람에 혈흔감정과 지문조사도 생략하고 넘어갔다는 점이었다. 순전히 내 실수였다. 그 피의자가 이런 사실을 교묘히 악용했다기보다는 처벌을 받기가 무서우니까 일단 다시 부인을 하고 보자는 것이 아니었는가 여겨진다.

검찰조서는 검찰 서기관이나 서기가 입회한 가운데 작성되어야 효과를 지니도록 되어 있다. 서기관은 과장급, 서기는 계장급으로 보통은 검사가 구술하고 입회계장이 기록하는 방법으로 작성된다. 혹시 검사가 조서를 기록한다 하더라도 입회계장의 도장이 찍혀야만 효력을 갖추는 것이었다. 그런데 그 과정이 생략된 상태에서 진술이 번복되었으니 내 스스로 얼마나 당황해야 했을지는 짐작하고도 남을 것이다.

결국 그에게 경찰수사 당시 자백한 내용을 상세히 인지시키고 설득한 끝에 다시 자백조서를 받아내긴 했지만 나로서는 생생한 실수담으로 새겨져 있는 사건이다. 이 사건이 뒤에 대검에 보고되고 수사교육자료로까지 선정되었다는 점에서 더욱 그러하다. 설령 피의자 본인이 자백하더라도 그대로 넘어가지 말고 사건에 관련된 증거들을 철저히 확보해 놓아야만 예상치 못한 뒤탈을 막을 수 있다.

내가 서울지검의 초임검사 시절 상습 소매치기 사건을 경찰로부터 송치 받아 수사하고 있었을 때였다. 일당 10여 명이 경찰에서 자백하고 송치되었는데 증거물은 하나도 없고 상호자백 밖에 없는 상태로 구속되어 있었다. 그런데 모두가 범행을 부인하여 무척 당황스러웠다. 한사람이라도 자백을 받지 않으면 모두 무혐의 석방을 해야 할 상황이었다. 그래서 매일같이 소환하여 자백을 받으려고 윽박지르기도 하고 소리도 지르고 가끔 손찌검도 하였으나 소용이 없었다.

그러다가 문뜩 생각이 떠올랐다. 그중에서 제일 나이가 어리고 범행 횟수가 제일 적은 피의자를 골라 불우했던 집안 사정과 범행에 어쩔 수 없이 빠져들게 된 경위 등을 들어주면서 인간적으로 설득을 시작하였더니 순식간에 자백을 토로하였던 것이다. 거센 바람보다도 따뜻한 햇볕이 외투를 벗게 한 것이다.

또 하나 잊혀지지 않는 수사비화가 있다. 역시 서울지검 초임검사 시절 영화배우 뺨칠 만큼 미인인 처녀가 소매치기 사범으로 구속되어 검찰에 송치되었다. 그 여자는 처음부터 울면서 범행을 부인하였는데, 그 우는 모습조차 영화의 한 장면처럼 아름다웠다. 이런 예쁜 여자가 소매치기를 한다는 것은 상상할 수도 없는 일이라고 생각하고 무혐의 석방을 하였다. 그런데 한 달 후 다른 검사 방에 들렀더니 그 여자가 또 소매치기로 구속되어 있었다. 얼굴이 예쁘다는 이유로 내가 속아 넘어간 것이다. 절대로 증거를 철저히 파악하지 않고 선입견을 가지고 결론을 내리는 것은 절대 금물이라는 교훈을 얻었다.

그런 점에서는 증거 수집과 초동수사가 철저히 이뤄져야 한다. 검찰수사의 전형으로 거론되는 일본 도쿄지검 특수부의 경우를 사례로 꼽을 수 있다. 평소에는 상근 검사가 몇 명밖에는 배치되어 있지 않지만 수사관들이 의심나는 사건에 대해 계속 계좌를 추적하는 등 단서를 찾는 업무에 매달리기 마련이다. 그러다가 결정적인 혐의가 확보되면 전국에서 70~80명의 검사가 차출되어 일제히 수사에 들어가게 되는 것이다.

사전에 증거가 확보되어 있다면 압수수색 과정의 부작용도 크게 줄일 수 있다. 특히 기업의 입장에서 검찰 수사에 불만을 갖는 것은 압수수색의 경우인데, 눈에 띄는 대로 온갖 서류를 싹쓸이 해가기 때문이다. 서류를 압수하려면 꼭 필요한 서류 외에는 복사를 해서 업무에 지장을 끼치지 않는 것이 바람직하다. 수사도 좋지만 그렇다고 기업 활동에 과도하게 지장을 초래하는 것도 그리 권장할 만한 일은 아니다.

감청, 함정수사도 적극 활용해야

수사가 시작되면 증거확보 작업이 중요하다. 증거가 없으면 범죄혐의를 뒷받침하기가 어렵다. 피의자로부터 자백을 받아내는 것이 가장 손쉬운 방법이지만 그 과정에서 가혹행위로 인해 문제가 제기되는 경우가 적지 않다. 가혹행위가 아니라도 인격적인 모멸감을 견디지 못해 피의자가 스스로 목숨을 끊는 극단적인 사례도 나타나곤 했다.

수사의 과정과 방법이 중요한 것은 그런 때문이다. 아무리 큰 사건이라도 일단은 작은 비리에서부터 단서를 찾아들어가는 것이 하나의 방법이다. 대우건설 남상국 사장의 사건도 시중에 떠돌아다니는 정보지에서 단서를 얻은 것이었다. 그러고도 대우건설을 덜컥 압수수색한 것이 아니라 그 밑의 하청업체와의 관계에서부터 문제점을 캐는 방식으로 수사를 확대했던 것이다. 하청금액 규모가 터무니없이 많거나 작으면 뭔가 문제가 있는 것이다. 혹시 별건수사라는 비난의 소지는 있으나 현실적으로 검찰이 택할 수 있는 방법은 그렇게 많지가 않다.

더욱이 갈수록 범죄수법이 지능화되고 있다는 점에서 증거를 찾아내기가 좀처럼 쉽지가 않다. 인권의식이 높아지고 있다는 점에서 이제는 자백을 받아내기 위해 조사과정에서 폭언을 쓰는 것조차 자제되고 있는 형편이다. 가끔은 혐의 사실에 대해 외부로부터 상세하게 제보가 들어오기도 하지만 그렇게 사건을 해결할 수 있는 경우는 그렇게 많지가 않다. 따라서 계좌추적 등의 방법으로 증거를 찾아내야 한다.

증거를 확보하려면 감청도 적극 활용할 필요가 있다. 미국에서도 증거를 거의 은폐해버리는 완전범죄 수법으로 수사가 진척되지 못하다가 결국 미궁에 빠지는 경우가 적지 않기 때문에 첨단장비를 동원한 감청수사가 많이 채택되고 있다. 사후약방문 수사가 아니라 범죄를 미리 단속한다는 차원에서도 감청수사는 효과를 거두고 있다. 수사기관들이 앞으로 지향해야 할 방향을 보여주는 것이다.

미국에서는 일단 범죄 혐의가 엿보이면 2년이고 3년이고 감청을 실시하는 것이 보통이다. 스리랑카 출신으로 와튼 스쿨을 졸업한 라자라트남이 헤지펀드를 만들어 10여 년 만에 70억 달러를 굴리는 큰손으로 떠오르는 과정에서 투자은행 사이의 내부자거래에 의한 주가조작이 있었다는 결정적인 혐의를 찾아낼 수 있었던 것도 바로 감청이었다. 과거 국가안보 문제에 대해서만 실시하던 감청이라는 무기를 증권거래법 위반사건에도 들이댄 것이다. 라자라트남의 변호인은 펀드매니저마다 이런저런 정도의 정보는 갖고 있으며, 그가 얻어낸 정보도 그런 수준에 불과한 것인데, 그것을 모아서 분석하는 작업이 뛰어났을 뿐이라는 이른바 '모자이크 이론'으로 맞섰지만 그 각각의 정보들이 너무 특정적이고 정확했다는 점에서 혐의를 벗을 수가 없었다. 감청으로 증거를 잡아낸 것이었다.

과거 미국의 FBI가 감청으로 해결한 대표적인 사례로는 1980년대의 앱스캔 사건(Arabian Scandal)을 들 수 있다. 사우디아라비아 등 중동의 거부들이 미국 상하의원들에게 거액의 로비 뇌물을 뿌렸던 사건이다. 그런 정보를 입수한 FBI가 캘리포니아 말리부 해변 가의 별장을 빌려 중동 왕자의 집으로 가장하고 용의자들을 초청해 돈을 건네면서 그 장면을 감청과 비디오 촬영으로 증거를 확보했던 것이다. 이 사건으로 상하 의원들 여러 명이 구속되었다. 비슷한 무렵, FBI와 해군 수사당국이 합동으로 수사를 진행해 해군 제독을 구속시켰던 조달청 사건도 그 해결의 열쇠는 감청이었다.

감청을 적극 활용했던 것은 서울지검 서부지청 특수부장 시절이었다. 당시 1992년의 대선과정에서 불거진 부산 초원복국집 사건을 계기로 전기통신법이 개정됨으로써 수사 목적의 감청이 법적으로 허용되었고, 그것을 내가 처음으로 활용했던 것이다. 그러나 그때만 해도 아직 감청 장비가 마땅치 않아 수사관들을 시켜 청계천 상가를 뒤져서 구입한 기계와 부품을 짜 맞춰야 했다.

더구나 자동이 아니라 수동으로 작동되는 방식이었다. 손으로 스위치를 눌러야 작동되도록 되어 있었는데, 작동은 되지만 도중에 스톱을 시킬 수 없는 점이 결함이었다. 따라서 감청기를 연결한 채 지키고 있다가 필요한 부분이 지나가면 강제로 스톱시켜야 했다. 지금은 감청장비도 첨단을 걷고 있는 중이다. 그러나 수시로 감청을 걸어야 하기 때문에 그때마다 법원의 영장을 받는 것이 너무 번거로웠다. 영장을 일일이 받다가는 감청의 기회를 놓쳐버릴 소지도 있었다.

현재 검찰 수사가 상당히 애로를 겪고 있는 이유는 감청 작업이 벽에 부딪쳤기 때문이다. 그동안의 유선전화는 감청이 수월했지만 지금 유행하는 휴대폰은 기술적으로 감청이 불가능하다. 다만 착·발신지를 추적하여 범인 은신처와 통화의 상대방만을 파악하는 정도에 그치고 있다.

그런데도 모든 이동통신사들이 착발신 추적의 경우에도 일일이 법원의 통신제한조치 허가서를 제출토록 하는 것이 문제다. 현행 통신비밀보호법에는 감청 및 우편물 열람 시에 판사의 감청 영장을 받도록 규정되어 있으므로 단순히 착발신 추적의 경우에는 영장이 필요하지가 않다. 휴대폰 추적에도 감청 영장을 요구하는 것은 법규정을 넘어서는 것인데도 검찰은 이에 따라야만 답답한 노릇일 수밖에 없다.

검찰로서는 감청에 의존할 수밖에 없는 경우가 많기 때문이다. 특히 뇌물공여 사건에서는 당사자들의 진술 외에는 구체적인 증거를 잡기가 어려운 것이 사실이다. 그나마 어렵게 진술을 확보하는 경우에도 법정에서 검찰의 강압 수사를 핑계로 뒤집어버리면 말짱 헛것이 되고 만다. 그동안 거물급 정치인들의 뇌물사건 가운데 무죄로 마무리된 경우가 적지 않았던 것도 그런 때문이다. 이런 경우에 감청수사가 하나의 해결 방법이다.

때로는 함정수사도 필요하다. 변칙적이라고 해서 비판이 있을 수 있지만 사회를 좀먹는 혐의자를 가려내려면 선택할 수 있는 방법은 극히 제한적이다. 그러나 우리의 관행상 그동안에는 마약사범의 경우에만 제한적으로 허용되어 왔다. 마약거래를 빙자해서 다른 연루자들을 검거해들이는 식의 방법이다. 그런 정도 외에는 대법원이 판례상으로 증거로 인정하지 않고 있다.

미국에서는 함정수사도 폭넓게 용인되는 추세다. 워싱턴 D. C. 시장이 마약을 한다는 정보를 입수하고 FBI 여자요원을 마약 판매책으로 위장시켜 그를 유인해 마약을 피우겠느냐고 권유한 끝에 구속시킨 사례가 있다. 어느 경찰서장이 뇌물을 많이 받는다는 정보를 입수하고 그의 비서에게 도청장치를 달고 다니도록 함으로써 증거를 확보하기도 했다. 그 비서의 다른 혐의를 캔 다음 그 혐의를 묵인해 주는 대가로 도청장치를 달도록 거래가 이루어진 결과였다.

우리도 여러 가지 수사 방안을 적극 검토해야만 한다. 범죄수법은 걸어가던 단계에서 지금은 뛰기도 하고 날아다니기도 한다. 그것을 막을 수 있는 대처방안이 필요하다.

경찰과의 공조체제

검찰 수사가 효과를 발휘하려면 다른 수사기관들과 긴밀한 공조체제가 유지되어야 한다. 그 가운데서도 경찰과의 유기적인 협력관계가 무엇보다 필요하다. 경찰 수사 자체가 과거에 비해서는 상당히 향상되었다. 기본적으로 살인, 강도, 절도 등 현장 수사에서는 발이 빠르고 정보 수집능력도 뛰어나다.

물론 과거 어느 시절까지는 자질 부족으로 인권유린 등의 부작용이 적지 않았던 게 사실이다. 아무것도 아닌 혐의로 죄를 만들거나, 죄가 되는 데도 무혐의로 결론 냈던 경우도 적지 않았다. 심지어 가해자와 피해자가 뒤바뀌기도 했으나 말이다. 그러나 지금은 적어도 그런 일은 없다고 믿는다. 경찰대학 졸업생들의 자질이 뛰어난 데다 사법시험 합격자들도 간부로 특채함으로써 인력 수준이 더더욱 향상된 결과다.

서울지검장 재임 당시 강력부 수사팀에 대해 경찰청과 서로 공조체제로 수사를 진행토록 지시를 내렸다. 대형 사건이 터지는 경우 막강한 경찰력 동원 능력에 검찰의 전문적인 수사 기법이 조화를 이룬다면 능률이 훨씬 높아질 수 있을 것이라 생각했다. 이미 강력부장 시절에도 조폭담당 검사들에게 경찰 지원을 붙여 수사를 진행한 경우가 곧잘 있었다.

현실적으로 수사권을 놓고 검찰과 경찰이 대립하는 상황이어서 공조체제를 이룬다는 것은 쉽지 않은 일이다. 그러나 검찰이 일방적으로 지시하고 경찰은 지시를 받는 관계가 아니라 동등한 입장에서 수사를 진행한다면 그렇게 어려운 일도 아닐 것이다. 최근 검찰과 국립과학수사연구소의 DNA 공유가 이뤄지면서 그동안 미제사건들이 하나둘 해결되고 있다는 사실도 눈여겨 볼만하다.

경찰과의 관계에서만이 아니라 다른 전문 분야에서도 마찬가지다. 갈수록 복잡해지는 조세, 관세 사건에 있어서도 국세청이나 관세청과 합동수사본부를 꾸린다면 훨씬 더 쉽게 풀어갈 수 있을 것이다. 금융사건에 있어서는 당연히 한국은행이나 금융감독원의 협조를 받아야 한다. 단순히 인력을 지원받는 방식에 그치는 것이 아니라 서로 적극적인 공조체제 구축이 필요하다.

국세청의 경우만 해도 우리 기업의 세부적인 움직임을 파악할 수 있는 웬만한 정보들이 다 파악되고 있다. 그러나 탈세 사건만 문제 삼고 넘어가는 것이 보통이다. 이런 경우 검찰과의 공조체제가 이뤄진다면 횡령 및 뇌물사건도 충분히 수사가 가능할 것이다. 그때그때 협조 차원이 아니라 제도적으로 공조체제가 갖춰져야 한다. 갈수록 범죄 수법이 진화됨에 따라 검찰은 사건 해결에 애로를 겪고 있다. 특히 경제사범이나 조직범죄의 경우 각 전문 분야가 복잡하게 얽혀 있으므로 공조수사는 절대적으로 필요하다.

지금도 대형 사건이 터지면 공조체제를 얘기하면서도 현실적으로는 각 기관들이 서로의 밥그릇을 지키기 위해 자신의 영역을 지키는데 더 관심을 쏟는 것 같아 안타깝기만 하다. 협조체제도 마지못해 이루어지는 경우가 대부분이다. 기관 이기주의는 수사 분야에서도 마찬가지다. 실천적인 방안이 마련되려면 역시 집권층의 확고한 의지가 필요하다.

9장

특별검사 논란은 왜 계속되고 있는가?

특별검사제도는 검찰의 자체 수사로 공정성을 기대할 수 없다고 판단되는 경우에 불가피하게 시행된다. 기존에 이루어진 검찰 수사가 공정하지 않았다고 판단되는 경우에도 마찬가지다. 검찰 조직에 속해 있는 검사의 신분으로는 접근하기가 거북하다고 간주되는 범죄 의혹을 외부의 독립된 인사를 특별검사에 임명하여 대신 규명토록 하자는 것이다.

이를테면, 검찰 간부가 수사 대상에 오른다거나 수사 과정에 현저하게 영향을 미칠 수 있는 고위 공직자가 의혹의 도마에 오르는 경우에도 특별검사를 임명하게 된다. 그동안 국내에서도 여러 차례 특별검사제가 시행되어 왔지만 그 바탕에는 검찰 수사를 믿지 못하겠다는 불신감이 깔려 있음은 물론이다. 과거 고위층과 관련한 의혹사건이 터질 때마다 검찰이 제 기능을 발휘하지 못하고 무력해지는 경우가 적잖았기 때문이다.

이 제도를 처음 도입하여 오랫동안 시행해 왔던 미국의 경우에는 특별검사를 바라보는 시각이 한국과는 달랐다. 검찰을 믿지 못해서 특별검사를 임명한다기보다는 처음부터 오해의 소지를 줄이고 객관적이고 공정한 수사를 하자는데 그 의도가 있었다. 보통 '가재는 게 편'이라고 하듯이, 서로 영향을 주고받을 수 있는 고위층 수사를 검사에게 맡긴다면 설령 수사가 중립적으로 이뤄진다고 해도 국민들이 쉽게 납득하지 않을 것이라는 우려가 작용한 결과였다.

국내에서 특별검사제도가 처음으로 실시된 것은 1999년의 조폐공사 파업유도사건과 '옷 로비 사건' 때였다. 좀 더 정확히 말하자면, 국회에서 여야 합의로 "한국조폐공사 노동조합 파업유도 및 전 검찰총장 부인에 대한 옷 로비 의혹사건 진상규명을 위한 특별검사 등의 임명에 관한 법률"(법률 제6031호)이 통과됨으로써 강원일, 최병모 변호사가 각각 특별검사로 임명되었던 것이다.

그 가운데 옷 로비 사건은 이미 검찰 수사결과가 발표되고 국회 청문회까지 개최되었으나 의혹이 완전히 해소되지 않았다는 여론에 따라 특별검사에 의한 추가 수사가 이루어지게 되었다. 조폐공사 파업유도 사건은 공기업 구조조정에 대한 노조 측 반발에 본보기 사례를 만들려고 검찰이 의도적으로 파업을 유도한 것이라는 당시 진형구 대검 공안부장의 발언이 파문을 일으키면서 발단이 되었다.

이 두 가지 사건에 이어진 세 번째 특별검사 도입 논란이 2001년에 이르러 다시 불거지게 된다. 이른바 '이용호 게이트' 의혹이 그 대상이었다. 보물선 인양사업을 앞세워 회사 주가를 조작함으로써 250억 원 규모의 시세차익을 남겼던 그의 배후에 검찰 고위층을 비롯해 국정원, 국세청, 금융감독원 등 핵심 권력기관의 고위 인물 상당수가 연루되었다는 의혹이 제기되었던 것이다.

이런 의혹에 따라 대검에 특별감찰본부가 설치되어 조사를 벌인 결과 그가 여러 차례나 조사를 받고도 무혐의로 처리된 배경에는 검찰 간부들이 직간접으로 영향력을 행사했다는 사실이 확인되었다. 당시 담당 지검장과 담당 차장이 사표를 제출했고, 담당 특수부장은 직권남용 혐의로 불구속 기소됐던 것이 그 결과다. 그러나 검찰의 자체 조사에도 불구하고 정치권에서는 사건의 정확한 진상을 가리기 위해서는 특별검사를 임명해 처음부터 다시 수사를 벌여야 한다는 목소리가 높아지고 있었다.

검찰에 대한 불신과 정치적인 공방이 겹치면서 이 사건에 대해 특별검사제도를 도입해야 한다는 주장이 대세를 이룰 수밖에 없었다. 검찰은 수세에 몰리고 있었다. 수사가 편파적으로 이뤄졌음을 인정하라는 얘기나 마찬가지였다. 앞서 옷 로비 사건이나 조폐공사 파업유도 사건의 특별검사가 임명됐을 때도 상황은 비슷했다.

검찰 통신망에 띄운 위헌론／

대검 마약부장으로 근무하던 시절이었다. 검사장으로 승진하여 법무연수원 기획부장을 거쳐서 새로 신설된 마약부를 맡고 있었다. 내 업무 소관은 아니었지만 특별검사 논란은 나의 관심을 사로잡고 있었다. 때마침 내가 그해 8월 성균관대학 법과대학원에서 「미국 특별검사법의 헌법적 한계와 그 실효성에 관한 연구」라는 논문으로 박사학위를 받았고, 이 논문을 기초로 《미국 특별검사제도의 과거와 미래》라는 제목의 별도 저서를 내려고 준비 중에 있었기 때문이다. 더구나 특별검사를 다룬 박사논문으로는 아마 내가 국내에서 첫 번째였을 것이다.

문제는 당시 정치권에서 논의되던 특검제 도입 방안에 위헌 소지가 다분했다는 점이다. 미국에서도 위헌 논란이 거듭된 끝에서야 겨우 방향을 잡아나가고 있었지만 우리에게는 그러한 문제의식조차 보이지 않았다. 특별검사를 임명해 사건의 의혹을 밝혀야 한다는 의지를 나무랄 수는 없었다. 그러나 그 과정에서 또 다른 문제의 소지를 간과하고 있었던 것이다. 물론 조폐공사 파업유도사건과 옷 로비 사건의 특별검사 도입 당시에도 대검이 반대 이유를 내세웠지만 의혹 규명이라는 큰 흐름에 묻혀 그냥 지나가 버리고 말았다.

무엇보다 특별검사권을 발동하는 주체가 국회라는 사실이 문제로 여겨지고 있었다. 마지막 단계에서는 대한변협으로부터 두 명의 특검 후보 추천을 받아들여 그 가운데 한 명을 대통령이 임명토록 되어는 있었으나 그렇다고 위헌 소지가 없어지는 것은 아니었다. 민주주의의 기본인 삼권분립을 현저히 침해한다는 게 내 판단이었다.

행정부와 입법부, 사법부가 서로 견제하면서 독립적으로 권한을 행사하도록 되어 있는 것이 삼권분립의 원칙이다. 그러나 국회가 일방적으로 특별검사 권을 발동하고 수사대상과 범위를 정하는 것은 대통령과 법무장관의 고유권한인 수사 및 기소업무를 침해하게 되는 결과를 초래하는 것이다. 현재 미국에서 검찰총장(attorney general)이 특별검사의 발동 권과 추천 및 제청권을 유지하는 상태에서 수사권 일부를 특별검사에게 위임 또는 양도하는 방법으로 제도를 시행하고 있는 것도 이러한 위헌 소지를 없애려는 뜻이다.

이런 상황에서 나로서는 일단 검찰의 내부 통신망을 통해서라도 생각을 밝히는 게 최선이라고 생각했다. 시시비비를 가려야 하는 단계에서 어물쩍 넘어간다는 것은 지식인으로서의 의무를 포기하는 것이나 마찬가지일 터이다. 정치적인 파장을 우려하지 않은 것은 아니지만 그렇다고 박사학위까지 받은 내 논문의 논리를 슬며시 잠재워 둘 수는 없었다. 당시 정치권에서 방향을 잡아가던 특별검사제도의 위헌론을 지적하는 글을 검찰 통신망에 올린 것은 이러한 고민을 해결하고자 하는 차원에서였다.

그런데 당시 조선일보 사회부 이항수 기자가 내부 통신망에 올려진 글을 정리해서 내가 마치 조선일보에 직접 기고한 것처럼 게재하였다. 조선일보 2001년 11월 7일자에 실린 다음과 같은 글이 바로 그것이다.

> 우리나라는 지난번 '옷 로비' 사건이나 '파업유도' 사건이 발생했을 때 특별검사 제도를 실시한 바 있다. 이 같은 전례에 따라 속칭 '이용호 게이트' 등과 관련해 특별검사 도입을 위한 특별 입법을 추진할 것으로 예상된다. 그러나 옷로비 사건이나 파업유도 사건의 특별검사법은 헌법의 삼권분립원칙에 위배돼 위헌이라고 판단된다. 그 이유는 미국의 경우에서 찾아볼 수 있다. 미국에서 처음으로 특별검사 제도를 논의한 것은 1973년이었다. 당시 미국 의회는 법무부와는 완전히 독립된 상설적인 특별검찰청(Permanent Prosecutorial Entity)을 설치하려고 시도했으나, 이는 헌법상의 삼권분립 원칙에 명백히 위배되어 논의가 무산된 일이 있다. 이에 그 대안으로 특별검사 임명제청권, 즉 특별검사 발동권한을 법무부장관(검찰총장)만이 갖고, 의회는 법무부장관에게 특별검사 임명제청을 요청할 수 있을 뿐 독자적으로 이를 추진할 수는 없게 해 행정부의 권한 가운데 하나인 수사권을 침해하는 위헌 소지를 어느정도 제거하였다.
>
> 그러나 한국의 경우 여러 가지 점에서 위헌 소지를 안고 있다. 첫째, '옷 로비' 사건이나 '파업유도' 사건의 경우 대한

변호사협회가 특별검사 후보 2명을 추천하면 대통령이 그 중 한 명을 임명하도록 했다. 이는 대통령과 법무부장관이 가지고 있는 수사 및 기소업무를 본질적으로 침해하는 것으로 헌법상 삼권분립의 원칙에 위배된다고 생각된다. 둘째, 미국의 경우는 법무장관이 특별검사를 제청하면서 특별검사가 수사할 대상과 수사할 범위를 엄격히 정하여 주기 때문에 법무부장관(검찰총장) 고유의 수사업무를 본질적으로 침해한다고 볼 수 없다. 그러나 '옷 로비'나 '파업유도' 사건의 경우에는 법무부장관의 관여 없이 국회가 임의로 수사대상과 범위를 정하고 있기 때문에 삼권분립 상 대통령과 법무부장관의 수사 및 기소업무의 본질적인 부분을 침해하는 것이다. 셋째, 미국의 경우 '수사 공정성의 외관'을 유지하기 위해서 법무부장관이 수사권을 제3자인 특별검사에게 제한적으로 '양도 내지는 위임 한다'는 측면에서 위헌의 소지가 없다. 미국이 이렇게 한 것은 법무부장관(검찰총장)이 대통령이나 그 측근들의 범행을 조사할 경우, 공직자로서 대통령에게 충성해야 한다는 의무와 범죄를 공정하게 수사해야 한다는 의무가 상충되는 소위 '이해 상충(Conflict of Interests)'의 문제를 없애기 위한 것이다. 그러나 '옷 로비'나 '파업유도' 사건의 경우는 국회가 일방적으로 특별검사 임명을 주도하고 그 수사의 범위를 일방적으로 정함으로써 결국은 법무부장관 고유의 수사권한을 '박탈'하는 결과를 초래하기 때문에 헌법상 삼권분립의 원칙을 위배하는 것이라 볼 수 있다.

미국은 이 밖에도 특별검사법을 수차례 개정, 특별검사에게 연방검찰청 수사지침을 지켜야 할 의무를 부과하는 등 법무부장관의 특별검사에 대한 감독규정을 강화함으로써 특별검사법의 위헌소지를 줄여나갔다. 그러면서도 결국은 특별검사제도의 역작용과 그 실효성에 대한 문제 제기로 미국 특별검사법은 1999년 6월 30일자로 폐지되었다. 따라서 우리도 국회가 한시적이든 상시적이든 특별검사법을 추진할 경우 미국과 같이 특별검사 임명제청권을 법무부장관 또는 검찰총장에게 부여하는 제도적 장치를 마련하여 위헌소지를 사전에 차단해야 할 것이다. 미국이 특별검사법을 5년 한시법으로 정하고 특별검사(Special Prosecutor)라는 명칭을 독립 변호사(Independent Counsel)로 변경한 것도 어떻게든 연방검찰청 외에 별도로 인정된 제4의 권력인 '검사'를 인정하지 않으려는 의도임을 인식해야 할 것이다. 마지막으로 특별검사제도의 찬반을 떠나 어디까지나 헌법학문적 입장에서 접근하려고 하였음을 부기해둔다.

어찌 되었든지 내 글이 검찰 통신망에 오르게 되자 당시 언론 매체들은 일제히 그 내용을 상세히 보도하면서 사태의 추이를 주목하기 시작했다. 무엇보다 내가 현직 검사장이라는 사실에 눈길이 미쳤을 것이다. 현직 검사장이 정치권에서 추진하는 특검제에 대해 위헌론을 제기했다는 자체가 보통 일은 아니었다. 언론들이 이로 인해 정치권과의 난타전을 예상하던 분위기도 무리는 아니었다. 일부 매체는 사실도 확인해보지 않은 채 내가 사전에 신승남 검찰총장의 허락을 받아 글을 올린 것으로 확인됐다며 정치권의 반응을 은근히 떠보기까지 했다. 검찰 내부의 반응도 다소 엇갈리고 있었다.

그때 언론들의 보도 내용을 간략이 소개하면 대략 다음과 같다. 내 글이 검찰 통신망에 발표되고 그 다음날 일제히 보도된 기사들이다. 모두 2001년 11월 6일자로 순서대로 조선일보, 한국일보, 동아일보에 실렸다.

> 대검 마약부장인 서영제 검사장이 전국의 검사들에게 '한국식 특별검사제는 위헌'이라는 내용의 글을 올린 것은 예사로운 일이 아니다. 비록 편지 형식을 띠고 있지만 검찰의 아킬레스건이자 정치적으로도 민감한 특별검사제의 위헌 문제를 정면으로 다루고 있기 때문이다.
> 서 검사장은 '전문가로서 특검제의 위헌성을 다른 검사에게 알리기 위한 차원이지 정치권의 입법 활동에 개입할 뜻은 전혀 없다'고 정치적 해석을 경계했다. 그럼에도 현직 검사장이 내부 통신망을 통해 의견을 개진한 것이 이례적인데다 특검제 도입을 앞둔 검찰 내부의 불만 여론도 구체화하고 있는 상황이어서 서 검사장의 글을 검찰의 공론으로 봐야 한다는 분석도 제기되고 있다.

> 검찰 내부에서는 법리적으로 짚고 넘어가야 할 문제라는 의견이 많은 가운데 검찰 간부가 정치적으로 민감한 사안을, 미묘한 시기에 공개적으로 언급한 데 대한 우려의 목소리도 나오고 있다. 서울지검의 한 검사는 '옷 로비와 파업유도 사건의 특검제 도입 당시에는 분위기에 휩쓸려 이 같은 위헌 의견이 묻혀 지나갔지만 적지 않은 검사들이 서 검

사장의 의견에 동의하고 있다'고 말했다. 반면 한 간부급 검사는 '이미 여야가 합의한 사안에 대해 뒤늦게 정면 대응하는 의견을 내놓으면 정치적으로 왜곡된 해석이 따르거나 공격의 빌미가 될 수도 있다'고 말했다.

아마 일반에서도 이러한 파동이 사전에 치밀하게 짜여진 각본에 따라 돌출된 사태는 아닌가 여겨졌을 것이기도 하다. 그러나 다시 얘기하는 것이지만 내가 알고 있는 바대로 소신껏 밝히는 게 바람직하다는 판단에서 개인적인 의견을 밝혔을 뿐이다. 정치권과 언쟁을 벌일 생각은 추호도 없었다는 얘기다. 검찰의 입장을 반영하거나 검찰을 대표하는 이론은 결코 아니었다. 사전에 각본이 있었던 것도 물론 아니다. 검찰 게시판에 올렸다고 해서 검찰을 대변하는 주장이라고 생각한다면 검찰 조직 내부의 다양성을 이해하지 못한 때문일 것이다.

한나라당 대변인의 성명

그러나 처음부터 그런 정도로 끝날 문제는 아니었다. 정치권, 특히 당시 야당이던 한나라당으로부터 즉각적인 공세가 쏟아졌다. 어느 정도는 예견되던 사태이기도 했다. 그러나 한나라당 대변인이 발표한 성명은 내 생각에도 너무 흥분되어 있었다. 앞서의 신문 기사들이 나온 바로 그날의 얘기다.

느닷없이 대검 마약부장이라는 사람이 '한국식 특검제 위헌'이라는 내용의 글을 검찰 전용 인터넷 게시판에 올려 말썽이다. 권력비리규명 특검제 논의가 한창 진행 중인 마당이라 그 저의가 의심스럽다. 이미 2년 전부터 두 차례나 도입된 특검제는 법리적으로 위헌소지가 없다고 이미 결론 난 사안이다.
최 경원 법무장관이 개인적인 의견일 뿐이라고 해명했지만 개운치 않다. 국회의원의 면책특권을 시비 걸은 신승남 검찰총장의 주장과 비슷하다. 헌법과 법률을 빙자해 밥그릇 지키기에 혈안인 일부 정치검찰의 본색을 유감없이 보여주는 것이 아니고 무엇인가?
특검제도 도입을 지시한 대통령에게까지 항명하는 처사이기도 하다. 지금 검찰은 엉뚱한 생떼를 쓸 때가 아니라 자숙하고 반성해야 할 때다. 검찰이 특검제 딴지 걸기를 계속한다면 이는 누워서 침 뱉기가 될 뿐이다.(한나라당 대변인)

이미 정치권의 화살은 나에게 맞춰지고 있었다. 대변인의 성명은 그 한 부분에 지나지 않았다. '이용호 게이트'에 대한 의혹 해소보다는 특검제의 위헌론을 제기한 나의 논리를 무너뜨리는 게 먼저라고 생각했을지도 모른다. 돌아가는 여론도 나에게는 대체로 불리한 편이었다. 그동안 검찰이 정치권력에 맥없이 휘둘려 왔기에 특별검사 도입이 필요하지 않느냐는 것이 그 주안점이었다.

그러나 나로서도 그냥 고개를 숙이고 들어갈 수는 없었다. 적어도 국내에서는 특별검사제도를 다룬 논문으로 첫 번째로 박사학위를 받은 입장이었다. 내가 검찰에 몸담고 있다는 현실적인 여건도 감안할 필요가 있었지만, 그렇다고 법리적 입장에서의 주장을 굽힌다는 것도 스스로 용납할 수 없는 일이었다. 그런 저런 측면을 떠나서도 오해가 있다면 풀고 가야 할 입장이었다.

내가 한나라당 대변인에게 다음과 같은 답문을 보낸 것이 그런 까닭이었다.

제가 왜 특별검사법의 위헌성을 제기하였는지 그 배경과 경위를 알려드리고 '특별검사법 위헌론'의 이론적 배경이 무엇인지를 상세히 설명 드리는 것이 의원님의 국정수행에 도움이 될 것이라고 판단되어 이 글을 올립니다.

우리나라에서는 그동안 수없이 특별검사법에 대한 논의가 있었고, 또 두 번에 걸쳐 특별검사 제도를 실시한 적도 있었습니다만, 저는 그동안 특별검사법에 관한 실무적 검토를 맡고 있는 대검찰청 기획조정부나 법무부 검찰국에서는 근무한 바가 없어 내부적으로 특별검사법에 대한 위헌 여부를 제기할 만한 입장에 있지 않았습니다.

그러나 최근 몇몇 검사와 고위 간부들과 사석에서 특별검사법에 관하여 논의해본 결과 그 위헌 여부에 대해 잘 모르고 있는 검사들이 많아 헌법을 연구한 이론가로서 적어도 법 집행을 담당하는 검사들은 특별검사법이 무엇이 문제인가 하는 점은 알아야 된다고 생각하고 검사만이 볼 수 있는 내부 통신망에 글을 썼던 것입니다.

저는 지금도 마약부장으로서 마약수사만 전념하고 있을 뿐 특별검사법의 추진여부나 통과 여부에 대해서는 관여할 입장에 있지도 아니하고 관심도 없으며, 특별 검사제도 실시에 대한 찬반에 관한 의견도 개진할 만한 입장에 있지 않으며, 다만 국회가 특별검사 입법을 추진하는 과정에서 위헌의 소지가 없도록 추진되어지기를 바라는 마음을 가지고 있을 뿐입니다.

우리 직원을 시켜 이 답문을 한나라당 대변인실로 직접 전달하도록 했다. 내가 쓴 박사학위 논문도 같이 전달되었다. 적어도 국내에서는 특별검사 문제에 있어 내가 가장 전문가라고 자부하는 입장에서 한낱 정치검사의 주장으로 매도당하는데 있어서는 자존심 차원에서도 참을 수가 없었다. 분위기가 이렇게 험상궂게 돌아가자 당시 법무부 장관님은 그냥 넘어가기를 은근히 바라는 눈치였다. 정치인과 맞붙어 싸워봤자 검찰로는 이로울 게 전혀 없다는 판단이었을 것이다. 하지만 내가 이미 답문을 써서 사무실로 직접 보냈다는 얘기를 듣고는 그분으로서도 이제는 어쩔 수가 없다는 듯이 난감한 표정을 짓고 말았다.

그러나 어디까지나 논리를 들이밀면서 싸우자는 것보다는 이해시키려는 데 더 초점이 맞추어져 있었다. 국회가 필요하다고 판단될 때마다 특별입법을 통하여 특별검사를 임명한다면 특별검사가 양산될 우려도 없지 않았다. 극단적으로 한 해에 1,000명이라도 특별검사를 만들어낼 수 있다는 이론이 되고 그렇게 된다면 또 하나의 거대한 특별검찰청 조직을 꾸며내는 잘못을 범하게 되는 것이었다.

내가 정치검사로 매도당한 부분에 대해서도 그냥 넘어갈 수는 없었다. 오히려 정치검사였다면 정치인과의 싸움판에 끼어들기를 꺼려했을지도 모른다. 나는 이 답문을 통해 "저는 마약이나 조직폭력이나 공무원 범죄 등의 수사에만 전념해왔을 뿐 지금까지 소위 정치검찰이라고 매도될 만한 일을 지금까지 해본 일도 없고 그런 비판을 한 번도 받아본 적이 없다."고 명백히 밝혔다.

그러나 한나라당 대변인은 이 답문에 대해 아무런 답변이 없었다. 흠집을 찾았다면 가만히 있을 위치가 아니었는데도 말이다. 물론 그가 별도의 반박을 나타냈다면 내 반박도 당연히 이어졌을 것이다.

학계와 법조계로 번진 논쟁

그러나 위헌론 논란은 정치권을 벗어나 학계와 법조계로까지 번지게 되었다. 법률신문과 대한변협신문도 찬반론에 가세했다. 방송 프로그램에서도 이 문제를 그냥 내버려두지 않았다. 나는 손석희 앵커나 박찬숙 앵커가 진행하는 라디오 시사프로그램에도 연달아 불려나갔다. 변호사들이 내 상대역으로 출연했고 그때마다 설전을 벌여야 했다.

특히 모 변호사는 조폐공사 파업유도 특검팀에서 특검 보를 지낸 입장이었기에 반박이 만만치 않았다. 그는 "헌법이 행정부 수반인 대통령에게 법률의 효력을 갖는 긴급명령권과 계엄선포권을 보장하고 있듯이 삼권분립도 입법·사법·행정 각부가 서로 권한을 제한하는 다양한 형태가 존재한다."며 검찰 권한도 국회가 만든 정부조직법으로 정해진 것이므로 국회 입법을 통해 검찰 임무와 역할을 제한하는 것은 위헌소지가 없다고 주장하기도 했다.

모 대학의 법학과 교수도 문화일보에 기고문을 실어 내 주장에 반박하고 나섰다. 위헌론의 취지로 조선일보에 실린 내 글에 대한 반박문이기도 했다. 정확히 말하자면, 그 글은 내가 썼다기보다는 조선일보의 이항수 출입기자가 검찰 내부통신망에 게재된 나의 주장을 정리해 원고로 만든 것이었음은 앞서 설명한 바와 같다. 다음은 문화일보의 2001년 11월 8일자에 실린 그 기고문의 한 부분이다.

> 대검찰청 서영제 마약부장은 미국 특별검사법률에서 특별검사 임명제청권, 즉 특검 발동권한을 법무장관만이 갖고, 의회는 법무장관에게 특별검사 임명제청을 요청할 수 있을 뿐 독자적으로 이를 추진할 수 없게 하여 위헌 소지를

없앴다고 주장하는 바, 이는 미국 특별검사법률을 오해한 것이다. 1999년 실효된 미국 특별검사법률은 특정사건 법률이 아니라 상설적인 특별검사 법률이었다. 거기서 법무장관은 대통령 혹은 그 측근들에 대한 의혹사건에 대하여 의무적으로 사전조사를 거쳐 특별검사 임명을 요청할 것인지를 결정하는데, 임명요청 여부에 상관없이 사전조사 사실을 법원특별부에 통보하도록 하고 있었다. 말하자면 법무부장관의 권한행사에 대한 법원특별부의 감독을 인정한 것이다.

그리고 의회도 의혹사건에 대하여 법무장관에게 특별검사 임명 요청을 하도록 요구할 수 있다. 이는 특검발동 권한을 법무장관에게만 인정한다는 취지보다는 법무장관이 그 권한을 남용하여 특검임명을 요청하지 않는 것을 견제한다는 의미가 더 크다. 또 서 부장은 법무장관이 특별검사를 임명 제청한다고 하고 있지만, 이는 자칫 오해를 낳을 수 있는 표현이다. 원래 임명제청은 특정인을 지명하여 임명권자에게 임명해 줄 것을 요구하는 것이다.

그러나 미국 특검 법률에서 법무장관은 특별검사의 임명을 '요청'할 뿐이지 특정인을 후보로 지명하여 임명을 '제청' 하는 것이 아니다. 누구를 특별검사로 할 것인지는 전적으로 법원특별부의 권한에 속한다. 결국 법률 전체의 취지로 보면 상설적인 특별검사법률에서 어떤 사건을 특검사건으로 할 것인지에 관하여 법무장관의 의무적 관여를 인정했던 것이지 법무장관이 그의 재량 혹은 권한으로 특별검사를 임명하게 할 수 있는 것은 아니었다. 이 점에서 특정사건에 관하여 특검을 인정하는 우리나라 법률과는 다르다.

그 교수는 이 기고문에서 나의 주장에 대해 몇 가지 더 반박을 늘어놓았다. 특별검사가 법무장관의 수사·기소권을 침해하는가의 여부를 포함하여 대한변협이 특별검사를 추천하는 문제 등에 대한 반론이었다. 그는 더 나아가 "1999년의 특별검사법률은 오히려 다른 점에서 위헌인 법률이었다. 즉, 특정사건 및 특정인에 대해서만 수사하도록 하여 특별검사의 수사권을 제한하였다는 점에서 전혀 법률로서의 품격을 갖지 못한 것이었다."고 주장하고 있었다.

마치 내가 아무것도 모르는 상태에서 검찰의 입장에 편승해서 선불리 얘기를 꺼낸 것으로 받아들이는 투였다. 나로서는 모욕적이었다. 그렇다고 맞상대를 하는 것도 모양이 좋지는 않았다. 하지만 내가 전화를 걸어 내 논거에 대해 설명을 하고 내가 쓴 미국 특별검사에 대한 박사학위 논문을 보내주었다. 내가 아무것도 연구하지 않고 정치적 목적으로 검찰 내부통신망에 특별검사 위헌론을 제기한 것은 아니라고 강력히 설명하기 위해서였다. 상대방의 주장에 대해 반박을 하려면 정확한 근거와 배경을 따져보고 나서야 하는 것은 정치인이나 학자나 마찬가지일 터였다.

거듭 강조하거니와 나의 주장에는 어떠한 정치적인 복선도 깔려 있지 않았다. 특별검사제를 하지 말자는 것도 아니었다. 기왕에 하려면 위헌 소지를 없애고 제대로 하자는 뜻이었다. 그런데 왜 서로가 그 뜻을 그토록 오해하고들 나섰는지 이해하기 어렵다. 아마 내가 검찰 내부의 의견을 대변하도록 각본이 짜여 있었던 것처럼 받아들인 탓이 아니었는지 모를 일이다.

여기에서 미국이 왜 특검법의 위헌문제가 대두되었는지 설명할 필요가 있다. 먼저 특별검사의 발동과정을 설명하는 것이 순서일 것 같다. 미국의 검찰총장은 특별검사법의 적용대상자가 B급 또는 C급 경죄를 제외한 연방형법을 위반하였을지도 모른다는 범죄정보를 입수하면 정보를 심사하여 예비조사의 개시 여부를 결정하여야 한다. 법무부장관이 예비조사를 위한 근거가 존재하는지 여부를 판단할 때 입수된 정보의 구체성(the specificity)과 정보의 신뢰성(the credibility)이라는 두 가지 요소만 고려하여야 한다. 법무부장관은 정보를 입수한 날로부터 30일 이내에 예비조사(preliminary investigation)의 개시 여부를 결정해야 한다. 법무부장관은 정보의 구체성이 충분하지 않다고 결정하거나 정보 제공자를 충분히 신뢰할 수 없다고 결정할 경우에는 사건을 종결짓는다. 그러나 법무부장관이 충분히 구체적으로 신뢰할 만한 정보가 있다고 판단하거나 30일 이내에 정보의 구체성 또는 정보 제공자의 신뢰성에 대해 판단할 수 없을 경우에는 예비조사를 개시하여야 한다.

그 후 정보심사의 결과에 따라 법무부장관은 연방형법 위반혐의와 관련하여 특별검사의 추가수사(further investigation)가 정당화되는지 여부에 대해 예비조사를 실시한다. 따라서 예비조사의 목적은 법무부장관이 연방형법 위반혐의와 관련하여 특별검사에 의한 추가수사를 정당화할 만한 합리적인 이유가 존재하는지 여부를 결정하기 위한 것이다. 상·하 양원의 법사위원회 및 각 법사위원회 소속 다수당 의원이 과반수 또는 모든 소수당 의원의 과반수는 법무부장관에게 서면으로 특정사항에 대한 특별검사의 임명제청을 요청할 수 있다.

그러나 이 경우에도 법무부장관이 특별검사의 임명을 제청하지 않기로 결정할 수 있고 그 경우에는 그 이유를 설명한 보고서를 법사위원회에 제출하여야 한다. 예비조사는 일반적인 경우에는 예비조사가 시작된 날로부터 90일 이내에 완료되어야 하고, 의회의 요청에 의해 예비조사가 개시된 경우에는 의회의 요청이 접수된 날로부터 90일 이내에 완료되어야 한다. 법무부장관은 예비조사의 결과에 따라 특별검사의 추가수사를 정당화할 만한 합리적인 이유가 없다고 판단되면 즉시 특별재판부에 그 취지를 통지하고 조사를 종결할 수 있다. 예비조사의 결과에 따라 추가수사를 정당화할 만한 합리적인 이유가 있다고 판단되거나 정해진 예비조사의 기간이 도과된 경우, 법무부장관은 특별검사의 임명을 특별재판부에 제청하여야 한다.

의회가 특정 공무원의 임명권한을 그 피 임명 공무원이 처리하는 직무와 관계가 적은 업무를 처리하는 부서에 부여한다는 것은, 대부분의 학자들도 권력분립원칙(The separation of powers doctrine) 입장에서 헌법위반으로 본다는 점에서 견해가 일치하고 있다. special prosecutor(특별검사)는 위 미국헌법상 하위직 공무원이라고 할 수 있는데 의회가 이러한 하위직 공무원을 임명할 수 있는 권한을 그 업무수행(수사권한 및 책임)과 하등 관련이 없는 다른 업무를 처리하는 법원에 부여함으로써 위헌문제가 마찬가지로 제기된 것이다. (즉, 법원의 본래의 직무와 특별검사(special prosecutor)의 직무는 그 성질상 양립(incongruos)될 수 없다고 볼 수 있다) 미국헌법 Aricle II Section 3은 대통령은 법이 성실히 집행되도록 'take care'해야 할 책무(responsibility)를 가지고 있다고 규정하고 있다. 이러한 책무에는 범법자를 기소(prosecute)하는 의무도 포함되어 있는 것이다. 미국 연방 항소법원도 명백히 검찰권(prosecutorial power)은 의회도 법원도 간섭할 수 없이 오로지 행정부에 속한다고 판결하고 있다. 따라서 검찰기능(prosecutorial function)을 수행하는 공무원을 임명할 수 있는 권한을 법원에 부여한다는 것은 “행정부만이 유일하게 검찰기능을 수행하는 공무원을 임명할 수 있다.”는 헌법적 요구사항에 위반된다는 주장이 가능한 것이다.

이에 1988년 1월 22일자로 미국 연방 콜롬비아 항소법원(the United States Court of Appeals for the District of Columbia Circuit)은 2대 1로 특별검사법은 위헌이라고 판결하였다. 주심판사인 로렌스 실버만(Laurence H. Silberman)은 특별검사법은 본질적으로 의회가 권한찬탈(a congressional power grab)한 것이라고 표현하였다.

실버만 판사는 특별검사법은 여당이 대통령직을 지배하고 야당이 의회를 지배하는 특이한 시대에 통과된 것임을 주목하면서 특별검사의 법원임명은 대통령의 정치적 활력(the political vitality)을 빨아 없애고(sap), 따라서 대통령을 의회에 대한 관계에 있어 보다 약한 정치력을 행사하게 만드는 것이라고 판결하였다.

그러나 미국 대법원은 1988년 6월 29일자로 미국연방특별검사법의 합헌성을 인정하는 판결을 선고하였다. 위 판결의 주심을 맡고 다수의견을 작성한 대법원장 윌리엄 렌퀴스트(William H. Rehnquist)는 미국행정부의 위헌주장을 다음과 같이 반박하였다. 특별검사법은 행정부에서 특별검사임명과정에 어느 정도 참여의 기회, 즉 법무부장관으로 하여금 특별검사의 임명제청권을 부여하고 상당한 이유가 있는 경우(for good cause)에는 특별검사를 해임할 수 있는 권한을 부여하고 있는데, 바로 그러한 이유 때문에 특별검사법의 규정은 헌법상 권력분립의 원칙에 위배되지 않는다고 판결하였다. 그리고 특별검사법은 의회로 하여금 특별검사에게 어떠한 영향력도 행사할 수 없도록 규정하고 있기 때문에 특별검사법을 ‘의회의 행정부 권한의 찬탈(congressional usurpation of executive branch functions)'이라고 규정할 수 없다고 하였다.

그는 또 특별검사가 어느 정도 독립적이긴 하지만 반면에 특별검사법은 대통령이 헌법상의 권한을 충분히 행사할 수 있도록 보장하기 위하여 행정부에 특별검사를 통제할 수 있는 권한을 부여하고 있다고 덧붙여 설명하였다. 이에 유일하게 반대의견을 표명한 앤토닌 스칼리아(Antonin Scalia) 대법원 판사는 이례적으로 39페이지에 이르는 반대의견을 9분 동안에 걸쳐 낭독하였다. 그는 의회에 의한 아무리 적은 행정부권한의 축소(the slightest diminution of executive power by congress)도 위헌이라고 아래와 같이 반대의견을 피력하였다.

> 이 연방체 정부에서, 입법부는 절대로 행정권과 사법권을 행사할 수 없으며, 행정부는 절대로 입법권과 사법권을 행사할 수 없으며, 사법부는 절대로 입법권과 행정권을 행사할 수 없다. 미국 헌법 제2조는 "행정권은 미합중국 대통령에 있다"라고 규정하고 있다.
>
> 그 조항은 행정권의 일부를 의미하는 것이 아니라 행정권의 전부를 의미한다. 그래서 만약 '(1)특별검사의 형사기소행위(그리고 기소여부를 결정하기 위한 조사)가 순수한 행정권의 행사인가?', '(2)특별검사법은 미국대통령의 수사 및 기소권의 통제에 대한 배타적인 권한을 박탈하려는 것인가?'라는 두 문항에 대한 답변이 긍정적이라면, 특별검사법을 무효화한 항소심의 결정은 기본적인 권력분립원칙을 근거로 하고 있기 때문에 유지되어야 한다고 본다. 놀랍게도 다수의견은 그 두 가지 문제에 대한 긍정적인 답변을 양

> 보하고, 너무나도 당연한 논리 즉, '특별검사법이 미국대통령이 아닌 사람에게 순수한 행정권을 부여하기 때문에 그 법령은 무효다.'는 결론을 의도적으로 피하고자 하는 것 같이 보인다.

이와 같이 미국에서는 검찰총장에게 특별검사 발동권(triggering)을 주었음에도 불구하고 위헌문제가 심각하게 대두되었고 그나마 합헌판결을 내린 것도 검찰총장에게 독점적으로 특별검사의 임명제청권을 부여했기 때문이었다. 그러나 우리나라 특별검사법은 검찰총장이 특별검사임명절차에 전혀 관여할 수 없고 더구나 특별검사발동을 저지할 가능성이 거의 없기 때문에 이는 삼권분립원칙에 반한다는 것이 나의 소신이다. 대통령이 특검법에 대하여 거부권을 행사할 수는 있지만 이를 다시 국회가 재의결을 한다면 특검법은 행정부를 전적으로 배제한 채 발효되는 것이다.

그러나 이런 문제 제기에도 불구하고 결국 보름 정도가 지난 뒤에 "주식회사 지앤지대표이사 이용호의 주가조작·횡령사건 및 이와 관련된 정·관계 로비의혹사건 등의 진상규명을 위한 특별검사의 임명 등에 관한 법률"(법률 제6520호)이 국회를 통과했지만 내 주장은 받아들여지지 않았다. 어차피 기대하기 어려웠던 결과다. 나로서는 일단 법리적인 근거를 내세워 나름대로 최선을 다했다는 점에서 위안을 받고 있다.

그 뒤에도 최근 이명박 대통령의 내곡동 사저부지 매입 의혹에 이르기까지 여러 차례 특별검사제도가 실시되어 왔지만 처음 시행됐던 당시의 골격에서 크게 벗어나지 못하는 상황이다. 여전히 위헌론이 해소되지 않았다는 얘기다. 어떤 일을 시작할 때나 첫 단추가 중요하다는 교훈이 바로 이런 경우에도 적용된다 하겠다. 언젠가는 바로잡혀야 하겠지만 이미 '한국형 특검제'로 자리잡은 만큼 시정되기가 어려울 것이라는 비관적인 생각이 들기도 한다.

내가 처리했던 사건과 관련되어 특별검사가 임명된 경우는 삼성그룹의 에버랜드 주식 편법상속사건을 꼽을 수 있다. 서울지검장 당시 특수부에서 수사를 진행했던 사건이지만 내가 자리에서 물러나고도 3년쯤 지난 2007년 12월에서야 다른 여러 의혹까지 묶어서 한꺼번에 특별검사에게 수사를 맡기도록 결정을 본 것이었다. 내가 서울지검장에 임명된 후에도 김대중 대통령의 남북정상회담 당시 북한에 대한 비밀송금 의혹이 특검에 맡겨졌지만 이는 내 직전의 수뇌부가 처리한 사건에 대하여 사후적으로 취해진 조치였다.

검찰 자체의 특임검사제도／

현재 특별검사제도와는 다른 특임검사라는 제도가 시행되고 있다. 이 제도는 검찰 자체적으로 특임검사를 임명해 사건 수사를 맡기는 것을 주요 골자로 하고 있다. 공정성을 보장하기 위한 차원에서 검찰의 외부 인사가 수사를 맡도록 하는 특별검사제도와는 다른 점이다.

특임검사의 경우에도 수사의 독립성이 보장되는 것은 물론이다. 다각적으로 수사를 진행하되 최종 수사결과만 검찰총장에게 보고하도록 되어 있는 것이 그러한 취지다. 최근 들어 검찰 조직 내부의 비리나 의혹이 잦아지면서 스스로 자정 의지를 보여주고 있는 것이다. 다른 한편으로는 검찰 개혁 논란에 대한 스스로의 자구책이라고도

할 수 있다.

지난 2010년 이른바 스폰서 검사로 인해 사회적인 논란이 빚어지면서 처음 제도가 도입되었다. 현직 검사가 스폰서로부터 고급 승용차나 명품 가방을 선물로 받은 것이 과연 특정의 사건 청탁과 관련이 있느냐의 여부를 가리는 것이 특임검사의 임무였다. 최근에는 어느 고위 검사가 거액의 수뢰사건과 관련하여 특임검사에 의해 구속되기도 했다.

대검 훈령으로 마련된 '특임검사 운영에 관한 지침'에 따르면 특임검사는 검찰총장이 지정하는 사건을 수사하도록 되어있으며 사건에 대한 수사, 공소제기, 유지 등의 권한이 주어진다. 또 사건에 대해 추가로 수사할 필요가 있다고 판단될 경우에는 검찰총장의 승인을 받아 더 수사할 수 있도록 규정되어 있다.

앞서의 특별검사제도와 비교한다면 오히려 이 특임검사제도가 위헌론의 소지를 피하고 있을 뿐만 아니라 현재 미국에서 시행되는 특임검사(special counsel) 제도에 더 가깝다고 할 수 있다. 특임검사를 임명하는 주체가 국회가 아닌 검찰총장이라는 점에서 삼권분립 침해 논란을 해소시켰기 때문이다. 다만, 검찰 외부 인사를 임명하는 것이 아니라 내부 인사를 특임검사로 임명한다는 점에서는 미국식 특별검사와는 또 차이가 난다.

국내 정치권에서 이러한 특임검사제도의 골격을 기본으로 하여, 특별검사제도를 운영하는 문제에 대해 거부감을 나타내는 이유에 대해서도 납득하지 못하는 것은 아니다. 하지만 위헌 소지를 없애기 위해 특별검사 추천 및 제청권을 미국처럼 검찰총장에게 부여한다면 과연 그 제도가 제 구실을 할 수 있겠느냐 하는 의구심을 가라앉히기 어렵다. 미국에서도 그런 지적이나 우려가 없지 않은 게 사실이다.

그러나 실제로 시행해보지도 않고 지레 문제점만 부각시키려는 태도는 바람직하지 않다. 시행 과정에서 문제점이 드러난다면 큰 테두리 안에서 고쳐나가면 될 일이다. 하지만 애초부터 이러한 문제의식도 없이 국회가 특별검사제도를 발의할 수 있도록 제도를 도입함으로써 뒤늦게 고치기가 어려워진 것이 아닌가 하는 게 나의 개인적인 생각이다.

이러한 위헌론과는 별도로 특별검사제도의 비효율성에 대해서도 득실을 감안할 필요가 있다. 특별검사가 임명되어 수사를 벌인다고 해도 그 결과가 검찰의 기존 수사와 큰 차이가 나지 않는 경우가 대부분이기 때문이다. 설혹 차이가 난다 해도 부수적인 사실에서 약간씩 결론이 달라지는 정도다. 특별검사라고 해서 기존의 검찰 수사 이상으로 사건을 완벽하게 해결한다는 것은 어려울 수밖에 없다.

'특별검사 만능론'이 서서히 흔들리고 있다는 얘기다. 특별검사제도의 비효율성에 대해서는 미국에서도 심각하게 제기되어 왔다. 막대한 비용과 무차별적인 수사로 인한 폐해가 드러나고 있기 때문이다. 아예 특별검사 폐지론까지 나왔고, 결국 옛 제도는 폐기되고 말았다.

미국의 특별검사제도

이러한 논란과 관련하여 미국의 독립 변호사(independent counsel) 제도에 대해 살펴볼 필요가 있다. 이를 통해 앞서의 위헌 논란에 대한 해답의 실마리를 발견할 수 있을 것이다.

미국의 특별검사제도는 19세기 이래 행정부 고위관리들이 사건에 연루되었을 경우 검찰총장이 외부 인사를 특별검사로 임명하여 사건 수사와 소추를 담당하도록 하는 관행에서 제도가 정착되어 왔다. 처음부터 법규정이 마련되어 있었던 것은 아니다. 무엇보다 오해의 소지를 줄이고 수사의 공정성을 확보하려는데 그 목적이 있었다.

구체적으로는 제18대 대통령인 그랜트(Ulysses Grant) 재임 당시 대통령 개인비서의 탈세혐의를 수사하기 위해 특별검사를 임명한 것이 제도의 출발점이었다. 그 뒤 1920년엔 제29대 대통령인 하딩(Warren Harding)이 연방정부 소유이던 와이오밍 주의 유전 개발권 민간 불하와 관련하여 그 업무를 관할하던 내무부 관리들의 범죄 혐의를 수사하기 위해 특별검사를 임명한 사례가 있다.

그러나 1972년 워터게이트 사건이 일어나 리처드 닉슨 대통령이 중도 사임하게 될 때까지만 해도 미국에서도 특별검사제도는 그렇게 주목을 받지는 못했다. 특별검사가 사건의 의혹을 파헤치게 됨으로써 논란을 불러일으켰고 끝내 닉슨의 사임까지 초래한 것이 결정적인 계기가 되었다. 미국에서도 그 직후에 비로소 특별검사법률이 제정되어 관련 제도가 본격 도입된 것은 그런 결과였다.

물론 특별검사의 수사과정에서도 몇 차례의 우여곡절이 뒤따르게 된다. 워터게이트 사건의 특별검사로 임명된 주인공은 하버드대학의 아치볼드 콕스 교수다. 성역 없는 수사를 약속한 닉슨의 결정에 따라 임명된 인물이다. 닉슨과 친구 관계에 있었던 인물이다. 하지만 콕스 교수가 사건 해결의 실마리인 백악관 회의의 녹음테이프를 제출하도록 요구하게 되자 닉슨은 그에 대한 해임 결정을 내리고 말았다. 자오스키가 후임 특임검사로 임명되었다. 이에 대해 리처드슨 검찰총장은 지시를 거부하며 사임했고, 이어 럭켈샤우스 법무차관도 연달아 사임해버리는 초유의 항명 사태가 벌어지고 말았다.

결국 이 사건이 확대되면서 닉슨 대통령이 포드 부통령에게 잔여 임기를 맡긴 채 중도 사임하고 백악관을 떠나게 되었지만 미국 의회는 카터 대통령 당시이던 1978년 근거 법을 통과시켜 제도를 보완하기에 이른다. 그것이 바로 미국 특별검사법이고 특별검사는 연방항소법원 특별재판부에 의해 임명된다. 처음에는 그 법률의 명칭을 'special prosecutor act(특별검사법)'라고 했으나 'prosecutor(검사)'라는 용어를 사용할 경우 연방검사와 혼동이 될 우려도 있고 삼권분립이라는 위헌소지를 없애기 위해 'independent counsel act(독립변호사법)'라고 명칭을 바꾸었다. 이렇게 하여 마련된 특별검사법은 당초 5년 기한의 한시법이었다.

그 법에 따르면 특별검사의 사무실을 포함한 모든 경비는 연방검찰청이 지원하도록 하면서도 특별검사는 의회에 보고할 의무를 지도록 했다. 검찰총장에 의해 임명되는 것이 아니라는 점에서 처음부터 위헌론을 피할 수 없는 상황이었다.

그러나 일단 특별검사에 임명되면 건강상의 이유나 중대한 과실을 범하지 않는 한 해임할 수 없도록 했다는 것이 이 법의 주안점이다. 앞서의 그랜트 대통령 이래 특별검사제도가 실시되면서 검찰총장이 임명권과 해임권을 보유하고 있었기 때문에 일방적이고 자의적인 해임이 가능했던 문제점을 보완하게 된 것이다. 닉슨 대통령이 콕스 특별검사를 해임하려 들었던 것도 이 같은 제도가 미처 마련되지 못했기 때문이었다. 특별검사가 대통령이나 검찰총장의 자의에 의해 해임되는 사태가 벌어진다면 의혹사건에 대한 공정한 수사를 보장하기가 어려울 수밖에 없음은 물론이다.

그 뒤 이 특별검사법은 1982년에 이르러 5년의 시행기간이 끝나면서 다시 한 차례의 연장에 따른 법 개정이 이루어졌으며, 레이건 대통령의 재임기간 중이던 1987년 12월에는 두 번째로 시행 연장이 이뤄지게 되었다.

그러나 이 특별검사제도는 레이건 대통령 재임 당시의 이란-콘트라사건 수사에 부딪쳐 심각한 위기에 처하고 말았다. 특별검사로 임명된 월쉬는 레이건 대통령의 안보보좌관 포인덱스터와 올리버 노스 국가안보회의 보좌관 등 핵심 측근들을 기소하는데까지는 성공했으나 조지 W. 부시 대통령 집권기로 들어서고도 6년간 무려 3,500만 달러나 써가며 무차별적으로 수사를 전개한 것이 문제였다.

결국 이에 불만을 품은 공화당 의원들은 개선책을 요구하고 나섰고, 이에 따라 특별검사법의 효력이 만료되는 1992년 12월에 이르러 다시 기간을 연장할 것인지 결정을 보지 못한 채 일단 그 효력을 상실하고 말았던 것이다.

특별검사제도의 폐해

미국에서 다시 특별검사제도가 부활한 것은 클린턴 대통령 당시 화이트워터 사건이 일어나면서다. 클린턴이 아칸소 주지사 시절에 일어났던 이 부동산 투기의혹 사건으로 궁지에 몰리게 되었고, 의혹을 공정하게 수사해야 된다는 여론의 압력에 못 이겨 특별검사법을 다시 채택하기에 이른 것이다.

이에 따라 1994년 로버트 피스크가 특별검사에 임명되었고, 다시 케네스 스타가 그의 뒤를 이어 특별검사를 맡으면서 클린턴 대통령 부부를 궁지로 몰아가게 되었던 것이다. 클린턴의 르윈스키 성추문도 이 과정에서 불거진 것이었다.

그러나 이런 과정을 거치면서 특별검사제도는 다시금 적지 않은 논란에 부딪치게 되었다. 누구에게도 간섭을 받지 않는 막강한 권한에다 수사기간이나 예산에서도 제한을 받지 않았다. 특별검사제도를 도입하면서 기본 취지로 삼았던 공정성이나 정치적 중립성 측면에서도 의문이 제기되었다. 클린턴 대통령의 르윈스키 스캔들 수사를 진행했던 스타 특별검사가 오히려 특별검사제도의 폐지를 주장하고 나섰을 정도다. 그는 보수파의 첨병으로서 클린턴을 끈질기게 물고 늘어졌으며, 이에 대해 여론의 상당한 반발을 받아야 했다.

들어간 예산에 비해 실효성이 있는지도 새삼 비판의 대상이 되고 있다. 앞서의 이란-콘트라 사건의 특별검사인 월쉬가 6년간 3,500만 달러의 수사비를 지출한 것도 이미 도마에 올랐지만 스타 특별검사가 성추문 사건 하나에 들인 비용이 무려 4,000만 달러에 이르렀던 것이다. 닉슨 대통령의 워터게이트 사건 이래 20여 년 동안 모두 18건의 의혹사건에 대해 특별검사가 임명되었으나 혐의를 밝혀내고 관련자 처벌에 이른 것은 기껏 4건에 불과했다.

결국 이러한 논란이 겹친 끝에 미국의 특별검사법은 클린턴 대통령 당시이던 1999년 6월 폐지되고 말았다. 이 법이 원래 기대했던 순기능보다 역기능이 크다고 판단한 의회가 연장 결의를 하지 않음에 따라 자동 폐기된 것이다. 이에 앞서 미국 변호사협회(ABA)도 압도적인 표결로 특별검사법을 폐지토록 권고하는 결의문을 채택한 바 있었다.

현재는 대통령이나 행정부 고위인사에 대한 의혹이 불거질 경우 연방검찰청 또는 법무부 소속이 아닌 외부 인사를 특별검사로 임명해 수사를 맡도록 하는 임의적 규정이 시행되고 있다. 이때의 특별검사는 'special counsel'라는 이름이 붙여져 있어 과거의 'independent counsel'와는 차이가 있다. 특별검사법이 폐기된 대신에 당시 재닛 리노 검찰총장에 의해 새로운 검찰청 내부규정이 마련되었던 것이다. 특별검사법에 의한 특별검사는 검찰총장이 연방항소법원에 임명제청(recommendation)을 하여 임명되지만 검찰 내부규정에 의한 특별검사는 검찰총장이 스스로 임명하되 독립적으로 수사하도록 한 제도이다.

그 규정에 따르면 검찰총장이 특별검사를 임명함으로써 의혹 사건을 수사할 수 있도록 했다. 검찰총장은 특별검사의 임명과 해임권을 가지며 그 수사 과정이나 형사소추상의 조치가 심각한 문제가 있다고 판단될 때는 수정하도록 요구할 수도 있게 되어 있다. 검찰총장이 특별검사의 부적절하거나 무리한 수사에 대해서는 사실상 거부권을 행사할 수 있도록 되어 있는 것이다.

이로써 미국의 특별검사제도는 위헌 논란을 피해갈 수 있게 되었다. 이 점에 있어서는 우리의 특임검사제도와 비슷하다고 할 수 있다. 이 때문에 미국에서도 특별검사를 검찰총장에게 사실상 예속시킨 상태에서 특별검사가 권력형 비리를 과연 제대로 수사할 수 있을지를 놓고 논란이 벌어지는 것도 사실이다.

그러나 검찰총장이 이 내부규정에 따라 임명한 특임검사(special counsel)의 성공사례가 피체랄드 특임검사가 수사한 '리크 게이트(leak gate)'사건이다. 현직 부통령인 체니의 일급참모인 리비(Libby)를 구속하는 개가를 올림으로써 검찰총장 임명의 특임검사의 필요성을 제고시킨 것이다. 우리나라도 이러한 형태의 특임검사를 진화시킬 필요가 있다. 그러나 검찰총장이 일방적으로 아무런 제한 없이 검찰 내부의 검사를 특임검사로 임명하게 되면 수사의 공정성 외관을 갖추기가 어렵다. 그 대책으로 특임검사 후보 목록을 여야가 합의하여 미리 선정하여 국회에서 법으로 통과시키고 검찰총장은 그중에서 한 명을 특임검사로 임명한다면 공정성의 외관을 갖출 수 있다.

그러나 제도도 중요하지만 그것을 실행하는 각 개인의 의지가 더 중요함은 물론이다. 검사들이 각자의 위치에서 권력의 외압에 관계없이 엄정한 수사에 임했더라면 처음부터 특별검사의 필요성은 제기되지도 않았을 것이다.

미국 연방대법원의 낙태판결

그렇다고 사법제도 운영 과정에 정치적 요소가 전적으로 배제될 수만은 없을 것이다. 어떻게 보면, 정치적 판단이 우선되어야 하는 경우도 없지 않다. 특별검사를 임명하는 문제도 정치적 판단에서 비롯된 결과라고 할 수 있다. 그 가운데서도 당사자의 정치적 성향과 충성심이 중요한 고려 요소가 되는 미국 연방대법관의 임명과정이 하나의 사례다. 대법관을 임명하는 과정 자체가 행정부와 사법부, 입법부 사이의 정치적 조화를 모색하는 과정이기 때문이다.

미국 연방대법원의 헌법 판결에서 정치적 의미를 지닌 사건들이 적지 않았던 것도 그런 배경을 이른다. 투표권 확대와 선거구 확정, 동성애자의 권리 등 지난날 판결 대상에 올랐던 사건들이 법적인 판단 못지않게 정치·사회적 의미를 더 많이 포함하고 있었다. 인종분리주의에 관한 1954년의 브라운 사건(Brown v. Board of Education) 판결과 낙태 허용에 관한 1973년의 로우 사건(Roe v. Wade) 판결도 거기에 포함된다. 모두 미국의 사회 변화에 중요한 영향을 미친 판결이다.

그 가운데서도 브라운 사건과 로우 사건 판결에서 비교가 되는 것은 앞의 사건에서는 정치적이고 정책적인 선택에 있어 얼 워런 대법원장의 설득으로 만장일치 판결을 이끌어냄으로써 인종분리주의에 의한 사회분열을 막을 수 있었던 반면 뒤의 사건에서는 찬반 의견이 현저하게 엇갈렸다는 사실이다. 그 결과 사회적으로도 낙태문제를 둘러싼 후유증이 지금까지 이어져 내려오고 있다.

브라운 사건은 1951년 캔자스 주에서 시작된 소송으로, 당시 여덟 살짜리 흑인 아동인 린다 브라운이 토피카 교육위원회를 통해 백인 공립학교에 입학허가를 내면서 시작되었다. 집에서 가까운 공립학교를 놓아두고 왜 멀리 흑인학교에 가야만 하느냐 하는 것이 법률의 판단에 올랐던 것이다. 이 문제는 연이어 사우스캐롤라이나, 버지니아, 델라웨어 등으로까지 문제가 확대되었다.

그때까지만 해도 미국의 공립학교에서는 흑백분리 정책이 실시되고 있었다. 흑백 학교가 분리되어 있다 하더라도 학교 건물과 교사들의 능력 등에서 실질적으로는 동등하다는 이유가 그 근거였다. 1896년 '플레시 대 퍼거슨(Plessy v. Ferguson)' 사건에서 내려진 '분리 되었지만 평등(separate but equal)'원칙이 그대로 적용되고 있었던 것이다.

이런 상황에서 제기된 브라운 사건은 미국 전체 사회의 주목을 끌게 되었고, 결국 연방대법원까지 올라간 끝에 흑백 학생 분리정책이 헌법의 평등권을 침해한다는 판결이 내려졌다. 만장일치의 판결이었지만, 원래는 5대4의 팽팽한 견해 차이로 나타나고 있었다. 여기에 워런 대법원장의 정치적 중재가 작용했던 것이다. 만장일치를 유도하기 위해 시일을 두고 반대의견을 설득시킴으로써 끝내 전원 일치의 결론을 이끌어냈다.

워런 대법원장 자체가 정치적 판단이 탁월한 인물이었다. 이미 캘리포니아 주지사를 지냈고 공화당 부통령 후보까지 지낸 정치 경력이 그것을 말해준다. 당시 대법관 가운데 셔먼 민튼은 전직 상원의원이었고, 톰 클라크와 로버트 잭슨은 전직 연방 검찰총장, 해롤드 버튼 역시 상원의원과 클리블랜드 시장을 역임한 정치적 경력자였다.

이에 비해 낙태 문제를 다룬 로우 사건은 찬반 견해가 엇갈린 상태로 그냥 결과가 발표되었다. 낙태가 허용되도록 최종 판결이 내려졌으나 반대 의견으로 인해 그 구속력이 약해졌다는 것이다. 당시 연방대법원을 대표하여 블랙먼 대법관은 모체의 생명을 구하기 위한 경우를 제외하고 모든 임신 단계에서 낙태를 금지하는 텍사스 낙태금지법에 대하여 위헌 결정을 내렸다. 버거 대법원장과 더글러스, 스튜어트 대법관은 별개의 찬성 의견을 표명했으며, 화이트 대법관과 렌퀴스트 대법관은 반대 의견을 나타냈다. 결과적으로 낙태를 불법행위로 금지한 텍사스 법에 대하여 위헌 결정을 내려졌지만 5대4의 표결로 나타났던 것이다.

미국 사회에서 이 판결 이후에도 낙태 문제를 둘러싼 논란이 지금껏 이어지는 이유다. 전통적으로 기독교 문화가 이어져 내려오는 미국 사회에서는 낙태 문제가 매우 민감한 문제로 작용하고 있다. 공화당과 민주당 사이의 첨예한 정치적 쟁점이 되기도 한다. 지난해 대통령 선거에서도 오바마 대통령과 롬니 후보 사이의 중요한 논쟁거리였다.

이러한 판결을 두고 당시 대법관 진용의 구성이 문제로 대두되기도 했다. 정치적 판단력이 부족했다는 것이 그 첫 번째다. 버거 대법원장의 경우 법무부 민사당당 차관을 역임하고 항소법원 판사를 거쳐 대법원장 임명되었으니, 별다른 정치 경력은 없었다. 판결문을 쓴 블랙먼 대법관도 변호사와 법과대학원 교수 경력이 전부였고, 다른 대법관들도 사정은 거의 마찬가지였다.

그만큼 미국 연방대법원에서는 정치적 경력이 중요시되고 있다. 이 밖에도 윌리엄 태프트는 대법원장을 지낸 다음 대통령까지 올랐고, 19세기 초의 존 마샬 대법원장도 버지니아 시의회와 하원 의원을 지낸 경력이 있었다.

10장

자연인으로서 나는 누구인가?

한 번 빠져 들면 끝장을 보아야 풀리는 습성

나에게는 한 가지 치명적인 약점이 있다. 무엇에든지 한 번 빠져들기 시작하면 끝장을 보아야 직성이 풀린다는 점이다. 책을 한 번 잡으면 대여섯 번은 기본이고, 오페라 테이프를 들어도 마찬가지다. 영어 신문에 빠져든 것도 그런 약점 때문이었을 것이다. 아마 그밖에는 취미가 별로 없기 때문에 저절로 생겨난 결과일지도 모른다.

강경지청장으로 있으면서 1년 8개월 동안에 걸쳐 신구약 성경을 다섯 차례나 독파했던 것도 그런 성격 탓이었다. 아니, 성경의 내용이 그만큼 흥미를 끌었던 것이다. 신앙심이라기보다는 탐구심이라고 해야 더 정확할 것 같다. 그렇게 성경에 빠져들다 보니 한때나마 내가 목사가 되기로 했다는 소문도 퍼지게 되었을 것이다. 벌써 20여 년 전의 일이다.

남부지청에서 밀수사범 수사를 전담하던 때의 일이다. 어느 날 김포공항 세관에서 우리나라 최대 교회의 목사 한 분이 거액의 달러를 구두 밑창에 숨겨가지고 출국하려다 검거되었다고 보고를 했다. 그 당시는 전두환 대통령 시절 달러가 너무 부족해 외화 밀반출이 금지되고 엄한 처벌을 하던 때였다. 그래서 즉시 구속하여 조사를 하였다. 그런데 그 목사는 반대파가 자기를 모략하기 위하여 꾸며낸 짓이라고 강경하게 부인하였다. 나중에 조사한 결과 그는 위장 수술을 받기 위하여 수술비로 그 달러를 가지고 미국으로 출국하려던 것으로 밝혀졌다. 그렇게 처음부터 고백을 했으면 정상이 참작이 되었을 텐데 너무 강하게 부인하는 바람에 구속 기소되었던 것이다. 그런데 10여년이 지난 후 우연히 기독교방송을 들으니 그 목사가 설교를 하면서 당시 담당 검사가 죄를 뒤집어씌워 자기가 무고하게 고생했다고 변명하고 있었다. 나는 깜짝 놀랐다.

나 역시 성경을 수없이 반복해서 읽은 사람으로 예수의 뜻을 위해 평생을 바치고 있는 성직자들을 존경해 왔다. 그러나 너무나 실망이었다. 요한계시록에 보면 '反그리스도(anti-christ)'라는 말이 나온다. 예수가 부활한 후 자기가 '예수의 제자'라거나 '재림한 예수'라고 자칭하거나 하면서 혹세무민하는 자들을 말한다. 사도 바울은 이들에게 경고의 편지를 보내게 되는데 이것이 바로 신약성경 아니던가? 인간의 본성은 악인가? 선인가? 텍사스 대학의 데이비드 버스(David Buss) 교수는 "우리 인간은 살아남고 번성하기 위하여 살생을 하면서 진화해온 피조물(creatures)의 후손들이므로 우리는 생래적 살인자(natural-born killers)이다. 따라서 문제는 무엇이 사람으로 하여금 살생을 하게 만들었는가에 있는 것이 아니고 어떻게 하면 그러한 살생을 예방할 수 있느냐 하는 것이다."라고 설파했다.

존 캘빈(John Calvin)은 "아기들은 태어날 때부터 사악했다(depraved)." 체스터튼(G. K. Chesterton)은 "성경이론 중에 유일하게 증명되는 사실은 원죄(original sin)이론 뿐이다." 루이스(C. S. Lewis)는 "평범한 사람(ordinary person)은 존재하지 않는다." 라고 주장했다. 결국 인간은 사악한 속성을 타고 났다는 것이 아닌가?

서울지검 초임검사 시절이었다. 서울에 유명한 대형교회 목사 두 분이 서로 맞고소를 한 사건이었다. 교회에 내분이 생겨 그 목사 두 분이 교회 건물을 반씩 나누어 따로 운영하고 있었다. 수없는 고위층이 편을 나누어 나에게 전화하여 상대 목사를 구속해 처벌해달라고 하였다. 나는 두 목사님을 소환하여 상호 합의하면 구속수사는 면하고 약식으로 벌금처리를 하겠다고 제안을 했다. 그런데 두 분 목사는 똑같이 합의를 절대로 할 수 없다는 것이었다. 그 이유는 상대방은 사탄이니 사탄과는 타협할 수 없다는 것이다. 사도바울이 그렇게 주장한 것은 사실이다. 그러나 과연 서로 사탄이라고 주장한다면 자기도 사탄이 되지 않는가? 결국은 두 사람 모두 기소를 하였고 지금도 씁쓸한 뒷맛을 남기고 있다. 그래서 그 후 과연 성경이 무엇인지 궁금하게 되고 성경을 접하게 되었다.

성경을 읽으면서 깨달은 것은 그 하나의 구절마다 심오한 의미를 지니고 있다는 것이었다. 독일의 문호 괴테가 성경의 어느 한 줄에서 영감을 얻어 『파우스트』를 썼다는 얘기가 그렇게 과장됐다고 여겨지지만은 않는다. 바빌론이나 페니키아, 이집트의 모든 지혜가 모여져서 쓰여 진 인류 최고의 경전이다. 유태인들의 『탈무드』만 해도 생활철학의 원천이 아닌가.

성경을 읽게 된 것은 건강이 악화된 때문이기도 했다. 평소 위장이 약해 고생을 하던 차였는데, 뱀을 달여 먹으면 효험이 있다고 해서 어렵게 시도를 했다가 부작용이 났던 것이다. 가슴이 찢어지도록 통증이 느껴져 내시경 검사를 해보니 위 점막의 절반 가까이에 염증이 불거져 있었다. 치료를 받으며 약을 먹었으나 별로 차도가 없었다.

그렇게 고생하며 건강은 악화일로를 치닫고 있었다. 몸무게가 50kg 아래로 떨어져 몰골이 수척해지기도 했다. "이제는 마지막 길로 들어서는 구나."하고 절망감에 빠져들었을 정도였다.

그래서 마음의 위안을 얻으려고 시작한 것이 바로 성경 읽기였다. 영어로 된 『Good News Bible』을 읽고, 또 읽었다. 그 성경책 뒤 페이지에 연필로 표시되어 있는 것을 보니 첫 번째 완독한 것이 1990년 8월 7일로 적혀 있다. 신약은 그 뒤에도 줄잡아 열 번 이상이나 읽었을 것이다.

『Good News Bible』은 1,500페이지가 넘는 분량인데, 신구약 66권에다가 천주교에서만 사용하는 외경 8권도 포함되어 있다. 한 장씩 넘기다가 완전히 빠져 버린 것이다. 성경은 수학의 풀이처럼 논리적으로 전개된다. 특히 사도 바울의 신약은 정교한 수학 그 자체다. 적어도 내 생각은 그렇다.

나는 사도 바울의 구절 가운데 "범사에 감사하라."는 가르침을 좋아한다. 그 역시 위장병을 앓았다는 사실 때문만은 아닐 것이다. 당시 유대 랍비 가운데서는 최고의 지성으로 추앙받았던 주인공이다. 헬레니즘과 로마, 그리스 철학을 오가며 대가로 꼽히고 있었으니 말이다.

"몸이 아프지 않았다면 자기오만에 빠져 절대자에 대한 의존을 생각조차 안 했을 것이고 끝내 하느님을 몰랐을 것"이라는 그의 신앙 고백이 나에게도 하나의 교훈으로 다가온다. "자기에게 위장병을 주었기에 하나님 앞에 점점 가까이 다가갈 수 있었으니 위장병은 감사해야 할 일이다."라고 그는 고백했던 것이다.

아마 당시 검찰 인사에 대한 불이익으로 불평불만이 쌓였던 탓에 속병이 생겼는지도 모를 일이다. 남들은 요직을 맡아 승승장구하며 앞으로 정치를 하겠다느니 어쩌니 하는 판에 자꾸 뒤쳐지는 신세가 스스로도 한심했을 것이다. 그러나 성경을 읽기 시작한 뒤에는 마음의 위로도 받고 건강도 약간씩 회복되는 것을 느낄 수 있었다. 그런 점에서, 위장병은 큰 불행을 막기 위한 작은 선물이었다고 여겨진다. 출세라는 것도, 세월이 지나고 나서 보니 우리 인생에서 그렇게 소중한 것은 아니었다.

내가 읽었던 『Good News Bible』 자체가 사연이 있는 성경이다. 미국 미시건 대학에 유학하던 시절 출석하던 교민 교회의 어느 목사님으로부터 선물로 받은 것이다. 그때만 해도 대학 캠퍼스의 앤아버 지역에는 교민들이 별로 없었을 때라 그 목사님께서 정착 단계에서 여기저기 길 안내를 해주곤 했었다.

처음에는 한글 성경을 읽으려고 했으나 성경이 번역된 구한말 당시의 용어가 거슬렸다. 현대판 새 번역 성경은 의미가 머리에 잘 들어오지 않았다. 그때 생각난 게 바로 책 보따리에 감추어져 있던 『Good News Bible』이었다. 요즘도 그 성경을 책상에 놓아두고 틈날 때마다 탐독하고 있다. 물론 그렇게 성경을 읽고도 아직 신이 있다는 답은 찾지를 못했다. 오히려 미국 시카고 클럽의 결론대로 "성경의 이야기 전부가 사실은 아니다."라는 쪽에 무게를 두고 있다. 프랑스의 실존 철학자인 샤르트르가 "지옥은 다른 사람들(Hell are other people)"이라고 말했다는 얘기도 있지 않은가. 사도 바울의 신약을 읽어가다 보면 거꾸로 무신론자의 심정으로 돌아서게 되는 경우도 없지 않다.

무신론의 대표적인 인물인 크리스토퍼 허친스의 경우는 차라리 담담하다. 아파서 자리에 드러눕게 된 그에게

타임지 기자가 "아직도 신의 존재를 믿지 못하겠느냐"고 묻자 "신이 없음으로 해서 나도 실망하고 좌절했지만 지금 돌이켜 인정하게 된다면 내 인생에 대한 배신일 뿐"이라고 답했다는 것이다.

그는 자기의 책 서문에서 헨리 제임스 소설의《앰버써더》를 인용해 "마음대로 네가 살 수 있는 모든 삶을 살아라. 그렇지 못하면 실수를 저지르는 것이다(Live all you can. It's a mistake not to do so)." 라고 썼다는 것은 널리 알려진 사실이다. 절대자를 의식하지 말라는 뜻일 것이다.

그러나 어떻든 간에 성경이 인생의 가장 중요한 지침서로서는 부족함이 없다. 그 교훈을 통해 우리들의 삶에서 남은 일생을 어떻게 현명하게 살 것인지 다짐하는 것이 더욱 소중한 문제다.

종교에 대한 관심

그렇다고 종교에 대한 관심이 기독교에만 머물렀던 것은 아니다. 한 때는 불교에 대한 관심도 적지 않았다. 따지고 보면 기독교냐, 불교냐의 문제가 아니라 인간 본연의 문제가 궁금했던 것이다.

불교에 눈길을 돌렸던 것은 청주지검장 때였다. 업무가 비교적 한가한 지역이어서 불경을 들여다봐야겠다는 생각에 미치게 되었다. 대검 공안연구관 시절에는 점심시간마다 소속 검사들에게 강론했을 정도로 심취했던 성경에 대한 관심이 슬며시 돌려지게 되었던 것이다.

그때 마침 현중 스님이 청주 불교방송의 대표를 맡고 있었다. 검찰 출신인 이상형 변호사와 경기고등학교 동창 관계로서, 스님 가운데서는 비교적 학승에 가까운 분이다. 그런데 그가 어느 날『What the Budda taught』라는 책에다 다른 한 권까지 얹어서 불교서적 두 권을 보내왔다. 개인적으로 가까워진 끝에 "영어로 쓰여 진 불경을 찾아 달라."고 부탁한 데 대한 응답이었다.

불교가 내세 종교라는 점에서 탐독해야 할 필요성을 진작부터 느끼고 있었으나 불경이 한 자 투성이라서 포기하고 말았던 터다. 혹시

나 해서 부탁했더니 현중 스님이 여기저기 수소문해서 구했던 모양이다.

부처의 일대기를 그린 『What the Budda taught』는 산스크리트어의 대가인 스리랑카의 왈폴라 라훌라(Walpola Rahula) 교수의 대표적인 저술이다. 시카고 노스웨스턴대에서 박사학위를 마치고 석좌교수까지 지낸 주인공이라는 점에서 내용이 촘촘했다. 앞의 몇 페이지를 넘기면서 내 눈길이 빠져들 수밖에 없었다.

싯다르타 석가모니가 깨달음을 얻은 것은 어느 보리수나무 아래서 이었다. 스스로 신체를 학대하며 6년간이나 수행을 했어도 깨달음을 얻지 못하고 돌아오는 길에 나무 그늘에서 가부좌를 틀고 앉았다가 우연히 깨달음을 얻었던 것이다.

그 깨달음은 '무상無常(Constant Change)'이라는 한마디였다고 한다. 모든 것은 끊임없이 변한다. 어제의 내가 오늘의 내가 아니고 내일의 내가 아니라는 것이다. 아니, 조금 전의 내가 조금 후의 내가 아니라는 것이다. 순간순간과 찰나찰나에 변한다는 것이다. 결국은 '나'라는 아이덴티티는 없다는 것이다. 이를테면, 서너 살 아기 때의 모습과 환갑이 넘어서의 모습을 비교해보면 분명히 같은 사람은 아니다. 사고방식도 상당히 달라져 있을 것이다. 그것은 각 개인의 아이덴티티를 쉽게 단정할 수 없다는 얘기나 다름없다. 불교에서 말하는 '무아無我'라는 것이 바로 그것이다. 순간적 죽음과 새로운 삶이 반복될 뿐이라는 것이다. 죽음이 삶이요 삶이 죽음이라는 것이다. 그러니 '나'라는 존재에 집착(desire)을 가져서는 안 되고 '나'라는 개념으로부터 해방되어야 하고 그것이 바로 해탈이요 부처라는 것이다.

다시 말해서, 내 존재가 의미가 없다는 뜻이다. 만약 나의 존재가 있는 것처럼 느껴진다면 그것은 미몽迷夢일 뿐이다. 거기서 소유욕이 생겨나고, 갈등과 번뇌가 번져가기 마련이다. 예수도 남을 자기와 같이 사랑하라고 가르치지 않았나? 이는 곧 남은 나와 같고 나는 남과 같다는 의미가 아니겠는가. 이 역시 '나'라는 개념을 부정하고 '나'에 대한 집착을 버리라는 것이 아닌가. 우리의 불행은 '나'라는 존재를 인식하면서부터 시작되었다고 볼 수 있다. 이젠 나도 '나'라는 그저 별로 잘나지 않은 '나'를 떠날 때가 되지 않았나 생각해 본다. '나'가 전제되지 않는 세상은 과연 어떨까 상상만 해도 재미있지 않은가?

그러한 미몽에서 벗어나 깨달음을 터득하는 경지가 바로 열반이고, 극락이다. 석굴암 부처님의 이마에 나타난 절대 미소도 그렇게 해탈의 경지에 들어선 깨달음의 미소일 것이다. 바로 거기까지가 우리가 일반적으로 이해하고 있는 불교의 가르침이다.

하지만 그 책을 읽으면서 내가 터득한 것은 또 다른 원리였다. 그렇다고 복잡한 얘기도 아니다. 즉, 우리는 나라는 존재를 부인하기 위해 도를 닦고, 그 경지에 이르면 부처가 된다고 믿고 있지만 반드시 자신을 부인해야 하는 것은 아니라는 얘기다. 싯다르타가 깨달음의 경지에 들고 나서 오히려 "네 몸을 돌아보라(Contemplate your body)."라고 첫마디를 던졌다는 것이다. 불교의 교리 자체가 그런 식으로 복합적이고도 심오한 것이 아닌가 여겨진다.

한편으로는 우리가 종교를 믿으면서 너무 가상에 치우쳐 있는 게 아니냐는 얘기다. 그중에서도 사람은 누구나 호흡을 하고 있다는 사실이 중요하다. 매 순간 숨을 들이쉬고 내쉬면서 살아가고 있다. 죽는다는 것은 바로 그 호흡이 멈춰진다는 것이다. 따라서 현재 살아있다는 사실에서 모든 생각이 출발해야 한다. 자신을 버리라는 가르침과 상충되기는 하지만 그사이에 접점이 분명히 있을 것이라 받아들이고 싶다.

불교의 관점에서 다시 신의 존재를 따져보면 어떠할까. 어느 종교에서나 신의 존재에 대한 인식은 기본이라 할 수 있다. 그러나 이 부분에서도 『What the Budda taught』는 다른 답변을 제시한다.

즉, 싯다르타는 "신이 있느냐, 신이 세계를 만들었다고 생각하느냐."라는 질문을 받고 자신의 주먹을 내밀었다. 그리고 "이 주먹 속에 무엇이 있다고 생각하느냐. 진주가 있다고 한다면 믿겠느냐."라고 되물었다고 한다. 그 주먹 속에는 과연 무엇이 있는 것일까. 주먹을 펴보지 않는 한 아무것도 모른다는 것이다. 신의 존재를 거론하는 자체가 부질없는 일이라는 뜻이다. "네 몸을 먼저 생각하라."는 설법도 그래서 나온 것이 아닐까. 지금 숨 쉬고 있다는 자체가 중요하다는 뜻이다. 어차피 미래는 모르니까 현재에 충실하라는 게 그 교훈이다.

불경이 형성된 과정을 살펴보면 이러한 내용도 오랜 기간에 걸쳐 형성된 잡다한 사상이 복합적으로 혼합되어 스며들었을 것이다. 종이가 없던 시절, 싯다르타가 자기를 따르던 제자들에게 설법을 암송하도록 했고, 그 암송에 의해 설법이 전해져 내려왔다고 하니 말이다. 지금도 스님들이 염불하는 것이 거기서 유래되었다고 하지만, 극락이니 윤회설이니 하는 얘기도 뒤에 인도 마우리아 왕조의 아쇼카왕이 불교를 경전화하면서 집어넣은 것이라 한다.

내 개인적으로는 무엇보다 자신의 생활에 충실하라는 교훈에 이끌린다. 신의 존재에 대해서는 그렇게 관심이 없다. 성경에 심취했다고 해서 김수환 추기경이나 테레사 수녀처럼 살려고 했던 것도 아니지 않는가. 무신론 철학자인 니체는 "신이 죽었는지 살았는지 모르는 상황에서, 주어진 시간과 공간에서 살아가려면 스스로 초월자가 되어야 한다."고 말했다. 현재의 생활 속에서 강력한 자기를 만들어 가는 것이 중요하다는 의미다.

내가 내 인생에서 더 이상 시간을 낭비하고 싶지 않은 것도 그런 생각 때문이다. 오랫동안 공직을 지키면서 내 스스로를 공연히 학대하며 지내오지 않았는가 여겨지기도 한다. 이제는 나 스스로에게 봉사하고 싶다. 어차피 한 장의 휘날리는 낙엽에 지나지 않는 인간의 삶에서 나 자신에게 충실한 것보다 더 가치 있는 일은 없을 것이다.

칼럼니스트를 꿈꾸며

우리처럼 사회적으로 영어에 대한 집착을 보이는 경우도 세계적으로 드물 것이다. 중학교 때부터 계속 교육과정에 영어 과목이 포함되어 있으며, 입학시험이나 취직시험을 가리지 않고 영어가 필수과목으로 자리 잡고 있다. 학원가마다 수강생들로 붐비는 것이 또한 영어 강좌다. 요즘은 초등학교에서도 영어 교육이 실시되고 있으며, 그것으로도 모자라 유치원에서까지 영어를 가르치는 추세다.

그런데도 전반적으로 영어 성적은 그렇게 만족할 만한 수준이 아닌 것 같다. 영어교육 방법에 문제가 있는 것이다. 어느 정도 문장을 이해하고 쓸 줄 안다고 하면서도 외국인들만 마주치면 꿀 먹은 벙어리가 되기 마련이다. 효율성을 무시한 반쪽 교육 탓이다.

나라고 해서 그런 범주에서 크게 벗어나는 것은 아니다. 하지만 중고교 시절부터 영어에 꾸준히 매달려온 덕분에 적어도 주눅이 드는 편은 아니다. 타임지를 30년 동안 구독하고 있으며, 지금은 거기에 인터내셔널 뉴욕 타임즈도 정기 구독하는 중이다.

아무리 시간에 쫓겨도 영어신문 만큼은 매일 훑어보고 있다. 한글 신문은 차라리 읽지 않고 지나치더라도 영어신문은 지나치지를 않는다. 그것도 그냥 제목만 들여다보는 것이 아니라 마지막 한 줄까지 세심히 읽는 편이다. 심지어 서평이나 음악회 리뷰도 빼놓지 않는다. 어쩌다가 바그너 공연 기사가 실리게 되면 밑줄까지 그어가며 읽는다. 바그너를 그만큼 좋아하기 때문이다.

영어 공부가 하나의 습관으로 굳어져 버린 셈이다. 평검사 시절 미국 유학에 성공했던 것도 영어 실력 덕분이었음은 말할 것도 없다. 요즘은 미국 폭스 방송의 뉴스도 빠트리지 않는다. 한 달에 5달러의 요금만 내면 스마트폰으로 실시간 뉴스를 들을 수 있다.

혹시 외국에 여행이라도 떠나게 되면 며칠간의 영어 신문을 모아서 짐 가방에 넣어갖고 가기도 한다. 호텔 방에 들어앉아 신문을 읽는 것도 여기저기 구경을 다니는 것만큼이나 나에게는 재미있는 일이다.

그렇게 영어 신문을 읽는 덕분에 미국의 정치, 경제 동향은 아마 보통의 미국 사람들보다 더 잘 안다고 자부할 정도가 되었다. 우리 신문과 비교해 본다면 미국의 신문은 기사가 알차고 충실하다. 경기의 내용을 전달하는 스포츠 기사만 해도 접근 방식이 다른 것 같다. 우리 신문들이 배워야 할 사항이다.

특히 뉴욕 타임즈의 경우 폴 크르그만이나 토마스 프리드만, 데이비드 브룩스 같은 칼럼니스트의 기고문은 학술 논문에 가깝다고 할 만큼 내용이 충실하고 권위가 있다. 그밖에 폴 케네디와 스티븐 쿡 등 객원 필진들의 칼럼도 즐겨 읽는다. 아마 나도 진작 언론사로 진출했다면 칼럼니스트로 나아가지 않았을까 생각이 든다.

실제로 검사장으로 승진하고 법무연수원 기획부장과 대검 마약부장 자리에 있으면서 매일경제에 칼럼을 연재한 일도 있었다. 주로 범죄 측면에서 글을 썼는데, 지금 들여다보면 "왜 그 정도밖에 접근하지 못했을까." 하며 약간 유치하다는 생각도 든다. 3년 전인가는 기독교방송의 해설위원을 맡아 시사 논평을 진행하기도 했다. 역시 생각처럼 쉬운 일은 아니었지만 모처럼 신나는 도전이었다.

앞서의 영어공부 쪽으로 얘기를 다시 돌리자면 누구에게나 지금이라도 새롭게 영어 공부에 매달리도록 권하고 싶다. 늦었다고 해서 지레 포기할 것은 아니다. 늦었다고 생각하는 자체가 너무 나약한 발상이다. 꼭 영어공부만은 아니다. 어떤 무엇에라도 신경을 기울여 매달릴 수 있다면 빠져드는 경지까지 파고 들기를 바란다.

바그너, '니벨룽의 반지'

나름대로는 음악도 매우 좋아하는 편이다. 그 가운데서도 오페라에 특히 심취해있다고나 할까. 전집으로 나온 음반을 레코드에 걸어놓고 오페라를 계속해서 들었던 덕분에 요즈음도 라디오에서 오페라가 흘러나오면 무슨 곡인지 대략 알 정도는 된다.

음악을 좋아하는 것은 체질적인 대인기피증 성격과도 관련이 있는 것 같다. 특별한 일이 있지 않는 한 외출을 그렇게 즐겨하지 않는다. 퇴근하면 그대로 집에 돌아가 책을 읽거나 음악을 듣는 게 고작이다. 책에 한 번 빠지게 되면 싫증이 날 때까지 손에서 놓지를 않는다.

취미라는 게 기껏 그런 정도다. 바깥에 나서는 경우라면 골프를 즐기는 게 전부다. 그것도 다른 사람들과 어울리기보다는 집사람하고 라운딩하는 경우가 대부분이다. 집사람이 나에게 '자폐증 환자'라고 진단을 내리는 것도 무리는 아니다. 나 스스로에게만 빠져 있으니까 '영원한 타인'이라고 놀리기도 한다.

심지어 음악회에 가면서도 혼자서 가는 경우도 없지 않았다. 언젠가 예술의 전당에서 열린 베르디의 〈라 트라비아타〉 공연 관람이 그러했다. 일행도 없이 홀로 2층 VIP석에 앉아 공연을 관람했는데, 이 얘기가 어느 언론에 소개되기도 했다. 더구나 서울지검장으로 취임했던 직후의 일이었으니 남들은 이해하기 어려웠을지도 모른다. 그때 국회의원들도 열 분 정도가 단체로 근처 자리에 앉아 있었으나 눈인사만 나누고는 어울리지 않았다는 얘기도 함께 소개되었다.

여기서 다시 〈라 트라비아타〉로 돌아가 작품 얘기를 하자면 무엇보다 마지막 3악장이 압권이다. 순전히 주인공의 연기와 목소리만으로 장면이 펼쳐진다. 다른 배우도 등장하지 않고 그렇다고 별다른 소품의 도움이 있는 것도 아니다. 내가 영어 신문을 읽으면서 특히 음악회 기사에 눈길을 두는 것도 이런 취미가 덧붙여진 결과다.

그러나 한동안은 베르디나 푸치니 같은 대중적인 작품을 좋아하다가 요즘은 바그너의 작품 위주로 듣는 편이다. 특히 '니벨룽의 반지'는 연주 실황을 비디오로 대여섯 번인가 틀어보며 즐기기도 했다. '니벨룽의 반지'와 함께 '탄호이저'는 정말로 명작이라 할 만하다.

언젠가는 세종문화회관에서 러시아 오페라단의 내한 공연이 있었는데, 바그너 오페라가 무대에 올려 진다기에 놓칠 수가 없었다. 하루 네시간씩 나흘 동안 공연되는 대작인데 이를 나흘 동안이나 연속 관람했다. 그렇다고 주제넘게 남들이 말하는 와그너리안(Wagnerian) 수준까지 넘보는 것은 아니다. 겨우 아마추어 수준을 벗어난 정도에 불과하다.

내가 검찰을 떠나면서 대구고검장 퇴임사에 '니벨룽의 반지'를 언급했던 것도 즉흥적인 발상만은 아니었다. "이제 바그너 오페라의 빼앗긴 '니벨룽의 반지'가 수많은 우여곡절 끝에 그 원주인인 라인 강의 처녀에게 돌아가듯이 저의 검찰 반지도 검찰에 반납하게 되었다."고 처연한 심경을 밝혔던 것이다. 그것은 앞으로 새로운 자세로 내 나름의 인생을 꾸려가겠다는 다짐이었다.

정말이지, 음악에 빠져 지낼 수만 있어도 후회가 없을 것이라 생각한다. 앞으로의 여생에서 음악이 상당한 위안이 되어 줄 것이다.

“나부터 조사하라”던 노무현 대통령

내가 노무현 대통령을 처음 만난 것은 서부지청장으로 재직하던 2000년 무렵의 일이다. 당시 김대중 대통령의 외곽조직인 연청 사무총장을 지내며 정권의 실세로 군림하던 염동연이라는 분이 구속되자 당직자의 입장에서 선처를 부탁하려고 찾아왔던 것이다.

그러나 정치인치고는 무척 공손한 태도였다. “석방을 부탁하러 온 게 아니라 민주당 당직자로서 찾아보지 않을 수가 없어 찾아온 것”이라며 “누가 물어보면 왔었다고 말이나 해달라”고 했다. 집권당 당직자라면 보통은 “정권에 부담을 주려고 그러느냐”며 눈꼴 시리도록 고함을 치기 마련인데, 그런 모습과는 달랐다. ‘정치인 노무현’의 인상은 나에게 그런 식으로 각인됐던 것이다.

내가 서울지검장에 임명되고 그가 대통령으로서 전국 검사장들을 오찬에 초청했을 때 두 번째 만남이 이루어졌다는 것은 앞에서 소개한 바와 같다. 그때 그가 들려준 얘기 가운데서도 아직 잊히지 않는 것이 있다. 다른 언급보다도 “나는 남들이 가지 않은 길로 인생

2003년 3월 고(故) 노무현 전 대통령이 청와대에서 국무회의를 주재하고 있다. 오른쪽은 강금실 법무부장관(조선일보 제공)

을 살았다."는 것이다. "다른 사람들이 걸어간 길을 따랐다면 대통령이 되지 못했을 것"이라고도 했다.

김영삼 대통령 쪽에 붙어 정치판에 입문하고도 곧바로 라이벌인 김대중 대통령 편으로 돌아섰던 경력 자체가 보통은 아니다. 그는 국회의원 선거에서 떨어지고도 엉뚱한 길을 걸었다. 그러나 정치인으로서 평탄한 길만 걸었다면 정치개혁 시도는 꿈도 꾸지 못했을지도 모른다. 그의 소회를 들으며 그가 대통령까지 오른 것은 결코 우연한 결과가 아니라는 생각이 들었다.

그다음에도 다시 노무현 대통령과 만난 일이 있었다. 전국 검찰청의 강력부장들을 청와대로 초청한 오찬 자리에서였다. 헤드 테이블에는 노무현 대통령과 강금실 법무장관, 그리고 서울지검장인 내가 앉게 되었다.

그때의 오찬 자리 자체가 마련되기까지는 사연이 있었다. 내 제의로 KBS 제작진이 조폭수사 검사들에 대한 현장 프로그램을 만들어 방영하였는데, 그 테이프를 강금실 장관에게 부탁해 청와대에 전달토록 했던 것이다. 마약사범과 조직폭력배 전담 검사들이 고생은 고생대로 하면서 승진에서 누락되는 등 불이익을 감수하고 있었기에 대통령으로서 그런 점을 배려해달라는 뜻이었다.

당시 조승식 부장검사가 조직폭력배 수사에 있어서는 혁혁한 공로를 세우고도 조폭들의 모략에 걸려 곤욕을 치르고 있었기에 내가 아이디어를 냈던 것이다. 조승식 검사 외에도 김홍일, 남기춘 검사 등이 취재 대상에 올랐고 프로그램 말미에는 나의 인터뷰도 포함되었다. 강금실 장관도 그 테이프를 보았는지 "이렇게 고생하시는 분들이 계시는 줄 미처 몰랐다."고 소감을 말했을 정도다.

그런데 강력부장 오찬 자리가 끝날 즈음에 노무현 대통령이 나에게 은근히 부탁한 얘기가 있었다. "조폭도 조폭이지만 정치인들 수사 좀 해달라."는 것이었다. "정치인들의 비리가 끊어지지 않는 한 나라의 존립이 어렵다."며 한편으로는 하소연조였다. 자신부터 소환해서 조사를 한 다음 여야의 모든 정치인들을 수사해야 한다고도 했다. "이 말을 꼭 검찰총장에게 전해달라."는 당부도 덧붙여졌다.

이러한 대화를 옆에 앉아 있던 강금실 장관이 제대로 들었는지는 모르겠다. 어찌 되었거나, 나는 이때의 대화를 계기로 그를 다시 바라보게 되었다. 그는 순수한 사람이었다. 원칙적인 성격이기도 했다. 그가 당시 기득권 세력과 잦은 마찰을 일으켰던 것도 순수하고 옆을 돌아보지 않는 직선적인 성격 탓이었을 것이다. 개인적인 신념이나 정치적 노선을 떠나서도 지금은 유명을 달리한 그를 뇌리에 떠올릴 때마다 만감이 스쳐지나간다.

통일문제에 해박했던 김대중 대통령

김대중 대통령과도 생전에 직접 만난 일이 있었다. 그로서는 노무현 대통령에게 자리를 물려준 뒤였고, 나로서도 검찰에서 물러나와 변호사로 활동하던 시절이었다. 물론 나의 직접적인 용무 때문에 만났던 것은 아니다. 대만 정계의 막후 실세이던 롄잔連戰이 성균관대학에서 수여하는 명예박사 학위를 받으려고 서울을 방문하는 길에 그를 만나보기를 원했기에 중간에서 면담을 주선했던 것이다. 미국에서도 명문인 스탠포드 출신인 롄잔은 인천공항의 VIP실 출입을 할 수 있도록 알선해 달라고 부탁하였고 또 당시 윤영철 헌법재판소장을 만나도록 주선을 부탁하기도 했다.

그가 김대중 대통령을 만나려고 했던 것은 그 자신 대만과 중국의 관계가 지금처럼 풀리기에 앞서 베이징을 방문해 후진타오胡錦濤

김대중 전 대통령과 롄잔 국민당 주석과 함께

주석과 정치 담판을 벌인 경험이 있었으므로 남북관계의 활로를 열었던 그의 경륜을 헤아려 보려는 의도였을 것이다. 쉽게 말해서, 남북관계에서의 햇볕정책에 관심이 있었던 것이다. 그 자신 국민당 후보로 두 차례가 총통 선거에 출마했으나 고배를 마셨던 비운의 정치인이기도 했다.

그때 방문 손님인 롄잔을 안내하면서 김대중 대통령의 동교동 자택을 찾았던 것이 나에게는 첫 방문이자, 마지막 방문이 되고 말았다. 이미 자리에서 물러난 뒤였지만 그를 가까이 대면할 수 있었다는 자체가 아무에게나 주어지는 기회는 아니었을 것이다. 그 자리는 나의 부탁으로 이해찬 전 총리께서 주선해주셨던 것이다. 김 대통령 생전에 측근 중의 측근이던 박지원 전 대통령 비서실장님도 미리부터 자리를 지키고 있었다.

2000년 6월 평양 순안공항에서 김정일과 포옹하고 있는 김대중 전 대통령(조선일보 제공)

김 대통령은 렌잔의 몇 가지 질문에 대해 나름대로 북방정책의 필요성을 소상히 설파했다. 단순히 북한을 도와주어야 한다는 논리를 넘어서서 국제정치적인 배경을 깔고 있는 견해였다. 우리가 북한을 등한시하게 되면 결국 중국이 지배하게 될 터이고 그런 처지에서는 설령 통일을 이루더라도 곤란한 상황에 봉착할 것이라는 얘기였다. 따라서 화해와 교류 방법으로 북한에 먼저 발을 들여놓아야 한다는 논리가 골격이었다.

북한을 지금 개방사회로 끌어내지 않으면 피차간에 더욱 어려워진다는 게 그의 주장이기도 했다. 분리 당시 서독의 동방정책을 사례로 들기도 했다. 성경에 등장하는 탕아의 비유를 들면서 북한을 내팽개쳐서는 안 되고 끌어안아야 한다고 했다. 바람은 외투를 벗기지 못

박지원 의원(조선일보 제공)

하지만 햇볕은 가능하다는 논리가 바로 그것일 터이다.

신문으로만 읽던 햇볕정책의 내용을 주인공의 직접 육성으로 듣게 되었던 것이다. 역시 그는 논리에 막힘이 없었다. 대단한 이론가였고, 더욱이 상대방을 설득하는 호소력마저 지니고 있었다. 그야말로 아무나 대통령이 되는 것은 아니었다.

그가 대통령으로 재임하던 시절에도 대검 정보기획관에 임명되면서 악수를 나눈 적이 있었다. 어디까지나 의례적인 자리였으나 그때도 그는 내 기억에 한마디를 남겼다. 자신이 정치적 박해를 받으면서 공안 검찰을 특히 미워했으나 대통령에 당선되면서 그런 증오감을 모두 떨쳐버렸노라고 했다. 그런 말을 할 수 있다는 자체가 간단치 않게 느껴졌다. 역시 대단한 정치인이라고 생각하게 되었다.

그날 동교동 자택을 방문한 자리에서도 인상은 그대로였다. 김 대통령 뿐만 아니라 배석했던 박지원 씨에 대해서도 깊은 인상을 받았다. 박지원 씨는 처음 만났는데도 남다른 친화력을 보여 주었다. 첫 인사를 나누며 “나는 텔레비전에서 보았기에 박 실장님을 잘 안다.”고 했더니 대뜸 “대한민국에서 서영제 검사장을 모르는 사람이 어디 있겠느냐.”며 응수가 돌아왔다.

나로서는 박 실장님을 처음 만나는 자리였다. 특히 박지원 씨는 김 대통령과 렌잔의 면담이 1시간 가까이 진행되는 동안 응접 테이블 저쪽 끝자리에 앉아 줄곧 다소곳한 모습으로 자리를 지켰다. 중간에 한마디도 끼어들지를 않았다. 주군을 모시는 데 소홀함이 없는 자세였다. 박지원 씨와는 그 뒤 기독교방송 정책위원을 지내면서 다시 대면할 기회가 있었다.

국가 지도자의 덕목

김영삼 대통령과는 내가 서울지검 강력부장 시절에 청와대 오찬에 참석했던 기억이 남아 있다. 청와대 오찬이라고 해야 칼국수 메뉴가 나올 때였다.

그런데 오찬 도중 연세대 도서관이 학내 시위로 불이 났다는 보고가 접수되었던 모양이다. 김영삼 대통령은 이 소식을 참석자들에게 전하면서 나에게 "빨리 가서 모조리 잡아들이라."며 흥분을 나타냈다. 대학가 시위는 공안부 소관인데도 나에게 그렇게 지시를 내린

김영삼 전 대통령(조선일보 제공)

것을 보면 불법행위에 대한 엄단 의지가 얼마나 강하셨는지 충분히 알 만한 대목이었다.

김영삼, 김대중 대통령이 모두 훌륭한 지도자였다. 오랜 독재정권 하에서 곤욕을 치르면서도 민주화 운동을 포기하지 않았다는 자체만으로도 평가를 받을 만하다. 어려운 여건을 극복하고 사법시험에 합격한 데다 정치권의 텃세를 뿌리치고 대통령 자리에 올라 사회 소외층 위주의 정책을 폈던 노무현 대통령도 마찬가지다. 퇴임 후에 손가락질을 받는 대통령도 없지는 않지만 주어진 상황에서는 나름대로 모두 최선을 다했을 것이라 믿고 싶다.

꼼꼼한 인상을 주었던 이명박 대통령

내가 이명박 대통령을 직접 뵙게 된 것은 2012년 가을쯤이었다. 그때 이 대통령의 내곡동 사저 신축문제로 야권이 특검법을 통과 시켰을 때였다. 나는 그 당시 일본에 부부여행을 하기로 예약을 해놓았는데 일본으로 가기 3일전에 청와대로부터 연락이 왔다. 국회에서 통과된 특검법에 대하여 대통령이 거부권을 행사할 것인지 아니면 서명을 하여 법을 시행할 것인지에 대하여 전문적인 의견을 묻고자 하니 대통령과 점심을 함께 할 수 있느냐는 것이었다. 나는 대통령의 부름이니 당연히 일본여행을 취소하고 오찬에 참석을 하였다. 법학전문대학원 교수 4분도 참석하였다. 나는 미국특별검사법 연구 전문가로서 늘 주장해 온대로 특별검사법의 위헌론을 지적했다. 다른 교수님들도 적극적으로 의견을 개진하시어 그야말로 열띤 토론장이 되어 버렸다. 이 대통령은 모든 의견을 경청하면서 열심히 메모를 하고 특별히 자기 의견을 표명하지는 않으셨다. 그 당시 이 대통령이 너무 편하게 분위기를 이끌어 주셔서 나는 가벼운 농담까지 하고 말았

2012년 8월 현직 대통령으로는 처음으로 독도를 찾은 이명박 전 대통령(조선일보 제공)

다. "일본여행을 취소하여 미리 지급한 여행경비를 손해 봤으니 배상해주시라."고 다소 무례한 듯한 느낌이 들 수도 있으련만 이 대통령은 "국가 일을 위해서 개인적인 일은 다소 희생시켜야 할 때도 있어야죠."하면서 가볍게 웃어 넘기셨다. 잠시 그분이 대통령이라는 사실을 깜박 잊을 뻔 했다. 어쨌든 특검법 서명 여부를 참모에 맡기지 않고 일요일 점심 자리를 마련하고 전문가와 직접 토론하면서 문제점이 무엇인지 찾으려고 하시는 꼼꼼함이 너무 인상적 이었다.

그러나 어떤 경우에도 지도자는 자신의 개인적 의욕이나 영웅심보다는 국민을 먼저 생각하는 자세가 필요하다. 언젠가 경상북도 안동의 도산서원을 방문한 자리에서 퇴계 선생이 기거하던 방을 들여다보고 받았던 감명이 그러했다. 방이 좁아서 다리를 뻗을 수가 없을 지경이었다. 일반 백성들은 거적을 덮고 자는데 자기만 편안히 생활할 수 없다며 일부러 그렇게 만들었다는 설명을 들었다. 한양에서 영의정이 모처럼 찾아왔는데도 "백성들이 어떻게 지내는지 알아야 한다."며 일부러 거친 음식으로 대접했다는 일화도 전해진다.

김구 선생도 빼앗긴 나라를 되찾으려고 자기를 버린 사람이다. 일생을 허허벌판을 떠돌다시피 지냈다. 그 시절이라고 자기 욕망을 채우는 방법이 없지는 않았을 것이다. 그래도 그는 망국의 백성들을 위해 자기 자신을 완전히 희생했다. 그가 지금까지 존경을 받는 것도 그런 희생정신 때문이다. 지도자들이라면 배워야 할 덕목이다.

그러나 지금에 이르러서는 역대 대통령들이 약간의 문제점을 드러내고 있다. 대통령 선거 때마다 "내가 당선되면 이렇게 저렇게 하겠다."고 약속하는데, 그런 공약 가운데는 국민들의 의사에 반하는 내용도 수두룩하다. 그런 식으로 5년의 임기마다 정책이 바뀌게 되는 것도 심각한 문제다. 국민들은 오히려 혼란에 빠질 수가 있다. 대한민국은 대통령이 국정을 통해 실험을 하라고 놓아둔 표본실의 청개구리가 아니다. 그보다는 "나는 국민이 원하는 대로 하겠습니다."라는 자세가 필요하다.

지도자란 원래 앞에서 끌고 간다는 뜻이지만 그런 욕심이 지나칠 경우에는 히틀러 같은 독재자를 만들어내기 십상이다. 요즘 생각에는 국민들이 나라를 끌고 갈 수 있도록 역할을 발휘하는 것이 지도자의 능력이 아닌가 여겨지기도 한다.

미국 독립전쟁 당시의 지도자로서 3대 대통령에 올랐던 토마스 제퍼슨의 생각도 바로 그것이다. "민주주의는 가장 바보가 대통령이 되어도 유지될 수 있는 제도"라고 했다. 일반 국민들이 가자는 대로 따라가면 되기 때문이다. 역대 정부를 곤경에 빠뜨렸던 문제점도 실상을 따지고 보면 국민들의 의사를 거슬렀기에 일어난 문제였다.

미국 대통령 가운데서는 닉슨이 가장 훌륭한 지도자였다고 나는 생각한다. 핑퐁외교로 중국을 '대나무 장막'에서 끌어낸 성과는 당연히 평가를 받아야 한다. 그 공로는 노벨 평화상을 수상했던 키신저 국가안보보좌관보다는 닉슨 본인에게 돌려져야 한다. 자유진영과 공산진영의 냉전시대에 중국을 햇볕으로 불러내 소련과 대립관계에서 경쟁을 시켰던 외교 구도는 탁월했다.

하지만 너무 똑똑한 것이 닉슨 대통령 스스로의 발목을 잡았다. 이미 서른아홉의 나이로 아이젠하워 밑에서 부통령을 지내면서 독선과 아집이 싹트기 시작했다. 자기 외에는 모두 멍청이로 보였을지 모른다. 신문기자들에 대해서도 '개자식(Son of bitch)'이라는 욕설을 날리곤 했다. 워싱턴의 엘리트 관료들에 대해서도 안하무인이었다. 결국 워터게이트 의혹이 터지면서 스스로 파놓은 함정에 빠져 파멸의 길을 걸을 수밖에 없었던 것이다.

케네디도 훌륭한 지도자였음은 틀림없다. 그러나 닉슨에는 미치지 못한다. 쿠바 미사일 봉쇄 결정은 최선의 선택이었지만 베트남전 개입과 통킹 만 사건 등 잘못된 결정도 적지 않았다. 그보다는 마흔두 살의 나이로 대통령에 올랐다는 상징적인 이미지에 암살을 당해 아깝게 생애를 마감한데 대한 동정심이 그를 더욱 영웅으로 추앙받도록 만든 측면이 다분하다. 루즈벨트 대통령도 제2차 대전이 아니었다면 그렇게 인기를 얻지 못했을 것이다.

한담이긴 하지만 여기에서 미국 대통령의 통치 스타일에 대하여 잠깐 언급해보기로 한다. 미국에서는 대통령의 통치 스타일을 두 가지로 분류하는데 하나는 대통령이 세세한 것까지 모두 관여하여 결정하는 Hands-on management 스타일이고 또 하나는 대통령은 큰 틀의 국정철학만을 제시하고 세세하고 구체적인 문제는 참모들에게 맡기는 Hands-off management 스타일이다.

Hands-on 스타일의 대표적 사례는 카터 대통령이었는데 그는 대학시절 수학 천재로 너무 머리가 명석하여 국정의 세세한 분야까지 모두 관여한 후 본인 스스로 최종 결정을 내렸다고 한다. 이란 주재 미국대사관에 수많은 미국인이 인질로 잡혀 있을 때 그는 참모들과 함께 밤을 새우며 직접 그 구출작전을 세웠는데 너무 간섭이 심하여 당시 그 작전 수립에 참여했던 사이런스 밴스 국무장관이 작전 수립 다음날 사임하는 일도 있었다. 결국 그 구출작전은 대실패로 끝났고 이것이 빌미가 되어 카터 대통령은 재선에 실패하고 말았다. 통치자가 너무 개입하면 참모들의 창조적인 능력 발휘에 장애가 되기 때문이다.

Hands-off 스타일의 대표적인 사례는 레이건 대통령이었는데 그는 작은 정부(small government)와 시장경제의 활성화를 통한 자유민주주의 실천이라는 국정철학을 설정하고 모든 세세한 결정은 유능한 참모에게 맡기고 심지어 참모들의 보고서가 다섯줄이 넘지 않도록 지시했다고 한다. 데이비드 스토크만(David Stockman)이라는 서른두 살의 하버드 경제학 교수를 예산국장에 임명하고 그에게 모든 재정 및 통화정책을 맡겼고 그는 자기의 모든 지식과 능력을 최대한 발휘, 소위 공급중시의 경제정책(supply-side economic policy)을 개발하여 미국경제를 부흥시켰다고 한다. 이것이 레이건 이름을 따 레이거노믹스(Reaganomics)라는 닉네임까지 붙은 경제정책이었다.

도프 사이드만(Dov Seidman)이라는 사람은 《How》라는 제목의 자기 저서에서 국가나 회사를 일방통행식 대화(oneway conversation)방식으로 이끌어 가는 시대는 지났다고 선언했다. 당근과 채찍을 섞어가며 지휘력을 행사하는 소위 '명령과 통제(command and control)'의 개념은 이미 낡은 것이 되었고 이제는 사람의 능력을 활용하여 지배력을 창출하는 소위 '연결과 협력(connect and collaborate)'이라는 새로운 시스템으로 급격히 대체되고 있다고 주장했다. 정보공학의 혁명시대를 맞아 힘(power)이 개개인에게로 이동되었기 때문에 리더십 자체도 당근과 채찍을 사용하여 업무추진을 독려하고 충성심을 제고시키려는 소위 동기부여적인 리더십(motivational leadership)으로부터 헌신(commitment)과 창의력(innovation), 그리고 희망(hope)을 불러일으키는 소위 영감고취적인 리더십(inspirational leadership)으로 바뀌어야 한다고 주장했다. 수많은 사람들의 능력을 찾아 서로 연결시키고 협력하도록 하게 하면 지도력의 극대화를 이룰 수 있다는 것이다.

그렇다면 통치자는 어떠한 덕목을 가져야 하는가. 뉴욕 타임즈의 칼럼니스트인 데이비드 브룩스(David Brooks)는 첫째로 지도자는 감정적으로 안정되어야 한다고 한다(emotionally secure). 감정의 기복이 있으면 국사를 그르칠 수 있기 때문이다. 둘째로 통치자는 인생에 있어 큰 좌절을 겪어 봐야 한다고 한다(crushing setback). 프랭클린 루스벨트 대통령은 40세에 소아마비가 되어 비로소 어려움을 겪는 수많은 사람들을 이해하게 되고 이를 바탕으로 대통령이 되었다고 한다.

셋째로 빈틈없는 정치적 판단력을 가져야 한다고 한다. 이사야 벌린(Isaiah Berlin)은 정치적 판단은 끊임없이 변하고(constantly changing), 다채롭고(multi-colored) 금방 사라져 버리고(evanascent) 중복되는(overlapping) 수많은 자료의 집합체를 통합시키는 능력이라고 정의했다. 넷째로 지도자는 자기를 큰 뜻을 실천하는 도구에 지나지 않는다는 사고방식을 가져야 한다고 하며(instrumental mentality), 자기의 개인적인 이익과 이해를 떠나 국민의 소리만을 받아쓰는 연필이라는 도구가 되어야 한다는 것이다.

테레사 수녀는 자기는 하느님의 말씀을 받아쓰는 연필에 지나지 않는다고 고백했다고 한다. 통치자는 무엇이 국민을 위한 선인지 무엇이 국민에게 해를 끼치는 악인지에 관한 국정철학 가이드라인만을 정하고 나머지는 유능하고 머리 좋은 참모들에게 맡기는 것이 어떨까. 그러나 반드시 그를 집행한 참모들의 책임은 엄격히 추궁해야 할 것이다.

테디 루즈벨트 대통령은 “말은 부드럽게 하되 큰 채찍을 들고 다녀라(Speak softly, but carry a big stick).”고 했다고 한다. 결국 어느 나라에서건, 지도자란 그냥 만들어지는 것은 아니다. 국민들은 지도자를 따라야 하며, 지도자도 국민들의 뜻에 어긋남이 없어야 한다. 그것이 원활한 국정의 기본이다.

기자들과의 인연

우리 사회에서 기자들의 역할은 더없이 중요하다. 사회 정의를 세워가는 측면에서도 검찰 못지않게 중요한 임무를 수행하고 있다. 검찰만으로는 비리를 근절하고 질서를 세워가는 데 한계가 있을 수밖에 없다. 언론과 검찰이 함께 깨어 있어야 하는 이유다.

어느 경우에는 검찰보다 기자들의 역할이 더 돋보이기도 한다. 과거 권위주의 시절 박종철 군 고문치사 사건을 처음 공개하고 쟁점화한 것이 기자들이었다. 신분상의 불이익이 우려되는 가운데서도 굴하지 않은 쾌거였다. 권위주의 시대가 마감된 지금에 이르러서도 기자들은 진실의 추구를 위해 바쁘게 뛰어다니고 있다.

미국에서도 닉슨 대통령의 워터게이트 의혹을 밝혀내는데는 기자들의 공로가 컸다. 내부 고발자인 숨은 목소리(deep throat)의 은밀한 정보 제공이 주효했던 것이지만, 워싱턴 포스트의 밥 우드워드와 칼 번스타인 등 정의감에 넘친 두 기자가 아니었다면 그조차도 무위로 돌아가고 말았을 것이다.

검찰에 몸담고 있을 때 출입기자들의 태도를 보면 대체로 진실을 추구하는 모습이었다. 한때는 나의 개인적인 생각과 어긋나 서로 마찰을 빚기도 했지만 그것은 지엽적인 문제에 지나지 않았다. 원칙을 고집하는 내 방침이 그들에게는 너무 일방적으로 비쳐졌을지도 모르겠다.

그런 분위기에서도 기자들과 이런저런 인연을 쌓으며 지내올 수 있었던 것은 내 인생에 있어 귀중한 자산으로 여겨진다. 그 가운데서 몇 분은 이미 언론사를 떠나 정계로 진출한 상태다. 신문 보도를 읽으며 그들의 활약상을 기대하곤 한다. 안타까운 사실은 또 다른 몇 분은 젊은 나이에도 불구하고 유명을 달리했다는 점이다.

기자들이 밤낮을 가리지 않고 늘 바쁘게 현장을 쫓아다녀야 하는 데다 때로는 폭탄주를 돌리며 과음도 불사해야 하는 처지이므로 건강을 해치기 쉽다는 점이 문제다. 내가 검찰에서 간부급 직책을 맡아 기자들을 만나면서 부딪쳤던 문제도 바로 그것이다. 특히 폭탄주가 돌아가기 시작하면 나로서는 좌불안석이 되기 마련이었다. 워낙 술이 약한 탓이었다.

내가 접촉했던 일본 기자들에게서도 뛰어난 매너를 발견할 수 있었다. 법무연수원 교관 시절 3개월 일정으로 일본에서 열린 세미나 과정에 참가했을 때의 일이다. 그때 도쿄TV 기자의 요청으로 KAL기 폭파범이던 김현희 사건과 관련해 인터뷰를 한 적이 있는데, 그 기자가 고맙다며 나를 식사 자리에 초대했던 것이다. 그런데 내가 먼저 나서서 밥값을 내려니까 "취재원에게 밥을 얻어먹으면 곧바로 해고"라는 위트로 극구 말리고 나섰다.

그 뒤에 서울올림픽 때인가, 그 기자가 서울에 파견을 나와서도 검찰청사로 나를 찾아왔다. 이번에는 정말로 내가 식사를 대접하겠다니까 "당신은 아직 나에게는 취재원의 입장"이라며 자기가 다시 밥값을 계산하는 바람에 입장이 어정쩡해졌던 기억이 남아 있다.

이 얘기는 그것으로 끝난 게 아니다. 당시 검찰청에 출입하던 어느 조선일보 기자가 이 얘기를 들은 끝에 강력부 검사 모두에게 고급 식사를 대접한 일도 있다. 일본 기자에게 뒤지지 않겠다는 자존심이 작용했던 것이 아닌가 싶다. 개인적으로 매우 친밀했던 기자였는데, 미국에 공부하러 갔다가 갑자기 건강이 악화되어 타계하고 말았다. 무척 안타까운 일이다.

나는 한동안 기독교방송의 정책자문위원으로 활동하기도 했다. 청주지검 시절 가깝게 지내던 이재천 지국장이 본사 사장에 오른 뒤에 나를 정책자문위원으로 위촉했던 것이다. 주변에서 기웃거리는 데 불과했지만 언론사 활동은 흥미가 있었다. 사회 정의를 위해 노력하는 언론사 기사들에게 경의를 표한다.

내 인생의 반지는

지금껏 살아온 과정을 돌이켜보면서 나 자신도 신기하게 생각하게 되는 부분이 적지 않다. 그야말로 좌충우돌하는 식이었는데도 한 고비가 지나면 다시 제 위치로 방향이 돌려지곤 했다. 검사로서의 경력을 포함한 내 전체 인생의 과정이 그러하다.

물론 내 인생에 충실하려 했으나 제대로 뜻을 이루지 못한 부분도 없지는 않다. 못내 아쉽기도 하지만 지금에 이르러 미련이나 집착은 없다. 그냥 덤덤하게, 주어지는 대로 살아가려고 애쓰는 중이다. 원래 우리 인생이란 것이 자기 마음먹은 대로 이루어지는 것도 아니지 않는가.

그러나 맡겨진 업무에 늘 최선을 다한다는 검찰 재직 당시의 생각만큼은 아직도 변함이 없다. 주변 사람들과 너무 모나지 않게 지내려고 노력하기도 했다. 내가 사람들과 워낙 사귀지 못하는 성격이기는 하지만 그렇다고 일부러 각을 지면서 살아오지는 않았다. 윗사람들에게도 가급적 성의를 다해 모시는 자세로 지내왔다.

대구고검장을 마지막으로 검찰을 떠난 다음에는 법무법인에 2년 반 동안 몸담았다가 충남대학교 법학전문대학원 초대원장으로 재직하기도 했다. 그 어떤 자리에서도 능력껏 최선을 다했다고 생각한다. 지금은 다시 법무법인으로 돌아와 근무하고 있다.

그렇다고 내가 살아온 과정이나 방법을 자식이나 후배들에게 강요하고 싶지는 않다. 사람마다 성격과 살아가는 방식이 다를 수밖에 없겠거니와 내가 살아온 방식이 최선이라고 생각하지도 않기 때문이다. 오히려 나처럼 살다가는 끝내 기를 펴지 못한 채 사라져갈 가능성도 없지 않다. 다만, 한 날 한 시라도 후회 없이 살라는 얘기만큼은 누구에게라도 분명히 들려주고 싶다. 요즈음 나의 생활 목표가 바로 그러하기 때문이다.

내가 법조인의 길을 걸으면서 마음속에 사표로 삼았던 주인공들이 몇 분 있다. 대한민국 정부가 수립되면서 초대 대법원장을 지낸 김병로 선생이나 서울지검장을 지낸 최대교 검사장, 그리고 서울고법원장을 지낸 김홍섭 판사를 들 수 있다. 우연찮게도 세 분 모두 전주 출신으로, 법조인으로서의 지조를 지켰던 분들이다. 특히 김홍섭 판사는 나막신을 신고 다닐 정도로 검소했다고 전해진다.

내가 이 분들처럼 신념을 지키며 살아왔다는 뜻은 아니다. 다만, 검찰 본연의 궤도에서 벗어나지 않으려고 나름대로 무척 노력했다는 사실만큼은 부끄럽지 않게 말할 수 있다. 서울지검장 재임 당시 큰딸의 혼사를 치르면서도 외부에 전혀 알리지 않고 결혼식을 올렸는데, 지금 생각에도 당연한 처신이었다고 생각한다.

앞으로는 내 개인의 인생을 위해 살아가고자 한다. 라인 강의 처녀에게 되돌려진 '니벨룽의 반지'는 어차피 원래부터 내 것은 아니었는지도 모른다. 이제는 내 인생의 반지를 찾고자 한다. 눈에 보이는 것보다는 보이지 않는 것에서 가치를 찾고 싶다.

인생을 보람 있게 살려면 사랑을 베풀어야 한다고 한다. 그중에서도 가장 좋은 방법은 나의 시간을 할애해주는 것이라고 한다. 그 사랑의 시간은 바로 지금이 되어야 한다. 나에게 주어진 시간을 나에게 쏟고 싶다. 뒷날 언젠가 내 인생의 수레를 바라보며 스스로 풍성하게 느끼게 되기를 바란다.

부끄러운 수사비화를 마치면서

1974년 사법시험을 합격한 후 사법연수원 2년, 군법무관 3년, 검사 28년, 변호사 10년을 보내고 나니 이제는 언젠가 찾아올 죽음의 신이 내리는 사형선고만을 기다리면서 늙어가고 있음을 절감하고 있다. 새 술은 새 부대에 넣어야 한다는 예수의 말씀대로 새로운 인물들이 새 시대를 이끌어야만 세상이 역동적으로 진화하고 발전한다는 것이 평소의 소신이기에 나와 같은 노병은 더 이상 현장에 머뭇거리지 말고 사라져야 한다고 굳게 믿고 있는 터이기에 더욱 침잠의 늪 속에 빠져드는 것 같다. 더 이상 세상일에 주전선수(main player)로서 참여하는 것이 아니라 무대 뒤로 사라져 객석에 앉은 관조자로서 여생을 보내야 하는 운명이라 생각하니 나 역시 소리 없이 태어나 흔적 없이 사라져가는 동식물이나 다름이 없는 것이 아닌가 하는 허무함마저 가슴에 자리 잡게 되었다. 혹시 수천 년 후 내가 이 시대에 살았다는 증거로 무엇인가 남겨 놓을 흔적은 없을까 하고 지나온 나의 인생을 반추해보았다. 수천만 년 전 공룡은 모두 사라져 소멸되었지만 공룡의 화석이라는 흔적이 남아 공룡은 수천만 년 후 다시 복원되어 지구 역사 속에 한 페이지를 장식하게 되고 〈쥬라기 공원〉 같은 영화 속의 주인공이 되어 우리의 가슴속에 살아 움직이고 있다. 돌덩이 속에 새겨진 공룡의 화석이 있었기에 공룡은 사실상 부활을 한 것이나 다름없다. 동식물처럼 이름 없이 사라지는 인간에게도 공룡과 같이 사실상 부활하여 후대에 회자될 수 있을까? 인간도 역사의 한 줄에라도 언급될 수 있다면 이것이 바로 역사 속에 흔적을 만드는 것이고 바로 공룡의 부활의 단초가 된 공룡의 화석과 같은 역할을 하게 될 수도 있다는 천진난만한 생각을 해보았다. 검사생활 28년의 수사비화를 기록하여 후세에 남긴다면 후세에 나의 존재를 알릴 수 있는 절호의 기회가 되지 않겠는가? 이에 나의 검찰수사경험을 기록으로 남기자는 용기가 불현듯 가슴속으로부터 솟아올랐다. 마침 누구든 아침잠에서 깨어나 눈을 뜨자마자 눈을 비비고 본다는 조선일보에서 수사비화를 연재해주겠다는 제의가 들어왔다. 가장 많은 사람이 구독하는 최고의 공신력을 가지고 가장 오래된 역사를 지닌 조선일보가 연재해 준다면 이야말로 가장 확실한 공룡의 화석이 될 수 있는 것이다. 늙은 퇴직검사에게 다가온 뜻밖의 행운(serendipity)이었다. 그러나 조선일보에 연재가 시작되자 아무런 독자가 없을까봐 무척이나 노심초사하였다. 하지만 많은 독자들이 댓글까지 달아 주면서 이런 미천한 글을 귀중한 시간을 내어 읽어 주었고 이는 부끄러움에 가득 차 어둠 속에 잠겨있던 나의 가슴에 가쁜 숨을 사라지게 만들었다. 그러나 2013년 11월부터 2014년 7월초까지 59회에 걸쳐 나의 검사생활을 반추해보는 수사비화를 연재하면서 느낀 소회는 한마디로 mixed blessing, 즉 보람이 있으면서도 씁쓸한 것이었다고 말할 수 있다. 기고할 때마다 나의 기고를 신랄하게 비판하는 댓글이 붙을 때는 기고 자체를 후회하다가도 공감해주는 댓글이 올라올 때는 다소의 위안이 되는 현상이 되풀이 되었다. 먼저 사정없이 혹평을 해주신 댓글을 소개해본다.

-아이고 끝없는 본인미화… 그래 어디까지 가나 함 봅시다~
-이 분 글을 읽다 보면 은근히 자화자찬 깔때기에 완전 거의 완벽한 사람, 완벽한 검사네요. 검찰총장 후보나 인사청문회 거쳐봤었으면 어땠을까 궁금하네요.
-이 양반은 은근히 자기 자랑이 심하다. 최소한 검찰에 있었던 비화를 깰라면 좀 더 솔직 담백해질 필요가 있지 않은가? 자기는 은근히 잘한 양 남들은 슬쩍 잘못한 양 하면서도 솔직한 내용은 깨지 않는데 무슨 감흥이 있겠냐?
-회고록은 자신에 대한 겸손이 전제되어야 진솔한 글이 된다. 그런데 이 글은 초지일관 자신을 과대평가하는 해괴한 내용으로 채워져 있다. 마치 자신이 그 자리에 갔어야 정의인 것처럼 자신을 미화하고 있다. 그까지 간 것만으로도 만족하는 겸손이 아쉽다. 서영제님, 독자들은 글을 읽으며 속으로 "당신이 뭔가 타인보다 모자랐기 때문이겠지"라고 비웃는다는 것을 명심하세요. 그런 예가 단 1번뿐이었다면 불운일 수도 있지만 여러 번이었다면 본인 탓인데 그걸 왜 모르시나요?

이런 혹독한 비판을 해주신 것을 감사한다. 미움은 사랑의 뒷면(flip side)이라고 생각하면서 자위하고자 한다. 내가 나의 검사생활을 있는 그대로 기술하다 보니 자기 미화나 과장이 섞여있는 것 같다. 하지만 고의로 의도한 바는 없음을 맹세한다. 수사에 참여한 실무자로서, 목격자로서, 보고받는 자로서, 지휘하는 자로서 실제상황을 묘사하려고 최선을 다했을 뿐이다. 공직을 떠난 후 모든 욕심을 다 내려놓고 죽을 때까지 건강하게만 살려고 하고 있는 마당에 무슨 자랑이나 미화가 필요하겠는가. 오해를 일으킬 표현이 있었다면 백배 사죄한다.

이와 관련하여 저의 변명을 들어주는 댓글도 있었다.

> -서영제 씨의 글을 보고 악평하는 분들께 묻는다. 이 분이 출세를 위해서 이런 얘기를 한다고 보나? 이 분이 하는 얘기가 자기 과시에 지나지 않는가? 자랑처럼 느껴지는 것도 있지만 부끄러움을 토로하는 것들도 있다. 무엇보다도 공직을 지낸 사람이 이렇게 솔직하게 과거사를 털어놓는 회고록을 본 적이 없다. 덕분에 나는 검찰 조직의 생리나 수사 과정에 대해 많이 알게 됐다. 우리가 몰랐던 일들의 이면을 보여주는 것만으로도 가치가 있고, 서 고문의 나이를 보아도 이 글이 사심을 앞세운 것으로 보이지는 않는다.

다음과 같이 더 혹독한 비판이 담긴 댓글도 있었다.

> -서영제 씨의 글을 가끔 보면서, 자신은 검사로서 떳떳했었던가? 하는 의구심이 자주 생긴다. 지금보다 훗날에 서 검사에 대한 그 어떤 내용이 공개된다면 그때도 지금처럼 공개할 수 있을 만큼 자신은 당당했다고 말할 수 있을 것인가 싶다. 그렇다면 계속 정독을 하겠지만.
>
> -검찰 수사를 기계나 컴퓨터에 맡기지 않고, 검사에게 맡기는 이유를 한 번 생각해 보아야 합니다. 죄의 유무보다, 단순히 처벌하는 것 보다, 범죄보다 더 중요한 일들이 있을 수 있기 때문입니다. 지난 서울지검장을 피도 눈물도 없

이 일처리한 것을 마치 무용담처럼 이야기하는 것을 보니 이생에서의 인격수양은 틀린 것 같군요. 도서실에 쳐 박혀 사법고시만 통과하면 고졸이건 중졸이건 무지막지한 권력을 쥐어주는 한국 사법 체계의 문제점을 여실히 보여주고 있습니다. 인간이 인간을 처벌할 경우에는 많은 고민과 번뇌, 전후 사정, 배경과 과거 및 향후 여파 등을 심각히 고려하라고 검, 판사가 있는 것입니다. 이런 단순 무식한 인간 때문에 얼마나 많은 사람들이 자살하고 힘들어 했을까요? 묻고 싶습니다. 서영제 씨! 당신은 살아 오시면서 죄를 한 번도 짓지 않았다고 하늘을 두고 맹세할 수 있습니까?

나도 악인이다. 어쩌면 사도바울이 말했듯이 나의 반절은 생태적 악으로 구성되어 있는지도 모른다. 늘 부끄럽게 생각한다. 간통을 범한 자에게 돌을 던질 수 있는 자격이 없음을 늘 느끼고 있다. 그러나 검사로서 매몰차게 일했던 것은 국민의 세금으로 검사의 직책을 임명받아 범죄사실을 철저히 밝히라는 신성한 사명을 수행하기 위해서였다. 똥 묻은 개가 겨 묻은 개를 나무랄 수 없다는 충고이겠지만 검사로서 일을 하는 동안은 범죄수사에 매진해야 하지 않을까?

-이해가 안되는 부분은 검찰의 구성원들은 대한민국 최고 엘리트들이고, 검찰총장 자리는 단 한 자리인데, 서 고검장께서는 그 특별한 인재들 중에서 최고의 자리에 올라야만 실패한 검찰생활이 아니라고 생각하셨네요. 마치 정치를 시작한 사람이 대통령이 되어야만 실패한 정치인이 아니라고 생각하는 것과 같은 이치인데… 객관적으로 합당한 생

각인지… 주관적인 개인의 생각이야 물론 뭘 못하겠습니까마는… 저도 고검장의 퇴임사로는 대우 부적절 했다는데 한표.

-국민이 원하는 공직자 모습은 미관말직이라도 국가와 국민을 위해 봉사한다는 마음으로 누가 알아주지 않더라도 묵묵히 자기 일을 다 하는 우직하고 성실한 사람이다. 출세는 그렇게 일하는 과정에서 인정받아 자연스럽게 얻어지는 결과일 뿐이다. 서영제님, 억울한 모함으로 삭탈관직 되고 고문을 당하고도 나라를 구하기 위해 자리에 연연치 않고 백의종군했던 이순신을 배우세요.

너무나도 통렬하고 아픈 충고였다. 내가 부족한 탓이라는 것을 그 당시는 깨닫지 못하였다. 그러나 이러한 나의 어리석음도 공개하여 후배들이 반면교사로 삼도록 하는 것도 의미가 있어 기술한 것일 뿐임을 밝혀둔다.

쥐구멍이라도 있으면 들어가 숨어버리고 싶을 정도로 나의 폐부를 찌른 댓글도 있었다.

-정말 한심한 인간이다. 자기가 속했던 조직의 온갖 치부와 비화를 다 털어놓아 보겠다는 건데… 국민들 심심할까봐 이런 넋두리를 펼치고 있는가? 검찰에도 국민에게도 조금도 덕 될 것 없는 법창야화.

역사자료에 조금이라도 보탬이 된다면 우리 조직의 치부도 낱낱이 드러내야 한다고 생각한다. 검찰 조직에 대해서는 정말 죄송스럽지만 더 나은 미래의 검찰을 위해 한 것이라고 생각해주시면 고맙겠다.

위와 같이 나의 글에 혹독한 비판을 해준 댓글이 있어 정말 부끄러웠지만 다음과 같은 나를 위로하는 댓글도 있어 원기와 용기를 얻어 끝까지 수사비화를 마칠 수가 있었다.

-맑고 아름다운 글을 보내주셔서 감사합니다. 읽어가면서 마음이 씻겨지고 맑아짐을 느낍니다. 잘 읽고 또 다른 분들에게 전하겠습니다. 항상 하나님의 은혜와 임재가 있으시기를 기원합니다.

-조선일보를 통해 연재물 재미있게 읽고 있습니다. 이렇게 훌륭하신 분이신 줄 알았으면 충남대학교에 계실 때 잘 모셨어야 했는데… 좋은 말씀 많이 남겨주세요.

-상부의 부당한 압력에도 굴하지 않고 좋은 일 하셨네요. 올바른 검사정신을 가지셨습니다.

-진솔한 인생경험을 말하는 사람이 드문데, 솔직한 연재가 멋있다.

-서 변호사님 존경합니다. 기사를 읽어가다 가슴 속 깊이 짜릿한 감정을 느끼게 되었습니다. 계속적인 건투를 빕니다.

-하여튼 서 변호사님, 검찰선후배로부터 욕을 많이 들어서 배부르시겠습니다. 검찰의 부패상황을 그대로 보여주니 말입니다. 자기들 잘못을 고치려고 하지는 않고 비난하겠지요. 님처럼 깨끗한 검사들은 승진이나 좋은 근무지에 가기도 힘들겠지요? 윗사람 부탁을 들어주지 않으면 고과점수를 잘 받을 수가 없으니 말입니다.

-검찰역사에 지저분하고 수치스러웠던 사건이지만 지나간

과거이다. 이 회고록이 기록을 남기는 진정한 회고록이 되려면 당사자의 실명을 밝혀서 잘못된 관행에 대해서 후배들에게 반면교사로 삼도록 해야 할 것이다. 지금도 검찰의 권력을 뒤에서 조정하고 싶어하는 많은 무리들이 있을 것이다.

-흥미진진하게 읽었습니다. 대충 유추해보니 누구라는 것도 알겠네요. 사상적으로 편향된 법조계의 이야기 있으면 들려주시기 바랍니다.

-압력과 청탁에 굴하지 않고 소신껏 수사해서 억울한 사람이 없도록 하신 검사님들을 존경합니다. 출세지향적이고 돈을 좋아하는 검사들은 절대 할 수 없는 일이지요. 변호사인지 검사인지 분간이 되지 않는 검사들이 많지요. 왜 검사가 되었는지 모르는 검사들이 많지요. 강직함이 검사의 기본이거늘 법보다는 돈과 힘에 휘둘리는 검사들은 속히 법복을 벗고 변호사 하시기 바랍니다.

-요즈음 세상에 귀감되는 검찰상이 아닌가 생각됩니다. 이런 훌륭한 검찰이 있기에 그나마도 법질서가 유지되지 않나 봅니다.

-여러모로 상상했던 일화들이 적혀있는 것이 재미있다. 이런 것들이 하나하나 모여서 역사가 되는 것 아니겠는가. 역사라는 것은 여러 가지 기록의 집합이다. 그 기록은 개인적 기록, 공적인 기록 여러 가지가 다 포함된다. 자신의 시각에서 이런 식으로 올리는 기록도 도움이 되리라 믿는다.

-구구절절 옳은 말씀입니다. 검찰의 권한은 한계가 항상 명확해야 합니다. 그래야 그 권위가 정당해지고, 높아지는

것이지요. 지금처럼 검찰이 욕을 먹던 적이 있었을까 싶습니다. 다 스스로 자초한 일이라고 생각합니다. 지금이라도서 전 지검장님 말씀대로 바뀌어 나가길 바랄 뿐입니다.

-나름 재미있어요. 한 100회하면 불성실한 정치인 출판기념회 냄비받침용 자서전 100권 읽는 것보단 나을 듯…

-필자의 초임검사시절이었다 하니 적어도 20~30년 전 일화인 듯… 이처럼 훌륭한 검사들이 사실 수두룩합디다. 어느 조직에서나 미꾸라지처럼 흙탕물 일으키는 인사는 있게 마련이더이다.

-그야말로 법과 원칙대로 처신하셨군요. 명절에 인사조차 다니지 않으셨다니 대단하십니다. 능력보다 윗사람에게 아부 잘하여 출세하는 자들이 많은 세상에 실력으로 잘 나가신 분이시네요. 이런 분들이 검찰에 많았으면 합니다.

-회고록 흥미 있게 잘 보고 있습니다. 선생님 같은 분들의 노력이 있어 검찰이 자리 잡고 국민의 신뢰도 얻게 되었습니다. 저도 국민 한 사람으로 고마울 따름입니다.

-서영제 당시 서울지검장 같은 원칙을 지키시는 검사가 계셨는데 그 후배들 가운데 자신의 이념대로 법률을 무시하는 검사들이 나타나는 이유는 도대체 어디서 나오는 겁니까? 국보법은 훨씬 강화해도 우리 선량한 국민의 삶에는 전혀 지장이 없습니다. 있는 법은 그대로 지켜져야만 합니다. 서영제님께 경의를 표합니다.

-이 회고록이 쓸모없는 사람도 있지만 나름 직장 생활하고 조직의 생리를 안다면 공감하는 분도 많을 것이다. 최소 직장생활 10년은 해봐야지 이 글이 이해가 되지 않을까 생각

해본다. 유익한 글이다.
-감사합니다. 여태 남겨주신 글 잘 읽었습니다. 보이지 않는 곳에서 우리 사회를 위해서 수고하신 걸 읽었습니다. 부디 건강하시고 하시는 일마다 좋은 일만 있기를 빌겠습니다. 감사합니다. 저도 눈시울이 붉은 적이 몇 번 있었습니다. 진심으로 감사를 드립니다.
-스스로 '특이하고 기괴한 검사'라고 하셨는데 이야기를 듣고 보니 그런 면이 없지 않군요. 그래도 특이하지도 않고 기괴하지도 않은 검사들이 흔한 검찰 조직에서 이런 옹고집이 한 분쯤은 있어야지요. 서 고문님 다음 호에서도 계속 활약을 기대합니다.
-서영제 검사장님, 그동안 좋은 글 감사합니다. 그리고 오늘의 제언도 감사합니다. 옳은 말씀입니다. 검찰은 법에 정해진 일만 하도록 앞으로 고쳐나가야 합니다. 자기 일도 아닌데 괜히 나서서 정권의 앞잡이 노릇을 할 필요는 없습니다. 검찰은 정권의 비리도 있으면 조사해야 하는데 왜 정권의 앞잡이 노릇하여 합니까? 따라서 검찰은 철저히 정치와는 거리를 두고 중립을 견지해야 합니다. 그것이 장기적으로 볼 때 검찰을 독립시키고 나아가 검찰을 살리는 길이 될 것입니다. 그리고 또 하나는 수사권에서도 검찰이 경찰에 대한 지휘도 범죄 분야에 국한시켜야 한다는 말씀도 참 좋은 말씀입니다. 자신이 해야 할 일만 잘하면 됩니다. 제 희망이라면 범죄수사 분야도 소소한 생활범죄는 경찰에 수사권을 넘겨주는 문제도 검토해 보면 어떨까 합니다. 검찰은 유병언 사건 같은 사회악 문제에만 집중하여 능력을 발

휘하는 게 좋지 않을까요? 지금 유병언 하나를 잡지 못하니 국민들이 현 검찰을 역대 최악의 무능 검찰로 보지 않습니까? 그러니 검찰은 행동반경을 줄이고 대신에 맡은 일은 확실히 처리하는 방향으로 전환하는 게 더 낫지 않을까요?

너무나 과분한 칭찬을 해주셔서 감사하다. 그러나 이런 보잘 것 없는 글을 열심히 읽어 주시고 귀중한 시간을 내시어 독후감까지 써 주신 것에 대해서는 평생 잊을 수 없을 것 같다. 그러나 과연 이런 수사비화를 쓰는 것이 맞는가 무척 망설여지고 두렵기도 하였는데 위와 같은 분에 넘치는 칭찬을 보니 얼음장 같은 가슴을 쓸어내리게 되었다.

또한 전임 대통령과의 귀중한 만남의 시간을 짧지만 사실 그대로 언급한 일에 대하여 귀중한 댓글을 보내 주신 것을 너무 감사하게 생각한다. 나의 진심이 전류처럼 통한 것 같다.

-글쎄, 나도 전에는 노무현을 나쁘게만 보았다. 하지만 지금 생각에는 노무현에게 장점도 많았던 것 같다. 다만 문제는 판단력과 통찰력이 부족하고 균형감이 결여되어 북한 정권을 좋게 보고 친김정일정책, 즉 종북적 정책을 시도하였다는 것이다.

-난 대통령으로서 노무현 대통령을 진짜 싫어한다. 하지만 저런 인간적 면까지 싫어하는 것은 아니다. 그 양반이 순수하고 솔직하고 어느 다른 사람들보다 겸손하고 그런 건 인정한다.

-우리 국민성은 내편(?)이 아니라면 칭찬에 참 인색하다. 나

는 박정희님 존경하고 노무현님 좋아하고 박근혜님 신뢰한다. 나 같이 덜 떨어진 인간이 많아지길 바란다. 정치인/언론인이여, 내가 인정받고 싶거든 남을 먼저 존중해야 한다.

-지검장님의 조선일보 연재기사 재미있게 읽고 있는 독자입니다. 한편으론 노빠이기도합니다~^^

-노무현 대통령에 대해 "그는 순수한 사람이었다"는 부분이 참 와 닿습니다. 전 한번도 노통 뵌 적 없지만 그의 삶에서 그런걸 많이 느꼈답니다. 지검장님의 말씀을 통해 그것도 조선일보에서 그런 이야기를 들으니 새삼 뿌듯합니다. 지검장님도 노통못지 않은 원칙주의자셨다는걸 연재를 통해 알게 됩니다~^^ 우리나라의 여러 비극들은 노통이나 지검장님같은 원칙주의자들이 대우받지 못한 역사때문은 아니었을까요. 노무현대통령을 존경하는 시민으로서 지검장님의 연재물 읽다가 반가운 마음에 메일을 써보았습니다~^^

사실 이 글을 쓰게 된 동기는 오직 하나, 역사의 한 페이지라도 남겨야겠다는 생각에서 출발했다. 조선시대 사관이 사초史草를 쓰는 심정으로 사실에만 충실한 글이 되도록 노력하였을 뿐이다. 수사실화를 쓰면서 수사에 관련된 분들의 명예가 혹시 훼손되지는 않을까, 나의 부족한 수사능력이 적나라하게 드러나지는 않을까, 향후 나의 인생진로에 부정적 영향은 없을까 등등 많은 걱정과 두려움이 있었던 것도 사실이다. 그러나 특정사건에 대하여 올바르고 정확한 역사 기술이 있어야 한다는 평소 철학이 나를 강하게 지배하게 되었다. 수사사건은 그 수사를 받은 자, 그 수사를 직접 수행한자, 그 수사를 지휘한 자, 그 사건 내용을 보고 받는 자, 그 사건과 관련이 있는 참

2000년 2월 서울지검 서부지청에서 열린 '병역비리 합동수사반' 현판식에 참석한 서영제 서부지청장(왼쪽에서 둘째)(조선일보 제공)

고인 등 모든 사람의 진술을 종합하여 사건의 실체를 파악할 수 있는 것이다. 나는 현장수사검사로서, 또는 이를 지휘한 부장검사, 차장검사, 검사장으로서 나름대로 실체에 접근할 수는 있는 지근거리에 있었던 것이다. 역사에 있어 연역적 추리보다는 경험중심의 귀납적 방법을 선호하고 있을 뿐이다. 진실을 위해서는 목숨도 걸고 사초를 작성하는 조선사관의 심정으로 이 수사비화를 쓰고 싶었던 것이다. 나는 실타래처럼 얽힌 불가능에 가까운 수사를 해결한 '코난 도일'식의 수사천재도, 수사영웅도 아니다. 나는 본래 천재와는 거리가 먼 그야말로 평범한 보통수준의 인간에 지나지 않았다. 어쩌다가 운 좋게 사법시험에 합격했을 뿐이고, 어쩌다가 운 좋게 검사가 되고 부장검사가 되고 검사장이 되었을 뿐이다. 나의 능력이 출중해서가 결코 아니었다. 범죄사실을 발견했을 때 즉시 수사에 착수하고 일반인의 상식에 근거하여 수사를 마무리하여 죄가 있으면 기소하고 죄가 없으면 무혐의 처리하면 되는 것이었다. 범죄 사실은 보통사람들의 인생살이에 일부이므로 추리소설 같은 천재적인 수사능력이나 비범한 용기가 필요한 것이 아니다. 순수한 일반상식에 기초하여 수사하고 법조문을 대입하면 되는 것이다. 결코 나의 수사비화는 나의 존재하지도 않는 영웅적 수사능력을 과시하기 위한 것이 아니고 아예 과시할 것도 없다. 누구든지 건전한 일반상식과 법조문을 해석할 수 있는 평범한 법률지식만 있으면 모두가 무슨 수사라도 다 할 수가 있다. 그래서 미국에서는 배심원이 기소여부를 결정하고 배심원이 유무죄를 가리고 형량을 결정하는 것이다.

다만 여기에서 중요한 것은 사건을 왜곡시킬 때 중대한 문제가 생기는 것이다. 범죄사실을 발견했음에도 수사에 착수하지 않거나, 범죄사실이 없음에도 있는 것처럼 수사를 개시하거나 범죄사실이 명백히 밝혀졌음에도 기소하지 않거나, 범죄사실이 없음이 명백히 밝혀졌는데도 기소를 하는 경우를 말하는 것이다. 정치권에 영합하기 위해서거나 특정세력의 앞잡이가 되기 위해서거나 개인적인 이득을 취하기 위해서거나 등등으로 사건 수사를 왜곡시키는 것이 문제이다. 이러한 목적달성을 위하여 수사사건을 요리하려면 그야말로 천재성을 발휘하여야 뒷말이 없이 왜곡사실이 묻혀버릴 것이다. 그러나 나는 그러한 천재성이 없는 평범한 보통 인간에 지나지 않기 때문에 사건을 왜곡시킬 수는 없고 사건을 곁대로 수사할 수밖에 없었다. 그러나 수사에 있어 전술과 전략이 전혀 필요가 없다는 것은 아니다. 사안에 따라서 피의자소환 및 검거시기, 압수수색시기와 방법, 언론보도에 대한 대응, 재판전략 등 범죄사실을 철저히 밝혀 유무죄를 가리기 위한 수사 전략과 전술은 반드시 필요하다. 그러나 '있는 죄를 없게 하거나 없는 죄를 있게 하는' 전술과 전략을 구사해서는 안 된다는 것이다. 따라서 일단 범죄수사에 착수했으면 그 사건이 완벽하게 해결될 때까지 수사기간에 구애받지 말고 공소시효가 끝날 때까지 끝까지 수사해야 하고 정치경제의 상황을 고려해서 수사기간을 조정해서는 안 된다. 수사가 완벽히 되지 않은 상태에서 여러 가지 수사외적 사실을 고려하여 언제까지 수사를 마무리하여 정리하겠다고 발표하는 것은 사실발견이라는 수사의 본질에 어긋나는 것이다.

검찰은 국정철학이나 통치철학에 공감하는 수사를 해야 한다는 의견도 있으나 범죄수사가 이런 철학에 맞춰 진행된다면 이도 사건을 왜곡하는 것이 된다. 또한 국민의 뜻대로 수사한다거나 서민을 위한 수사를 해야 한다는 의견도 있으나 이것도 수사를 왜곡시키는 것이다. 도대체 국민의 뜻은 어떻게 정의해야 하고 서민의 의미를 어떻게 정의되어야 하는가. 이런 추상적이고 애매모호한 용어에 매달리지 말고 법조항을 철저히 찾아 그대로 적용하면 되는 것이다. 과거의 특정 정치집단이 국민이라는 용어를 아전인수 해석하여 정치적 목적을 달성한 일이 많았던 것은 역사가 증명하는 바이다. 검사는 범죄사실을 가감 없이 철저히 법대로 파헤쳐 법조항에만 대입시키면 되는 것이다. 검사도 물론 우파적 또는 좌파적 성향을 가질 수는 있다. 그러나 이러한 이념의 성향을 사건수사에 투영시키려고 해서는 안된다. 특정이념을 집행하는 검찰이 되어서는 안된다. 정치세력도 이런 이념적 목적을 달성시키기 위하여 검찰수사방향을 제시하거나 간섭해서는 안된다. 검사는 철저히 법률조항을 검토하여 법조문대로만 사건을 처리하는 그야말로 단세포적 사고방식을 가져야 한다. 여러 가지 정치적, 이념적 목적이나 여권과 야권의 균형을 위하여 고차원 방정식을 풀려는 복잡한 천재성을 발휘할 필요는 없다. 정치적 난제나 사회경제적인 갈등이나 대립을 해결하는 것은 정치권이나 다른 국정수행부서가 해야 할 일이지 검찰이 해야 할 일이 아니다. 검찰은 오로지 진실발견과 엄격한 법적해석에만 온 힘을 다하는 것이 바로 국민의 많은 세금으로 검사로 하여금 수사를 담당시킨 이유인 것이다.

법이란 무엇인가. 법은 왕조시대에는 왕권 확보를, 전체주의 시대에는 독재 권력의 확보를, 공산주의 체제하에는 공산당의 절대권력 확보를 위한 도구로써 역할을 했을 뿐이고 국민의 행복추구와는 거리가 먼 국민을 위한 법이 아니기 때문에 강제와 폭력으로만 집행될 수밖에 없었고 따라서 이런 체재하의 법은 폭력자체라고 밖에 할 수 없다. 반면에 민주주의 국가의 법은 무엇인가. '국민을 위한, 국민에 의한, 국민의 정부'를 세우기 위한 초석으로 만들어진 것이 법이고 이 법이 없다면 국민이 주인으로서 주권을 행사할 길이 없는 것이다. 법이 없으면 민주국가가 없는 것이다. 그렇다면 이 법은 철저히 지켜져야 하고, 집행되어야 한다. 그렇지 않으면 법은 '장식 헌법, 장식법규'에 지나지 않고 국민의 정부를 가장한 특정 정치 세력의 법적 정당성만 부여해주는 꼴이 되는 것이다. 따라서 검사는 이러한 법의 집행의 선봉에 서야 됨은 물론 법집행의 마지막 보루가 되어야 하는 것이다. 불법과 탈법을 저질러도 그에 대한 응분의 처벌이 뒤따르지 않는다면 법의 부재나 다름이 없다. 대통령이나 국회의원이나 장관이나 야당의 정치세력이나 시민단체나 특정이익단체나 모두 법을 지키지 않으면 안된다. 모든 기관이나 단체나 개인이 법의 테두리 안에서 법을 지키면서 각자의 기능을 발휘하면서 페어플레이정신으로 경쟁하도록 하는 것만이 국민의 주권행사가 보장된다고 볼 수 있는 것이다. 검사가 어느 집권세력이나 어느 특정세력과 결탁이 되어 죄를 눈감아 주거나 축소조정해서는 안되고 반대로 특정세력을 탄압하기 위하여 경미한 죄를 확대포장하여 큰 범죄로 만들거나 하는 것은 민주국가의 검사로서는 금기사항이다. 어떠한 범죄사실이든 철저히 수사하여 법에 규정된 상응한 처벌을 하는 것이 검사가 국민으로부터 명령받은 직무이다. 범죄사실을 왜곡시키고 굴절된 형집행을 한다면 민주국가의 검사라고 볼 수 없다. 집권자의 국정철학을 달성하기 위해서 또는 이를 방해하지 않기 위해서 범죄사실의 수사시기를 조정하거나 조기에 수사를 종결하거나 아예 수사를 중단해야 한다면 이것은 민주국가에서 반드시 지켜져야 할 페어플레이가 아니다. 수단이 목적을 정당화 할 수 없다. 레닌이 검찰을 권력의 주구라고 비판한 것도 이런 데서 유래하는 것이다. 아무리 훌륭한 정치적 목적이라도 불법으로 달성할 수는 없다. 집권세력으로부터 검찰수사를 독립시키기 위하여 프랑스나 이태리는 치안판사(magistrate)제도를 두고 이를 행정부가 아닌 사법부에 귀속시키고 있는 것이다. 또 어떤 검사는 특정이념, 예를 들면 진보적인(liberal) 정치이상을 실현시키기 위하여 그에 걸림돌이 되는 수사는 회피하거나 축소하거나 중단하는 경우도 있다. 이것 역시 민주국가의 페어플레이 정신에 반하는 것이다. 검사는 정치에 관여해서는 안되고 정치는 정치가에 맡겨야 한다. 반대로 정치권도 수사는 검사에게 맡기고 정치에만 전념해야 한다. 국민이 법으로 정해준 역할에만 충실해야 국민의 공복으로서 거듭날 수 있는 것이다.

서울지검장시절 모 국가기관장과 기관회식점심이 있었다. 서울지검간부와 상대 국가기관의 간부가 모두 참석하였다. 그 자리에서 상대 기관장이 건배사를 하면서 "노무현 대통령을 위하여 충성을 다합시다."라고 선창하면서 따라 하기를 권유했다. 나는 이를 거절했다. 노무현 대통령이 싫어서 거절한 것이 아니라 대통령에게 개인적으로 충성을 맹세할 일은 아니고 대통령의 법에 입각한 지휘를 따르면서 법에 따라 검사 직무에 충실하게 근무하면 되는 것이다. 검사는 대통령 개인이 아닌 국민에게, 국가에게 충성을 맹세해야 한다. 상대 국가기관장은 국정수행기관이므로 대통령에 대한 충성맹세를 할 필요가 있는지 모르지만 검사는 두 눈을 부릅뜨고 집권세력의 불법, 탈법을 찾아야 한다.

그동안 검찰을 개혁의 대상으로 삼고 검찰을 비난하는 것이 일상사가 되어 버렸다. 특검을 해야 한다, 기구를 축소해야 한다, 기수독점주의를 없애야 한다, 수사권을 경찰에 맡겨야 한다, 검찰비리를 척결해야 한다 등 이 모든 것은 검사가 수사함에 있어 실체적 진실 외에 다른 고려사항을 참작하여 모든 관련이익단체의 입맛에 맞는 고차원 방정식을 풀려고 했기 때문이다. 모든 외부사항을 고려함이 없이 실체적 진실만을 발견하여 엄격한 법조문을 적용하는 단순하고 명확한 본래의 업무에 충실해야 한다. 이래서 나 같은 고차원 방정식을 풀 수 없는 평범하기 짝이 없는 둔재도 검찰 고위직까지 한 것이 아닌가 생각한다.

우리나라는 어려운 국면에 처할 때마다 국가개혁을, 국가개조를 해야 한다고 하면서 조직을 신설하거나 폐지하거나 통합해야 한다고 주장하는 사람이 많다. 우리나라는 후진 국가로 출발을 했지만 건국 초기부터 민주주의 국가로 출발하면서 서양의 최첨단 민주헌법과 민주법규를 직수입하여 정비를 해놓았다. 문제는 그러한 훌륭한 민주적 헌법과 법률을 지키지 않은 데서 국가혼란이 온 것이다. 법의 내용이나 조직이 문제가 아니다. 법과 조직규범을 지키지 않는 사람이 문제였다. 법을 두려워하고 법을 지킴을 생명의 원천으로 생각하는 사람들이 있을 때 국가개조나 국가개혁이라는 말은 아예 나올 수가 없다. 옛날에 스웨덴의 보요르보리라는 유명한 테니스 선수는 상대가 보낸 공이 자기 테니스라켓 끝에 맞고 코트 밖으로 나간 사실을 심판이나 상대선수가 전혀 눈치 채지 못하였음에도 불구하고 자진 신고하고 실점을 인정한 일이 있었다. 브라이언 데이비스라는 골프선

수는 헤저드에 빠진 자기 볼을 치면서 옆에 있던 풀잎을 건드렸는데 이를 아무도 본 사람이 없었다. 그러나 그는 이를 자진 신고하고 벌점을 받았다. 이렇게 엄격하고 철저하게 법을 지키는 풍조야말로 민주주의를 지키는 요체이고 이런 풍토 하에서만이 법을 지키지 않는 자를 끝까지 찾아내어 처벌하여야 한다는 공감대가 형성되는 것이고 이런 바탕위에서 검사는 '불법필벌'이라는 신성한 사명을 이행할 수 있는 것이다.

전 뉴욕 맨해튼의 연방검사 라이스너(Reisner)는 2007년에 발생한 미국 금융위기의 원인을 제공한 미국의 대형은행 등을 몇 년간 철저히 조사하여 처벌한 금융권의 저승사자와도 같은 사람이었다. 그는 아무리 사소한 것이라도 직접 확인하여 챙기는 철저한 Hands-on management 스타일을 사람이었다. 그의 동료는 그의 수사를 "밑바닥부터 철저히 수사하지만 유쾌한 분위기에서 수사했다(anal, but in an amazing way)."라고 요약했다. 아무리 사소한 것 같아 보여도 놓치지 않고 철저히 수사해야 큰 범죄가 발견될 수도 있는 것이다. 그러나 철저한 수사는 무리나 억지가 따르게 되어있음으로 유쾌한 부드러운 분위기를 유지해야 한다는 교훈을 담고 있는 것이다. 이번 시리즈를 마치면서 후배 검사들에게 반드시 들려주고 싶은 수사 방법이다.

또한 이번에 연재를 하면서 놀란 것은 조선일보의 엄청난 구독률이었다. 사실 나는 처음에 어느 누구도 이 수사비화를 거들떠보지도 않을 것이라고 생각했다. 하지만 그동안 국내는 물론 미국, 독일, 영국에 있는 동포들께서도 격려의 답장을 이메일로 보내주셨다. 검찰 내에서도 수많은 후배 검사장님들이 이를 읽고 귀중한 소감과 의견을 보내주셨다. 어떤 회사 사장님은 연재문 전체를 카피하여 자기회사의 전 직원에 배포하였다고 하시면서 연재가 끝나게 되는 것이 너무 아쉽다고 하셨다. 어떤 학교의 동창회 간사는 이 연재물을 전부 동창회회원에게 배포하였다고 말씀하셨다. 필자의 못난 글을 이렇게 읽어주시니 너무 고마웠다. 물론 이 수사비화를 읽고 분개하여 공적으로 표현은 하지 않지만 수많은 비난을 하고 있을 것이라는 것도 짐작이 간다. 그러나 역사의 사초를 쓴다는 심정으로 기록을 남긴 것이니 불편한 점이 있었다면 널리 용서해주시기를 빈다.

그간에 이 수사비화를 연재하면서 귀중한 자료를 찾아 게재해주시고 멋진 제목을 만들어 주시고 많은 조언을 아낌없이 해주신 당시 조선일보 여시동 차장님, 최원규 차장(지금은 조선일보 논설위원으로 계심)님께 감사드린다.